HÓSPEDE POR UMA NOITE

Coleção Textos

Dirigida por:

João Alexandre Barbosa (1937-2006)
Roberto Romano
Trajano Vieira
João Roberto Faria
J. Guinsburg

A edição desta obra de Sch.I. Agnon tornou-se possível graças ao apoio do Instituto Cultural J. Safra, do Consulado Geral de Israel em São Paulo e do Centro de Estudos Judaicos da Universidade de São Paulo.

Equipe de realização – Edição de texto e revisão: Thiago Lins, Luiz Henrique Soares e Elen Durando; Projeto de capa: Adriana Garcia; Retrato de Sch.I. Agnon e sobrecapa: Sergio Kon; Produção: Ricardo W. Neves e Sergio Kon.

HÓSPEDE POR UMA NOITE

SCH.I. AGNON

ZIPORA RUBINSTEIN
TRADUÇÃO

MARGARIDA GOLDSTAJN,
NANCY ROZENCHAN E J. GUINSBURG
REVISÃO LITERÁRIA

Título do original em hebraico
Oreakh Natá Lalun
Copyright © Schocken Publishing House Ltd. Tel-Aviv, 1966

CIP-Brasil. Catalogação na Publicação
(Sindicato Nacional dos Editores de Livros, RJ)

A218h

Agnon, Sch. I

Hóspede por uma noite / Sch. I. Agnon ; tradução Zipora
Rubinstein , Margarida Goldstajn , Nancy Rozenchan. – 1. ed. –
São Paulo : Perspectiva : Consulado Geral de Israel em São Paulo/
Instituto Cultural J. Safra, 2014.

576 p. ; 21 cm. (Textos ; 31)

Tradução de: Oreakh Natá Lalun
Apresentação; Nota de Edição; Glossário; Posfácio
ISBN 978-85-273-1011-6

1. Romance israelense. I. Rubinstein, Zipora. II. Goldstajn,
Margarida. III.
Rozenchan, Nancy. IV. Título. V. Série.

14-14180

CDD: 892.43

CDU: 821.411.16'08-3

17/07/2014   22/07/2014

Direitos reservados em língua portuguesa

EDITORA PERSPECTIVA LTDA.

Rua Augusta, 2445, cj. 1

01413-100 - São Paulo SP Brasil
Tel: (11) 3885-8388
www.editoraperspectiva.com.br

2021

SUMÁRIO

Cronologia...9

Nota da Edição..15

Apresentação – *Berta Waldman* 17

Tradição e Modernidade em Sch.I. Agnon –
    J. Guinsburg..27

HÓSPEDE POR UMA NOITE.. 45

Posfácio: A Cidade em Ruínas de Sch.I. Agnon –
Luiz Krausz 557

Glossário.. 565

CRONOLOGIA

1882 Tem início a primeira onda de emigração judaica para a Palestina, chamada de Primeira Aliá, que perduraria intermitentemente até cerca de 1903, tendo sido impulsionada pelos *pogroms* que se seguiram na Rússia ao assassinato do tsar Alexandre II.

1887 Nasce Schmuel Iosef Czaczkes, em Buczacz, na
[ou 1888] Galícia, então parte do Império Austro-Húngaro, e hoje Ucrânia. Nos anos de 1920, a cidade passou a pertencer à Polônia, até sua invasão por alemães e soviéticos no início da Segunda Guerra Mundial, tendo sido, após isso, anexada à União Soviética. Agnon era o mais velho de cinco irmãos numa família judaica de classe média.

1891 Começa a frequentar o *heder*, o que fez por seis anos
[ou 1892] até -passar a ter aulas em casa; frequenta o *kloiz* hassídico (por influência paterna) e o *beit-midrasch*, e começa a aprender alemão (por influência materna).

HÓSPEDE POR UMA NOITE

1903-1904 Publica seus primeiros textos, contos e poemas, em ídiche e hebraico em jornais como *Ha-Mitspé* (heb.) e *Der yidisher Veker*.

1907 Muda-se para Lvov, onde trabalha como assistente de Gershom Bader, editor de um jornal em hebraico, o *Ha-'Et*, e se aproxima do círculo de autores hebraicos da Galícia e autores como Gershom Schofman.

1908 Emigra para a Palestina (sendo um dos que toma parte do movimento migratório chamado de Segunda Aliá), parte por sua adesão ao sionismo, parte para evitar o serviço militar; chega em Jafa em junho e se estabelece em Nevê Tzedek; abandona as práticas religiosas; trabalha como assistente de S. Ben-Zion, editor de *Ha-Omer*, no qual publica, em outubro desse mesmo ano, *Agunot* (Esposas Abandonadas), sob o pseudônimo de Agnon, que depois passaria a ser seu nome oficial. Passa a escrever apenas em hebraico e tem seus trabalhos publicados no semanário *Ha-Po'el ha-Tza'ir*, e também em outros periódicos em hebraico, como o *Ha-Schiloah*, de Odessa e no *Ha-Tsefirá*, de Varsóvia.

1912 Passa um tempo em Jerusalém; publica *Ve-Haiá he-'Akov le-Mischor* (E o Torto Será Endireitado), narrativa ambientada em sua cidade natal em que exibe o que se tornaria a principal característica de sua escrita: seu extenso domínio das fontes tradicionais da literatura religiosa judaica; parte para a Alemanha, reside em Berlim até o final da guerra, quando fixa residência nas proximidades de Frankfurt (em Wiesbaden). Relaciona-se com Martim Buber, Gershom Scholem e a *intelligentsia* judaica alemã.

1914 Tem início a Primeira Guerra Mundial.

1915 Conhece Shlomo Zalman Schocken, homem de negócios e filantropo, em Berlim, que o apoiaria pelo resto da vida.

CRONOLOGIA

1917	Revolução Russa, os bolcheviques tomam o poder. Na Declaração Balfour os britânicos prometem apoiar a constituição de um lar judaico na Palestina, respeitando os direitos dos não judeus ali residentes.
1918	Fim da Primeira Guerra Mundial, com o desmantelamento dos Impérios Austro-Húngaro e Otomano. A Palestina (cujo território abrangia também o que é hoje a Jordânia) passa para o controle dos britânicos por meio de um mandato da Liga das Nações.
1919	Publica *Ha-Nidá* (O Banido).
1920	Casa-se com Esther Marx; se muda para Wiesbaden.
1921	Nasce sua filha, Emuna; se muda para Bad-Homburg.
1922	Nasce seu segundo filho, Schalom Mordekhai; nesse período, além de publicar duas coletâneas de contos na Jüdischer Verlag, trabalha em outras duas obras: *Bi-Tzeror ha-ḥaim* (No Vínculo da Vida) e na edição com Buber de uma antologia de literatura hassídica. Em parte da Palestina, os britânicos criam o Emirado da Transjordânia, semiautônomo.
1923	A Turquia se torna uma república independente.
1924	Em junho, um incêndio destrói sua casa, consumindo sua biblioteca e seus manuscritos e põe fim aos seus trabalhos em andamento. Em outubro, retorna a Jerusalém com a família e adota novamente a ortodoxia religiosa. Morte de Lênin.
1927	Sua casa em Jerusalém é danificada por um terremoto, a família vai para Talpiot.
1929	Sua casa é destruída durante os Distúrbios Palestinos. Em 24 de outubro, ocorre a quebra da bolsa de Wall Street.
1930	Vai a Leipzig supervisionar a edição de suas *Histórias Reunidas*; visita a Polônia e a Galícia.
1931	Volta para Talpiot, para uma nova casa construída no estilo Bauhaus; publica seu primeiro romance, *Hakhnasat Kala* (O Dote da Noiva).

HÓSPEDE POR UMA NOITE

1932 A recém-criada editora Schocken, de seu amigo, publica a coletânea de sua obra em quatro volumes. Lança, pelo jornal*Davar*, uma coletânea de cinco contos inéditos, *Sefer Hama' assim* (Livro dos Acontecimentos).

1933 Hitler torna-se chanceler da Alemanha.

1935 Ganha o prêmio Bialik; publica seu segundo romance, *Sipur Paschut* (Uma História Simples); com a compra por Schocken do jornal *Ha'Aretz*, Agnon passa a publicar nele seus contos e romances em folhetim.

1936 Tem início a Revolta Árabe, nacionalista, contra a ocupação britânica e os colonos judeus, que perdurará até 1939.

1938 Publica a antologia *Iamim Noraim* (Dias Temíveis).

1939 Publica seu terceiro romance, *Oreakh Natá Lalun* (Hóspede Por uma Noite). Tem início a Segunda Guerra Mundial.

1942 Publica a coletânea de contos *Eilu ve-Eilu* (Estese e Aqueles). Em janeiro, na Conferência de Wannsee, os nazistas decidem implementar a "Solução Final" para a "questão judaica": o extermínio das populações dos territórios sobre o controle alemão, o que incluía a terra natal do autor, a Galícia. Em março, maio e julho começam a operar, respectivamente, os campos de concentração de Belzec, Sobibor e Treblinka, construídos exclusivamente para essa finalidade.

1945 Publica um romance épico, sua quarta obra no gênero, sobre a Segunda Aliá, *Tmol Schilschom* (Somente Ontem). Em janeiro, o Campo de Concentração de Auschwitz é liberado pelo Exército Vermelho; em abril, Hitler comete suicídio; fim da Segunda Guerra Mundial.

1946 Em maio, o Emirado da Transjordânia se torna independente, constituindo o Reino Hachemita da

CRONOLOGIA

Transjordânia (tendo mudado para Jordânia em 1948).

1947 Em novembro, se inicia a chamada Guerra Civil no Mandato da Palestina, entre judeus e árabes, com os ingleses em retirada, primeira fase do conflito arabo-israelense.

1948 A ONU decide pela partilha da Palestina entre dois Estados; é declarada a independência de Israel; os árabes recusam-se a aceitar a decisão das Nações Unidas e, em maio, atacam o nascente Estado de Israel.

1951 Ganha pela segunda vez o prêmio Bialik; outra coletânea sua, *Samukh ve-Nirê* (Próximo e Visível), que inclui os contos do *Sefer Hamaʼassim*, é lançada; sofre um ataque cardíaco em visita à Escandinávia.

1953 Suas *Histórias Reunidas*, em sete volumes, são lançadas.

1954 Ganha o prêmio Israel.

1958 ganha pela segunda vez o prêmio Israel.

1962 Publica a coletânea *Ha-Esch ve-ha-Etzim* (O Fogo e as Árvores).

1966 Ganha o prêmio Nobel de literatura, que divide com Nelly Sachs.

1967 Em junho, Israel enfrenta uma coalizão de países árabes na Guerra dos Seis Dias.

1969 Em julho, sofre um derrame.

1970 Agnon falece em 17 de fevereiro e é sepultado no Monte das Oliveiras em Jerusalém.

1971 Seu quinto romance, *Schira*, é publicado postumamente; a esse seguiram-se outros volumes de sua obra inédita, publicados por sua filha Emuna Yaron.

NOTA DA EDIÇÃO

A presente narrativa de Sch. I. Agnon, *Hóspede Por uma Noite*, foi saudada pelo prêmio Nobel como uma de suas maiores criações, e obras desse naipe, ainda mais saídas da pena de um autor como Agnon, para o qual confluem alguns dos principais modos e estilos da literatura hebraica se escrever no decurso de sua longa trajetória histórico-literária, apresentam, numa tradução direta para um meio linguístico de características estruturais completamente diferentes, dificuldades de transposição não só no plano vocabular, mas também no sintático. Basta ver, à guisa de exemplo, que em Agnon os nomes próprios muitas vezes têm um outro significado, seja ele evidente (Liberto) ou não (Hanokh [Enoque]), o que vale até para a própria cidade: *schibusch*, em hebraico, é um termo com conotações negativas, algo "quebrado", "estragado", "defeituoso", "arruinado". Assim, podem causar estranheza alguns pontos que procuramos respeitar, como a divisão em parágrafos e os espaçamentos da edição original, a característica de não marcar os diálogos por meio de aspas ou travessões (que em hebraico é ainda ressaltada pela inexistência da distinção entre maiúsculas e minúsculas); ou seja, as aspas figuram apenas em citações e em outros casos que o nosso padrão editorial as emprega e os travessões, apenas onde o autor os quis. O mesmo vale para os títulos dos capítulos: a forma de apresentar sua numeração, invertida e por extenso, segue a original. Para informar o leitor não necessariamente familiarizado com os usos e costumes do judaísmo, alguns dos quais típicos da época e região em que a história se passa, elaboramos um glossário com os vocábulos e expressões principais e notas explicativas ao longo dos capítulos para termos mais ligados à história, a personalidades citadas ou a textos religiosos menos conhecidos. Esperamos que, dessa forma, o público possa melhor apreciar a prosa e a ironia de um dos maiores escritores do século xx.

APRESENTAÇÃO

Considerado um dos romances mais complexos de Schai Agnon, *Hóspede Por uma Noite* é um presente para o público de língua portuguesa. Sua leitura choca pelo estranhamento e envolve pela precisão. Editado em 1939, em hebraico, o romance é escrito no tempo presente, situando-se em um "aqui" e um "agora" que não existem de forma concreta. Por meio desses referenciais, é possível localizar-se no espaço e estabelecer relações temporais, como, por exemplo, ligar-se com o passado e com o futuro. Sabe-se que nossa forma de ver o mundo é interna e o que chamamos de tempo presente é um átimo fugidio. Aí se situa a grande dificuldade na construção deste romance: a escolha permanente do presente narrativo. Esse presente carregado de referências, contudo, é emoldurado pela terra mítica de Israel, a abstrata e intangível que o protagonista carrega; pelo lugar em que se encontra, Szibusz; pelo lugar de onde lhe vem a correspondência, a Alemanha, onde estão sua esposa e filhos; e, finalmente, por uma Jerusalém concreta, onde mora e para onde voltará.

O estilo de Agnon distingue-se por uma conduta peculiar: a voz narrativa não se eleva, não apresenta pontos enfáticos,

desconhece vestígios da histeria neorromântica ou expressionista, apoiando-se sempre na sobriedade da prosa rabínica, no
estilo da *Mischná* e do *Midrasch*, que tiveram profunda influência em seu modo de escrever[1]. Compõem ainda esse estranho
amálgama marcas do alemão adulterado que se falava no Império Áustro-Húngaro, como também um complexo extrato do
ídiche originário do *Sifrê Maassiot* (vida dos puros hassídicos),
além de cartas e polêmicas entre rabinos e, principalmente, da
língua de Rabi Nahman de Bratislav. Esse estilo complexo só
poderia ser manejado por um mestre da língua, que enfrentou o
desafio renovado de transformar seu instrumento pouco maleá-
vel no léxico, na sintaxe e na expressão oral, em língua literária.

O enredo do romance é relativamente simples. Após muitos
anos, o narrador-personagem retorna à sua cidade natal – Szibusz
– situada na Galícia, e suas impressões vão se tecendo. Ainda que
Schai Agnon tenha feito essa mesma viagem em 1930 (sua cidade
natal leva outro nome, Buczacz, nome no qual há ecos fonéticos
em Szibusz), é redutivo ler o romance como autobiográfico, já que
ele obedece a uma técnica narrativa e a uma elaboração estética
tão ricas e sofisticadas que merecem se alçar a foco da leitura.
Na faixa dos acontecimentos, o narrador-protagonista conduz
e desenvolve um fio narrativo externo – a situação existencial
de uma comunidade –, mas, ao mesmo tempo que a comenta,
mescla esse plano com as tintas da subjetividade.

O retorno do narrador-protagonista implica em sua partida
da Terra de Israel, e o seu intento é o de fazer reviver o estudo da
Torá em sua cidade natal, que se mostra em declínio. Os ecos
da Primeira Grande Guerra se evidenciam materialmente através de muitas famílias que perderam seus filhos em combate,
na pobreza reinante, em personagens mutiladas, em formas de
abandono que trazem a reboque o afastamento das leis religiosas, cujo apelo deixou de ser atendido. A população está faminta
e vulnerável. A sinagoga abandonada sinaliza a desintegração

---

1   Cf.Arnold J. Band, *Nostalgia and Nightmare: A Study in the Fiction of S. Y. Agnon.* Berkeley/Los Angeles: University of California Press, 1968.

APRESENTAÇÃO 19

do judaísmo diaspórico; no inverno, ela passa a ser procurada como espaço físico por aqueles que querem se proteger do frio, não se busca mais o calor da *Torá*. Entretanto, é a sinagoga deserta que se torna a imagem central do romance, evocando tanto nostalgia como pesadelo. Essa imagem pontual pode ser historicamente ampliada para a traumática transição dos judeus da tradição para a modernidade, momento de crise, em que a religião tem sua medida relativizada.

O narrador-personagem faz sua viagem em trem:

As rodas dos vagões moviam-se preguiçosamente entre montes e colinas, vales e várzeas, e em cada estação o comboio parava e se demorava, vomitava gente e coisas e tornava a partir. Passadas duas horas, os letreiros de Szibusz começaram a surgir e aparecer de ambos os lados da estrada. Pus a mão sobre o coração, e assim como a minha mão tremia sobre o coração, este tremia debaixo dela. (p. 47)

A capacidade narrativo-descritiva do narrador transparece nos detalhes, no registro de quem se senta à janela e acompanha o compasso da trajetória. Seguem cenas da vida em curso, até a chegada à desolada Szibusz na véspera de Iom Hakipurim (o Dia do Perdão). Com as duas valises nas mãos, o protagonista procura uma carroça para ir à cidade, mas não a encontra. Continua a caminhar, e alguém o ajuda a carregar seus pertences. O primeiro impacto no reconhecimento da cidade ocorre logo à chegada: todos os lugares haviam mudado, até mesmo os espaços entre as casas, os vazios.

Não eram como eu os vira na infância e tampouco como se me revelavam em sonho, pouco antes do meu retorno. Mas o cheiro de Szibusz ainda não mudara; era um aroma de painço cozido em mel que não abandonava a cidade desde os dias que se sucediam à Páscoa até o fim do mês de Markheschvan, quando a neve cai e cobre a cidade. (p. 49)

Conduzido a uma hospedaria, o viajante deixa as valises e segue imediatamente à sinagoga. Não antes de informar que seria hóspede por uma noite. Daí o título do romance; entretanto, essa noite estende-se por quase um ano.

A descrição da sinagoga corrobora o impacto negativo que o narrador-personagem teve quando chegou à cidade: ela é a justa medida do abandono dos princípios religiosos. Deserta, será o objeto que o narrador intentará desesperadamente vivificar durante sua estada, evocando uma emoção que aponta tanto para a nostalgia do que não existe como para o sonho do que se deseja que volte a existir.

Fincado nas raízes judaicas, mas atento aos desafios da cultura e da vida modernas, o narrador se inscreve nesse meio-fio, e é a partir dele que constrói o relato sensível do trauma instalado no mundo judaico causado por transformações sociais, pela perda da fé, pela guerra e pelos deslocamentos migratórios. Em síntese, a cidade que o protagonista deixou não é a mesma que ele encontrou. Esse desacordo é responsável pelo andamento do romance.

A opressão do narrador-protagonista se acentua à medida que ele nota que os moradores mudaram, as gavetas da sinagoga esvaziaram, a maioria dos homens não usa o manto de orações, e aquele que conduz o ritual religioso é um homem velho e alquebrado. O narrador é alçado imediatamente a guardião da sinagoga, a partir do momento em que lhe foi confiada a sua chave, que, aliás, ele vem a perder, sendo obrigado a providenciar outra. Essa atribuição é simbólica; com a chave vem a liderança religiosa que o protagonista passa a exercer. Além do esforço em reativar o estudo da *Torá*, o protagonista passa a observar e ouvir o outro, tornando-se lentamente partícipe não só em assuntos religiosos, mas nos demais, que permeiam o dia a dia e preenchem a vida. Enquanto isso, algumas personagens vão ganhando envergadura, constituindo um elenco e merecendo destaque: Reb Schlomo, que perdeu o filho, assassinado por árabes em Ramat Rakhel; Daniel Bach, que teve uma perna amputada num acidente, e, ainda, quando volta da guerra, três de seus filhos tinham sido mortos, e por aí vai. A destruição, o

APRESENTAÇÃO

desvio do caminho reto, a desolação, ocorrem por motivações distintas, em espaços diferentes, um estigma que o protagonista procura contornar.

As estações do ano têm função importante na marcação do tempo do romance. A chegada do inverno requer, por exemplo, um capote novo, que o narrador manda fazer sob medida num alfaiate qualificado, mas que se envergonhará em utilizar, por vê-lo, uma vez pronto, como uma afronta àqueles pobres que passam frio e não têm o que vestir.

> Todos os ventos do universo sopram e deitam abaixo a cidade toda. Ouve-se de um extremo a outro da cidade um barulho de portas batendo, janelas quebrando e telhas caindo. [...] O sol se esconde e remoinhos de poeira sobem da terra para o firmamento. A gente da cidade treme, e é natural que trema, pois suas roupas estão rotas e não são capazes de aquecê-las. (p. 97)

As qualidades do alfaiate são ressaltadas pelo narrador por meio do tecido bem cortado, que, ainda que em estado latente, em processo, permite a visão tridimensional da forma – o capote pronto. Lançada a figura metalinguística, o leitor é levado a olhar o minucioso texto de Agnon, também ele alçado como expressão do real.

Se o autor padece quando se confronta com a realidade e empenha-se em alterá-la, fazendo um esforço em trazê-la para aquilo que ela não é mais, é no sonho que se efetiva o desejo frustrado no dia a dia.

> Em minha infância costumava ver tudo o que desejava; quando cresci um pouco, a visão diminuiu e não via senão o que me mostravam. Agora, não vejo nem o que desejo e tampouco o que me mostram. (p. 143)

Esse ponto de cegueira do narrador é iluminado, de certa forma, pelo sonho, inserido no capítulo XVIII.

> Certa noite, dormindo em meu leito, eu me vi caminhando nas ruas de Jerusalém como caminha um sonâmbulo. Entrei numa livraria. Ao sair,

um ancião falou-me, sussurrando: Se são livros que busca, acompanhe-me. Perguntei-lhe: Aonde? Respondeu-me: À minha casa. (p. 145)

Sintetizando, o ancião se faz acompanhar pelo sonhador por um longo caminho, até que o primeiro aponta um "Aqui!" O lugar indicado era vazio, não havia nada nele, mas a sensação do sonhador era agradável, como se lhe acariciassem a cabeça. Pareceu-lhe haver morrido, mas a sensação agradável continuava, "como se a mão de um amigo me acariciasse a cabeça. Finalmente, cessou toda a minha existência, só aquele prazer não cessou". Continuando o sonho, o ancião retirou um livro e este tinha o carimbo de Szibusz, portanto, era um livro oriundo da sinagoga daquela aldeia. Mas como teria saído de lá, se havia uma antiga proibição que impedia a retirada de livros da casa de estudos? O ancião responde: "Eu não o tirei, ele começou a rolar e chegou a mim. Desde que cessou o estudo da *Torá* na casa de estudos, os seus livros começaram a rolar e chegam a nós." O livro seria gratuito para aquele que quer estudar. Só teria valor de uso e não de troca. O sonhador volta a ganhar corpo, ele cresce e torna-se alto como uma montanha. Ele sai e corre para a casa de estudos.

Em síntese, os livros sagrados estão disponíveis, eles se dirigem, inclusive, até o potencial leitor, mas é preciso ter a disposição de lê-los. Por mais que o sonhador vá ligeiro para a casa de estudos, não tem como fazer que os outros o acompanhem; o que antes era uma existência judaica rotineira e aceita do nascimento até a morte passa a ser uma eleição. A vida presente em Szibusz é uma sombra deformada do passado de glória que existia antes da Primeira Guerra. Talvez a única esperança de redenção poderia ser encontrada na Terra de Israel, preferivelmente, alicerçada na *Torá*, esta a posição do narrador-personagem.

Escapando desse propósito, entretanto, o romance apresenta, por exemplo, a ida de Ierukham, marido de Raquel, à Terra de Israel, não movida por motivos religiosos e nem propriamente vinculada ao movimento sionista. Ieruhkam desejava emigrar para a terra de Israel ainda na infância. Quando eclode a guerra, ele viaja

APRESENTAÇÃO 23

a Viena, a caminho de Israel. Mas a guerra afastou os países. O passaporte trazia seu nome malgrafado e, com isso, não conseguiu viajar legalmente a Israel. Assim, seguiu até lá a pé. Durante o dia ocultava-se nas florestas, entre rochas, em covas e cavernas e à noite continuava a andar, muitas vezes em círculo, retornando ao mesmo lugar. Finalmente, quando chega à Terra Santa, é explorado por maus patrões e um dia retorna a Szibusz. Ele não emigrou para a terra de Israel, como o narrador e seus camaradas da Segunda Aliá, a segunda onda de imigração . Estes foram movidos pelo coração, pela leitura dos textos sagrados estudados na juventude e depois por toda a vida; já a geração de Ierukham se rebelou contra esses estudiosos da *Torá*, tornando-se mais politizada do que religiosa. São eles os que emigrarão para os *kibutzim*, para viver uma vida comunitária em base socialista. O narrador contempla essa comunidade no romance e a visita com simpatia.

Certo dia, foi procurado na sinagoga por dois jovens que lhe comunicaram que numa aldeia próxima havia um grupo de seis rapazes e duas moças que abandonaram os ofícios de seus antepassados e que lavravam a terra com o propósito de se preparar para o trabalho na Terra de Israel. Vieram para convidá-lo a ir visitá-los na festa das Semanas (Schavuot). O narrador olha-os com distância, porque esperava que tivessem vindo para acompanhar a leitura dos textos sagrados, mas concede ir visitá-los, porque entende que eles devotam à Terra Santa outra forma de amor. Quando chega à aldeia, é recebido com desconfiança pelo lavrador dono da terra, mas os jovens explicam que o trabalho do visitante é importante e que o mundo tem grande necessidade dele. Nesse momento, há o encontro empático entre os que lavram a terra, plantam, fazem seu pão e seu alimento, e o judeu cumpridor das leis religiosas, o escritor e o leitor dos livros sagrados.

Proferimos a graça pelos alimentos, levantamo-nos da mesa e fomos à cidade próxima, para assistir ao ofício religioso e ouvir a leitura da *Torá*. Caminhamos entre campo e jardins, hortas e bosques, em sendas tortas e tortuosas. Este mundo, do qual eu pensava que à noite estava inanimado, estava ocupado, àquela hora, em milhares e milhares de tarefas. O céu esparzia orvalho e a terra produzia relvas, e as relvas desprendiam perfume. E entre o céu e a terra ouvia-se a voz de uma ave noturna, dizendo coisas que nem todo ouvido é capaz de entender. (p.346)

Muitos meses se passaram, o narrador-personagem já havia gasto quase todo o dinheiro que trouxe, a saudade da mulher e dos filhos aumentou, é chegada a hora de retornar à Terra Santa. Ele se prepara e vai partir, mas não carrega ilusões e se preocupa: "E o que será da chave?" Escreve para a mulher, que lhe responde: "Coloque-a na Arca sagrada e quando os mortos chegarem para ler a *Torá*, eles a levarão". (p. 522)

Embora a procrastinação seja a figura que rege a narrativa, explicada talvez pelo bordão "Ano que vem em Jerusalém" que move todo religioso, a esposa decide que a família deve voltar à sua casa em Jerusalém. O narrador está dividido, a mulher de Ierukham Liberto vai ter um filho e há muitos anos não nascia uma criança judia na cidadezinha. Já sem recursos, ele se lembra de que é escritor e que os editores lhe devem dinheiro:

Involuntariamente, lembrei-me de que sou escritor. E o significado da palavra escritor refere-se a escriba que escreve os livros da *Torá*. Porém, desde que se denomina de escritor todo aquele que se ocupa com a escrita, não temo pecar por orgulho quando chamo a mim mesmo de escritor. (p. 525)

Com o numerário escasso, o narrador vai morar com Kuba, amigo de infância e médico da cidadezinha, para preparar a volta. A chave da sinagoga, ele a deixa de presente ao filho recém-nascido de Raquel e Ierukham Liberto, no dia de sua circuncisão. O narrador que chegou sozinho a Szibusz parte com uma comitiva de habitantes que vai se despedir dele. Ele, que entrou na cidade em surdina, parte com grande pompa. Ele, que veio para ensinar a estudar, aprendeu, fora dos livros, que o estudo leva ao ato.

Certa vez falei a mim mesmo: Irei ver que árvore é aquela da qual falaram os sábios e que campo é aquele do qual fala a *Mischná*. Ao sair, ouvi os rapazes que conversavam entre si e através de suas palavras toda uma passagem da *Mischná* me foi esclarecida, não porque eles tenham se referido à passagem da *Mischná*, mas porque falavam, como de hábito, sobre árvores e arbustos. Disse a mim mesmo: "A sabedoria clama lá fora." Daí em diante, quando me deparava com alguma dificuldade na *Mischná*, eu me dirigia a algum dos nossos camaradas. Se ele não sabia, o jardineiro sabia. Se não sabia interpretar a nosso modo, interpretava-a a seu modo e me mostrava cada uma das coisas concretamente. Apliquei a mim mesmo o ditado: "Melhor é a vista dos olhos do que o vaguear da cobiça". (p. 550-551)

Entre as coisas trazidas de Szibusz, a esposa do narrador encontrou na bagagem do marido a antiga chave da sinagoga, perdida imediatamente após sua chegada àquela cidade. Restituí-la? Não, pois eles ficaram com a cópia. Eis a solução do narrador:

Entrei em casa e guardei a chave na arca e tranquei a arca por fora e pendurei a chave no meu peito. Sei que ninguém está ansioso pela chave de nossa velha casa de estudos, mas pensei: Amanhã poderá acontecer que nossa velha casa de estudos se fixe na Terra de Israel e é melhor que eu tenha a chave em meu poder. (p. 554)

Um romance é um espaço de dimensões múltiplas no qual se casam e contestam escrituras variadas. São os leitores que realizam a tarefa de revelação de como se conjuga essa multidimensionalidade. A avaliação das estruturas internas do texto, bem como a articulação dinâmica das imagens que sustentam determinada obra, forjam uma leitura que não é explicada pela vida do autor, mas pela contrafação entre vida e obra, ambas fazendo parte de uma única aventura. Se o narrador do romance de Agnon encarou o mal como advindo da Primeira Guerra Mundial e do abandono dos preceitos religiosos, ele não podia supor a iminência de um mal maior: a Segunda Guerra Mundial, que inicia justamente um ano após a publicação do livro.

Berta Waldman

TRADIÇÃO E MODERNIDADE EM SCH. I. AGNON

Um homem que se move pelas sombras, e três ou quatro sombras diferentes o acompanham, à sua frente, ou à sua direita, atrás, sobre ele ou por baixo dos seus pés.

[...]

Por alguns anos me empenhei para escapar da sombra de Agnon, lutei para distanciar meu estilo da sua influência, da sua linguagem densa, refinada, da sua pulsação ritmada, de certa placidez vinda da religiosidade junto com os tons cálidos da língua, nos quais ecoam as melodias do ídiche e as modulações das histórias hassídicas. Eu devia me libertar da influência de sua linguagem ferina e irônica, do simbolismo intenso e barroco de seus labirintos enigmáticos, da multiplicação dos planos da realidade e dos sofisticados chistes literários.

Mesmo com todo o esforço para me afastar dele, até hoje o que aprendi com Agnon por certo ecoa bastante em meus livros.

Mas, afinal de contas, o que foi que aprendi com ele?

Talvez seja isto – projetar mais do que uma sombra.

Eis como Amos Oz, em seu romance autobiográfico, *De Amor e Trevas*[1], caracteriza a sua relação com Sch. I. Agnon e o legado que dele teria recebido. Mas, desde logo, pode-se dizer que o impacto dessa herança não deve ser restrito ao celebrado autor de *Meu Michel*. Sem exagerar e cair no panegírico do que já se constituiu em um lugar-comum da crítica literária e de sua análise do processo criativo sabra, a obra desse escritor se projeta, não só pelas intrigantes "sombras" de seu universo ficcional, como pela instigante escritura que se cristalizou na sua pena e o tornou um mestre reconhecido dos narradores das gerações seguintes. Mais do que qualquer outro de seus contemporâneos nas letras, e não menos do que o geralmente apontado como o inspirador de uma nova linguagem no romance hebreu, o angustiado, dilemático, dostoievskiano, Haim Iossef Brenner, seu amigo e, por assim dizer, seu oposto dionisíaco, o jovem saído do *schtetl* galiciano, que incorporou em seus relatos o que esse mundo e o judaísmo tradicional tinham de mais entranhado, ascendeu pela singularidade de seu estro a uma qualidade de criação poética em que simbolismo, ironia e grotesco se plasmam apolineamente na fluência singela de um contador de histórias e que, sem dúvida alguma, independentemente da láurea que lhe foi concedida, colocam sua produção entre as que melhor representam, pela originalidade e universalidade, a moderna escritura romanesca, não só israelense.

* * *

À menor reflexão sobre o fenômeno Agnon no quadro das letras judaicas, notar-se-á que ele não é o herdeiro somente da tradição literária hebraica. Ao lado de sua notória relação com tudo o que, desde a *Bíblia*, o estro judeu produziu na língua dos profetas na Antiguidade, de Iehudá Halevi no Medievo e de H.N. Bialik nos tempos modernos, é visível também o seu

---

1 Tradução de Milton Lando; São Paulo: Companhia das Letras, 2005. Os trechos citados encontram-se às páginas 89 e 97 respectivamente.

TRADIÇÃO E MODERNIDADE EM SCH.I. AGNON

vínculo com o acervo literário do ídiche e, sobretudo, com a arte de seus grandes nomes: Mêndele, Scholem Aleikhem e Peretz. Alguém já disse que "Agnon escreve ídiche em hebraico [...] O fluente ídiche de Buczacz introduziu a sua melodia, secretamente, nas escuras profundezas do hebraico de Agnon" (M. Grossman-Zimerman). Contudo, não se trata apenas de um acompanhamento em surdina, do insinuar-se de uma fala que, afinal de contas, é a que lhe embalou os primeiros passos e em cujo contexto se desenrolam algumas de suas principais histórias[2]. Os melhores críticos de sua obra distinguem nela, entre outras raízes artísticas, as que sustentam as modernas letras ídiches. Uma dessas apreciações, de Baruch Hochman, *Agnon's Quest*, diz textualmente: "*O Dote da Noiva* é um quadro narrativo, segundo o modelo de *D. Quixote*, com fortes afinidades com as *Viagens de Benjamim, o Terceiro* de Mêndele, e *Tévye, o Leiteiro*, de Scholem Aleikhem". E não seria fora de propósito levar adiante essa sugestão – sem restringi-la ao Agnon épico e autor de um dos mais completos e sensíveis painéis da vida do *schtetl*, da cidadezinha judia – e indagar se não há parentesco ou pelo menos algum ponto de contato entre as suas inquietações e buscas e as que permeiam a produção de um I.L. Peretz. Pensemos apenas numa história como a de O *Batlan Louco*, a cujo respeito escreveu Anatol Rosenfeld: "a meditação dir-se-ia cartesiana de um triste zero humano à procura de identidade. Seu desvario é o exato ponto onde a patologia individual e a patologia social convergem nos sintomas ambíguos definidos pelo termo ambíguo 'alienação'". Não residirá aí, e em outros traços de Peretz, um ponto de partida não apenas histórico, mas também estético e espiritual, da busca agnoniana?

Nessas condições, não vemos exagero na afirmativa de que Agnon se insere, outrossim, na tradição literária do ídiche e,

---

2   A tal ponto que Agnon, para caracterizar ou para dar a *pointe* do relato, recorre diretamente ao idichismo ou à expressão ídiche. Por outro lado, uma experiência curiosa que enseja o trabalho de traduzir Agnon é que os dicionários da língua ídiche, principalmente nos hebraísmos mais encontradiços neste idioma, fornecem a chave de seus giros de frase.

mais do que isso, é um de seus herdeiros diretos, na medida em que leva alguns de seus principais fatores, formas e motivos ao termo de seu processamento histórico e artístico.

* * *

Schmuel Iossef Agnon, filho de Scholem Mordekhai Czaczkes, nasceu em Buczacz, Galícia, provavelmente a 17 de julho de 1888. Era a época em que já apareciam as primeiras rachaduras de importância na estrutura da sociedade do *schtetl* da Europa Oriental. Não só as velhas querelas entre os *hassidim* e os seus opositores, os *mitnagdim,* começavam a perder sentido, como de certa maneira as próprias diferenças entre ortodoxos e "ilustrados", *maskilim,* tomavam-se menos agudas. As transformações sociais e a sua "conscientização", embora apenas esboçadas, já imprimiam um ritmo novo ao seu processamento e, por essa simples movimentação, abalavam as frágeis e mal conectadas construções sociais e políticas que dominavam o oriente europeu. Ao chamado das nacionalidades, o das classes e da etnias oprimidas, que percorria os impérios tsarista e austro--húngaro em suas derradeiras décadas, os judeus, cultural e religiosamente expostos a uma discriminação milenar, também passaram a responder com as siglas de seus jovens movimentos políticos. Sionismo e socialismo fundiam e sintetizavam antigas tradições e aspirações, ao mesmo tempo que abriam, com novas flâmulas, novas trincheiras. Foi em meio a esse reagrupamento da sociedade judaica e da refusão de seus valores que se processaram os anos de formação de Sch. I. Agnon.

Por outro lado, em sua própria família, Agnon também se viu submetido a uma interessante mescla de influências: o pai, que ganhava a subsistência como peleteiro, era rabino ordenado, conhecedor de filosofia judaica do Medievo e, não obstante frequentador de círculos hassídicos, a cujas práticas era afeito, em que pese o conflito e a contradição nos quais a época vivia, entre legalismo rabínico, racionalismo filosófico e mística pietista; o avô, Iehudá Farb, comerciante influente na cidade e sagaz *talmid-hakham*, também projetou sua presença na vida do neto; cabe acrescentar ainda a figura da mãe do escritor, Ester, uma mulher versada em literatura alemã e cujo papel encontra repetida expressão em várias personagens femininas dos seus relatos. Contudo, é indubitável que um dos timbres mais fortes impressos na formação de Agnon é o do pai. Depois de passar por vários *hadarim* na infância, foi sob a sua tutela que estudou *Talmud* e tomou contato com a literatura religiosa e tradicional.

Agnon começou a escrever em hebraico e ídiche muito cedo. Aos quinze anos, publicou pela primeira vez um poema hebraico intitulado *Um Pequeno Herói*. Produziu bastante nos anos posteriores, contos, poemas e artigos, mas nada que denunciasse a sua veia original. Participante do movimento sionista, imprimia os seus escritos nos periódicos dessa corrente e, aos dezoito anos, foi para Lvov, a fim de trabalhar num jornal hebreu. Em 1908 dirigiu-se a Viena e em seguida à Terra de Israel.

Só aí é que produziu a primeira obra que chamou a atenção do meio literário para o seu nome. Assinava o relato, *Agunot* (Esposas Abandonadas), com o pseudônimo de Agnon, derivado do título e que encerra na verdade um dos temas centrais de sua criação: o abandono, a desolação. Vivendo inicialmente em Jafa e depois na Jerusalém da Segunda Aliá, foi amigo de algumas das figuras históricas do sionismo político e literário, como Berl Katznelson e Iossef Haim Brenner.

Em 1913, foi para Berlim a fim de estudar. Sustentava-se por meio do ensino de hebraico e do preparo de materiais para pesquisadores acadêmicos. Foi então que entrou em contato, não só com as grandes obras da literatura mundial (Schiller, Jean Paul, Chamisso, Hamsun, Ibsen, Bjorson e Nietzsche, entre outros, afora os clássicos do romance russo e francês), mas também com um dos círculos mais interessantes da vida judaica na Alemanha de então, o que era tutelado pelo filósofo Martin Buber. Dele participavam pensadores e escritores como Franz Rosenzweig, Margaret Sussman, Guerschom Scholem, e outros, círculo com o qual Franz Kafka se relacionou e em cujo periódico, *Der Jude,* apareceram alguns de seus contos, bem como as primeiras traduções alemãs dos contos de Agnon feitas por Scholem. Foi com a colaboração deste que Martin Buber começou a reunir o material de sua famosa coletânea de histórias hassídicas. Data também desse período, imediatamente posterior à guerra de 1914, o primeiro romance de sua lavra que se tem notícia, *No Laço da Vida,* uma ficção autobiográfica que estava pronta para ser impressa quando o apartamento do autor em Homburg[3] foi consumido pelo fogo.

Agnon, que obteve um estipêndio permanente da editora Schocken e pôde dedicar-se inteiramente ao seu trabalho de ficcionista, voltou a Jerusalém em 1924, fixando-se no bairro de Talpiot onde viveu, em companhia de sua mulher, Ester Marx, com quem se casou em 1919. Em 1929, a casa em que residia e que desempenhou um papel tão importante em suas histórias foi incendiada durante os distúrbios árabes. Esse fato e mais a saúde abalada da esposa o induziram a empreender uma nova viagem à Europa, em cujo transcurso visitou a cidade natal. Agnon, que já havia escrito *O Dote da Noiva* e relevantes séries de contos e novelas, colheu dessa visita um de seus romances centrais: este *Hóspede Por Uma Noite,* composto vários anos após o seu regresso a Jerusalém em 1932.

Já era então um dos mestres reconhecidos da prosa hebraica contemporânea, condição que o seu terceiro romance *T'mol Schilschom* (Somente Ontem), só acentuou. Seria enfadonho mencionar a longa série de criações suas que se sucederam com crescente recepção. Basta dizer que uma história como *Ido e Einam* constituiu, em pouco menos de cem páginas, um acontecimento para a ficção hebraica em geral e a israelense em particular. Esse e outros relatos exerceram forte impacto sobre os novos escritores que encontraram em sua escritura um ponto de partida ou de passagem, sobretudo espiritual e estético, para desenvolver a sua própria linguagem e projetar a

---

3   Atual Bad Homburg vor der Höhe, nas proximidades de Frankfurt.

imagem do israelense e do judeu atual no âmbito da literatura hebraica contemporânea.

* * *

Esse papel de Agnon, que é o da qualidade de sua obra, vinha de há muito se irradiando para fora do meio hebraico. Antes do Nobel já estava traduzido para quinze idiomas e o interesse exegético da crítica por seu vulto de novelista era crescente nos vários países ocidentais. Assim, ao conceder-lhe o seu galardão em 1966, a Academia Sueca não o "descobriu", como pretenderam alguns comentários de imprensa, mas apenas o "distinguiu", realçando-o, no plano internacional, ao olhar distante e pouco familiarizado do leitor médio. Ao fazê-lo, entretanto, limitou-se a ceder à força e ao volume de um fluxo criador que há quase sessenta anos vinha fecundando as letras hebraicas. Poderia não tê-lo feito, sem dúvida, mas nem por isso a obra de Agnon deixaria de se extravasar para áreas mais largas, vencendo o seu próprio leito linguístico, bem como a complexidade e as sinuosas peculiaridades de seu curso espiritual, pois é não menos indubitável que ela está dotada de um potencial artístico e humano que, por si mesmo, por seu próprio impulso, teria de conduzi-la um dia para além de suas margens naturais.

É claro que, nos limites da literatura hebraica, esse poder energético era de há muito conhecido e reconhecido. Desde 1909, data da publicação de *Esposas Abandonadas*, sua primeira narrativa de maior repercussão, Sch. I. Agnon encontrava-se na mesa da discussão crítica e, desde os anos de 1930, sua obra era tida como uma das mais expressivas, senão a expressão "clássica", da ficção moderna na língua dos profetas.

As três edições realizadas em vida e que reúnem seus relatos, uma em 1931 e outra em 1953, marcaram época na moderna ficção hebraica, assinalando uma considerável elevação de seus níveis de qualidade e universalidade. Principalmente nos volumes da edição de 1965, em Israel ou na Diáspora, o judeu religioso ou não, o tradicionalista ou o modernista, acharam um espelho e uma imagem em que constatavam traços comuns, uma linguagem capaz de articular, nos sentimentos e no espírito de ambos, os termos de uma herança e de uma experiência coletivas.

Mas se, reconhecendo-se, uns e outros reconheciam a figuração que lhes estendia as narrativas agnonianas, cada uma das partes via algo diverso: nessa prosa tecida de fio midráschico, entremeada de sabedoria talmúdica, impregnada de mistério cabalístico e avivada de fervor hassídico, a mirada saudosista do velho enxergava o piedoso epítome da literatura popular judaica, a saga da vida judaica na Europa Oriental, enquanto o olhar nervoso e atualizador do jovem percebia ousadias expressionistas e surrealistas a compor os simbolismos "kafkianos" da alienação e da degradação do homem moderno. Um extraía daí a vestimenta de um *tzadik*, de um dos Trinta e Seis Justos que, segundo a lenda, sustentam anonimamente o mundo, outro uma grotesca fantasia de Purim, o carnaval judeu. Se aquele pressentia nas páginas de Agnon as sugestões do Éden, este adivinhava nelas esfiapadas lembranças de uma irreparável expulsão e, mais ainda, os prenúncios da grande Hecatombe dos valores e dos homens.

E o que sucedeu, ao nível do leitor comum, tornou-se ainda mais acirrado ao nível da crítica literária. Esta, a cada publicação de um romance, novela ou conto de Agnon, desentendia-se solenemente sobre o "entendimento" do texto, lançando mão dos clichês literários, dos "ismos" e "istas" mais em voga na ocasião, para tentar aprisioná-lo no seu torniquete conceitual e classificatório. Ao fim, entretanto, sempre resta algo não inteiramente penetrável, que escapa com um sorriso fugidio e uma veia pulsante ao escalpelo da análise, que resiste, por um inatingível latejamento íntimo e por uma rara fidelidade a si próprio, aos cânones e às categorias reconhecidas em dado momento,

Assim, e sem que com isso se negue a utilidade e a necessidade do trabalho crítico, ao longo da trajetória agnoniana escalona-se, superada pela vitalidade sempre renovada e pelo alcance cada vez maior dessa criação, uma série de "interpretações" que jazem à beira do caminho, vencidas pelo segredo que tentaram desvendar. Foi o que aconteceu principalmente às apreciações "ideológicas" dos primeiros tempos que se insurgiam, em nome da modernização e do progressismo social, contra a revalorização do mundo tradicional do gueto, cerrado, primitivo, mas inteiriço, com sua beatífica humanidade vivendo as harmonias do além, tecendo com a pureza de sua fé o sonho da salvação messiânica e o êxtase da presença divina (como se a Ilustração, a Emancipação, a secularização, as transformações e crises sociais e religiosas não tivessem despertado dolorosamente esse mundo encantado, despojando-o de suas roupagens da ilusão e pondo à mostra a miséria e o atraso terrenos que alimentavam o seu enlevo celeste!, clamavam esses críticos). Tais exegeses esqueciam naturalmente, ou talvez lhes faltasse ainda a necessária perspectiva para ver, que não só *Vehaiá He'akov Lemischor* (E o Torto Será Endireitado) – uma história realista de declínio e degradação, carregada de traços grotescos – sucedera imediatamente às *Esposas Abandonadas*, mas que neste mesmo relato, de almas encantadas e amores irrealizados, a romantização folclorística é assombrada, por sobre o encanto nostálgico, por uma atmosfera de pesadelo, suscitando uma e outra, a seu modo, do imo da agonizante sociedade do *schtetl*, os espectros de sua agonia. E essa falta de sensibilidade para algumas das constantes e tensões essenciais da arte de Agnon – que maneja com igual destreza o épico e o lírico, o humor e a tragicidade, para, em manifestações independentes ou em oposições dialéticas no seio da mesma criação, constituir um universo artístico onde mito e realidade, mistério e revelação, se confrontam e se completam – condenou irremediavelmente tais interpretações.

De igual sorte compartilharam as apreciações, mais esteticistas, que viram no autor de *O Dote da Noiva* e *Bilevav Haiamim* (No Coração dos Mares) a suprema expressão da epopeia "popular", da linearidade ingênua das narrativas folclorísticas, das almas observadas na unidade do "tipo" e do "típico", impermeável à angústia e ao quebrantamento da consciência moderna, do homem e do judeu atirados às águas revoltas de nosso tempo. Agnon seria um tranquilo "clássico" que, indiferente à atualidade, se debruçaria sobre o passado distante, fixando-o, idealizado e sem contradições, num largo painel picaresco, graças a um estilo que retoma o fio dos velhos "livros de histórias" e que cristaliza as suas formas narrativas e a sua linguagem (daí as atmosferas ingênuas, as tramas singelas e o sabor arcaizante). Nesse sentido, é bastante ilustrativo o que dizia o principal crítico da geração de Bialik, J. Klausner, em seu *História da Literatura Hebraica Moderna*:

Sch. I. Agnon é o pintor maravilhoso do judaísmo da Galícia de há cinquenta anos. Todos os aspectos dessa vida típica aparecem em sua verdadeira efígie e até em seu idioma peculiar, a tal ponto pode este comprimir-se dentro do hebraico midráschico e hassídico, que ele domina plenamente, levando à perfeição íntima e cabal. Apresenta, e até consegue tornar simpáticos, os tipos mais curiosos do judaísmo galiciano. Agnon fez pela Galícia judia o que Mêndele fez pelo judaísmo lituano-russo, só que Mêndele, que conservava algo do *maskil*, mantém em face dos personagens e circunstâncias uma atitude crítica, amiúde rancorosa, enquanto Agnon os contempla com humor agudo e condescendente, que emana do amor e da bondade do coração. É o autor favorito dos escritores, críticos e leitores que sentem com força a saudade do passado religioso e romântico. Seu discurso é fluido e sereno, sem exaltação nem ênfase, um discurso onde os fatos falam por si mesmos e influem por si mesmos.

No entanto, essa visão do contista do ciclo dos *Sipurei Polin* (Contos da Polônia), e do romancista das venturas e desventuras de Reb Iudel pelas estradas da Galícia, ao coletar o dinheiro para o dote de sua filha (*O Dote da Noiva*), não levava em conta os conflitos e tensões que repontavam aqui e ali na plácida tessitura herói-cômica, determinando nelas fissuras trágicas em cujo fundo espreitavam a morte e o nada. Na verdade, o universo coerente dos "avós", que é o desse conjunto de relatos, estava sutilmente perpassado de movimentos nervosos[4] que abalavam a sua unidade edênica, sobretudo à medida que

---

4   Um exemplo de contorção íntima do narrador, de esgar "para dentro" do coração, é a história contada em *Dois Eruditos Que Viviam em Nossa Cidade*.

em seu horizonte assomavam os novos tempos, o do pecado dos "pais". E foi justamente por não ter percebido esse frêmito interno, esse abalo secreto, que a crítica se espantou quando, pulando sobre a "cidade" cinzenta, mediana e medíocre dos "pais", Agnon mergulhou diretamente no mundo convulso, fragmentado e alienado dos "netos". Na atmosfera sufocante, carregada de eletricidade e recortada por raios prenunciadores, que caracterizam os anos da crise de 1930, a arte de Agnon crispa-se. A tranquilidade de seu fluxo clássico, o espelho mais ou menos idílico de seus remansos são quebrados por uma crescente inquietação da alma. É o que se expressa primeiro, plenamente pelo menos, no *Sefer Hamaʾassim* (Livro dos Acontecimentos). Narrativas densamente tramadas, percorridas por um fogo glacial de ansiedade, de sombrio presságio, manifestam elas os signos de uma perplexidade, de um desgarramento do espírito ante as evidentes, ameaçadoras e, o que é pior, incontroláveis fendas que a trepidação, a massificação e a violência mecânica da modernidade começam a abrir no abrigo milenar do judaísmo, na estrutura de valores e práticas de uma fé que vencera galhardamente a prova dos séculos. Manipulados por Agnon, tais signos, dos quais emana uma sensação de estranhamento, um estremecimento de horror, se transmutam nos símbolos cabalísticos de um apocalipse que se avizinha.

A consternação e a incompreensão que o *Livro dos Acontecimentos* provocou na época talvez se explique, em parte, por seu caráter obscuro, fantasmagórico, algidamente frenético. Foi então que se começou a falar de um traço kafkiano em Agnon. Tratava-se mais de uma critica do que de uma constatação ou exaltação. O autor hebreu era acusado de se deixar levar pelas correntes modernistas da literatura europeia e de imitar canhestramente o seu correligionário tcheco. No curso dos anos, entretanto, à medida que se multiplicaram as expressões do mesmo traço na obra agnoniana e na proporção em que se verificou que o *Livro dos Acontecimentos* não constituía uma manifestação isolada, sem raiz nem continuidade (embora, ainda assim, a sua validez seria hoje, aos nossos olhos, inconteste), tornou-se também sensível a originalidade de Agnon, nesse segundo aspecto seu, a sua autonomia em relação ao que o precedia ou envolvia literariamente.

Não há dúvida de que o "outro lado" de seu estro, a face trágica de sua máscara artística bifronte, apresenta algumas similitudes na técnica de escrever e certo parentesco espiritual com Kafka. Uma cena como a do restaurante em *Um Pão Inteiro,* as estranhas vicissitudes do cão Balak, em *Somente Ontem,* o espetáculo do festim terreno e a busca transcendente da cabeça do *vav*[5] em *Após o Banquete,* para citar alguns exemplos, lembram os "processos" kafkianos, as suas ações crescentemente recorrentes e inconclusas, pelas quais a existência é escrava de seus significados e convertida na concha do nada. A mitologia moderna do homem desterrado, alienado, cindido, "estrangeiro", desabrigado, absurdo, que daí surge por contragolpe, também é encontradiça em Agnon. Mas a constelação é bem outra. Não temos aí, mesmo numa história como *Ido e Einam,* da busca de uma primitiva escrita perdida, a teologia negativa, secularizada, radicalizada, de um mundo em que não há lugar para o homem, como sucede em Kafka. Agnon, que por vezes pode aproximar-se da fronteira do ceticismo extremo, deixa nessa faixa largas áreas obscuras, indecisas, e não abre totalmente o espaço fechado e sagrado do Um ao império do Nenhum. No seu Universo, como em parte no de Bialik, o grande poeta hebreu, a Divina Presença foi expulsa, mas ainda o sobrepaira e lhe faz sentir a dor de seu desterro. Na verdade, homem impregnado dos valores tradicionais do judaísmo, do que há de mais peculiar na sua herança cultural e literária, praticante de sua religião, inserido no tempo histórico de seu povo de cuja trajetória moderna compartilhou, Agnon pertence a um outro quadro de condicionamento, a um outro clima de espírito. Grande artista que é, chega frequentemente às alcantiladas

---

5   O vav (ו) equivale à letra "V", mas pode representar a presença das vogais "U" ou "O". Quando usada para representar números, representa o algarismo 6.

regiões da angústia hodierna a que Kafka chegou, mas outras são as suas vias, outros são os seus meios e outros são os seus numes. Basta mencionar, a título de ilustração, o seu estilo: nada existe na ficção judaica, e não só na hebraica, que, embora uma invenção altamente pessoal, seja mais embebido nas fontes mais intrínsecas e mais históricas da expressão literária do povo de Israel. *Bíblia*, *Midrasch*, *Talmud*, Cabala, contos populares e contos hassídicos, as elaborações modernas das letras em ídiche e hebraico, tudo isso é incorporado à linguagem de Agnon. E isso decorre tanto de razões estéticas quanto do fato de Agnon preocupar-se primordialmente em captar a experiência coletiva e a problemática nacional-judaica, e não só a condição mais abstrata do indivíduo judeu, enquanto ser marginal, de fora, e "outro" *tout court,* necessitando de um arsenal vocabular que contenha todas as gamas de "significações" específicas, uma verdadeira viagem romântica pelo "verbo" das épocas históricas, ao contrário da linguagem despojada e cosmopolita do classicismo uniforme, redutor, de Kafka. Não obstante, e o que constitui o seu grande feito, consegue em um segundo movimento, tanto dele quanto do leitor, universalizar tais elementos singulares, e justamente pelo poder de seus instrumentos artísticos. Provam-no dois de seus mais representativos romances: *Oreakh Natá Lalun* (Hóspede Por Um Noite) e *Somente Ontem.*

Hóspede Por Uma Noite é considerado por muitos uma de suas criações mais centrais. Aí, no dizer do crítico americano, Arnold J. Band, aparecem "todos os temas maiores e técnicas de suas demais histórias; é o liame entre suas obras anteriores e as subsequentes". A ação se passa em Schibusch, uma cidade imaginária de sua Galícia natal, para onde volta o herói do romance, um *eu* narrador, em busca da cidade de sua infância e da sua imaginação, a venturosa pólis dos "avós", do judeu que vivia na completude de sua condição e de sua fé, o idílico *schtetl* de *O Dote da Noiva.* Mas o que se lhe apresenta são escombros e espectros, tanto mais nítidos quanto em seu horizonte ressurgem sempre as visões da "cidadezinha" ideal. De nada adiantam os esforços do herói a fim de reanimar aquela comunidade: seu espírito está morto e seus membros não passam de simples sombras de gente, grotescas sobrevivências, social e historicamente condenadas, e muito mais do que o autor podia imaginar ao concebê-los, pois o que os lobrigava, ao fim, era um horrível alçapão, o do extermínio em massa. Agnon já distingue, embora não em seus pormenores, a trágica perspectiva daquele mundo e daquela geração. *Hóspede Por Uma Noite* é um augúrio, um nefasto augúrio, mas não deixa de ser significativo, quer do ponto de vista do autor como de sua obra, que o único ser inteiro naquele quadro de decomposição seja o do eu-herói, o qual conserva sua identidade e sua integridade porque, além de um ponto de fuga no passado, ele tem outro no futuro, na medida em que ao termo de sua estada ali o aguarda o retorno, em companhia dos seus, à Terra de Israel.

Muito mais impregnada de elementos pessoais e subjetivos, embora narrando as peripécias, não de um "eu", mas de um "ele", é *Somente Ontem*. Esta é a breve e infeliz história de Itzhak Kummer, um *halutz*, um pioneiro típico da Segunda Aliá, que emigrou para o país de seus ancestrais animado dos mais puros ideais e morreu mordido por Balak, o cão danado, o espírito de sua geração. Agnon sintetiza aqui, por recursos que vão da sátira ao relato realista e expressionista, as dúvidas, as esperanças e os malogros de uma geração, que é a sua, fixando-lhe o retrato através de um prisma evidentemente recortado nalgumas das suas próprias e mais sentidas vivências. O resultado é, mais uma vez, uma exposição sensível de feridas e problemas dolorosos: são postos em xeque não só o fanatismo da velha comunidade e os valores da nova, mas também alguns dos ideais mais santificados da vida judaica.

Naturalmente, a esfera judaica que apontamos em *Hóspede Por Uma Noite* e *Somente Ontem* é passível de ser reinterpretada e a fábula agnoniana pode emergir a uma luz ainda mais ampla. Daí surgiu uma terceira tendência na sua apreciação crítica. Além de ver em Agnon um dos mais sutis analistas da alma judia, passou ela a examinar as suas criações sob o enfoque de um ultramodernismo subjetivista ou simbolista, procurando detectar nas menores incisões psicológicas ou nos mínimos sinais poéticos a sugestão dos desgarramentos d'alma, da tortura do ceticismo, da angústia da marginalidade e dos conflitos da individualidade que seriam a verdadeira essência da arte de Agnon. O próprio lavor estilístico, que Agnon, artífice primoroso, leva a uma simplicidade irredutível, tornou-se um elemento da nova interpretação: o espelho brilhante de sua prosa, outrora encarado muitas vezes como um burilamento ocioso (da "arte pela arte") ou como uma carência de dimensão interna, constituiria a luminosa radiação das tensões interiores cujos sinais a sensibilidade e a inteligência do leitor devem captar e interpretar adequadamente, a fim de atingir o seu real significado humano e literário. Assim, os seus textos tradicionais seriam pretextos modernos. Com essa chave, explicar-se-iam não só os caracteres e os ambientes evocados, o estranho clima de ortodoxia e misticismo em que se movem algumas de suas mais ousadas criações do após-guerra, como a própria personalidade artística de Agnon, tal como se poderia depreendê-la do *Livro dos Acontecimentos*, onde, numa espécie de confissão, teria libertado da disciplina artística o seu mundo íntimo – reino convulso do heterogêneo e do contraditório, do judeu dilacerado pelo drama de seu povo e do homem atormentado pela consciência enferma do nosso tempo.

Sem dúvida, esse último ponto de vista, que corresponde a uma reação ao longo domínio da "ideologia" na literatura hebraica e aos anseios de "psicologia" e "estética" do leitor israelense e de seu vanguardismo artístico, toca num dos centros nervosos da produção agnoniana. Contudo, ao invertê-la, em seu conjunto, atenta contra algo que, na perspectiva do tempo, se torna cada vez mais visível – o caráter dualista dessa obra. Com efeito, Agnon jamais cessou de expressar-se através de ambos os seus modos. A crescente preocupação com problemas centrais da situação do homem no século xx, o desenvolvimento de seu estilo, de sua técnica narrativa e do domínio do material, não o induziram a abandonar o meio judeu – e isso não apenas como moldura. Agnon continuou a cultivar, com refinamento cada vez maior, aquele gênero de histórias que compõem a sua outra, e legítima, face de autor, e que o tornaram o épico do hassidismo, o regionalista da Galícia, o lírico memorialista de sua cidadezinha natal e de sua própria família, o retratista por excelência do *talmid-hakham*, o erudito religioso cujo papel na comunidade de Israel e cuja fisionomia literária Agnon fixou indelevelmente na prosa hebraica, ao mesmo tempo em que, ao traçar a ambiência desse "tipo", deu uma versão clássica da longa Idade Média judaica que perdurou até meados do século xix. É nas suas figuras de douto e de suas variadas encarnações – pois o *talmid-hakham* não pertencia a uma camada definida, representando antes um anseio coletivo de beatificação pelo estudo dos Livros, uma aspiração perseguida por todos os setores da sociedade – bem como na longa galeria de rabis e devotos, em Leibusch, o magarefe, em Iudel, o beato, em Paltiel, o taberneiro etc., que se materializam a herança espiritual e a maneira de ser da compacta massa judaica que então habitava o Leste europeu. Pintando em ampla composição os seus símbolos humanos, captando as suas experiências mais expressivas e identificando-se com a essência de seus ideais, a fidelidade irrestrita a Israel e à *Torá*, o amor inabalável à Terra Santa, Agnon converteu-se no bardo da alma do judaísmo tradicional.

Tal esfera, porém, é a do paraíso perdido... O ser degradado, expulso da comunhão edênica, do aconchego de padrões e formas sociais milenarmente aceitas, lançou-se a sós pelos "caminhos tortuosos" da existência terrena, na luta inglória de um dia a dia sem recompensa no além. E a arte de Agnon, por uma dialética interna, paralela ao processo histórico, acompanha-o nessa nova conjuntura, expressando sobretudo a sua feição judaica, as vicissitudes da vida do povo de Israel na época contemporânea, tais como se refletem no destino do judeu tomado em seu ângulo individual e coletivo. Assim, nos

TRADIÇÃO E MODERNIDADE EM SCH.I. AGNON

seus *Relatos Completos* e nas centenas de páginas não coligidas, em hebraico e também em ídiche, afora outros escritos de suas últimas criações, desenvolve não só uma continuidade temática que, abrangendo cinco gerações no mínimo, é única na ficção hebraica, com uma riqueza formal que atua fundamente nas levas subsequentes de autores israelenses e ao mesmo tempo a situa no plano universal, o que, a novo título, dá a Sch. I. Agnon a incontestada posição de primeiro "clássico," da velha e sempre nova literatura hebraica. E foi o que a Academia Sueca reconheceu ao premiá-lo por "sua profunda arte narrativa com motivos da vida do povo judeu".

Confirma-o plenamente seu último romance, *Schirá*[ ], que o autor deixou inacabado, ao falecer em 1970. O título dessa obra é o nome da principal personagem feminina, mas significa também "poesia" em hebraico. A referência, entretanto, é simbólica, pois o enredo se desenvolve inteiramente no âmbito do universo temático do autor, isto é, o judaico e o israelense. Trata-se, na verdade, de uma terceira etapa do percurso por ele efetuado, que começa idilicamente na Galícia de sua meninice, percorre criticamente a decomposição da sociedade do *schtetl* e os desenganos do utopismo da Segunda Aliá, em sua maturidade, para agora, na velhice deter-se na Jerusalém ao limiar da independência de Israel.

O quadro proposto pelos protagonistas representativos e pelas relações tramadas entre eles é tomado em lente, por assim dizer, mimético-realista. Identidade civil, psicológica e nacional: é registro de época. Porém, nesse desenho, a sucessão das ações põe-se a urdir referências que desbordam o cotidiano, o normal e o socialmente consagrado, uma vez que as experiências do morigerado acadêmico, especialista em arte bizantina e professor da Universidade Hebraica, Manfred Herbert, e da atraente enfermeira diplomada, Schirá, colocam em pauta toda a radical ambiguidade do Eros, na medida em que, no desatamento e tumultuoso processamento da paixão amorosa e das ações e reações que suscita entre as duas personagens, traz em seu bojo, do fundo da psique e da alma de cada uma delas, em revessa, um mórbido rescaldo de desejos irrealizados, de recalques e culpas, a desfazê-las em títeres de seus sentimentos na antessala da doença e da morte. São forças que assaltam o criador ficcional na lida com a escritura criativa e, talvez, mais ainda, com a poética literária a braços com as tensões do trágico assim desencadeadas, e que não podem mais ser dominadas, como observa Robert Alter, na ara consagradora da tragédia como forma, dadas as condições contextuais do escritor e sua arte no contexto romanceado por Agnon no quadro do mundo contemporâneo.

Vê-se, portanto, que o outro plano a que aludimos ao ressaltar a remessa simbólica da palavra *schirá*, constitui uma presença intrínseca na obra. Trata-se, como escreve o crítico acima citado, "de um romance sobre a impossibilidade da tragédia nos dias de hoje e, sobretudo, após o advento de Hitler". É como se houvesse aqui uma reescritura ficcional hebraica do embate das potências primitivas, mitologizadas em Apolo e Dionisio, que Nietzsche ressalta em *O Nascimento da Tragédia*. Ressurgem aqui, mais uma vez na encarnação artística, Eros e Tânatos, arte e saber, razão e paixão, criação e frustração, sexualidade e impotência, inteireza e fragmentação, tradição e modernidade, confrontando-se e entrecruzando-se nas invocações do imaginário desenfreado e sutil, a um só tempo, em desenhos realistas e espectrais nas tonalidades contidas nas reticências irônicas e na pincelada clamante do grito expressionista, numa visão de mundo e do judaísmo pré e pós-Holocausto levadas às últimas consequências.

E, talvez, por isso mesmo o narrador não conseguiu rematar o romance de Schirá em um termo épico fechado. O desfecho aberto nas duas versões que Agnon compôs, não se decidindo nem por uma nem por outra, parece ser mais do que uma dificuldade de acabamento do romance, sugerindo estar nela contida a própria inapreensibilidade pela arte do curso final das coisas e do sentido da existência, as sombras de sua plenitude...

J. Guinsburg

HÓSPEDE POR UMA NOITE

Capítulo Um
Cheguei à Minha Cidade

Na noite anterior ao Dia da Expiação, depois da meia-noite, baldeei do expresso para o trem comum que se dirigia à minha cidade. Os judeus que viajaram comigo durante a jornada despediram-se e partiram, e aldeãos e aldeãs chegavam e entravam. As rodas dos vagões moviam-se preguiçosamente entre montes e colinas, vales e várzeas, e, em cada estação o comboio parava e se demorava, vomitava gente e coisas e tornava a partir. Passadas duas horas, os letreiros de Szibusz começaram a surgir e aparecer de ambos os lados da estrada. Pus a mão sobre o coração, e assim como a minha mão tremia sobre o coração, este tremia debaixo dela. Os aldeões apagaram os seus cachimbos, meteram-nos dentro dos bolsos e se levantaram; juntaram os seus pertences e tornaram a sentar. As aldeãs apertavam-se junto à janela, e gritavam: Borrachovitch, e se riam. O trem bufou, apitou e estacou na estação.

Aproximou-se o funcionário de nome Borrachovitch, cuja sinistra havia sido amputada durante a guerra e substituída por outra de borracha, parou orgulhosamente, ergueu o pano que se encontrava em sua mão e gritou: Szibusz. Havia muitos anos que não ouvia o nome de Szibusz proferido por alguém de minha cidade. Somente aquele que nasce, cresce e vive nela, sabe pronunciar esse nome com todas as suas consoantes. Após pronunciar o nome de Szibusz, Borrachovitch lambeu o bigode como se estivesse comendo doces, observou os passageiros que abandonavam o trem examinando-os com a vista, alisou a sua sinistra, feita de borracha, e se dispôs a despachar o trem.

Peguei as minhas duas valises, e caminhei para o fundo do pátio da estação a fim de procurar uma carroça e ir para a cidade. O pátio aquecia-se ao sol e um cheiro, misto de resina, vapor, ervas e verduras, emanava dele. Era o odor próprio das estações ferroviárias das pequenas cidades. Olhei à volta, fui de um lado para o outro e não encontrei nenhuma carroça. Eu disse a mim mesmo: hoje é véspera de Iom Hakipurim, já hora da oração de Minkhá e os cocheiros não viajam mais, e você, se quiser chegar à cidade, levante as suas pernas e ponha-se a andar.

Um peão chega ao centro da cidade em meia hora e quando carrega sua bagagem demora mais um quarto de hora. No meu passo, a caminhada levou uma hora e meia, pois cada casa, ruína ou monturo distraíam-me e me detinham.

De todos os grandes edifícios de dois, três, quatro andares, não restaram senão os pisos inferiores e, mesmo estes, em sua maioria, arruinados. Havia casas das quais sobrara apenas o terreno. Até mesmo o Chafariz Real – a fonte da qual bebeu Sobieski, rei da Polônia, ao retornar derrotado do campo de batalha – tinha os degraus quebrados, e a placa comemorativa danificada com as letras de seu nome, gravadas em ouro, apagadas, e ervas rubras como sangue brotando delas, como se o anjo da morte tivesse afiado nelas a sua foice. Rapazes e moças não se encontravam lá e não se ouviam cantos ou risos, e a fonte vertia água e a derramava na rua como se derramam as águas no pátio da casa em que jaz um morto. Todos os lugares haviam mudado, e até mesmo os espaços entre as casas foram modificados.

Não eram como eu os vira na infância e tampouco como se me revelavam em sonho, pouco antes do meu retorno. Mas o cheiro de Szibusz ainda não mudara; era um aroma de painço cozido em mel que não abandonava a cidade desde os dias que se sucediam à Páscoa até o fim do mês de Markheschvan, quando a neve cai e cobre a cidade.

Vazias estavam as ruas da cidade, bem como o mercado. A cidade já terminara os seus afazeres diários; fecharam-se as lojas, e, certamente naquela hora, os homens já estavam na oração de Minkhá e as mulheres preparando a *seudá mafséket*. Além da voz da terra que respondia ao som dos meus passos, não se ouvia qualquer outra.

Mas não prestei atenção à voz da terra; eu caminhava e pensava onde deixaria a minha bagagem e onde encontraria lugar para pernoitar. Ergui os olhos e vi um grupo parado. Aproximei-me deles e perguntei: Onde há um hotel? Miraram as minhas valises e as minhas roupas e não me responderam.

Tornei a perguntar: Em que hotel pode-se pernoitar aqui? Alguém do grupo jogou um toco de cigarro de sua boca, pigarreou, fixou em mim os olhos e disse: Acaso existem aqui muitas hospedarias para se escolher uma que seja do seu agrado? De todos os hotéis da cidade restaram apenas dois. Disse-lhe um outro: De qualquer forma, o lugar desse senhor não é na casa da divorciada. Por quê?, perguntou este aos seus companheiros. Ouçam, ele pergunta por quê. Se ele quiser dirigir-se para lá, tem o direito. – Dobrou as mãos sobre o peito e desviou o rosto de mim como se dissesse: Daqui em diante, lavo as minhas mãos.

Respondeu um outro e disse: Eu explico. Quando aquela desgraçada voltou à cidade após a guerra, não encontrou senão aquela casa deixada por seu pai. Ponderou e estabeleceu nela uma hospedaria, fazendo dela o seu ganha-pão, dela e de suas quatro filhas. Quando seu sustento se fez mais penoso, parou de selecionar os seus hóspedes e sua casa tornou-se local de reunião de pecadores. Veja que destino teve a mulher de Rabi Haim, um luminar da *Torá* e da fé, digno de ocupar o rabinato. – E onde se encontra Rabi Haim? – Rabi Haim, onde está? Prisioneiro dos russos. Prenderam-no e levaram-no aos confins da Rússia e não sabemos se está vivo ou morto, pois durante todos esses anos não soubemos dele a não ser naquele dia em que enviou a carta de divórcio à esposa a fim de que não permanecesse uma *aguná*[1] para o resto de seus dias.

Levantei as minhas malas do chão e perguntei: Onde fica a tal hospedaria em que posso pernoitar? – Onde se acha a hospedaria? Daniel Bach lhe mostrará, pois está voltando para casa e a dele é ao lado do hotel.

Enquanto esse falava, aproximou-se Daniel Bach e disse: Citaram o meu nome e eu vim, venha comigo senhor e lhe mostrarei a hospedaria.

Daniel Bach era alto e magro, de cabeça pequena, cabelo castanho e barba curta, ligeiramente pontiaguda; de seus lábios pendia um arremedo de sorriso que se estendia para os maxilares caídos e a perna direita era de pau. Caminhei ao seu lado a fim de não incomodá-lo com uma passada larga. Daniel Bach percebeu-o e disse: Não tema por mim, pois caminho como todas as pessoas. Ao contrário, esta perna feita pela mão do homem é melhor do que aquela feita pela mão do Céu; não teme a gota e precede a outra ao caminhar. Perguntei-lhe: Essa lhe adveio da guerra? Disse-me: Não, não, mas a gota que atacou a outra me adveio da guerra. Disse-lhe: Com sua licença, então o senhor foi atingido durante os *pogroms*? Sorriu e disse: Dos *pogroms* saí ileso e os arruaceiros deveriam recitar a oração de graça por ter escapado das minhas mãos com vida. Sendo assim, donde lhe veio essa perna? Do lugar de onde procedem todas as desgraças. Dos ganha-pães do povo de Israel. Hatá, o anjo encarregado do sustento a condenou por não me achar digno de duas pernas,

---

1. Ao pé da letra: ancorada, encalhada; expressão que designa a mulher cujo marido a abandonou ou está ausente durante longo tempo, e que não pode tornar a casar. (N. da E.)

cortou-me uma e me deixou com uma. Como? Agora o senhor chegou à sua hospedaria e eu à minha casa e devemos apressar-nos para a *seudá mafséket*. *Gmar khatimá tová*[2]. Peguei a sua mão dentro da minha e disse-lhe: Igualmente para o senhor. Sorriu Bach e disse: Se é para mim, trata-se de um voto em vão, pois não acredito que o Dia da Expiação tem o poder de melhorar ou piorar as coisas. Disse-lhe: Se ele não expia os não arrependidos, ao menos expia os arrependidos. Disse Bach: Sou um incréu e não creio no poder do arrependimento. O arrependimento e o Iom Hakipurim expiam a metade e os sofrimentos dos outros dias do ano expiam a outra metade. Disse Daniel Bach: Já lhe disse que sou um incréu e não creio que o Santíssimo deseja o bem de suas criaturas. Mas por que devo afrontá-lo na véspera de Iom Hakipurim ao anoitecer? *Gmar khatimá tová*.

Capítulo Dois
A Noite de Iom Hakipurim

As pessoas da hospedaria receberam-me como um hóspede inoportuno, pois já se haviam erguido da *seudá mafséket* preparando-se para sair e temiam que tivessem de se atrasar por minha causa. Disse-lhes: Não temam, não os incomodarei, desejo apenas um lugar para pernoitar. O proprietário do hotel olhou para fora e depois para mim e em seguida para os restos de comida que sobraram da refeição e a seguir encarou-me novamente. Percebi que ele ponderava se ainda era permitido comer.

Também ponderei se ainda me era permitido comer, pois se deve antecipar o santo dia e iniciar o jejum antes do anoitecer. Disse-lhe: Não há tempo de sentar à mesa. Abri a valise e tirei o meu *Makhzor* e o meu manto de orações e fui à Grande Sinagoga.

A Grande Sinagoga, que na infância me parecia ser o maior edifício do mundo, diminuíra de extensão e altura, pois, a olhos

---

2. Saudação das grandes festas: "Seja confirmado no livro da vida". (N. da E.)

que tinham visto templos e palácios, a pequena sinagoga se afigurava ainda menor do que era de fato.

Na sinagoga não havia ninguém que eu conhecesse. A maioria dos fiéis recém-chegara à cidade, e tinha se apossado dos lugares da ala oriental e deixado os demais assentos vazios. Alguns iam e vinham, seja porque desejavam ostentar a sua posse, seja porque se sentiam deslocados em seu lugar. A luz que costumava iluminar as cabeças da sagrada comunidade nas noites de Iom Hakipurim não brilhava por sobre suas cabeças e seus mantos de oração não resplandeciam. Outrora, quando todos vinham orar e cada um trazia uma vela e a colocava junto às velas acesas nos candelabros, a sinagoga resplandecia, e agora que os candelabros foram pilhados na guerra e nem todos vêm rezar, escasseiam as velas e escasseia a luz. Outrora, quando os mantos de prece eram ornados de coroas de prata, a luz deles se refletia por sobre as cabeças dos fiéis, e agora que as coroas foram arrebatadas, a luz diminuiu.

O chantre não se estendeu nas rezas, ou talvez se tenha estendido, mas aquela era a minha primeira oração em minha cidade natal, e aquela era a noite do Dia da Expiação, em que o universo todo está a rezar, eu desejava me estender mais na oração e me parecia que o chantre a estava abreviando. Depois que o chantre concluiu sua prece, todos os fiéis cercaram o púlpito e proferiram o Kadisch. Não houve ninguém que não dissesse a prece pelos mortos.

Após a oração, não recitaram salmos e tampouco entoaram o Canto da Eleição ou o Canto da Glória, mas fecharam a sinagoga e cada um dirigiu-se à sua casa.

Fui para junto do rio e me detive sobre a ponte como meu pai, abençoada seja sua memória, costumava fazer nas noites de Iom Hakipurim; ele ficava ali parado, na ponte sobre o rio, pois o cheiro da água abranda a sede e induz ao arrependimento. Assim, como estas águas, que se lhe apresentam agora, não estavam aqui antes e não estarão depois, assim é este dia em que nos é dado nos arrependermos de nossos erros, pois ele ainda não existiu no mundo e não tornará a existir e, se alguém não se arrepender nele, tê-lo-á perdido em vão.

A água vem e a água vai e assim como vem, assim se vai, e um aroma de pureza emana dela. Parece que desde o dia em que aqui estive com meu pai, de abençoada memória, nada se modificou e nada se modificará até o final de todas as gerações. Chegou um bando de rapazes e moças com cigarros na boca. Por certo vinham da festa que promoveram naquela noite, como costumam fazer todos os anos na noite de Iom Hakipurim, para mostrarem que o temor deste dia não os atinge. As estrelas estão fixas no firmamento e sua luz se reflete na água do rio, e entre aquelas e esta se move o lume dos cigarros. Neste momento surgiu a minha sombra e se estendeu diante deles, sobre a ponte. Às vezes ela se misturava com a deles e, outras vezes, permanecia à parte, trêmula como se sentisse que os pés dos passantes a estavam escoiceando. Desviei a vista deles e mirei o céu a fim de ver se surgia a palma daquela mãozinha, pois as crianças dizem que nas noites de Iom Hakipurim aparece no firmamento uma pequena nuvem, qual uma mão, porque nesta hora o Santíssimo estende a sua para receber os arrependidos.

Veio uma moça e acendeu um cigarro; passou por ela um rapaz e disse: Cuidado para não queimar o bigode.

Ela se assustou e deixou o cigarro cair da sua boca. O rapaz abaixou-se e o ergueu, mas, antes que pudesse colocá-lo na sua própria boca ou na da moça, apareceu um outro, apanhou o cigarro e, tomando a moça pelo braço, desapareceu com ela.

Os passantes começaram a deixar a ponte. Alguns se dirigiram à cidade e outros se encaminhavam para o bosque situado atrás do matadouro, às margens do Stripa, ao lado dos carvalhos. Tornei a olhar o rio. Um odor agradável elevava-se da água. Aspirei o vento e saboreei o ar.

O som do poço do mercado velho, no centro da cidade, fez-se ouvir novamente. Um pouco além, ouvia-se o som do fluir do Chafariz Real. Até mesmo a água do Stripa juntou a sua voz. Não era a mesma que eu havia visto primeiramente, pois aquela já se foi, mas água nova, que fluía em seu lugar. A lua refletia-se no rio e as estrelas começaram a rarear. Disse a mim mesmo: Chegou a hora de dormir.

Voltei à minha hospedaria e encontrei a porta fechada. Lamentei não ter levado a chave comigo, pois havia prometido à gente do hotel que não iria incomodá-los e agora me via obrigado a despertá-los. Se soubesse que o *kloiz*[3] ainda existia, ter-me-ia dirigido para lá, pois ali há gente que permanece em vigília durante toda a noite cantando hinos e louvores e alguns estudam a noite inteira capítulos de Iomá e Keritot.

Estendi a mão à porta, como alguém que não espera que ela se abra e, ao tocá-la, ela se abriu. O dono da pousada sabia que seu hóspede se encontrava fora e não lhe cerrou a porta.

Entrei na ponta dos pés a fim de não perturbar os que dormiam. Se não tivesse calçado botas no caminho, não teriam escutado o som dos meus passos. Mas, como as ruas da cidade são sujas e eu sou um astênico, quando entrei ouviram a minha entrada e viraram-se em seu leitos.

A chama do *ner ha-haim*[4] estava acesa sobre a mesa no centro do refeitório, e um manto e um livro de orações ou um *Makhzor* ali se achavam. Um aroma de compota quente, ainda no forno, adocicava o ar da casa. Havia muitos anos que eu não experimentava esse sabor e não sentia esse cheiro. Era um cheiro de ameixas cozidas ao qual se acrescentava o odor do forno, que evocava, na alma, tempos passados, quando minha mãe, descanse ela em paz, cobria o meu pão com a compota doce. Não era uma hora conveniente para refletir sobre tais coisas, embora a *Torá* não proíba o prazer do aroma em Iom Hakipurim.

O dono saiu do seu quarto, mostrou-me a minha cama e deixou a porta aberta a fim de que eu me despisse à luz da vela. Fechei a porta atrás dele e subi ao leito.

A chama do *ner ha-haim* iluminava o meu quarto, ou talvez não o iluminasse, porém me parecia que o fazia. Falei de

3. Sala de orações de uma congregação particular de devotos. (N. da E.)
4. Vela da vida, que se acende pelos mortos em Iom Hakipurim. (N. da E.)

mim para comigo: Esta noite não poderei dormir, o braço de Borrachovitch e a perna de Bach virão espantar-me. Uma vez estendido no leito, fui tomado pelo sono, adormeci e na certa dormi sem sonhar.

Capítulo Três
Entre as Orações

Já se passara uma hora e meia desde o amanhecer. A umidade matinal ainda pervagava e um ar de pureza pairava sobre a cidade e suas ruínas. Era o espírito que paira sobre as casas de Israel na manhã do Dia Santo. Caminhei lentamente dizendo a mim mesmo: Não preciso apressar-me, com certeza o povo não madrugou para não ser tomado pelo sono durante a oração. Ao entrar na sinagoga vi que estavam tirando os rolos da Arca a fim de ler a *Torá*.

O rolo que se encontrava nas mãos do *scheliakh tzibur*[5], bem como o rolo em que se lê o *maftir* não eram encimados por qualquer coroa ou adorno, pois os preciosos objetos sacros, os ornamentos da *Torá*, que haviam sido confeccionados de pura prata pela mão do artesão, foram confiscados pelas autoridades durante a guerra para que se adquirisse com eles espadas e armas e a *Torá* permaneceu sem ornamentos. Tristes surgiam as *atzei ha-haim*[6] e comoviam o coração com sua cor esmaecida. Veja a modéstia do Rei, o Rei dos Reis, louvado seja o Seu Nome. Ele que disse: "Meus são o ouro e a prata", não deixou para Si nem sequer uma onça de prata para enfeitar a Sua *Torá*.

Não considere o Senhor uma falta se disser que a maioria dos chamados à leitura da *Torá* não eram em absoluto dignos de fazê--lo nos *Iamim Noraim*. O que viram neles para homenageá-los

---

5. "Enviado do público": uma expressão que designa o chantre na sinagoga que representa o público em sua oração a Deus. (N. da E.)

6. *Etz ha-haim*; pl. *atzei haim*: cada uma das varetas em que estão enrolados os rolos da *Torá*. (Ao pé da letra: árvore da vida). (N. da E.)

no Santo Dia? Pois é melhor esmerar-se em honrar os Céus e chamar à *Torá* os tementes a Deus e os estudiosos de Sua Lei. Por acaso teriam comprado as honrarias com muitas moedas? Não, ao contrário, suas esmolas eram escassas e parece-me que seus corações não se comoviam nem um pouco com isso.

Não sou daqueles que comparam os dias de hoje com os do passado. Mas, quando vejo pequenos ocupando o lugar de grandes e gente pobre em atos em lugar de homens de ação, sinto pena desta geração cujos olhos não viram a grandeza de Israel e que pensa que Israel jamais teve grandeza.

Um ancião, dos remanescentes dos anciãos da Grande Sinagoga, lia em voz alta e melodiosa e chorava. Parecia que não chorava apenas pela morte dos filhos de Aarão, mas pelos filhos mortos de toda a sua geração. Posto que ainda não houvesse proferido a prece matinal, fui para a antiga casa de estudos a fim de rezar lá.

A velha casa de estudos transformara-se. Os armários, que outrora estavam cheios de livros, desapareceram e não sobraram senão seis ou sete prateleiras. E os pesados e longos bancos em que os anciãos eruditos da *Torá* se sentavam, achavam-se parcialmente vagos e parcialmente ocupados por pessoas que não distinguem entre um lugar e outro. E no lugar do sábio chefe da corte rabínica, estava sentado alguém daquele grupo, um certo Elimelekh Imperador, que eu havia encontrado ontem na rua e que zombara de mim quando eu lhe perguntara por uma hospedaria. É possível que deles descendam homens ilustres na *Torá* que devolverão a sua glória à cidade, mas que não poderão devolver os livros que se perderam. Tínhamos cinco mil livros em nossa velha casa de estudos, pode ser que houvesse quatro mil livros e talvez apenas três mil, mas nem mesmo isso se encontrava nas demais casas de estudo da cidade e seus arredores. Até mesmo o teto e as paredes foram mudados. O teto enegrecido pela fuligem, agora está caiado e as paredes que estavam gastas foram revestidas de argamassa. Não digo que o negrume é mais belo que a brancura e que o desgaste é melhor que a argamassa, porém aquela fuligem provinha da fumaça das velas que iluminavam a *Torá* para os nossos antepassados e as paredes, enquanto estavam gastas, traziam as marcas de cada pessoa que ali se havia sentado. E se parecemos, aos nossos próprios olhos, inferiores àqueles que desgastaram essas paredes, teríamos sido importantes se fôssemos seus coetâneos. Agora, com as paredes revestidas de argamassa, era como se ninguém jamais tivesse sentado ali.

A casa de estudos estava quase vazia. Duvido que houvesse duas dezenas de pessoas e a maioria orava sem mantos de oração. E era Iom Hakipurim, um dia em que se reza o dia todo, coberto com o manto. Lembrei-me de uma história em que os mortos vieram certa noite de Iom Hakipurim à sinagoga onde era grande o aperto, e quando a congregação tirou os mantos de oração, os mortos foram-se; por isso instituiu-se o costume de orar nas noites de Iom Hakipurim sem o manto. Mas isto sucedeu numa outra cidade e esse costume era praticado à noite, quando não se usa a *tzitzit*. Portanto, por que eles estão rezando sem o manto?

Diante do púlpito estava um velho que entoava melodiosamente suas preces. De sua postura percebia-se que era modesto e que se tinha uma casa ela era provavelmente despida de tudo. Cada sílaba que lhe escapava da boca atestava que seu coração estava dilacerado e deprimido. Se o Rei, Rei dos Reis, cujo nome é Santificado, deseja servir-se de petrechos dilacerados, esse era digno de Seu serviço.

Após a oração em memória das almas, parte da congregação sentou-se para repousar. Sentei-me entre eles e perguntei-lhes: Por que rezam sem mantos? Suspirou alguém e disse: Não houve tempo para adquirirmos novos mantos. Perguntei: E onde estão os antigos? Onde estão? E por acaso sei onde estão? Ou ascenderam aos céus em fogo ou deles fizeram lençóis para meretrizes. Um outro acrescentou: Parte deles foi pilhada e parte queimada. Perguntei: Quando foram queimados e quando foram roubados? Suspirou toda a congregação e disse: No último tumulto, quando os gentios cercaram a nossa cidade e nos atacaram.

Um outro virou-se e disse: Depois que a guerra terminou e nós retornamos ao nosso lugar, adveio a desgraça dos *pogroms*. Quem escapou de corpo ileso, fê-lo nu e descalço. Nem uma vestimenta com *tzitzit* nos foi deixada pelos malfeitores. Suspirei pela gente da minha cidade atingida pelo destino e olhei para frente como alguém que escapa de um infortúnio e é subjugado pelo infortúnio de seus irmãos. Elimelekh Imperador pensou erroneamente que eu estava agastado pelo fato de eles rezarem descobertos. Estendeu uma perna para frente e outra para trás, olhou-me de viés e disse: O senhor pensa que o Altíssimo não receberá as nossas preces dessa maneira? Que peça, pois, a Esaú[7], que ore perante Ele. Já que entregou a Esaú os nossos mantos de oração, falta apenas que Esaú se cubra e ore. Lampejos de ira e ódio chispavam de seus olhos verde-amarelados, que brilhavam como um casco de tartaruga deixado ao sol. Pensei que os companheiros repreenderiam aquele blasfemo. Porém, além de não repreendê-lo, acharam graça nas suas palavras. Deixei-os e aproximei-me da janela.

Era uma das duas janelas da nossa velha casa de estudos que dão para a montanha. Quando jovem, costumava estudar em pé e escrever poemas nesse lugar. Muitas vezes, olhava dali para fora e instruía o Bendito Seja no que Ele supostamente deveria fazer comigo no futuro. É digno de pena aquele que não deixou o seu Abençoado Criador fazer dele o que pretendia, pois o meu estudo não foi bem-sucedido.

Uma luz maravilhosa refletia-se da casa de estudos sobre a montanha e da montanha sobre a casa. Uma luz como jamais vocês viram. Havia uma única luz e nela havia muitos luzeiros. Parei e refleti em meu íntimo: Não se encontra no mundo um lugar como este. Não me movo daqui até que seja do agrado d'Ele tirar-me a alma. E apesar disso evocar para mim a minha própria morte, não me entristeci. É possível que meu semblante não estivesse alegre, mas o meu coração estava. E parece-me

---

7. Nome usado para designar os gentios. (N. da E.)

certo dizer que há muitos anos eu não me sentia assim, com o coração alegre; mas o rosto não participava de tal júbilo.

O tesoureiro bateu na mesa e disse: Mussaf. Devolveram-se os livros à Arca e o chantre retornou ao púlpito. Inclinou-se e pousou a cabeça sobre o *Makhzor* e recitou o "Eu pobre em ações"[8] e meio Kadisch, em que misturava, porém, um pouco da melodia do Kadisch dos órfãos. Tornei a observar o monte que se erguia diante da nossa casa de estudos e refleti: Por esse lado é seguro de que não virão te assassinar. Por isso nossos antepassados construíram a sua casa de estudos junto à montanha, pois, se os assassinos viessem para matá-los, esconder-se-iam na casa de estudos, pois a montanha os protegeria dessa banda e o poder real, da banda de lá. Até que chegue o fim do homem não há lugar mais perfeito do que este.

Capítulo Quatro
A Chave

Entre as orações de Mussaf e Minkhá o povo tornou a sentar-se para descansar. Aproximei-me e sentei com eles.

Disse um deles: Rabi Schlomo estendeu-se hoje no Mussaf mais do que nos outros anos. Respondeu um outro: Se ele se estender tanto na Neilá, não comeremos antes da meia-noite. Disse-lhe seu companheiro: Por acaso aguardam você em casa uma libra de carne e meio litro de vinho, para temer que prolonguemos a prece? Oxalá baste sua refeição para uma dentada e meia.

Interrompi o colóquio e, indicando nossa velha casa de estudos, disse-lhes: Vocês têm aqui um lugar agradável. Suspirou um deles e disse: Agradável ou não, seja lá como for, abandonamos a cidade logo depois da festividade. Perguntei: O que significa abandonar a cidade? Disse-me ele: Abandonar

8. Hino entoado pelo chantre em nome dos fiéis, antes da oração de Mussaf, no qual ele expressa o desejo de ser digno de liderar as orações do povo judeu diante de Deus. Algumas orações, como esta, são conhecidas pelo seu verso inicial. (N. da E.)

a cidade significa que saímos da cidade. Estes aqui partem para a América, aqueles ali partem para outras terras, onde nem sequer Adão, o primeiro homem, pisou. Acrescentou o seu companheiro: E nenhum deles tem sequer certeza de que os deixarão entrar lá. Disse-lhe eu: Como se abandona o certo e se busca o duvidoso? Disse-me ele: Existe uma outra certeza sobre a qual não há dúvida, como, por exemplo: a de que vivemos em aflição por causa dos *pogroms* e certamente não podemos mais residir aqui. Suspirei dizendo: Soube que houve *pogroms* há três ou quatro anos, pois os jornais os noticiaram. Disse--me ele: Sim, meu caro, houve *pogroms*, há quatro anos, há três anos, há um ano e há três meses, mas os jornais não trataram senão dos primeiros *pogroms* que constituíam uma novidade; eu e meu vizinho estávamos irmanados no mesmo infortúnio e lutamos na mesma frente de combate e quando saímos vivos da guerra e retornamos aos nossos lares, ele encontrou diante de si campos e jardins e eu não me deparei com nada, e por fim ele levantou mão para me matar. E uma vez que os tumultos se duplicaram e triplicaram e deixaram de constituir novidade, os jornais cessaram de noticiá-los. E bem fizeram os jornais não os noticiando, pois acaso deviam eles noticiá-los para causar aflições ao povo de Israel ou para que os gentios mais distantes ouçam e aprendam de seus irmãos? Por isso digo: desde que deram notoriedade aos acontecimentos de Kischinov[9], não passou um momento sem que houvesse tumultos. Não digo que foram eles que criaram o malvado e o sanguinário Esaú, mas o atiçaram, pois quando ele se enche de ira costuma pegar um machado e golpeia, mas juntar-se num bando e sair para matar, isso ele aprendeu nos jornais e, uma vez que o aprendeu, o crime tornou-se para ele um hábito. E quanto ao auxílio em dinheiro e roupas, até que uma cidade o envie a outra, ela mesma é acometida de tumultos e ela própria necessita de ajuda. Agora, pois,

---

9. Famoso *pogrom* ocorrido em 1904, na cidade de Kischinov, na Rússia. (N. da E.)

o senhor já sabe por que deixamos o nosso lugar. Deixamos o nosso lugar, porque o lugar nos deixou e não deseja a nossa paz.

Disse eu: O lugar onde vocês residem e onde residiram seus antepassados, deixá-lo assim? Disse ele: Jamais nos ocorreu que fosse algo fácil, mas um homem quer viver e não morrer. Estendi os braços para as paredes da casa de estudos e disse: Deixarão o lugar em que oraram nossos antepassados? Disse Elimelekh Imperador: Porventura o senhor deseja fixar sua residência aqui e orar no lugar onde oraram seus antepassados? Esses turistas moram em belas metrópoles e passeiam pelo mundo e a nós ordenam que fiquemos em nossos lugares, onde rezaram nossos antepassados, a fim de que tenhamos o privilégio de morrer pelo martírio da fé e de sermos louvados pelas nações do mundo, mostrando-lhes quão belo é o povo de Israel, que aceita os seus sofrimentos e morre por Ele. Esaú nos mata porque é a norma do poderoso descer seu braço sobre o fraco e depois eles vêm e dizem: O Santíssimo, Bendito Seja o Seu Nome, deseja purificar o povo de Israel. Não é assim, senhor? Mais uma coisa eles nos pedem: que façamos de todos os nossos dias Dia de Expiação, ou Nove de Av, ou Sábado, para demonstrar que essa nação se apega ao seu Deus e chora por Jerusalém. Mas as coisas necessárias para o descanso sabático e o pão, seja ele do tamanho de uma azeitona, para depois do jejum, não os interessa. O Senhor escutou a conversa dessas criaturas, elas estão rezando desde ontem à noite, por acaso alguma delas sabe com que há de quebrar o seu jejum?

Ninguém deve ser repreendido por sua aflição. Percebia-se que ele também pertencia àqueles que não sabiam com o que iriam quebrar o jejum. Pegou-me pela mão e disse: Porventura deseja conhecer a história de alguém, por exemplo, a desse velho que está cantando diante do púlpito? Vou contar. Há lugares na Terra de Israel que se chamam *kvutzot*[10]. Ali trabalham como operários moços e moças. Numa dessas *kvutzot*, Ramat Rakhel,

---

10. Forma plural de *kvutzá*: colônia agrícola coletiva. (N. da E.)

estava o filho dele, Ierukham, que escreveu a seu pai: Venha morar conosco como fazem os pais dos meus camaradas. O velho ainda não havia iniciado a viagem, quando um árabe atacou Ierukham e o matou. Agora o velho não tem nem filho, e nem lugar onde morar.

Levantou-se alguém e disse: Calúnia, Elimelekh, calúnia, acaso os camaradas de Ierukham não escreveram a Rabi Schlomo para que viesse, pois lhe dariam moradia e alimentos como se o filho estivesse vivo? Respondeu Elimelekh: E se escreveram? O fato é que ele não deseja viajar, posto que não deseja ser um fardo para eles, pois deseja poupá-los, porque precisam sustentar o órfão deixado por Ierukham, e eles próprios vivem à míngua. O Santíssimo, Bendito Seja o Seu Nome, sabe o que faz, mas nesse assunto nos é permitido refletir sobre as suas medidas. Que Lhe importaria se Ierukham ainda vivesse? Acaso não cumpriu ele devidamente o mandamento de honrar ao pai? Não é isso, Rabi Schlomo?

Ergueu Rabi Schlomo sua cabeça do *Makhzor*, enxugou os olhos com a ponta do manto e disse: Não havia festa em que dele não recebesse algum dinheiro, além daquele que me enviava nos outros dias do ano. Ao mesmo tempo folheava o livro, dizendo: Mostrarei ao senhor algo de novo. Tirou dali uma carta e alisou o envelope. Olhei para ele como alguém que não percebe qualquer novidade. O velho o percebeu, apontou para os selos e disse: São da Terra de Israel e trazem letras hebraicas, – e acrescentou: Quando recebi a primeira carta, coloquei-a dentro do livro de oração, na bênção "Construtor de Jerusalém", e hoje a deixei no *Makhzor* na prece "Por causa de nossos pecados", a fim de lembrar ao Bendito o mérito da terra pela qual morreu meu filho.

Perguntou alguém a Rabi Schlomo: E onde pôs a carta dos camaradas dele? Disse Rabi Schlomo: Boa pergunta; coloquei-a na oração "Honra Senhor o Teu povo", para mostrar ao Todo--Poderoso que os filhos de Israel merecem que Ele os honre. Pois assim disseram as Escrituras: "O Senhor reinará […] ante seus anciãos em glória" e assim os filhos que honram seus pais merecem que o Santíssimo lhes renda honra.

Observei aquele ancião cujas faces espelhavam o amor ao Lugar[11] e às criaturas, mesclado com modéstia e humildade, e disse: Quando vier o nosso justo Messias e vir a Rabi Schlomo, alegrar-se-á muito com ele. Disse Elimelekh Imperador: Nota-se que o senhor não tem em mente senão a alegria do Messias, talvez o senhor queira morar aqui, neste nosso lugar, até que o Messias chegue e possa assistir à Sua alegria? Meneei a cabeça e calei-me.

Então aquele homem apontou para mim e disse: Ele sacode a cabeça e se cala; sua cabeça fala, mas seus lábios silenciam. Pus a mão no coração e falei: Minha cabeça e meu coração concordam, mas ainda não consegui emitir as palavras de minha boca.

Zombou Elimelekh Imperador: Se é permissão que o senhor pede, damo-la. E se assim deseja, lhe entregaremos a chave e será o dono de toda a casa de estudos. Retrucou alguém: Nós vamos partir daqui e não necessitamos da chave, entregá-la-emos ao senhor e ela não irá para o lixo. Tesoureiro, dê-lhe a chave para que ele a conserve. O tesoureiro viu que minha mão estava estendida para recebê-la, subiu ao palanque, dirigiu-se à mesa de leitura, colocou a mão na gaveta tirando de lá uma grande chave de cobre com dentes de ferro, desceu para o degrau inferior e estendeu-ma. Era a grande chave com a qual eu costumava abrir a nossa velha casa de estudos quando era jovem e madrugava e demorava até tarde no estudo da *Torá*. Fazia alguns anos já que eu não a via, nem em sonhos, e de repente ela me é dada em público na casa de estudos em Iom Hakipurim. Peguei a chave e a enfiei no meu bolso.

Algumas pessoas do público que não participaram do nosso colóquio aproximaram-se e observaram-me. Queria dizer-lhes alguma coisa, mas as palavras não saíam de minha boca.

---

11. Em hebraico *makom*, uma das maneiras de se referir a Deus. (N. da E.)

Levantei os olhos e fixei-os nas pessoas da casa de estudos, pois eventualmente poderiam arrepender-se e pegar a chave de volta. Coloquei a mão no meu bolso, pronto a devolvê-la antes que ma pedissem, mas ninguém estendeu a mão, visto que amanhã iriam mudar-se e partiriam dali, e que lhes importava se a chave se encontrasse na gaveta da mesa ou nos bolsos daquele visitante. Naquela hora fui tomado de grande tristeza. Comecei a me lamentar da minha tristeza, e, por me lamentar pelo fato de estar triste, minha tristeza duplicou.

Naquele momento abriram a Arca sagrada e tiraram um rolo da *Torá* para a leitura vespertina. Com uma mão abracei o livro e com a outra segurei a chave da nossa velha casa de estudos, onde estudei *Torá* e onde se passaram os dias da minha adolescência. E eu não sabia ainda que meu destino seria fixar nela a minha residência. Mas não antecipemos o futuro.

Capítulo Cinco
A Prece de Encerramento

O sol, prestes a se pôr, se refletia na copa do arvoredo. As paredes da casa de estudos escureceram e as escassas velas iluminavam parcamente a escuridão. Pessoas que estiveram ausentes o dia inteiro da casa de orações vinham e ficavam em pé, tristes, os olhos piscando ao mirar o chantre que elevara sua voz enquanto recitava "Feliz o homem". O dia todo permaneceram em suas casas, como se estivessem agastados, e tão logo o sol se pôs, chegado o momento de Deus selar o destino deles, levantaram-se e foram à casa de estudos. É possível que não tencionassem rezar, pois não acreditavam no poder da oração e não esperavam retribuição, mas o momento derrotou a sua razão. O chantre abaixou-se curvando o corpo como um pecador que se humilha diante dos olhos d'Ele e recitou o Kadisch e não omitiu sequer uma nota da melodia tradicional, ao contrário do Kadisch que precedia a Oração Adicional da Manhã, na qual misturara a melodia do Kadisch dos órfãos. O chantre esbateu a importância da morte de seu filho diante da Glória do Pai Celestial e finalmente sua voz afundou no amém da congregação que, por sua vez, também se esvaneceu. Afinal a casa toda silenciou. Esse silêncio não perdurou; suspiros que não formavam quaisquer palavras ou qualquer língua principiaram a alçar-se. Somente Aquele que Conhece os Enigmas entendia essa linguagem.

Após terminar a oração, vi Daniel Bach parado e inclinado diante da mesa do lado sul, junto à porta, com um livro na mão. Sua postura parecia-se com a do chantre, mas este se apoiava sobre as duas pernas, ao passo que Daniel Bach tinha uma perna de pau. Apaguei do coração as duras palavras que ele me dirigira ontem, na véspera do Dia da Expiação, ao escurecer, a fim de que elas não evocassem os seus pecados no momento de selar--se o destino.

O público demorou-se nessa prece mais do que nas outras. Mesmo aqueles recém-chegados aproximavam-se de seus vizinhos e olhavam nos livros de oração e uma espécie de tremor elevava-se de suas gargantas. Quando chegaram à Pequena Confissão, alguns batiam no peito: "Pecamos, traímos". A casa de estudos escurecia, mas as velas em memória das almas iluminavam um pouco as sombras. Quando toda a congregação concluiu a prece murmurada, o chantre subiu os degraus do santuário, abriu as portas da Arca sagrada e retornou ao púlpito. Esperou e principiou em voz alta: "Bendito Seja". As velas aproximavam-se do fim e o chantre salmodiava apressadamente: "Apieda-te dos teus atos"; e elevando a voz recitou: "Abre-nos o portal [...] abundam as necessidades do Teu povo". As paredes da casa de estudos escureciam e a montanha à frente acrescentava-lhes a sua sombra. Os fiéis acercaram-se do chantre com seus livros de oração e cercaram o púlpito, a fim de gozarem um pouco da luz da vela que ali ardia. Talvez a luz os tenha visto, e talvez não, de qualquer modo, ela se ergueu em sua direção. O chantre bateu as mãos de alegria e recitou: "Israel redimiu-se no Senhor, uma redenção eterna"; tornou a bater como antes e disse: "Hoje também hão de redimir-se por Tua palavra, Senhor das Alturas". Sons de choro subiam e vinham da escuridão como se a voz do público ajudasse o chantre a rogar. Abertas estavam as portas da Arca como um ouvido das Alturas, atento às preces de Israel. Da mesa da banda do sul, junto à porta, ouviu-se um ruído surdo, som de madeira batendo em madeira. Daniel Bach mudou de posição. E de novo se repetiu o mesmo ruído, som de madeira a bater em madeira, parecia que sua perna não encontrava descanso. O chantre tirou o relógio do bolso, observou-o e se pôs a abreviar os cantos, por causa dos anciãos que não suportavam permanecer em pé devido ao jejum. Tendo atingido o verso: "Toda cidade está construída sobre sua colina e a cidade de Deus está rebaixada ao seu túmulo", chorou demoradamente. Assim como se demorou ao prantear este verso, do mesmo modo se estendeu na alegria, ao entoar o verso: "Nós, Teu povo". Logo que tocou o *schofar*[12], todos aqueles que vieram presenciar a Prece de Encerramento foram-se, salvo Daniel Bach que permaneceu na casa de estudos.

O chantre retirou o manto de sobre seus ombros e proferiu diante do púlpito a prece vespertina do serviço diário, pois não havia passado ainda o ano de luto que devia guardar pelo filho. E como rezou ele em Iom Hakipurim, visto que um enlutado não pode orar nas festas? Mas o Dia da Expiação é distinto das outras festas, pois neste dia o oficiante é comparável ao sumo sacerdote que fazia o sacrifício dos enlutados.

Após o Kadisch dos órfãos, os presentes desejaram uns aos outros um ano bom e abençoado. E de mim se aproximou aquele rixento Elimelekh Imperador, cumprimentou-me e disse: Parece-me que eu ainda não lhe disse *schalom*, e me estendeu a mão. Retribui-lhe o cumprimento, e recordei-lhe a questão da chave que chegara a mim por obra dele. Ele gaguejou e disse: Gracejei e agora peço que me perdoe. Respondi-lhe: Ao contrário, uma grande dádiva veio às minhas mãos por seu

---

12. Trombeta de chifre de carneiro. (N. da E.)

intermédio. Ele retrucou: Está zombando de mim, senhor, mas, sendo assim, não temos nada um contra o outro.

Acercou-se Daniel Bach ao chantre e disse-lhe: Um bom ano, pai, um bom ano; venha comigo e cearemos. Respondeu Rabi Schlomo: Pois então. E não se depreendia de sua voz se estava acedendo ou não. Daniel fixou nele os olhos e disse: Por favor, pai, venha, Sara Perl lhe esquentará um copo de leite, leite quente é bom para a garganta depois do jejum. Não está rouco, pai? Replicou Rabi Schlomo: Por que diz que estou rouco, meu filho? Se nos tivessem dado dois Dias de Expiação, eu tornaria a repetir todas as orações. Disse Daniel: Um copo de leite quente com um pouco de mel faz bem após o jejum. Venha, pai, o menino deseja ouvir a Havdalá. Disse Rabi Schlomo: É preciso abençoar primeiro a lua. Disse Daniel: Então esperaremos até que venha, pai. Disse Rabi Schlomo: Como sabe pedir. Se ele rogasse assim diante de nosso Pai Celestial, estaria redimido. Pois você estava aqui durante a Prece de Encerramento. Ouvi o ruído da sua perna. Senti uma grande tristeza. Já é hora de você se redimir.

Saiu Rabi Schlomo para o pátio da casa de estudos a fim de abençoar a lua nova e Daniel, seu filho, o seguia. Uma formosa lua pairava no firmamento iluminando altos e ínferos. Parei e aguardei até que todos concluíssem a bênção da lua e se fossem às suas casas, pois a chave da casa de estudos se encontrava em meu poder e se porventura alguém tivesse esquecido ali alguma coisa, voltaria. Depois que todos se foram tranquei a casa de estudos.

E Daniel ainda esperava pelo pai. Depois que Rabi Schlomo sacudiu as orlas de suas vestes, Daniel murmurou: Venha, papai, venha. Meneou Rabi Schlomo a cabeça e disse: Estou indo, estou indo. Daniel inclinou a cabeça e disse: Sim, sim, pai – tomou o seu braço e se foram. Disse Rabi Schlomo: Não posso correr como você. Disse Daniel: Não pode correr, pois então reduzirei os meus passos.

De passagem, disse-me: Vamos pelo mesmo caminho. Venha conosco, senhor. Fui com eles, apesar de conhecer por mim mesmo o caminho.

Capítulo Seis
Por Dentro e Por Fora

O mês de Tischrei ainda não havia passado quando a gente da casa de estudos se pôs a caminho, salvo Rabi Schlomo, o chantre, que hesitava em partir. Szibusz não percebia os que a abandonavam. As cidades da Polônia, naquela época, costumavam deixar seus habitantes partir na surdina. Alguns hoje, outros amanhã, para que uns não se entristecessem pelos outros, e, não é preciso dizer, para que uns não invejassem os outros. Sobrevieram a Israel tais tempos: ruim para quem permanece em seu lugar, ruim para quem parte para outro lugar. Outrora, quando alguém mudava de lugar, mudava a sua sorte; agora, aonde quer que o judeu se dirija, sua má sorte o acompanha. A despeito disso, encontra-se um pouco de consolo nas viagens, pois se parte do certo para o incerto. Em toda parte, entre o certo e o incerto, prefere-se o certo, e aqui, entre o certo e o incerto, prefere-se o incerto. Pois se você está certo de que o lugar em que habita é adverso, talvez lhe advenha a salvação em outro. E por que viajaram nos dias de inverno, acaso os dias de frio são adequados para se viajar? Pois os dias de verão é que são os convenientes para se viajar. Mas os dias de verão convêm às viagens de quem é rico e os dias hibernais são próprios para quem é pobre, porquanto no inverno a maioria dos barcos parte vazia e o custo da viagem é reduzido. Se eu retornasse agora à Terra de Israel, minha viagem me custaria menos. Por ora não cogito em voltar, mas como se falou em barcos, lembrei-me do meu.

Um dia o proprietário da hospedaria disse-me: Ouvi dizer que Sua Excelência deseja residir conosco. Se assim for, nós o trataremos como a um hóspede permanente e reduziremos a sua conta. Ou talvez o senhor deseje alugar uma moradia? Muitas casas encontram-se vazias, mas não achará nenhuma adequada. Se não está satisfeito com o seu cômodo, nós o trocaremos por outro. Temos um quarto que todos os dignitários que nos visitam desejam ocupar. Se Sua Excelência o desejar, podemos desocupá-lo.

Disse-lhe: Não desejo mudar de hospedaria e tampouco de acomodações, mas temo que, achando que eu fico satisfeito com qualquer coisa, você passe a não se preocupar mais comigo. Disse o proprietário: Por acaso o fato de uma pessoa estar satisfeita comigo é motivo para não lhe dar atenção? Respondi: Vamos perguntar à dona da casa se a incomodei em demasia. Não sou muito exigente com a comida, mas, como sabem, eu não como carne. Será que é incômodo para ela preparar-me alimentos especiais? Disse a dona da casa: Quem come carne por aqui? Durante os seis dias da semana ninguém experimenta sequer o sabor da carne. E para o Schabat posso preparar-lhe pratos especiais. Desde os tempos da guerra, aprendemos a cozinhar sem carne; entretanto, nos tempos de guerra cozinhávamos sem carne e sem nada e a comida não tinha nem carne e nem sabor, e depois da guerra aprendi a tornar o prato saboroso mesmo sem carne. Havia aqui um médico que não comia nada que provinha de animais, ele me ensinou a preparar diversas refeições de verduras e ainda não esqueci os seus ensinamentos.

Uma pessoa não costuma louvar a si mesma, mas, via de regra, eu me satisfaço com o meu quinhão. Tenho um quarto na hospedaria com uma cama, uma mesa, uma cadeira, uma lâmpada e um armário. E quanto aos alimentos, a proprietária do hotel me prepara diariamente uma bela refeição. Visto que não sou ingrato, elogio-a abertamente e ela escuta e torna os seus pratos cada vez mais saborosos.

Eis as comidas que ela me prepara: pela manhã, uma xícara de café com creme de leite que a cobre como uma tampa de panela, e um prato quente de favas feitas como um mingau, ou batatas com queijo, ou repolho picado; ou folhas de repolho recheadas com arroz ou semolina, às quais, às vezes, acrescenta passas e às vezes cogumelos, todos preparados na manteiga. E na véspera do Sábado, panquecas recheadas de centeio ou queijo com passas e canela, assadas pela manhã e ingeridas quentes. Mais rico que o repasto matinal é o almoço em que há sopa e verduras. A refeição vespertina é menor, mas sempre traz alguma novidade. E para o Sábado ela me prepara peixe, cozido ou recheado, em conservas ou em vinagre, além de outros acepipes. E não é preciso dizer que não há um Sábado sem pastelão. Ela é ajudada por Krolka, uma descendente dos suevos trazidos para a Galícia pelo Imperador José. E ela fala um alemão misturado com ídiche.

Sento-me na hospedaria, às vezes em meu quarto e às vezes no refeitório, que costumam chamar de salão. Posto que os hóspedes escasseiam e o trabalho não abunda, o proprietário permanece praticamente desocupado. Seu rosto é liso, a testa curta, o cabelo preto ligeiramente grisalho e seus olhos permanecem semicerrados, seja porque não espera ver coisas novas, seja porque deseja preservar as velhas. Mantém seu cachimbo na boca e o polegar sobre o fornilho. Às vezes, lhe acrescenta tabaco e outras o suga vazio. Deixa escapar uma palavra e se cala para permitir ao hóspede responder, quer em respeito ao hóspede, quer para conhecer o seu caráter.

Este hóspede sou eu. Respondo às suas perguntas e acrescento coisas que não me perguntou, e não escondo dele nem sequer coisas sobre as quais convém calar. Posto que os meus concidadãos não podem imaginar que alguém possa contar as coisas como elas são, pensam que sou esperto, que falo muito, mas eu me desvio do essencial. No começo tentei mostrar-lhes a verdade, mas quando percebi que a verdadeira verdade os fazia cair em erro, deixei-os crer na verdade aparente.

A bem da verdade, não preciso conversar muito. O proprietário conhece os seus hóspedes e não deseja ouvir mais a seu respeito. Ele se senta como de hábito, seus lábios apertam a haste do cachimbo e seus olhos estão semicerrados, já que renunciou a ver coisas novas e deseja preservar as antigas. E sua esposa, a dona do hotel, está ocupada todos os dias na cozinha. Embora não haja muitos hóspedes, ela precisa cozinhar para eles, bem como para si, para o marido, para os filhos e filhas.

Sobre os filhos contarei em outra ocasião, ou talvez não conte, pois nada tenho a tratar com eles. E como nada tenho a tratar com eles, eles também nada têm a tratar comigo. Desde o dia em que ambos os filhos do proprietário, Dolik e Lolik, notaram que não vim para cá a fim de tratar de negócios, afastaram-me de suas mentes e nem me percebem. O mesmo ocorre com sua irmã, Babtchi, que em parte está ocupada com um advogado, e em parte consigo própria. E Raquel, a filha menor do hoteleiro, é meio menina, meio moça, pois todos os seus anos somam dezoito. Um jovem de vinte anos pode ser que a corteje, mas não um homem entrado na idade da compreensão. Encontro-me, pois, disponível para mim mesmo, para fazer tudo que meu coração queira. E assim faço. Como: logo após a refeição matinal, pego a grande chave da casa de estudos, entro lá e sento-me até chegar a hora do almoço.

Sento-me solitário entre as paredes da velha casa de estudos. Os sábios estudiosos que nos dias antigos se debruçavam sobre a *Torá* partiram e foram para sua eterna morada e os livros que aqui existiam desapareceram. Possuíamos muitos livros em nossa antiga casa de estudos. Em alguns poucos estudei e também lhes acrescentei reflexões em suas margens. Era uma infantilidade, eu pensava que poderia acrescentar-lhes sabedoria, e sobre alguns eu chorava como as crianças que, quando não conseguem obter algo pela razão, tentam consegui-lo por meio de choro. Agora não restam de todos os livros senão um aqui e outro acolá. Para onde se foram todos aqueles livros? O *Livro dos Hassidim* explica que as almas possuem livros, e, assim como elas estudavam em vida, assim estudam depois de sua morte. Portanto, deve-se supor que os anciãos que morreram levaram seus livros consigo a fim de estudá-los depois de seu passamento. E justiça se lhes faça, pois não restou ninguém na casa de estudos e ninguém lá necessita sequer de um livro.

Antes que os poucos tomos remanescentes desapareçam, desejo examiná-los. Pego um livro e o leio até o fim. Durante todos os anos, eu pegava um livro e o abandonava, pegava outro e o abandonava, como se a sabedoria de um livro não bastasse para mim. De repente percebi que um livro pode alimentar dez sábios sem que sua sabedoria se esgote. Até mesmo os livros que já conheci de cor afiguravam-se para mim como novos. Setenta semblantes possui a *Torá*, e, seja qual for a fisionomia que você lhe apresenta, ela lhe corresponde com o mesmo semblante.

Calado, sentava-me diante do livro e este abria a sua boca e revelava-me coisas que jamais ouvira. E quando me cansava de estudar, tecia muitos pensamentos. E eis um deles: há algumas gerações um sábio escreveu um livro e não tinha nenhum conhecimento deste homem que está aqui sentado, e, por fim, todas as suas palavras parecem como que a ele dirigidas.

Aprendi algo mais: que o tempo é mais longo do que eu supunha e se divide em partes; cada parte é um período em si mesmo e uma pessoa pode fazer muitas coisas num período. Como por exemplo: quando ela permanece solitária e ninguém a perturba em seu trabalho. Assim, à guisa de chiste, eu disse: Por isso o mundo inteiro foi criado em seis dias, pois o Abençoado Criador estava só em Seu mundo.

Desde o dia em que constatei a virtude do tempo, divido-o em diversas partes. Até o meio-dia, sento-me na casa de estudos e estudo, e depois do almoço, saio para o bosque da minha cidade. Nessa época, as árvores ainda não haviam se despojado de suas folhagens e alegravam os olhos com sua imagem. Algumas eram de tonalidades malhadas, outras brilhavam como cobre cintilante, além de outras colorações que não têm nome.

Fico entre as árvores e alegro os meus olhos com a sua visão, e digo: Belo, belo. E o céu sorri para mim e certamente diz: Este homem reconhece o que é belo, e vale a pena que ele veja mais. Saiba que de fato é assim, pois logo depois se me revelam coisas que jamais eu vi. Não sei se se acrescentaram coisas ou se é a visão deste homem que foi redobrada.

Estou solitário no bosque tanto quanto na casa de estudos. Ninguém entra no bosque, pois ele é propriedade do governador da cidade e, ainda que os guardas tenham sido removidos, o receio diante deles ainda não o foi.

É possível que vocês já tenham ouvido o caso da velha que ia ao bosque, à cata de gravetos para cozinhar um mingau para seus netos. Sendo assim, por que não encontro aquela velha? É que seus netos cresceram e tombaram na guerra e ela própria já morreu. Ou, talvez, ela e seus netos ainda vivam e quando precisam comer assentam o braço sobre os israelitas, pilham, roubam e matam e também trazem para a avó o seu quinhão, e ela não precisa esfalfar-se na floresta. E onde estão os casais, os casais que iam ao bosque a fim de revelar o seu amor uns aos outros? É que as coisas que outrora eram feitas discretamente, hoje o são em público, não havendo necessidade de se incomodar em ir à floresta para isso. Ademais, desde que desapareceu o amor entre as criaturas, desapareceu também o amor entre os rapazes e as moças. Agora, quando um homem encontra uma mulher na rua, se ele quiser e ela também, ele a leva para casa, e, antes que o amor penetre em seus corações, já se aborrecem um com o outro.

O Santíssimo põe uma venda sobre os meus olhos para que eu não veja as pessoas em sua degradação. E quando Ele remove a venda, eles veem tudo o que nem todo olho percebe, como por exemplo: Ignatz, cujo nariz lhe foi arrancado durante a guerra, ficando-lhe um buraco em seu lugar. Ignatz fica parado no mercado, apoia-se sobre a bengala, com o chapéu na mão, e grita para os transeuntes: *Pieniadze*, quer dizer dinheiro, ou seja, uma esmola por caridade. E visto que ninguém lhe presta atenção, eu a presto duplamente. Primeiro pela compaixão natural do coração dos filhos de Israel, e, segundo, porque estou disponível e tenho tempo para meter a mão no bolso e tirar uma moeda, pois aprendi que é grande a dimensão do tempo e que nela é possível fazer muitas coisas. Quando Ignatz se me apareceu pela segunda vez, falou: Dinheiro!, e o disse na língua sagrada. Em dois ou três dias, ele já conseguira aprender como se pronuncia dinheiro em hebraico. Quando lhe dei a minha esmola, brilharam os três buracos em sua face, que são os seus dois olhos e o buraco abaixo deles, no lugar do nariz.

Não obstante o tempo ser longo, ele tem um limite. Se você se senta consigo mesmo, parece-lhe que o tempo para, pois no espaço de cinco minutos você já pensou um mundo inteiro, mas se alguém o encontra, o tempo salta e passa. Certa vez saí do hotel para ir à casa de estudos e encontrei-me com Daniel Bach: entre nós transcorreu a metade de um dia. Como? Inicialmente perguntei-lhe como estava e depois o interroguei a respeito de seu pai, e em seguida ele me perguntou como eu estava, assim se passou a metade de um dia e chegou a hora do almoço e retornei à hospedaria como se a chave da antiga casa de estudos não tivesse qualquer serventia.

Capítulo Sete
O Exemplo e o Exemplificado

Outrora eu dizia: Toda invalidez decorre da guerra. Disse-me Daniel Bach existirem deformidades que resultam de um ganha-pão, como, por exemplo, a dele. Durante todo o tempo em que ficou na frente de batalha, seu corpo remanesceu ileso, mas, quando se submeteu ao jugo da subsistência, perdeu a perna.

Como? Foi assim: depois da guerra retornou a sua cidade, encontrando sua casa destruída, sua serraria toda era apenas um montículo de cinzas, sua esposa e filhas sentadas sobre as cinzas lamentando-se por terem regressado. Visto que a espada da guerra descansara, o povo errou em pensar que chegavam os tempos do Messias, e a mulher de Daniel Bach pegou as filhas e voltou à cidade. E elas não sabiam que o Messias continuava cativo e pensando as suas mazelas, e que o mundo ainda não recobrara sua sanidade, e que o que diferencia um lugar do outro são os males próprios do lugar. Agora, Daniel não possui senão uma única filha e um menino doente, nascido depois da guerra. Mas na época em que retornara da guerra era pai de três filhas, uma das quais morrera logo após a sua volta, outra falecera no início da epidemia da *influenza,* além de um outro filho, enterrado pela mãe no caminho, durante a fuga dos russos. Sua mulher e filhas sentavam-se sobre as cinzas, maltrapilhas, descalças e esfomeadas; a cidade estava destruída, a maioria das casas queimada pelo fogo; todas as transações comerciais haviam sido interrompidas e seu pai achava-se algures nos confins do país e não se conhecia o seu paradeiro – até que voltou andrajoso, descalço e faminto, como todas as criaturas. E Daniel Bach era a mais faminta delas. Enquanto servia no exército, o Imperador o provia de alimentos, e se estes não eram tão fartos, o pavor da guerra aplacava a fome – ao passo que aqui, a pessoa nada tem exceto a sua própria fome. Ao despertar do sono está faminta, ao dormir está faminta, faminta durante o dia, faminta à noite, faminta quando lúcida e faminta em sonho. Chegaram os emissários da caridade à cidade e proveram os esfomeados de pão; ajudaram os que queriam fazer comércio e até mesmo ele conseguiu montar um negócio, não como aquele dos dias que precederam a guerra, mas um pequeno negócio de sabão. O sabão era uma mercadoria procurada nos dias que se seguiram à guerra, pois todos se sentiam sujos e desejavam se purificar. Mesmo os gentios, que jamais viram sabão em sua vida, vinham comprá-lo. Daniel viu o seu negócio prosperar e teve bons lucros. Uma vez disse a si mesmo: Esaú deseja limpar as mãos do sangue derramado na guerra e eu lucrarei com isso. Decidiu reduzir o preço, e quando reduziu o preço acabaram-se os seus lucros. Em poucos dias, sua mercadoria esgotou-se e não tinha dinheiro para adquirir outra. A fome tornou a castigá-los, a ele e aos seus familiares, mais do que anteriormente, pois já se haviam acostumado a comer e agora não tinham o que comer. Naquela época fomos atingidos pelos primeiros *pogroms*. Chegaram os mensageiros da caridade e deram dinheiro aos atingidos. Daniel Bach foi e comprou com o dinheiro sacarina, que se havia tornado um grande negócio naqueles dias, pois muitos foram atingidos durante a guerra pelo "mal do açúcar" e adoçavam a comida e a bebida com sacarina. Mas o negociante deve precaver-se para não ser surpreendido em seu comércio daquilo que é monopólio do governo, pois este se acautela para não ser logrado em sua receita. Quem tem um cérebro na cabeça se cuida, mas a cabeça é distante dos pés, mormente em Daniel Bach que é alto, e antes que suas pernas escutassem o que seu cérebro pensava o ato já fora praticado. Certa feita, pulou para dentro do trem e sua perna direita ficou presa entre as rodas; o trem pôs-se em movimento, arrastou a perna e lançou-a longe da estação. A rigor, ele devia ter sido indenizado pelos danos, pelos padecimentos, pelas despesas médicas, pela invalidez e pela humilhação, mas não o foi, sendo, além do mais, multado em seiscentas moedas de ouro, pois foram encontrados grãos de sacarina em sua meia. E agora, do que vive e do que se sustenta? Possui em sua casa um depósito de madeira para construção e lenha, e sua esposa é parteira. Por enquanto ninguém constrói novas casas e ninguém acende o fogão, mas quando crescerem as crianças que sua mulher parteja, elas construirão novas casas e acenderão seus fogões e o ganha-pão afluirá de todos os lados. Mas eis uma desgraça: desde que voltaram da guerra, abundam em Israel os ermitões que não se casam e não geram filhos e, se não fossem as filhas dos incircuncisos, a semente de Adão ter-se-ia extinguido. Mas as filhas dos incircuncisos não necessitam das nossas parteiras senão em momentos de perigo.

Onde quer que você fixe os olhos existe desgraça ou pobreza. Mas há um lugar na cidade onde não se encontram desgraças – a velha casa de estudos cuja chave se acha em meu poder. Desde que constatei o fato, redobrei a minha permanência na casa de estudos. Se eu costumava permanecer ali antes do almoço, agora permaneço também depois do almoço. Às vezes, sento--me e estudo, outras fico à janela e observo a montanha diante da nossa velha casa de estudos.

Outrora, essa montanha era inteiramente habitada. Carregadores e artesãos ali moravam e tinham uma bela casa de estudos que haviam construído com suas próprias mãos à luz da lua, pois, durante o dia estavam ocupados com seus afazeres na cidade. E um mestre permanente os ensinava o capítulo semanal da *Torá* e a Ética dos Pais. Quando adveio a guerra, os jovens morreram pela espada e os velhos pela fome, suas viúvas e órfãos foram mortos nos *pogroms* e a comunidade foi arrancada do lugar e da casa de estudos não ficou pedra sobre pedra, e o monte permaneceu ermo e já não alegra a mente. Isso é algo que não sucede com os livros, que, quanto mais se os olha, mais a mente se amplia e o coração se alegra.

Não estudo para alargar a minha mente e tornar-me mais sábio, ou para conhecer os feitos do Senhor, mas como alguém que caminha e o sol fustiga-lhe a cabeça; as pedras ferem-lhe os pés e o pó cega-lhe os olhos, e seu corpo esta fatigado, e ao avistar uma cabana, a adentra, e o sol já não o castiga, e as pedras já não lhe ferem os pés e o pó já não lhe cega os olhos. E estando cansado, deseja repousar e não pensa em nada. Mas, depois de recuperado o fôlego, começa a refletir sobre a cabana e os seus objetos. E se não é um ingrato, louva e agradece Àquele que construiu para ele uma cabana e preparou nela todo o necessário.

Esta pessoa sou eu e aquela cabana é a nossa velha casa de estudos. Eu caminhava ao sol, nas pedras e no pó e, de repente, encontrei-me sentado na casa de estudos. E visto que não sou ingrato, louvo e agradeço ao Eterno Lugar e observo os seus instrumentos, os livros de sua casa de estudos.

O que está escrito nestes livros? O Santíssimo, Louvado Seja, criou o mundo segundo a Sua vontade e nos escolheu dentre todos os povos e nos deu a Sua Lei, para que saibamos servi-lo. Quando estudamos a Sua *Torá* e cumprimos os Seus mandamentos, nenhum povo e nenhuma língua podem nos ferir. Se não guardamos a Sua Lei, até mesmo o mais fraco dos gentios pode nos atingir. E a *Torá* cerca os seus estudiosos de boas e justas virtudes e eleva a sua graça no mundo. Mas se fechamos os olhos à *Torá*, ela fecha seus olhos para nós, e somos humilhados por todas as nações. Porque escolheu-nos o Santíssimo e nos carregou com o jugo da *Torá* e dos mandamentos, posto que a *Torá* é pesada e é difícil observá-la? Alguns interpretam de um modo e outros, de outro, e eu explicarei o fato por meio de um exemplo. O exemplo da coroa real feita de ouro, pedras preciosas e pérolas. Enquanto a coroa permanece sobre a cabeça do rei, sabe-se que ele é rei, mas quando se lhe retira a coroa de sua cabeça, nem todos o sabem. Será que o rei deixa de colocar a coroa sobre a cabeça em virtude de seu peso? Ao contrário, ele a coloca e se envaidece com ela. Qual a recompensa do rei que porta a coroa em sua cabeça? Todos o engrandecem, o respeitam e curvam-se diante dele. O que ganha o rei com esta honraria? Isso eu não sei. Por quê? Pois não sou rei. Mas se não sou rei, sou filho de rei, e é justo que eu o saiba. Mas essa criatura que sou eu e com ela todo o povo de Israel esqueceram que são filhos de reis. Os livros explicam que tal esquecimento é o pior de todos os males, ou seja, que um filho de rei esqueça que é filho de um rei.

Mesmo Raquel, a filha menor do proprietário do hotel, esqueceu que é filha de reis e quando lho recordei, zombou de mim. Essa moça que ontem apenas saiu da infância e que ainda não atingiu a mocidade, enfrentou um homem que atingiu a idade da compreensão, levantou o nariz para ele e disse: O que está dizendo? Por acaso não sabe que suas palavras são uma piada? Não me recordo dos pormenores, lembro-me apenas das generalidades.

Certa noite, sentei-me com seu pai e achei-o maldisposto. Resolvi afastar-me, e ele me deteve. Disse: Ao contrário, ouçamos a sua opinião, senhor. Ergueu a moça os olhos e me observou, ou talvez me olhasse simplesmente. Eu disse o que disse. Seu rosto esboçou um trejeito e ela declarou: Por que devo aceitar o jugo das gerações passadas? As gerações passadas estão de um lado e a minha está de outro. Tal como as gerações passadas viveram a seu modo, assim a minha vive ao seu. E quanto ao assunto referido, senhor, de que cada filha de Israel deve considerar-se como filha de reis, não existe tolice maior do que essa. Hoje, quando as coroas dos reis estão guardadas no museu e ninguém as nota, o senhor vem e diz que toda filha de Israel deve considerar-se como se fosse filha de reis.

Poderia ter respondido às suas palavras, mas não retruquei. É melhor que ela pense ter triunfado sobre mim. Não entendo de mulheres, mas sei que se uma mulher alguma vez te venceu, seu destino ao final será repetir as tuas próprias palavras.

Falarei agora sobre Raquel, a filha caçula do dono do hotel, embora ela não faça parte do meu assunto. A moça não me odeia e não há qualquer motivo para que me odeie. A seus olhos sou um hóspede por uma noite, que hoje está aqui e amanhã alhures.

Raquel já saiu da infância e não atingiu a mocidade. Seu pescoço é fino, a testa alta, os olhos tristes e um arremedo de sorriso sela-lhe os lábios. À primeira vista parece um pouco insolente, mas pelo modo como inclina a cabeça nota-se que ela se tem em baixa conta e que está disposta a ajoelhar-se diante de quem é superior a ela. E isso é de espantar, pois nem reis e nem ministros lhe importam, e tampouco teme o pai e a mãe, e tampouco é preciso dizer que não teme o nosso Pai Celestial, portanto, quem é aquele diante do qual ela se dispõe a baixar a cabeça? Muitas vezes encolhe os ombros como se alguma mão os tocasse e cerra parcialmente os olhos, não como faz seu pai, que deseja reter o que já viu, mas como alguém que cerra os olhos para ver o que está para vir.

O que espera tal jovem? Pois deste mundo nada se pode esperar, e os homens não são capazes de fazer o bem. Freei a minha boca e pensei em mim mesmo. Não porque sou melhor que outros, mas não sou capaz de causar algum mal àquela moça e estou contente por não ter dito nada que a levasse ao desespero.

Olhei o meu relógio e disse: Ó, já passou da meia-noite. Entrei no meu quarto para dormir.

Capítulo Oito
Entre Pai e Filho

Certa noite encontrei o velho chantre, Rabi Schlomo Bach, sentado na hospedaria, inclinado sobre sua bengala. À minha entrada, levantou-se, estendeu-me a mão e disse-me: *Schalom*. Respondi-lhe: *Schalom*, e disse-lhe: Ainda está aqui? Pensei que já havia ido à Terra de Israel.

Disse Rabi Schlomo: Parte de mim está aqui e parte na Terra de Israel, pois os camaradas de Ierukham, descanse ele em paz, já me enviaram o documento autorizando a viagem, e eu vim ao senhor, pois ouvi dizer que veio de lá. Talvez possa aconselhar--me adequadamente em matéria de viagem.

Disse-lhe: Não há nada mais simples. Chega-se à estação, dá-se o dinheiro ao funcionário e ele dá o bilhete. Entra-se no vagão e viaja-se até Trieste. E lá, embarca-se num vapor e navega-se no mar durante cinco dias até chegar a Jafa. Chegando a Jafa, estamos na Terra de Israel. Enquanto lhe descrevia o modo de ele viajar no exterior, parecia não escutar, mas tão logo pronunciei a palavra Jafa, fixou em mim os olhos e repetiu os meus dizeres.

Chegou Daniel, seu filho. Disse-lhe o pai: Pena você não ter escutado as coisas contadas por este senhor. Daniel Bach olhou-me como alguém a imaginar que coisas teriam sido ditas pela pessoa para que alguém lastime não tê-las ouvido. Eu lhe disse: Expus a seu pai a sequência da viagem à Terra de Israel. Encolheu Daniel as pernas e respondeu: Sim, sim. Como se dissesse: grandes revelações lhe fez este aí. E eu disse: Tome um pedaço de papel e escreva, para que seu pai conheça a sequência das rotas.

Depois que anotou a sequência da viagem à Terra de Israel, me pediu que lhe explicasse o caminho de Jafa a Ramat Rakhel, o local ao qual seu pai se dirigia. Disse-lhe: A gente sai da grande embarcação e entra num pequeno barco e chega à terra firme. Se encontrar ali algum moço da *kvutzá*, muito bem, e se não, seu pai tomará um lugar num carro e viajará até Jerusalém. Chegando a Jerusalém entra no ônibus de Talpiot. Ao chegar ao final de Talpiot, verá moços e moças que se dirigem a Ramat Rakhel, caminhará com eles até chegar lá.

Tendo mencionado Talpiot, recordei o infortúnio que me sucedeu ali, pois os árabes haviam destruído a minha casa, não me deixando sequer um travesseiro para recostar a cabeça. Nesse momento eu me entristeci e Rabi Schlomo alegrou-se. Eu me entristecia por ter saído de lá e ele se alegrava porque para lá se dirigia.

Encomendei chá e bolos para servir às visitas. Rabi Schlomo abençoou os alimentos, cortou uma pequena fatia, pronunciou a bênção "Que criou tudo com Sua palavra", e bebeu. Tirou uma carta que lhe haviam escrito de Ramat Rakhel. Estendeu-a diante de mim para que a lesse e ele próprio leu junto comigo. Embora já conhecesse a carta de cor, tornou a lê-la. A seguir dobrou-a e a meteu no bolso junto ao coração, dizendo: Isso quer dizer que viajo para a Terra de Israel. Daniel meneou a cabeça e disse: Sim, pai, você viaja para a Terra de Israel. Disse Rabi Schlomo: Minha partida me seria mais fácil, se você, meu filho, me prometesse que seguiria o bom caminho. Saltou Daniel da cadeira, pôs a mão direita no coração, estendeu para cima a sua sinistra e disse: Acaso fui eu quem tornou tortuoso o caminho? Pois foi Ele quem entortou o caminho! Disse-lhe o pai: Pare, meu filho, pare. Tudo que o Santíssimo, Bendito Seja, realiza, Ele o faz para nos experimentar. Se resistirmos à prova, muito bem, e se não, Ele nos envia outra mais difícil que a primeira. Disse Daniel: Porventura o Santíssimo não vê que não podemos resistir às primeiras provas, por que se dá Ele ao trabalho e nos coloca diante de novas experiências? Disse-lhe Rabi Schlomo: Pensamentos impuros são um grande obstáculo. Mas não o importunarei com essa questão de pensamentos. Meu filho, o que lhe peço é que você observe as Suas leis e pratique os Seus preceitos, pois ao final Ele apagará os maus pensamentos do seu coração. Já incomodamos demasiado o senhor, vamos saudá-lo pela última vez e partir. Rabi Schlomo sacudiu as migalhas de sua barba, enxugou a boca, pronunciou a bênção "Aquele que dá vida" e "O Criador das almas" e preparou-se para sair.

Ao levantar-se para sair, disse: Não se elogia uma pessoa em sua presença, em sua presença deve-se apenas elogiá-la um pouco. Daniel, meu filho, era antes um judeu perfeito, consciencioso tanto nos menores preceitos como nos grandes, não é assim, meu filho. Acrescentou Daniel Bach: Como os demais perfeitos de Israel que cumprem os preceitos, mas não refletem sobre o que cumprem. Disse Rabi Schlomo: E acaso se exige de você pensamentos? O que Deus deseja de você senão que O tema e ame? Recitou Daniel melodiosamente: Em troca do meu amor, me hostiliza. Uma tristeza sem par surgiu em sua face.

Perguntou Rabi Schlomo: Lembrou-se da história dos filactérios? Anuviaram-se os olhos de Daniel Bach e sua testa enrugou-se. Mirou o pai e disse: A história dos filactérios não é senão uma dentre muitas. Disse Rabi Schlomo: Essa história não foi senão uma prova. Disse Daniel: Não houve desgraça que não fosse justificada como uma prova. Acrescentou Rabi Schlomo: E como cumprirás "com toda a tua alma", mesmo quando Ele está prestes a tirar a tua alma? Gritou Daniel: Uma pessoa pode sacrificar-se no altar e entregar sua alma no martírio da fé e estender-se a clamar pelo *Único* até que sua alma expire, mas ser sacrificada todo dia, toda hora, todo o tempo sobre sete altares e ser queimado, hoje uma parte, amanhã outra – a isso não há homem que resista. Sou filho de uma mulher, carne e sangue, e quando minha carne apodrece e meu sangue se deteriora, meus lábios não conseguem exprimir o louvor ao Santíssimo. E, se expresso o Seu louvor, acaso a glória do Senhor reside num naco de carne ou num odre de sangue fétido que grita: Tu és justo apesar de tudo que me assolou e eu sou um pecador, e a despeito disso, Ele não o larga e torna a disparar as suas setas. Disse Rabi Schlomo: Para que queres penetrar nos mistérios do Misericordioso? Disse Daniel: Todos os infortúnios que afligem o homem são amenizados pelos ditos de nossos sábios, abençoada seja a sua memória.

Afagou Rabi Schlomo a sua barba com uma mão e disse: Ao contrário, meu filho, agradeçamos aos nossos mestres que nos esclareceram as coisas e explicaram os fatos, pois se não fossem eles nós próprios teríamos de nos preocupar, mas visto que eles justificaram todas as coisas, podemos praticar a Lei e os preceitos durante toda nossa existência; assim, a pessoa não precisa perder tempo em investigações, mas serve a Seu Criador e observa os Seus preceitos. Uma pessoa deve empenhar-se sobretudo no cumprimento dos preceitos mais fáceis que estão ao seu alcance, como por exemplo, você, meu filho, no que concerne ao preceito dos filactérios. Disse-lhe seu filho: Na mesma medida em que é *mitzvá* dizer algo que convém ouvir, da mesma forma é *mitzvá* não dizer inconveniências. – A que se refere? Disse Daniel: Refiro-me àquilo que você mencionou. – Que quer dizer? – Quer dizer com referência ao assunto da obrigação de colocar os filactérios. Asseguro-lhe pela minha honra que não os colocarei. Disse Rabi Schlomo: Como pode alguém jurar não fazer algo que desde o Monte Sinai está conjurado a fazê-lo?

Disse eu a Daniel Bach: Qual a causa de tudo isso? Disse Rabi Schlomo: Eh, tolices. Um fato que ocorreu a ele nos tempos da guerra. Saltou Daniel Bach da cadeira e disse encolerizado: Chama a isso de tolice? Indaguei: Qual foi o fato? Perguntou-me: O senhor esteve na guerra? Retruquei: Estive enfermo e não me acharam apto para combater nas guerras do kaiser. Disse Daniel Bach: E eu fui à guerra logo no seu início e permaneci na frente de batalha até a derrota final. Eu era um grande patriota como os demais israelitas deste país. Porém, com o passar dos dias, o patriotismo esmoreceu, mas, quem entrou já não pôde sair. Durante todo o tempo em que estive na guerra, não comi nada que fosse proibido e observei todos os mandamentos e não é preciso dizer que fui rigoroso no cumprimento do preceito dos filactérios. Mirou Rabi Schlomo a seu filho com grande ternura, sacudiu a barba que encimava a bengala sobre a qual se inclinava e seu olhar caloroso iluminava-lhe a face. Acrescentou Daniel: A tal ponto eu era cuidadoso no cumprimento do preceito dos filactérios, que se não tivesse tempo de colocá-los não experimentava qualquer alimento naquele dia. Uma noite, estava deitado na trincheira do batalhão, imerso até o pescoço em terra mole e putrefata. Os instrumentos da morte atiravam incessantemente; montes e montes de terra erguiam-se e rolavam para dentro da trincheira e um cheiro de assado exalava-se à minha volta. Pensei que o fogo tivesse me atingido e que estava me assando, parecia-me que não sairia vivo; que, se não fosse queimado, seria enterrado nas cinzas. Naquela hora, o sol brilhou no firmamento e chegou a hora da oração matinal. Falei ao anjo da morte: Aguarde até que eu cumpra o preceito dos filactérios. Estendi a mão à procura deles e minha mão tocou numa tira dos filactérios. Pensei que uma bala havia atingido o meu alforje e que os filactérios haviam se espalhado. Antes que puxasse a tira e iniciasse a prece senti um mau cheiro e vi que estes filactérios estavam presos ao braço de um morto, pois aquela trincheira tornara-se uma vala comum e aquele era o braço de um soldado judeu cujos membros haviam sido estilhaçados enquanto orava envolto nos filactérios.

Enxugou Rabi Schlomo os olhos com ambas as mãos e a bengala sobre a qual estava apoiado caiu. Reprimiu um soluço e observou o filho com muita compaixão. Certamente, já havia escutado o episódio muitas vezes, mas, não obstante, seus olhos comoveram-se e desejou chorar. Inclinou-se Daniel e levantou a bengala e o velho tornou a apoiar-se nela. Daniel recolheu as pernas e esfregou o joelho esquerdo com a destra. Uma espécie de sorriso pendia de seus lábios, como o de uma criança que desobedecera e fora apanhada em flagrante.

A gente do hotel já se havia deitado e eu, Rabi Schlomo e seu filho Daniel estávamos sentados, calados. O sorriso de Daniel desapareceu e uma tristeza aflorou-lhe nos lábios, espalhando-se e afundando em suas bochechas caídas.

Tomei a mão de Daniel Bach e disse-lhe: Vou lhe contar algo que li no livro *A Tribo de Judá*[13]; o episódio dos expulsos da

---

13. Obra editada na Turquia em 1554 descrevendo os inúmeros infortúnios pelos quais passaram os israelitas nos países das nações, cujos autores são o sábio Judá ibn Verga, seu filho Salomão e seu neto José. (N. da E.)

Espanha que partiram num navio. No percurso o barco viu-se assolado pela peste. O capitão do navio lançou-os à terra, num lugar ermo em que não havia qualquer povoação. A maioria morreu de fome e os remanescentes esforçaram-se e foram em busca de um lugar habitado. Uma mulher desmaiou no caminho e morreu. Seu esposo tomou os dois filhos nos braços e seguiu adiante, e os três desmaiaram de fome. Ao recuperar os sentidos deu com os dois filhos mortos. Levantou-se e disse: Senhor do Universo, muito Te empenhas para que eu abandone a minha fé. Saiba que, não obstante os habitantes do Céu, sou judeu e serei judeu e de nada adiantará tudo o que me infligistes e infligirás. Juntou terra e ervas e cobriu com elas os meninos e foi em busca de um lugar povoado. E aquele grupo de judeus não esperou por ele, pois não queriam morrer de fome também, porquanto cada um estava ocupado com a sua própria aflição e não percebia a do outro.

E qual foi o fim daquele judeu? – Não sei. – Acaso o Senhor o levou a uma comunidade de judeus e ele tomou outra mulher e gerou filhos e filhas? – É possível. – E mesmo se assim fosse não vejo nisso uma recompensa. Jó, que jamais existiu e não era uma criatura, mas um exemplo, consolou-se pela morte da mulher e dos filhos depois que o Senhor abençoou os seus últimos dias como os primeiros, porém é duvidoso que uma pessoa viva se console por isso.

Afagou Rabi Schlomo a sua barba e disse: Era uma vez um homem cujo filho adquiriu maus hábitos. Veio ao Baal Schem Tov. Disse-lhe o Baal Schem Tov que redobrasse o seu amor pelo filho. Sorriu Daniel Bach e disse: Sabe senhor por que o papai nos contou essa história? Pois ele me ama. É pena que o Santíssimo não cumpra o conselho do Baal Schem Tov. Disse Rabi Schlomo: Como você sabe que o Santíssimo não o cumpre? Disse Daniel: Pai, é possível que depois de todos os infortúnios que o acometeram ainda fale assim? Disse Rabi Schlomo: E quem mais falará assim? Acaso aquele que goza de bem-estar durante toda a sua vida, e que, devido ao excessivo bem-estar, não percebe as graças do Abençoado Altíssimo? Ao contrário, apraz-me dizer que em todas as horas vejo as Suas benfeitorias, Abençoado Seja. E oxalá eu não peque a Seus olhos ao fazer uma distinção entre Seus atos dizendo que este é bom, e aquele não. Mas espero que, quando tiver a graça de morar na Terra de Israel, o Santíssimo desvende os meus olhos para que eu veja que todos os seus atos são bons. E já que concluímos com uma boa coisa, desejaremos ao senhor uma boa noite e partiremos.

Capítulo Nove
Na Água e no Fogo

Depois que se foram, entrei no meu quarto, acendi uma vela, estendi-me sobre a cama e peguei um livro para amenizar o meu sono. Ainda não havia começado a leitura quando comecei a refletir. O que refleti e o que não refleti?

Revi aquele ancião sentado, o queixo apoiado na bengala, as rugas de seu rosto resplandecendo ao irradiar chispas de luz a descer para a sua barba. Junto a ele, o seu filho que alisa as pernas, às vezes aquela que nasceu com ele, outras aquela que lhe foi restaurada posteriormente e não se sabe qual delas é a sua preferida, se é a feita pela mão do Céu ou a feita pela mão dos homens. Diz o aleijado para o seu pai: Papai, a guerra entre Gog e Magog[14] já chegou, mas o Messias, filho de David, ainda não chegou. Responde-lhe o pai: Meu filho, a guerra entre Gog e Magog existe em todas as gerações, em todos os tempos, a toda hora e dentro de cada homem, dentro de sua casa, em seu coração e no de seus filhos. Cale-se meu filho, cale-se. Jeremias já havia dito: "Tu estás próximo de suas bocas, mas distante de seus rins"[15] e essas coisas ainda bradam dos corações dos israelitas. Digo a mim mesmo: Amanhã esse velho ascenderá à

14. Referência à legendária guerra contra Israel, trazendo em seu rastro a destruição, antecessora à vinda do Messias. (N. da E.)

15. Em hebraico: *mussar klaiot*; lit., dor nos rins; em sentido figurado: consciência, arrependimento. (N. da E.)

Terra de Israel. Do ponto de vista material isto é muito bom; o ar da Terra de Israel é salutar e os camaradas de Ierukham dar--lhe-ão moradia e alimentos e o respeitarão. Mas será possível que esse ancião se julgue por demais respeitado e renuncie ao respeito por seu Pai Celestial e, ao ver que alguns preceitos, como o da observação do Sábado, estão sendo negligenciados, calar-se-á? Um homem fecha os olhos aos maus atos de seu filho, mas não aos maus atos dos camaradas de seu filho. Ou, talvez o seu amor aos semelhantes seja igual ao seu amor pelo filho, como sói acontecer com os velhos que passaram por muitas vicissitudes e aprenderam a aceitar tudo com amor – não como a maioria dos jovens que segue o seu coração e cuja consciência teme uma *mitzvá,* quando tem uma ao seu alcance, e evitam cumpri-la. Quantas renúncias faz um homem e não teme, mas quando chega o momento de cumprir a Lei, sua consciência teme. Mas por que devo ocupar a minha cabeça com coisas que não posso modificar? Vou fechar os olhos e dormirei.

Antes de adormecer já sabia que a noite não passaria sem sonhos. E assim foi. Eu mesmo dei oportunidade ao senhor dos sonhos para que viesse e me provocasse. Mas eu venci o senhor dos sonhos e o deixei onde deixei e levantei-me e embarquei num navio cheio de filhos de Israel, velhos e velhas, rapazes e moças. Jamais vi pessoas tão belas. Se eu comparar os homens com o sol e as mulheres com a lua, eis que, às vezes, o sol e a lua são ocultados e sua luz não é percebida, ao passo que eles brilhavam ininterruptamente. Certa feita em Iom Hakipurim, antes da oração vespertina, vi uma luz maravilhosa pela janela da nossa velha casa de estudos e pensei que não existisse outra mais extraordinária do que aquela, mas eis que, de repente, percebi que existia outra ainda mais maravilhosa. Ademais, a da nossa casa de estudos era uma luz inanimada e esta aqui era viva, e até se pode dizer – falante, em que cada reflexo cantava. E por acaso a luz tem voz e fala ou canta? Isso não é passível de explicação, e mesmo se pudesse explicá-lo, não o faria, porém me deixaria seduzir pela luz.

E o que faziam essas criaturas no mar? Os anciãos e as anciãs sentavam-se com as mãos sobre os joelhos e observavam o mar; e os rapazes e moças dançavam, cantavam e dançavam. E não é de se admirar, pois o barco dirigia-se à Terra de Israel. Até mesmo eu dancei. E quando parei, vieram as minhas pernas e me fizeram dançar. Um velho pegou-me e disse: Falta um para o *minian*. Cobri-me com o meu manto de oração e entrei com ele na sala das rezas. Todo o público se admirava, pois se tratava da prece vespertina, não era a hora própria de pôr a *tzitzit*. O ancião caminhou para o púlpito e acendeu uma vela. Acompanhei-o a fim de apanhar um livro de orações. A vela tocou no meu manto que pegou fogo. Minha mente perturbou-se e saltei ao mar. Tivesse eu apenas jogado o manto dos meus ombros, ter-me-ia salvado do incêndio. Mas não o fiz; ao contrário, saltei ao mar. Além de não ter escapado do fogo, estava a ponto de me afogar. Alcei a voz e gritei para que me ouvissem e gritassem e viessem em meu socorro. Mas não gritaram e não se ouvia voz alguma além da minha que clamava: Console esta cidade enlutada e queimada! Disse para mim mesmo: Onde está o ancião? Ergui os olhos e o vi inclinado sobre a murada do navio, não se mexia e sua barba não balançava. Apareceu um homem, parecido com Daniel Bach, mas este tem uma perna mutilada, enquanto aquele apresentava ambos os braços mutilados. Desesperado, entreguei-me às ondas do mar. Tranquilamente, o mar levou-me até um dado lugar. Vi uma luz brilhando e pensei que chegava a um lugar habitado, onde certamente os judeus se compadeceriam de mim e me levariam à terra. Ergui os olhos para ver de onde provinha a luz. Veio um vento e a vela apagou-se. Percebi que aquela era a vela que eu acendera diante da cama. Virei-me para o outro lado e cerrei os olhos. Fui dominado pelo sono e adormeci.

Depois que tomei a refeição matutina, peguei a chave, fui à casa de estudos, abri a porta, entrei, tirei um livro e sentei-me para estudar. O estudo atraiu-me e estudei com alegria.

Capítulo Dez
Preciso Fazer um Capote

Os dias de frio estão se aproximando e surgindo à porta e o receio por sua aproximação domina todas as criaturas. O sol permanece entre as nuvens e não sai senão por algumas horas e quando o faz seu semblante não é o mesmo de ontem e anteontem. O mesmo acontece com as pessoas, correndo ao mercado, de fisionomias sombrias. Mais do que nos outros dias, conversam sobre roupas, que todos necessitam, mas nem todos podem adquirir.

Quando acabei o almoço, acercou-se de mim o dono do hotel e, apalpando as roupas que eu envergava, me perguntou se não possuía outras. Sua mulher escutou e disse: A friagem de nossa cidade é grande e, se não tiver agasalho quente, não resistirá ao frio. E então ergueu os ombros e encolheu o pescoço como alguém castigado pelo frio. Mirou-a seu marido e piscou os olhos, como alguém que desejasse dizer algo e fosse interrompido. Tornou a olhar os trajes que eu vestia e disse: O senhor precisa fazer uma roupa quente.

Bem fizeram os donos do hotel dizendo que eu precisava fazer para mim uma roupa quente, pois as minhas eram de verão, roupas da Terra de Israel, que envolvem o corpo, mas não o aquecem, e esse frio que se aproximava rapidamente era intenso; um frio que dura seis meses, ou mais, e não abranda nem durante o dia e nem durante a noite. Quem está acostumado a ele já necessita de vestimentas quentes, quanto mais eu, que não estou acostumado.

Como farei esse capote? E, mesmo que o faça como aparecerei com ele diante das criaturas, pois tenho vergonha de sair com roupas novas? Não sei por que me envergonho com isso; talvez para não vexar quem não as possui, ou por temer por mim mesmo. Pois uma roupa nova distingue quem a veste apenas pelo fato de vesti-la, como no episódio do homem que ia noivar com uma jovem e apresentou-se ao pai dela trajando roupas novas.

Disse o pai da jovem: Estar inteiramente vestido de roupas novas significa que suas antigas não eram dignas de serem vestidas; um homem desses não é merecedor de minha filha.

A alegoria não se parece com o que é alegorizado e, por sua causa, não se deve sustar a confecção do capote; de qualquer modo, esse episódio deve ser lembrado. Aquele rapaz envergou-se de roupas novas para agradar, e qual foi o seu fim? Saiu decepcionado, pois não enxergaram nele mais do que as suas roupas.

Encaminho-me para a casa de estudos e não estou satisfeito com o fato. Ainda não estou à mercê do frio, mas há um outro transtorno em minha caminhada, pois eu fixo os transeuntes e observo as suas vestes. Eu, que não olho para além dos meus quatro côvados, tornei-me um grande olho. E o mal é esse: ao prestar atenção nos outros, deixo de prestá-la a mim mesmo.

Uma vez que observo as criaturas, direi algo sobre elas. Todas as pessoas aqui trajam roupas velhas e se cobrem de roupas velhas. Até que ponto elas são velhas? A ponto de que se duvide que alguma vez tenham sido novas. Ou seja, já no momento da sua aquisição eram velhas. E aqueles de quem foram adquiridas também já as adquiriram velhas. Isto se nota sobretudo nas crianças. Não há criança aqui cuja roupa não seja mais velha do que ela.

O frio que estava prestes a chegar tomou outro rumo e dirigiu-se às florestas, aos rios, montes e colinas, mas os seus mensageiros e os mensageiros dos seus mensageiros já são percebidos na cidade.

Surgem no mercado frutas insossas e ácidas, outonais, que não têm o menor sinal de sumo, bem como arenques inteiros e fatiados exalando um fedor salgado, e um cheiro de repolho em conserva, de abobrinhas ácidas e do alho usado na preparação das conservas emana de todas as casas. Esvaneceu-se o aroma doce do painço com mel, o aroma que adoça a nossa cidade, desde os dias que se seguem ao final da Páscoa até meados do mês de Markheschvan.

O sol está oculto no firmamento e não sai senão por algumas horas, e, quando sai, o faz envolto em nuvens como um doente levado a sentar-se por algum tempo fora. A esse doente, onde quer que se sente, nenhum lugar lhe agrada; ele se enrola e cobre a face e diz: O vento sopra, lá fora está frio, a chuva pinga. Quando o reconduzem ao seu lugar, muda de fisionomia e se zanga.

Pior do que o sol – a terra: ora levanta pó, ora forma poças, ou forma um pântano e apodrece. Os autores de poemas costumam comparar o inverno a um morto e a neve à mortalha. Pode ser que haja qualquer semelhança e pode ser que não haja. De qualquer forma, se a neve não descer e cobrir a terra, esta é capaz de putrefazer a cidade.

Toda a cidade está fatigada e triste. Todo aquele que possui uma casa tem seu telhado oscilante e suas janelas quebradas e não é preciso dizer que ele não aumenta o número de suas janelas. E se está assoberbado de filhos e filhas, ainda não lhes preparou calçados para os pés, não adquiriu para eles batatas e não encomendou lenha para o aquecimento.

Desde Jerusalém pende o céu, quiçá céu, quiçá nuvens, que pinga gotas que tombam como agulhas enferrujadas. Ambos os carroceiros da cidade estão parados no mercado batendo as mãos para se aquecerem um pouco. O inverno ainda não chegou e o corpo das pessoas já esfriou. De cabeça inclinada, seus cavalos estacam olhando a terra que ontem era alegre e hoje é triste, e admiram sua sombra que rola a seus pés e da qual emana frialdade. As pessoas que encontrei na noite de Iom Hakipurim na Grande Sinagoga, que iam e vinham para mostrar a sua importância, postavam-se, miseráveis e desocupadas, às portas de seus armazéns. Das noventa aldeias que cercam a cidade, ninguém vem comprar coisa alguma nas lojas. Não porque a terra está enlameada e o aldeão se tornou astênico, mas porque ele aprendeu a montar seu próprio negócio na aldeia. E vende até mesmo os cereais de seu campo sem necessitar de um intermediário. E mesmo aquele judeu, que morava na aldeia, e do qual dependia o ganho dos judeus na cidade, mudou-se de lá e compartilha da miséria destes.

Há gente velha na cidade que lembra os tempos idos, quando reinava paz no mundo; o mundo inteiro era alegre e os alimentos das pessoas eram facilmente encontráveis, e suas barrigas abasteciam-lhes as pernas, pois comiam muito, e suas pernas tinham força. Seus pés eram calçados, seus corpos vestidos de belas roupas e o sustento fluía para dentro de suas casas. Como? Logo depois de Sukot, os fazendeiros vinham à cidade, eles, suas mulheres, seus filhos e suas filhas, seus servos e suas servas. Vinham assim: Todos os senhores das aldeias saíam em caleças saltitantes, atreladas a dois ou quatro cavalos, e entravam na cidade ao som de gritos de alegria e satisfação. Os negociantes de cereais compravam deles cereais de inverno; os arrendatários arrendavam as suas florestas; os mercadores de aguardentes compravam aguardente de suas destilarias e todos os artesãos da cidade apresentavam-se a eles e perguntavam: O que há para consertar em sua casa? E eles entravam e pegavam cobre e estanho e chumbo a fim de consertar chaleiras, caçarolas e caldeirões. Terminados os negócios, entravam nas lojas e compravam agasalhos hibernais de lã e de couro, longos e curtos, para casa e para viagem, para eles e para os de sua casa, para as suas amantes e para os familiares delas. Os dias atuais não são como os passados. Hoje, um senhor lança os olhos sobre uma mulher, entra com ela onde entra, como por exemplo, na casa da divorciada e se liberta da obrigação de manter uma casa. Nos tempos passados, construíam salões para as amantes, traziam-lhes tudo do bom e do melhor, e colocavam a seu serviço criados e criadas. A cada abrigo que os senhores encomendavam, cinco pessoas lucravam: o vendedor de tecidos, o vendedor de couros, o alfaiate, o peleteiro e o intermediário. E se se quiser, pode-se dizer seis: pois não existe um intermediário que não tenha um outro intermediário atrás de si que o siga.

Uma pessoa não se agasalha apenas com pele. Sobretudo aquela que não tem meios de adquirir uma pele, adquire uma roupa, ao passo que aquela que pode comprar uma pele, pode ainda adquirir outras roupas. Veja esta rua: agora, está arrasada e suas lojas são um depósito de lixo; outrora, havia nela duas fileiras de lojas, uma desta banda e outra da banda de lá, e cada loja estava cheia de tecidos e feltros, veludos, tafetá, seda e linho. E ali entravam e compravam o que precisavam e o que não precisavam. Muitas vezes a loja não podia suprir todos os fregueses. O que faziam? Dirigiam-se para a outra rua e compravam calçados. Se as lojas estavam cheias, dirigiam-se às mercearias, se estas estavam cheias, entravam nos armazéns de comestíveis. Todo corpo tem o seu exterior e o seu interior: da mesma forma que você deve vesti-lo e calçá-lo, assim também deve alimentá-lo. Os fregueses comem, bebem e alegram os empregados e as empregadas com gorjetas. Uma vez que os empregados e as empregadas têm dinheiro, vão às lojas e compram roupas e calçados, gorros e chapéus, pois também eles são possuidores de um corpo. O seu interior eles alimentam nos armazéns de comestíveis e o seu exterior nas casas de tecidos.

Durante as folgas, até mesmo os mestres das aldeias costumavam vir à cidade. Eram os professores particulares dos filhos dos senhores das aldeias, pois cada senhor de terras empregava um preceptor para os seus filhos, sustentando-o em sua mesa com alimentos e bebidas e pagando-lhe um salário, do qual o professor dava parte aos seus pais, pobres, e parte guardava para ingressar na universidade. O preceptor vinha à cidade, entrava na casa do vendedor de livros e comprava dois ou três. É preciso saber que nos dias que antecederam a guerra não faltava à cidade sequer uma livraria; livros para estudar, livros para ensinar e romances para entreter o coração. Mesmo agora ainda se compõem livros chamados de romances, da mesma forma que ainda chamam de cidade nossa cidadezinha. O mestre pega os seus livros e, levando-os sob o braço, entra na casa de seu amigo. E seu amigo tem uma irmã, seja ela bonita ou não. Toda aquela que tiver sorte, não necessita nem de beleza e nem de inteligência. Entra a mãe da jovem e vê um rapaz sentado com seu filho. Diz ela com admiração: Sua Excelência aqui? Dar-me-á a honra de comer conosco. Enquanto ela fala, entra a filha vestida como uma grã-senhora. Volta aquela aos seus cozidos e esta vem e senta-se junto ao professor. Ela lhe fala de coisas que leu no seu romance, ele lhe diz outras que leu no seu romance e assim se desenvolve um terceiro romance. E na hora do almoço, vem o pai da jovem e cumprimenta o hóspede e senta-se à mesa com um gorro quadrado à cabeça, como o de um rabino. Naquele dia, a mãe da moça cozinha diversas iguarias e, portanto, demoram-se à refeição. E quando se demora na refeição, a conversa se estende. A conversa de comerciantes não versa senão sobre negócios e apenas contam às pessoas sobre o negócio em que lucraram, o que não sucede com o pai da moça, que conta as suas perdas em dinheiro e conta-as com tranquilidade, como se apenas tivesse tirado uma moeda do seu bolso, quando na verdade teve um grande prejuízo. Diz o professor para si mesmo: Com tal dinheiro eu poderia completar os meus estudos e me tornaria um médico, um advogado ou um notário. É grande a força do dinheiro, muito embora o professor seja socialista e discorde dos capitalistas que se apoderam do dinheiro obtido a custa do suor dos pobres; não obstante, ele não censura o pai de seu amigo. Ademais, sente-se honrado pelo fato de este participar-lhe os seus negócios. Pois o mestre come à mesa de seu patrão, que é mais rico do que aquele comerciante, mas este nem percebe a sua existência, o que não ocorre com o pai da moça, que o trata gentilmente e lhe relata os seus negócios. E, sendo assim, ele torna a vir. Vem alguém e lhe segreda que o pai da jovem pode sustentá-lo até que ele termine os seus estudos e não terá que perder o seu tempo na aldeia. Essa ideia penetra em seus ouvidos e ele renuncia a seus alunos, vai à universidade e o pai da jovem provê todas as suas necessidades, até ele tornar-se médico ou advogado. O seu patrão contrata outro preceptor para os filhos e os pais das moças fazem com ele como fizeram com seu colega. E se o pai da jovem não pode cumprir o prometido, apressa-se e realiza o matrimônio antes que aquele se arrependa. E, uma vez que se casa e gera filhos e filhas, esquece o estudo e busca o sustento em outra fonte.

Foi o que ocorreu com o dono do meu hotel, o sr. Nissan Zommer. No segundo ano após a sua saída do ginásio, encontrava-se na casa de um amigo na cidade, filho de um comerciante de chapéus, cuja mãe era hábil cozinheira e cuja irmã era uma jovem morena e agradável. Agora, ele já não lê livros e não fala ao modo dos romances, mas outrora, quando era professor de aldeia, os livros não se afastavam de seu braço e toda a sua conversa versava sobre romances. O mesmo sucede com sua mulher, que permanece entre o fogão e o forno e nela não se percebe aquela que era capaz de seduzir o coração de um jovem. O jugo da sobrevivência, a idade e os anos de guerra podem modificar o caráter de uma pessoa, sobretudo o daquela que experimentou tudo isso e foi castigada por muitas chagas. As suas chagas já sararam, e, se ela cerra os olhos não o faz em virtude da dor, mas cerra os seus olhos materiais para vislumbrar com os olhos espirituais todos os fatos que lhe sucederam.

Desde a infância encarregou-se do próprio sustento, pois seu pai, que em parte era um negociante de forragens e em parte um intermediário que agenciava professores e preceptores para os aldeões, não ganhava o suficiente para sustentar a casa. Nissan ensinava então os colegas mais ricos e recebia pagamento, ainda quando era aluno do ginásio. E, quando chegou a sua vez de ingressar na universidade, seu pai encontrou para ele uma colocação junto a um outro senhor de aldeia. De repente, o amor a uma jovem penetrou em seu coração e ele se submeteu ao jugo da sobrevivência, pois o pai da jovem possuía imaginação e imaginava que poderia sustentá-lo até que concluísse a universidade. E como não podia sustentá-lo, introduziu-o sob o pálio nupcial e no negócio. Mas aquele jugo, o da venda de chapéus, não era muito trabalhoso, e até se pode chamá-lo de um trabalho leve e agradável: é só você pegar um chapéu, virá-lo para cá e para lá e colocá-lo na cabeça do comprador, apresentando diante dele um espelho que lhe mostra uma face sorridente; logo ele percebe, pelo brilho de sua face, que o chapéu lhe orna, compra-o e lhe dá o dinheiro. E assim como se fez com este, faz-se com as demais pessoas. Assim você vê as cabeças de todos os seus concidadãos e sabe o que se passa em cada uma delas.

No passar dos dias, ele gerou filhos e filhas, esqueceu que havia aprendido latim e grego e começou a comportar-se como os demais fiéis de Israel; ia rezar na casa de estudos, e entregou os filhos ao estudo da *Torá* no *heder,* sem se envergonhar de seu pai e sua mãe, como os senhores doutores de nossa cidade que se envergonhavam de seus pais. E não fosse a guerra, teria continuado a ser um negociante de chapéus durante toda a sua vida. Mas a guerra não é fácil nem limpa, e tampouco agradável. A essa cabeça, rainha de todos os órgãos, que você lava com água quente e enxagua com água fria e esfrega e penteia, e sobre a qual você coloca um chapéu novo a cada ano, chega um patife, dispara-lhe uma bala e a estoura. E talvez nos tenhamos enganado quando dissemos que o proprietário do hotel cerra seus olhos para reter o que já viu: ele cerra os olhos a fim de não ver o que viu. As pessoas são feitas de um modo que se pode errar a seu respeito; a gente pensa assim sobre elas e elas não são assim.

Às vezes Babtchi lhe traz o jornal. O jornal fica aberto à sua frente, na primeira página, ele a lê até chegar ao fim e não a vira nem sequer se está no meio de um artigo. Se é a última página que está aberta, ele a lê desde o início e mesmo que se encontre no meio de um artigo, não a vira para inteirar-se de seu começo. Acaso é preguiçoso? Não, pois se seu cachimbo se apaga, ele se levanta da cadeira e se dirige à cozinha a fim de pegar uma brasa, mesmo quando os fósforos estão à sua frente. Mas deixemos o proprietário do hotel e retornemos ao assunto que encetei.

Capítulo Onze
O Alfaiate e o Comerciante

Todos os ventos do universo sopram e deitam abaixo a cidade toda. Ouve-se de um extremo a outro da cidade um barulho de portas batendo, janelas quebrando e telhas caindo. O Stripa agita-se e ruge, e a ponte sobre ele balança-se e geme. O sol se esconde e remoinhos de poeira sobem da terra para o firmamento. A gente da cidade treme, e é natural que trema, pois suas roupas estão rotas e não são capazes de aquecê-los.

Falei para mim mesmo: Tais pessoas estão acostumadas ao frio, mas eu, que vim da Terra de Israel, onde um único raio de sol é maior do que todo o sol desta terra, não posso resistir ao frio e preciso mandar fazer um capote para mim.

Tomei tempo e fui ao alfaiate. O alfaiate sabia que eu viria a ele; não obstante, não ergueu a cabeça de sua agulha, como um artesão entretido em seu ofício no qual não é permitido ficar ocioso.

Puxei um cigarro e o acendi como se tivesse vindo apenas com o intuito de fumar este cigarro.

O alfaiate deixou a sua agulha e falou melodiosamente: O governador do distrito me aprecia e não me censurará se eu retardar o seu serviço, pois já lhe confeccionei diversas roupas e o senhor necessita de um capote, um capote quente e belo. Ao dizê-lo, levantou-se dando um estranho salto e tornou a dizer melodiosamente: Um capote bonito e quente.

O alfaiate tirou um figurino e começou a proferir, sobre cada um dos modelos, montes e montes de coisas, e explicava que capote era adequado e qual era o mais adequado, e a razão por que este era adequado e aquele mais adequado. E afinal cruzou uma perna sobre a outra, arredondou o braço esquerdo e, deitando a cabeça no meio, observou-me do interior de seu círculo com demasiada afeição. Seus olhos cor de canela brilhavam e uma espécie de umidade transparecia neles.

Havia muitos anos que não recebia a encomenda de um novo capote, mas o figurino em suas mãos era novo e eram abundantes nele as marcas acrescentadas pelo alfaiate com suas próprias unhas. Os alfaiates têm muitas ideias, o que agrada a um, não agrada a outro, e cada alfaiate modifica e aperfeiçoa segundo sua própria opinião.

Olhei o figurino e não pude imaginar o modelo de capote que desejava. Aquele alfaiate descrevia diante de mim todos os modelos de capotes exceto o que eu buscava. Ele estacava e me observava, às vezes com afeição e outras com demasiada afeição, e esfregava as mãos uma na outra. De repente saltou estranhamente e esticou-se como uma bengala. Disse-lhe: Sente-se e lhe direi algo. Sentou-se e fixou os olhos em minha boca.

Disse-lhe: Quando entro num barbeiro e ele não me conhece, se for sábio, compreenderá com seu próprio discernimento que corte me agrada. E, se não, ele me pergunta e eu lhe respondo: Não sou entendido neste mister, proceda segundo seu próprio parecer. Se não é um tolo, dá-se ao trabalho e me faz um corte bem bonito, mas, se é um tolo, diz a si mesmo: Passarei a tesoura na cabeça dele e receberei o meu dinheiro. Eu olho no espelho e vejo que ele me enganou. Digo para mim mesmo: É da natureza do cabelo tornar a crescer, mas esse que me enganou jamais tornará a ver um tostão de mim. Assim também se coloca a questão do capote. Não sei imaginar que capote me orna e qual não me orna, mas você, que é um especialista, pense e confeccione um capote adequado para mim. Se você disser que um capote não se assemelha a um corte de cabelo, pois uma pessoa corta o cabelo diversas vezes ao ano, e só se faz um capote uma vez em muitos anos, não se esqueça de que, além do capote, necessito de outras roupas. Alegrou-se o rosto do alfaiate e ele disse: Jamais ouvi uma coisa assim. Cerrou os olhos e, colocando a mão esquerda sobre eles, acrescentou sussurrando: Faço-lhe um belo capote.

Depois de tirar minhas medidas, disse: Vou lhe mostrar belos tecidos que não têm par. Mesmo que vasculhe todas as lojas, você não encontrará iguais. Se o digo, pode acreditar. Disse-lhe eu: Gosto de adquirir o meu tecido com um comerciante e entregar o meu serviço a um artesão, para que cada um faça o seu ofício e ganhe, o comerciante com a sua mercadoria e o artesão com o seu ofício.

O alfaiate não deu atenção às minhas palavras, pulou onde pulou e pegou um pedaço de tecido. Amassou-o na mão, recolhendo duas bordas dentro dela e disse: Veja, senhor, está liso como estava antes, realmente como estava antes, não se percebe nele nem um vestígio de ruga. Disse-lhe: Acaso não lhe falei que quero comprar o tecido na loja? Replicou ele: Não lhe mostro para que o compre de mim, o que lhe peço é que observe este pedaço. Disse-lhe: Já o observei. Disse ele: Não foi isso que pedi, mas que examine o tecido com sua mão. Passei a mão pelo tecido e falei: Pronto. Alegrou-se o semblante do alfaiate e ele disse: Eu não falei que este tecido é belo? Não o pressiono para que o adquira. O que peço é que ouça como ele chegou às minhas mãos.

Isto foi o que me contou o alfaiate: O comandante de meu batalhão, qualquer belo objeto que visse em poder do inimigo, pegava-o e enviava à sua mulher. Escolhia emissários e os dispensava por alguns dias de suas tarefas no exército a fim de que levassem os despojos para a sua esposa. Certa feita enviou por meu intermédio toda a espécie de bebidas e comidas, objetos de prata e tecidos e permitiu-me permanecer em minha casa um certo número de dias. Eu disse ao meu amigo: Há um ano ou mais que não vejo a minha mulher e os meus filhos e, agora que vou visitá-los, nada tenho para levar-lhes de presente. Havia ali um soldado gentio, filho de camponeses, para o qual eu costumava escrever cartas a seus pais. Sucedeu que, naquele dia, a mãe enviou-lhe uma jarra de manteiga. Deu-me ele a manteiga e disse: Pegue, meu irmão, pegue e leve para a sua mulher, para que ela a passe no pão dos seus filhos. Quando cheguei diante da mulher do comandante trazendo-lhe os despojos enviados por seu marido, notou a jarra em minha mão. Disse ela: O que é isto em sua mão? Disse-lhe: Um pedaço de manteiga que eu levo para a minha mulher para que ela passe no pão dos nossos filhos. Disse ela: Esta noite darei uma ceia para os grandes da cidade e é bom que haja em minha casa mais uma porção de manteiga. Pegue este pedaço de tecido e dê-me a manteiga. Isso foi penoso para mim, pois desejava alegrar minha mulher e meus filhos. Tirou a senhora a jarra de minha mão e deu-me o tecido. Pensei comigo mesmo: Que assim seja.

Antes de sair de junto do alfaiate, disse-lhe que estabelecesse um prazo e que cumprisse a sua palavra. Eu próprio não zelo pelo meu tempo, mas zelo pela honra da pessoa a qual, se acaba mentindo, tem a sua honra profanada, e o fato é que ele era um artesão e eu prezo a honra dos artesãos e não desejo vê-los em sua degradação.

Os tecidos que encontrei na loja não eram tão belos quanto os do alfaiate e seu preço era maior. Mas não procurei outras lojas, pois a coisa não teria fim, visto que não existe uma mercadoria que não seja mais bela do que a outra.

Depois que paguei pela mercadoria, perguntou-me a esposa do comerciante: A que alfaiate o senhor vai entregar o tecido para que lhe faça o capote? Respondi-lhe: Venho da casa do Schuster[16]. Zombou o comerciante e disse: Um belo alfaiate o senhor encontrou. Não me castigue o Senhor por minhas palavras, mas é um pobre orgulhoso. Todo o seu mérito é que morou na Alemanha. Senhor do Universo, quem não morou lá? Conheço pessoas que até mesmo estiveram em Paris. E se esteve em Berlim, o que tem isso? Acaso Hindenburg o convidou a confeccionar para ele um "pequeno manto"? Ha, ha, ha. Mando-o ao meu alfaiate e verá a diferença entre um alfaiate e outro. Disse-lhe: Não desejo que perca o seu tempo em vão. Disse a comerciante: O que significa em vão? É para isso que foi criado. Feivel, Feivel, disse a mulher para seu marido, por que se cala? Ao contrário, ouça, senhor, o que diz meu marido. Às vezes um homem diz algo que mil mulheres não dizem. Disse-lhe seu marido: Mas este senhor vem da casa do Schuster e o achou adequado! Disse a comerciante: O que significa que o

16. Em ídiche: sapateiro. (N. da E.)

achou adequado? O que sabe um homem? Dizem-lhe: Eis um alfaiate, e ele acredita. Se o mundo fosse feito apenas de homens, a semente de Adão já estaria extinta. Admira-me que no hotel não lhe tivessem dito nada, visto que foi Dolik (o filho do dono do hotel) que mandou Sua Excelência à nossa loja. Disse-lhe: Não, pois foi Schuster que me enviou a vocês. – Schuster? Acaso ele não oferece os seus tecidos a todos que o procuram? – E ele possui tecidos para vender? – Possuía. – E agora? – Agora, ó senhor, não lhe sobrou nada. E dos que restaram ele necessita para si mesmo. Para si mesmo, por quê? Pois tem em sua casa uma mulher enferma, doente de asma e ele coloca os tecidos sob a sua cabeça, visto que nem sequer todos os travesseiros são suficientes para ela. O senhor deve agradecer ao Abençoado por não ter comprado os seus tecidos. Pois o senhor não veio até aqui para tirar o travesseiro de sob a cabeça da enferma. Soube que o senhor vem da Terra de Israel. Então, é muito quente lá? Fogo abrasador. Um rapaz voltou de lá. Certamente, o senhor o viu. É negro e dono de um duplo topete. Seu ofício era consertar estradas. Aquele rapaz diz que lá é como aqui e que aqui é como lá. Na verdade, lá é mais quente do que aqui, mas durante a maior parte do dia sopra o vento e ameniza ligeiramente o calor. O que não acontece aqui, pois quando faz calor, ninguém o suporta. Mas vá se acreditar em suas palavras, uma vez que é comunista, meio bolchevique, ou talvez mais do que meio, e por isso o expulsaram de lá, pois a Terra de Israel foi dada apenas aos sionistas. E o que ganham os sionistas com isso, já que os matam lá? Existia lá um rapaz de nossa cidade, na verdade não se pode chamá-lo de rapaz, visto que já havia desposado uma mulher por lá. Pois esse rapaz do qual falei, o irmão de Daniel Bach, aquele aleijado que caminha com uma perna de pau, foi morto em vão. Estava de sentinela à noite, passou por ele um árabe e o árabe sentiu desejo de atirar nele, atirou nele e o matou. E o inglês vê e se cala. Se o inglês não é um simples gentio hostil a Israel, então por que se cala? Qual é a sua opinião, senhor? Tem remédio a Terra de Israel? Meu pai, que descanse em paz, dizia que se isso nos fosse conveniente, o nosso kaiser teria dito ao turco: Escute aqui! E, em seguida o turco teria entregado toda a Terra de Israel. Já que o senhor está com pressa, não desejo detê-lo, peço apenas que, se o senhor necessitar fazer um terno, saiba que em nossa casa encontrará toda a sorte de tecidos adequados.

Disse o marido: Conheci o seu avô, que repouse em paz. Ele, que esteja em paz, era meu padrinho. Sua esposa interrompeu-o e disse: Assim você encerra todas as virtudes do avô dele, acaso foi apenas isso que ele lhe fez? Pois acaso não lhe deu, para as suas bodas, uma caixa de especiarias de pura prata? Até que vieram os russos e a pegaram, ela se encontrava em nossa casa. Disse-lhe o marido: Pois você já contou e não me deixou contar. Disse a comerciante: Meu marido é modesto e deixa aos outros que o louvem, mas eu digo que se você não se louvar a si mesmo, os estranhos certamente não o farão. Disse o comerciante: Seu avô, que repouse em paz, costumava enviar um presente de bodas a todas as pessoas das quais era padrinho. Juntou a comerciante as suas mãos e disse: A todos? Seja lá como for, o presente que deu a você é maior que o deles, pois deu-lhe uma caixa de prata pura. Espere, Sua Excelência, e meu marido levará o seu embrulho ao alfaiate. Respondi: Não é preciso. Disse a comerciante: Se não deseja incomodar o meu marido, eis aqui o Ignatz, ele levará. Disse-lhe: Quero habituar-me a carregar o meu tecido. Disse a comerciante: O que quer dizer com isso? Será que o senhor quer carregar o pacote na rua? Retruquei-lhe: Foi com esse intuito que comprei o tecido, a fim de fazer para mim um capote, e que diferença há se carregarei o meu capote depois ou se o carrego agora?

Capítulo Doze
No Caminho e no Hotel

Quando saí da loja ainda era dia. Embora já houvesse chegado a hora do pôr do sol, a noite ainda não se fazia perceber.

O sol estava parado, fixo no firmamento, como uma parte inseparável de seu fundo e uma espécie de calor abrandava ligeiramente o ar. O ar, bem como a luz do sol, transmutava as faces dos passantes e estes se tornavam amáveis uns com os outros. Pessoas que eu não conhecia acenavam para mim com suas cabeças e me cumprimentavam. Chegou Ignatz e, seguindo-me, quis carregar o meu embrulho. Os donos das lojas me observavam e ao embrulho que eu levava na mão. As lojas são numerosas e os fregueses escassos, e todo aquele que compra algo numa loja atrai sobre si a ira dos demais comerciantes.

No caminho encontrei aquele rapaz do qual falou a comerciante. Anteriormente já o havia visto muitas vezes e o considerava de bom grado. Devo dizer que não era negro e sim queimado de sol, que seu topete não era duplo, e que aquela comerciante dissera coisas que não tinham sentido, pois o que significa um topete duplo? O referido topete dava-lhe um ar másculo. Não aprecio os portadores de topetes que nada possuem na cabeça, além da poupa, como um pavão a esconder a fealdade de seus pés com suas belas penas. Não era esse o caso daquele rapaz, cujo nome era Ierukham Liberto: possuía mais do que um mero topete. Notava-se que lhe sucederam desgraças e que ele as afastara de seu coração como afastava o topete da testa. Seu rosto era magro, como o dos demais habitantes de Szibusz de hoje, e uma pequena covinha localizava-se em sua face direita. Daquelas que se costuma chamar de "covinha do charme" e realmente dava graça ao seu rosto, contradizendo a cólera de seus olhos.

Naquele momento, Ierukham estava sentado à beira do caminho, perto do Chafariz Real, onde abria uma valeta para que as águas do chafariz não inundassem a rua. Rapazes como ele, encontram-se na Terra de Israel em qualquer cidade e qualquer povoado e ninguém lhes presta atenção. Aqui, em Szibusz, isso constitui uma novidade: um rapaz de Israel senta-se nas ruas de Szibusz, repara o caminho e considera a si mesmo como se estivesse reparando o mundo inteiro. Cá entre nós, esse seu trabalho é supérfluo. Quem não conhece Szibusz, talvez diga: O que quer dizer supérfluo? Uma vez que o caminho está impraticável, é justo que o consertem. Eu, que conheço Szibusz, digo: o que adianta reparar um trecho visto que todos os caminhos estão impraticáveis e, segundo me parece, não são mais passíveis de serem reparados? Tudo isto foi dito por mim apenas com referência ao trabalho de Ierukham. Sobre o próprio Ierukham não se pode afirmar senão que ele levanta poeira e está sentado na lama. Quando me viu, lançou-me um olhar que não me favorecia e retornou à sua lida como se eu não existisse. Não o levei a mal e o cumprimentei, inclusive estendendo-lhe a mão. Não me deu atenção e não me cumprimentou e, se o fez, fê-lo em voz baixa.

Volvi então minha cabeça em direção a Ignatz e o vi proseando com Ierukham. Isso não me agradou: em primeiro lugar, porque ele me deixou de súbito a sós e em segundo, porque minha mão esmorecia. Peguei o meu embrulho com a esquerda e disse para mim mesmo: Ignatz me deixou em meu próprio benefício, a fim de contar àquele rapaz que não há ninguém melhor do que eu, pois sempre dou esmola e a dou generosamente. Pensei se aquele rapaz não estaria se arrependendo por não ter agido devidamente para comigo. Compadeci-me dele e decidi dar-lhe uma oportunidade de reconciliar-se comigo.

Assim se passou o dia. O sol, que pairava fixo no firmamento como uma parte inseparável do seu fundo, partiu e se foi. Levantou-se Ierukham, sacudiu a poeira de suas vestes e foi para onde foi. E eu me dirigi ao alfaiate, deixei com ele o pano e retornei ao meu hotel.

Naqueles dias o hotel estava vazio. Além de mim não havia lá senão um ancião que devia ser juramentado no tribunal. Quando estava faminto tirava o pão de sua cesta e comia, quando lhe traziam um copo de chá bebia com o coração aflito, pois um copo de chá custa um tostão, e não havia um tostão supérfluo em seu bolso. Antes da guerra possuía campos e jardins na aldeia e uma grande casa na cidade, onde se localizava a casa bancária, sendo que ele era um de seus donos, possuindo ainda uma bela e ajuizada mulher e filhos bem-sucedidos. Sobreveio a guerra e tirou-lhe os filhos, perturbou a mente de sua mulher, destruiu a sua casa e outros se apropriaram dos seus bens e de toda aquela riqueza não lhe restaram senão dívidas. O Senhor empobrece e enriquece, enriquece e empobrece.

O infortúnio daquele homem iniciou-se assim: no próprio dia em que ele partiu para a guerra, sua mulher foi ao campo inspecionar as suas propriedades. Ela viu que o trigo ainda não fora colhido e que as espigas estavam sendo queimadas pelo sol, e que não havia quem manejasse uma foice ou uma ceifadeira. Ela ainda estava lá quando chegaram e lhe avisaram que ambos os seus filhos haviam tombado em combate. De tristeza, ela arrancou o lenço da cabeça e o jogou fora; o sol a fustigou então, lesando-a.

Essa história não traz qualquer novidade ou algo de extraordinário. Por que foi escrita? Para mostrar até que ponto sou necessário à gente do hotel, dada a pobreza de hóspedes.

Krolka pôs a mesa e serviu o jantar. Direi a favor da minha senhoria que a refeição estava agradável como sempre, mas em meu próprio detrimento direi que não a toquei. A proprietária do hotel o notou e entristeceu-se. Percebi a sua tristeza e disse: Há um único alimento que desejo: azeitonas. Clamou a proprietária do hotel com espanto: Azeitonas? São salgadas e amargas! Meneei a cabeça em sua direção e disse: Salgadas e amargas. Falou Raquel: Ele diz salgadas e amargas, mas o seu rosto é de quem come doces. Falou a dona da casa: Quando estive na Hungria e me trouxeram azeitonas, pensei que eram ameixas; tomei um punhado delas e comi. Nem sei dizer: naquela hora meus lábios se contorceram e eu estava prestes a cuspir a minha língua, de tão amargas e salgadas que eram! Disse-lhe: Nas bocas de vocês elas são salgadas e amargas, mas para mim são doces. Antes de partir da Terra de Israel, eu não participava de uma refeição que não incluísse azeitonas. Qualquer refeição que não incluísse azeitonas não era digna de tal nome. Falou Babtchi: Cada pessoa tem o seu gosto; se me trouxessem figos, eu os comeria. Disse

Dolik: Prefiro uma das nossas peras ou maçãs, a todos os figos, as tâmaras e as alfarrobas com os quais os sionistas se regozijam. Falei a Babtchi: Os figos, cujo sabor é agradável e cujo cheiro é agradável, não se igualam às azeitonas. Agora ouçamos as palavras da senhora Raquel. Enrubesceram as faces de Raquel e ela disse: Jamais comi azeitonas, mas imagino que elas sejam boas para comer. Disse Babtchi: Baseada em que você imagina que elas sejam boas para comer? Vejam só, o seu rosto enrubesceu! Cuspiu e disse sua mãe: Que enverdeçam as faces dos meus inimigos. Por que você pegou no pé dela de repente? Disse Babtchi: E o que foi que eu falei? Só disse que o rosto dela enrubesceu, e se enrubesceu, suponho que a vermelhidão não seja pior do que a negrura, por exemplo. Disse Raquel: Não acho que meu rosto haja enrubescido. Acaso há motivos para que enrubesça? E ao falar seu rosto ruborizou mais ainda. Riu Babchi e exclamou: Dolik, ouve, ela não acha que seu rosto tenha enrubescido e não conhece o motivo. Minhas senhoras e meus senhores querem explicar-lhe o motivo? Levantou-se Raquel e disse: Meu rosto enrubesceu? Irei ver no espelho. Estendeu Dolik a ponta de sua língua em direção de Babtchi e riu-se. Observou o proprietário do hotel o seu filho e a sua filha, meteu o polegar dentro do cachimbo com ira e perguntou: Onde está Lolik? – Lolik? Foi para junto de sua dama. Naquele momento falei para mim mesmo: Bem fiz naquela noite permitindo que Raquel me vencesse, agora, além de se prender às minhas palavras, ela concorda comigo até mesmo em coisas das quais nada sabe. Eu estava tão orgulhoso comigo mesmo a ponto de esquecer o episódio que me sucedeu com aquele rapaz, aquele Ierukham Liberto.

Capítulo Treze
O Capote

A casa do Schuster situa-se na rua principal atrás da cisterna, entre algumas casas que restaram da guerra. Ela se encontra rente à rua, um pouco abaixo do nível do passeio e, por conseguinte, paira aí um cheiro de umidade; à noite, esse cheiro é apenas o da umidade, ao passo que durante o dia se lhe acrescenta um cheiro de poeira. A casa toda é um único aposento quadrado cuja altura não excede a de uma pessoa mediana, pois aquela casa foi construída em tempos passados, quando as pessoas se consideravam inferiores e se contentavam com casas pequenas. E acima, na parede junto ao teto, à direita da porta, há uma janela, longa e estreita, através da qual se enxerga as cabeças dos transeuntes, mas não as suas faces, porém, ouve-se a sua voz e vê-se a poeira levantada por seus pés. Uma veneziana quebrada pende da janela do lado externo e quando o vento sopra ela bate e veda a luz. Além dos apetrechos próprios ao ofício de alfaiate, tais como máquina de costura, uma mesa comprida e dois ferros de passar, um espelho e um manequim de madeira em forma de mulher sem cabeça e pernas, coberto de tecidos, com o qual se provam as roupas, não havia no quarto muitos objetos. Portanto, destacava-se sobremaneira aquela cadeira de pelúcia, disposta junto ao fogão, trazida pelos donos de Berlim, onde residiam antes de retornar a Szibusz.

Essa cadeira passou por muitas vicissitudes. Nos tempos da guerra, algumas pessoas haviam enriquecido tendo construído para si palácios, os quais enfeitavam com objetos antigos, como os nobres de linhagem; dirigiam-se às aldeias distantes, aos velhos camponeses para adquirir deles objetos antigos e lhes pagavam regiamente. O que faziam os camponeses para que tivessem o que vender? Encomendavam aos artesãos da cidade a confecção de objetos como aqueles que eram procurados. Quando o ricaço vinha comprar, os camponeses levantavam-se admirados e diziam: Mãe de Deus, uma peça que o pai do pai do meu avô, contemporâneo do grande príncipe, deixou de usar, eis que os citadinos vêm e desejam comprar. A lógica da razão determina que eu vendesse barato os meus objetos. Mas não é esse o caso. Em primeiro lugar, porque certos professores já puseram os seus olhos neles para levá-los a um museu. E, em segundo: como pode alguém deixar sair de sua casa um móvel que há mais de quatrocentos anos ali tem estado e, além disso, lhe prestou bons serviços e não demanda comida e nem bebida? Os ricaços ouviam e davam ao camponês quanto ele queria, e às vezes lhe davam um piano novo por uma cadeira desse tipo.

Quando sobreveio a praga da inflação e os ricaços faliram, venderam os seus palacetes a estrangeiros. Os estrangeiros, que não têm espírito como os alemães, jogavam fora esses móveis ou os vendiam a preço irrisório, e foi assim que o nosso alfaiate teve o privilégio de adquirir para si aquela cadeira. E isso foi motivo de agitação em todos os jornais da Alemanha: uma cadeira sobre a qual se sentavam os príncipes da Alemanha, agora se senta sobre ela um judeu polonês. Foi um milagre o fato de Schuster não ter lido os jornais e, assim, não ter tomado conhecimento de que havia contribuído para que se acrescentasse mais uma maldade às maldades dos inimigos de Israel.

Toda vez que venho ao Schuster, encontro sua mulher sentada na cadeira, aos seus pés uma banqueta e duas bengalas ao lado, uma apoiada sobre os seus joelhos e a outra no chão. Ela não é franzina como o marido, ao contrário, é gorda e robusta, pois durante a maior parte dos dias permanece deitada na cama, atrás da cortina que divide o aposento, ou sentada na tal cadeira, um longo cachimbo na boca, abastecido de ervas aromáticas, e ela solta fumaça a fim de facilitar a si mesma a respiração, pois sofre de asma. Por causa dessa enfermidade, transferiram sua residência de Berlim e retornaram a Szibusz, muito embora em Berlim seu sustento fosse farto, ao passo que aqui eles não têm sequer alimento para uma refeição. E por que transferiram eles a sua residência? Pois os muros das casas de Berlim erguem-se até o coração do céu e impedem a respiração.

No princípio, o alfaiate gabava-se diante de mim de que todos os dignitários madrugam à sua porta, pois são grandes entendidos e reconhecem que ele é um artista. Quando se dispôs a confeccionar o meu capote, esqueceu os dignitários e eles o esqueceram, e ninguém vinha procurá-lo, sequer para que lhe fizesse um remendo. E um fato traz espanto: como deixam na ociosidade um alfaiate perito, um hábil artesão.

Inclinado, Schuster arranja os tecidos sobre a mesa, encolhe os lábios e os abre como alguém que tenciona assobiar, torna a examinar os tecidos e os corta. Há algo de surpreendente nesses tecidos cortados pelo alfaiate. Ontem não possuíam forma, agora passou neles a tesoura e, cortando-os, deu-lhes forma. Sua forma ainda é latente, mas se pode imaginar que ele esteja fazendo um capote. Esse alfaiate é um grande artista. Você tem uma vantagem sobre ele, pois você tem dinheiro, mas, cá entre nós, acaso o dinheiro faz algo? Mesmo que junte todas as notas do seu dinheiro, acaso você pode fazer com elas um capote? Mais uma vantagem você tem sobre ele: ele anda vestido em farrapos e você está metido em um belo capote inteiro. Mas aquela alegria que o alfaiate sente quando suas mãos produzem algo perfeito, é superior até mesmo à alegria do próprio dono do capote.

Detenhamo-nos um pouco junto ao alfaiate enquanto ele se ocupa da confecção do capote. Sento-me diante da esposa do alfaiate e conversamos um com o outro. A mulher é enfermiça, permanece retida em casa e não há ninguém em casa afora o seu marido, visto que ela enterrou os filhos em Berlim, antes ainda de retornar para cá; e aqui, não tem senão o marido com o qual não pode prosear, pois ao abrir a boca logo chora por ter transferido sua residência de Berlim, onde vivia como gente e onde se sustentava como gente. Em vista disso, ela gosta de conversar comigo. A princípio eu lhe falava das virtudes da terra alemã. Quando percebi que isso lhe causava dissabor, iniciei os louvores a Szibusz. Quão bonita era a nossa cidade antes da guerra, como era agradável a sua gente! Embora não usassem expressões tais como *kindchen*[17], você se sentia como uma criança amada pelos pais.

A referência às virtudes de Szibusz devolveu àquela mulher a sua juventude, como no tempo em que era uma moça bonita

---

17. Tratamento carinhoso; lit. "criancinha querida", em alemão.

e morava com seu pai e sua mãe, na grande montanha, atrás da velha casa de estudos, e todos os jovens artesãos a cortejavam, até que chegou Schuster e apossou-se do seu coração. O som de sua voz a enganou e ela pensava que ele visasse o seu bem, mas ele não visava senão o próprio bem, o de possuir uma bela mulher. E quando lhe acedeu e casou-se com ele, tornou a seduzi-la com o som de sua voz trazendo-a para a Alemanha, cujas casas se erguiam até o firmamento cobrindo o sol, e onde ninguém comia frutas frescas das árvores. E quando alguém deseja distrair a mente vai a um café, onde os alemães sentam-se aglomerados lendo jornais, jogando bilhar e fumando charutos cujo cheiro ninguém pode suportar. Se alguém deseja distrair ainda mais a mente, parte para fora da cidade e viaja algumas horas em longos e altos vagões. Acaso pensa, meu amigo, que o fora-da-cidade deles é um lugar de relvas? Não, ali também existem casas que se erguem até o firmamento. E se você encontra jardins ou árvores, meu amigo, não são vivos, mas atos de prestidigitação como a maioria dos atos dos alemães, que tudo fazem em suas fábricas. Certa feita vi uma cerejeira. Estendi minha mão e arranquei uma cereja, ao introduzir nela os meus dentes senti que era de cera. Digo ao meu marido: Schuster, acaso não existe aqui um lugar para alegrar o coração? Ele me diz: Schprintze, aguarde um pouco e eu a levarei a um lugar onde você explodirá de riso. Digo a ele: Que meus inimigos explodam de rir contanto que eu consiga mitigar o meu tédio. E ele me leva aos seus teatros. Existem ali diversos tipos de alemães e alemãs, semelhantes a criaturas humanas, mas são manequins de borracha e bonecas, como os próprios alemães, cujos machos se assemelham a manequins e cujas fêmeas a bonecas. E o que mais o constrange, meu caro, é que todos os que estão sentados consigo em seus teatros, riem ou choram, sempre segundo os atos dos manequins e das bonecas. E nesse instante sua bílis está pronta a explodir. Senhor do Universo, acaso porque aquele alemão salta e tagarela, nós devemos rir ou chorar? A partir dos seus divertimentos você pode imaginar o resto. Porém, cada pessoa tem o direito de fazer em seu país o que seu coração deseja, e os alemães e as alemãs têm o direito de entediar-se uns aos outros, mas eu não quero isso. Digo ao Schuster: Não quero isso, escuta, não quero isso. Ele me diz: *Kindchen*, o que quer dizer não quero? E acaso porque você não quer, modificarei toda a Alemanha? Digo a ele: Deixe estar a Alemanha. Nem você e tampouco os seus camaradas modificarão o coração dos alemães, mas digo-lhe, eu não quero, e você não tem o direito de chamar-me de *kindchen*. Diz ele para mim: O que quer, que a chame de vaca vermelha? Pois deve saber, meu caro, que eu ainda possuía todo o meu cabelo, meu cabelo que era vermelho como o da vaca vermelha do *Pentateuco*. E por causa disso, os olhos das alemãs saíam de suas órbitas, pois seu cabelo é da cor do pó, ao passo que meu cabelo era vermelho e brilhante. Em suma, eu lhe digo assim e ele me diz assado. De repente, cof, cof, cof, de repente, ó meu amigo, perdi o fôlego e não pude emitir nenhuma palavra além do cof, cof, cof. Schuster apavorou-se e desejou chamar o médico. Digo para ele: Deixe de médicos. Diz ele para mim: Então, o que faremos? Digo-lhe: O que fará? Devolva-me a Szibusz. Apavorou-se Schuster mais ainda e gritou: Como a devolverei a Szibusz se... Digo a ele: cof, cof, cof, não três vezes, senão quatro vezes. Não obstante, ele não tomou em consideração as minhas palavras, foi e trouxe um médico. Disse o médico: A senhora sofre de asma. Digo ao Schuster: Agora você se tornou mais sábio, Schuster, pois aprendeu uma nova palavra alemã. Diz Schuster: O que farei? Digo a ele: Acaso não lhe disse, cof, cof, cof, acaso não lhe disse que eu quero voltar para Szibusz? Diz ele para mim: Acaso não lhe disse que isso é impossível, pois Szibusz foi destruída e a maioria de seus habitantes, morta, alguns morreram na guerra, outros da peste e os demais de outros males? Digo para ele: Mas o ar de Szibusz ainda existe. Leve-me de volta para lá e respirarei o seu ar, antes que eu seja sufocada aqui. Não se passaram muitos dias até que ele fosse extremamente castigado por não ter me obedecido, pois os meus dois filhos adoeceram de tifo e morreram. E eles não deviam morrer, uma vez que eram inocentes e puros como anjos. E por que morreram? Porque morávamos em terra estranha, se eu morasse em minha cidade ter-me-ia estendido sobre os túmulos dos meus antepassados e revirado céu e terra com minha voz, e meus filhos teriam sobrevivido. Depois que morreram Schuster começou a ponderar sobre as minhas palavras para que mudasse a sua residência de lá. Mais um motivo havia para tal mudança: a inflação, mas ela não era a principal causa. A principal causa, meu amigo, é aquela que lhe falei de início, embora essa causa, isto é, a inflação, seja suficiente para fazer uma pessoa partir deste mundo. Imagine, meu amigo, que você se tornou dono de milhões, um perfeito Rothschild, e eles não bastam sequer para comprar meia libra de cerejas. Certa vez, Schuster trabalhou uma semana inteira para Pieck & Klottenburg, uma casa de roupas, que durante todos os anos não empregava operários judeus, muito embora a maioria de seus clientes fosse de judeus, mas naqueles dias concediam o privilégio também a alfaiates judeus. Schuster trabalhou a semana inteira e recebeu o seu salário, um saco cheio de milhões. Eu lhe disse: Schuster, se ouvirem que temos muito dinheiro, virão os ladrões, Deus não o permita, e nos matarão. O que me responde ele? Não responde, mas coloca suas mãos sobre os quadris e ri. Digo-lhe: Ha, ha, ha, por que você ri tanto? Ele me diz: Então, vou jogar fora todo o dinheiro e os ladrões não precisarão ter o incômodo de entrar em minha casa. Digo a ele: Deus o livre, não foi essa a minha intenção. Ele me diz: Antes que os ladrões venham retirar os milhões da rua, virá o guarda e me multará por este lixo que deitei fora. Ouviu isso, meu amigo? E ele estava com a razão, todo aquele tesouro não valia um centavo. Ademais, Schuster começou a ocupar-se com política. Digo a ele: O que você tem a ver com política? Se os alemães estão divididos entre si, para que deve um judeu meter a cabeça no meio deles? Que eles espanquem uns aos outros até que firam suas mãos e parem. E nesse ínterim, meu amigo, o sangue das pessoas é derramado nas ruas, e o pavor toma conta de mim. Eu supunha que aqueles alemães fossem bonecos de madeira, mas quando se chega ao derramamento de sangue, são como todos os gentios e se matam uns aos outros, pois a opinião de Hans difere da de Fritz, e a de Müller difere da de Schmidt. Em suma, meu amigo, nada bom. E se eles se matam uns aos outros apesar de ser gentios, o que acontecerá, Deus o livre, quando chegarem ao Schuster que é judeu? E aqui, meu amigo, cof, cof, cof, meu fôlego se encurta e não lhe posso explicar o assunto devidamente. Mas eu não dou atenção a mim e à minha doença e digo a ele tudo o que o meu coração pressente. Ele me diz: Tola, assim me diz ele, e não de modo afetuoso, mas simplesmente, tola, e talvez soasse em suas palavras também uma ponta de ira. Perdoei-lhe por tudo, mas ele acrescentou ainda alguns nomes ofensivos e, ademais, chamou-me de coruja, e não sei por que me chamou de coruja. Desejei responder-lhe para que soubesse que para ele também havia nomes ofensivos. E eis que nenhuma palavra sai de minha boca, além de cof, cof, cof. E não foi apenas naquele momento, mas em todos os momentos em que desejava dizer-lhe algo, vinha aquele cof, cof, cof e cerrava a minha boca; às vezes vinha por longo tempo e outras por pouco, pois naqueles tempos o mal já havia tomado conta de todo o meu corpo. E quando tomou conta de mim, Schuster viu-se forçado a retornar comigo para cá. Acaso pensa, meu amigo, que conto algo inverídico? Se assim for, pergunte ao Schuster, pois ele está aqui e dirá se exagerei.

Schuster estava postado diante da mesa realizando o seu trabalho, de cabeça inclinada e com um ombro erguido. Toda vez que tentei observá-lo, vinha sua mulher e me detinha com suas palavras. Disse-me aquela mulher: Este mal não sobrevém como os demais males que desarranjam os vasos sanguíneos, mas existe no mundo um espírito malévolo que se agarra à criatura que se afastou de seu lugar de origem; ele vem e se instala às portas de seu coração, e a tal pessoa não resta qualquer remédio a não ser o fumo. Como? Trazem-lhe ervas de sua cidade natal, daquelas que crescem próximo à casa onde nasceu e socam-nas no cachimbo – não importa onde tenha sido feito – e a gente fuma, e o fumo confunde o cérebro do mau espírito e alivia a alma. Mesmo para ela isso já trouxera muito alívio, mas ainda não o suficiente, até que ela mesma descobriu o mistério de que o aroma das ervas espanta o mau espírito. Pois o conhecimento do mal, meu amigo, é meio caminho para a cura. E realmente ela parecia em parte curada, visto que de início, tossia cof, cof, cof, três ou quatro vezes, e agora três vezes e às vezes duas. E você, meu amigo (falou, mudando de assunto subitamente), esteve em Israel e voltou para cá. Por que voltou para cá? Porque sua alma desejava comer frutos das árvores de nossa cidade. Aguarde, meu amigo, até os dias de verão quando as árvores se carregam de frutos e você estende a mão e colhe um, hoje uma cereja, amanhã uma maçã ou uma pera. Desse prazer a gente só goza na cidade onde nasceu. Ao mesmo tempo você ouve o piar de um pássaro que também nasceu em sua cidade sobre aquela árvore cujos frutos você está comendo. Ao pássaro respondem as moças no campo. Agora, meu caro, chegam os dias de frio e o mundo inteiro esfria. Mas não se preocupe com isso, oxalá não se prolongue por mais de um inverno o exílio de Israel! E o verão retornará novamente ao seu ninho e com ele a alegria e o contentamento.

O Santíssimo envia o seu frio conforme as roupas de cada pessoa. Quando me envolvi no meu capote, o mundo encheu-se de frialdade. O capote é belo, agasalhante e bem feito. Admira--me que não me apelidem de *o senhor do capote*. Esse nome adequa-se a mim e eu me adequo a ele, pois sou o único nesta cidade a estar envolto num belo e agasalhante capote. Emprumo o meu corpo e não temo o frio. Se há alguém que deva temer, esse é o frio. Se vocês vissem como ele se angustia diante de mim, como pede para se aquecer no meu capote. E eu finjo que não o percebo. E ele se encolhe como se não fosse real.

O capote modificou ligeiramente o caráter de seu portador. Como? Quando um pobre surge diante de mim não introduzo minha mão no bolso para tirar um centavo como outrora, pois constitui um incômodo dobrar as bordas de meu capote, enfiar a mão e tirar a carteira. Posto que é um incômodo, desvio os olhos do pobre e zango-me com os pobres que foram criados para causar incômodo às pessoas. Desde o dia em que Ignatz apareceu a mim, habituei-me a dar-lhe uma generosa esmola, agora quando ele se posta diante de mim e grita: "Esmolas", desvio os meus olhos dele e o Santíssimo não tem naquela hora, senão os dois olhos daquele aleijado e aquele buraco no lugar do nariz, atingido e furado por um estilhaço de granada.

E agora interromperei um pouco o assunto do capote e me defenderei um pouco por não ter agido devidamente em relação a Ignatz. Presentemente ele se assemelha a uma ovelha inocente, ao passo que nos tempos da guerra era um lobo voraz. Pessoas idôneas contaram-me que ele se dirigia de um lugar ao outro; ele e seus camaradas, desocupados e impudicos como ele, quebravam portas, roubavam e saqueavam e não deixavam nada aos proprietários.

Volto ao assunto do capote. Há mais alguma coisa neste novo capote que me faz parecer como se eu estivesse coberto de um espelho e quando saio para ir ao mercado esse espelho ofusca os olhos das criaturas.

Comparei o meu capote a um espelho e realmente ele o é, pois, por seu intermédio, vejo os habitantes da cidade. Toda a cidade está vestida de andrajos e através dos andrajos vejo aqueles que os envergam. Enquanto uma pessoa está vestida de roupas intactas, ela não é vista completamente, mas quando suas roupas estão rasgadas, logo ela aparece tal e qual ela é. É característico da roupa levar ao engano, pois ela cobre o corpo e somente seus rasgões o revelam. E não revelam apenas o corpo, mas revelam também a alma. A carne que espia através dos rasgões às vezes se parece com a mão de um pobre que pede caridade e outras com a mão de um pobre decepcionado com a caridade. E não enxergo apenas os portadores dos rasgões, mas enxergo igualmente a mim mesmo: se o meu coração é bondoso e se me compadeço do pobre.

Há rasgões que não revelam a carne de uma pessoa, porém revelam uma roupa rasgada que não é melhor do que outra roupa rasgada sobreposta, intacta aqui e rota acolá. A pobreza não é lançada como a bala de uma pistola que queima a roupa até a carne, mas ela se enreda como uma moita de espinhos a prender-se aqui e desprender-se acolá.

Por que não consertam eles as suas roupas? Pois enquanto estão ocupados em encobrir os rasgões, poderiam pegar linha, agulha e pano e remendá-los, mas por estarem com as mãos ocupadas em encobrir os rasgões, não as têm disponíveis para consertar as roupas.

Capítulo Quatorze
Raquel

É difícil compreender o caráter do meu senhorio. Ele vê Dolik e Lolik e Babtchi fazendo tudo que lhes apraz e se cala, mas quando vê Raquel, sua filha caçula, andando feito ovelha muda, ele se enraivece. Quando ela entra na sala, ele sopra logo o seu cachimbo como alguém em que sopra a ira. Acaso ela é pior do que seus irmãos e sua irmã? Não serei mexeriqueiro ou revelador de segredos se disser que eles não possuem sequer um pingo de judaísmo.

Babtchi, a primogênita do senhorio, usa um corte de cabelo igual ao dos rapazes; enverga uma pequena jaqueta de couro e o cigarro não se afasta de sua boca, e ela se comporta ao modo dos rapazes, não como os melhores senão como os piores dentre eles. Aquela moça que eu vi fumando na noite do Dia da Expiação, era Babtchi. E Lolik é corpulento e obeso; seus maxilares, frouxos e avermelhados, caem em direção ao queixo. Seus ombros são estreitos e arredondados e o peito saliente salta rumo ao topete napoleônico, que desce sobre sua testa, e lhe obscurece os olhos que sorriem com um sorriso brejeiro de rapariga de aldeia. Quem vê Babtchi e Lolik um ao lado do

outro duvida se esta é irmã daquele ou se este é irmã daquela.
É possível que eu tenha exagerado um pouco, mas não exagerei
quanto ao essencial. Seu irmão Dolik não é melhor do que eles,
é zombador e grosseiro. Se zombasse dos que vivem na bonança,
eu diria: este se diverte e aqueles não perdem nada. Mas ele
zomba dos miseráveis, eternamente humilhados, como Hanokh
e sua mulher, e seu cavalo. Hanokh e sua mulher não se importam, mas o cavalo, quando vê o Dolik, vira a cabeça para o lado
e abaixa a cauda de desgosto. Há um mendigo na cidade, um
dos remanescentes dos exércitos austríacos, Ignatz, o dono do
nariz atingido pela fatalidade, o qual lhe foi decepado na guerra.
Ele veio certa feita ao hotel para pedir esmola aos hóspedes.
Dolik serviu-lhe um copo de aguardente. Estendeu o pobre a
mão para pegá-lo. Disse Dolik: Não, beba-o com o nariz. Mas ele
não tem nariz, pois uma granada o atingira, despedaçando-lhe o
nariz, e não lhe deixara senão um buraco. Falei ao Dolik: Como
pode um homem nascido de uma mulher israelita ser tão cruel
para com seu irmão. Ele também foi criado à imagem de Deus
e, se em consequência dos nossos pecados, a imagem dele foi
deformada, acaso merece que se zombe dele? Gracejou Dolik
e disse: Se ele lhe agrada tanto, mande-o às *kvutzot* para que
sirva de modelo às moças que poderão gerar filhos tão belos
quanto ele. Naquela hora desejei fazer ao Dolik o que fizeram
ao Ignatz, mas disse a mim mesmo: Basta-nos o aleijão deste.
Tendo revelado aqui alguns dos feitos deles, acaso não deve
causar espanto que o dono do hotel os deixe à vontade e discuta
com Raquel?

Nada tenho com os irmãos e a irmã de Raquel. No início,
buscavam a minha companhia, mas quando perceberam que
eu não me entusiasmava com eles, deixaram-me em paz. No
entanto, respeitam-me, pois eu me visto com belas roupas e
como e bebo e não trabalho, e porque morei sempre em grandes
metrópoles. Eles também residiram numa grande metrópole,
Viena, mas aquela Viena, à qual chegaram nos dias da guerra,
não era diferente de Szibusz, o que não sucede comigo, que

morei em Berlim, em Leipzig, em Munique e em Wiesbaden, e em outras grandes cidades. Sendo assim, por que foi para a Terra de Israel? Antes de perguntar isso, pergunte por que veio a Szibusz. Em todo caso, mesmo lá, na Terra de Israel, não trabalhou como operário, como aqueles chamados "pioneiros", que abandonam seus lares e chafurdam na lama.

Não tenho qualquer interesse em Dolik e Lolik e tampouco em Babtchi, porém com Raquel, a filha caçula do hoteleiro, converso amiúde. O que levou Raquel a conversar tanto comigo? Será porque sorrio para ela? Mas todo hóspede sorri para ela. Será porque sou estimado por seu pai e sua mãe? Acaso os filhos acompanham as afeições dos pais? Ou talvez não conversemos um com o outro, mas cada palavra da boca de Raquel já me pareça uma conversa completa. Farei uma pausa e talvez possa recordar as suas palavras.

O próprio ato de recordar algo, já é em si algo que merece admiração. Até o aparecimento dessa menina você possuía todo o domínio do seu próprio corpo, mas tão logo ela deixou cair uma palavra ou meia palavra de sua boca, estas conquistaram um lugar em seu coração, e o seu domínio de si diminuiu e uma parte passou a ser domínio dela.

O que Raquel contou e o que não contou? Algumas de suas palavras já referi em outro lugar, e outras não possuíam importância senão naquela hora. Sendo assim, por que você se recorda delas? Pois aquele lugar onde Raquel depositou as suas palavras pertence a ela, e ela faz em seu domínio o que lhe apraz. Contudo, deve-se dizer em seu favor que ela não tomou posse inteira deste homem e ele pode lembrar-se de outras palavras que não as dela, como por exemplo, as que me contou a mãe de Raquel:

Raquel tinha três anos de idade quando a guerra nos atingiu. Algumas semanas antes ela ficou com dores de cabeça e nos membros e todo o seu vigor se esvaiu. Nenhum sorriso aflorava em seus lábios; não brincava com as amigas e ardia em febre. Era difícil saber que mal era aquele, pois era uma criança pequena e nada se podia depreender de suas palavras. A febre a queimava e os órgãos digestivos desarranjaram-se, mas sua mãe não o percebeu, pois supunha que a menina sofria de prisão de ventre, visto que se abstinha de comer. A febre, o jejum e a falta de apetite fizeram com que seu peso diminuísse dia a dia. Esta pequena cujo rosto se assemelhava a uma maçã vermelha, encarquilhou-se como um figo ressequido. A pele pendia dos ossos de suas mãos e pés como um guarda-chuva do qual se removeu o protetor restando apenas a vareta, e toda ela parecia uma espiga de aveia ressequida. A gordura, que arredonda os membros das crianças sãs e lhes dá graça, sumiu, e uma pele seca e ardente envolveu o seu corpo, uma pele frouxa e lassa pendia dos seus ossos. Na segunda semana da sua enfermidade, a febre abrandou um pouco pela manhã, mas Raquel mantinha-se calada e silenciosa e não se interessava por nada; permanecia estirada na cama imersa em sonhos e quando entardecia a febre subia. Ao término de alguns dias, a febre abrandou também à noite, mas Raquel continuava calada, como se não sentisse nada e não pedia alimentos ou água. Passado um mês, a febre cessou e os órgãos digestivos começaram a retornar às suas funções e ela comia um pouco de papa e já se manifestavam indícios de cura. Subitamente a febre voltou e com ela a enfermidade. Ela definhou, a ponto de seu peso chegar a nove quilos. Ainda assim, não nos desesperamos. Ao contrário, esperávamos que ela se curasse paulatinamente, pois já sabíamos que essa enfermidade, que se chama paratifo, não costuma ser fatal. Porém, ainda não sabíamos de que se tratava de uma doença infantil. E, de fato, o mal graças a Deus, passava e as crianças se recuperavam. E, sobretudo, recuperavam o que haviam perdido por causa da doença. E não é preciso dizer que Deus favoreceu Raquel, enfeitando-a com muita beleza e graça.

Em suma, Raquel tinha três anos de idade quando a guerra os atingiu e se ouviu o boato de que o inimigo estava próximo à cidade. Toda a cidade levantou-se e fugiu, alguns em carroças, outros a pé, pois a maioria dos cavalos havia sido requisitada para o serviço do rei e não havia cavalos em número suficiente para o povo todo. O que fez a mãe de Raquel? Pegou um grande xale e o amarrou aos ombros e à cintura e colocou nele a menina enrolada em travesseiros e cobertas por causa do frio. Embora o sol ardesse como fogo, ela temia que Raquel se resfriasse. A mãe de Raquel partiu juntamente com as demais pessoas da cidade, com Raquel atada às costas e os três filhos arrastando-se atrás dela, agarrados ao seu vestido. Dolik de um lado e Lolik e Babtchi do outro, e vice-versa, ou seja, Lolik e Babtchi de um lado e Dolik do outro. E Raquel espiava de dentro dos travesseiros e das cobertas, por cima do ombro de sua mãe, não soltava um pio e nem sequer era percebida. A mãe volta os olhos para ela e vê que está dormindo e se dirige aos três filhos que se arrastam entre as suas pernas e trocam de lugar, Babtchi e Lolik deste lado e Dolik daquele. Assim caminharam várias horas numa multidão de refugiados: anciãos e anciãs, gestantes, enfermos e crianças, uma multidão que escurecia as estradas. Visto que Dolik e Babtchi e Lolik eram pequenos e fracos e estavam agarrados às bordas de seu vestido, e Raquel estava atada às suas costas, a mãe caminhava devagar a fim de não lhes dificultar a marcha. E ela própria caminhava devagar, pois eram dias de intensa canícula e ela não estava habituada a caminhar no calor. Ao final ficou para trás, na ponta extrema da caravana, com uma nuvem de poeira a separá-los dela. Cerrou os olhos e caminhou adormecida. E o calor aumentava e o pó filtrava-se ao sol e cobria os travesseiros e as cobertas; o xale apertava-lhe o corpo e este suava, e ela não se apercebia de nada, nem sequer da respiração da criança e tampouco de sua voz. A mãe de Raquel supunha que ela estivesse dormindo e se pôs a louvar e agradecer a Deus por ter feito a criança adormecer, pois assim ela não sentiria a fadiga do caminho. E em meio ao sono dirigiu-se também aos seus demais filhos e os consolou com palavras de afeto. Pensou consigo mesma: Meu marido partiu para a guerra e não sabe que uma desgraça se abateu sobre a cidade levando-a à fuga e fazendo com que sua mulher e seus filhos penassem pelos caminhos. E talvez o próprio Santíssimo, Bendito Seja, não o saiba, pois se soubesse, acaso desviaria a sua vista dos sofrimentos deles? Naquele instante seu mundo desmoronou e se não se compadecesse dos filhos, teria desejado morrer.

Ao caminhar chegou a uma colina. Ela e seus filhos escalaram a colina e desceram. Raquel caiu de dentro do xale e sua mãe não o percebeu, pois os travesseiros e as cobertas premiam-lhe as costas e seu peso superava o da criança, cujo peso se resumia em nove quilos. As crianças detiveram-se subitamente e sentaram-se. E ela lhes perguntou: Vocês querem comer? Querem beber? E volveu a cabeça a fim de tirar água e alimentos do embornal. Viu então as almofadas e as cobertas sobre as costas, mas não viu Raquel. Pois quando descera, seu xale esbarrara numa saliência da colina, o nó em sua cintura desatara-se e Raquel caíra. A mãe de Raquel ergueu a voz e gritou até que sua voz chegou ao fim da caravana. As pessoas voltaram-se e não a deixaram retornar, pois já se ouvia o som das armas inimigas. Mas ela não deu ouvidos às suas palavras, entregou os três filhos a quem entregou, e voltou para onde voltou, e as crianças gritavam e choravam: Mãe, mãe, não queremos ficar sem a mamãe. Ela correu o quanto correu, até que achou a criança jogada sobre espinhos e cercada de vespas que tentavam picá-la. Lançou-se sobre ela e tomou-a em seus braços e precipitou-se com ela por campos e florestas, vales e depressões (uma vez que, perturbada, confundiu os caminhos) e não conseguiu encontrar seus concidadãos, e seus companheiros, e tampouco Dolik, Lolik e Babtchi, pois já se haviam desviado e ido em outra direção. Parou e gritou: Meus filhos, meus filhos. Chegou então um outro grupo de refugiados judeus; ela se juntou a eles e caminhou com eles, tendo Raquel nos braços, pois não é todo dia que ocorre um milagre. Ao término de alguns dias, chegaram à fronteira da Hungria. Uma viúva gentia compadeceu-se dela e a levou com Raquel para a sua casa e lhe disse: Tudo que há em casa é tanto seu como meu. E falou ainda: Talvez precisamente agora que você está aqui comigo, meu filho esteja com sua irmã e por mérito da minha caridade para consigo, ela fará uma caridade para com meu filho. Ela permaneceu com aquela viúva e curou os pés, feridos no caminho, e refez o corpo e tratou da Raquel até que esta se curou. E visto não ser correto uma pessoa aceitar tantos favores gratuitamente, ela não permaneceu ali por longo tempo. Ademais, houve discussões entre ambas em virtude da bondade daquela gentia que se lastimava por ela não comer nada cozido e por impedir que a criança enferma comesse sopa e carne. A mãe de Raquel renunciou, pois à bondade da gentia, foi à cidade, e empregou-se como serviçal num hotel, a troco de alojamento e comida, e lá ficou até que ouviu dizer que seus filhos estavam em Viena. Ela pegou então Raquel, foi para Viena e os encontrou, um aqui, outro acolá, cobertos de andrajos, descalços e famintos, o corpo cheio de escoriações. Recolheu-os, alugou um quarto e curou as suas escoriações. Gente misericordiosa deu-lhe trabalho para que ganhasse o seu sustento, e a pessoa que mais se empenhou foi Rabi Tzvi Peretz Haiot, de abençoada memória, que se sacrificou pela gente de Israel e os auxiliou como um anjo salvador. Ela ganhou o sustento com suas próprias mãos confeccionando embornais para soldados. E quando esse serviço acabou, achou outro para sustentar a si e aos seus filhos e ganhou o suficiente até mesmo para enviar tabaco ao marido, que podia renunciar a tudo menos ao fumo. Outrora, antes de partir para a guerra, não fumava, quando a guerra chegou não podia passar sem fumar, pois o fumo atordoa a mente e afasta a mente da pessoa dos seus atos. Com o passar dos dias a guerra acabou e algumas pessoas começaram a pensar em voltar para casa. A mulher pegou os filhos e retornou com eles a Szibusz. Não retornaram em um dia, nem em dois e nem em três, penaram pelas estradas durante algumas semanas, pois todos os trens estavam lotados por aqueles que regressavam da guerra e muitos, que não conseguiam lugar dentro do trem, subiam e se estiravam sobre o teto; destes, alguns ficaram feridos e outros morreram. Que o bom Deus se compadeça dos seus ossos, espalhados pelas estradas, e console os seus parentes enlutados.

Em suma, chegaram a Szibusz, esfomeados, sedentos e extenuados. E naqueles dias Szibusz estava desolada e as pessoas, exaustas, deprimidas, prostradas e deslocadas, ninguém sabia onde pousar a cabeça e com que se alimentar. Após algum tempo, o marido dela voltou, triste e deprimido e não é preciso dizer que voltou sem um tostão, à exceção de uma medalha de ferro, dada a ele pelo governador por ter resistido como herói na frente de batalha. O que fazer? Tornar a vender chapéus? Acaso existe aqui quem tenha a cabeça sobre os ombros? Disse a senhora Zommer: As pessoas vêm à cidade para visitar e ver a destruição e precisam de cama e mesa. Abrirei um hotel para receber hóspedes e o que sobrar da comida dos hóspedes, darei ao meu marido e aos meus filhos. Pôs mãos à obra e abriu um hotel. Com o passar dos dias os demais habitantes de Szibusz retornaram à cidade e esta voltou a reviver, e começaram a chegar os emissários da caridade, agentes comerciais e outras pessoas. E com a misericórdia divina, vivemos e existimos, às vezes com desgosto, outras com satisfação, conforme apraz à vontade do Santíssimo, mais do que merecemos por nossos atos.

Sento-me no hotel, às vezes triste, outras, satisfeito, sempre como apraz ao Santíssimo. Até mesmo neste hotel, ao qual cheguei para me hospedar por uma noite, há coisas que satisfazem aos que as veem. Raquel, a filha caçula do senhorio, senta-se e costura; enfia uma linha no buraco da agulha, ou prende a sua ponta com os lábios e eu observo os seus atos como se ela estivesse praticando uma caridade para com os meus olhos. E visto que não sou ingrato, conto-lhe coisas para amenizar o seu labor.

O que lhe contei e o que não contei? Se isso ocorresse agora, ter-lhe-ia contado a história da filha de um rei que tinha dezessete ou dezoito anos e que era aprumada como uma jovem pioneira no dia da sua chegada à Terra de Israel. Na primeira vez em que a vi, meu coração parou e desejei chorar ao ver como o Santíssimo espalhou a sua graça pelas filhas das nações do mundo. Ou talvez seja ela a graça da Casa de David, visto que pertence à sua semente. Quando a Rainha de Sabá visitou Salomão, ele deu-lhe tudo o que ela desejava, e dela nasceram os reis da Etiópia. Levantei o meu chapéu em sua homenagem e cumprimentei-a. Ela meneou a cabeça para mim em reconhecimento, e o branco de seus olhos cintilou como madrepérola. Certa feita encontrei uma concha de madrepérola à beira-mar em Jafa. Isso sucedeu quando a pequena Rukhama ainda existia. Você já ouviu o nome de Iael Haiot, mas não de Rukhama. Mas digo-lhe que Rukhama superava Iael Haiot. Sendo assim, por que abandonei Rukhama e corri atrás de Iael Haiot? Pois naquela época minha mente ainda não havia amadurecido e eu me comportava como os rapazes que fogem do que lhes convém e correm atrás do que não lhes convém. Porém, não são apenas os rapazes que fazem assim, mas todo mundo o faz e até as coisas inanimadas. Talvez você diga: Acaso coisas inanimadas podem fugir, posto que estejam presas à sua raiz? Respondo-lhe: Eu próprio o vi, pois quando eu era jovem frequentador da casa de estudos, esta fugia de mim, e quando cheguei à Terra de Israel, a Terra fugiu de mim.

Agora contarei algo acerca do cabelo da filha do rei. Seu cabelo era negro e brilhante; o cabelo de Raquel também é negro e brilhante, mas o dela era mais belo que o de Raquel, não o cabelo propriamente dito, dado que o cabelo desta é igual ao da outra, mas o cabelo daquela era comprido e trançado atrás. E certamente não picava como sói acontecer com cabelo cortado.

– Raquel é uma moça moderna e não se interessa por lendas sobre filhos e filhas de reis. O que Raquel deseja ouvir são histórias sobre moças como ela, como por exemplo, o episódio de Iael Haiot e da pequena Rukhama.

Contudo, a uma pessoa que atingiu a minha idade, não convém repetir histórias de moças, contei-lhe, portanto a história de Tirtza e Akávia. Falei a Raquel: Vale a pena ouvir isso. Havia uma certa pessoa chamada Akávia Mazal, cuja idade chegava à idade do pai de Tirtza Mintz, e ele não pensava nela nem sequer em sonho. Mas Tirtza pendurou-se ao pescoço de Akávia. Acaso não é um fato milagroso? Em sua opinião, a questão é simples; fatos que acontecem todos os dias, se não ocorreram hoje ocorrerão amanhã. Bendita a hora em que você o disse.

Visto que aprecio as boas coisas, desejei estabelecer a hora em que as palavras de Raquel foram ditas. Tirei o meu relógio e observei-o. Disse Raquel: Por que motivo o senhor olhou o relógio? Respondi-lhe: Já é meia-noite. No que está pensando, Raquel? Olhou-me Raquel e disse: Não pensei nada. Falei-lhe: Se você quiser, dir-lhe-ei no que pensou. – Não pensei nada. – Você pensou na pequena Rukhama. – Quem é esta Rukhama? Respondi a Raquel: Acaso não lhe contei sobre ela? Raquel replicou: Ela não se chama Iael Haiot? Disse eu a Raquel: Iael Haiot é uma e Rukhama é outra. Rukhama é aquela que está oculta como um raio de sol entre as nuvens. Meu Pai Celestial, com que facilidade as moças esquecem!

Entrei no meu quarto e acendi uma vela. Mirei-me no espelho para ver se estava triste. Porém, eu não estava triste; ao contrário, estava alegre. E se não acreditam, perguntem ao espelho se não me viu sorrindo.

Naquele momento ouviu-se o ruído de uma perna de pau. Eu disse para mim mesmo: Daniel Bach, nosso vizinho, está voltando para casa. Abrirei a janela e perguntar-lhe-ei o que lhe escreveu seu pai, da Terra de Israel, mas a preguiça que me dominava fez com que eu não abrisse a janela e não perguntasse por Rabi Schlomo. Antes, subi ao leito, apaguei a vela e estiquei inteiramente o corpo. O sono tomou conta de mim e cerrou os meus olhos.

Capítulo Quinze
A Chave Perdida

Ontem eu estava alegre como se o mundo inteiro fosse meu e hoje estou triste como alguém que perdeu um mundo. O que aconteceu? Quando quis entrar na casa de estudos, não encontrei a chave. Falei para mim mesmo: Talvez a tenha deixado no hotel quando vesti o capote. Retornei ao hotel e não encontrei a chave. Eu disse então para mim mesmo: Talvez a tenha perdido no caminho? Voltei por todos os caminhos e não a encontrei.

Fui à casa de estudos e me postei diante da porta trancada. Num breve instante pensei sete pensamentos e eis um deles: a casa de estudos ainda existe, mas eu estou parado fora porque perdi a chave e não posso entrar. O que faria qualquer pessoa para entrar? Quebraria a porta e entraria.

Mas a força dessa porta ultrapassa a minha. Por mais que me empenhasse, não conseguiria abri-la. Nossos antepassados, quando construíam sinagogas e casas de estudo, costumavam fazê-las com grossas paredes, portas e fechaduras. Uma vez trancadas as portas da casa de estudo, elas não se abririam senão para aquele que possuía a chave.

As pessoas do hotel notaram o meu desgosto e nada disseram. Toda a ajuda do próximo resume-se apenas num suspiro e cada pessoa precisa desse suspiro para si mesma.

Até onde vejo, os proprietários do hotel não têm do que se lamentar. Há alguns dias a casa está cheia e, no lugar daquele velho que tinha uma demanda no tribunal e com o qual nada lucravam, hospeda-se agora um caixeiro-viajante, uma pessoa jovem, que come muito e bebe muito, vive e deixa os outros viverem.

Esse caixeiro-viajante senta-se diante de um copo de bebida, pilheriando com Babtchi e chamando-a de Babbete, que significa vovó. Perguntou-lhe aquele caixeiro-viajante: Qual será o fim disso, qual será o fim dessa história? Replicou Babtchi com espanto: Que história? Disse-lhe o caixeiro-viajante: Dessa história que ainda nem sequer se passou? Babtchi riu com todo vigor, a ponto de seus quadris estremecerem, e respondeu: E quem pagará aos músicos? Disse o caixeiro-viajante: Essa história não precisa de músicos. Babtchi bateu-lhe nas mãos e disse: Ha, ha, ha, e soprou a fumaça do cigarro, que estava em sua boca, na face do caixeiro-viajante. Disse o caixeiro-viajante:

Com o mesmo esforço, a senhorita poderia beijar-me os lábios. Disse Babtchi: Não, apenas o seu bigode. Disse o caixeiro-viajante: Que pena eu não ter deixado crescer o meu bigode. Disse Babtchi: Aguarde então que seu bigode cresça até os pés. Riu o caixeiro-viajante: Ha, ha, ha. Disse Babtchi: "Este senhor nada sabe dizer senão Ha, ha, ha e, apoiando as mãos sobre os quadris, imitou-o: Ha, ha, ha. A mãe de Babtchi gritou da cozinha: Babtchi, Babtchi, traga-me sal. Respondeu Babtchi: Devo lhe trazer o açúcar? Disse Dolik ao caixeiro-viajante: Vamos jogar cartas? Por que isso de repente?, perguntou Babtchi. Respondeu Dolik: E o que nos restou além das cartas, a nós as cartas e a você, os rapazes. Replicou Babtchi: Se você se refere a este senhor, saiba que tem esposa e filhos.

Entrou Lolik e, encontrando Raquel sentada tristemente, disse: Há um rumor na cidade. Ierukham... Antes que terminasse, a face de Raquel empalideceu e ela disse: Continue. Lolik prosseguiu: Não ouviu, então lhe contarei: Ierukham afastou seus cachos para o lado direito de sua testa.

Retomemos o nosso assunto. A chave desapareceu e não posso entrar na casa de estudos. Falou Dolik: Quando uma porta não se abre, pega-se um machado e quebra-se a porta. Disse Krolka: Meu Deus, meu Deus, isso é coisa que se faça com uma casa de orações? Zombou dela Dolik e disse: Não podemos fazê-lo com uma das suas, mas podemos fazê-lo com uma das nossas. Krolka cobriu o seu rosto com o avental e disse: Não lhe preste atenção, senhor, não lhe preste atenção.

Desde o dia em que a casa de estudos se fechou para mim, não encontro o meu lugar. Antes de perder a chave, eu me dirigia ao mercado e conversava com as criaturas, ou ia ao bosque e passeava no campo; desde que perdi a chave, todos os lugares tornaram-se estranhos para mim. Se eu saía, não encontrava prazer em minha saída, e se voltava ao hotel, não encontrava prazer no hotel. Mas não deixei que a melancolia se apoderasse de mim. Eu inventava mil caminhos, alguns para passear e outros para procurar a chave. Finalmente, meus pés se habituaram a caminhar. Meus pés se habituaram, porém minha alma não. A alma me pesava e meus pés carregavam-na com dificuldade.

Diariamente, eu examinava o quarto. Não havia lugar onde não procurasse. Sabia que todo o meu trabalho era em vão. No entanto, eu tornava a procurar. Inúmeras vezes corri à casa de estudos; talvez o Santíssimo, Bendito Seja, faça um milagre e abra a porta para mim. Procurei até mesmo na pilha de folhas rotas de livros sagrados, deixada no pátio. Quando eu era jovem e costumava madrugar e varar a noite na casa de estudos, tinha por hábito esconder ali a chave para que fosse encontrada por aqueles que se adiantavam a mim.

Certo dia encontrou-me Daniel Bach. Apoiou-se em sua perna de pau e disse: Senhor, faça como eu fiz, se perdeu a sua chave, faça outra.

Bach ofereceu-me um conselho simples que a ninguém havia ocorrido anteriormente, antes que ele viesse e me oferecesse. Daniel Bach acrescentou e disse: Mando-lhe o serralheiro e ele fará uma nova chave.

Os dias em que esperei pela chegada do serralheiro foram muito penosos. Quando alguém que eu não conhecia entrava no hotel, fazia-me saltar do lugar e correr ao seu encontro. E quando percebia que não era o serralheiro, parecia-me que viera a fim de zombar de mim.

Embora eu ignorasse a residência do serralheiro, não ignorava a de Bach. Afinal, ele mora perto de mim, parede com parede. Poderia simplesmente ter me dirigido a ele e perguntado sobre o serralheiro. A razão por que não o fiz foi por eu continuar a dar-me ao trabalho com a casa de estudos, que eu rodeava e examinava – talvez encontrasse uma brecha para entrar. A casa de estudos permanecia incólume de todos os lados e não havia qualquer brecha nela. Nossos antepassados, quando construíam casas para a *Torá*, cuidavam para que fossem perfeitas de todos os lados.

Tornei a pensar sobre os livros que restaram em nossa velha casa de estudos. Dos muitos livros apenas alguns poucos restaram e enquanto a chave esteve em meu poder, eu entrava e os estudava, e agora que a chave se perdeu e eu não posso entrar e estudar, quem os estudará?

Capítulo Dezesseis
O Cemitério dos Meus Antepassados

Certo dia estava eu sentado para a refeição matinal quando uma anciã se aproximou, curvada e envolta como minha avó, que descanse ela em paz, no dia da bênção da lua. Mas o xale de minha avó era belo e o dela era gasto. Chegou-se a mim, beijou-me os ombros e os joelhos e caiu em pranto.

Perguntei-lhe: Quem é você, e por que chora? Respondeu-me: Como não chorar se aquela criança faleceu e não teve o privilégio de assistir à glória do filho? Repliquei: Quem é aquela criança? Disse-me: É a sua mãe, meu senhor. Eu era a sua ama. Um bom coração igual ao dela não há no mundo. Redargui: É você, Imperatriz? Ela assentiu com a cabeça e sorriu.

Pedi-lhe que me perdoasse por tê-la chamado por seu apelido pejorativo. (Havia em nossa cidade uma família de gente pobre, todos bulhentos e orgulhosos, e que eram chamados de "Imperadores", pois costumavam darem-se ares de superioridade.) Disse ela: Por que deveria zangar-me, todos me chamam de Imperatriz e não me envergonho. Mas diga você mesmo, acaso sou uma imperatriz? Ai, ai, que os inimigos de Israel compartilhem da minha sorte. Agora que o kaiser já não é kaiser, que importância há nisso? Disse-lhe eu: Acaso não é você a mãe de Elimelekh? Sim, respondeu, sou a mãe de Elimelekh Imperador, que me abandonou e partiu. Acaso não teria sido melhor se ele pegasse uma faca e me degolasse? Diga, meu senhor, onde está a justiça e onde está o sentimento judaico? Durante quarenta anos penei com ele e por fim ele levantou as pernas e partiu. De qualquer forma, é um consolo para mim que o Criador me deixou viver para eu ter o privilégio de ver o filho de sua mãe.

Lembro-me do instante em que ela afagou as minhas faces com suas pequenas mãos, mãos de veludo. Que eu mereça toda a felicidade, assim como mereci vê-la afagando as minhas faces. Mesmo quando cresceu não se envergonhava de mim. Antes de qualquer festa, introduzia-me no grande aposento de sua casa, abria diante de mim o guarda-roupa e dizia-me: Freida, pegue um vestido, pegue um par de sapatos para você. E quando eu envergava o vestido, caía dele uma moeda de prata.

Falei-lhe: Freida, se tivesse um vestido, eu o daria a você, dado que não tenho um vestido, dar-lhe-ei uma moeda de prata. Disse Freida: Quem precisa de dinheiro? Quantos ricos havia em nossa cidade e o que lhes sucedeu? Perderam o seu dinheiro e tornaram-se pobres. Acaso é de dinheiro que necessito? Talvez para comprar roscas, já que não tenho dentes para mastigá-las? Basta-me ter merecido ver o filho de sua mãe. O que mais preciso? E novamente beijou-me os ombros e os joelhos e caiu em prantos.

Disse-lhe: Freida, não chore, muitas aves criaram asas e voaram e por fim retornaram aos seus ninhos. Disse Freida: O que diz? Quando meu filho voltar, estarei deitada na terra, meus olhos cobertos de cacos de louça e não o verei. Disse-lhe: O destino do homem é morrer e não há solução para a morte. Disse Freida: Se fosse meu filho a fechar os meus olhos eu haveria de rir, mas serão estranhos que fecharão os meus olhos e, quando estranhos fecham os olhos do morto, o morto sente dores na vista, pois a mão do estranho age sem compaixão e, quando meu filho voltar e se postar diante do meu túmulo, não o verei, pois estarei padecendo das vistas. Se em vida não enxergo bem, quanto mais depois da minha morte, quando meus olhos serão cobertos sem compaixão.

Disse-lhe: Mas você tem outros filhos além de Elimelekh. Disse Freida: Tive quatro filhos, além de Elimelekh, todos foram mortos, três na guerra e um nos *pogroms*. O que lhe direi, meu pintainho, assemelho-me a um odre inflado em que enfiaram uma faca e cujo ar escapou. E agora deseja saber o destino de minhas filhas? Ó, minhas filhas, corretas e preciosas, belas como filhas de reis e imperadores, seu fim foi pior que o dos irmãos, posto que seus irmãos morreram pela espada, ao passo que elas morreram de fome e desgosto. O Senhor, misericordioso e bendito, maltratou-me mais do que todas as mulheres de minha cidade e matou meus filhos e minhas filhas, e você diz: Não chore, Freida. E porventura desejo chorar? Meus olhos choram por si mesmos; enchem-se de lágrimas e choram. Até mesmo quando deveria alegrar-me, como ao ver meu pintainho, mesmo assim meus olhos choram. Lembro-me quando você era criança de peito e brincava no colo de sua mãe, como um colibri sobre um campo de lírios. E eu dizia à sua mãe, que descanse em paz: Esse pequerrucho será um grande homem, e eis que minha profecia se realizou e eu deveria alegrar-me. Mas o que fazem os meus olhos? Continuam chorando, posto que não dependem de si mesmos, porém cumprem o mandado do coração, e o coração, meu querido, o coração é amargurado. Baixou Freida os olhos e os enxugou com as bordas de seu xale e tornou a chorar e, uma vez que começou a chorar, não cessou mais.

A senhoria trouxe um copo de chá a fim de que Freida recuperasse o alento, sentou-se e contou-me: No próprio dia em que Freida levantou-se do luto por seus dois filhos, cujo sangue fora vertido num só dia, chegou a notícia de que seu outro filho havia sido morto na guerra. Ela e suas filhas tornaram a sentar e guardar luto por sete dias. E onde estavam os demais filhos? Um deles, sobre o qual uma montanha havia desmoronado, foi salvo, mas veio a morrer durante os *pogroms*. E Elimelekh estava no hospital, por ferimento. Durante um dos sete dias de luto, disse a primogênita para a caçula: Nossos irmãos morreram pela espada e nós morreremos de fome. Vamos à aldeia, talvez encontremos ali algum alimento e comamos antes que enlouqueçamos de fome. Vestiram-se e saíram. Encontrou-as um rapaz e perguntou-lhes: Aonde vão, minhas filhas? Disseram-lhe: Procurar pão. Disse-lhes ele: Pão, eu não tenho, se querem passas, dar-lhas-ei quanto quiserem. Levou-as ao cemitério e, abrindo um buraco, retirou um saco de passas e disse-lhes: Peguem o saco e tudo o que há nele e roguem misericórdia pela alma de um pecador. Pegaram o saco, louvaram-no e agradeceram, e correram à cidade para levá-lo à sua mãe. Ainda não se haviam afastado quando ele retornou dizendo: Ai de vocês, ingratas, nem um beijo me deram. Ao perceberem o que se pretendia delas, jogaram-lhe o fardo e quiseram fugir. Naquele momento chegou uma tropa de soldados. Viu-os o rapaz e fugiu, visto que estava desertando da guerra e os temia. Os soldados perceberam o saco, cheio de passas, e puseram-se a blasfemar e a insultar, dizendo: O mundo inteiro está faminto e esses judeus comem passas e amêndoas. Ao final, abandonaram as passas e agarraram as moças. Não passou um mês e aquela mulher havia enterrado ambas as filhas, primeiro uma e depois a outra.

Quando a sra. Zommer acabou de contar todo o sucedido, Freida mirou-me nos olhos e disse: O que diz o senhor desta história? Não é uma bela história? E então, Freida ergueu a mão direita e, contando nos dedos, chamou pelo nome um por um, todos os seus filhos mortos. E a cada nome dobrava um dedo, salvo o polegar que deixava distendido. E ao terminar ergueu a esquerda em direção aos olhos, esfregou o olho com os dedos médios e caiu em silêncio. Calei-me também. O Senhor, abençoado e misericordioso, foi cruel para comigo e não colocou palavras de consolo em minha boca a fim de que eu consolasse a Freida.

Depois que ela se despediu de mim e partiu, ocorreu-me a ideia de ir ao cemitério. Não esperava encontrar ali os livros que haviam desaparecido da casa de estudos, mas fui como alguém que chega casualmente à cidade onde se encontram os túmulos de seus antepassados e vai prostrar-se sobre eles.

Nosso cemitério tem subidas e descidas, subidas e descidas, e todas as suas vertentes estão apinhadas de túmulos que se amontoam uns sobre os outros. Há três coisas que tomam com abundância e devolvem com abundância: a terra, o reino e...

O que nos tomam, vê-se à superfície, e o que nos dão, vê-se no cemitério; tomam-nos vivos e nos devolvem mortos. Um túmulo realmente toca o outro, ao contrário da cidade, onde há muitos espaços vagos entre as casas. Aflige-me dizer que a gente da velha casa de estudos fez bem em sair da cidade, porquanto o cemitério estava lotado, não restando sequer lugar para uma única sepultura.

Caminho entre os túmulos e não penso em nada. Mas ambos os mensageiros do coração, os meus olhos, observam e veem. Estes olhos estão ao dispor do coração, e o coração está ao dispor d'Aquele que dá a vida e a morte. Às vezes Ele permite observar os que vivem e outras, os que morreram.

Os que morreram antes da guerra, os que morreram durante a guerra e os que morreram depois da guerra jazem juntos como se não houvesse distinção entre eles. Enquanto ainda viviam, estes se lamentavam pelos dias que se passaram e não voltarão e aqueles esperavam pelos dias que viriam. Agora que morreram, perdeu-se a esperança de uns e esvaneceu-se o desgosto de outros.

Todos os dons da vista têm um limite, e a pessoa não enxerga senão conforme o alcance de seus olhos. E mesmo se você cobrir um olho com o outro, os mortos virão e se postarão diante de você e você não pode impedir-se de vê-los, completamente.

Distante deles, no antigo cemitério, aponta a tumba do justo. A cobertura do tabernáculo foi removida, suas paredes arqueiam-se e estão a ponto de cair. Após três ou quatro gerações, não restará desta ruína qualquer sinal da tumba e as gerações vindouras não saberão que um grande Justo jaz aqui enterrado, e ele próprio esquecerá que ocupou o posto de rabino desta cidade. Visto que, na hora de seu passamento, prometera às pessoas dali que as protegeria contra os infortúnios, no que fica a sua promessa? Esses justos, depois que partem e ascendem às alturas, afastam as promessas de suas mentes, pois as necessidades dos vivos são insignificantes aos seus olhos e não lhes convém pedir misericórdia por coisas tão insignificantes.

Veja só, quantos justos nos prometeram que não sossegariam lá nas Alturas até que trouxessem o Redentor, mas tendo partido esqueceram as suas promessas. Alguns se esqueceram por temor de negligenciar a *Torá*, porquanto não suportavam descuidar-se da *Torá* que estudavam nos Céus nem sequer por uma hora; outros foram honrados com a leitura da *Torá* diante de outros justos, a fim de que não se excedessem nas orações e trouxessem o Redentor. Seja lá como for, é grande o sofrimento dos vivos.

Não entrei na tumba do Justo e para isso tenho as minhas razões e os meus motivos: Soube que, transcorrido determinado número de anos desde o seu passamento, os justos não vêm mais visitar seus túmulos. Ao invés, voltei-me para os meus falecidos parentes, primeiro os distantes e em seguida os próximos, e posteriormente aos mais próximos, a fim de que estes avisassem meu pai e minha mãe, para evitar que seu coração desfalecesse subitamente.

Há pessoas que temem visitar os túmulos do pai e da mãe no mesmo dia e têm razão; quando me dirigi ao túmulo de mamãe, meus olhos estavam claros, mas quando parti de lá para o de papai, estavam cegos pelas lágrimas.

Eu não me encontrava presente à hora da morte de meu pai e nem tampouco quando colocaram a sua lápide. Gravados em pedra, aqueles versos brilhavam e não havia sequer sinal das lágrimas que verti ao compô-los. Agora as lágrimas se faziam notar e não se notavam os versos.

Quatorze anos se passaram desde o dia do falecimento do meu pai e a lápide ainda parece nova. E junto a ela, logo acima, acha-se uma outra, a de um velho erudito, colega de papai. O que podiam fazer as pessoas da cidade? Todos os defuntos requerem uma sepultura e uma lápide e visto que aquele ancião ordenara que o enterrassem junto ao seu amigo e não havia lugar para a sua lápide, puseram-na sobre o túmulo de papai. Minha irmã costumava contar-me que frequentemente papai lhe aparecia em sonhos com a mão sobre o coração, como alguém que se sente pressionado e está protegendo o seu coração com a mão.

Quando retornei do cemitério, encontrei Ierukham Liberto sentado no chão reparando a via. Disse-lhe: Você está reparando o caminho do cemitério para a cidade, ou da cidade para o cemitério? Ierukham ergueu os olhos do chão e não me respondeu.

Capítulo Dezessete
Ierukham Liberto

Parece-me que ninguém me odeia tanto quanto Ierukham Liberto. Por que ele me odeia se nada lhe fiz? Ao contrário, quando tenho a oportunidade de passar por ele, o saúdo como alguém que saúda um amigo, se bem que ele me responda com um murmúrio. Sinto uma misteriosa afeição por esse jovem. O corpo franzino que não possui sequer gordura do volume de uma azeitona; esses olhos chamejantes como os de um maleitoso e, se você quiser, até mesmo suas roupas de trabalho, puídas, da cor da poeira, comovem o meu coração. Todo dia, desde o nascer do sol até o ocaso, senta-se nas ruas, batendo o martelo, juntando pedregulhos, cavando a terra ou nivelando buracos, a fim de reparar as vias de nossa cidade, danificadas nos tempos da guerra. Em seu semblante percebe-se que não está contente com seu trabalho, mas se esforça em fazê-lo, uma vez que sabe que nada mais há para ele, além disso. E uma vez que nada há para ele, além disso, esforça-se em fazê-lo. Ouvi dizer que os patriarcas da cidade estão satisfeitos com seus serviços e não atentam para as ideias em virtude das quais foi expulso da Terra de Israel. Não estou sendo bisbilhoteiro nem revelo segredos de ninguém, pois muita gente sabe que esse rapaz se ocupou de coisas perniciosas e que, antes de ter sido expulso da Terra de Israel, esteve na prisão por causa dos panfletos que distribuiu entre árabes e judeus. De todo modo, desde o dia em que para cá retornou, não tem se ocupado de coisas perniciosas, não se misturou com os demais comunistas da cidade e não tem nada com ninguém, nem sequer consigo mesmo. Como pode uma pessoa ter algo consigo mesma, ou não ter algo consigo mesma? Se ela canta e conversa consigo mesma, tem algo consigo mesma; se não canta e não conversa consigo mesma, não tem nada consigo mesma. Desde o raiar do sol até o ocaso, executa o seu trabalho em silêncio. Quando o sol se põe, carrega as ferramentas nas costas, desce até o rio e se purifica da sujeira e volta para sua casa. Não sei o que faz em casa: se ele senta e lê ou se dorme. Desde o dia em que o conheci, jamais o vi passeando à noite, nem com uma moça e tampouco só.

Não é dignificante para uma pessoa perguntar ao seu semelhante: Por que me odeias? Se teu semelhante te odeia, odeia-o, tu. E se necessitas dele, vá e humilha-te diante dele, até que seu ódio por ti cesse. Ierukham Liberto é um simples operário, ao passo que eu, graças ao Senhor, sou um respeitável proprietário de uma casa em Israel e não necessito dele. Mesmo agora que minha casa está destruída, não trocaria o meu lugar com o de Ierukham. Minha mesa está posta, minha cama feita, minhas roupas limpas e minha mulher e meus filhos alimentados, muito embora eu não escave a terra e não conserte as vias.

Uma pessoa gosta de ser apreciada por todas as pessoas. Eu já renunciei a tal atributo. Você pode perceber isso, pois o rabino da cidade falou depreciativamente de mim, porque não fui lhe apresentar os meus respeitos e, não obstante, não vou visitá-lo. Não afirmo que se o visitasse ele me elogiaria, mas pelo menos me denotaria afeição. O mesmo sucede com Zacarias Rosen. Zacarias Rosen é um comerciante de forragens, um dos dignitários da cidade, que se considera da linhagem do Rei David. Certa vez, ao passar pela porta de sua loja, chamou-me e mostrou-me a sua linhagem. Olhei e notei que ele se considerava da estirpe do Rabi Hai Gaon. Disse-lhe: O Rabi Hai Gaon não tinha filhos. Em consequência, esse aristocrata começou a hostilizar-me. Porém, se eu lhe dissesse: Enganei-me, encontrei nos escritos da Guenizá do Cairo, que Rabi Hai Gaon teve um filho já com idade avançada, Zacarias Rosen ter-se-ia transformado imediatamente de inimigo em amigo. Mas não o faço. Tal é o caráter deste homem: renuncia ao que pode obter com facilidade e persegue o que não pode obter com facilidade.

Embora eu desejasse a proximidade de Ierukham, nada fiz para aproximar-me dele, além de cumprimentá-lo. Certa vez passei por ele e não o cumprimentei, pois estava absorto no problema da chave e não percebi o rapaz.

Tendo-me afastado dele, volvi a cabeça e vi que ele esticava o pescoço entre as pernas e me olhava. Voltei a ele e lhe disse: Escute o que lhe digo, você finge que me despreza e na verdade busca a minha companhia. Talvez valha a pena descobrir por que age assim? Respondeu Ierukham e disse: Pois você é o princípio e a origem de todas as minhas atribulações, e todas as atribulações que as seguiram, sobrevieram-me por sua causa. Disse-lhe: Como se explica isso, se até a minha chegada aqui jamais havíamos nos visto, pois eu fui para a Terra de Israel quando você era um bebê, ou talvez ainda não estivesse no mundo naquela época, e você diz que eu sou a causa das suas atribulações e o causador de todas as atribulações que as sucederam? Disse Ierukham: É verdade que quando você partiu, eu ainda não havia nascido. Sorri-lhe e disse: Vê então que não tem razão ao relacionar os seus problemas a mim, quanto mais ao atribuir-me a causa das atribulações que o afligem. Falou Ierukham: Assim diz você: não há qualquer motivo para atribuir os seus problemas a mim? Repliquei: Eu o disse e suas palavras o confirmam. Não foi o que você mesmo disse? Que quando eu fui para a Terra de Israel, você ainda não existia, então como se explica isso? Disse Ierukham: A sua partida para a Terra de Israel é que causou o que causou. Perguntei-lhe: Como assim, meu amigo, como? O laço, pelo qual o algoz enforcou o condenado, balança ligeiramente; parece que não está muito satisfeito com a honra que lhe coube. Declarou Ierukham: Logo explicarei. Disse-lhe então: Explique, meu amigo. Não sou curioso, mas num caso desses, tenho o direito de tornar-me curioso. O que é isso, Ierukham? Você me olha como se eu lhe tivesse aparecido em sonho? Redarguiu Ierukham: Quando eu era criança, ouvi contar muitas histórias sobre você. Disse-lhe: Jamais pensei que as pessoas da cidade conversassem sobre mim; não porque sou modesto, mas porque desde o momento em que sacudi o pó da minha cidade, esforcei-me por afastá-la de minha mente. Então, o que ouviu contar sobre mim? Disse Ierukham: Ouvi contar que havia aqui um rapaz, diferente dos seus camaradas; não melhor do que eles, ao contrário, em alguns aspectos, até pior. Certo dia desapareceu da cidade. Pensavam que ele se escondera na floresta, como de hábito, mas passados alguns dias, perguntaram ao seu pai: Onde está o seu filho? Respondeu ele: Foi para a Terra de Israel. Falei ao Ierukham: Acaso haverá aqui alguém capaz de afirmar que não fiz bem em ir à Terra de Israel, ou porventura é você que o diz? Juro-lhe que nada roubei da igreja para fugir em seguida. Minha alma desejava ascender à Terra de Israel e papai, de abençoada memória, deu-me o dinheiro para as despesas e viagem e eu fui. Juro, papai deu-me dinheiro honesto. Portanto, que mal fiz em ir? Disse Ierukham: Que mal fez? Ao contrário, você fez bem, uma vez que foi bem-sucedido e ganhou renome. Mas... – Que "mas" é esse? Disse Ierukham: Mas a mim você causou mal, um grande mal você causou a mim. – Como lhe causei mal? Antes de você emigrar para a Terra de Israel, esta não possuía qualquer consistência para a nossa cidade; você conhece os sionistas, os jovens e os velhos. Toda a essência da Terra de Israel resume-se para eles num assunto pelo qual eles se reúnem para promover serões e vender siclos[18]. Mas desde o dia em que você foi para a Terra de Israel, esta se tornou algo concreto, pois um de nós havia emigrado para lá. Com o passar do tempo, quando atingi a idade de compreender, dediquei o meu coração à Terra de Israel, não à Terra de Israel dos sionistas de nossa cidade, mas à sua Terra de Israel, a tal ponto que o mundo inteiro não possuía aos meus olhos sequer o valor de um grão de seu pó. Disse eu a Ierukham: Sendo assim, lucrou por meu intermédio. Disse Ierukham: Eu

---

18. Em hebraico: *schekel,* uma contribuição anual à Organização Sionista, que dá ao contribuinte o direito de votar no Congresso Sionista. (N. da E.)

também pensava assim, e por isso fui atraído por você, pois você e a Terra de Israel tornaram-se para mim uma única coisa. Eu dizia para mim mesmo: Irei para a Terra de Israel, visitá-lo-ei e direi: eu sou seu concidadão e por seu mérito também emigrei. Imediatamente, você tomaria as minhas mãos entre as suas e me olharia com afeição. E eu veria que tenho um irmão na Terra de Israel e você pegaria uma laranja e a cortaria em dois e me diria: Pegue e coma. Comi muitas laranjas, lá, na Terra de Israel; dias havia em que esse era o meu único alimento. Não obstante, aquele pedaço de laranja que esperava obter de suas mãos, faltou-me. Falei a Ierukham: E por que não veio a mim? Respondeu Ierukham: Por que não fui a você? Acaso estava lá? Quando eu me gabava diante dos meus camaradas de que ia visitá-lo, diziam-me: Esse homem está fora do país. Suspirei e falei: É verdade, de fato, naquela época eu residia em Berlim. Disse Ierukham: Você residia em Berlim e se regalava com todas as delícias das grandes metrópoles e em nosso coração você instilava o veneno da Terra de Israel. Postei-me diante de Ierukham e clamei: Chamas de veneno ao amor à Terra? Não desejo fazer especulações com você, contudo, diga-me por obséquio, em sua opinião, o que deveria eu fazer? Olhou-me Ierukham com placidez e disse suavemente: Morrer, meu senhor, morrer.

Repliquei-lhe: Você está farto da minha existência? Disse Ierukham: Se não encontrava satisfação em sua vida na Terra de Israel, meu senhor, deveria ter-se suicidado. – Suicidar-me? – Ou desaparecer, ou mudar de nome, para que as pessoas não soubessem que ainda estava vivo. Ou... – Ou? – Ou vestir roupas de exílio e vagar de um lugar a outro, beijando o pó de todas as terras, batendo no peito e dizendo: Eu sou aquele que atraiu pessoas para a Terra de Israel, mas errei. Não sigam o meu exemplo.

Disse eu para Ierukham: Acaso fui eu quem seduziu as outras pessoas a me seguir para a Terra de Israel? Respondeu Ierukham: Gostaria que eu recitasse para você algo, como, por exemplo, um poema que compôs antes de ascender à Terra de

Israel? Falei-lhe: Um poema composto por mim? Ierukham juntou os pés, ergueu-se e, pondo ambas as mãos sobre o peito, recitou melodiosamente:

> Amor, fiel até a morte,
> Jurei-te pelo Senhor do Céu.
> Tudo o que possuo cá na diáspora,
> Por ti darei, Jerusalém.

Falei a Ierukham: Cale-se homem, cale-se. Mas Ierukham não se calou e continuou a recitar:

> Minha vida, meu espírito, minh'alma,
> Por ti darei, Cidade Santa.
> Dormindo ou acordado, tu és minha alegria,
> Minha festa, meu Sábado, meu dia santo.

Cale-se homem, cale-se, disse a Ierukham. Porém Ierukham não se calou e acrescentou:

> Metrópole sublime, Cidade Eterna;
> Se teu povo é pobre e teu rei ausente,
> Desde outrora até o fim dos dias,
> O Senhor teceu em ti a esperança ardente.

Falei a Ierukham: Se não se calar, deixo-o e parto. E não prestando atenção às minhas palavras, recitou:

> Se sobre mim fechar-se a tumba
> Junto aos que eternamente jazem na cova,
> Tu és minha força, no abismo da profundeza,
> Gloriosa entre as cidades, nossa fortaleza.

Disse Ierukham: Sei que não aprecia o poema; seu gosto aprimorou-se e você abomina rimas como "além" e "Jerusalém", mas digo-lhe que esse poema não serve por outro motivo: porque ele penetra no coração e maltrata a alma.

Falei a Ierukham: Quando lá chegou e não me encontrou, acaso o país estava vazio? Se eu não me encontrava lá, em compensação, encontravam-se ali muitos outros. Acaso a Terra de Israel consiste apenas em mim? Até mesmo alguns de nossos concidadãos emigraram para lá e sem dúvida recebê-lo-iam cordialmente. Disse Ierukham: É verdade, de fato alguns de nossos concidadãos emigraram para lá. Falei a Ierukham: Bem vê, se eu não estou lá, estão lá milhares iguais a mim. Sorriu Ierukham e disse: Milhares como você, meu senhor, milhares e milhares. Alguns fizeram como você, ou seja, foram para o exterior, outros se tornaram escriturários, comerciantes, comerciantes e especuladores. Disse eu a Ierukham: E aqueles que emigraram junto com você, acaso são todos operários? Disse Ierukham: Alguns adoeceram de malária e de outras enfermidades, e morreram, e seus ossos estão espalhados por todos os cemitérios da Terra, e aqueles que não morreram podem ser considerados como tais, pois se curvam diante de qualquer pequeno funcionário e dizem: Tenha pena e compadeça-se de mim, inclua-me numa das repartições para que eu possa comer um pedaço de pão. – E onde estão aqueles que não morreram e não adoeceram? Espalharam-se por todos os países, disse Ierukham, se pode encontrá-los em maior número em qualquer um dos cinco continentes do globo do que na Terra de Israel. – E não obtiveram nenhum proveito de sua permanência em Israel? Disse Ierukham: É verdade, com efeito, tiramos um grande proveito da Terra, aprendemos o valor do trabalho. Estendi minha mão a Ierukham e disse: E isso é pouco a seus olhos? Respondeu Ierukham e disse: Mas o trabalho não é fácil. Falei-lhe: Acaso essa é a única coisa que não é fácil? Acaso existe no mundo algo fácil? Agora voltemos ao nosso primeiro assunto. Você me recrimina por ter louvado a Terra de Israel. Acaso sou o primeiro a fazê-lo? Acaso sou o único a fazê-lo? Não há uma única geração que não tenha cantado os louvores da Terra de Israel, e jamais soube que alguém se queixasse deles. Porém, todas as gerações que nos precederam encontravam na Terra o que encontravam nos livros e, por conseguinte, amavam a Terra e os livros que a louvavam. Ao passo que vocês buscaram na Terra não aquilo que nossos antepassados buscaram e tampouco o que os livros contavam, e nem ao menos a Terra tal e qual ela é, mas a Terra tal e qual vocês a queriam e por isso a Terra não os suportou. A Terra que o Senhor, seu Deus, quer todos os dias, não como vocês a querem, e nem como seus camaradas a querem, mas como o Senhor, seu Deus, a quer. Agora, vou-me, você é um trabalhador diarista e não desejo atrasá-lo. O assunto de que tratamos não pode ser esclarecido em breves instantes, e o que deixamos de lado, esclareceremos amanhã.

Capítulo Dezoito
As Virtudes de Jerusalém

Desde o dia em que aqui cheguei, não ouvi pessoa alguma mencionar Ierukham Liberto, além daquela comerciante da qual adquiri os tecidos e de Lolik Zommer, filho do proprietário do hotel, que zombou dele diante de Raquel. Certa feita, interroguei Daniel Bach sobre ele e este me deixou sem resposta. Disse: Aquele Ierukham é encarregado do reparo das vias públicas, e com isso Daniel Bach não inovou nada. Surpreender-me-ia se existisse na cidade outra pessoa tão pouco falada quanto Ierukham Liberto. Assim como ele não conversa com as criaturas, da mesma forma elas não conversam sobre ele. Portanto, admirei-me quando Raquel citou seu nome.

O que levou Raquel a citar Ierukham Liberto? Isso requer uma explicação que não sei dar, e é melhor que eu conte quando ela o mencionou e a respeito de que assunto.

Durante dois dias não saí do meu quarto porque tinha preguiça de me levantar e sentia dor de cabeça. Quando saí do quarto, no terceiro dia, Raquel saltou e disse: Ierukham Liberto perguntou por você. Visto que não tenho o dom da curiosidade, não lhe perguntei como sabia que Ierukham Liberto perguntara por mim e visto que tenho boas maneiras, perguntei-lhe por ele. E aqui se deve acrescentar que de um enigma, resultaram dois enigmas. O primeiro: O que levou Ierukham a perguntar por mim, já que o aborreço. E o outro: Como chegaram a ela as palavras dele? Tais enigmas são uma ninharia diante de um terceiro enigma: Quando perguntei a Raquel por Ierukham, ela me respondeu como alguém para quem todos os segredos de Ierukham são conhecidos.

Toda pessoa é capaz de errar, e eu mais do que todas. Errara em pensar que Ierukham era marginalizado pelas pessoas e constatei que não o era. Há uma única criatura na cidade, chamada Raquel que, diariamente, quando seu pai está rezando a oração vespertina, desaparece de casa, se dirige à casa de Ierukham e espera em seu quarto até que ele retorne de sua lida. Por essa razão ele se banha no rio: a fim de entrar purificado em casa.

Em vista do que foi referido acima, parece que ninguém menciona o nome de Ierukham. Sendo assim, por que resolveram de repente falar dele? É que o fato de Raquel, filha do dono do hotel, encontrar-se com Ierukham, fez com que falassem dela e, falando dela, falam dele.

Eu próprio não vi Raquel indo encontrar-se com ele. Meus olhos não são capazes de ver por si mesmos. Em minha infância costumava ver tudo o que desejava; quando cresci um pouco, minha visão diminuiu e não via senão o que me mostravam. Agora, não vejo nem o que desejo e tampouco o que me mostram. Como tomo conhecimento das coisas? Um rumor espalha-se entre as criaturas e às vezes o rumor chega a mim. E não obstante, é algo difícil de atinar o que tem Raquel, a filha caçula do hoteleiro, com Ierukham, o escavador de fossas. Em primeiro lugar, pois... e, em segundo...

Por que motivo divido cada enunciado e digo: "Em primeiro lugar" e em "segundo lugar"? Porventura é porque os habitantes de Szibusz dividem os seus enunciados em primeiro e segundo, ou porque estou situado em dois lugares diversos: resido fora da Terra de Israel e sonho na Terra de Israel?

A Terra de Israel que me aparece em sonho não é como a de hoje, mas como era há alguns anos, na época em que eu morava em Nevê-Tzedek. Atualmente Nevê-Tzedek é um pequeno bairro, ligado a Tel Aviv. Outrora, porém, era um bairro autônomo, o melhor dos bairros. E a pequena Rukhama residia ali com sua mãe. Não sei se Rukhama vive ou se morreu, mas se vive, certamente é uma violinista. Seja como for, seu violino morreu, e ela própria o queimou a fim de assar em seu fogo um pequeno peixe para um certo jovem.

Deixemos o jovem, que abandonou Rukhama, e voltemos a Rukhama. Toda vez que me surge em sonho, ela está com o violino. Por vezes, cobre o rosto com ele e me chama pelo nome e o violino lhe responde em eco; outras vezes, toca o meu nome no violino e sua boca lhe responde. Enquanto ela agia assim, eu nada lhe dizia, mas quando começou a tocar "Amor, Fiel Até a Morte", recriminei-a. Primeiro, porque me aborrecem as rimas como "além" e "Jerusalém" e, em segundo, porque minha mente não é dada a assuntos musicais.

A Terra de Israel não se restringe apenas a Nevê-Tzedek. Há lugares na Terra de Israel que mesmo se se está lúcido parecem um sonho. Supera-os Jerusalém, que Deus escolheu para Si de toda a Sua Terra, bela, pura e perfeita. Não deve, pois causar espanto que este homem deite em sua cama em Szibusz e sonhe em Jerusalém.

Existem no homem 248 órgãos e 365 veias que correspondem aos 248 preceitos positivos e 365 preceitos negativos da *Torá*. Supera-os Jerusalém, que é citada na *Torá* em 614 passagens; Jerusalém, portanto, supera o homem em um. Se foi dado a uma pessoa o privilégio de cumprir os preceitos, é lhe permitido repousar em paz à noite, no seu leito, a fim de que possa restaurar as forças e torne a cumprir os preceitos. Se não lhe foi dado o privilégio de cumprir os preceitos, seu sono é perturbado e não lhe é permitido repousar. De qualquer forma, faltar-lhe-á um, que é a vantagem de Jerusalém. Se for esperto, refletirá sobre ela durante o dia e ela lhe surgirá à noite.

Desde o dia em que parti de Jerusalém, não passou sequer um dia em que eu não tenha pensado nela; não que eu seja esperto, mas porque meu lar situa-se lá e é provável que qualquer pessoa pense em sua casa.

Certa noite, dormindo em meu leito, eu me vi caminhando nas ruas de Jerusalém como caminha um sonâmbulo. Entrei numa livraria. Ao sair, um ancião falou-me, sussurrando: Se são livros que busca, acompanhe-me. Perguntei-lhe: Aonde? Respondeu-me: À minha casa. Perguntei-lhe: Onde é a sua casa? Disse-me: À distância de quatro côvados daqui. Venha e adquirirá mais quatro côvados na Terra de Israel. Andei com ele até cansar-me de caminhar. Apontou com a mão e disse-me sussurrando: Aqui. Olhei à minha frente e não vi sequer o vestígio de uma casa. O ancião pegou-me e me conduziu a um lugar semelhante a uma catacumba. Todos os meus membros estavam entorpecidos como se tivessem abandonado o meu corpo e parecia também como se meu corpo me tivesse abandonado; tinha apenas certa sensação na cabeça, uma sensação agradável, como se a mão de um amigo me acariciasse a cabeça. Finalmente, cessou toda a minha existência, só aquele prazer não cessou. Aparentemente é difícil de compreender, pois quando cessa a existência de uma pessoa, cessam todas as suas sensações, ao passo que aqui havia um prazer absoluto. Mais difícil ainda é compreender que toda essa complexidade dava-me mais prazer. E isso é uma novidade, pois quem muito pergunta, muito sofre. E veja que maravilha, mesmo tal novidade dava prazer.

O ancião debruçou-se no chão e retirou um livro. Observei-o e vi que estava marcado com o selo da nossa antiga casa de estudos. Perguntei: Sua Excelência também é de Szibusz? Anuiu com a cabeça, mas não me respondeu claramente; pareceu-me que sua boca emitiu o nome de Szibusz, mas não havia qualquer doçura naquele nome. Pus-me a refletir: Talvez este nome não fosse tão belo como sempre pensei, e talvez não pensasse sempre que era belo, pois se pensasse que era belo não teria partido de minha cidade, ou, talvez, ele fosse sempre belo e minha cidade bela, posto que voltei a ela. Sendo assim, por que a abandonei e emigrei para a Terra de Israel?

Naquela hora a cabeça tornou a atormentar-me, não como da primeira vez em que havia certo prazer na sensação. Superei a minha dor e tornei a olhar o livro e o seu selo, imaginando como teria chegado às mãos daquele ancião, visto haver uma antiga proibição que impede a retirada de livros da casa de estudos. Disse o ancião: Eu não o tirei, ele começou a rodar e chegou a mim. Desde que cessou o estudo da *Torá* na casa de estudos, os seus livros começaram a rodar por aí e chegam a nós. Mirei o ancião com espanto. O que significa "a nós", posto que "a nós" implica plural, e aqui não estamos senão eu e ele, e eu fui arrastado por ele apenas por pouco tempo e a expressão "a nós" não se aplica a mim. Disfarcei o meu espanto e perguntei: Quanto custa esse livro? Disse-me: Acaso não aprendeu, meu filho, que "tudo o que mais possas desejar não se pode comparar a ela [sabedoria]?". Se deseja estudar, o livro é seu gratuitamente. Falei-lhe: "O que odeia presentes viverá". Sorriu o ancião e disse: Não há vida senão na *Torá*. E tão logo pronunciou a palavra "vida", encolheu-se, sua face transformou-se em pó e sua voz assemelhava-se ao som de uma chave enferrujada. Mas eu, caros irmãos, meus membros tornaram a encorpar-se e meu corpo começou a crescer, e me tornei alto como uma montanha. A gruta abriu-se e eu saí. E tão logo saí, corri para a casa de estudos.

Capítulo Dezenove
O Serralheiro

Eu estava diante da porta trancada cuja chave perdi. De todos os sucessos daquela noite, restou-me apenas a dor de cabeça. Meus olhos contraíram-se e se encheram de sal e, em virtude do sal, os cílios eriçaram-se. Saí para a rua e observei os transeuntes. Passou uma menina proveniente da casa do magarefe com uma ave degolada em sua cesta. Depois passou um aguadeiro com ambos os seus vasilhames sobre os ombros. Pingos de sangue da ave, e pingos de água das vasilhas transbordantes, gotejavam e caíam.

O ar estava frio, mas não refrescava a minha cabeça, e a fome começou a atormentar-me a alma, posto que, naquele dia, eu partira do hotel sem ingerir a refeição matinal.

A fome atormenta-me cada vez mais, conquista um membro após o outro, até que toma conta de todo o meu corpo. Larguei a mim mesmo e nada senti, além daquela dor de cabeça, como se a tivessem atado com um xale para que a dor não escapasse. Cerrei os olhos em consequência da dor.

Subitamente, o livro revelou-se a mim. Aquele Que Ilumina os olhos dos que aguardam as Suas palavras, alumiou os meus olhos e encontrei nele a interpretação das palavras dos sábios da *Guemará* que afirmavam: "Daqui em diante o Santíssimo, Bendito Seja, fala e Moisés escreve com lágrimas".

Depois, saí à rua e me deparei com um ancião em cuja mão havia uma fechadura antiga com uma antiga chave fincada nela, e do cinto que rodeava a sua cintura pendiam chaves e fechaduras. Quando passou por mim percebi que era o serralheiro e desejei correr atrás dele. Entrementes ele sumiu.

Daniel Bach encontrou-me parado e perplexo. Disse: Aonde vão essas pernas? Respondi: Procurar o serralheiro. Daniel golpeou sua perna de pau e disse: Mexa-se, minha querida e ajude-nos a caminhar.

Esse Daniel, não sei por que está alegre. Se for por causa de seu ganha-pão, sua lenha está amontoada e não há fregueses, e ninguém necessita do ofício que sua mulher aprendeu. Todo o seu sustento provém de sua filha Erela, que é professora de hebraico.

Perguntei ao Bach: Acaso chegou alguma carta de seu pai da Terra de Israel? – Chegou. – O que escreveu seu pai da Terra de Israel? – O que escreveu? Escreveu que os sacerdotes[19] abençoam as pessoas diariamente e duas vezes no dia em que há Prece Adicional. – E sobre os seus próprios assuntos não escreveu nada? – Escreveu que teve o privilégio de orar junto ao Muro das Lamentações e de se prostrar sobre a Tumba de Raquel. E escreveu ainda que a tumba é construída à maneira de uma sinagoga, onde se estendem belos cortinados, e muitos candelabros pendem do teto e das paredes nos quais se acendem lamparinas a óleo. E que sobre o túmulo encontra-se uma grande pedra e que mulheres piedosas medem-na com todo tipo de fios e que esses fios têm o dom comprovado de atrair as boas graças e outras coisas mais. Papai enviou um desses fios à minha filha. O que mais deseja o senhor ouvir?

Perguntei-lhe: Acaso ele está satisfeito com a sua estada? Com os seus amigos? Disse Daniel Bach: No que diz respeito aos amigos jovens, ele os elogia dizendo que todos amam Israel, são gente caridosa, que se ocupa com o povoamento da Terra, que fala a língua sagrada e sustenta os seus pais com honra, dando-lhes moradia, alimentos e roupa. No que diz respeito aos camaradas idosos, ou seja, aos pais dos jovens, suas maneiras são as mesmas em todos os lugares: divergem quanto à versão das preces e discutem por qualquer costume que alguém tenha trazido de sua cidade, como se tivesse sido revelado no Monte Sinai, e brigam sobre coisas tais como se a oração termina em "E que Ele faça florescer a Sua redenção e aproxime a vinda de Seu Messias" ou se se acrescenta "E traga o Messias em breve". Senhor do Universo, traga-nos o Messias para que possamos nos livrar disso.

E seu pai, senhor? – Meu pai também não renuncia ao seu quinhão. Certa vez, na véspera de Sábado, rezou diante do

---

19. Em hebraico *cohanim*, pl. de *cohen*, nome que a tradição atribui aos descendentes do sacerdote Aarão, sendo uma de suas funções a de abençoar o povo. (N. da E.)

púlpito e recitou: "E os filhos de Israel guardaram o Sábado", quando a maioria dos presentes bateu na mesa silenciando-o com reprimendas, pois, dois Sábados antes, os fariseus haviam vencido os fanáticos, estabelecendo a norma de não recitar o "guardaram o Sábado", e papai se manteve zangado durante todo o Sábado. Eis aqui a oficina do serralheiro.

A casa estava aberta, mas o serralheiro não se encontrava. Aonde foi? À sede do grupo Gordônia para consertar a fechadura da porta. Observei as velhas chaves que pendiam à entrada, talvez encontrasse entre elas a chave perdida. Procurei e não encontrei. Falei ao Bach: Perdoe-me, senhor, por tê-lo detido, certamente lhe é difícil apoiar-se em sua perna. Disse o senhor Bach: Se o senhor se refere a esta perna de pau, não há nada melhor para ela do que permanecer num único lugar, pois ela se sente como uma árvore da floresta e talvez sonhe que façam dela uma cama para uma princesa.

Fomos até o Gordônia e encontramos o serralheiro. Quando este me viu, sorriu-me como se já me conhecesse. Veja que maravilha, todos os anciãos sorriem: aquele ancião que vi ontem à noite e este serralheiro. Em oposição a eles, todos os jovens estão furiosos, pois os comunistas arrancaram a fechadura, entraram e sujaram os quadros, e eles precisam providenciar uma nova fechadura.

Embora ambos se pareçam, há entre eles uma diferença. Aquele velho que me apareceu ontem à noite é alto e emprumado, ao passo que o serralheiro é baixo feito uma criança em idade de frequentar a casa do mestre, encurvado, e traz a cabeça curvada sobre o peito. Aquele ancião também tinha a cabeça inclinada, mas sua inclinação resultava de sua estatura, pois, quando desejava transmitir as suas palavras aos ouvidos de outrem, baixava a cabeça e parecia estar curvado. Tal como eles são diferentes em suas estaturas, diferem também em seus risos. O riso daquele ancião hierosolomita, não é um riso, mas um sorriso, que brota das rugas e de sua boca, e desaparece, e tampouco o seu sorriso é um sorriso, mas o reflexo de um sorriso. Ao passo que o riso do serralheiro é um verdadeiro riso, que se divide em diversas espécies de risadas, e cada risada é uma risada *per se*, e quando ele ri sacode o corpo a ponto de se ouvir o som das fechaduras e das chaves presas à sua cintura. E mesmo quando ele não ri ruidosamente, um sorriso emerge das rugas de seu rosto e o ilumina, pois é um dos remanescentes dos adeptos do Rabi de Kóssov, o qual sustentava que vale a pena regozijar-se com o mundo, visto que, enquanto está neste mundo, a pessoa pode creditar-se graças e boas ações, cujos frutos come neste mundo, e cujo capital reverte para ela no mundo vindouro, e que todo aquele que guarda tais coisas em seu coração, rejubila-se com o mundo e com os seus atos e prolonga os seus dias e os seus anos. Por conseguinte, os adeptos de Kóssov primam pela longevidade e pela alegria. E se o corpo de algum deles seca em consequência da velhice, o sorriso que emerge das rugas de seu rosto possui seiva suplementar que impregna a alma e alegra a vida.

Disse Bach ao serralheiro: Eis a pessoa que deseja que o senhor lhe faça uma chave. O serralheiro saudou-me e apertou minha mão com alegria e eu também me regozijei com ele. Primeiro, porque ele me fará a chave e, segundo, porque quando menino costumava postar-me à entrada de sua casa e olhar as chaves e as fechaduras, pois almejava possuir uma arca que tivesse uma chave e um cadeado. Posteriormente, renunciei à ideia da arca, mas não renunciei à chave; deitava-me na cama e pensava na chave, uma chave grande e pesada que se tira do bolso e com a qual se abre a porta da casa. Essa chave que eu buscava se me afigurava de diversas formas, mas todas essas formas eram coisas secundárias relativamente à sua função essencial e final. Imaginem só: no centro da cidade situa-se uma casa que tem uma porta como as demais casas, e na porta há uma fechadura. Chega um menino da escola, enfia a mão no bolso, retira uma chave, introduz a chave na fechadura, gira-a para lá e para cá, e logo toda a casa se lhe abre. O que há naquela casa? Uma mesa, uma cama e uma lâmpada, ou seja, nada além do que há nas outras casas, mas aquele instante em que a casa é aberta pela chave que se encontra na mão do menino, não há outro que se lhe compare. Logo, vocês podem imaginar que maravilhoso é aquele ancião em cuja porta pende mais de uma centena de chaves. Há tesouros ocultos que são abertos por uma expressão, como quando se diz: "Abre-te sésamo"; eu não desejava coisas ocultas aos olhos, mas coisas visíveis e queria que a chave delas estivesse em meu poder.

Havia mais uma pessoa na cidade que me atraía em minha infância: era o homem que angariava fundos para a Terra de Israel. E embora não diga respeito ao assunto, eu o menciono por causa de suas chaves. Quando ouvia o ruído de seus pés, meu coração se agitava. E quando entrava e abria com a chave, que tirava de seu bolso, a caixa de coleta de Rabi Meir, o Milagreiro, eu ficava estarrecido. Essa caixa de coleta, em que todos enfiam moedas, eis que vem este homem e a abre, toma para si todas as moedas e ninguém diz uma palavra e, além do mais, observam-no com ternura; ele se senta e escreve coisas sobre um papel, como um médico que prescreve uma poção a um doente e, colocando o escrito diante de mamãe, diz: "Que tenhas o privilégio de assistir à chegada do Redentor". Eu não sabia quem era aquele Redentor citado nas bênçãos, mas sabia que todas as bênçãos não se equiparavam àquela.

O ancião estava à entrada da sede do Gordônia examinando a fechadura quebrada; um sorriso bailava em seus olhos e nas rugas de seu rosto, como se ele se regozijasse com o fato de que as mãos das pessoas não descansam levando-as a dar trabalho umas às outras, e evitando que seu sangue coagule. Eu desejava passar os meus braços em torno de sua cintura e levantá-lo. E ainda bem que não o fiz, pois com que fisionomia apresentar--me-ia em seguida? Em suma, o serralheiro ocupou-se com o seu mister mexendo com um prego e examinando a fechadura, ao final tirou-a e colocou uma nova em seu lugar.

O homem chegou até aqui e está esperando. Já avançou nos anos e saiu da infância e ainda está procurando uma chave. Pelo próprio assunto vocês já entendem que tal homem sou eu mesmo, e que busco uma chave para com ela abrir a nossa velha casa de estudos, cuja chave, entregue a mim, se perdeu e eu necessito de uma nova.

Quando o serralheiro terminou a sua tarefa, falei-lhe: Agora irá comigo e fará a chave para mim. Sorriu ele e disse: Acaso a confecção de uma chave é o "Louvor de David" que se recita três vezes ao dia? Abençoado seja o Senhor todos os dias. Desde o dia em que me dei conta de mim mesmo não fiz dois serviços no mesmo dia. Disse-lhe eu: Sendo assim, quando me fará a chave? Respondeu: Se Deus quiser, amanhã. – Amanhã?, clamei com espanto. Ele sorriu e disse: Acaso você pensa, meu filho, que o amanhã é distante do hoje? O amanhã é próximo e breve, e vale a pena que a pessoa saiba que o que não teve tempo de fazer hoje, fará amanhã.

Capítulo Vinte
Nossos Camaradas da Diáspora

Posto que vim à sede do grupo direi algo sobre ele. A sede do grupo chamado Gordônia é constituída de um único salão. Sobe--se a ele por degraus de madeira, ou seja, por uma espécie de escada. Essa subida não é difícil, uma vez que não são mais do que cinco degraus, mas o degrau superior oscila, e é necessário precaver-se para não tomar um susto, pois o susto é o princípio de todo fracasso. Ao que parece, aqueles degraus não foram feitos para aquela casa, tendo sido trazidos de um outro lugar. E como não possuía suficiente altura, acrescentaram-lhes uma tábua, que é aquele degrau que oscila e não está de todo firme.

O comprimento da sala é superior à sua largura e suas janelas abrem-se aos quatro ventos, mas não deixam entrar a luz, pois as ruínas da casa do proprietário bloqueiam-na. A casa, que nossos camaradas transformaram na sede do grupo, não é uma casa, porém um anexo da casa, construído com o intuito de servir de depósito, pois antes dos tempos da guerra, nossa cidade era um centro comercial para as aldeias dos arredores e os negociantes construíam, para seu uso, depósitos de mercadoria. Quando chegou o inimigo e destruiu a cidade e saqueou os depósitos, a maioria foi transformada em moradias e a sede do grupo era uma delas. E a despeito da casa possuir muitas janelas, parecia-se com um cego que jamais viu a luz.

(E, visto que tomamos o caminho da metáfora, continuemos nele.) A sede do grupo é como um cego cujos olhos morreram, mas os olhos de nossos camaradas refletem a luz da Terra de Israel, aquela que todos os olhos desejam ver.

Há neste país pessoas piedosas que construíram para si casas de estudo e se gabam dizendo que o Messias de Nossa Justiça, ao chegar, virá primeiro para as suas casas de estudo. Os rapazes não se gabam de que o Messias virá primeiro a eles e não o mencionam, mas o cerne de seu pensamento é ascender à Terra de Israel e trabalhar o seu solo. Não sei quem é preferível a quem: se são os pios que desejam incomodar o Messias para que os visite em terras estrangeiras, ou, os rapazes que se esforçam em imigrar para a Terra de Israel e prepará-la para Ele.

Esses rapazes conhecem em geral o que se passa na Terra de Israel com todos os detalhes, mas eles e eu não nos entendemos. Até mesmo nas próprias palavras há divergências. Como por exemplo, quando digo Gordon, refiro-me ao nosso grande poeta Iehuda Leib Gordon, ao passo que eles se referem a Aharon David Gordon[20]. Eu pertenço à geração dos pensadores cujos braços são curtos e cujos pensamentos são longos. Ao passo que eles são gente de ação, que antecipa a ação ao pensamento. O meu Gordon (quer dizer, Iehuda Leib Gordon) era um pensador, e eis que veio o Gordon deles (quer dizer, Aharon David Gordon) e transformou os pensamentos em atos; em outras palavras, este realizou o que aquele escreveu. Aparentemente deveria alegrar-me, porém não estou alegre. Não porque

---

20. Teórico sionista adepto das ideias de Tolstói, que propunha como solução para a decadência dos judeus na diáspora, causada por uma existência divorciada da natureza, o retorno à Terra de Israel e uma vida calcada no trabalho da terra. (N. da E.)

o pensamento é mais importante do que a ação, mas porque... Mas isso pode ser explicado por uma parábola, embora um tanto inadequada. É o caso de um arquiteto que pediu pedras e lhe deram tijolos; é que ele queria edificar um palácio, ao passo que eles tencionavam construir para si uma residência.

Esqueci que estava faminto e sentei-me na sede da associação. Primeiro porque havia prometido aos membros do grupo que os visitaria. E, em segundo lugar: porque lá havia jornais da Terra de Israel.

Li os jornais de fio a pavio. Certas pessoas das quais eu me mantinha à distância durante a minha permanência na Terra de Israel, tornaram-se importantes aos meus olhos, agora que lhes via os nomes nos jornais. Qualquer notícia a respeito de um político que viajou a Haifa ou ao Vale de Jezreel, comovia o meu coração. Pessoas cujo mero cumprimento me enfadava – agora eu sentava e lia-lhes os discursos.

Indubitavelmente, coisas grandiosas são feitas na Terra de Israel, mas, quando abro o jornal, este me informa acerca de coisas que não são tão grandiosas. Como, por exemplo, a respeito daquele homem que viajou a Haifa ou ao vale e outras que tais. Abandono o exemplar que tenho em mãos e pego outro. O que faz o outro exemplar? Informa-me que aquele político voltou de Haifa ou do vale. Não resta dúvida de que isso deve ser escrito, uma vez que escreveram que ele viajou, mas se não tivessem mencionado que ele viajou, não haveria necessidade de citar que ele voltou.

Além dessas notícias, há outras mais relevantes, mas os jornais se acostumaram a omitir de mim as mais relevantes e a apresentar-me as menos relevantes. Quem não separa o joio do trigo nos jornais é informado do que não deseja saber.

Em honra da nova fechadura, reuniu-se a maioria dos membros do grupo. Ao me verem sentado na sua sede, regozijaram-se. Já me haviam convidado muitas vezes a discursar diante deles e eu tenho evitado fazê-lo. Uma pessoa que não tem o que dizer a si mesma, o que dirá ao outros?

Antes de emigrar para a Terra de Israel, eu costumava discursar, depois que emigrei, decretei a mim mesmo não orar em público. Eu me comparava àquele justo que durante toda a sua vida desejava rezar pelo menos uma oração corretamente, quando chegou à Terra de Israel, tornou-se sábio e desejou rezar apenas uma sílaba corretamente.

Disseram-me: Como é possível que uma pessoa que venha da Terra de Israel não saiba discursar? Falei-lhes: Pela mesma razão que as pessoas de Israel discursam; se eu não o faço, isso se deve a um fato que ocorreu lá. Querem ouvir? Contá-lo-ei. No ano em que cheguei à Terra de Israel foi fundada uma aldeia de trabalhadores. Quando lançaram a pedra fundamental, discursou-se a respeito do significado do acontecimento. Trinta e seis oradores ali estiveram e discursaram um após o outro. Talvez cada um deles tenha inovado com algo de sua própria autoria, e se não inovou, repetiu o que foi dito por seu colega. E ao final não logrei lembrar-me de nada, pois cada orador surgia e apagava o que havia sido dito por seu antecessor.

Quando os membros do grupo perceberam que eu não discursaria, pediram-me que lhes contasse sobre a Terra de Israel. Disse-lhes: Ó rapazes, já viram alguma vez um moço que desejasse uma moça e que falasse a respeito dela a qualquer outra pessoa? Se quiserem, contar-lhes-ei sobre o primeiro grupo sionista, criado quando eu e os seus pais éramos jovens.

Elevado e alto era o ideal sionista e distante do universo da ação. A conquista das comunidades, que Nordau exigia nos congressos, não vogava em Szibusz, cujos líderes não manifestavam repúdio ao sionismo. Ao contrário, muitos deles vinham à sede do grupo sionista para ler o jornal e jogar xadrez, como os demais sionistas da cidade. Uma vez por ano traziam um orador. Se os socialistas não vinham perturbar, era bom, mas se eles vinham e perturbavam não era bom. Igualmente promovíamos a "noite do Macabeu", em Hanuká, com discursos e declamações. E certa feita uma jovem recitou "Ainda não se perdeu a esperança"[21] de cor, e os jornais hebraicos noticiaram o fato. Sei que as coisas que narro não interessam a ninguém exceto à pessoa que as narra e que ela as narra mais para si do que para outrem.

Capítulo Um e Vinte
O Que Conta Esta Pessoa

O que conta esta pessoa? Na sede da do grupo sionista não há mudanças e nem transformações. Joga-se xadrez e conversa-se sobre política e cada tema é totalmente esgotado. Mas sucede que os próprios temas são insípidos, sobretudo para alguém como eu, cuja mente está voltada para a Terra de Israel e para quem, qualquer coisa que não diga respeito à Terra de Israel, não merece ser tratada.

Além dos jogadores e dos que conversam sobre política, há os contadores de anedotas. Ao ouvir uma anedota pela primeira vez, você ri, pela segunda sorri, pela terceira dá de ombros e, na quarta, o enfado invade-lhe o coração. Isso eu sei e talvez vocês também saibam, mas aqueles que deveriam sabê-lo, ou seja, os contadores de anedotas, não o sabem. Por isso repetem as suas anedotas pela segunda e pela terceira vez e etc.

Sendo assim, quem o força a ir à sede do grupo, posto que você pode retornar à casa de estudos? Porém, enquanto se estudava a *Torá* por amor dela mesma, ou com vista a alguma finalidade, como por exemplo, a de envaidecer-se e ganhar renome, você entrava na casa de estudos e abria um livro; quando cessaram os estudos por amor à *Torá* ou por qualquer outra finalidade, os livros mudaram e não mais alegram o seu coração. Ou quiçá não se transformaram, mas ocultaram as suas palavras para um futuro que está por vir.

---

21. Trecho do *Hatikvá* (A Esperança), hoje hino nacional do Estado de Israel. (N. da E.)

Além dos livros, você encontra na casa de estudos algumas pessoas desocupadas, sentadas diante de um livro aberto, conversando umas com as outras. A conversa das pessoas é meio caminho para a instrução, porém estas conversam sobre a carne cujo preço subiu e sobre a divergência entre os açougueiros e os magarefes; para mim que sou meio vegetariano, isso não tem sentido. O que haverá de mal se não comerem carne e não degolarem animais? O meu vegetarianismo causou muitos dissabores a meu pai e à minha mãe, mas, cá entre nós, até mesmo este universo não causa satisfação ao seu Criador.

Em suma, aonde quer que você se dirija: ou enfado ou cansaço das coisas. Contra a vontade, você retorna à casa de seu pai. Naquele momento, mamãe está cozinhando batatas para a refeição do dia. É quando você imagina que o mês de Tishrei já tenha passado, que chegaram os dias outonais e as chuvas caem finas, finas, e figuras apagadas de mulheres permanecem curvadas tirando batatas da terra úmida e pegajosa, e um friozinho indolente se acerca do seu coração e você se sente relegado e abandonado. Você entra no outro aposento e encontra as suas irmãs sentadas com as amigas preparando as lições da escola. Sete vezes elas já enfiaram as canetas nos tinteiros e o caderno ainda está em branco. As sete ciências não são escritas apenas molhando-se a pena. É preciso muita fadiga até que se expresse algo por escrito. Elas mordem as canetas com os dentes e espantam as moscas com elas. E posto que a pena absorveu a tinta, mancha os vestidos e os cadernos. Se uma menina suja o vestido, este pode ser lavado, mas se ela suja o caderno, eis uma desgraça, pois a professora qualifica pejorativamente qualquer pingo de tinta supérfluo, chamando-o ofensivamente de *jidek*, ou seja, "judeuzinho". Logo elas choram tanto que sua voz é ouvida de uma ponta a outra da casa e você não pode concentrar o pensamento, nem sequer numa coisa tão insignificante como, por exemplo, a razão pela qual uma mosca veio pousar em seu nariz. Àquela hora, meu irmão menor senta-se ao portal da casa batendo com o martelo. Mamãe o incumbiu de quebrar nozes para fazer um bolo e, quando as nozes acabaram, ele continuou a bater a esmo. E como não vale a pena bater inutilmente, ameaça bater no nariz da nossa irmã menor. E sendo ela crédula, logo se põe a chorar.

De repente, entra uma vizinha que vem pedir emprestada ou devolver uma vasilha. É difícil para essas vizinhas permanecerem em suas casas e, por conseguinte, rondam pelas outras casas.

Nossa mãe não é *habituée* nas casas de suas vizinhas, mas se uma vizinha a visita, recebe-a cordialmente e a faz provar dos seus cozidos, assados e confeitos. Não encaro as vizinhas com maus olhos, porém não aturo os seus exageros. Elogiam cada bocado como se proviesse da mesa do kaiser.

Enquanto está sentada, chega o marido. Ele pode ter vivido sete anos sem a mulher, mas tão logo ela entra em nossa casa, ele vem perguntar por ela. Ao chegar, pega uma cadeira e conta o que já é sabido e o que não importa saber. Àquela hora fico indignado com mamãe por ela prestar atenção a coisas que já escutou cem vezes e mais uma e, não obstante, receber isso de maneira cordial. De passagem, ele pergunta quando papai retornará da loja, como alguém que formula uma pergunta à toa. Na verdade, ele necessita de papai para lhe pedir um pequeno empréstimo ou para endossar uma letra. Sendo assim, por que não foi visitá-lo na loja? Ele tem seu motivo e sua razão, pois, na loja, a pessoa se comporta como um negociante e, provavelmente, papai recusaria, o que não sucederia em casa, onde ele comparece como amigo.

Há pessoas que vêm procurar papai para que ele lhes escreva cartas de recomendação ao nosso parente em Viena. Esse nosso parente é professor na universidade e possui o título de conselheiro da Corte. As pessoas de nossa cidade pensam que ele é o conselheiro do imperador e que este nada faz sem consultá-lo; por conseguinte, Szibusz o considera um ministro do kaiser e incomodam-no por qualquer contratempo. Enquanto seus amigos se ocupavam de futilidades, ele sentava, lia e estudava e se aprofundava, mas desde que ganhou renome no mundo, todos os ignorantes vêm a ele para que lhes faça favores. É praxe os ignorantes odiarem a sabedoria e os seus portadores; mas se alguém estuda e ganha renome, eles vêm perturbá-lo com suas ninharias.

Papai retorna da loja; sua fisionomia está desgostosa e fatigada. Seus navios não naufragaram no mar e suas metrópoles não foram destruídas em terra, mas a preocupação pelo sustento e os dissabores resultantes da criação de filhos, afligem seu coração. Papai havia alimentado muitas esperanças a meu respeito, mas ao final nenhuma delas se realizou, visto que estou prestes a emigrar para a Terra de Israel. O que quer dizer emigrar para a Terra de Israel? Desde que Szibusz foi construída jamais se ouviu que um rapaz emigrasse para a Terra de Israel. E se ele emigrasse, o que faria lá? Papai já falou mil vezes com seu filho e de nada adiantou; agora ele silencia, um silêncio mais penoso do que o falar. Seus olhos, que brilhavam de sabedoria, estão tomados pela tristeza. Essa tristeza entristece mamãe, e eu estou mais triste do que mamãe. Não fica bem a uma pessoa falar de sua tristeza, sobretudo alguém prestes a ascender à Terra de Israel.

Por sua erudição, inteligência e virtudes elevadas, papai poderia ganhar o seu sustento como rabino em qualquer grande cidade, mas, os grandes comerciantes que, na juventude, ele vira quando vinham ao seu mestre para que julgasse as suas causas, fizeram-no cair em erro: visto que eles viviam à larga, como homens ricos, ele desejou ser como eles. E o que ele abandonou, foi abandonado, e o que buscou não lhe foi concedido e ele é um comerciante que espera pelos fregueses. Se os fregueses vêm comprar, é bom, e se não vêm, é mal.

Em suma, papai deveria exercer o rabinato, e o que não realizou esperava que seu filho o fizesse. O Santíssimo, Bendito Seja, ofereceu uma grande dádiva às criaturas: realizar através dos filhos o que elas não lograram levar a bom termo. Mas tal realização não é exequível com todos os filhos. Não preciso ir longe em meu depoimento, eu sou um exemplo disso.

Não sei quem necessita saber dessas coisas, mas já que elas me oprimiam, eu as contei.

Ao sair, fui interpelado por um jovem que me censurou por eu ter-me aproximado de Ierukham Liberto, que é um comunista e hostil a Sião. E aqui devo dizer que a despeito daquele jovem ser sionista, e a despeito de Ierukham não o ser, prefiro Ierukham a ele. Anteriormente, outras pessoas já me haviam sugerido que eu não fazia bem em falar com Ierukham em público, visto que ele é suspeito de comunismo, e eu era um cidadão de outro país, e havia perigo de que me expulsassem da cidade.

Tomei um tempo e refleti: será possível que, nesta cidade, em que nasci, e onde passei a maior parte de minha juventude, um funcionário, que não nasceu aqui e não viveu aqui, mas que vive à custa da cidade, venha e me diga: Vá embora, você é cidadão de outro país e não tem o direito de morar conosco.

Pensei em meus antepassados cujos ossos estão enterrados no cemitério da cidade e em meu avô que, durante quarenta anos menos um, foi um dos dignitários da cidade cujo jugo suportou sem buscar recompensa. E recordei o meu tio, que descanse em paz, o qual dava gratuitamente lenha aos pobres. Pensei em meu pai, de abençoada memória, com quem a cidade se envaidecia, e nos demais parentes que prestaram muitos benefícios à gente da cidade, e agora virão aquelas autoridades, que herdaram todos aqueles benefícios, e me expulsarão da cidade? E o que farei com a chave da antiga casa de estudos que o serralheiro prometeu fazer para mim? Porventura darei a chave a Ierukham Liberto e lhe direi: Sr. Liberto, meu irmão, até agora fui eu quem cuidou da velha casa de estudos, agora cuide dela você?

Capítulo Dois e Vinte
A Segunda Chave

O serralheiro cumpriu a sua promessa e fez a chave para mim. Peguei a chave e disse: Ontem você era um pedaço de ferro, o artífice pôs os olhos em você e fez de você um objeto precioso. Da mesma forma falei a mim mesmo: Ontem você era um pedaço de carne, hoje, abriu-se para você a casa de estudos e você se tornou um homem. Meti a chave no bolso e disse comigo mesmo: De hoje em diante eu cuido de você para que você cuide de mim. A casa de estudos nada se modificara. Até mesmo os livros que estudara antes da perda da chave estavam em seu lugar sobre a mesa. Parecia que aguardavam o meu retorno. E eu não frustrei a sua esperança e não decepcionei a sua expectativa. Tão logo entrei na casa de estudos, sentei-me e estudei.

O que distingue a *Torá* que estudei antes da *Torá* que estudo agora? Queridos irmãos, não há dias melhores para uma pessoa do que aqueles em que ela permanece nas entranhas de sua mãe onde lhe ensinam toda a *Torá*, mas quando ela vem ao mundo, chega um anjo, bate-lhe na boca e a faz esquecer por inteiro. Elevada é a *Torá* que lhe foi ensinada naqueles dias, mas, não obstante, uma pessoa não encontra alegria na *Torá* a não ser que se empenhe nela, a exemplo daquele homem que perdeu a chave e a reencontrou.

Enquanto estou sentado estudando, tudo está bem, mas quando interrompo o meu estudo, nada está bem. E se quiserem, poderão dizer que, mesmo nas horas em que estudo, sinto dores nas mãos e nos pés, e no resto do corpo. Entre uma chave e outra, o Santíssimo esfriou o seu mundo e nos trouxe o inverno.

Encontrei escrito num livro: Não se pode modificar o ar de fora, mas se pode mudar o ar da casa. Essas palavras se referem a assuntos espirituais, eu, porém as interpretei ao pé da letra. Não posso aquecer o ar de fora, mas posso aquecer o ar da casa de estudos.

Fui até o fogão e abri a portinhola. Um vento frio desceu pela chaminé e penetrou na casa. Pensei comigo mesmo: Colocarei nele duas ou três achas de lenha e as acenderei, logo irromperá um fogo e tocará nas asas do vento, e imediatamente o vento há de fugir e não voltará.

Examinei o depósito de lenha e não encontrei sequer um cavaco. Há muitos anos não trazem lenha para a casa de estudos. Lembrei-me que no passado, quando desejávamos acender o fogão e não havia lenha suficiente, pegávamos a estante de leitura de algum proprietário que se omitia de contribuir para a casa de estudos, quebrávamos a estante e a jogávamos no fogão. As poucas estantes que restaram não se ressentiram do meu pensamento. De todo modo eu lhes disse: Não se preocupem, não tocarei em vocês. Ao contrário, sinto-me feliz por sua existência, pois sobre vocês eu estudava, e em vocês escondia os pequenos livros que me desviaram do estudo da *Torá*. Se eu pudesse queimar o espaço vazio dentro de vocês, eu o teria queimado, mas visto que isso não é possível, não tocarei em vocês.

Relatei o meu infortúnio ao dono do hotel. Disse a dona do hotel: Oxalá possamos nos livrar de todos os infortúnios como é possível livrar-se desse. Como? Vai-se a Daniel Bach e encomenda-se lenha.

Quando entrei na casa de Daniel Bach, encontrava-se ali Hanokh, ele, seu cavalo e sua carroça. Disse Daniel Bach a Hanokh: Carregue uma carroça de lenha e leve-a à velha casa de estudos.

Pegou Hanokh uma pilha de lenha, colocou-a em sua carroça, instou o seu cavalo a marchar e também se retirou com ele. Arrastaram-se assim os três, ou seja, Hanokh, sua carroça e seu cavalo, até que chegaram à velha casa de estudos.

A carroça de Hanokh é pequena e seu cavalo é fraco e não estão afeitos senão a levar toda a espécie de armarinhos para a aldeia, e trazer de lá aves e ovos, mas por respeito a Hanokh, chamamos a sua carroça de carroça e ao seu cavalo de cavalo.

Hanokh descarregou a lenha, levou-a para dentro da casa de estudos e quis acender o fogo. Eu lhe disse: Hanokh, até que o fogão se aqueça, o cavalo se resfriará, volte ao trabalho que eu acenderei o fogo. Paguei-lhe pelo seu serviço e o despachei.

Não passou muito tempo até que acendi o fogão. A casa toda se encheu de fumaça; primeiro, porque não estou habituado a essa tarefa e, segundo, porque há vários anos que não se acendia o fogão. Quando meus braços já esmoreciam e eu estava prestes a desesperar, o fogão compadeceu-se deste homem e começou a esquentar, e com ele toda a casa de estudos. Houve grande alegria naquela hora, e não seria exagero dizer que, mesmo as paredes da casa de estudos, transpiravam de júbilo.

Naquele dia prolonguei a minha estada ali, visto que fora fazia frio e na casa de estudos havia calor. Preferi, portanto, permanecer na casa de estudos a arrastar-me lá fora.

Quando a lenha acabou, encomendei outra. Daí em diante, a cada três ou quatro dias, Hanokh há de me trazer uma carroça cheia de lenha. Ele é pequeno, seu cavalo é pequeno e sua carroça é pequena, e estes três pequenos devem prover o sustento de uma casa inteira. Eles percorrem as aldeias próximas à cidade e vendem aos cristãos e as cristãs toda espécie de armarinhos. E eis uma das proezas do Santíssimo, Louvado Seja; Ele fornece o sustento às Suas criaturas, mesmo com instrumentos exíguos.

Hanokh está satisfeito com o seu quinhão e satisfaz o seu cavalo. Antes que ele próprio coma e beba, alimenta o animal. O cavalo não exige leite de pássaros, mas o que ele exige Hanokh lhe dá. Por isso ambos se estimam e ajudam um ao outro. Quando Hanokh está cansado, o cavalo puxa a carroça, e quando o cavalo está cansado, Hanokh puxa a carroça, e quando a carroça está cansada, ambos a puxam.

Perguntei ao Hanokh: Você ganha o bastante para viver? Respondeu Hanokh e disse: Graças a Deus, o Abençoado dá mais do que merecemos. Se merecêssemos mais, Ele daria mais. Disse-lhe: Acaso você não merece mais? Disse-me: A prova é que Ele não dá mais. Falei-lhe: Se seus instrumentos fossem maiores, é possível que Ele lhe desse mais. Disse Hanokh: Ele daria, mas os Seus agentes teriam obstado a sua dádiva. Perguntei-lhe: Você também não esta satisfeito com as pessoas? Respondeu Hanokh: Jamais pensei sobre isso. Disse-lhe: Mas, então, você diz coisas sobre as quais não pensou. Respondeu Hanokh: Não penso sobre as coisas, tudo o que o Abençoado põe em minha boca, meus lábios expressam.

Falei comigo mesmo: Talvez deva contribuir para que Hanokh possa substituir os seus exíguos instrumentos por outros maiores, a fim de que seu sustento não seja tão parco. Apressei-me em introduzir a mão no bolso e tirei uma bolsa de moedas e disse-lhe: Eis aqui, Hanokh, tome a paga do seu trabalho. A princípio eu desejava dar-lhe todo o conteúdo da bolsa, mas quando a tirei, arrependi-me e dei-lhe uma pequena moeda. O Santíssimo, Bendito Seja, desejou dar a Hanokh toda a bolsa, porém o agente d'Ele reteve a Sua doação para si.

O cérebro de Hanokh não dá saltos e ele não concebe o que existe acima do seu solidéu. Não obstante, converso com ele até mesmo sobre coisas elevadas e lhas explico. E se ele não as compreende, explico-lhe por meio de parábolas. E a despeito disso, não consegue entender o que tenho em mente, visto que, para tanto, a pessoa carece de um pouco de imaginação.

Digo a Hanokh: Você sabe o que vem a ser a imaginação? Responde Hanokh: Não sei. Digo a Hanokh: Sente-se que eu lhe explicarei. A imaginação é algo pelo qual tudo o que vem ao mundo subsiste, eu, você, seu cavalo e sua carroça. Como assim? Quando você parte para a aldeia, você imagina que lá o seu ganha-pão está assegurado; sucede o mesmo com o seu cavalo e com a sua carroça. Pois, não fosse pelo poder da imaginação, vocês não teriam partido. Por isso eu digo que sem o poder da imaginação, o mundo não existiria. Bem-aventurado aquele que usa tal poder para sustentar a sua casa, e ai de quem o usa para futilidades, tal como aqueles que compõem dramas e comédias. Certa vez entrei num teatro onde estavam apresentando uma peça. Falei aos meus vizinhos: Já conheço o final da peça desde o princípio. E o dito realizou-se plenamente, pois eu havia imaginado tudo, coisa por coisa. E eu o fiz através do poder da imaginação simples, mas se o fizesse pelo poder da imaginação superior, ter-me-ia enganado, visto que a maior parte das comédias é composta pela imaginação simples, pois seus autores não merecem o dom da imaginação superior.

Percebo, Hanokh, que você não sabe o que são teatros; então, eu lhe direi. O teatro é uma casa à qual comparecem os respeitáveis proprietários de casas. E por que se dirigem eles para lá uma vez que possuem as suas próprias casas? Mas sucede que amiúde a pessoa se aborrece em sua própria casa e se dirige a uma outra.

Aquela outra casa, a casa teatral, é assim: Ali atuam pessoas que jamais tiveram um teto sobre suas cabeças, fingindo conhecer tudo que o há nas casas e mostrando aos proprietários de casas o que há nas casas deles; e os proprietários de casas se alegram, batem palmas e dizem: Bom, bom. E eles certamente deveriam saber que isso não é bom, pois não é verdadeiro. Mas existem duas facções e cada uma delas sustenta que aquilo que é mostrado nos teatros é mais verdadeiro do que a outra sustenta. Porém, há quem não pense assim; essa pessoa está em casa nas duas casas e sabe o que há em ambas.

Deixemos os teatros e as peças e falemos de outras coisas. Certa vez eu comuniquei ao Hanokh o seu ano de nascença. Hanokh admirava-se de que eu o soubesse. Ele não sabia que pelo nome de um bom judeu, sabe-se o ano de seu nascimento. Como? Seu nome é Hanokh em honra àquele justo, Rabi Hanokh de Olesca, pois, se você tivesse nascido um ano antes do falecimento deste ou um ano após, seu pai chamá-lo--ia pelo nome de um outro justo falecido no ano em que você nasceu. Do mesmo modo revelei-lhe o nome de seu cavalo. Esse cavalo que Hanokh mesmo chama de "minha destra" e as crianças chamam de "cavalo do Faraó", não se chama "minha destra" e tampouco "cavalo do Faraó", mas, sim Henokh, visto que Henokh é o nome profano de Hanokh e posto que não é adequado denominar uma besta com um nome sagrado, chamo-o Henokh.

Agora convém examinar o nome de sua carroça. Não se pode chamá-la de carruagem; pois, em primeiro lugar, uma carruagem costuma ser atrelada a muitos cavalos. E, em segundo lugar, por causa do que está escrito no livro do profeta Ageu: "E derrubarei os carros e os que os dirigem". Você, humilde Hanokh, você merece ser um pastor de rebanho. O pastor caminha com seu rebanho ou senta-se diante de suas ovelhas e recita os salmos como o rei David, que descanse em paz, e toda a Terra de Israel abre-se diante de você, a Leste, a Oeste, ao Norte e ao Sul. Se desejar, você se senta à beira de um ribeiro e recita: "Sobre relvados me apascentará e para águas tranquilas me levará"; se você quiser, sobe às montanhas e recita: "Aquele que faz brotar o pasto sobre as montanhas e dá à besta o seu alimento". Acaso você teme os bandos de ladrões? Não tema. Certa vez um menino subiu aos altos dos montes de Efraim para apascentar o seu cordeiro. Chegou um árabe, roubou-lhe o cordeiro e o degolou. O menino pôs-se a chorar. Veio um pastor e argumentou com o árabe segundo as leis de julgamento da *Torá* citadas na perícope semanal *Mischpatim*, nos capítulos 21-24 do Êxodo. O árabe foi e levou ao pai do menino quatro cabeças de gado em substituição ao cordeiro. Perguntou o pai do menino ao árabe: O que vem a ser isso? Disse-lhe o árabe: Roubei o cordeiro de seu filho e o degolei, e eis que veio um pastor, um de vocês, dos filhos de Moisés, e ordenou-me que pagasse por ele com quatro. Quando o fato foi divulgado na aldeia, todos os israelitas da aldeia galgaram o cimo do monte, aproximaram-se do pastor e lhe disseram: Nosso amo, filho de nosso mestre, Moisés, todo dia somos roubados, todo dia somos degolados e todo dia somos mortos, vem e apascenta o rebanho da matança. Disse-lhes: Esperem um instante até que passe o furor. Esperem um pouco até que passe a fúria do Santíssimo, Bendito Seja, para conosco e Ele nós dará permissão de retornar à Terra de Israel e confiem na misericórdia do Abençoado, que Ele vos protegerá como um pastor a seu rebanho.

Desde que conheço Hanokh, jamais o vi tão contente como naquele instante em que escutava a história do pastor. E a fim de reforçar a sua alegria contei-lhe ainda sobre as montanhas da Terra de Israel que, na hora do crepúsculo, cercam-se de ouro, e sobre as planícies e os vales, que se colorem de azul; e sobre o sol que encobre a pessoa como um manto de orações; e sobre as chuvas da Terra de Israel, as quais, quando os filhos de Israel cumprem os Seus desejos, o Senhor faz cair em pingos tão grandes que cada qual pode encher uma piscina de banho ritual. E se cai um pouco de neve, logo o Santíssimo, Bendito Seja, faz surgir o sol que a derrete. Pois a Terra de Israel não é como as das outras nações, em que a neve cai incessantemente e o sol se omite e não aparece, e onde um homem pode ficar coberto de neve e sumir e sua esposa e filhos podem clamar por ele e não haverá resposta. E onde está o sol? Acaso não se compadece ele do israelita? Mas é que naqueles dias o sol está ocupado em amadurecer as laranjas da Terra de Israel e não pode visitar a Diáspora.

Não há pessoa melhor para uma prosa do que Hanokh. Mas é preciso tomar cuidado, porque a pessoa pode ser levada à soberbia, pois ele imagina que, você, por ser um sabe-tudo, é um profeta.

E com respeito a isso eu o repreendi e lhe expliquei que o profeta não conhece nada por si mesmo, visto que é tão-somente o mensageiro do Lugar e que ele nada acrescenta e nada subtrai da Sua mensagem e que, desde o dia em que a visão foi vedada, acabou-se a profecia. E voltei ao princípio do assunto e expliquei-lhe a diferença entre imaginação e realidade. Realidade é reboliço sem casamento e imaginação é casamento sem reboliço.

Depois de lhe ter explicado tudo isso, despedi-me dele. Em primeiro lugar, a fim de não fatigá-lo com palavras e, em segundo, porque seu cavalo já estava farto de permanecer desocupado. E quando saiu disse-lhe que trouxesse lenha para o aquecimento, uma vez que, em consequência da multiplicação de nossos pecados, fomos exilados de nossa Terra e não podemos suportar o frio.

Capítulo Três e Vinte
Os Frequentadores da Casa de Estudos

Cumpre lembrar o mérito de Hanokh, pois leva a cabo o seu serviço corretamente. A cada três ou quatro dias vem e me traz uma carroça cheia de lenha cortada. E eu a coloco atrás do fogão e a arrumo convenientemente. Toda a glória do fogão reside na lenha e eu me curvo diante do fogão e acendo o seu fogo.

O fogo inflama-se no fogão, a lenha crepita e a resina respinga da lenha e ferve no fogo. Amiúde aparece na lenha algum verme que é queimado junto com ela. Digo ao verme: Acaso no fogão do padre estaria você melhor do que aqui? E ele se contorce e não me responde. E visto que não me responde, evito conversar com ele, não porque o despreze, mas porque um verme que se contorce por estar sendo queimado na casa de estudos, não merece que se converse com ele.

Quem revelou às pessoas o segredo de que acendiam fogo na velha casa de estudos? O emplumado pássaro do céu espalhou o boato. Há muitos dias que ninguém observa a casa de estudos, e eis que veio o pássaro do céu, pousou sobre o telhado e encontrou a chaminé aquecida. Chamou a mulher e os filhos e filhas; todos vieram e cercaram a chaminé. Viram isso os seus vizinhos e se juntaram a eles. Não passou muito tempo até que a chaminé estivesse toda rodeada de pássaros.

Uma mulher ergueu os olhos e disse à amiga: Querida, por que os pássaros se reuniram ali? Veja a fumaça que está saindo da casa de estudos. Respondeu-lhe sua amiga: Ouvi dizer que aquele hierosolomita está acendendo o fogão e os pássaros vêm se aquecer junto à chaminé. Disse a amiga: Minha amiga, irei avisar ao meu marido. Redarguiu-lhe a companheira: Vá avisar ao seu marido, pois que não tenho a quem avisar, visto que meu marido morreu na guerra. Ela foi e avisou ao marido. Ele entrou na casa de estudos e encontrou-a aquecida e o fogão aceso. Estendeu a mão e disse: Como isso reanima a alma! E quando as suas mãos, os seus pés e o resto do seu corpo se aqueceram, apanhou um livro, sentou-se e leu, até que seus olhos foram tomados pelo sono e ele adormeceu. Finalmente acordou e disse: Um paraíso, um paraíso! Parece-me que, em sonho, lhe foi mostrado decerto o paraíso aberto, onde os justos estavam sentados a estudar a Lei, e cuja imagem se assemelhava à nossa casa de estudos.

Falei comigo mesmo: O que faltava a este homem? Um pouco de calor, um pouco de *Torá*, um pouco de casa de estudos, um pouco de sono agradável. Não sou um daqueles que argumentam com seu Criador, mas naquela hora falei ao Senhor do Universo: És Tu quem criaste o mundo inteiro e todo ele está em Tuas mãos, acaso é difícil para Ti dar um pouco de prazer aos cansados de provações, Teus filhos, que Te amam?

No dia seguinte o mesmo homem retornou. E quando chegou não correu para junto do fogão a fim de aquecer-se, mas antes pegou um livro. Os filhos de Israel não são ingratos; se o Santíssimo, Bendito Seja, supre por pouco que seja suas necessidades, logo eles suprem, por assim dizer, as necessidades d'Ele. E, ademais, dão precedência aos desejos d'Ele, de preferência às suas próprias necessidades.

Passada uma hora, entrou outro homem. Este procedeu como aquele. Levantei-me e acrescentei lenha ao fogão e disse à lenha: Lenha, cumpra a sua missão e não a negligencie, pois seus atos resultam em prazer para as criaturas.

Ambos os homens sentam-se próximos um ao outro, diante de seus livros. Por sua alegria, nota-se que estão estudando alguma *halakhá*. Desde o dia em que o Templo foi destruído, o Santíssimo, Bendito Seja, não possui de seu, no mundo, senão os quatro côvados da *Halakhá*. Bem-aventurados são vocês, os estudiosos da Lei, pois ampliam o mundo do Santíssimo, Bendito Seja, com seu estudo.

O fogo crepita no fogão e os lábios dos estudiosos sussurram. A grande montanha diante da casa de estudos lança e alonga as suas sombras, que encobrem a luz do dia. As janelas da casa de estudos escurecem paulatinamente e uma espécie de cortina estende-se sobre elas. Levantaram-se então ambos os meus hóspedes, dirigiram-se à pia, lavaram as mãos e rezaram a prece vespertina. Eu me levantei e acendi uma lâmpada. Respondeu um deles e disse: Luz. Acrescentou seu amigo: Luz para os judeus.

Pouco a pouco o pavio consumiu o querosene e o fogo consumiu o pavio. Meus hóspedes fecharam seus livros e ergueram-se.

Abraçaram o fogão e beijaram a *mezuzá* e saíram relaxados da casa de estudos. Eu tranquei a porta e regressei ao hotel.

No caminho falei para mim mesmo: Se há calor para o corpo, por que haveria escuridão para os olhos? No dia seguinte, quando Hanokh trouxe a lenha para o fogão, disse-lhe: Tome o dinheiro e traga querosene e velas; encheremos as lamparinas de querosene e acenderemos duas ou três velas. Acaso não foi dito: "Onde há *Torá*, há luz"?

Hanokh retornou trazendo um recipiente com querosene e uma libra de velas. Disse eu ao Hanokh: Onde está a sua sabedoria Hanokh? Você trouxe velas finas. Aos gentios que não precisam estudar a *Torá*, basta uma pequena vela, porém os judeus que estudam a *Torá*, eles precisam de velas grandes. Se eu estivesse presente à hora da criação do mundo, teria pedido ao Santíssimo, Bendito Seja, que fixasse o sol, a lua e as estrelas na casa de estudos. Abasteci as lâmpadas de querosene e coloquei duas velas no candelabro sobre o púlpito, e pensei muitos pensamentos, sobre o sol no firmamento e o fogão da nossa antiga casa de estudos; sobre as velas e as estrelas, e disse ao Hanokh: Tudo o que o Santíssimo, Bendito Seja, fez em seu mundo, Ele o fez bem feito e, tendo concluído a Sua tarefa, deu aos filhos de Adão a sabedoria de fazer para si uma espécie de molde do mundo das Alturas. Criou o sol para nos aquecer nos dias de calor e deu aos homens a sabedoria de fazer para si um fogão para se aquecerem nos dias de frio. Fixou a lua e as estrelas para iluminarem a noite; deu aos homens a sabedoria de fazerem para si velas e lâmpadas para iluminar suas casas.

Hanokh fez-se todo ouvidos e desejava ouvir mais, eu também desejava acrescentar louvores ao Lugar, mas naquele instante entrou um homem e me interrompeu.

Interrompamos o louvor ao Lugar e observemos os atos de Suas criaturas. O homem que entrou, chamado Levi, não pegou um livro como Simeão e Rúben e não alargou o mundo do Santíssimo, Bendito Seja, mas abraçou o fogão e suspirou do fundo do seu coração. E talvez dissesse: Esta casa está aquecida e iluminada, e a minha própria casa, onde tenho uma mulher enferma e filhos enfermos, está fria e escura.

No dia seguinte vieram Judá, Issacar e Zabulon. Judá e Issacar pegaram livros e estudaram. E Zabulon ficou parado junto ao fogão, não pegou livro nenhum e não alargou os quatro côvados do Santíssimo, Bendito Seja. Mas notava-se que sentia prazer pelo estudo de seus irmãos.

Agora observemos os atos de Dan. Como se já não bastasse haver entrado na casa de estudos com seus utensílios, como um ignorante, utilizou-se dos objetos da casa, como um simplório. Tendo aquecido os ossos, encheu os utensílios de brasas, a fim de levá-las à sua mulher cujos dedos se enregelaram no mercado.

Não se passaram muitos dias até que vieram todos os filhos de Jacó: José, Benjamim, Naftali, Gad e Aser, judeus de nossa cidade que eu decidi chamar por belos nomes em virtude de seus belos atos, se bem que seus nomes fossem feios, como por exemplo: Schimke, Ioschke, Veptschi, Godschik e outros similares.

Queridos irmãos, se é de fato uma boa notícia, anuncio que realizamos diariamente uma oração pública. E se existe lugar onde um israelita encontra satisfação em permanecer, saiba você que outros israelitas o seguirão. E quando há dez homens – realiza-se um culto público e há quem ocupe o púlpito. Eu não costumo ocupar o púlpito; em primeiro lugar porque adotei alguns hábitos da Terra de Israel quanto à versão das preces, que não são adotados aqui, e temo errar as palavras; e em segundo, porque a maioria dos que oram está de luto, que o Misericordioso nos guarde.

Dediquemos um tempo para louvar as orações dos israelitas. Durante o dia, eles se sentam juntos e estudam a Lei. E, ao chegar a hora da prece vespertina, deixam os livros, lavam as mãos e proferem a oração do incenso, acendem uma vela sobre o púlpito e recitam o Bem-Aventurado, o Kadisch e as Dezoito Bênçãos e outras. Até agora, o Santíssimo, Bendito Seja, conversou com eles através de Sua Lei e agora eles conversam com Ele através de suas preces.

Às vezes vem algum judeu do mercado, aquece as mãos, curva-se e recita o Bem-Aventurado. Sua voz é débil. Para uma boca que durante o dia inteiro falou a língua dos gentios, é difícil emitir uma palavra judaica, a qual por isso resulta mutilada. E ademais, ele sente o coração como que mordido por um lagarto; visto que permaneceu o dia todo no mercado e não ganhou sequer o suficiente para as despesas e, chegada a hora da oração vespertina, ele largou o seu comércio; mas, talvez precisamente no momento em que esteja na casa de estudos, apareceria algum gentio e o faria ganhar algum tostão, ele, porém, pôs de lado todos os seus negócios e veio orar.

Após a reza ninguém abandona a casa de estudos a não ser que estude antes um capítulo da *Mischná* ou da *Fonte de Jacó* ou do *Schulkhan Arukh*. E aquele que não se sente à vontade na *Halakhá* ou na *Agadá* lê uma seção do *Pentateuco* ou recita salmos. Amiúde alguém se levanta e faz um comentário à Lei ou explica o sentido preciso de um versículo do *Pentateuco*. Cá entre nós, suas observações não rompem telhados. Mas são um indício de que, embora a *Torá* se haja afastado daqui, o seu aroma ainda é perceptível. Algumas vezes conversam também sobre assuntos quotidianos. A despeito do que foi dito: Em sinagogas e casas de estudos não se proseia sobre frivolidades, o povo já se habituou a não observá-lo, sobretudo nestes tempos em que o coração do homem está deprimido e ele deseja distraí-lo com uma prosa.

Outrora eu supunha que da conversa de uma pessoa pode-se descobrir as vicissitudes de sua vida. Desde que notei que pessoas que estiveram na guerra e foram feridas, contam as aflições dos *pogroms*, e que a pessoas atingidas nos *pogroms* contam as aflições da guerra, soube que as vicissitudes da vida de uma pessoa são uma coisa à parte e sua conversa é outra coisa à parte. Certa vez eu disse a um homem ferido na guerra e atingido pelos *pogroms*: O que é isso? Jamais o ouvi recordando a guerra ou os *pogroms*? Respondeu-me ele: Um homem recorda sua aflição depois de ter escapado dela, mas eu ainda estou nela. E se quiser eu lhe direi: os sofrimentos resultantes do ganha-pão são piores que os sofrimentos da guerra e os dos *pogroms*. E, quando encontro uma libra de farinha para levar à minha mulher, eis uma vitória superior a todas as vitórias do kaiser. A despeito de não recordar os *pogroms* e a guerra, recordam episódios que lhes ocorreram naqueles tempos, como por exemplo, o do homem que conseguiu tirar uma soneca no meio de uma batalha, ou o do homem que conseguiu trazer uma vasilha de leite para uma criança cuja mãe fora atingida por uma bala quando a estava amamentando.

Enquanto estávamos a conversar na casa de estudos entrou um homem e encheu as suas vasilhas de brasas. Antes que ele saísse, entrou um outro e encheu as suas vasilhas de brasas. Revoltaram-se os homens da casa de estudos e disseram: No *Schulkhan Arukh* está explicitamente escrito que é proibido satisfazer necessidades profanas com provisões de uso sacro. Aconselharam-me a colocar um cadeado no fogão, caso contrário não restaria nenhuma brasa acesa na casa de estudos, pois todos os vendedores e vendedoras que permanecem no mercado ficam enregelados de frio e desejam se aquecer, e se eu não o trancar, é como se os convidasse a vir e pegar.

Eu lhes disse: É fácil fazer uma fechadura, mas temo perder a chave, assim como perdi a chave da casa de estudos, e ficar congelado pelo frio. E mesmo que mande fazer outra chave, até que venha o serralheiro os dias de frio terão passado e ninguém necessitará das minhas brasas e terei sido malvado em vão.

Quando aumentou o número de pessoas que vinham recolher brasas, ordenei a Hanokh que trouxesse lenha todos os dias. Quando escasseiam as brasas no fogão acrescento-lhes lenha. Já não tenho mais tempo vago para prestar atenção ao verme que se queima no fogão, pois estou ocupado em aquecer a gente de Szibusz.

Desde o dia em que tomei consciência de mim mesmo, detesto formas compostas de diversas partes que não se coadunam, sobretudo uma imagem cujas partes existem na realidade, ao passo que sua composição e montagem não existem na realidade, mas apenas na imaginação do pintor, e mormente coisas que são apenas transferência da figura concreta para a figura abstrata. Ou seja, que a pessoa que as imaginou compare as coisas do espírito às coisas do corpo, do mesmo modo que alguns comentadores explicaram o versículo: "Para que não vos corrompais e vos façais alguma imagem esculpida na forma de qualquer figura". Por conseguinte, estranhei a mim mesmo quando comecei a falar por analogias e a dizer: Há algo de simbólico quando um homem da Terra de Israel vem até aqui a fim de proporcionar calor aos filhos da Diáspora.

Além de Rúben, Simeão, Levi, Judá e outros, que permanecem a maior parte dos dias na casa de estudos, você pode encontrar ali também o Ignatz. Ignatz não vem a fim de aquecer-se e, tampouco é preciso dizer, para estudar e orar. Duvido que ele saiba recitar o Ouve Israel. Ignatz foi uma criança enjeitada durante a infância e não frequentou o *heder* e quando cresceu perambulou pelas ruas até que adveio a guerra e fez dele um soldado. E ao retornar da guerra, tornou-se um mendigo e um pedinte. E se vem à casa de estudos, ele o faz para pedir de mim uma esmola, pois, desde o dia em que aquecemos a casa de estudos, permaneço mais sentado aqui e saio pouco, e por isso ele veio até aqui, para que eu saldasse a minha dívida.

Em minha honra, Ignatz aprimorou a sua linguagem e expressa as suas necessidades em língua sagrada; fala com voz fanhosa e diz: *Maot*[22]. E ao estender a mão, não me lança à vista o seu rosto. Talvez saiba que eu lhas dou, mesmo se ele não me mostra o seu aleijão.

Desde o dia em que aconteceu aquele episódio em que Dolik lhe estendeu um copo de aguardente a fim de que bebesse com o buraco existente em sua face em lugar do nariz, e eu repreendi a Dolik, perguntando-lhe como era possível que um homem nascido de uma mulher israelita fosse tão cruel, a estima por

---

22. Em hebraico: dinheiro, moedas, esmola. (N. da E.)

mim invadiu o coração de Ignatz e eu o ouvi dizer que se não necessitasse, não aceitaria dinheiro de mim. Além disso, Ignatz afirmou que se não aceitasse, eu o teria forçado a aceitar, pois sou misericordioso, meu coração é bom, e não posso assistir ao sofrimento de meu semelhante, e que eu dou por minha própria vontade, mesmo que não me peçam.

Ignatz é um homem franzino e aprumado, seu rosto é liso, sem qualquer saliência além do bigode sob a cavidade de seu nariz que irrompe e ascende e se transforma numa espécie de cântaro. Sobre seu peito pendem medalhas de honra, algumas obtidas por ele próprio, em virtude de seus atos, outras tiradas por ele de seus companheiros tombados na guerra, para enfeitar-se com elas. Antes da guerra cuidava de cavalos ou atraía passageiros de uma carroça à outra e às vezes se fazia de alcoviteiro, se bem que não houvesse grande necessidade de seus préstimos, porquanto havia outros alcoviteiros que se postavam à entrada dos hotéis a fim de prestar ajuda aos pecadores que preferiam o corpo à alma. A gente de Szibusz divergia a respeito dele; alguns afirmavam que sua mãe era israelita e o pai gentio. Houve um episódio, ocorrido há mais de quarenta anos, numa aldeia próxima à nossa cidade, onde não havia quórum para a realização das preces e os judeus da aldeia costumavam rezar na cidade nos "Dias Temíveis". Na véspera de um Dia da Expiação, o taverneiro e sua mulher foram à cidade deixando uma jovem parenta sozinha em casa, pois estava adoentada. À noite vieram bandidos, saquearam a taverna e a queimaram. Um deles encontrou a pequena jovem escondida no jardim, violentou-a e assim nasceu o Ignatz. Outros dizem que seu pai e sua mãe eram israelitas, mas que o pai era um biltre que cobiçava outra mulher, e que, abandonando a esposa que estava grávida, fugiu. Quando Ignatz nasceu, a mãe teve dificuldades para sustentá-lo; assim ela o abandonou na Grande Sinagoga, sobre o monte de folhas rotas de livros sagrados no pátio. Um carroceiro sem filhos o viu, recolheu-o e o levou para a sua casa e cuidou dele até o advento da guerra, quando Ignatz se alistou. Um estilhaço o atingiu e destroçou-lhe o nariz. Quando a guerra acabou, ele voltou a Szibusz e seu aleijão o auxiliava a ser aí o principal pedinte. A despeito de haver em nossa cidade diversos mendigos aleijados, nenhum deles ganha tão bem como Ignatz. No aleijão de Ignatz há algo que não existe nos outros aleijados, como por exemplo os que não têm mãos; enquanto você pondera de que modo aquele pobre homem há de pegar o seu tostão, pois não possui mãos, você se esquece de dá-lo a ele. Sucede o mesmo com os que têm as pernas amputadas; enquanto você introduz a mão no bolso, você caminha e passa por ele, e por ele não ter pernas para o perseguir, você se esquece dele. Coisa que não sucede com Ignatz que estende a mão, corre atrás de você e o mira com os três buracos de sua face e clama: *Pieniadze;* logo você lhe atira um tostão contando que ele não o mire, sobretudo quando ele diz: *Maot*, posto que a palavra sai de sua boca como algo abjeto e ecoa na cavidade de seu nariz decepado.

Fiz bem em defender diante de Dolik a causa de um pobre. Mas as palavras que lhe dirigi a respeito de como é possível que um homem nascido de uma mulher israelita seja tão cruel com esse miserável, não me favoreceram e quando cheguei aos fatos, percebi que eu era tão cruel como aquele. No primeiro dia em que Ignatz veio cobrar a esmola de mim, disse-lhe que entrasse na casa de estudos e se aquecesse. Obedeceu-me e entrou. Quando me preparei para sair, não encontrei o meu capote. No dia seguinte encontrei Ignatz envergando o meu capote. Fi-lo despir o meu capote. Ele fixou em mim os seus olhos e o buraco situado no lugar do nariz e disse-me: Como é possível que um homem nascido de uma mulher israelita seja tão cruel com seu irmão e lhe tire o capote num dia tão frio? Ele me pagou com a mesma moeda que eu dera a Dolik.

Capítulo Quatro e Vinte
As Três Concepções

Voltemos ao nosso assunto. Todo dia realizamos em nossa antiga casa de estudos três cultos e aos Sábados, quatro. O que contar inicialmente e o que contar por último? O senso comum sugere que se deva começar pelos dias da criação, pois eles sustentam o corpo, e a alta sabedoria sugere que se deva iniciar pelo Schabat que sustenta a alma, mas, uma vez que os dias de trabalho foram os primeiros na ordem da criação, iniciemos por estes.

Em suma, todo dia realizamos três cultos públicos e, nas segundas e quintas, tiramos o Livro e lemos a *Torá*. O oficiante caminha do púlpito para a Arca, retira o Livro e com ele sobe ao estrado, coloca-o sobre a mesa de leitura e inicia a recitar: "Que Seu Reinado nos seja revelado e visto por nós em breve e que Ele julgue a nossa remanescência e a remanescência de nosso povo, a Casa de Israel, com graça, piedade, misericórdia e boa vontade" e a seguir lê a *Torá*. E antes de devolver o Livro à Arca, recita: "Que Tua benevolência restabeleça a casa de nossa vida [...] mantenha em nosso convívio os sábios de Israel [...] faça com que nos seja dado presenciar e anunciar boas novas, de salvamento e de conforto; reúna os nossos dispersos dos quatro confins da terra [...] e implore por nossos irmãos caídos na desgraça e no cativeiro, que estão suspensos entre o mar e a terra, que o Lugar se compadeça deles e os conduza do infortúnio para a bonança, da escuridão para a luz e da escravidão para a Redenção".

Chegaram cartas de nossos irmãos, que deixaram Szibusz, nas quais cada palavra está imersa em lágrimas e cada letra grita "ai"! Após terem saído de Szibusz, vagaram alguns dias pelos caminhos e arrastaram-se por diversos lugares, até que seu dinheiro acabou e foram obrigados a recorrer à dádiva daqueles que são de carne e osso, sendo que a doação dos que são de carne e osso é pequena, mas a humilhação resultante é grande. Ao final embarcaram num navio e viajaram no mar, e estiveram a ponto de naufragar, pois aquele navio estava avariado e era impróprio para se viajar. E há uma versão de que o proprietário do navio tentou afundá-lo a fim de receber o prêmio do seguro e obter um novo barco. (Ouvi dizer que se escreveu sobre esse navio, mas não se escreveu que estava lotado de filhos de Israel.) Tendo escapado ao mar, refugiaram-se no continente, mas eis que o continente os rechaçou. Toda localidade a que chegavam, rejeitava-os logo à entrada. E quando judeus ilustres defendiam a sua causa e imploravam por eles perante os senhores da cidade, estes o toleravam por um dia ou dois e, ao final, os conduziam a outra cidade, e o mesmo lhes sucedia nas demais cidades. Todos os países tornaram-se para eles um inferno. Mas no inferno os condenados são castigados nos dias profanos e aos Sábados repousam, ao passo que eles jamais encontravam repouso. Quando se oferece esmola pelos pecadores que se encontram no inferno, são eles de lá retirados, ao passo que a estes se lhes tira a alma e se os lança mais profundamente no inferno. Atrozes foram os padecimentos da guerra, mas na guerra havia inimigos e amigos, e agora todo o universo transformou-se para eles num inimigo. Durante a guerra o kaiser supria as nossas necessidades, e agora os reis nos deixam famintos.

Freida, a Imperatriz, veio a mim trazendo uma carta de seu filho, dirigida a ela. Todos aqueles que até então lhe haviam lido a carta eram pessoas empedernidas, que quando a leram, o fizeram com rancor e como que lhe espetando a carne com agulhas de fogo. Mas eu, diz Freida, meu coração é bondoso e minha voz branda; ela ainda se lembra como eu a chamava de "Feidi", e eu não serei cruel para com ela e lerei a carta de seu filho com paciência, ao contrário daqueles que a leram para enfurecê-la.

Não recordo todos os dizeres da missiva, exceto algumas linhas. E ei-las: "Mesmo que me mate não lhe darei boas notícias, pois Deus e os homens roubaram a minha paz e me fizeram esquecer que sou um homem. Ó, é verdade que sou um homem, mas não há na terra um ser humano sequer que se apiede de mim; um cão tem melhor sorte do que eu, pois as pessoas se apiedam dos cães e a mim enxotam miseravelmente de onde quer que me ache. Eis que cheguei a uma cidade e falei: Aqui habitarei, comerei pão, fruto de meu trabalho, seja ele parco ou abundante, e mandarei também a você, mãe que não tem filho nem consorte. E eles vieram, expulsaram-me e disseram: Saia! Fui-me a outra cidade e tampouco lá encontrei sossego. Tão logo tentei pôr o meu pé sobre o seu solo, eles abriram a boca e espojaram a minha honra no chão e disseram: Recolha os seus pés e se vá daqui. É assim que se faz com um homem que deseja comer um pedaço de pão? Um homem que desde o ventre materno, seu Criador fez dele alvo de riso e escárnio todos os dias e, no entanto, ele não pecou contra o seu Deus, a não ser no servi-lo. O que se assemelha a mim, o que se compara a mim, mãe abandonada? Pois me tornei como o lodo da ruas, que todo transeunte sacudirá de seus sapatos. Ainda que o sol sobre mim brilhe e as estrelas da noite rutilem, ai de mim, pois a estrela da minha sorte se apagou e nas asas do sol não há remédio para um homem perdido e infeliz. Ai de mim, minha mãe que me gerou, sou uma presa para bestas humanas.

Deixemos os nossos irmãos sofridos e esperemos que Deus se compadeça deles e os conduza do infortúnio à bonança, da escuridão à luz e que nos seja dado anunciar boas novas, pois quanto maior a desgraça, maior a esperança. E agora cantemos louvor ao Schabat que nos foi outorgado.

Não sou daqueles para quem todos os dias são Sábado, mas afirmo que desde o dia em que o mundo foi criado até o presente, não houve sequer um dia de repouso. Após a escravidão do Egito, servimos ao bezerro de ouro e nos tornamos servos de todos os reis do Oriente e do Ocidente e agora estamos fartos de servidão, e que mal há se buscamos um dia que seja todo ele Sábado e repouso?

Aquele primeiro Sábado passado em nossa casa de estudos foi assim: Minha hospedeira contribuiu com duas toalhas de mesa e uma terceira foi comprada por mim para a mesa sobre a qual estudo. Estendi as toalhas sobre as três mesas e acendi ambas as lamparinas, bem como as velas, e todos os frequentadores da casa de estudos vieram orar. Cá entre nós, todos vieram com roupas quotidianas, pois não possuem trajes sabáticos. Mas percebia-se neles uma transformação. Aquela transformação que ocorre na véspera do Schabat ao escurecer, pois o homem foi criado na véspera do Sábado a fim de que entrasse nele purificado e, se não tivesse pecado, todos os seus dias seriam Sábados; e, ao aproximar-se do Schabat a alma recorda-se daquele primeiro Sábado no Jardim do Éden, e muda para o melhor.

Um de nossos camaradas, Schlomo Schamir, recebeu o Sábado com o canto e a melodia tradicionais entre nós. E ao recitar "Aquele que estende a tenda da paz sobre nós", era como se o próprio Santíssimo, Bendito Seja, em pessoa, estivesse estendendo sobre nós a tenda de Sua paz. A paz ainda se encontrava na tenda, que é uma moradia temporária, mas quando ele recitou: "E os filhos de Israel observaram o Schabat", foi como se tivéssemos entrado numa morada permanente, na qual a paz permanece e perdura. E não estarei exagerando se disser que podíamos enxergar com nossos próprios olhos como o Santíssimo, Bendito Seja, firma a sua aliança de paz com o povo de Israel para todo o sempre.

Aquele Schlomo Schamir que cantava diante do púlpito era tapeceiro por ofício e sabia ler a *Torá* e dirigir as orações. Como recompensa por suas orações, recebeu uma medalha da bravura. Como? Certa vez os soldados judeus formaram um *minian*, um quórum para os "Dias Temíveis", e Schlomo dirigiu as rezas. Aconteceu então que o comandante do regimento passou por ali e ouviu a sua prece. Disse ele aos seus acompanhantes: O cabo Schamir é um bravo homem – e ordenou que lhe outorgassem uma medalha de bravura.

Após a oração, os presentes auguraram uns aos outros um pacífico e abençoado Sábado e dirigiram-se às suas casas, tranquilamente. Eu também me encaminhei à minha casa, ou seja, ao meu hotel, pois sou um estranho na terra e minha casa situa--se à distância de algumas centenas de léguas deste lugar e não passo de um hóspede por uma noite.

Já relatei no início deste livro, sobre a mesa de todos os dias. Se o fiz com respeito à mesa de todos os dias, tanto mais devo fazê-lo em se tratando da mesa do Schabat.

Nas noites de Sábado, sentamo-nos, os três juntos, o dono do hotel, sua mulher e eu, pois seus filhos e filhas comparecem à refeição quando lhes apraz, e não lhes apraz comparecer precisamente na hora em que o pai profere a bênção sobre o vinho e entoa os cânticos. E quando há um hóspede que observa o Sábado, janta conosco e juntos pronunciamos a Birkat ha--Mazon, e se este não observa o Sábado, Krolka lhe prepara uma mesa à parte. Nos dias profanos o hoteleiro está às ordens de qualquer pessoa, mas, no Sábado, ele é seu próprio senhor. Durante os dias profanos, quando os alimentos de cada um são medidos, a pessoa luta por sua subsistência e se submete àqueles que lha proporcionam, mas no Schabat, quando o Santíssimo, Bendito Seja, cobre as despesas do Sábado, o homem está livre do jugo da subsistência e da servidão aos outros homens.

O hoteleiro não costuma ir à sinagoga nas vésperas do Schabat, pois a caminhada lhe é penosa por causa da gota, e sua sinagoga dista bastante de sua casa e, de outro lado, ele não frequenta outra, pois não quer mudar de sinagoga. Ele recepciona o Sábado em sua casa e aguarda por mim para dar início à refeição.

Quando chego, ele coloca diante de si o seu pequeno livro de orações e abençoa o vinho, com o copo na mão e o livro aberto. A idade do hoteleiro remonta a mais de cinquenta anos e é provável que há mais de trinta ele abençoe o vinho nas noites do Sábado; no ano todo há cinquenta Sábados, assim, calcule você quantas vezes já fez a bênção e, não obstante, ele ainda segura o livro de preces no momento de proferi-la. Em primeiro lugar, porque seu coração está perturbado e ele teme errar e, em segundo lugar, porque lhe sucedeu um milagre em virtude de seu livro e ele foi salvo da morte. Aconteceu que ele recebeu uma bala durante a guerra; a bala atingiu o seu livro de orações, que estava sobre seu peito, e perfurou as páginas até a página da bênção do vinho nas noites de Sábado.

Após partir o pão, ele recita "Todo Aquele que Santifica". Sua voz é abafada e grossa; não é uma voz, mas um sussurro que escapa de uma pilha de lenha úmida. Mas o entusiasmo reprimido em seu coração forma um canto, uma espécie de melodia interrompida antes de ser cantada. Sua fisionomia é melancólica e seus ombros estremecem, e amiúde sua mão apalpa a mesa por baixo como alguém que busca um ponto de apoio. Ao mesmo tempo sua mulher está sentada à sua frente, as mãos pousadas sobre o colo; ela o observa, às vezes com afeição, outras com preocupação. E quando ele atinge o verso "Sua justiça brilhará como a luz dos sete dias", ela se levanta e lhe serve a sopa e Krolka a acompanha e, por sua vez, serve sopa a ela. A seguir, retorna à cozinha e me traz a sopa de legumes. Disse-me a dona do hotel: Ao sentar-me assim, com o meu marido, nas noites de Sábado, diante da mesa posta e coberta de uma toalha branca e velas acesas, admiro-me e digo: Dadas as vicissitudes por que passamos; visto que meu marido estava na guerra e estava sujeito a morrer, Deus o livre, de uma hora para outra, e eu e meus filhos vagávamos por casas estranhas, eu estava certa de que não teria forças para resistir, e eis que, além de resistir a todas as vicissitudes, ainda mereci receber os Sábados em paz.

E quanto aos seus filhos e filhas, disse a sra. Zommer, seu marido, que durante os tempos da guerra permaneceu longe de seus filhos e filhas e não se afligiu com eles, quando percebe algo de errado com eles, logo se enfurece. Mas ela, que se afligiu com eles durante todos os anos e os viu crescer, não os reprova sequer por um fio de cabelo. Ao contrário, agradece a Deus por terem chegado aonde chegaram. Visto que por muitos dias perambularam pelas ruas de Viena como crianças abandonadas e não quiseram aceitar qualquer autoridade. E quando aceitaram a sua autoridade, ela não teve tempo para cuidar delas, uma vez que estava ocupada com seu trabalho do qual não se desocupava, salvo para levar o que produzira ao empreiteiro, receber a paga e comprar alimentos. Amiúde ela se postava à porta do armazém, desde a noite até ao amanhecer, até que o comerciante abrisse a loja e lhe desse a sua ração. Tendo conseguido obter a sua ração, pegava-a e preparava para si e para as crianças uma refeição, e elas comiam juntas, obedeciam-lhe e permaneciam com ela em casa. Se não conseguia obter a ração, as crianças amarguravam-na e saíam para os cafés em busca de alimentos para si e ela não tinha coragem de mantê-las em casa de estômago vazio.

Como podia acontecer que voltasse de mãos vazias, uma vez que tinha o dinheiro e os talões para as rações? É que os mais fortes a empurravam e pegavam as suas rações primeiro e quando chegava a sua vez de receber a ração, o comerciante fechava a porta diante dela e dizia: O estoque de provisões esgotou-se. Naquela época, os homens não se afligiam mais com a consciência e cada um roubava e pilhava para se alimentar. Certa vez ela permaneceu a noite inteira à entrada da loja e ao amanhecer voltou de mãos vazias. Embarcou num bonde e chorou, pois todas as provisões da casa haviam acabado e seus filhos não tinham o que comer. Viu-a um ancião gentio e perguntou: Por que está tão triste, minha senhora? Ela lhe respondeu que o marido fora para a guerra deixando-lhe quatro filhos, cujo sustento dependia dela. Ela confecciona bolsas e embornais para os soldados; ontem interrompeu o seu trabalho para trazer alimentos e foi postar-se a noite inteira à porta do armazém e, ao chegar a sua vez, alguém arrancou o talão de sua mão e pegou a sua porção. Suspirou o ancião pela maldade do coração dos homens, tratou-a gentilmente e disse: Não chore, minha senhora, pois se ele apanhou o talão, entretanto não apanhou o dinheiro. Replicou ela: O que vale o dinheiro se não compra alimentos? Ele encheu o cachimbo e disse: Bem falado, minha senhora, o que vale o dinheiro? Pois se as crianças estão famintas, não podemos dizer-lhes: Estão famintos? Sentem-se e mastiguem o dinheiro. E quando ela estava prestes a sair do vagão, ele lhe sussurrou, dizendo: Venha comigo, minha senhora, venha comigo à minha casa, talvez eu possa lhe dar por seu dinheiro um saco de batatas. Ela seguiu com ele até que chegaram aos limites da cidade e embarcaram em outro carro e viajaram até que o carro parou. Partiram e caminharam o quanto caminharam e chegaram aonde chegaram. E aquele gentio a agradava e lhe dizia palavras gentis que jamais tinha ouvido de alguém em Viena. E entre outras coisas, gabou-se diante dela da qualidade de suas batatas, que eram boas e pesadas, não como as batatas vendidas no mercado, que são leves como plumas. E quando chegaram à sua casa, ele lhe perguntou: Quanto dinheiro tem? Ela respondeu-lhe. Ele encheu o cachimbo de tabaco, aspirou um pouco e disse: Temo que não tenha força para carregar tudo o que lhe darei por seu dinheiro. Disse-lhe ela: Não tema, meu senhor, Deus há de me dar forças por amor às crianças que não passarão fome. Disse-lhe ele: Bendita seja, minha senhora, por não omitir de sua mente nosso Deus do Céu; em virtude disso, acrescentar-lhe-ei um presente, um pedaço de queijo. Ela lhe deu todo o dinheiro e quis pegar o saco. Disse o gentio ao seu servo ou seu filho: Pegue o saco e leve-o ao bonde e não se afaste de lá até que você o ponha no vagão. Ele pegou o saco e foi com ela. E o ancião e sua mulher observavam-na com grande afeição e disseram-lhe: Vá em paz, senhora e tenha de nós uma boa lembrança. Ela se arrependeu por haver entregado todo o dinheiro pelas batatas, não deixando para si senão o suficiente para pagar a viagem, e agora não tinha o que dar àquele gentio que tanto se incomodara por ela. Disse ele: Não importa, não importa, e despediu-se dela augurando-lhe que o alimento fizesse um bom efeito em suas entranhas. Passada uma hora, ela chegou à sua casa fatigada e alquebrada, pois havia permanecido a noite inteira na rua e o saco era pesado. Mas a alegria fortaleceu-lhe o corpo e ela se animou e juntou as crianças, dizendo-lhes: Crianças, esperem um pouco e lhes cozinharei batatas e, até que estas estejam cozidas, dar-lhes-ei um pedaço de queijo. Saltaram as crianças sobre o saco e abriram-no com brados de alegria. Ao abri-lo encontraram um bloco de gesso e sob o gesso torrões de terra.

O dono da casa senta-se calado como sempre. Desde o dia em que o conheci, jamais emitiu uma palavra supérflua; se bem que foi um dos que lutaram na guerra desde o seu início até o seu término, não menciona os tempos da guerra; e com ele, a maioria dos demais membros da cidade que sobreviveu, não menciona a palavra "guerra", ao contrário de suas esposas que, por qualquer coisa, mencionam os tempos da guerra.

Já dissemos acima que os filhos e as filhas da gente do hotel não comem à hora da refeição. Isso não significa que eles tomam a precaução de não comparecer à refeição conjunta com os pais, mas que às vezes comparecem e outras não comparecem. Seja lá como for, não chegam juntos para comer e não vêm para ouvir a bênção do vinho e, via de regra, chegam no meio do repasto, e quando chegam se sentam e comem como nos outros dias.

Babtchi vem de onde vem, atira o chapéu de sua cabeça e a bolsa de sua mão, enrola o casaco e o coloca onde coloca, passa a mão esquerda pelo cabelo, pega uma cadeira, senta-se e come vorazmente. Às vezes seu pai ergue os olhos e a observa, mais do que a ela própria, observa os pertences que ela atirou aqui e acolá, e torna a cerrar os olhos, folheia o seu livro de orações e cala-se ou torna a entoar cânticos. Tão logo Raquel chega, ele move a cadeira e pergunta: Onde você ouviu a bênção do vinho, ouviu ou não ouviu? Se ela responde, isso não lhe agrada e, se não responde, igualmente não lhe agrada. Seja de uma forma, seja de outra, ele a repreende severamente e pousa a sua mão sobre o livro perfurado, aguarda um momento e entoa os cantos.

Se chega Dolik ou Lolik, seu pai ergue os olhos e observa se sua cabeça está coberta. Se nos dias profanos eles se sentam de cabeça descoberta, não se importa, mas durante a refeição sabática, ele se torna rigoroso. Certa feita, Dolik esqueceu e não cobriu a cabeça; seu pai o repreendeu. Disse-lhe Dolik: Acaso ainda é vendedor de chapéus, para que continue procurando um chapéu para mim? Levantou-se o pai, pegou o chapéu de Dolik, introduziu nele ambos os polegares e o colocou na cabeça de Dolik com tanta ira que Dolik gritou "ai".

Aquela noite de Sábado passou sem incidentes. Os filhos e filhas não compareceram e não havia hóspedes no hotel. Sentamo-nos os três juntos, comemos, bebemos e fizemos as bênçãos. Após a bênção dos alimentos saí a passear e cheguei à casa de estudos. Vi que estava iluminada. Invadiu-me o desejo de entrar. Tirei a chave, abri a porta e entrei. Não se passou muito tempo e chegaram alguns companheiros nossos. E não há por que se admirar, posto que em nossa casa de estudos há luz e calor e, em suas casas, frio e escuridão. É verdade que eles também acendem velas sabáticas, mas sua vela é pequena e não ilumina senão as proximidades, deixando toda a casa na escuridão.

Ao entrar principiaram a louvar o Sábado, a casa de estudos e aquele homem que veio até aqui, acendeu o fogão e muitas velas. Aquele homem temeu tornar-se orgulhoso, pois já pensara merecer todo o louvor. Por isso abaixou a cabeça a fim de lembrar-se que é pó da terra, e ergueu os olhos para meditar que ele vive apenas por vontade do Abençoado; que tudo é feito por vontade d'Ele e que futuramente Ele o removerá do mundo, como um pintor que remove a fuligem do teto e o cobre de argamassa. Naquele instante esse homem foi tomado de pavor e temor e começou a orgulhar-se de seu temor a Deus como uma criança cujo pai a enfeitou de joias. Notou que não havia como escapar dos maus pensamentos. O que fez? Abriu o *Pentateuco* e leu. Tendo lido duas ou três palavras da *Torá*, logo seu coração sossegou e recuperou a sanidade.

As pessoas da casa de estudos perceberam que eu estava com boa disposição e disseram-me: Talvez o senhor nos fale sobre algo da *Torá*? Disse-lhes: A *Torá* foi dada a todos os israelitas. E mesmo aquele que não sabe abrir a boca, quando começa a falar da *Torá*, ela lhe ensina o que deve dizer. Disseram-me eles: Sendo assim, comece, senhor. Abri um *Pentateuco* na seção semanal e interpretei o versículo "E Jacó acordou do sono [...]

e temeu e disse: Quão terrível é este lugar! Este não é outro lugar senão a casa de Deus". Não à semelhança de Abraão que disse: "O Senhor aparecerá na colina" e não como Isaac do qual foi dito: "E Isaac saiu a meditar no campo", mas como Jacó que falou de "casa". E tratei das três concepções do serviço divino. A primeira concepção é a de que o homem busca coisas elevadas, como uma montanha e que, durante toda a sua vida, ele está imerso em altos pensamentos. A segunda concepção é a do campo; pois é peculiar ao campo que o semeiem e ceifem, e que possua um bom aroma. Como foi dito: "Vê, o aroma do meu filho é como o aroma do campo". A terceira concepção e a mais apreciada pelo Santíssimo, Bendito Seja, é a concepção da casa, segundo o que consta a respeito de Jacó, nosso patriarca, o eleito entre os patriarcas. E Ele, o Abençoado, também louva a Si próprio e diz: "Pois a minha casa é casa de oração". Está escrito no *Zohar*: "Uma casa para Israel: uma casa que deve estar com eles, como uma esposa que habita com júbilo na mesma casa com seu marido". Pois, a montanha e campo são lugares de liberdade, mas uma casa é um lugar reservado e de respeito.

Esses assuntos ainda podem ser interpretados no tocante às três épocas do povo de Israel. Na primeira época, alguns sábios supunham que não necessitávamos de casas e campos, pois o campo escraviza o seu dono tal como está escrito: "O rei é escravizado pelo campo". E quanto à casa afirmavam: "E quem seria capaz de Lhe edificar uma casa?". E se esta é construída, ao final cairá, pois encontramos o texto: "E a casa cairá sobre os amos". Da mesma forma, muitas passagens ensinam sobre a destruição das casas, como por exemplo: "Construirás uma casa e não habitarás nela", e "E a casa derribar-se-á" e, ainda, que o homem não terá apoio na casa, como foi dito: "E ele entrará na casa e apoiará a mão na parede e a serpente o picará". Ao contrário, melhor seria que os israelitas levantassem os seus olhos para as montanhas, como David ao afirmar: "Erguerei os meus olhos às montanhas", pois a montanha é um lugar alto e livre, e não há dom maior do que a liberdade, tal como encontramos em Saul, que prometeu, como principal recompensa, a liberdade, como foi dito: "E fará livre a casa de seu pai em Israel".

A segunda época é aquela em que alguns sábios se opuseram aos seus predecessores e afirmaram: "A desvantagem da liberdade sobrepuja os seus benefícios", pois ela leva à aniquilação e à extinção, como foi dito: "Abandonado entre os mortos". Isso se assemelha ao versículo: "E (Azarias) habitava numa casa separada", e Rabi Jonas, filho de Janakh, explicou: a casa chamava-se assim, pois os leprosos ali se isolavam das pessoas. Por outro lado, está escrito: "Vem meu amado, saiamos ao campo", para trabalhá-lo, conservá-lo e comer de seus frutos, como está escrito: "E ela o persuadiu a pedir um campo a seu pai".

A terceira época, a final e derradeira dentre todas as épocas, é a que vivemos. Nós estamos fartos das épocas passadas em que labutávamos pelas montanhas, dispersos sobre os montes como um rebanho, sendo que em nós se realizou o versículo: "E deitarei tua carne sobre os montes [...] e regarei a terra com teu sangue e também os montes". E o mesmo ocorre com o campo: "E a chuva de pedras feriu tudo o que havia no campo e quebrou toda a árvore do campo", e ainda, "e do resto comerão os animais do campo" e, "toda a sua graça é como a flor do campo", e mais, "como o esterco sobre a face do campo". Portanto, o que devemos buscar? Sendo que a glória do homem está em habitar numa casa, e visto que toda casa fecha as suas portas, devemos construir para nós mesmos uma casa a fim de que habitemos com Ele, como uma "mulher que habita na mesma casa com seu esposo com júbilo". E a tal respeito falou David: "Faz com que a mulher estéril habite em casa, e seja alegre mãe de filhos, Aleluia".

Está escrito nos livros que os méritos dos três patriarcas valeram a Israel nos três exílios. O mérito de Abraão valeu-nos no exílio do Egito, tal como está escrito: "Porque se lembrou [...] de Abraão, seu servo, e tirou dali seu povo com alegria" etc. O mérito de Isaac valeu-nos no exílio da Babilônia, e o mérito de Jacó, neste último exílio. Portanto, devemos apegar-nos à concepção de Jacó segundo o versículo: "Vinde, ó Casa de Jacó, e andemos na luz do Senhor". E a respeito disso foi dito por Jacó: "E voltarei em paz à casa de meu pai", e a tudo isso se referia o versículo: "E o Senhor me será por Deus".

Daquele Sábado em diante, costumávamos ir à casa de estudos após a refeição e eu interpretava a seção semanal do *Pentateuco*, lia o *Midrasch* e o explicava.

Realizei mais uma grande melhoria em nossa velha casa de estudos. Desde o princípio da guerra, a "luz eterna" havia se apagado; decidi acendê-la diante da tabuleta na parede, sobre a qual estão gravados os nomes das santas comunidades aniquiladas nos *pogroms* de 1648. Acaso os santos mártires necessitam das luzes do mundo inferior, visto que as almas de todos os justos, mortos pelas nações do mundo, brilham diante do Trono da Glória a tal ponto que nem sequer os serafins podem olhá-las? Mas a finalidade dela é que a pessoa a veja e se recorde até onde chega o amor de Israelitas ao seu Pai Celestial, os quais, mesmo quando se lhes tira a alma, não se separam d'Ele. Ademais, ouvi dizer que no *Midrasch* está escrito que todo e qualquer justo de fora da Terra de Israel, morto pelas nações, entra na Terra de Israel e não aguarda até o momento em que os mortos de fora rolem para a Terra de Israel[23]. Mas sucede que aquele que morreu por amor a Deus, entra ileso de corpo, e no caso daquele que morreu por temor a Deus, entra apenas aquele membro do corpo por cuja causa ele morreu, e os demais membros assistem de dentro de suas entranhas e observam o membro que mereceu privilégio de ser sepultado na Terra de Israel, e quando lhes acendemos velas, ajudamos a que eles assistam à felicidade daquele membro e à felicidade que os aguarda em um futuro vindouro.

No mesmo dia em que pela primeira vez acendi a "Luz Eterna", observei a casa de estudos e notei o fogão aquecido e

---

23. A passagem diz respeito à lenda segundo a qual, por ocasião da chegada do Messias, todos os judeus sepultos fora da Terra de Israel rolarão [*guilgul*] pelas grutas no interior do solo até chegarem ao País da Promissão. Além disso, na Cabala a noção da transmigração das almas é chamada de *guilgul*. (N. da E.)

a "Luz Eterna" acesa, a pia cheia de água, as lamparinas cheias de querosene, e o assoalho cuidado e limpo, visto que, a cada dois ou três dias, Hanokh me traz lenha para o fogão, uma lata de querosene e velas, enche a pia nas vésperas de Sábado, varre o assoalho e eu lhe dou a paga de seu labor, às vezes generosamente e outras, cordialmente. E aqui revelarei algo e não o ocultarei: Por vezes eu tirava do bolso dois *zlotis*, mas quando notava a sua humildade, devolvia uma moeda ao meu bolso e lhe dava apenas um *zloti*[24]. Se Hanokh fosse esperto dir-me-ia: Estabeleça o meu salário, não me dê umas vezes tanto, e outras outro tanto. Mas pelo fato de ele negociar toda a espécie de armarinhos com os gentios, seu espírito é humilde e nada exige. E quando meu coração me diz: Fixe-lhe um salário e empregue-o como servente da casa de estudos, e ele não precisará arriscar a vida pelas estradas, rejeito o que me sugere o coração e o adio de hoje para amanhã e de amanhã para depois de amanhã.

Capítulo Cinco e Vinte
Na Casa de Daniel Bach

Ao findar o Sábado, após a Havdalá, fui à casa de Daniel Bach a fim pagá-lo por sua lenha. De há muito que eu não me alegrava por saldar uma dívida como nesse instante. Em primeiro lugar, porque Daniel Bach receberá o dinheiro e ele o necessita e, em segundo lugar, porque a lenha me causou satisfação e eu queria agradecer ao seu proprietário. A despeito de eu e Daniel Bach residirmos lado a lado, até aquela noite não tivera o ensejo de visitar sua casa, salvo uma vez.

Sua casa consiste de um cômodo com um anexo, a cozinha. Entra-se pelo depósito de lenha e chega-se à cozinha e de lá à habitação. É a habitação do sr. Bach, de sua mulher, de Erela, sua filha e de Rafael, seu filho, o qual jaz em seu leito com

24. Unidade monetária polonesa. (N.da E.)

um gorro militar roto sobre a cabeça. À primeira vista, ele se me afigurou como uma criança e, à segunda, como um rapaz e, à terceira, nem como uma criança e tampouco como um rapaz, mas como um monte de carne e pele em que o Criador fixou dois olhos de ancião. Ou talvez seja o contrário, isto é, à primeira vista, afigurou-se-me Rafael como um monte de carne e pele etc., mas não o recordo perfeitamente em virtudes dos fatos sucedidos naquela noite. Rafael já atingiu a idade do *bar-mitzvá*, mas seus membros ainda não se esticaram e seus ossos são fracos, por isso jaz, a maior parte de seus dias, sobre o leito e todos zelam por ele e ele é estimado por todos. E até mesmo Erela, sua irmã, que se gaba dizendo não se ocupar de qualquer coisa que não possa ser explicada pela razão, manifesta a sua estima ao irmão, mais do que pode explicá-la pela razão. No momento em que entrei, Erela estava sentada à sua frente e Rafael estava folheando um livro de gravuras trazido por ela. Apontava com uma mão a figura de um cavaleiro no livro, a outra estava apoiada sobre o peito, e leu: Eu sou Jacó e tu és Esaú, e não notou o hóspede que entrava. Mas seu pai, sua mãe e sua irmã emocionaram-se com minha presença, levantaram-se e me receberam com alegria e cordialidade.

Já conhecem o sr. Bach. Já tivemos ocasião de falar a seu respeito com mais frequência. Não me lembro se contei acerca de sua figura e das demais coisas que o distinguem de seus semelhantes, além da sua acompanhante, isto é, aquela perna de pau que o acompanha. E se não contei, contarei agora.

Daniel Bach é um homem alto, seu rosto meio alongado, meio redondo, apresenta-se emoldurado por uma pequena barba, talvez meio arredondada e talvez meio pontiaguda e, parece-me que ele zela por sua barba para que não ultrapasse a medida por ele determinada e, a despeito de uma de suas pernas ser de pau, está sempre contente. Às vezes zomba de si mesmo e outras dos infortúnios da época, mas jamais dos outros. A história daquela perna é das mais surpreendentes. Por seu caráter, Daniel Bach não condiz com aquele ato de contrabandear sacarina nas meias, como fazem algumas mulheres. Porém, Daniel Bach não se espanta com isso. Em primeiro lugar, diz ele, ninguém sabe o que lhe é condizente fazer e o que não lhe é condizente, exceto os moralistas que sabem o que é permitido e o que não é permitido. E ainda resta a dúvida de que, se estivessem em seu lugar, não teriam feito o mesmo. E, em segundo lugar, diz ele, tão logo adveio a guerra, esta ensinou o homem a cometer atos ignóbeis. E, posto que ao homem foi dada a permissão de cometer atos, já não distingue se os comete em nome do kaiser ou se os comete em seu próprio nome e em prol do seu próprio sustento. Deve-se acrescentar ainda que Daniel Bach é um homem franzino, de cabeleira castanha salpicada de cabelos grisalhos que dão beleza ao seu rosto, ao contrário de sua mulher, Sara Perl, cujo cabelo é negro e brilhante, e é rotunda e parece obesa apesar de não sê-lo, e não é como Erela, que não é morena e tampouco castanha, mas pardacenta. Tal como Erela difere de seu pai e de sua mãe quanto ao cabelo, da mesma forma difere quanto ao resto.

A respeito de seu pai já contei, e a respeito de sua mãe não há o que contar; ela é gentil para com as pessoas, lépida em seus atos, piedosa e caridosa. Ouvi dizer que, nos tempos da guerra, investiu-se de força e coragem e sustentou a casa e ajudou ao sogro e ao filho do sogro, até que este emigrou para a Terra de Israel. Ademais, criou um órfão e fê-lo aprender a *Torá*. E quando aquele órfão desejou ascender à Terra de Israel, forneceu-lhe o dinheiro para as despesas de viagem.

O mesmo Ierukham Liberto, cujo pai sumiu enquanto sua mãe o gerava e a qual faleceu ao dá-lo à luz, foi levado pela sra. Bach à sua casa e amamentado com leite de seu próprio seio, pois Ierukham nasceu no mesmo mês em que nasceu sua filha, Erela.

Quando sua mãe o gerava, o pai desapareceu. A fim de contar os fatos a respeito deste último, cumpre retornar aos primórdios. O início do episódio deu-se assim: Certa feita chegou à nossa cidade um moço lituano. Aquele era um dia de verão; o trabalho no mercado não era intenso e os comerciantes postavam-se fora e cavaqueavam entre si. Ao passar de um assunto a outro, a conversa versou sobre um lituano que viera à cidade e desejava pregar na velha casa de estudos.

Tal notícia não impressionava; os eruditos não se entusiasmavam por pregadores que entorpeciam a mente com parábolas e lendas; os *hassidim* não se entusiasmavam pelos pregadores, pois na maioria eram lituanos e todo lituano era tido como *mitnagued*. Os sionistas não se entusiasmavam pelos pregadores visto que a maioria dos pregadores naquela geração pregava contra o sionismo, já que os sionistas estavam tentando antecipar-se à vinda do Messias e não aguardavam a redenção. Os socialistas não se entusiasmavam pelos pregadores, pois diziam que a Lei e os preceitos não foram outorgados por outra coisa senão para embotar as mentes, a fim de que elas não percebessem todos os infortúnios ocasionados pelo capital, pois os pregadores vinham argumentar acerca do cumprimento da Lei e dos preceitos. A maioria do povo também não se entusiasmava pelos pregadores, dado que o povo já estava farto de sermões a propósito dos sete compartimentos do inferno, e assim por diante. Restavam alguns anciãos e artesãos que vinham ouvir e adormeciam no meio do sermão, antes de o pregador concluí-lo e de o servente fazer soar a caixa de esmolas e os quais, ao acordar, davam um tostão em honra da *Torá* e seus pregadores. Não se encontrava, pois, na cidade, uma pessoa sequer que prestasse atenção ao lituano.

Enquanto conversavam chegou um homem em cujas mãos havia um livro composto pelo visitante e trazendo recomendações de ilustres rabis da Polônia e da Lituânia que atestavam ser o autor um grande gênio, um Sinai de erudição e capaz de remover montanhas, e tais louvores seriam extraordinários até mesmo durante as gerações anteriores. E todos os recomendantes escreviam, de igual modo, que nenhum louvor podia expressar plenamente a sua grandeza.

Naquela geração, a honra da *Torá* já havia declinado em nossa cidade e o respeito aos estudiosos era obscurecido pelo respeito aos doutores. Tão logo viram o livro e as recomendações nele contidas, os estudiosos aprumaram as suas cabeças, a exemplo de um rei cuja terra foi conquistada por inimigos e cujos partidários esmoreceram. Quando subitamente se ouviu que o rei retornou à sua terra com um exército de bravos, recobraram-se os partidários do rei do país e marcharam a fim de devolvê-lo ao trono real.

E por que resolveu aquele lituano vir até aqui? Acaso os ricaços judeus da Rússia não o teriam assediado e gasto muito dinheiro para gozar do privilégio de oferecê-lo em casamento às filhas? Mas, era por causa de um decreto real – pois ele devia ter sido convocado para o exército, porque não tinha nenhum defeito físico e tampouco apresentava sequer qualquer deficiência que constituísse um pretexto para subornar as autoridades com mil moedas de prata para que o dispensassem – e desde que foi alistado pelo governo, resolveu exilar-se e foi aconselhado pelos ilustres daquela geração a ir para a Galícia, onde a *Torá* ainda era benquista pela maior parte do povo.

Ao anoitecer, toda a cidade se reuniu na velha casa de estudos para ouvir o sermão do jovem gênio. E visto que o lugar não comportava todos os que compareceram, levaram-no para a Grande Sinagoga. Ele se postou diante da Arca e interpretou a *Halakhá* com acuidade e profundo conhecimento dos *Sifrei*, da *Tosseftá* e da *Mekhilta*, do *Talmud* da Babilônia e do *Talmud* de Jerusalém e dos primeiros mestres e dos posteriores. E sobre cada tópico formulava cinco, seis ou sete questões e as solucionava com a mesma resposta. Quando todas as questões foram resolvidas, tornou a formular sobre aquela resposta outras indagações, para as quais não parecia haver resposta, mas logo ele as solucionou todas com a mesma resposta.

Os estudiosos já estavam cansados e haviam cessado de relacionar uma coisa com outra, pois já tinham percebido que nem todo cérebro pode captar toda essa especulação pela excessiva intensidade de sua agudeza. E ele era como uma fonte que transbordava e como um rio que não cessava de fluir.

De repente ouviu-se a voz de meu pai e mestre, de abençoada memória, que atinou com o caráter do moço o qual distorcia o

Talmud e atirava areia aos olhos dos ouvintes. Meu pai e mestre recitou o texto da *Guemará* e demonstrou que as palavras de *Guemará* ainda vigoram e não suscitam qualquer questão e naturalmente não necessitam de explicações. Então, o jovem apelou para o texto da *Guemará* segundo Al-Fassi e foi malsucedido, visto que aquela *Guemará* não havia sido comentada por Al-Fassi.

Um outro erudito de nome Rabi Haim (o mesmo Rabi Haim citado por nós no princípio do livro, com referência ao hotel da divorciada) enredou o pregador em suas próprias palavras, pois, mesmo se o texto da *Guemará* fosse como o formulador da questão havia dito, sua resposta não era uma resposta. E em seguida Rabi Haim o contradisse e provou que as questões ainda persistiam. Papai tornou a falar e disse: Mesmo se o texto da *Guemará* fosse assim, as perguntas não seriam perguntas, pois ele relacionou assuntos que não tinham nenhuma relação entre si. O rapaz voltou a levantar outras questões e as solucionou com outra explicação. E Rabi Haim tornou a contradizer a sua explicação. Volveu o rapaz e passou para um outro assunto e levantou outras questões e disse: Se são sábios, venham e expliquem-nas para mim. Meu pai retrucou e mostrou que o arguidor simplesmente não havia entendido o texto e, consequentemente, as questões não careciam de explicação. Retrucou Rabi Haim e disse que mesmo se fosse dessa forma, elas tanto poderiam ser explicadas assim como de outro modo. Replicou o arguidor e contradisse as palavras de Rabi Haim e respondeu à sua questão com outra explicação. E aqui errou num assunto que até escolares conhecem.

Abriram-se os olhos de alguns estudiosos e estes perceberam que o rapaz distorceu as palavras a fim de demonstrar agudeza de espírito e erudição e não pela verdade da Lei. Não obstante, permaneceram como que ébrios do vinho da sua erudição e se agastaram com papai, meu mestre, que infirmou as palavras daquele gênio e o transformou num embusteiro, e se agastaram igualmente com Rabi Haim. Contudo, a mente do rapaz ainda não se apaziguara e ele tornou a especular. E por fim começou a interpretar a *Agadá*. E o que interpretou? Interpretou o versículo "Aquele que cobra o sangue derramado deles se lembrou"[25] e, a tal respeito, comentou: É da natureza do macho fertilizar a fêmea; assim é o pregador que ora perante o povo a fim de estimular-lhe o coração para o amor à *Torá*, visto ser ele como o macho que concede o amor para que nasçam filhos à *Torá*. Mas no caso de um pregador que prega por dinheiro, ou seja, por amor ao lucro, eles são o macho, o público é o macho e é ele que fertiliza, pois é ele que lhe paga por seu sermão. E aí o jovem se exaltou e disse: Queridos irmãozinhos, não vim aqui para pedir dinheiro, mas em nome de nossa sagrada Lei, pois ela é a nossa existência e a nossa sobrevivência e, mesmo se me fosse dado todo o dinheiro do mundo, não o tomaria. O acento lituano que envolve o coração e aquece a alma entusiasmou o povo e todos foram seduzidos por ele. O próprio fato de uma pessoa jovem postar-se diante do público e pregar era algo novo, sobretudo quando este recita muitas *guemarot* de cor como quem recita o Bem-Aventurado.

Ao concluir o seu sermão, prestaram-lhe grande tributo e o carregaram nos braços. Certo ricaço enviou os seus criados à hospedaria para que trouxessem os pertences dele para a sua própria casa e lhe deu uma habitação condizente com a sua honra. E todos os principais da cidade vinham e sentavam-se à sua frente e ele discorria perante eles. Os céticos, que inicialmente haviam duvidado de sua sabedoria, manifestavam-lhe a maior estima. Diziam eles: Se ele se confundiu na *Guemará*, a confusão resultou de sua agudeza de espírito. De todo modo, ele mereceu a honra, pois é maravilhoso conhecedor da *Torá*. Neste ínterim, a gentalha cercou a casa; agitavam-se e gritavam que era preciso destituir o *melamed*, o mestre-escola, de seu cargo e empossar

---

25. A frase hebraica é *ki doresch damim otam zakhar*. A expressão *doresch damim*, além de significar exigir vingança, pode significar também exigir dinheiro; a palavra *zakhar* é a forma masculina do verbo *zakhor* (lembrar, recordar) no tempo passado e quer dizer também, masculino, macho. (N. da E.)

o jovem gênio em seu lugar. Quanto ao fato de este ser solteiro, oxalá ganhassem tantas barras de ouro que valessem tanto e quanto a noiva que lhe dariam em casamento. E não apenas a gentalha, senão também alguns eruditos desejavam guardar-lhe um lugar na cidade, construindo-lhe uma grande *ieschivá* para que, de todas as terras, viessem estudar *Torá* com ele. E a cidade, além disso, estava farta de controvérsia com Rabi Haim, que desejava ocupar o rabinato de Szibusz (a história de Rabi Haim é um episódio à parte e não cabe contá-lo aqui). No dia seguinte, dois estudiosos saíram para vender a obra daquele moço e quem possuía recursos comprava o livro, seja por meia coroa, por uma coroa e alguns até por mais. Entrementes, o jovem sentava-se, envergando filactérios, e escrevia emendas ao livro e especulava diante de seus ouvintes, como alguém que possui dois cérebros e que faz duas coisas simultaneamente.

O mesmo ricaço que fez de sua casa uma hospedaria para aquele moço, possuía uma única filha, terna e delicada, pura e casta, e desejava dá-la a ele em casamento. Encarregou-se de edificar para ele uma grande academia rabínica e sustentar com seu próprio dinheiro duzentos jovens estudantes. E para que ninguém o antecipasse, apressou-se em colocá-lo sob o pálio nupcial. Toda a cidade o invejava. Porém, sua inveja não perdurou, assim como não perdurou a alegria do rico-homem. No dia seguinte ao casamento veio uma mulher da aldeia e bradou: Este noivo é meu marido. Enquanto bradava, veio outra e gritou: Ele é meu marido. Durante todos os sete dias de festa, vinham mulheres e diziam: Sou mulher dele e ele é meu marido. Temendo que as demais esposas também se apresentassem, ele se levantou e fugiu. O pai da nova esposa abandonou seus negócios e saiu à sua procura, para que o marido lhe desse o divórcio e ela não continuasse presa a ele por toda a vida, pois ainda era uma menina de cerca de dezessete ou dezoito anos. Antes que tivesse tempo de encontrá-lo, ela deu à luz um filho e morreu. E o pai da mulher também faleceu e à criança foi dado o seu nome, Ierukham.

Ierukham ficou sem mãe e sem abrigo, visto que toda a riqueza de seu avô se esvaneceu. As coisas chegaram a tal ponto que não havia dinheiro para lhe contratar uma ama. Compadeceu-se dele a sra. Bach, e ela o pegou e amamentou com seu leite, pois Ierukham nascera no mesmo mês em que nasceu Aniela, ou seja, Erela. Já na infância, demonstrou muita força e coragem e mamava duplamente; e por isso é alto e belo. As mulheres de hoje não são como as dos tempos anteriores à guerra; as de agora não possuem sequer uma gota de sangue em seus rostos e tampouco leite em seus seios; as mulheres de antes da guerra, Pai do Céu, quando os oficiais dos exércitos do kaiser vinham à cidade para realizar manobras de guerra, e viam as filhas de Israel, ajoelhavam-se diante delas e exclamavam: Filhas de reis, somos vossos escravos! E quando veio a guerra, eles levaram os homens para que fossem mortos na luta e os rostos das mulheres, que pareciam filhas de reis, enegreciam por um naco de pão.

Capítulo Seis e Vinte
A Mulher e Seus Filhos

Naquele período da guerra, a sra. Bach foi parar em Viena, ela e suas três filhas e seu sogro, Ierukham, filho de seu sogro e Ierukham, filho do lituano. E onde estava o filho maior? Morrera a meio caminho entre duas cidades e ela não sabia em qual delas fora sepultado. Certa vez, enviou dinheiro a cada uma das duas cidades para que assentassem uma campa sobre a sua sepultura, caso seu filho estivesse enterrado em uma delas, mas não lhe devolveram o dinheiro. Com o passar dos dias, soube que ambas as cidades foram saqueadas e os túmulos nelas existentes destruídos pela artilharia dos russos. E do que vivia ela durante todos os anos em que residiu em Viena? Em primeiro lugar, o governo dava quarenta e cinco coroas mensais a todas as mulheres cujos maridos estavam na guerra; e em segundo, ela e ambas as filhas maiores tricotavam, para os soldados, luvas e toda a espécie de xales e faixas, ou costuravam sacos que as tropas enchiam de areia e dispunham à sua frente para que absorvessem as balas do inimigo e estas não os atingissem.

Suas filhas grandes, como costuma chamá-las, eram pequenas naquela época, mas, por comparação com Erela, as denominava "grandes". Uma delas morreu logo após o seu retorno a Szibusz, e a outra morreu de *influenza*, logo após o retorno de seu pai.

Enquanto realizava o seu serviço, a sra. Bach estava livre para tecer muitos pensamentos. Pensou que essa guerra não cessaria logo. É verdade que o nosso kaiser empreende a guerra com sabedoria e que o imperador da Alemanha o está auxiliando, mas tampouco o tzar russo é fraco, sobretudo desde que outros monarcas a ele se aliaram. E se bem que os jornais noticiem diariamente as vitórias da Áustria e da Alemanha, o inimigo faz vítimas e conquista uma cidade após outra. E as meninas estão crescendo, bem como os meninos, Ierukham, filho de seu sogro, e Ierukham, filho do lituano. E o custo de vida aumenta e tudo que ela e suas filhas auferem, bem como a quota que o governo lhes concede, não basta para sustentar sete pessoas, ou seja, ela e três filhas e Ierukham A e Ierukham B. Outras mulheres buscavam o seu sustento em outras partes. Vagavam pelas lojas e compravam gêneros e os vendiam com lucro, e iam ao Joint[26], que distribuía semanalmente latas de peixes em conserva e sêmola amarela e branca, que procediam da América. Ela, porém, não era versada no comércio e nos pórticos da caridade. Certa vez deixou-se convencer por suas vizinhas e foi pedir auxílio. O encarregado registrou-lhe o nome e o endereço e disse que lhe enviariam os alimentos para casa. Confiou nele, e naquele dia preparou um grande repasto; comprou um pedaço de carne de pato e o assou, pois, fazia muitos dias que nem ela e nem os de sua casa haviam provado carne. Foi quando chegou o enviado da distribuição de ajuda e sentiu o aroma do assado. Ele a repreendeu severamente e disse: Não se deve ter

---

26. American Jewish Joint Distribution Committee, a maior organização humanitária judaica, criada em 1914 e sediada em Nova York. (N. da E.)

compaixão de uma mulher que fica assando patos quando o mundo inteiro está faminto. Ela começou então a examinar os jornais em busca de um trabalho que fosse condizente com as suas forças e sua honradez, mas até que conseguisse chegar lá, vinham outros e ficavam com o serviço.

Na mesma casa em que morava, residia uma moça que aprendera a ser parteira. Viu a sra. Bach que a moça não era demasiado inteligente e disse: O que aquela pode fazer, eu também posso. E talvez caiba dizer que seu coração já havia despertado para isso na época em que fora evacuada de sua cidade, quando certa mulher deu à luz no caminho e, por falta de parteira, viu-se em perigo.

Você poderia dizer que, se quando ela trabalhava seu salário não era suficiente, tanto pior seria se ela estivesse ocupada com estudos. Porém, antes de partir para a guerra, seu marido dera-lhe duas mil coroas para que saldasse uma dívida. Até que tivesse tempo de enviá-las, a cidade do credor foi destruída e seu rastro perdeu-se. Veio-lhe à mente a ideia de tomar emprestado do seu dinheiro e aprender um ofício que desse sustento a quem o exerce. Além disso, pegou as suas jóias, que também valiam dinheiro, e começou a empenhá-las e em seguida a resgatá-las, empenhá-las e resgatá-las, até que, ao final, ficaram na casa do penhor. E aqui, contou-me a sra. Bach que era neta de Schifra Pua, a parteira, cujo ataúde foi acompanhado por novecentos e noventa e nove homens e uma mulher, os quais haviam sido partejados por Schifra Pua, sua avó e que, quando ela faleceu, vieram acompanhá-la à sua morada eterna.

Um dos que haviam sido partejados por Schifra Pua, sua avó, era um parente afastado da família, de nome Schulkind, que era um grande ricaço e dono de um fábrica de produtos de papel, sendo que o governo lhe dava carvão em quantidades ilimitadas, pois ele supria o exército de materiais. Quando ele soube que a neta de Schifra Pua morava em Viena, enviou--lhe carvão. E quando veio agradecer-lhe, ele perguntou o que fazia. Contou-lhe que seu marido partira para a guerra e que ela morava com suas filhas, o sogro e com um órfão que adotara, e que estava aprendendo a ser parteira. E ele então resolveu dar-lhe o suficiente para o seu sustento e o sustento dos seus e para que ela aprendesse e se aperfeiçoasse em seu ofício. Convidou o sogro dela a vir à sua casa e deu-lhe morada e comida a fim de que permanecesse com ele e lhe ensinasse *Mischná*, visto que seu único filho saíra a passear nas montanhas, onde caiu e morreu, e sua mulher, ou seja, a mãe de seu filho, ficou cega pelas lágrimas e ele, quer dizer, o pai do rapaz, voltou os olhos para a *Torá*. Ademais, ajudou a Erela e a Ierukham, filho de seu sogro, bem como a Ierukham, filho do lituano, a estudar numa escola de formação de professores. Não existem mais no mundo pessoas tão bondosas. Se não houvesse morrido, ele os teria reerguido sobre os pés e não teriam chegado aonde chegaram.

Aquele sr. Schulkind morreu do seguinte modo. Sucedeu que certa vez exigiram dele uma grande soma de dinheiro e ele nada devia ou, talvez, devesse, mas já havia saldado a dívida. O juiz ordenou-lhe que jurasse. Ele pegou uma *Bíblia*, colocou a mão sobre ela e disse: Que eu morra, se devo algo àquele homem. Antes que pudesse mover-se do lugar, caiu e morreu.

E por que decidiu ele ser tão bondoso para com ela? Disse a sra. Bach ter o sr. Schulkind lhe contado que, certa noite, lhe apareceu o ataúde de Schifra Pua em sonho, e ele viu que todos os acompanhantes do féretro estavam nus e descalços, exceto ele, que estava belamente vestido. A razão ditava que, por ser ele rico, deveriam oferecer-lhe um lugar à frente do préstito, junto ao ataúde, e ele também assim pensava e na verdade assim foi. Prestaram-lhe homenagem e lhe ofereceram o lugar à frente. Zangou-se ele e refletiu: Acaso pensam eles que podem me prestar homenagem? A tais mendigos, nem sequer meu porteiro permitiria pisar no portal de minha casa. O ataúde da falecida oscilou, pois ele estava ocupado com sua própria ira, suas mãos fraquejaram, e o ataúde escorregou. Aproximou-se alguém, tomou o seu lugar e disse: Não foi nada, meu senhor, nada sucedeu. E ao sr. Schulkind parecia que a pessoa sorria como alguém que sorri ao seu amigo: Apesar de ter cometido um ato abominável, eu estimo você. Irou-se o sr. Schulkind com aquele homem que ousava comportar-se como se fosse seu igual, pôs nele os seus olhos e viu que estava nu e descalço. Ele se compadeceu dele e refletiu: Eis que eu sou muito rico e nada perderia se desse a este pobre cinco ou dez coroas, mesmo se elas atraíssem outros, porquanto todos os acompanhantes de Schifra Pua estenderão a mão e pedirão caridade. Porém, cumpre investigar primeiro se o indivíduo merece caridade, por causa dos impostores que fingem ser pobres e extorquem dinheiro dos ricos ou, talvez, eu não lhe devesse dar nada e contribuir com mil coroas para uma instituição de caridade, a qual investiga sete vezes cada pobre antes de lhe dar um tostão. Mas se ele próprio der a esmola, ela será integralmente quinhão dos pobres, o que não sucede com a instituição, que gasta muito dinheiro com o salário dos funcionários e serventes, com escritórios e cartas, afora os roubos, e aos pobres não restará muito. Compadeceu-se ele dos necessitados, pois mesmo o dinheiro que lhes consagram os ricos não chega às suas mãos na íntegra. E, a despeito do fato de ser apenas um sonho, o sr. Schulkind comprometeu-se a atender aos pobres, sobretudo aos exilados de sua cidade, a respeito dos quais ouvira dizer que estavam sendo aniquilados pela fome.

Seus negócios eram numerosos e sua mente não estava disponível. Ao lembrar-se dos pobres de sua cidade, não o fazia senão para rejeitá-los. Dizia: Acaso está ao alcance de um só homem sustentar uma cidade inteira? Porém, fez um voto a si mesmo, de que se a sua fortuna atingisse tal e tal soma, doaria tanto e tanto para as necessidades da coletividade. Quando sua fortuna atingiu tal soma, precisou dela, pois estava prestes a aceitar um grande contrato. Portanto, confiou no Santíssimo, Bendito Seja, e nas instituições de caridade – apesar de não serem benquistas por ele – a fim de que Ele prolongasse a vida dos pobres e de que elas os sustentassem até que ele enriquecesse e pudesse satisfazer as necessidades deles.

Dirigiu-se ao funcionário para receber dele o contrato; enquanto esperava, refletiu sobre os seus negócios, que cresciam, e sobre os anos que avançavam e seu único filho, que seguia os caprichos de seu coração e buscava toda a espécie de prazeres. Ainda ontem obtivera o título de doutor e hoje passeia a seu bel-prazer com amigos pelas montanhas. Se abandonasse os seus prazeres e se dedicasse aos negócios, teria duplicado a sua fortuna e ganho grande renome no mundo. Mas antes de examinarmos os atos dos filhos, examinemos os nossos próprios atos, visto que até mesmo ele, o velho sr. Schulkind, deixara as ocupações de seu pai e fora para Viena, e, caso houvesse obedecido ao pai, teria sido um pequeno comerciante e teria perambulado com todos os exilados de sua cidade até aqui, ou pior, ao acampamento dos refugiados em Nikolsburg[27].

Enquanto estava sentado e refletia, olhou para a porta da sala do funcionário que não se abria para ele. E já estava esperando uma hora ou mais, não como de hábito, visto que, quando ali entrava, o funcionário saía rapidamente para recebê-lo e o introduzia na sala. Tirou o relógio do bolso e observou-o, se bem que não precisasse fazê-lo, pois que da parede pendia um relógio.

Ao observar o seu relógio veio-lhe à mente que talvez não fosse de ouro, a despeito de tê-lo adquirido de um relojoeiro especializado e de haver pagado como se fosse de ouro, mas os especialistas não costumam ludibriar. A fim de expulsar tal pensamento de seu coração, começou a refletir sobre outro assunto. Percebeu de repente que a manga de seu casaco estava ficando puída à maneira dos tecidos feitos nos tempos da guerra. Refletiu que, se o funcionário o visse, pensaria ser ele um pobretão e talvez já o tivesse visto e por isso não o introduzia em sua sala.

Tornou a tirar o relógio e a observá-lo. Ainda não havia passado um minuto desde que o tirara pela primeira vez e quantas reflexões já refletira: Até devolvê-lo ao bolso, adormeceu, ou talvez não tivesse adormecido, mas visto aquilo estando desperto.

27. Hoje Mikulov, República Checa. (N. da E.)

E o que viu? Viu o ataúde de Schifra Pua, acompanhado por novecentos e noventa e nove homens e uma mulher. E aquela mulher era a sua mulher, mãe de seu único filho. Isso o deixava admirado, pois ela nascera em outra cidade, não na de Schifra Pua, e o que fazia ela junto do ataúde da parteira? Enquanto refletia sobre isso, notou que todos os acompanhantes envergavam belos trajes e que sobre a roupa de cada um pendia um relógio de ouro, de puro ouro, e que ele, ou seja, o sr. Schulkind, caminhava nu e descalço e, que salvo um casaco puído, nada lhe cobria o corpo.

Naquele instante ouviu a voz do jornaleiro. Acordou e comprou um exemplar. Ao olhá-lo disse para si mesmo: Não há nada de novo, visto que todas as vitórias da Áustria e da Alemanha anunciadas nos jornais, são falsas e são noticiadas apenas para animar o povo, a fim de que não desespere. Dobrou o jornal e o entregou a quem entregou. Enquanto o outro se sentava e lia, arrependeu-se o sr. Schulkind por ter se desfeito do jornal e por não tê-lo lido até ao fim, pois certamente havia nele alguma coisa a respeito dos excursionistas nas montanhas. E mesmo se nada houvesse, deveria ter verificado, pois em todo caso, nada tinha a fazer. Estendeu a mão para pedir de volta o exemplar. Foi quando entrou um contínuo e o avisou que podia entrar na sala do funcionário. Ele entrou e recebeu o contrato, e ainda foi incumbido de um novo negócio, o da confecção de roupas de papel.

Ele saiu do gabinete do funcionário e pensou que aquele novo negócio era o maior de todos os negócios de que já tratara. Irou-se com seu filho que fica passeando a seu bel-prazer quando devia dedicar-se aos seus negócios. No caminho, dirigiu-se o sr. Schulkind a um quiosque de jornais e comprou um deles. Antes que tivesse tempo de lê-lo, começaram a cair gotas de chuva; ele dobrou o jornal e o meteu no bolso, e viajou para casa.

Ao chegar em casa, ouviu um grito, entrou e encontrou sua mulher desmaiada, em sua mão o jornal, e ela a gritar: Meu filho, meu único filho, como foi você cair das montanhas e destroçar seus ossos nelas. Soube imediatamente que seu filho morrera nas montanhas. Ou talvez já o soubesse de antemão, pois o havia lido no jornal, ou talvez tivesse visto agora no jornal e lhe parecia que já o havia lido antes.

Em suma, por meio daquele ancião, a sra. Bach conseguiu aprender a ser parteira e conseguiu fazer com que sua filha e Ierukham A e Ierukham B estudassem hebraico e fossem aceitos na escola de formação de professores. E teve o privilégio de ver a filha ser professora de hebraico e Ierukham A, ou seja, Ierukham filho de seu sogro e Ierukham B, ou seja, filho do lituano, conseguiram por seu intermédio emigrar para a Terra de Israel. E fora resolvido entre eles, ou seja, entre Ierukham, filho do lituano e entre Aniela, ou seja, Erela, que ele a levaria para lá. O que fez ele? Voltou de lá e começou a cortejar uma outra. Assim como traiu a Terra de Israel, ele traiu aquela que lhe fora destinada. Mas Erela não traiu os seus primeiros ideais e é professora na escola hebraica da cidade e educa alunos e alunas. Se você ouvir crianças tagarelando em hebraico, saiba que Aniela as ensinou. Aniela é o mesmo que Erela, pois Aniela, em polonês, significa anjo, e, dado que em hebraico não há uma expressão feminina para anjo, ela chamou a si mesma de Erela.

Além de ensinar hebraico às crianças, Erela possui algumas outras qualidades. Não obstante, eu não a aprecio; primeiro, por seu modo de articular a fala; ela corta as palavras como se fosse a fio de espada e, em segundo lugar, por causa dos óculos pousados sobre seus olhos. Após cada palavra que lhe escapa da boca, ela fixa os olhos em você como se fossem um emplastro sobre uma ferida. Parece-me que a perna postiça de seu pai nada representa em comparação com os seus óculos. Certa vez, Raquel perguntou-me: Por que o senhor se afasta de Erela? Respondi: Por causa de seus óculos. Zombou Raquel e disse: O que pode fazer uma pessoa cuja vista é fraca? Mas isso se deve certamente ao fato de que os óculos não são mencionados na *Torá*.

Desde o dia em que resido aqui, não tive oportunidade de conversar com Erela, a não ser por acaso. E devo dizer que não sinto prazer em conversar com ela. Em primeiro lugar, porque ela se assenhoreou de toda a verdade, não deixando uma parcela sequer aos demais. E, em segundo, porque Erela se prende a cada palavra que você pronuncia e, além das palavras que você disse, atribui-lhe coisas que não disse e discute com você sobre elas. Se você diz que Rúben é um homem digno, ela salta e pergunta: Por quê? Simeão não lhe parece digno? Ou se você diz: Uma criança israelita deve estudar a *Bíblia*; ela salta contra você e pergunta: Por que se opõe às histórias da *Bíblia*? Em minha opinião, diz ela, não se deve fatigar uma criança com coisas que sua mente não comporta, mas deve-se ensiná-la as histórias da *Bíblia*.

Cá entre nós, fizeram mal os que organizaram os relatos bíblicos, pois tiraram-nos da esfera de sua santidade e os tornaram profanos. Mas jamais externei em público a minha opinião a esse respeito, pois se externasse a minha opinião a respeito de tudo o que não me agrada, jamais terminaria.

Naquele momento, meu estado de espírito era brincalhão. Disse-lhe: Minha senhora desejaria ouvir uma história interessante?

Um ancião e uma anciã, que passaram a maior parte da sua vida numa aldeia, foram residir numa cidade, um lugar de estudo e de oração. O ancião foi à casa de estudos; viu judeus sentados estudando. Sentou-se para ouvir e nada entendeu, pois aquela era uma mesa de eruditos na *Torá* que discutiam uma difícil questão. Foi sentar-se junto a uma mesa sobre a qual se estudava *Guemará*; prestou atenção e nada compreendeu. Então foi sentar-se junto a uma mesa onde se estudava a *Mischná*, prestou atenção e nada compreendeu. Veio sentar-se junto à mesa onde o mestre ensinava as crianças. Naquele momento estavam a estudar, em *Samuel*, o episódio de David e Golias e o de Abigail, mulher de Nabal, o carmelita. O velho prestou atenção e escutou. Voltou à sua casa e disse à mulher: Mulher, conheces David, o autor dos *Salmos*, acaso terias imaginado que esse David cortejou a mulher de um outro homem e matou um gentio?

Depois de contá-la fiquei triste, tal como sempre fico após uma anedota. Por que eu disse que os compiladores das histórias da *Bíblia* fizeram mal? Pois as tiraram da esfera de sua santidade e as tornaram profanas.

O que é a santidade?

O seu significado literal é a elevação a uma qualidade espiritual superior, que nenhuma língua pode explicar. E essa palavra foi usada pela primeira vez para designar a santidade do Nome, a santidade de todas as santidades, como é dito: "Pois Eu sou Santo".

Desta qualidade espiritual superior emanaram alguns objetos, que compartilham de Sua santidade, como por exemplo, Israel, de quem foi dito: "Israel é a porção santa do Senhor", pois Ele os tomou para Si, para serem um povo santo e dedicou a eles a Sua santidade e disse: "Santos sereis pois Eu sou Santo". E o mesmo sucede com o Tabernáculo e o *Beit ha-Mikdasch*[28]; a respeito do Tabernáculo foi dito: "Em lugar sagrado"; e o *Beit ha-Mikdasch*, cujo nome atesta a sua santidade. O mesmo sucede com Jerusalém, a Cidade Santa, e a Terra Santa, que foram santificadas pela santidade do Santíssimo, Bendito Seja, e pela santidade dos feitos de Israel, o povo escolhido e a nação santificada. O mesmo sucede com os dias destacados da nação, como por exemplo, o dia do Sábado, que é denominado o Santo Sábado; o Dia da Expiação que é chamado de Dia Santo, bem como as demais festas do Senhor. E foi dito que todas as coisas escritas no *Pentateuco*, nos *Livros dos Profetas* e nos *Escritos* são chamados de Escrituras Sagradas, tal como está escrito no tratado Schabat, capítulo 16,1: "Todas as Escrituras Sagradas devem ser salvas do incêndio". Consequentemente, verificamos que todas essas coisas são santas, ao contrário de profanas. E todo aquele que torna profano um desses objetos subtrai uma qualidade espiritual suprema da suprema santidade, enquanto todas as criaturas desejam santificar-se e elevar-se.

---

28. *Beit ha-Mikdasch*, lit., a Casa do Santuário, nome que designa o Primeiro e o Segundo Templos. (N. da E.)

Capítulo Sete e Vinte
O Menino Doente

Durante todo tempo em que permaneci na casa de Bach, o menino ocupava-se com seu livro de gravuras e não prestava atenção em mim. De repente perguntou-me: O senhor é da Terra de Israel? Disse-lhe: Sim, meu querido, sou da Terra de Israel. Tornou a perguntar: Também esteve em Jerusalém? Disse-lhe: Estive também em Jerusalém. Perguntou-me ele: Viu o Ierukham, meu tio? Respondi-lhe: Não, não o vi. – Por que não o viu? Disse-lhe eu: Não tive o ensejo de vê-lo. – Por quê? Respondi-lhe: Seu tio ficou morando num lugar e eu fiquei morando em outro. Olhou-me a criança com espanto e disse: Acaso, os judeus na Terra de Israel não residem todos juntos? Respondi-lhe: Sim, meu querido, todos os israelitas residem juntos, mas, ainda assim, porventura é possível ver a todos? Visto que há uma distância entre um lugar e outro, quem reside num lugar não vê aquele que reside noutro lugar. – Eles não se veem? – Certamente não se veem, toda distância distancia. – E por que o vejo eu? Perguntou então a mãe do menino: A quem você vê, meu pequenino? Riu o menino e disse: Vejo a Ierukham, meu tio. Perguntou sua mãe com temor: Você o vê? Disse o menino: Sim, mãe, eu o vejo.

Perguntou o pai do menino: Como você o vê? Em sonho? Redarguiu o garoto: Em sonho e não em sonho também. Eu o vejo a qualquer hora. Antes de este senhor entrar, vi Ierukham, meu tio, engraxando os sapatos com graxa marrom. Gritou Erela surpresa: Com graxa marrom? Replicou o irmão: Sim, Erela, ele engraxava os sapatos com graxa marrom. Pegou Erela os óculos, poliu-os e tornou a perguntar: Por que precisamente com graxa marrom? Disse-lhe seu irmão: Para que não se perceba neles o sangue que goteja do seu coração.

Sussurrou-me o menino e disse: Sabe que mataram meu tio? Um árabe matou-o. Por que o matou? Ele era um bom tio. Certa feita deu-me um soldado de açúcar montado em um cavalo de açúcar e, em sua mão, havia uma longa lança de açúcar. Aquele soldado era tão doce. Mas eu não o comi. Por minha vida! Não o comi, se bem que fosse doce, apenas lambi um pouco as pontas das ferraduras do cavalo e a lança. E o senhor conhece o meu avô? Respondi-lhe: Sim, conheço o seu avô. Ele me disse então: Ele foi para Jerusalém. Daniel acariciou-lhe a face e disse: Sim, meu querido, para Jerusalém.

Perguntou o menino a seu pai: E ele vê o Ierukham, meu tio? Disse-lhe seu pai: Visto que o tio já morreu, como se pode vê-lo? Disse o menino: E se morreu, acaso não se pode vê-lo? Disse a mãe do menino: Não, meu querido, não se pode vê-lo.

O menino calou-se por um breve momento e tornou a perguntar: E por que o árabe não morreu, se ele não é um bom homem, já que matou o tio? O que é morto? Acaso tudo que não se vê é morto? Disse-lhe sua mãe: Alguns morrem, alguns vivem. Perguntou o menino à sua mãe: Como sabemos quem está vivo e quem está morto?

Suspirou sua mãe e disse: Não mencione os mortos, meu pequenino. – Por quê? – Senão eles aparecer-lhe-ão em sonho. – Se a gente os vê, é sinal de que estão vivos? Mãe, acaso também Ierukham Liberto já morreu? – Por quê? Porque eu não o vejo. Disse sua mãe: Você certamente não o vê, porque ele deixou de nos visitar. – Por que não nos visita? Suspirou sua mãe e disse: Porque ele se sente bem em outro lugar. – O que é outro lugar? – Um lugar que não é aqui é um outro lugar. Disse o menino: Eu também não estou aqui? Disse a mãe: Não meu pequenino, não, pupila dos meus olhos, você está aqui, você está aqui. Perguntou então a criança: Por que estou aqui e não em outro lugar? Respondeu-lhe a mãe: Porque você, meu pequeno, é um tanto fraco e não pode caminhar com suas pernas. Disse o menino: Agora sei. – Sabe o que, meu pequenino? – Por que todos os lugares vêm a mim.

Perguntou Erela a seu irmão: O que significa que todos os lugares vêm a você? Replicou-lhe o irmão: Eles se movem e vêm a mim, e eu também vou a eles, não vou a eles com minhas pernas, vou a eles com meu corpo. Às vezes, quando caio de repente de uma montanha alta, alta e rolo e rolo e desço e caio, encontro-me com surpresa parado num riacho, e na água nadam peixes, muitos, muitos, e eles não têm cabeças, mas gorros de soldados. Mãe, quando eu for grande, faça-me uma mochila de soldado e partirei para a guerra. Pai, todo soldado tem uma perna de pau?

Suspirou a mãe do menino e disse: Cerra os olhos, meu pequenino, já é hora de dormir. Disse o menino: Tenho medo do sono, mãe. Disse a mãe: Não tema, meu pequenino, recita o Ouve Israel. Acaso suas mãos não estão limpas? Sendo assim recita: "Ouve Israel, o Senhor é nosso Deus, o Senhor é único". E agora diga boa noite. – Boa noite a todas as boas pessoas. Sua mãe beijou-o e disse: Boa noite, meu pequenino.

Capítulo Oito e Vinte
Uma Face Nova

Uma face nova apareceu na casa de estudos. Diariamente encontro um velho envergando trapos e envolto em trapos. Ele entra comigo e sai comigo. Senta-se calado e não fala com ninguém. Não é do meu feitio perguntar: Quem é você? Quando eu tiver de saber, hão de me informar.

Salvo no dia em que aqui cheguei, e uma segunda vez quando a conversa versou sobre as últimas gerações, jamais ouvi mencionar a divorciada e seu hotel. As pessoas com que me deparo não têm nada a fazer num hotel de tal naipe e não o mencionam nem para falar mal e agora todas as bocas falam daquela divorciada. E ainda contam um episódio acerca de uma moça que se deparou com um velho no mercado. Disse-lhe ele: Acaso sabe se fulana, filha de fulano, ainda reside aqui? Disse-lhe ela: É minha mãe. Disse-lhe ele: Se ela é sua mãe, eu sou seu pai. Logo se ouviu um rumor na cidade de que o divorciado havia retornado.

Aquele divorciado, de nome Rabi Haim, descendente de grandes homens, era um erudito na *Torá* e habilitado para o rabinato. Recordo-me de que, quando veio residir em nossa cidade, todos costumavam falar dele e do seu sogro; dele, devido à sua erudição, e de seu sogro, devido à inveja.

Esse sogro era rico em dinheiro e pobre em sabedoria, e possuía uma grande casa de tecidos no centro da cidade, bem como um lugar fixo para orar na velha casa de estudos. Quando a filha atingiu a idade do matrimônio, soube que havia um rabino numa pequena cidade próxima a Szibusz, o qual possuía um filho erudito na *Torá*. Juntou todo o seu dinheiro em notas, meteu-o numa bolsa de couro, foi ao rabino e, colocando-as à sua frente, disse: Tudo isto aguarda o marido de minha única filha, além de bens móveis e imóveis. Rabi, deseja dar-me o seu filho para casá-lo com minha filha? Viu o rabino todo aquele tesouro e assentiu no casamento. O ricaço cumpriu o prometido e ainda com acréscimo. Adquiriu uma nova casa e belos móveis e livros e instalou nela o genro, designando-lhe um servente para servi-lo e alugou-lhe um lugar na antiga casa de estudos, na banda oriental, e sustentou generosamente a ele e aos de sua casa, e ao pai dele, o rabino, também cumulou de presentes.

Rabi Haim sentava-se e estudava, afortunado, e especulava com os eruditos da cidade; achava tempo para anotar as suas inovações no papel e as enviava a seu pai, o rabino, e aos demais rabinos do país, e eles lhe respondiam consoante a sua honra. Nossa cidade, que se distinguira por seus rabinos, aos quais eram enviadas questões de todo o país, não contava então com um rabino, e tinha apenas um mestre instrutor sobre problemas de "colher e panela", tornou a enfeitar-se com os ornamentos da *Torá* ao lado das demais localidades dos israelitas, graças a Rabi Haim.

Portanto, Rabi Haim senta-se e estuda a *Torá* e sua mulher "carrega e descarrega", tendo lhe dado quatro filhas cujos cuidados recaíam sobre ela, que não se apercebia da grandeza de Rabi Haim. E, se quiser, você poderá dizer que toda aquela honra que cercava Rabi Haim não condizia com ela. O pai e a mãe, que se orgulhavam com o genro, repreendiam-na pelo fato de ela nada fazer para merecê-lo. E ela não sabia mais o que fazer. Acaso não lhe era suficiente envergar uma peruca que chegava abaixo de sua testa e oprimia-lhe a cabeça como o aro de uma carroça? Acaso não lhe eram suficientes as refeições que ela prepara para os bandos de intermediários que vinham de toda a parte para oferecer a ele o rabinato, e ela os servia como uma escrava, sem merecer nada neste mundo, exceto as reprimendas do marido para que silenciasse as meninas quando elas choravam?

Com o passar do tempo, por Rabi Haim não ter encontrado nenhum posto de rabinato, ele começou a lançar as suas vistas ao rabinato de Szibusz. Dizia ele: Esse homem que exerce o rabinato em Szibusz é apenas um mestre instrutor e não um rabino; portanto, o lugar de rabino está vago e quem mais do que eu merece ser rabino? Desde a sua chegada, Rabi Haim desfazia do mestre. O que este permitia, ele proibia, e o que este proibia, ele permitia. E ao fim, iniciou-se entre eles uma contenda que abalou a cidade, que se dividiu em dois partidos. E quando a controvérsia estendeu-se, a facção do Rabi Haim reuniu-se para empossá-lo no rabinato. O sogro encarregou-se de prover-lhe o sustento durante toda a vida e desobrigou a cidade de pagar o salário do rabino; comprometeu-se, outrossim, a contribuir para atender as necessidades da coletividade, além do que já gastava com os indivíduos. Presentemente, não restou na cidade sequer um dos contendores; alguns morreram na guerra e outros se espalharam por todo o país e misturaram-se aos demais depauperados. Mas naqueles tempos, somavam um terço da nossa cidade. Quando a cidade se cansou da controvérsia, chegou a um acordo, o de promover o mestre instrutor a rabino e o Rabi Haim a mestre instrutor. E Rabi Haim não aceitou. Disse Rabi Haim: Não é honroso para um grande aceitar a autoridade de um pequeno, e a controvérsia prosseguiu.

Eu emigrei para a Terra de Israel antes de surgir a contenda, e ali soube apenas de fragmentos das coisas que chegaram a mim, e não lhes prestei atenção, pois durante o tempo em que estive então na Terra de Israel, abandonei todos os assuntos com os quais as diásporas se digladiam e os afastei do meu coração. Portanto, uma grande guerra alastrou-se pela cidade, até que adveio uma outra e a cidade toda fugiu, exceto algumas famílias ricas que subornaram o inimigo com dinheiro para que as deixasse ficar ali. O inimigo tomou-lhes o dinheiro e, ao final, exilou-as, e ao Rabi Haim, o mais conspícuo de todos, levou como cativo. Desde então nada se soube dele até que chegou um judeu da Rússia e trouxe o divórcio para a mulher de Rabi Haim.

Aquele judeu contou que Rabi Haim adoecera e temia que, se morresse, não avisariam a sua esposa e ela, nesse caso, permaneceria presa a ele durante toda vida. Fez um funcionário jurar que mandaria buscar um escriba; e escreveu uma carta de divórcio e fez o escriba jurar que levaria a ela o divórcio. Quando a guerra acabou e o mundo começou a voltar a ser como dantes, Rabi Haim saiu da prisão e vagou de um lugar a outro, e de uma cidade a outra e de um país a outro, e passados dias e anos chegou até aquela mulher. Chegou e bateu à porta, mas ela não se alegrou com ele, assim como não se alegrara quando a fizeram casar com ele. Era a filha de um homem inculto; seu pai, que rezava na velha casa de estudos e assistiu às honras prestadas aos eruditos, respeitava os rabis, mas ela que permanecia na loja e assistia à honra prestada a comerciantes e vendedores, não respeitava os rabis. Se ele não lhe tivesse enviado o divórcio, ou, se lhe tivesse enviado o divórcio e tivesse voltado anos antes, haveria talvez concordado em voltar a viver com ele, visto, porém que ele lhe enviara o divórcio e retornara após muitos anos, não concordou em casar-se com ele, porquanto já se havia acostumado a viver sem um homem. As opiniões não concordavam; alguns diziam: Como é malvada essa mulher que assiste ao seu sofrimento e não zela por ele; e outros diziam: Como é malvado esse homem que deseja residir junto a pecadores. É verdade que aquela mulher preservou a sua virtude e a de suas filhas, mas, em todo caso, não preservou a virtude da casa.

A chegada de Rabi Haim não causou impressão. A maior parte dos habitantes da cidade era de novatos, recém-chegados, e como poderiam conhecer Rabi Haim? E aqueles que o conheciam estavam ocupados com os seus próprios infortúnios e se consideravam eximidos de suas obrigações tão somente com um suspiro. Quando o viram sentado na casa de estudos, seu coração despertou e eles clamaram: Ó Céus, um homem com o qual nossa cidade se orgulhava, não possui um teto sobre a cabeça. Puseram-se a convidá-lo, mas ele não comparecia. Trouxeram-lhe comida para a casa de estudos, mas ele não aceitava. Começaram a enfurecer-se com a divorciada que não recebia de volta o divorciado. Disse Rabi Haim: Deixem-na, pois ela nada me deve.

De início espantavam-se com o fato de que Rabi Haim, um erudito cujos lábios não se cansavam de estudar, ficava ali sentado em silêncio e não abria um livro. Alguns diziam que havia esquecido o seu estudo por causa da violência a que fora submetido, ou que adquirira nova concepção da *Torá* e não necessitava de livros. E alguns diziam que recusava a *Torá* a si mesmo, pois por causa dela promovera a controvérsia. Acaso é possível que alguém cujas ocupações todas se resumam na *Torá*, fique sentado ocioso e não estude? Mas porventura além desse não tivemos outros casos? Já houvera um episódio anterior aos tempos da guerra quando sucedeu que aqui chegou um homem que conhecia de cor as duas redações do *Talmud*, de frente para trás e vice-versa, e ninguém jamais o viu pegando um livro além de um exemplar de *Os Defensores da Fé* que lhe servia de travesseiro sob a cabeça. Assim, chegou um homem à casa de estudos e declarou que podia responder a qualquer pergunta, ali parado sobre uma perna só, e ele também não abriu nenhum livro. Parecido com eles, era Rabi David, filho do grande erudito Hakham Tzvi, que durante toda a vida exerceu o rabinato e, ao final, chegou a uma localidade onde não o conheciam e foi empregado como bedel e ali ocultou os seus feitos e não revelou quem era até o seu passamento. E quando morreu, gravaram na campa de sua tumba: Que lástima pelo grande bedel que o mundo perdeu.

Rabi Haim senta-se em nossa casa de estudos e aperta as mãos. Sua cabeça pende-lhe diante do peito, como alguém que deseja dormir. Mas em seus olhos percebe-se que não cogita dormir. Às vezes estende a mão à barba e a cofia, ou arruma o chapéu na cabeça e torna a apertar as mãos num gesto de aflição. Vejo aquele Rabi Haim que agitava a cidade como se toda ela fosse de sua propriedade, até ter sido expulso de sua posição, exilado e atirado de lugar em lugar, e ambas as imagens mesclam-se uma com a outra. E abaixo a minha vista e digo a mim mesmo: Agora, ele está sentado aqui. Do Senhor são os passos de um varão e o que entenderá o homem do seu próprio caminho?

Desde o dia em que Rabi Haim se abrigou na casa de estudos, a tarefa de Hanokh tornou-se mais fácil, visto que Rabi Haim enche a pia de água, arranja as velas e enche as lamparinas de querosene, e nas vésperas do Sábado varre o chão, faz tudo, exceto acender o fogão, que eu acendo. Não é por causa do seu simbolismo, pois, como já afirmei, não gosto de coisas que são feitas para servir de símbolos, mas porque já me habituei ao serviço, e porque é bom que o estudo seja acompanhado de trabalho.

Ora, disse eu a mim mesmo: Devo pagar a Rabi Haim por seu labor, além do que é pago a Hanokh. Quando desejei lhe dar o pagamento, recolheu as mãos e sacudiu a cabeça para cá e para lá, como alguém que diz: Não quero, não quero. Quis auxiliá-lo em um outro assunto, mas como poderei conversar com ele se evita conversar? E se alguém lhe pergunta algo, sacode a cabeça, conforme o que está pensando, para cá ou para lá, ou para cima e para baixo; assim se resumem as suas respostas, ou sim ou não.

Aproximei-me dele subitamente e disse: Rabi Haim, acaso necessita de algo? Por que se cala todo o tempo, senhor? Ele fixou em mim os olhos e me observou por um instante e disse: A um homem ao qual sucederam coisas ruins é melhor calar-se do que falar, para que não deixe escapar de sua boca algo impróprio.

Disse-lhe eu: Leia um livro e se distrairá um pouco. Respondeu-me ele: Esqueci o que estudei. Disse-lhe: Acaso um erudito pode esquecer o que estudou? Respondeu-me: Desde o dia em que fui exilado daqui, não me veio um só livro às mãos e não tive a oportunidade de ouvir sequer uma palavra da *Torá*. Disse-lhe: Eis aqui um livro, tente senhor, e leia. Respondeu--me: Já tentei. Disse-lhe: E a tentativa não foi bem-sucedida? Ele sacudiu sua cabeça para cá e para lá como alguém que diz: Por certo que não. – Por que motivo? Disse-me ele: Os olhos não captam a escrita e o cérebro não capta o assunto.

Desde então não o incomodei com palavras e não é preciso dizer que ele não se incomodou em dizer-me alguma coisa. Todo dia entrava comigo e saía comigo, trazia água do poço e enchia a pia, arranjava as velas e enchia as lamparinas de querosene. Terminado o trabalho, sentava-se no canto nordeste, ao lado do calendário, a cabeça inclinada e as mãos postas uma dentro da outra. Por seus atos percebia-se que estava habituado a trabalhar. Aparentemente aprendera muito na terra de seu cativeiro. Desejei conhecer algumas das coisas que lhe sucederam e contei-lhe coisas da Terra de Israel, para que, talvez desse modo, seu coração despertasse e abrisse a boca. Mas seu silêncio silenciou a mim. Sentávamos juntos na nossa velha casa de estudos como duas tábuas que sustentam o teto e suportam toda a construção e nenhuma das quais conversa com sua companheira.

No dia em que o serralheiro fez a chave para mim, tomei a decisão de jamais largá-la. Ao perceber que Rabi Haim madrugava e tardava na casa de estudos e que, todo dia, eu o encontrava diante da porta esperando por mim, e que, à noite, ficava comigo até que eu saísse, desejei dar-lhe a chave para que não dependesse de mim, mas ele não a aceitou. Por quê? Depois de alguns dias descobri a razão. Temia dormir na casa de estudos. E onde dormia? No depósito de lenha. E por que não na seção das mulheres? Pois nossa velha casa de estudos não possuía seção de mulheres, e toda mulher cujo marido rezava na antiga casa de estudos costumava rezar na seção de mulheres da Grande Sinagoga, e ninguém podia dormir lá devido ao frio.

Capítulo Nove e Vinte
O Frio do Inverno

O terrível frio pelo qual nossa cidade se tornou famosa chegou com todo o rigor. Certo dia, despertamos e percebemos que o céu escurecera e que o solo se congelara e um frio irrompia e assomava de baixo e de cima, das depressões e dos vales, das montanhas e das colinas, das pedras da rua e das nuvens do céu. Um tal frio, meu querido, você jamais viu em sua vida, e oxalá não o veja jamais. Somente nas terras das nações, que, o Santíssimo, Bendito Seja, aparentemente observa com olho irado, é possível que um frio tão cruel seja tão forte.

Após a hora do crepúsculo começou a cair neve. De início, pouco a pouco, em flocos, como penas macias e depois, muita, muita, como lã grossa. Antes de retornarmos da prece vespertina, a cidade inteira já estava coberta pela neve que ainda estava a cair. Ao amanhecer, todas as casas estavam imersas em neve, que ainda continuava a cair. E a sua queda produziu rebentos iguais a ela mesma. No mesmo instante em que era produzida, concebia e dava origem a novos rebentos, e estes outros também produziam rebentos incessantemente.

A neve é agradável para a vista, mas penosa para o corpo. Você sai para o mercado e afunda na neve. Deseja retornar e não encontra o seu rastro. Entrementes seu sangue congela e seus ossos lascam-se.

Este homem que veio de fora para cá não é atribulado pelo frio porque possui um capote agasalhante e porque passa os dias e as noites na casa de estudos. Ao voltar para seu hotel encontra um fogão aquecido, uma refeição quente e um samovar fervente. Mas as casas da maioria das pessoas da cidade estão repletas de neve e de gelo até aos pés de suas camas.

O frio irrompe e assoma. Na altura do céu não há um pássaro, e na terra embaixo, não há sequer um cão ou um gato. Todos os pássaros foram-se para as terras quentes. E talvez um par esteja a ciscar sobre o telhado de minha casa que foi destruída e talvez esteja a gorjear para os seus irmãos como gorjeava antes, no telhado da nossa velha casa de estudos.

Todas as ruas de nossa cidade estão cobertas de neve e suas casas afundam na neve até as janelas. Às vezes parece que as janelas baixaram e outras vezes, que a terra subiu até elas. Em virtude da neve, da geada e do gelo, desapareceram os trapos dos vidros quebrados e mesmo aqueles que não estão quebrados, estão selados pelo gelo. Outrora, quando éramos pequenos, o inverno costumava desenhar flores sobre algumas janelas da cidade, agora acumula sobre elas gelo disforme. Outrora, quando a maior parte das casas era aquecida e a menor parte não o era, ele se sentia à vontade para traçar belas formas, agora quando a maioria das casas não é aquecida, ele não se sente à vontade.

Mesmo a nossa velha casa de estudos foi atingida pelo braço do frio. Você entra nela e o seu calor não o envolve. Você se senta e não sente prazer em ficar. A lenha diminui e Hanokh não traz mais lenha. Há três dias que ele não vem à casa de estudos e não traz lenha. Hanokh, que costumava vir a cada dois ou três dias, tomou outro rumo. Considero cada cepo antes de atirá-lo no fogão e pergunto: Onde está Hanokh e onde está a lenha?

Um pequeno fogo arde no fogão, que ludibria os olhos e não aquece o corpo; nosso fogão assemelha-se a um fogão no qual algum garoto colocou uma vela acesa para iludir as pessoas, induzindo-as a pensar que o acenderam.

Que razão levou Hanokh a manter-se afastado da casa de estudos? Acaso encontrou algum tesouro na neve e enriqueceu e não precisa mais dar-se ao trabalho de trazer lenha? Perguntei por ele à gente da casa de estudos. Disse Rúben: Vi-o hoje. Disse Simeão: Não, só ontem. Disse Levi: Você diz ontem, talvez fosse anteontem. Perguntou Judá: Viu-o com sua carroça ou sem sua carroça? Disse Issacar: Que diferença faz se foi com sua carroça ou sem sua carroça? Disse Zabulon: Há uma grande diferença, pois se o viu com sua carroça, não pode tê-lo visto de modo algum, uma vez que anteontem era Sábado, logo suas próprias palavras o desmentem. Disse José: O que pensa disso você, Benjamim?

Disse Benjamim: Penso o mesmo que você, de todo modo vale a pena verificar se o seu cavalo estava atrelado à carroça. Disse Dan: E se esteve atrelado, então o que sucede? Disse Naftali: Se o cavalo estava atrelado, isto significa que ele se pôs a caminho. Disse Gad: É possível que alguém se ponha a caminho em tal frio? Disse Aser: Acaso não nos basta o frio da casa de estudos, e você ainda precisa nos lembrar do frio da estrada?

Não fiz bem em não empregar Hanokh como bedel permanente da sinagoga. Um bedel permanente não se descuidaria de trazer a lenha.

Digo ao Hanokh: Ai de você, Hanokh, por que não nos trouxe lenha? Acaso não vê que o fogão esfriou e que os judeus tremem de frio? Onde está a retidão e onde a piedade? Com que cara há de comparecer perante o Tribunal das Alturas, daqui a centro e vinte anos, uma vez que você causou mal-estar à gente de Israel?

E visto que ele se cala, cresce em mim a amargura e digo: Você, Hanoch, é cruel e seu Henokh é cruel e sua carroça não é melhor do que vocês dois. Os judeus gelam de frio e vocês passeiam a seu bel-prazer na neve. Acaso patinam no gelo à moda dos fidalgos que não possuem em seu mundo senão prazeres e divertimentos?

Tudo isso eu não o disse em presença de Hanokh, pois Hanokh nem sequer aqui veio para ouvir a minha reprimenda. Onde está Hanokh? Isto é algo que requer busca e investigação.

Tornei a perguntar à gente da casa de estudos o que sucedera a Hanokh que aqui não viera. É provável que tenha partido para a aldeia e ali permanecido por causa da neve, visto ser impossível retornar com tanta neve. A neve cessará e Hanokh voltará. Disse eu: Não temo por Hanokh, temo que amanhã não encontraremos lenha para o aquecimento. Disseram eles: Se é disso que teme o senhor, não há do que temer, se há dinheiro, há lenha, e se há lenha sempre se encontrará um portador que a traga.

Eu supunha que Schimke ou Ioschke ou Veptschi trariam a lenha. Mas Veptschi e Ioschke e Schimke preferiram ficar sentados perto do fogão a ir buscar a lenha. Contudo, abençoado seja Rabi Haim, pois saiu e trouxe a lenha nos ombros. Daí em diante, Rabi Haim carregava diariamente um saco repleto de lenha e o trazia à casa de estudos, e nos dias em que o frio era demasiado – duas vezes ao dia.

Um fogo eterno arde no fogão e uma dúzia de pares de olhos o guarda para que ninguém venha e retire uma brasa. Eu mesmo não me importo que alguém venha buscar uma brasa para a esposa. Mas meus companheiros divergem de mim e dizem: Que gelem os dedos das vendedoras e não incomodemos um velho estudioso duas vezes ao dia. Eu e Daniel Bach desejamos empregar alguém para não incomodar Rabi Haim, porém Rabi Haim pediu que o deixássemos cumprir essa boa ação até Hanokh retornar.

Os olhos dos avarentos são melhores que uma tranca de ferro; pois se alguém vem pegar uma brasa, vinte e quatro olhos o encaram e ele se apavora e retrocede.

A neve cai paulatinamente e a cidade se congela. Mas em nossa antiga casa de estudos reina o calor e as pessoas sentam--se ao redor do fogão e leem um livro ou conversam entre si. Uma ou duas vezes disse a mim mesmo que valia e convinha por certo investigar por que Hanokh não vinha, mas, por favor, digam-me, quem sairá num dia de frio à procura do Hanokh.

Um fogo perene arde no fogão e diariamente novas pessoas vêm se aquecer. E há alguns que madrugam e vêm ocupar um lugar junto ao fogão antes que venham os outros. Já contei mais acima que todo dia temos dez pessoas para rezar e agora devo acrescentar que temos – que o mau-olhado não nos atinja – três dezenas. E nas vésperas de Sábado trazem até mesmo crianças para que se aqueçam e elas respondem "amém", pois, fora responder "amém" e recitar o Ouve Israel, não conhecem ainda nenhuma oração. Não há mestre para crianças em nossa cidade e os pais das crianças estão atribulados com o ganha-pão e não podem instrui-las.

Tomei uma medida e adquiri um quarto de vinho e restaurei o costume de nossos antepassados, de santificar o vinho nas noites de Sábado na casa de estudos, e fiz os pequerruchos experimentarem o vinho. E no outro Sábado adquiri um saco de papel cheio de balas e, após a oração, as distribuí entre as crianças, não para acostumá-las a vir (e tenho o meu motivo e a minha razão; a mesma razão pela qual é dito na *Guemará*: "Por que não se leva os frutos de Guenossar para Jerusalém? etc."[29]), mas para que experimentassem doces cujo sabor elas e os da casa de seus pais já haviam esquecido.

Capítulo Trinta
Sobre Hanokh, o Desaparecido

Certo dia estávamos sentados, como de hábito, junto do fogão. A porta abriu-se ao som de lamentos e gritos e mulheres irromperam na casa de estudos. Pensei que vinham clamar diante de mim por não deixá-las levar brasas. Mas elas vieram clamar perante Aquele Que Falou e o mundo se fez, por Hanokh que não regressara.

Hanokh não retornou e sua mulher e filhos vieram bradar o seu infortúnio aos ouvidos das Alturas. Abriram as portas do templo e bradaram: Hanokh, Hanokh, pai, pai! Esqueci-me de contar que alguns israelitas que não temeram por si e não temeram o frio, saíram em busca de Hanokh, mas não o encontraram. Os gentios que os acompanharam disseram: Os lobos devoraram-no e certamente os seus ossos estão ocultos sob a neve. Mas o coração de uma mulher espera por misericórdia. E eis que ela veio diante d'Ele, Bendito Seja, em prantos, súplicas e queixas, a pedir que Ele lhe devolva Hanokh, e seus filhos e filhas estão com ela diante da Arca sagrada, e eles juntam os seus prantos ao dela.

Silenciosos permanecem os livros da *Torá* dentro da Arca. Todo o amor, a graça e a misericórdia estão dobrados e encerrados em seu interior. Quão justo seria se a porta se abrisse

---

29. É dito na *Guemará*: "Por que não se leva frutos de Guenossar para Jerusalém?" (Na peregrinação). Para que os peregrinos não digam: Se fizéssemos nossa peregrinação apenas para comer frutos de Guenossar, já estaríamos satisfeitos; e eles não estariam fazendo a peregrinação por ela mesma. (N. da E.)

repentinamente e Hanokh entrasse por ela, vivo! Queridos irmãos, quanto benefício tal fato traria ao povo de Israel nesta geração decaída de homens de pouca fé! Ó, a porta não se abriu e Hanokh não entrou. Que o Céu não permita que seja verdade que os lobos o tenham devorado, como dizem os gentios.

Mesmo quando sente uma espada afiada sobre o pescoço, o homem não deve renunciar à esperança de misericórdia; Ele, o Santíssimo, Bendito Seja, ainda pode trazer a salvação se a gente sabe esperar pela misericórdia.

O rabino da cidade reuniu dez homens honrados e ordenou que recitassem versículos dos *Salmos* iniciados com as letras do nome Hanokh; primeiro todos os versos que começam com *het,* a seguir todos os versos que começam com *nun;* depois todos os versos que começam com *vav* e em seguida todos os versos que começam com *kaf;* posteriormente, todos os versos iniciados com as letras do nome do seu pai e do nome de sua mãe. Quem está familiarizado com obras impressas, sabe que livros de prece dessa ordem não se encontram em nossa província, e entenderá o quanto o rabino labutou.

Envoltos em seus trapos, dez homens sentavam-se na Grande Sinagoga e recitavam em prantos e súplicas: "*Haneni,* compadeça-Te de mim, Senhor, pois sou fraco, cura-me, pois tremem os meus ossos", e encerravam com o verso: "*Hanun,* misericordioso e complacente é o Senhor, compadecido e cheio de misericórdia". Levantavam-se e proferiam uma prece especial, tornavam a sentar-se e recitavam: "*Nenatka,* rompamos as suas cadeias" etc., e terminavam com o verso: "*Noten,* Ele dá à besta o seu alimento" etc., erguiam-se e proferiam uma oração especial e tornavam a sentar-se e liam: "*Vehaiá,* ele será como a árvore plantada junto ao ribeiro, a qual dá o seu fruto no seu tempo; as suas folhas não murcharão e tudo o que fizer há de prosperar", e encerravam com o versículo: "*Vaiarem,* Ele elevará a glória de Seu povo e o louvor de todos os Seus fiéis, os filhos de Israel O exaltarão, dizendo: Aleluia". Levantavam-se e proferiam uma prece especial e tornavam a sentar-se até que encerravam com o versículo: "*Kol ha-neschamá*, que todos os seres vivos glorifiquem o Senhor, Aleluia". Levantavam-se e proferiam uma oração especial e, sentando-se, recitavam todos os versículos do nome do seu pai e do nome de sua mãe e erguiam-se e recitavam: "Que seja da vontade d'Ele" e o Kadisch.

Eu também fiz algo e estabeleci em minha casa de estudos que recitassem "Nosso Pai, Nosso Rei", no serviço matutino e vespertino, versículo por versículo. Soube-o o rabino e objetou. Disse ele: Quem veio instituir aqui novas modas? Hoje ele lhe diz recitem "Nosso Pai, Nosso Rei", amanhã lhe dirá que joguem futebol no Sábado!

Lamentei por não ter ido visitar o rabino, pois se o tivesse feito, ele não teria falado assim. Disse a mim mesmo: O dia passará e esquecerei o meu desgosto. Quando o dia passou e o meu desgosto não passou, fui visitar o rabino a fim de apaziguá-lo.

O rabino está perto dos setenta, mas não aparenta a idade. Seu rosto é ligeiramente alongado; sua barba dourada, com os fios de prata, dá-lhe o semblante agradável de uma pessoa de boa índole. Seus movimentos são comedidos e sua fala pausada, não eleva a voz demasiadamente, mas lhe acrescenta entonação para enfatizar as palavras. Parece robusto de corpo e na verdade é magro e alto, mas, ali sentado à vontade com ambos os braços cruzados sobre o peito, parece robusto. A despeito de ser pobre e de sua pouca paga, veste-se de cetim e zela para que suas roupas sejam limpas. Já mencionei no episódio de Rabi Haim que, a princípio, ele fora admitido como mestre-escola e não rabino. Quando a guerra acabou e seus rivais nela pereceram, e a cidade ficou reduzida, ele foi nomeado rabino. À parte da grande controvérsia com Rabi Haim, da miséria da guerra, e da desgraça dos *pogroms*, que são comuns a todos, ele não foi afetado pelos infortúnios da época. Seus filhos seguem os seus passos, se não em erudição, pelo menos em atos. Um filho é um grande ativista da Agudat Israel[30] e escreve um pouco para os seus jornais em língua ídiche. Outro é

---

30. Partido sionista ortodoxo. (N. da E.)

proprietário de uma espécie de fábrica de salames, e um outro, é genro numa família rica e há bons fundamentos para o rumor de que encontrará um cargo de rabino, visto que, por um lado, seu sogro tem boas relações com um famoso *tzadik* e por outro, com as autoridades.

Há uma regra na *Guemará* segundo a qual, assim como é dever da pessoa ditar preceitos que serão obedecidos, da mesma forma é seu dever não ditar preceitos que não serão obedecidos. Essa regra foi aplicada pelo rabino a si mesmo e o salvou de toda a espécie de atribulações. Mas se alguém vem consultá-lo a respeito de um pormenor, ele é rigoroso; não que a lei seja assim, mas porque convém ser rigoroso. O rabino costumava dizer: As leis não foram outorgadas senão para o regozijo dos seus estudiosos, e se você tem o ensejo de praticar uma boa ação, faça com que seu Criador Se regozije com você, e você seja rigoroso consigo mesmo. Se o consultante insiste e pergunta: Acaso a lei é realmente assim? Ele lhe responde: Se você conhece a lei por que pergunta a mim? Mas visto que não confia em você mesmo, deve confiar em mim. A despeito de seus atos ponderados e de seu falar moderado, ele não evita uma prosa ociosa e orna a sua conversa com coisas que divertem a mente, mas toma a precaução de não contar duas anedotas em seguida e de não contar algo que não diga respeito ao assunto.

Ao entrar recebeu-me cordialmente, embora desse para perceber que ele estava ressentido comigo por eu não ter vindo até agora. Falou-me assim, em aramaico: Se eu sou um rei (pois é dito: "Quem são os reis? Os rabinos".), por que não veio ver-me até agora? Logo me fez sentar à sua direita e contou-me por que razão havia discordado de que fosse recitada a oração "Nosso Pai, Nosso Rei", visto que ela não deve ser proferida por causa de um infortúnio individual. Uma vez que eu permaneci calado, supôs que eu estivesse agastado por ter dito: Hoje ele lhes dirá recitem "Nosso Pai, Nosso Rei" e amanhã dirá joguem futebol no Sábado, e se pôs a discutir por que é proibido jogar futebol no Sábado. Se alguém o ouvisse poderia supor erroneamente que na Terra de Israel não se faz nada salvo jogar futebol todos os dias e sobretudo aos Sábados. Disse mais coisas desfavoráveis à gente da Terra de Israel, que em virtude dos aborrecimentos esqueci, e eu não retruquei. Ao ver que eu me calava, mudou o tom, olhou-me com benevolência e elevou um pouco a voz, não demasiado, e acrescentou-lhe entonação a fim de enfatizar o que estava a dizer e falou: Agora o senhor me dará a honra e dirá uma bênção em minha casa. Logo em seguida ergueu a voz demasiadamente e chamou: *Rebetzin*[31], traga algo de comer para servir ao hóspede. Um judeu da Terra de Israel veio nos visitar.

Passou um curto lapso de tempo. Da cozinha ouviu-se o bater de pés e o ruído de pratos. A despeito de a mulher do rabino não ter retrucado, percebia-se que ouvira as palavras do marido e que estava preparando as iguarias. O rabino me olhou de um modo afetuoso, alisou a barba suavemente, e de súbito desviou os olhos de mim, mirou a porta, bateu com os dedos sobre a mesa a fim de apressar a esposa. Quis dizer-lhe que não valia a pena incomodar a *rebetzin*, visto que eu não estava faminto e tampouco sedento. A porta abriu-se e entrou a mulher, trazendo na mão uma bandeja e sobre ela dois copos de chá, travessas cheias de confeitos, algumas fatias de limão, e açúcar. Inclinou a cabeça em minha direção e disse: Bem-vindo. Ela denotava mais idade que ele, mas isso se devia antes à sua aparência gasta, do que propriamente aos anos. Em honra daquele homem que para cá viera, envergava uma espécie de coifa. Seu marido a observava com prazer, como um marido que está satisfeito com a esposa, pois vocês devem saber que nos tempos da guerra eles estiveram em contato com rabinos do Mizrakhi[32] e viram como o *grand-monde* se comporta.

Havia na casa um armário de livros. O rabino viu que eu o observava e disse: Eis os livros que o Senhor me regalou; parte deles chegou a mim por herança e parte eu comprei com meu próprio dinheiro. Graças a Deus, não há sequer um livro que tenha chegado a mim em pagamento de empréstimos e penhores. Além

---

31. Esposa de rabino. (N. da E.)
32. Partido sionista religioso moderado. (N. da E.)

destes, tenho aqui livros dos novos autores, que meu filho me trouxe, pois os autores lhe enviam a fim de que ele os recomende em seus jornais. Ouvi dizer que o senhor também escreve livros. Jamais os folheei, bastam-me os livros dos nossos santos rabinos. Mas já que estamos falando de livros, mostrarei ao senhor um livro escrito por mim. Talvez o senhor encontre tempo e possa folheá--lo. Estou certo que encontrará nele coisas agradáveis baseadas na verdade da *Torá*. Inclinou-se e abriu uma gaveta da mesa e tirou uma espécie de caderneta, colocou-a em minha mão e olhou-me afetuosamente, esperando que eu tecesse elogios.

Enquanto eu o folheava, a porta abriu-se e três pessoas adentraram. Levantei-me da cadeira a fim de sair. Pousou o rabino sua mão direita sobre a minha e disse: Ao contrário, sente-se senhor e ouvirá o que esses judeus têm a dizer. Dirigiu-se aos recém-chegados e disse: Sentem-se senhores, sentem-se. O que têm a dizer? Ao contrário, digam. Este senhor também é judeu, ao contrário, que ele ouça.

Todos começavam a falar, de modo confuso. Disse-lhes o rabino: Se falam todos ao mesmo tempo, não posso ouvir. Puseram-se a gritar confusamente: Miguel falará, falará Gabriel, falará Rafael. O rabino pousou a mão sobre a barba e disse: Por favor, mestre Rafael, diga você por que vieram. Disse Rafael: Por que viemos? O rabino deve perguntar por que não viemos até agora. Disse o rabino: Enquanto não vieram a mim não havia a quem perguntar. Então, meus senhores, por que vieram? Disse Rafael: Viemos em boa ocasião. A mulher de Hanokh está pondo o mundo abaixo. Socorro, brada ela, até mesmo gentios puseram-se a procurá-lo e eu vivo entre judeus e eles não fazem nada. Pensamos, rabi, que devemos fazer algo. Disse o rabino: Acaso não fiz algo? Acaso não fiz com que dez homens sentassem e lhes preparei o que recitar? Graças a Deus, não colhi os versículos na *Concordantzia*[33]. Eu mesmo, com minhas próprias mãos, os copiei com a vocalização e a acentuação. Disse Gabriel: E de nada adiantou, rabi. Disse

---

33. *Concortdantzia*, uma espécie de índice que assinala a localização na *Bíblia* de expressões e palavras. (N. da E.)

Rafael: Cale-se Gabriel, cale-se. Que Deus não o permita, não ponha palavras na boca do diabo! Disse Gabriel: E o que disse eu? Disse Rafael: Não deveria ter dito o que disse. A oração opera a metade. De qualquer modo, pensamos que o rabino deve decretar penitência. Talvez o Santíssimo, Bendito Seja, veja a nossa desdita e nos revele onde Hanokh se encontra. Suspirou o rabino e disse: Penitência exige arrependimento. Disse Miguel: Quem puder se arrepender, se arrependerá. Suspirou o rabino e disse: Há entre nós um homem que não é capaz de arrependimento. Ouvi dizer que aquele Haim entra e sai no hotel, e parece-me estou convencido que permanece sob o mesmo teto com a sua divorciada, sem a presença de outrem.

Disse eu ao rabino: Talvez ele haja confundido o hotel da divorciada com o meu. Disse Gabriel: A inveja do rabino já passou, mas não seu ódio. O rabino alisou a barba e disse: Para que não digam que o rabino de vocês é negligente, fixo um dia, e se de hoje até a véspera da lua nova Hanokh não voltar, estou disposto a decretar uma penitência pública. Fixou o tempo até a véspera da lua nova. Despediram-se e se foram e eu também me fui.

Ao sair, disse-me ele: Agora, visto que o senhor já sabe onde resido, pode voltar a visitar-me. Desejei retornar a ele imediatamente, como aquele homem que veio visitar um famoso rabi, permaneceu na sua companhia por algumas horas e, depois de ir embora, retornou a ele. Perguntaram-lhe: Por que você retornou já que permaneceu com o nosso rabi por algumas horas? Ele lhes respondeu: Acaso não dizem que se você esteve num lugar uma vez é certo que retornará a ele pela segunda vez? E, para que eu não precisasse retornar depois, retornei imediatamente.

Capítulo Um e Trinta
Hanokh

O dia determinado se aproximava e se acercava e o rastro de Hanokh não foi descoberto. A neve cobriu a terra e tampou-lhe a boca. A mulher de Hanokh e seus filhos perambulavam pela cidade e o som de seu lamento ascendia ao coração do Céu, e o Céu esqueceu a compaixão para com as criaturas.

De novo saíram pessoas em busca do Hanokh. Não havia uma única aldeia onde não procurassem. Acompanharam-nos alguns gentios que estimavam Hanokh, mas a neve ocultou seus segredos.

E o rabino ainda hesitava em decretar jejum para uma geração que comia e bebia no Dia da Expiação. Mas concordou em conversar com alguns indivíduos para que jejuassem por um dia e, nem é preciso dizer, que ele jejuaria com eles. Ao final venceram os homens de ação, e o rabino, à revelia, concordou em decretar a penitência na cidade. Aqueles que presenciaram aquele ato contaram que no instante em que o rabino concordou com a penitência, suas faces estavam pálidas como cal.

No Sábado anterior à lua nova, o bedel passou por todas as casas de oração da cidade e proclamou, sob as ordens do rabino, que se Hanokh não retornasse até a véspera da lua nova, toda a comunidade deveria penitenciar-se na véspera da lua nova, desde a manhã até o anoitecer. E todo aquele que não pudesse jejuar eximir-se-ia da penitência com uma esmola. E o bedel acrescentou ainda que naquele dia toda a congregação deveria reunir-se na Grande Sinagoga uma hora antes da prece vespertina, pois o rabino pregaria perante o público.

A cidade zombou e disse: O que tem este a nos dizer? Porventura nos outros dias comemos e bebemos? E o que fará o clube dos jovens, acaso eles decidirão por uma refeição especial como no Dia da Expiação ou, talvez, visto não estar este jejum escrito na *Torá*, eles também jejuarão?

Quando chegou a véspera da lua nova, as pessoas cessaram de zombar e se abstiveram de comer e de beber e até mesmo os hóspedes que se encontravam na cidade, não comeram nada.

Após o meio-dia metade da população da cidade reuniu-se na Grande Sinagoga. Ouvi falar que desde o princípio da guerra e até o presente momento, a sinagoga não vira um público tão imenso. Compareceram pessoas que nem sequer no Dia da Expiação costumavam comparecer. O rabino subiu os degraus que levam à Arca, envolveu-se em seu manto de oração e proferiu palavras de persuasão a fim de estimular o povo a submeter o seu coração ao arrependimento, para merecer que sua prece fosse acolhida pelo Senhor. E na prece vespertina o chantre tomou o seu lugar diante do púlpito e iniciou o serviço com a leitura de salmos e pronunciou toda a ordem de orações do Pequeno Dia da Expiação; tirou-se o Livro da Arca e recitou-se o Vaiekhal e após a repetição do chantre, o rabino ordenou que recitassem "Nosso Pai, Nosso Rei", um versículo após o outro. Entre o público encontrei algumas pessoas que eu não havia visto ainda desde que chegara à cidade. Os que estavam próximos de mim perguntaram por minha saúde e os que estavam distantes acenaram-me com suas cabeças. E não há do que se admirar, uma vez que todos os amargurados da cidade abandonaram-na. Não sei onde se encontra aquele homem que veio a mim com arrogância e insolência no Dia da Expiação, na velha casa de estudos, e me disse que eu faço parte daqueles que desejam que todos os dias sejam Dias de Expiação. Segundo as cartas que sua mãe me mostrou, ele estava errando por lugares em que todos os dias são Nove de Av e até mesmo por lá não o deixam permanecer.

Logo à minha entrada aproximou-se de mim Zacarias Rosen e principiou a conversar comigo sem ressentimento. E, entre outras coisas, contou-me como as gerações passadas procediam em dificuldades e desditas que assolavam a cidade e que salmos costumavam recitar. Em casos de *schüler gelauf*[34] recitavam tais e tais salmos e nas demais desgraças diziam tais e tais e nas outras desditas diziam tais e tais. Havia algumas desgraças a respeito das quais soubera por intermédio de seus pais, que souberam dos seus pais, que as souberam de seus pais, que haviam passado por

---

34. Ataques organizados por grupos de jovens cristãos, particularmente de escolas jesuítas, contra judeus em diversas cidades polonesas nos séculos XVII e XVIII, nos quais agrediam não apenas pessoas nas ruas, mas invadiam e pilhavam bairros judaicos. (N. da E.)

tais desgraças, e havia desgraças das quais soubera por intermédio de anciões que haviam lido a respeito delas no velho registro existente em nossa cidade. Aquele registro foi queimado, infelizmente – embora não como pensam alguns, por um certo dignitário que nele havia encontrado coisas desonrosas para a sua família – porém por seu filho, um homem erudito e distraído, que o queimou, não com intenção, mas involuntariamente. Certa feita, na véspera da Páscoa, ao proceder à eliminação de todos os alimentos fermentados, separou todos os papéis velhos que não eram mais necessários, mas enganou-se e, com eles queimou o velho registro. É uma pena que tenha sido queimado aquele velho registro, pois nele estavam arquivados eventos de mais de trezentos anos. Mas não se deve tratar aquele que cometeu algo por engano como um transgressor deliberado.

E uma vez que o coração de Zacarias Rosen foi desperto para os tempos antigos, ele não estacou até que me contou a respeito de algumas coisas que haviam sucedido em nossa cidade, como, por exemplo, sobre nossa velha casa de estudos. Visto que, outrora, a nossa velha casa de estudos se situava sobre a colina e as suas portas se abriam em frente à casa de banhos, e a sinagoga dos alfaiates ficava embaixo, no pátio da Grande Sinagoga, sucedia que os mais levianos entre os rapazes costumavam observar as mulheres que iam ao banho ritual e eram levados a maus pensamentos, motivo pelo qual os regedores daqueles tempos decidiram trocar uma pela outra.

Disse-me ainda Zacarias Rosen: Surpreende-me que não lhe ocorreu perguntar por que há uma sinagoga de alfaiates e não de sapateiros e de outros ofícios. A razão é que, certa vez, o governo da Polônia maltratou os israelitas; como consequência, os judeus fizeram um acordo entre si segundo o qual nenhum artesão judeu prestaria serviços aos poloneses até que se corrigisse; naquela época, os poloneses não tinham artesãos próprios. Os alfaiates transgrediram o pacto e os israelitas deixaram de rezar em companhia dos transgressores, de modo que os alfaiates foram obrigados a construir para si uma casa de oração.

E Zacarias Rosen disse-me também: Se você vier me visitar, contar-lhe-ei coisas que vale a pena ouvir. E quanto ao Rav Hai, dir-lhe-ei que você e todos os seus companheiros não foram suficientemente precisos e eu tenho pilhas e pilhas de provas de que sou descendente de Rav Hai.

Enquanto conversava com Zacarias Rosen, notei um homem que me observava. Quando Zacarias me deixou, aquele homem se aproximou de mim, perguntou como eu estava e alisou o meu capote, como alguém que me apreciava e ao meu casaco.

Ele envergava uma roupa leve e remendada, com um colarinho puído e erguido em direção ao seu queixo, e tinha um rosto extremamente franzino e olhos brilhantes. Dobrava os seus dedos, aproximava-os da boca e aquecia-os com o hálito, falando comigo por entre os dedos azulados. Percebeu que eu não o havia reconhecido, sorriu e disse: Não me reconhece? O senhor costumava ir e vir, em minha casa. Perguntei-lhe se era o fotógrafo.

Por que lhe perguntei se era o fotógrafo? E se fosse, o que ia acontecer? Eu jamais tivera algo a ver com o fotógrafo. Ele tornou a alisar o meu capote e perguntou-me: Bom, o senhor está satisfeito com este capote que lhe fiz? Tomei os seus dedos gelados em minhas mãos e me desculpei por estar tão preocupado com a questão de Hanokh que não o reconhecera imediatamente, e agora que o reconhecia, admirei-me por não tê-lo reconhecido. Perguntei-lhe pela saúde de sua mulher.

Sorriu Schuster e disse: Graças a Deus, está saudável e alegre, como o diabo da seção feminina da sinagoga. E quanto ao fato de ficar deitada na cama, isso se deve, em primeiro lugar, a ela ser mimada e, em segundo lugar, é para fazer com que suas vizinhas venham visitá-la e vejam a sua roupa de cama que procede da casa de um conde cujo nome não menciono por causa dos nossos laços de amizade, visto que ele perdeu seus bens e não é digno de um nobre que se fale de sua decadência. Mas revelar-lhe-ei, em segredo, que prestei a ele um favor e recebi em pagamento roupas que lhe confeccionei. E quanto ao Hanokh, devo dizer expressamente que é um negócio que cheira mal.

O alfaiate suspirou profundamente, aproximou seus dedos azulados da boca e repetiu: Um negócio que cheira mal. Perguntei-lhe se lhe era difícil jejuar. Encolheu os lábios numa espécie de sorriso e disse: Se o jejum é difícil para mim? Por que o jejum haveria de ser difícil para mim, se eu não jejuo? Desobriguei-me deste com dinheiro. Sou um artesão assoberbado de serviço e não posso dispor de uma hora sequer, e todo aquele que jejua não pode trabalhar, sobretudo em época de frio, pois o frio o distrai. Um pesado inverno assolou-nos e todos desejam roupas agasalhadoras. Até mesmo os fidalgos e as fidalgas que possuem muitas roupas desejam fazer mais roupas. O governador do distrito já me enviou uma mensagem. Faça-me dois ternos e um terceiro traje de gala, pois fui convidado pelo Pilsudski[35]. Mandei dizer-lhe que eu estava ocupado e que não poderia ir até ele. Ele me retrucou, dizendo: Se você não me fizer a roupa, vou zangar com você. Eu mandei dizer-lhe: Sua senhoria bem sabe que toda a cidade está praticamente nua e que se eu for até o senhor estarei me afastando do meu serviço e toda a cidade perecerá de frio. Até para mim, não encontro tempo para fazer um capote. Não, meu senhor, misericórdia, os judeus estão morrendo de frio.

Neste momento manifestou-se a compaixão do alfaiate e fê-lo contorcer o seu sorriso. Sua face empalideceu e seus lábios principiaram a tremer. Ao final moveu sua mão para baixo e disse: Digo-lhe, senhor, incomodamo-nos em vão, Hanokh já está morto. Como? Ei-lo arrastando-se atrás de sua carroça; o cavalo caminha à frente e a neve cai sobre ele, e as mãos de Hanokh esfriam, pouco a pouco, e seu corpo esfria. Ele ainda faz um esforço e vai para junto de seu cavalo, a fim de verificar se ele não morreu. O cavalo ainda está vivo, mas Hanokh está gelado como um morto. Hanokh estende os braços até o pescoço do cavalo e o abraça, e eles permanecem assim, juntos. Este sente frio e aquele sente frio. E quando permanecem juntos, parece-lhes que

35. Marechal Pilsudski, presidente da Polônia. (N. da E.)

se aquecem, graças à força de imaginação existente em qualquer criatura. Diz Hanokh ao seu cavalo: *Kindchen*, você está com frio? Diz o cavalo a Hanokh: Eu não estou com frio. Diz Hanokh ao cavalo: Sei que você está com frio, mas fala assim para não me entristecer. Estou seguro de que suas palavras não lhe serão consideradas como mentira. *Kindchen*, você está com frio? Antes que o cavalo tenha tempo de responder, a neve cai e cobre a ele e a Hanokh. Hanokh espreita de baixo da neve e quer sair a fim de chegar a uma localidade de judeus, para que eles o levem a uma sepultura judaica. Hanokh ergue uma perna e a tira da neve. Mas de que adianta erguer uma perna se você tem que tornar a afundá-la na neve a fim de retirar a outra perna afundada na neve? Mas Hanokh não tece pensamentos, visto que seu cérebro já se congelou e não é capaz de produzir nenhum pensamento neste mundo, e tira uma perna e afunda a outra, e inclina todo o corpo, algumas vezes para cá outras para lá, como eu estou lhe mostrando. E considerando que seu sangue gelou, seu corpo não possui força para se manter erguido e ele desfalece. E visto que desfalece, logo cai e, tendo caído, não pode mais se erguer e assim ele desfalece e cai. Enquanto este demonstrava a queda daquele, fraquejaram as pernas deste e ele caiu.

Ao som de sua queda muitas pessoas acudiram alarmadas. Algumas se afastavam e outras se aproximavam. Ouviram-se gritos espavoridos de alarme: Tragam água, água, não vinagre, não vinagre, tragam um pouco de água, alguém desmaiou. Ele não pode permanecer deitado assim, é preciso friccioná-lo antes que o sangue congele. Quem desmaiou? O alfaiate berlinense. Há pouco o vi conversando. Ao que parece, o jejum lhe era muito pesado. Então, devemos alimentá-lo. Senhor do Universo, por que estão parados aqui? Mexam-se.

Três ou quatro homens ergueram-no e trouxeram-no para a velha casa de estudos, colocaram-no sobre a mesa, levantaram sua cabeça, derramaram sobre ele água da pia e umedeceram--lhe os lábios ressequidos. Pegaram a toalha da mesa de leitura, bem como um manto de oração e puseram-nos sob sua cabeça.

Apressaram-se em trazer aguardente e alimentos. O alfaiate abriu os olhos, mirou ao seu redor e disse: Não tenho tempo, senhor, estou ocupado com meu trabalho. Por que estão amontoados sobre mim? Acaso posso vestir a cidade toda? Enquanto falava tornou a adormecer. Seus lábios empalideciam cada vez mais e não cessavam de sorrir, como se o sorriso estivesse congelado neles.

O corpo abatido jazia sobre a mesa da casa de estudos e a alma pura ascendeu a fim de pedir misericórdia por ele. Era agradável para o corpo jazer sem as contrariedades da alma. Enquanto este jazia e aquela arguia com seu Criador, eles chegaram e trouxeram aguardente. Abriram os seus lábios e derramaram na sua boca. Veio Rabi Haim trazendo um bule de café preto numa mão e um torrão de açúcar na outra e o fez beber o café preto adoçado com açúcar. Pouco a pouco, o alfaiate recuperou a sua disposição para suportar novas atribulações.

Ao sair, o rabino me viu, me cumprimentou cordialmente e me perguntou se o seu sermão me agradara e o que me agradara nele. Ao final disse-me que desejou falar mais, porém vira que o público estava fatigado em virtude do jejum e de que não havia, em seu meio, eruditos na *Torá* que pudessem entender as Suas profundidades, e, portanto, restringira-se. Ao término, segurou-me pelo braço e disse-me: Senhor, venha quebrar o jejum comigo e lhe direi o que deixei de dizer.

Pensei comigo mesmo: Se você estava num lugar uma vez, é certo que voltará a ele outra vez. Irei hoje e não terei que ir num outro dia. Pedi-lhe a permissão de vir após a refeição, pois sabia que era pobre, e eu não quis comer de uma refeição que nem sequer satisfaz ao seu dono.

A gente do hotel estava sentada à mesa com os hóspedes. Krolka corria para trazer aos penitentes sua comida. Dolik e Lolik estavam sentados, de cabeças cobertas como numa refeição sabática e comiam como se tivessem jejuado. E Babtchi também comia com apetite. À sua frente sentava Raquel e parecia estar comendo.

O hoteleiro estava sentado à cabeceira da mesa e tinha a fisionomia triste. Por causa da dor nas pernas, que naquele dia o incomodava ininterruptamente, não pôde ir à sinagoga e fazer parte do público. Agora que os seus sofrimentos se foram, sentava-se e esfregava os lugares doloridos, ora para acariciá-los por não o molestarem mais, ora para molestá-los por o terem incomodado durante todo o dia. Ainda ocupado com as pernas, ergueu a vista e observou Raquel. Seus lábios estremeceram e ele gritou: Coma, malvada, coma. Raquel estremeceu, pegou a colher, encolheu-se junto à mesa e suas faces enrubesceram como o fogo. Sua mãe viu isso e mirou o marido e Raquel com surpresa.

Entre um prato e outro, os hóspedes conversavam sobre o assunto do dia. Um dos hóspedes, que tinha estudo, comentou: Este foi um jejum digno. Uma vez que na *Guemará* se diz que toda penitência que não inclua os transgressores dentre o povo de Israel, não é uma penitência, eis que alguns dos transgressores dentre Israel se penitenciaram. Acedeu um outro e disse: No que tange ao jejum, foi um jejum condigno, e quanto ao pagamento do jejum? – O que é o pagamento do jejum? Respondeu o primeiro: É um pagamento que o penitente faz da quantia que ele teria gasto por seus alimentos se não tivesse jejuado. Retrucou um terceiro e disse: Com que inveja a *Guemará* olha os negócios dos israelitas; não lhes permite lucrar nem sequer com sua penitência! Replicou um e disse: Eu me comprometo a dar cinco *zlotis* como pagamento da penitência. Peço-lhe, sra. Zommer, tome o dinheiro e dê à mulher de Hanokh. Os presentes à mesa elogiaram o doador. Este acrescentou e disse: Se a dona da casa acha que o cálculo não é correto, adiciono dois ou três *zlotis*. Enquanto comiam e bebiam juntou-se uma pequena soma em favor daquela infeliz, a mulher de Hanokh.

Falou um outro e disse: Façamos um negócio. – Negócio? Jamais soube de um negócio em Szibusz. – Vendamos a bênção dos alimentos. Quem der mais conduzirá a bênção. – Um leilão americano? – O que é um leilão americano? – Todo aquele que deseja comprar oferece o seu dinheiro, e mesmo aquele cujo lance não ganha entrega a quantia que especificou.

Perguntou Babtchi: Mulheres também podem participar? – Na doação do dinheiro, por que não? Disse Babtchi: E se eu ganhar? Disse-lhe ele: Dará a honra a seu pai. Disse Lolik: Por que você questiona, acaso sabe dizer a bênção? – E você, sabe dizer a bênção? – Se me tivessem ensinado, saberia. Antes que pronunciassem a bênção dos alimentos juntou-se àquela quantia uma outra quantia.

Quando fui visitar o rabino narrei-lhe todo o episódio. Disse o Rabino: Vou lhe contar um episódio edificante. Certa vez, um erudito, o autor de *As Redenções de Jacó*, estava pregando sobre o dever de prover as necessidades de uma noiva pobre. Após o sermão, o erudito disse: Jamais um pregador foi tão persuasivo em seu sermão como eu. O público admirou-se de como um rabi, grande mestre da *Torá* e um temente, pode elogiar a si mesmo tanto. Ele percebeu-o e declarou: Persuadi a mim mesmo e lhe dei a metade do dote. Pois aquele erudito era um homem rico, erudição e bonança no mesmo lugar. O que diz o senhor a respeito? Acaso não se deve invejar tal poder? Feliz daquele que bem prega e bem pratica.

Alisou o rabino a sua barba e disse: Graças a Deus tive o privilégio de despertar algumas pessoas em benefício daquela infeliz.

Passando de um assunto a outro, chegamos ao assunto dos sábios do nosso tempo.

O rabino contou-me fatos que lhe aconteceram na grande convenção da Agudat Israel em Viena, onde havia rabinos que discordavam de uma norma que ele havia sancionado a respeito de um certo assunto e ele os rebateu a todos até que admitiram que a lei era conforme ele dissera. Enquanto falava estendeu-me um maço de cartas escritas em parte por eles e em parte por ele.

Folheei um pouco as cartas e recordei-me das palavras ditas por um sábio a respeito dos livros dos sábios da época: Se aqueles autores soubessem o que está escrito nos seus livros também seriam sábios, pois entre as suas próprias palavras citam palavras da *Guemará*.

Perguntou-me o rabino: O que diz, senhor? Não foi uma bela vitória? Disse-lhe eu: O que direi? Eu sou da Terra de Israel, e os eruditos da Terra de Israel estudam a *Torá* por amor d'Ela mesma e não importa quem sobrepuja a quem, visto que toda a sua intenção é que as coisas sejam conciliadas e que a *Halakhá* seja esclarecida. O rabino agarrou sua barba, zangado, e disse: E seu povo, são todos justos? E aquelas rixas e episódios de contendas, traições e mexericos que ouvimos de lá? Tudo isto não surge apenas para esclarecer a *Halakhá*? Até os próprios sionistas se envergonham por sua causa.

Disse-lhe eu: É um castigo do Céu, pois eles divergiram do reinado da Casa de David. E não obstante serem numerosos os homens de rixa em Jerusalém, mais numerosos são os homens de paz, que diminuem a si mesmos, e desconsideram a sua honra e estudam a *Torá* na pobreza e se regozijam com os padecimentos, e não sentem todas as atribulações que os assolam em virtude de seu amor à *Torá*. E assim como seu estudo é virtuoso, seus feitos são virtuosos, e todos os seus atos são praticados em boa fé. E assim como são virtuosos em seus atos, são virtuosos em suas preces. Mostrar-lhe-ei uma congregação de *hassidim* de Jerusalém que passa os dias a rezar e não suplica nada em seu próprio favor, mas apenas que o Nome d'Ele, Bendito Seja, seja engrandecido nos mundos por Ele criados. Há quem tenha o privilégio de rezar uma tal oração uma vez em setenta anos e há quem o tenha uma vez por ano, mas eles rezam assim três vezes ao dia. Disse o rabino E os seus jovens, o que fazem? Disse-lhe eu: Os jovens de Israel – seja eu o bode expiatório de seus pecados – não estudam como os eruditos e não rezam como os *hassidim*, mas aram, semeiam, plantam e sacrificam sua vida por esta terra que o Senhor jurou dar aos nossos antepassados. Por isso coube-lhes o privilégio, dado pelo Santíssimo, Louvado Seja, de serem os guardiões da Terra d'Ele. Por sacrificarem a sua vida pela Terra, Ele lhes entregou a Terra.

Os olhos do rabino encheram-se de lágrimas, mas ele não deu atenção às suas próprias lágrimas e disse: E quanto ao Sábado? Um versículo me veio: "E verás a prosperidade de Jerusalém por todos os dias de tua vida"; "verás", é uma expressão imperativa. Um homem deve contemplar as boas coisas de Jerusalém e não o contrário, que os Céus não o permitam. Disse-lhe: No Sábado os israelitas abandonam o seus afazeres e envergam belas roupas. Quem sabe estudar estuda, e quem sabe ler lê, e quem não sabe uma coisa e nem outra, passeia com a mulher e os filhos e eles conversam na língua sagrada e cumprem em suas próprias pessoas o dito: "Todo aquele que caminha quatro côvados nas Terra de Israel e fala a língua sagrada, tem a sua existência assegurada no mundo vindouro".

Mais uma vez os olhos do rabino marejaram-se de lágrimas que gotejaram sobre sua bela barba e brilharam como pedras preciosas e pérolas que o artífice engasta numa moldura de ouro. Ele não se deu conta dessas pedras preciosas e pérolas, mas lançou espinhos aos meus olhos e disse diante de mim coisas que, por causa da proibição de caluniar a Terra de Israel, não menciono.

O que fiz eu? Refreei a ira em meu coração e respondi-lhe pacatamente: Sei que o senhor tem em mente o bem de Israel, mas os espiões[36] também almejaram o bem de Israel, e qual foi o seu fim? Eu não gostaria de sentar-me em companhia deles, nem sequer no paraíso.

O rabino estendeu a sua mão e a pousou sobre o meu ombro com grande afeição, até que seu calor me penetrou e ele disse: Sabe senhor, o que me ocorreu? Vamos passar, eu e o senhor pelas comunidades da Diáspora e devolvamos o povo de Israel ao bom caminho. Disse-lhe: Eu e o senhor não podemos fazer tal coisa. – Por quê? – Eu, pois aos meus olhos todos os filhos de Israel são inocentes e, em se tratando de arrependimento, é o Santíssimo, Louvado Seja, que deveria, aparentemente,

---

36. Referência aos espiões que Moisés enviou a fim de efetuar o reconhecimento da Terra Prometida. (N. da E.)

arrepender-se. E quanto ao senhor, mesmo se todos os israelitas fossem puros como anjos auxiliadores, o senhor não os consideraria inocentes.

Chegou a meia-noite, mas nossa conversa não chegou ao fim. Por duas ou três vezes eu estava prestes a ir-me e o rabino me deteve. E ao final, quando me despedi dele e me fui, levantou-se e acompanhou-me até a saída.

A lua-nova aparecia claramente. A terra resplandecia de neve e o frio abrandara-se talvez ligeiramente. O tempo parecia estar mudando gradativamente, mas só o Senhor sabia se para pior ou para melhor.

Capítulo Dois e Trinta
No Mercado

Desde o dia em que Hanokh desapareceu e Rabi Haim o substituiu em suas funções, estou disponível para fazer o que quiser. Quando Hanokh trazia lenha, água e querosene e varria o chão nas vésperas de Sábado, a preparação das velas e o aquecimento do fogão eram feitos por mim mesmo, ao passo que Rabi Haim executa todas as tarefas ele próprio e ainda acende o fogão. Como? Certo dia demorei em vir e ele chegou e o acendeu. Desde então ele costuma também acender o fogão.

Naquele dia fui ao mercado. Em primeiro lugar, porque fazia alguns dias que eu não via a cidade e, em segundo, porque haviam consertado o fogão e o tinham rebocado com argamassa cujo cheiro me incomodava e então sai.

O frio arrefeceu um pouco e a neve encarquilhou-se e enegreceu, e até mesmo nos lugares em que se acumulava em pilhas, ela principiou-se a mostrar rachaduras. A neve enegreceu e as rachaduras, não obstante anunciarem que o frio abrandava, induziram-me à melancolia. A cidade estava quase vazia. Os lojistas ficavam postados à porta de suas lojas e os fregueses não vinham adquirir mercadorias. Não se via, pois, vivalma. Quem sabe no céu acima surgia algum corvo ou filhote de corvo, mas embaixo não aparecia ninguém senão eu, que estava ocupado em achar um caminho naquele lodaçal, até que cheguei ao correio.

Vi o correio e lembrei-me dos meus tempos de juventude, quando vivia tranquilo em casa de meu pai e derramava meus pensamentos em cartas amistosas a respeito da ociosidade, do tédio, da fé desalentada no imo e do futuro nebuloso. O sol brilhava no céu, os jardins floriam e as árvores produziam frutos nos campos; o trigo abundava, e o sustento da pessoa estava assegurado, e o judeu podia viver como um ser humano. Não obstante, uma tristeza acinzentada pairava sobre nossas cabeças e o coração não se alegrava. Às vezes a gente se deliciava com tal melancolia como um verme e outras vezes uma espécie de verme roía a gente. O que nos faltava naquela época? A nossa falta era que não sabíamos o que nos faltava. Repentinamente uma nova luz brilhou e alumiou o coração. De longe e de perto ouvíamos que também somos como todos os povos e também temos uma terra, como todas as terras, e que isso não dependia senão de nossa vontade de emigrar para essa terra e de sermos um povo. Os espertos daquela geração transformaram o assunto em motivo de riso e mostravam com provas cabais que tudo não passava de uma ilusão. E pior ainda, que se as nações ouvissem que pretendemos ser um povo, diriam: Sendo assim, o que buscais aqui? Levantai-vos e ide à vossa terra. Aparentemente, diziam palavras razoáveis. Mas o coração não concordava com elas. Naqueles dias, o verme cessou de roer o coração e a tristeza, que era pesada como o ferro, transformou-se em melancolia graciosa, que tinha a graciosidade do homem que sente saudade da coisa amada. Para que acrescentar e para que prolongar--me? Quem não a experimentou não a compreende e quem a experimentou conhece-a por si mesmo. Então se deu boca aos mudos e penas de escritores aos inábeis. O rapazinho ainda não sabia escrever corretamente duas ou três palavras e já fazia poemas. Pela lógica deveria aprender inicialmente linguística e gramática e ler os livros dos poetas que o antecederam. Mas ele não o fez e escreveu poemas inventados por seu coração. E veja só, um milagre operou-se. Um punhado de palavras que não basta sequer para o recibo de uma conta, bastou para ele escrever um poema. Foi então que escrevi o meu poema "Amor, Fiel Até a Morte". É o poema que Ierukham Liberto lançou-me na cara dizendo que a ele se devem todos os infortúnios que o assolaram: o fato de haver emigrado para a Terra de Israel e tudo o que se seguiu. Quantos anos se passaram desde então e aqui estamos novamente no mercado de Szibusz, tal como outrora, quando o tédio devorava o coração e o ócio enfraquecia os braços.

Ali está aquele homem em Szibusz qual uma pedra que o escultor arranca da montanha a fim de enformá-lo, e que ele jogou fora, pois não era digna de tomar forma. Ali está aquela pedra no lugar de onde foi retirada e não adere ao seu lugar, e eis que o pó e os pedregulhos aderem a ela, e ela faz brotar ervas, como uma boa terra, e o Santíssimo, Louvado Seja, esparrama orvalho e deixa cair chuvas e as ervas crescem. Seria razoável que aquela pedra ficasse satisfeita por ter se tornado ela própria um solo que faz germinar ervas e também brotos e flores. E por que não está contente? Pois não esquece aquele instante em que permaneceu na mão do escultor. Por que o artesão não lhe deu forma? O criador está ocupado com seu trabalho e não atende a qualquer interrogante. E mesmo se atendesse, a pedra é incapaz de rolar e ir até ele e perguntar, pois é de difícil locomoção devido à terra e aos pedregulhos que a ela aderiram. E visto que pousa em seu lugar, ela observa ao seu redor.

Observamos também, tal como a pedra, visto que estamos em disponibilidade para observar e olhar.

A cisterna do mercado estava como sempre vertendo suas águas para lá e para cá, e uma friagem úmida dela emanava e de ambas as suas bicas e da palha úmida que a envolvia. Toda vez que vejo o mar, um rio, um riacho, um lago, uma fonte ou um poço, gosto de observar suas águas. Mas naquele momento eu disse: Ó, quem me dera uma carroça para que pudesse voltar ao hotel e lançar-me sobre a cama.

Nenhum carro veio levar-me ao hotel e, portanto, permaneci na praça do mercado. À minha frente sentavam-se algumas feirantes envoltas em trapos, e cujas pernas estavam enfaixadas com sacos, e à sua frente erguiam-se vários tipos de caixotes que recendiam toda espécie de olores, de repolho em salmoura e maçãs apodrecidas. Certamente havia naqueles caixotes ou em cima deles mercadorias à venda. As feirantes fixavam em mim seus olhos indolentemente e perguntavam sem falar e sem dizer: Que mercadoria deseja? Três ou quatro mulheres rodavam no mercado com os cestos nas mãos. Entre elas estava Krolka. Ela não me viu e foi bom que não me visse, embora eu não soubesse que mal havia se ela me visse. Por fim voltou a cabeça em minha direção e disse: O senhor também está aqui? Vim comprar algo no mercado. Acaso há o que comprar? Ou repolho em salmoura ou cenoura apodrecida? O que me recusei a comprar ontem, comprarei hoje. Acaso não é assim que se diz: Os judeus desprezaram o maná e agora comem imundice.

As mulheres foram embora. As feirantes encolheram-se em seus trapos, apertaram os olhos, selaram os lábios e o mercado silenciou. A cisterna elevou repentinamente a sua voz; sua água fluía mais e mais e uma friagem úmida principiou a emanar.

Uma mulher abriu os olhos, olhou-me e disse: O senhor não quer comprar alguma coisa? Pensei comigo mesmo: O que deseja a tola que eu compre dela? Se Krolka, a criada do hotel, que vasculhou todos os caixotes, voltou de mãos vazias, por que aquela feirante está me dizendo – compre algo de mim?

Então a vizinha daquela mulher disse: Senhor, compre dela, compre dela, senhor, fará uma grande e boa ação; ela tem uma casa cheia de órfãos, órfãos vivos. Disse-lhe eu: Minha tia, em que carregarei a compra, acaso tenho cesta? Respondeu ela e disse: Compre o que desejar e a mulher de Hanokh levar-lhe-á a mercadoria a qualquer lugar que queira. Não é assim, dona Hanokh? A mulher de Hanokh sacudiu a cabeça de cima para baixo dizendo sim. Disse sua vizinha: Por que não diz isso ao senhor, que lhe levará a mercadoria? E a mim, disse ela: É uma mulher sofrida e lhe é difícil falar. Ai de ti dona Hanokh, você deseja ser mercadora, mas tem pena de abrir a boca? Por minha fé judaica, senhor, ela possui boa mercadoria, maçãs e ovos. As maçãs de que falei, estão como se tivessem sido colhidas da árvore hoje.

Perguntei à mulher de Hanokh: Que mercadoria tem aqui? Respondeu ela: Uma dúzia de ovos, trazidos pela gentia da aldeia, todos desta semana. Disse sua vizinha: Pode confiar nela, senhor. Ela não mente. Disse eu: Bem, tome dinheiro e leve-os à velha casa de estudos. Disse sua vizinha: Eu sabia que o seu coração era bondoso. Acaso o senhor necessita de outras coisas? Falei a mim mesmo: Eu não necessito, talvez Rabi Haim necessite. Disse eu à mulher de Hanokh: Acaso tem algo mais? Disse sua vizinha: Ela pode trazer-lhe tudo o que desejar. Disse--lhe: Tome dinheiro e traga-me uma libra de café dos melhores e três libras de açúcar.

Retornei à casa de estudos e aguardei que a mulher de Hanokh trouxesse a minha mercadoria. Quando ela trouxe, meu espírito abateu-se. Como entregarei a Rabi Haim as mercadorias?

Depois que o povo saiu da casa de estudos e eu estava prestes a trancar a porta, contei ao Rabi Haim o sucedido e lhe disse: Tal como eu não recusei àquela mulher, não recuse a mim e tome o que aquela mulher trouxe. As faces de Rabi Haim empalideceram e ele parecia zangado. Disse-lhe eu: O que deveria eu fazer? Não persegui as boas ações. Era um caso de necessidade. Agora, o que farei com toda esta mercadoria, acaso a levarei à Terra de Israel e atirá-la-ei no Mar Morto? Rabi Haim refreou a sua ira e replicou melodiosamente: Não se incomode com tais coisas. Louvado Seja Deus, não me falta nada. Economizei com o meu trabalho e posso sustentar a mim mesmo por enquanto. E se o Senhor me der vida também proverá o meu sustento no futuro. Eu o puxei pela roupa e disse: Faça-me o mesmo bem que eu fiz à mulher de Hanokh. Ele pegou a mercadoria e disse: Que Deus o abençoe. Respondi-lhe: O mesmo para o senhor.

Capítulo Três e Trinta
Rabi Haim e Suas Filhas

Eis aqui o lugar para agora contar algo sobre as filhas de Rabi Haim. Na verdade, eu deveria tê-lo feito ao principiar a história dele, todavia as coisas não me eram suficientemente conhecidas, mas agora, que já me foram esclarecidas, tentarei redigi-las.

Rabi Haim tinha quatro filhas. Uma era casada com um velho de uma aldeia distante de nossa cidade e uma fugiu e não se sabe para onde. Há os que dizem que ela foi para a Rússia e outros dizem que foi para uma *hakhschará*[37] de futuros emigrantes para a Terra de Israel. E uma ficava com a mãe, mas nem sempre, pois às vezes ia para a aldeia a fim de ajudar à irmã casada, sobrecarregada de filhos e filhas: os dela e os de seu marido, e os da primeira mulher de seu marido, e o que a primeira mulher lhe trouxera do primeiro marido. E outra, Tzipora, a menor entre as filhas, que não arredava pé de casa.

Aquele velho, marido da filha de Rabi Haim, cujo nome era Naftali Tzvi Hilferding, ficou órfão de pai e mãe na infância e foi criado na casa do sogro de Rabi Haim. Quando Haim chegou a Szibusz, o órfão foi colocado a seu serviço. Rabi Haim era estimado pelo órfão e o órfão era estimado por Rabi Haim, a tal ponto que este o tratava com familiaridade e conversava com Naftali Tzvi até mesmo sobre coisas que ultrapassam os interesses de um servente. E é preciso dizer que Rabi Haim auferiu grande proveito de suas conversas com Naftali Tzvi, não apenas em assuntos mundanos, mas mesmo em assuntos da *Torá*. Rabi Haim era um prodígio e como todos os prodígios espantava as criaturas com seus modos. E quando principiou a disputa com o mestre instrutor e Rabi Haim proibia o que aquele permitia e permitia o que aquele proibia, todos os eruditos que estudavam as suas instruções se assustaram e aproveitaram o ensejo para alegar que o Rabi Haim não instruía conforme a Lei; e eles gostariam de

---

37. Grupo de preparo para uma colônia coletiva. (N. da E.)

poder cortar-lhe as asas a fim de prejudicá-lo. O que fazia Naftali Tzvi? Não o deixava em paz até conseguir que redigisse os seus argumentos e as suas explicações e os apresentasse aos eruditos daquela geração. E estes lhe respondiam, quer concordando, quer discordando dele, mas as respostas deles aumentavam-lhe o prestígio. E Naftali Tzvi agia da mesma forma com ele no tocante a todo o resto, isto é, orientava os seus atos. E se não fosse por ele, o destino de Rabi Haim seria tal qual o destino da maioria dos gênios que inicialmente estudaram a *Torá* na pobreza e que, tendo se casado com filhas de ricos incultos, partiam da tristeza e da fadiga para o prazer e se descuidavam da *Torá*. Assim se passou a maior parte dos anos da vida de Naftali Tzvi e ele não se casou, até que veio a guerra e ele chegou a um lugar onde vivia uma parenta viúva a quem o marido deixara um negócio cheio de mercadorias e uma casa cheia de filhos. Naftali Tzvi pôs-se a cuidar dos órfãos e a tratar da mercadoria. E não sabemos de quem partiu a decisão, se foi dele ou da viúva, ou de Deus. Não transcorreram muitos dias até que a viúva se casou com ele e lhe deu um filho e uma filha, e faleceu.

Restou ele, viúvo, com uma casa cheia de filhos, os dela e os de ambos, e fez-se necessária uma mulher que cuidasse deles, do mesmo modo que a mulher necessitara anteriormente de um homem que zelasse pelos órfãos de seu primeiro marido. Certa vez Naftali Tzvi foi a Szibusz a fim de se prostrar sobre os túmulos de seus antepassados. Dirigiu-se à casa da mulher de Rabi Haim a fim de cumprimentá-la. E nesta época todas as suas filhas estavam com ela. Viu a primogênita, que já atingira a idade de casar e as menores, que estavam crescendo. No entanto, a casa delas era vazia, não tinha sequer um tostão furado de dote. Ele se apiedou da mulher e das filhas. Disse de si para consigo: Chamarei uma delas para que zele pela minha prole, dar-lhe-ei um salário, assim aliviarei o fardo de sua mãe e a filha terá um dote. Mas logo ficou em dúvida se era conveniente fazê-lo; acaso era digno de Rabi Haim que sua filha fosse uma criada, sobretudo uma criada a serviço dele? Apesar de não impor-lhe trabalhos pesados e de respeitá-la, não obstante deve-se presumir que às vezes um homem chega da loja e está faminto, e eis que sua refeição não está pronta, logo ralha com a criada e num átimo estará arruinando a sua boa ação. Sendo assim o que fazer, visto que elas necessitam de ajuda e ele não vê diante de si senão aquele recurso? Decidiu consultar a mãe dela. Ao chegar diante da mãe ocorreu-lhe falar com ela sobre si mesma, para que casasse com ele e livrasse a si e às suas filhas, das preocupações do sustento. Mas o seu coração o censurou: Ó tolo! Acaso um vasilhame destinado ao uso sagrado, será de uso profano? Não conversou com ela sobre si e tampouco sobre a filha. Mas começou a ir e vir à casa dela. Viu a filha maior de Rabi Haim, com a qual costumava brincar quando ela era pequena e a casa estava repleta de tudo que havia de bom e de melhor. Recordou-se daqueles dias em que ele a carregava nos braços e ela fixava seus olhos nos dele, e ele fechava um olho e a criança gritava: Ai, a pupila fugiu! E ele tornava a abrir o olho e a criança batia as mãozinhas de alegria porque a pupila havia voltado. E igualmente, quando o pelo de sua barba e de seu bigode principiou a crescer, ela o alisava e dizia: Ervas estão crescendo em suas bochechas, uma trança está crescendo debaixo de seu nariz.

Aquele homem idoso, que muitos anos antes havia sido um jovem, está sentado diante de um copo de chá, servido pela filha de Rabi Haim. O velho pousa a mão por sobre o copo, o vapor emana do copo e suas mãos e seu coração se aquecem. Sua boca abre-se e tudo o que estava oculto em seu coração se eleva e transborda por sua língua. Torna a contar a respeito dos tempos passados, tempos em que Rabi Haim era honrado por todos e metade da cidade havia tomado o seu partido e queria que ele fosse nomeado rabino. O velho observa as filhas de Rabi Haim e diz: Dias como aqueles jamais retornarão. E a despeito de elas terem também que se lamentar daqueles dias, dos quais nada restou, o coração delas se emociona, e as moças querem ouvir mais. Sobretudo a maior, que se recordava da grandeza do pai quando ela era pequena, e quando aquele velho, agora ali sentado a contar, pondo-a sobre os joelhos a divertia fazendo desaparecer e reaparecer a pupila de seu olho.

E a casa se alarga e seus móveis transformaram-se como se sobre eles pairasse a aura dos dias de outrora. Fazia muitos anos que as filhas não se sentavam tão despreocupadas e tranquilas e não ouviam coisas tão agradáveis como as que o velho contava. Sentado assim ele tornou a ponderar: Sou um homem abastado e tenho do que viver, mas não possuo o suficiente para fornecer dote às filhas de Rabi Haim, pois as filhas de minha mulher, do seu primeiro marido, estão crescendo e devo casá-las. Pôs-se a argumentar consigo mesmo: Eu, que cuidava dos assuntos de Rabi Haim, não sou capaz de cuidar dos meus próprios assuntos. Pegou o seu copo, tomou o resto do chá, pronunciou a bênção "Criador de inúmeros seres vivos e suas necessidades", levantou-se e saiu.

De volta para casa assaltaram-no as saudades da casa de Rabi Haim. À força, afastou do coração o assunto das filhas e começou a refletir sobre ele próprio que ficava sem mulher. E pode-se dizer até mesmo que durante toda a sua vida estivera sem esposa. Já fora casado e tivera filhos de sua mulher, mas unira-se-lhe em matrimônio pela casa e pelo ganha-pão que ela possuía, e já que ela faleceu ele deveria buscar uma esposa. Isso é fácil de dizer e difícil de fazer, visto que sua parceira era mais nova do que ele vinte anos e, ademais, era filha de Rabi Haim. É verdade que o mundo mudara e que os de cima haviam decaído e os de baixo ascendido; no entanto não era justo que os de cima decaíssem e os de baixo ascendessem. Essa guerra transformara pobres em respeitáveis e ricos em miseráveis. Se estivesse ao seu alcance, teria coroado de ouro as filhas de Rabi Haim, e não é preciso dizer a filha maior que atingiu a idade do matrimônio, e estava pronta para se casar. Mas se ele lhe desse o seu dinheiro estaria injustiçando os filhos e as filhas que sua mulher lhe trouxera do primeiro marido e os que ela lhe dera e, ademais, acaso haverá alguém que seja digno de ser o par daquela moça? De qualquer forma, havia uma saída dessa complicação. Como? Se ele a desposasse estaria aliviando-a da preocupação do dote.

E quais eram os pensamentos da moça? À semelhança de seu pai, confiava em Naftali Tzvi, seu ajudante. Ao retornar, disse-lhe ele: Não sei se compreende claramente por que vim. E se compreende claramente, por obséquio não responda em seguida. Permanecerei aqui por dois ou três dias. Nesse ínterim aconselhe-se com sua mãe e consigo mesma, e depois me responderá definitivamente. Agora vou tratar dos meus negócios e me despeço.

Ao voltar não repetiu as suas palavras e tampouco a moça disse algo. Quando a mãe dela entrou, ele se levantou e disse assim e assim falei com sua filha. Perguntou a mãe à filha: E o que você responde? Ela baixou a cabeça e disse: Não sei o que responder. Disse a mãe: Ontem você sabia e hoje esqueceu? Disse a filha: Eu não esqueci. Disse a mãe: Sendo assim, responda ao nosso amigo ou será que eu deveria responder em seu lugar? Disse a moça: Eu mesma respondo. Ergueu-se a mãe e chamou as demais filhas e disse: venham e desejem à sua irmã *mazal tov*[38]. Realizou-se a *hupá*[39] e ela o acompanhou. Visto que era fraca e delicada, chamou uma de suas irmãs para que viesse morar com ela e a ajudasse.

Eu não vi as filhas de Rabi Haim, exceto a pequena que morava com a mãe e ia visitar o pai e lavar-lhe a camisa, porquanto a maior é casada e se encontra em outra cidade, e uma irmã está com ela, e outra fugiu para a Rússia ou para uma colônia de treinamento de emigrantes para a Terra de Israel. A pequena, chamada Tzipora, era calada. E quando eu lhe perguntava algo, fixava em mim, assustada, seus olhos como alguém que teme e pede que não o maltratem. Com o passar dos dias acostumou-se comigo e me saudava com um *schalom*, na língua sagrada, apesar de não saber a língua sagrada. E duvido que soubesse

---

38. Lit. "boa sorte", "congratulações". (N. da E.)

39. Lit. "pálio nupcial"; também nome dado à cerimônia de casamento que se realiza sob ele. (N. da E.)

ler. E já tive vontade de sugerir ao pai dela que lhe ensinasse a ler, porém logo me arrependi. Falei a mim mesmo: Se ele não estuda, acaso ensinará à sua filha?

Capítulo Quatro e Trinta
As Casas de Oração da Nossa Cidade

Voltemos à casa de estudos. O quórum dos dez homens se reúne como de hábito e empreende as orações coletivas. Com o passar dos dias juntaram-se a nós alguns negociantes que vêm rezar a prece matinal e aquecer seus ossos antes de saírem para as lojas. As coisas chegaram a tal ponto que realizamos três serviços. Com o passar dos dias, até mesmo os *hassidim* principiaram a comparecer à nossa casa de estudos.

E aqui devo fugir do assunto a fim de tratar das sinagogas, casas de estudo, *schtiblekh, schilekhlekh, kloizen* e *kleizlekh*[40] que havia em nossa cidade.

Outrora todas as comunidades da Alemanha, Polônia, Lituânia, Boêmia e Morávia rezavam segundo o rito asquenazita, que receberam dos seus antepassados, e seus antepassados dos seus antepassados, dirigindo suas preces ao portal que lhes estava destinado no Céu. E assim como oravam pelo mesmo rito, do mesmo modo oravam com melodias especiais, parte das quais fora outorgada no monte Sinai e parte recebida dos mártires da Alemanha. Estes, quando foram levados à fogueira pelo inimigo, ascenderam em chamas ao Céu, suas almas, comovidas pela aproximação a Deus, entoaram cânticos, louvores e agradecimentos. Eles não sabiam que cantavam, mas sua voz cantava por si mesma, e os antigos chantres rituais introduziram melodia nas preces. E pode-se ainda senti-lo ao orar sinceramente,

---

40. *Schtibl* (pl. *schtiblekh*), uma sala de orações; *schilekhl* (pl. *schilekhlekh*) uma pequena casa de orações; *kloiz* (pl. *kloizen*), nome dado desde o século XVI na Europa Central e Oriental a uma casa de estudos talmúdicos, geralmente anexa a uma sinagoga; *kleizel* (pl. *kleizlekh*), um pequeno *kloiz*. (N. da E.)

pois aquela voz canta por si própria, mesmo se a pessoa não for alguém de voz maviosa. Portanto, onde quer que um judeu rezasse, pronunciava as orações de todos os israelitas. E até o Céu orientou suas orações segundo as orações dos israelitas, tal como foi dito: "Os Céus declaram a Glória de Deus e o Firmamento conta os feitos de Suas mãos". Quem são os "feitos" pelas mãos do Santíssimo, Abençoado Seja? São os filhos de Israel a cujo respeito as Escrituras afirmam: "Ele te fez e estabeleceu". Quando os de cima viram isso pensaram erroneamente que os dias do Messias estavam próximos e revelaram a indivíduos eleitos da geração os segredos da oração e da intenção e de suas combinações e interpretações, a fim de que estes se esforçassem em suas orações e preces e aproximassem o Fim. Mas ainda não havia chegado a hora da Redenção para os israelitas, naquela geração, e os corações perturbaram-se e confundiram a promessa de Redenção com a própria Redenção, e houve alguns israelitas que pensaram erroneamente que sua Redenção havia chegado e abandonaram os costumes de seus antepassados e introduziram novos hábitos, sobretudo no tocante ao modo de orar. Os portais do Firmamento confundiram-se e suas preces adentraram em confusão; não fosse pelo Baal Schem Tov, de abençoada memória, e seus discípulos, quem sabe o que nos teria sucedido, que o Céu não o permita!

E ele também substituiu o nosso rito pelo rito dos exilados de Sefarad, descendentes dos senhores e nobres da tribo de Judá. Por ter visto que estávamos próximos do Fim e que o reinado da Casa de David estava prestes a ser restaurado em sua glória, estabeleceu que se rezasse como rezou David, que descanse em paz, assim como os servos de um rei orientam os seus atos segundo as palavras do rei.

Quando o Baal Schem Tov faleceu e, posteriormente, os seus santos discípulos, seus discípulos, e os discípulos de seus discípulos principiaram a divergir, e cada seita pretendia ser a seguidora do santo Baal Schem Tov e de seus santos discípulos, puseram-se a alterar as preces e as melodias. Alguns adornavam as preces com os cantos de pastores afirmando serem elas as melodias do Rei David levadas ao cativeiro no seio de idólatras que adoravam astros e constelações, e outros dançavam durante as rezas, batiam palmas e batiam a cabeça na parede a fim de afugentar os estranhos pensamentos que os confundiam em suas orações; outros introduziram em suas rezas expressões que não possuem qualquer significado e algumas das quais constituem uma clara interrupção da prece, como por exemplo: *Tate zisser*[41]. E testemunhas fidedignas afirmaram que ouviram de seus antepassados, e seus antepassados de seus antepassados, que o ouviram dos anciães daquela geração que ouviram que a gente da seita gritava, durante a oração Ouve Israel e dizia: *Daway pojar*, que significa "Dá fogo", ou seja, "Ó Bendito, inflama o meu coração para o Teu serviço".

Em Szibusz, nossa cidade, houve também algumas pessoas que seguiram esse caminho, e os líderes da geração levantaram-se e expulsaram-nas da comunidade. Elas se foram e construíram uma sinagoga, que é a casinhola dos *hassidim,* chamada de *hassidim schtibl,* a qual todo o resto do povo chama de *leitzim schilekhl,* a sinagoga dos escarnecedores.

Quando aumentou o número dos *tzadikim,* aumentou o número dos *hassidim;* alguns seguiam um *tzadik* e outros aquele outro *tzadik*. Por fim, multiplicaram-se em nossa cidade os *hassidim* de Kóssov e eles edificaram para seu uso uma casa de oração, é a sinagoga dos *hassidim* de Kóssov, um *kóssiver schilekhl*[42], situada na rua do Rei, junto ao Chafariz Real; que é o chafariz do qual bebeu Sobieski, o Rei da Polônia, ao retornar de uma guerra vitoriosa e da qual retiramos a nossa água para fazer o pão ázimo.

Quando faleceu o *tzadik* de Kóssov, seu filho primogênito ocupou o lugar do pai e seu irmão mais jovem foi para Vijnitz, onde estabeleceu sua residência. Os *hassidim* de Kóssov dividiram-se em duas facções, uma foi atraída pelo primogênito e a outra por

---

41. Expressão ídiche: lit. "doce Pai". (N. da E.)
42. Diminutivo de *schul* (sinagoga). Lit. "pequena sinagoga de Kóssov".

Vijnitz. Os adeptos do *tzadik* de Kóssov que eram de nossa cidade não geraram descendentes iguais a eles e os seus filhos não foram atraídos nem por este e nem por aquele. E salvo o rito de Sefarad, nas orações, nada lhes restou dos costumes hassídicos.

Com o passar do tempo, novas pessoas chegaram a Szibusz, algumas eram genros hassídicos que vieram morar com os sogros, outros eram simples *hassidim*. Estes foram e escolheram como lugar de suas preces a casa de orações de Kóssov, pois nela rezava-se segundo o rito de Sefarad.

Havia mais um local de reunião de *hassidim* em nossa cidade, a nova casa de estudos, "nova" a fim de distingui-la da nossa velha casa de estudos, e nela rezava nosso mestre, o justo e ilustre rabino da cidade que, além de sua erudição na *Torá*, aplicava-se à ciência da Cabala. Todos os mais insignes estudiosos da *Torá* deliciavam-se com ele nos requintes da *Torá*, e aqueles que buscavam salvação vinham para receber a bênção de sua boca. (Sobre ele disse o ilustre autor das *Redenções de Jacó*, à guisa de anedota, que devemos agradecer o fato desse gênio inclinar-se para o hassidismo, pois, não fosse assim, não acharíamos lugar para nossas mãos e pés na casa de estudos, visto que ele nos teria sobrepujado a todos em acuidade e erudição na *Halakhá*.) Esse *tzadik* não deixou descendentes como ele e, quando morreu, sua casa de estudos transformou-se numa casa de orações de *baalei batim*[43] que rezavam segundo o rito de Sefarad, mas que não seguiam o hassidismo como seus antepassados. Tal é o poder de Szibusz, que desgasta as inovações e volta ao que é antigo, com exceção do rito de Sefarad que já se enraizou.

Muito embora o hassidismo se extinguisse da casa de estudos, restaram ali alguns *hassidim* cujo pequeno número os tornava insignificantes e que não ousavam erguer a cabeça. Se um deles era encontrado dançando ou batendo palmas durante as preces, silenciavam-no com uma reprimenda e lhe diziam: Este é um lugar sagrado e não um *kleitl*. Certa vez chegaram

---

43. *Baal bait*, pl. *baalei batim*, senhorio, pessoa estabelecida e respeitável. (N. da E.)

alguns *baalei batim* à casa de estudos e acharam ali ossos de pato, pois, à noite, os *hassidim* haviam feito para si um banquete de Lua Nova; é claro que toda a casa de estudos agitou-se por causa da profanação do Nome, por eles terem transformado um local santo numa taverna.

Naquela época, o *tzadik* de Rujin comprou a estância de Potik próxima a Szibusz e alojou ali o seu filho, que depois transferiu sua residência para Tchórtkov, e tornou-se famoso no mundo como o Rabi de Tchórtkov. Algumas pessoas de Szibusz foram atraídas por ele e alugaram um local para preces, e os *hassidim* que restavam na casa de estudos, se lhes juntaram. Com o passar do tempo, o local de orações não mais os comportava e eles construíram então um *kloiz*. Este é o *kloiz* tchortkóvino, que era agradável por sua gente e seu rito, pois a maioria dos que lá rezavam era douta na *Torá*, tinha bons modos, sabia cantar as melodias e sua prece era harmoniosa, não aos gritos e berros como a dos demais *hassidim,* e tampouco ficavam na imobilidade como os *mitnagdim,* mas como a dos *hassidim* de Rujin, que sabem diante de Quem estão se postando. E tal como sua oração, a aparência deles também era agradável, não usavam *peot* e barbas desgrenhadas nem mostravam os pescoços desnudos como os *hassidim* de Belz, mas seus cachos eram arranjados, suas barbas limpas e seus pescoços estavam cobertos. E, tal como sua aparência, assim era o seu modo de falar, tranquilo e não ruidoso. Eles se dedicavam ao comércio e estudavam a *Torá* e nos dias de festa preparavam no *kloiz* um banquete com vinho e nozes, dançavam e cantavam "Tu nos escolheste" e nas vésperas do Sábado, no inverno, após a refeição, reuniam-se e sentavam-se juntos, bebiam aguardente e comiam grão-de-bico preparado com pimenta, cantavam "Os que guardam o Schabat alegrar-se-ão com Teu reinado" e amenizavam a reunião com histórias e palavras da *Torá*. E no dia do aniversário da morte de seu *tzadik,* promoviam um grande repasto, farto em carnes e vinhos, cânticos e danças. Atraída pelo barulho da festa, vinha gente do povo que olhava e se admirava, que homens tementes a Deus promovessem danças. Enquanto permaneciam ali parados e observavam, chegava um *hassid* e pegava um deles pela mão e punha-se a dançar com ele até que o coração deste se entusiasmava e o homem se juntava aos *hassidim* de Tchórtkov.

Nem todos os membros do *kloiz* foram atraídos pelo *tzadik* de Tchórtkov. Havia alguns *hassidim* que eram adeptos dos rabis de Sadigora, Hussiatin, Vijnitz e Otonia, e outros que eram adeptos de outros *tzadikim*, que não participaram da bem conhecida controvérsia. No *kloiz*, os *hassidim* de Sadigora e Hussiatin eram considerados *tchórtkovers*, pois seus *tzadikim* eram irmãos do *tzadik* de Tchórtkov. Os *hassidim* de Vijnitz e Otonia eram considerados inferiores a eles. Se bem que os rabis de Vijnitz e Otonia fossem parentes do *tzadik* de Tchórtkov, não eram aceitos pelos *tchórtkovers*. Inferiores a eles ainda eram considerados os *hassidim* dos demais *tzadikim*¸ não eram aparentados com o rabi de Rujin e eram tidos como enteados de Deus. Nas três grandes festas e nos Dias Temíveis, quando todo aquele que era chamado a ler a *Torá* tinha o dever de abençoar o *tzadik* de Tchórtkov e todos os seus descendentes, e os *tzadikim,* seus irmãos, e todos os seus descendentes, os adeptos do Rabi de Tchórtkov não permitiam que se abençoassem os demais rabis, visto que ele era descendente da Casa de David, e se a geração o merecesse ele seria o rei de Israel, e não era digno de um rei que um plebeu fosse tão abençoado como ele. E às vezes, no dia do Jubileu daqueles outros rabis, o chantre não se abstinha de recitar o Takhanun.

Houve ali, no entanto, entre os *tchórtkovers,* um *hassid* do Rabi de Vijnitz, resoluto e abastado, que partiu com seus nove filhos e construiu para si um *kloiz*. É o *kloiz* de Vijnitz, junto à lagoa negra atrás do açougue. Juntaram-se a eles os demais *hassidim* que se sentiam como estranhos intrusos no *kloiz* de Tchórtkov, bem como outros *hassidim* que os de Tchórtkov não acolhiam, pois seus mestres haviam participado da célebre controvérsia. E aqui sucedeu-lhes o mesmo que lhes sucedera no *kloiz* de Tchórtkov, pois os *hassidim* de Vijnitz os ignoraram do mesmo modo que os *hassidim* de Tchórtkov. Assim, alguns deles retornaram ao seu lugar de outrora e outros se submeteram, calados, ao sofrimento.

Divididos os *hassidim*, poder-se-ia pensar que a congregação do *kloiz* encolheria. Mas na verdade não encolheu, visto que alguns filhos de seguidores de Tchórtkov, que se casaram com mulheres de Szibusz, estabeleceram seu lugar de oração no *kloiz* de Tchórtkov, e não é preciso dizer que todo *hassid* de Tchórtkov escolhia para suas filhas maridos entre os *tchórtkovers*. Estes comiam à mesa dos seus sogros e, livres das preocupações do sustento, sentavam-se no *kloiz* e estudavam tranquilamente. E nas noites de inverno, quando estavam sentados, cada qual com sua vela na mão, e sua voz chegava à rua, e as correntes de ouro sobre seus peitos refletiam a luz, os vizinhos desejavam ser abençoados do mesmo modo e diziam: Oxalá nossos filhos sejam iguais a eles.

Era vão, todavia, o desejo dos vizinhos, pois já não havia a quem se aplicasse a bênção, visto que as escolas seculares já tinham devastado a *Torá*. Mesmo a nossa velha casa de estudos, onde judeus se aprofundavam no estudo da Lei, não gerou filhos para a *Torá*. Ainda sentavam-se lá eruditos e ocupavam-se da *Torá*, mas esta não lhes trazia nenhuma glória, posto que lhes faltava paz de espírito, pois seus filhos e genros não eram estudiosos da *Torá*. E por que uns mereceram filhos e genros eruditos e outros não? Pois a gente da nossa velha casa de estudos tendia para o estudo da ciência secular dizendo que a *Torá* e a ciência profana vieram ao mundo juntas, e quem carece do saber de uma das ciências carece do saber de toda a *Torá*, e quando as escolas seculares se abriram para os filhos de Israel, estes enviavam seus filhos para lá a fim de completarem o saber da *Torá*. Porém, tendo entrado nessas escolas, os filhos já não mais voltavam para a casa de estudos, tendo-se tornado advogados, médicos, farmacêuticos ou guarda-livros ou simples pessoas sem *Torá* e sem ciência. Ao passo que os *hassidim*, que zombavam das ciências extrínsecas e afastavam-se da Ilustração, não enviavam os filhos às escolas e a maioria deles permaneceu com seus pais e, quando o pietismo hassídico estiolou, seu lugar foi preenchido pela Lei. E foi ela que lhes valeu, pois deles provinha a maioria dos magarefes, chantres e mestres. E até mesmo os rabinos, magarefes, cantores e mestres-escolas, que no íntimo não tendiam para o hassidismo, submetiam-se aos *tzadikim* da sua geração, já que todo rabino, magarefe e mestre-escola que não se subordinasse a um *tzadik* não poderia sobreviver em sua comunidade.

Havia algo mais em nosso *kloiz*, ou seja, duas ou três vezes ao ano viajávamos para visitar o nosso rabi em Tchórtkov. Aqueles que estiveram em Tchórtkov conhecem Tchórtkov e para os que lá não estiveram não há língua que o possa descrever. Além de termos o privilégio de estar frente a frente com aquele *tzadik*, para lá vinham *hassidim* de quase todos os países e tomávamos conhecimento do que se passava nos vários lugares da Diáspora de Israel, e às vezes acertavam-se ali casamentos e assim novos *hassidim* aderiam a nós, a ponto de ficarmos apertados no *kloiz* por falta de espaço, e não fosse pela deflagração da guerra, teríamos construído uma nova casa.

Havia algo mais em nosso *kloiz*: de vez em quando chegavam a nós hóspedes, a caminho ou de volta de Tchórtkov. O hóspede que vinha ao *kloiz* trazia um refrigério, trazia uma nova melodia e contava o que viu e ouviu. As conversas dos viajantes transformavam um dia comum num pequeno dia de festa. E amiúde o visitante punha os olhos em algum rapaz que lhe parecesse bom para casar com a filha, escrevia as cláusulas do contrato do matrimônio e promovia um banquete para os *hassidim*.

Dissemos acima que era costume contar histórias de *tzadikim*. E para não cair em erro, seja dito que suas histórias não mencionavam os primeiros *tzadikim* e tampouco o Baal Schem Tov, de abençoada memória. Certa feita chegou ao nosso lugar um ancião e contou uma história acerca do Baal Schem Tov, e um dos nossos disse: Se fosse verdadeira, teria sido incluída no *Livro dos Louvores do Baal Schem Tov*, e os *hassidim* sorriram, pois aquele livro não era considerado por eles como verdadeiro.

Toda a conversa dos *hassidim* de Tchórtkov não girava senão em torno dos antepassados, e dos antepassados dos antepassados do Rabi de Tchórtkov, e a respeito do seu irmão e dele próprio: como a porta de seu quarto se abria, e como ele se sentava em seu trono, e inclinava a cabeça para trás, e quem estava presente naquele instante e como ele adentrava o *kloiz* nas noites do Dia da Expiação e recitava a oração Responda-nos. Vocês podem não considerar importantes tais coisas, mas todo *tchórtkover* sabe que todo e qualquer movimento daquele *tzadik* visa o nosso benefício neste mundo e no vindouro.

Capítulo Cinco e Trinta
Acrescentando aos Primeiros

Naqueles dias brilhou a luz do *tzadik* de Kupiczince. Ele não herdou adeptos de seus antepassados, mas fê-los por si próprio, pois partia, de tempos em tempos, para cidades e aldeias, como os primeiros rabis; e em todo lugar onde chegava vinham a ele mulheres e pessoas simples que não costumava viajar para visitar os *tzadikim,* mas acreditavam na força deles. Certa vez veio passar um Sábado em Szibusz; juntaram-se a ele algumas pessoas da cidade e até mesmo alguns *baalei batim* de Szibusz. Alguns vinham às escondidas por terem vergonha de seus amigos, e ao chegarem encontravam os amigos que também vieram às escondidas, visto que Szibusz ainda era considerada uma cidade de *mitnagdim* e todo aquele que não era chamado de *hassid* orgulhava-se de ser *mitnagued.* Assim, aquele *tzadik* que chegou para permanecer um Sábado, permaneceu durante dois Sábados por causa da multidão que vinha procurá-lo. Durante os dois Sábados em que ficou em Szibusz, o *tzadik* de Kupiczince presidiu a mesa da casa de estudos do rabino e muitas pessoas vinham à mesa, seja por ter fé nos *tzadikim,* seja apenas para ver como eles se comportam. Aquele *tzadik* não proferia palavras da *Torá*, mas toda a sua conduta era à moda dos netos do *tzadik* de Rujin, à maneira de uma casa real. Ao sentar-se à cabeceira da mesa, com o *schtreimel*[44] bem ereto sobre sua cabeça, ao estilo dos filhos do *tzadik* de Rujin e a pequena barba tombada sobre o colarinho engomado, tamborilava com os dedos a mesa cantarolando "hal-hal-hal", e o público se emocionava. E quando inclinou a cabeça para trás e olhou para o alto, um ancião, remanescente dos adeptos do *tzadik* de Rujin, jurou que o *tzadik* de Kupiczince assemelhava-se ao de Rujin, tanto na santa figura como nos santos movimentos. Mal o *tzadik* de Kupiczince partiu da cidade, alguns populares reuniram-se e decidiram entre si erguer um *kloiz* em seu nome. No ano seguinte, ele retornou e então sucedeu algo que demonstrou claramente que aquele *tzadik* era importante tanto aos olhos das Alturas quanto aos olhos dos terrenos. Assim, sucedeu que os *hassidim* do Rabi de Tchórtkov agastaram-se com o *tzadik* de Kupiczince por ele ter invadido o território do Rabi de Tchórtkov, visto que Szibusz era considerada uma cidade pertencente a este último. E quando aquele chegou à cidade, os *hassidim* de Tchórtkov não vieram recepcioná-lo. As coisas chegaram a tal ponto que no mesmo trem em que chegou o *tzadik* de Kupiczince veio também um ilustre ancião dos *hassidim* de Tchórtkov, e todos supunham que ele se apresentaria ao *tzadik* de Kupiezince a fim de receber a sua saudação. Mas ele não o fez e apressou-se a entrar na cidade a fim de não se misturar com os que vinham recepcionar o *tzadik*. Antes de chegar à casa, porém, pegou um resfriado e adoeceu e todos sabiam que recebera uma punição por não ter prestado as devidas honras àquele *tzadik*.

Se não ocorreu aqui nenhum milagre, há nisso ao menos uma lição para aqueles que fazem pouco caso da honra de um *tzadik*, mesmo se o explicarmos como um acontecimento que seguiu os caminhos da natureza. Como é que ele "seguiu os caminhos da natureza?" Aquele velho já era uma pessoa fraca, quando se pôs a correr ficou com calor, suou e se resfriou. E se você quiser, poderemos explicar o fato assim: seu coração ficou gritando por

---

44. Chapéu de pele usado pelos judeus ortodoxos (homens) da Europa Oriental, após casados, nos Sábados e em dias festivos. (N. da E.)

causa daquelas honrarias todas prestadas a alguém que não era o seu rabi. E por causa da agitação, o seu coração adoeceu. E se quiser podemos explicá-lo assim: seu coração o afligiu, pois aquele *tzadik* era descendente do *tzadik* de Rujin e merecia que ele lhe apresentasse os seus respeitos, porém em Tchórtkov lhe fora dito que não era preciso fazê-lo. De uma forma ou de outra, a cidade tomou conhecimento do poder do rabi de Kupiczince e quem quer que ofendesse a sua honra seria punido. Numa visita ao enfermo contei-lhe o que diziam as pessoas, ele tomou a minha mão dentro da sua, sorriu e disse: Você conhece por certo o Efraim, o idiota que é cognominado de profeta? Quando ele vem a mim, dou-lhe uma esmola. Certo dia eu não tinha troco e o despachei sem dar-lhe nada. Ele me amaldiçoou, rogando que todas as minhas janelas fossem quebradas. Não passou uma hora e caiu um pesado granizo que arrebentou várias janelas em minha casa. Ai, eu disse à minha mulher, você ouviu as maldições daquele idiota? Ela suspirou e disse: Ouvi. Eu lhe disse: Se você encontrar outro fazedor de milagres, já saberá reconhecê-lo.

De todo modo, foi construído um terceiro *kloiz* em Szibusz, o do Rabi de Kupiczince, situado na rua do Moinho, em frente à casa de banhos. Os adeptos dele em nossa cidade provêm da gente simples que olhava com inveja os *hassidim*, para os quais cada dia era como um dia de festa e que se tratavam uns aos outros com amor, amizade e fraternidade e consideravam todo aquele que não era *hassid* como se carecesse de algum princípio básico do judaísmo. Aos *hassidim* de Kupiczince juntaram-se alguns ilustrados que, a princípio, eram sionistas, mas que não haviam encontrado o que seu coração procurava na Confraria de Sion[45]. Eles mudaram seus trajes e no Sábado envergavam o *schtreimel*. Mas o desejo de seu coração transformou-se neles em melancolia, já que o hassidismo não é adquirido pelo desejo e pela vontade, mas pela preparação da alma e pela devoção do coração. Seja como for, estabeleceu-se um novo *kloiz* em Szibusz.

---

45. Havurat Tzion, grupos de ilustrados sionistas. (N. da E.)

Não me recordo se o rabi de Kupiczince veio uma terceira vez a Szibusz, e, se quando veio regozijou-se com seus adeptos. Fosse eu dado a conjecturas, teria conjecturado que, uma vez construído o *kloiz*, ele não teria por que vir. Enquanto não possuía um *kloiz*, ele podia esperar que muitos viessem procurá-lo, porém, uma vez construído o *kloiz*, o limite estava fixado, pois se tivesse muitos adeptos, estes já estariam afiliados ao seu *kloiz*. Sobre um fogão de pobre, onde se cozinha um punhado de cevada com leite, não se pode assar um boi.

Em suma, assim estabeleceram-se as três casas de oração hassídicas em nossa cidade, afora a dos adeptos de Kóssov que já mencionamos. A guerra adveio e destruiu-as todas, e os *hassidim* foram dispersos, alguns aqui, outros acolá. Uns morreram pela espada, outros de fome, de peste e de outras enfermidades das quais Deus nos guarde; alguns afundaram nas futilidades do mundo, em cafés e jogos de baralho, salvo uns poucos que sobrepujaram as agruras do destino e persistiram corajosamente na fé dos sábios. Quando a guerra acabou e as estradas foram reabertas, alguns retornaram à cidade e encontraram-na devastada; reconstruíram um tanto as suas casas e os seus ganha-pães e dedicaram-se aos assuntos do espírito. Os *hassidim* do Rabi de Tchórtkov juntaram-se e tornaram a estabelecer um *kloiz* para si. Ao contrário do que sucedeu outrora, tiveram um privilégio do qual não gozariam os demais *hassidim*: todos os demais da cidade aderiram à casa de oração de Tchórtkov. E estavam a ponto de tornar-se uma única congregação e a aceitar uma única autoridade com amor, pois os israelitas já haviam passado por provações em tempos de guerra e sofrido um exílio após o outro, e deveriam estar cientes de que, enquanto não merecemos a completa redenção, devemos inclinar nossas cabeças perante os poderosos. Por difícil que fosse suportar, os israelitas acostumaram-se ao Exílio de Edom[46], mas não puderam suportar o Exílio de Jacó, que é o mais difícil de todos os exílios. Quando perceberam que

---

46. Exílio de Edom, o exílio sob o domínio cristão. (N. da E.)

nenhum futuro lhes estava reservado no *kloiz* dos *tchórtkovers*, começaram a dispersar-se e a partir, uns para cá e outros para lá, e alguns chegaram à nossa velha casa de estudos, embora as nossas orações fossem recitadas segundo o rito asquenazita.

A despeito de ali se rezar segundo o rito de asquenazita, eles não o modificaram e tampouco introduziram a confusão na casa de estudos, e não é preciso dizer que ninguém trouxe aguardente para o local consagrado, nem sequer no aniversário do falecimento de algum parente seu e tampouco no da morte de seu rabi. Aquele que vem orar em nossa casa de estudos torna-se igual a qualquer um de nós; tal regra nós a aplicamos em nossa casa de estudos com maior rigor do que se costuma fazer nas outras. Não fosse pelas histórias hassídicas que eles relatam uns aos outros, seu hassidismo não seria notado.

Essas histórias hassídicas mencionadas dizem respeito em parte à grandeza dos *tzadikim* da geração anterior e, em parte, à grandeza dos *tzadikim* de nossa geração. E a maior parte delas são histórias de milagres em que o milagre é maior do que o necessário e não pode ser devidamente explicável, a não ser que os *tzadikim* sejam especialmente estimados pelo Lugar e que, consequentemente, Ele altere a disposição natural e modifique a ordem da criação do mundo, a fim de causar prazer àqueles que O amam. Todas essas histórias têm um início terreno e um final espiritual e as mãos humanas e celestiais atuam nelas ao mesmo tempo e ajudam umas às outras, de modo que, se uma fraqueja, a outra acorre para apoiá-la. E mesmo no tocante aos assuntos do corpo, o Santíssimo, Bendito Seja, opera milagres para eles, envia-lhes o profeta Elias a fim de trazer-lhes um pedaço de pão e faz descer um serafim para acender-lhes o fogo do cachimbo. Quem pode retirar a terra dos teus olhos, ó Rabi Avigdor, tu que numa véspera de Sábado, ao anoitecer, expulsaste Rabi Uriel, o rabi dos *hassidim*, para que vejas agora os discípulos dos discípulos dele sentados em tua casa de estudos contando milagres e maravilhas de rabis que não chegavam aos calcanhares de Rabi Uriel, nem em *Torá* e nem em temor a Deus.

Capítulo Seis e Trinta
A Carta

Desde o dia em que Rabi Haim assumiu todo o serviço da casa de estudos, aliviei-me do fardo e permaneço longamente na cama e demoro-me à mesa e converso com qualquer hóspede que se me depara.

Os hóspedes com que me deparo no hotel são pessoas práticas e não se dispõem a conversas fiadas, mas reservam algum tempo para conversar com esta pessoa que veio para cá da Terra de Israel, e um judeu deve estar inteirado do que sucede por lá.

A Terra de Israel já deixou de ser um assunto pelo que as pessoas se reúnem para ouvir discursos e um motivo de serões, e já se tornou algo de que a maioria das pessoas deseja inteirar--se, algumas em momentos de infortúnio e outras antes do infortúnio. Quando os hóspedes conversam comigo sobre isso, os calculistas dentre eles sacam papel e caneta e põem-se a calcular quanto lucro oferece uma casa em Tel Aviv ou uma pequena granja numa aldeia. Às vezes, as contas de quem as faz correspondem ao valor da sua casa e da loja que possui em sua cidade, e se as vendesse ele poderia emigrar para a Terra de Israel e abrir lá um negócio. Mas, cá entre nós, a casa e a loja estão hipotecadas e a mercadoria não vale muito. O calculista pousa, pois, a sua caneta, senta-se e medita o que há de fazer um homem que não tem dinheiro? Acaso por ser pobre ele terá de morrer aqui como um cão? Digo-lhe: Senhor, por que não emigrou para a Terra de Israel quando tinha dinheiro? Zomba o calculista e diz: Quando eu tinha dinheiro eu ganhava a vida facilmente e não precisava arrastar os ossos de um lugar para outro.

O homem que para cá veio cala-se e nada retruca. Diz o calculista: Sendo assim, o que faremos? Digo eu: Não sei. Ergue o calculista a voz e grita: O que quer dizer não sei? Acaso pelo fato de um homem ser pobre vocês têm o direito de lhe trancar as portas da Terra de Israel? Está zombando de mim? Digo-lhe:

Jamais zombei de um judeu. Se devemos zombar, zombemos daqueles que consideram este mundo caótico o melhor dos mundos e não zombemos de um judeu que a todo instante se lembra de que existe um outro mundo.

Diz aquele homem: Por obséquio, que mérito tinham aqueles rapazes, que nem dinheiro e nem outra coisa possuem, para serem bem recebidos e obterem permissão de entrar na Terra de Israel? Digo eu: O mérito do seu trabalho. – O que quer dizer o mérito do seu trabalho? Acaso pensa o senhor que eu permaneço desocupado? Desde que eu me conheço por gente tenho sido como um boi de canga e como um burro de carga, jamais tive um momento de descanso. E a sua fisionomia fatigada comprova as suas palavras.

Digo-lhe: E o que pensa aquele homem a quem está hipotecada a sua casa e a sua loja, senhor? Acaso também deseja emigrar? O homem observa-me com espanto, e olha-me como se olha alguém que não sabe juntar coisa com coisa. Porventura não dissera que a pessoa não muda do lugar se dispõe de um ganha-pão? Sendo assim, diz ele, resulta que teremos de aguardar a vinda do Messias.

Dolik intrometeu-se em nossa conversa e disse-me: Por obséquio, meu senhor, quando chegar o Messias, recomende-me para que me tornem o encarregado dos certificados[47].

Alguns vêm a mim com queixas. Depois de tanto dinheiro que os sionistas haviam retirado das caixas de coleta do Keren Kaiemet[48] nas casas de cada um, eis que, quando desejam emigrar para a Terra de Israel, não se lhes dá permissão. Qualquer pregador, orador, ou mero visitante procedente da Terra de Israel que tivesse o ensejo de vir à sua cidade, era recebido com grandes banquetes e quando se lhes escreviam: Enviem-nos o certificado, eles não atendiam.

---

47. Referência aos certificados que permitiam a imigração para a Terra de Israel. (N. da E.)

48. Keren Kaiemet LeIsrael – Fundo para a compra de terras e a recolonização da Terra de Israel. (N. da E.)

Alguns já haviam desistido de emigrar, pois a Terra de Israel é pequena e os negócios são escassos e nem todas as pessoas encontram o seu sustento; mas, uma vez que há uma pessoa que veio da Terra de Israel, gostariam de saber dele o que há de verdade e o que não é verdade. Eles sabem que a verdade não é tal como a apresentam os oradores e como escrevem os jornais, e tampouco como difamam aqueles que voltam de lá. Assim, o que é verdade e o que não é verdade?

Digo-lhes: Tanto estes como aqueles dizem a verdade. Dizem--me eles: Como podem existir lado a lado ambas as coisas, se uns cantam louvores e outros difamam? Uns afirmam que é terra onde nada falta e outros que é uma terra que devora os seus habitantes. E o mesmo sucede com seus habitantes, uns dizem que são todos anjos e outros dizem que são piores que diabos. Disse-lhes eu: A exemplo do sol, os justos curam-se ao sol e os perversos queimam-se. O sol é um só, e constitui cura para os justos e o inferno para os perversos. Assim é a Terra de Israel, o homem encontra nela o seu destino segundo a sua natureza.

Um homem que estava parado do lado cumprimentou-me e disse: Na verdade, eu não deveria tê-lo saudado, mas ouvi dizer que o senhor é de boa família, cumprimentei-o, pois. – A que se deve toda essa ira? – Ele tinha dois filhos, que observavam os preceitos e as boas maneiras; eles emigraram para a Terra de Israel e voltaram, e eis que agora não observam os preceitos e nem as boas maneiras.

Penso comigo mesmo: Certo ancião possuía dois filhos e soube da notícia de que o sangue deles foi derramado no mesmo dia. Dois filhos possuía Freida e seu sangue foi derramado no mesmo dia. As medidas do Santíssimo, Bendito Seja, são plenas, seja para o bem, seja para o mal. Quando Ele dá, dá em dobro e quanto toma, toma em dobro.

Pergunto àquele homem, o pai dos dois filhos: Por que voltaram? Diz ele: Por que emigraram? Pergunto eu: Por que emigraram? Responde ele: Por que emigraram? Para aprender a ser hereges. – E aprenderam ali o suficiente? Responde ele enraivecido: Grande pergunta o senhor levantou, até mesmo os seus filactérios e as franjas eles deixaram por lá, não fosse uma gentia velha que morava com eles, lá na *kvutzá*, que juntava os filactérios e os manteletes que os rapazes deixavam jogados e os levava para a cidade, acabariam sendo atirados a algum lugar impuro.

Cada gentio com os seus modos, digo eu. Aqui em Szibusz, os gentios pegaram os mantos de oração e os filactérios e fizeram com eles o que fizeram e parece-me que em sua cidade os gentios também fizeram o mesmo.

O pai dos dois filhos responde-me irado: De qualquer infortúnio que advenha, os sionistas são os primeiros a tirar proveito; aproveitam-se dele para seduzir os israelitas a emigrar para a Terra de Israel. Digo-lhe: E os que não são sionistas, acaso não tiram proveito dos infortúnios?

Voltemos ao assunto. Desde o dia em que Rabi Haim encarregou-se de todo o serviço da casa de estudos, estou disponível para o que quiser fazer. Converso com algum hóspede que se me depara e, às vezes, examino os meus pertences e a minha roupa branca; examino o que deve ser posto fora e o que dever ser dado a algum pobre.

A sra. Zommer é uma mulher diligente e bondosa. Certa feita joguei fora um par de meias rasgadas e passados dois dias encontrei-o inteiro e cerzido; o mesmo sucedeu a uma camisa e ao resto da roupa branca. Krolka ajuda-a, pois ela se compadece deste homem, que veio para se hospedar por uma noite e se hospedou por muitas noites, longe de sua mulher e filhos e o qual não distingue entre algo que é passível de conserto e algo que não é passível de conserto.

Como um selo gravado por mãos hábeis, assim estão gravados os remendos em minha roupa branca e nas minhas meias. E talvez os remendos perdurem mais do que a camisa. Merece sobretudo atenção aquele remendo na meia. Embora

seja feito com linhas diferentes, torna a meia inteira. Bem-
-aventurado aquele cujos assuntos são passíveis de conserto e
foram consertados.

Falei bastante a respeito de minhas roupas rasgadas. E se
não disse muito a respeito das minhas roupas inteiras, certamente não falarei das roupas rasgadas. Mas elas me evocam à
mente os dias passados, quando eu era solteiro e me arrastava
de um quarto para o outro e de uma senhoria para outra. Desde
aquele período, alguns dos meus assuntos haviam se modificado. Casei-me com uma mulher e ela me deu dois filhos,
emigrei para a Terra de Israel, morei em Jerusalém e tornei-me
um chefe de família e, de súbito, tudo voltou ao princípio, e de
novo moro fora da Terra de Israel, num quarto de um hotel, e
cuido dos meus pertences como um solteiro.

Por que estou eu aqui e minha mulher e filhos em outro
lugar? Depois que os inimigos destruíram a minha casa e nada
me deixaram, invadiu-me um cansaço excessivo e minhas
mãos ficaram fracas demais para reerguer minha casa que
havia sofrido uma segunda destruição. A primeira destruição
ocorrera fora da Terra de Israel e a segunda na Terra de Israel.
Porém, quando minha casa foi destruída no exterior, aceitei
o veredicto e disse: É uma punição que sofri, pois optei por
habitar fora da Terra de Israel, e fiz um voto de que se o Senhor
estiver comigo e me devolver à Terra de Israel, estabelecerei um
lar para mim e não partirei de lá. E louvado seja Deus, que me
ofereceu o privilégio de emigrar para a Terra de Israel e habitar
em Jerusalém. Trouxe minha mulher e filhos, alugamos uma
casa, adquirimos móveis e, diariamente, eu agradecia ao Santíssimo que me permitiu ser parte dos habitantes de Sua cidade
a fim de abrigar-me à Sua sombra. E enquanto me deliciava
com o ar da cidade, que é temperado com tudo o que há de
bom, eu me admirava e dizia: Se é assim enquanto ela permanece em sua desolação, quanto mais será no futuro quando o
Santíssimo, Bendito Seja, há de conduzir todos os dispersos e
reconstruirá a Sua cidade. E quando via entre as ruínas rapazes

removendo a terra, e afastando as pedras remanescentes da destruição, construindo casas e plantando jardins e cantando na língua sagrada, e pássaros a voar entoando cânticos, era como se estivesse sonhando, pois desde o dia em que os israelitas partiram para o exílio, todos os pássaros do céu se dispersaram, e, caso aparecesse algum pássaro, semelhava-se a um punhado de poeira ou a um torrão de terra voador, mas afinal os pássaros retornaram à cidade. O Olho das Alturas principiou a contemplar-nos com misericórdia, pois "Ele contemplou desde o alto do Seu santuário, desde os céus o Senhor contemplou a terra". A olhos vistos, percebíamos que Ele, o Santíssimo, observa a Sua terra com bons olhos, e que um povo estava sendo criado. E já erramos em pensar que o exílio havia chegado ao seu término e que estávamos nos banqueteando com os dias do Messias.

Enquanto vivíamos tranquilamente, o veredicto divino atingiu-nos. O inimigo ergueu a sua espada sobre nossa santa cidade e as cidades de nosso Senhor, e as casas de Israel foram saqueadas, e os israelitas mortos, queimados e atormentados por duras provações, e todos os frutos de nosso labor pilhados. E sua ira ainda não foi aplacada e sua mão, Deus não o permita, ainda está estendida.

Eu, minha mulher e meus filhos saímos com vida e a espada do deserto não havia atingido as nossas pessoas. Mas todos os meus pertences foram roubados e os meus livros rasgados, e a casa, na qual eu pretendia habitar, arruinada. "O Senhor deu e o Senhor tomou, louvado seja o Seu Nome".

Louvado seja o nome do Senhor por termos saído com vida, mas os pertences de nossa casa e os meus livros foram pilhados e rasgados. Eu, para quem qualquer objeto na Terra de Israel é qual um membro do corpo, e todo livro, uma parte da alma, tornei-me de súbito como alguém que foi atingido física e espiritualmente.

Pior do que eu, minha mulher: desde que a desgraça nos atingiu, suas mãos fraquejaram. E quando alguns principiaram a retornar às suas casas e a reparar as suas ruínas, nos foi difícil retornar e reparar as nossas ruínas. Quem já viveu a maior parte de seus anos e foi atingido por duas destruições, fraquejam-lhe as mãos. Ela e nossos filhos foram-se para junto de seus parentes na Alemanha e eu fui à minha cidade natal.

O que fiz em minha cidade, eu o escrevi no livro, e o que minha mulher fazia junto a seus parentes, ela não escrevia nas cartas. Por suas cartas percebia-se que não pranteava a permanência fora da Terra de Israel, ao contrário, o fato causava-lhe algum regozijo, pois havia se libertado dos encargos da casa e do cuidado com hóspedes e estava disponível para cuidar dos filhos, criá-los, educá-los e instrui-los. É verdade que as crianças sentem saudade da Terra de Israel e, a propósito de qualquer contratempo, dizem: Em Jerusalém isso não nos teria acontecido. E, se você quiser, poderá dizer que também ela sente um pouco de saudade da Terra de Israel, sobretudo por seu clima. Não obstante, sua permanência no exterior lhe é proveitosa, pois descansa e, nesse ínterim, as crianças aprendem a conhecer a sua família e a saber das suas origens. E elas já falam a língua alemã e causam satisfação aos parentes com sua pronúncia, que se parece um pouco com o hebraico. Mas também ensinam a seus pequenos parentes o hebraico. E é provável que saibam mais do que o senhor *rabiner*. Certa feita, a pequena disse em hebraico: Peguei um escabelo. E o rabino não sabia ao que se referia. Certo professor que por acaso ali se encontrava, observou: Que prodígio, essa criança é conhecedora da linguagem do *Talmud*, pois esta palavra não consta do dicionário do Gesenius, mas é citada no dicionário do *Talmud* e dos *midraschim*.

Não pressiono minha mulher para que volte e tampouco ela me pressiona para que eu volte. Enquanto não se completou a porção de nosso exílio, habitamos fora da Terra de Israel, ela junto a seus parentes, e eu, em minha cidade natal, e toda semana visitamos um ao outro por meio de cartas. Eu lhe escrevo tudo o que me é possível escrever, e ela me escreve tudo o que lhe é possível escrever.

Alguns dos meus amigos da Terra de Israel também me enviam cartas. Respondo a alguns e a outros não respondo. Respondo para aqueles aos quais não há o que responder e não respondo àqueles aos quais há o que responder, visto que estes últimos são próximos a mim e converso com eles quando converso comigo mesmo e, visto que há muitas coisas a dizer, não consigo colocá-las no papel e adio a resposta de um dia para outro e de semana para semana. Mas costumo escrever à minha mulher e filhos, quer se tenho o que informar quer se não tenho o que informar. Desde o dia em que Rabi Haim se encarregou de todo o serviço da casa de estudos e estou mais disponível para os meus assuntos, escrevo-lhes mais.

Os fatos são escassos e as palavras numerosas, e eu ainda acrescento nas margens das cartas e entre as linhas. E vejo a minha mulher sentada sozinha, virando a carta de cima para baixo e de baixo para cima, e apertando os olhos a fim de captar cada letra. E me alegro pelo fato de minha mulher se ocupar tanto comigo, não como uma esposa que folheia a carta de seu marido, dobra-a e deixa-a de lado; e talvez ela torne a lê-la pela segunda vez, e talvez leia em voz alta, tal como eu leio as suas cartas em voz alta, porém a voz dela é mais agradável do que a minha.

Da mesma forma, costumo ler em voz alta as cartas que lhe escrevo e tenho os meus motivos e os meus argumentos, pois é da natureza da voz vagar e passar de um lugar para outro e às vezes, dois lugares distantes entre si são ligados pela voz e se juntam como se fossem um único lugar.

Após ter escrito à minha mulher e filhos, falei a mim mesmo: Já que a caneta está em minha mão, vou escrever para a Terra de Israel a fim de que me mandem um caixote de laranjas. Um homem se farta de comer diariamente batatas e sua alma anseia pelo fruto abençoado que alegra o coração e a vista. As batatas também são um alimento adequado e também pronunciamos uma bênção sobre elas, porém as laranjas as superam em beleza. Não é à toa que a Terra de Israel foi abençoada com elas, visto que o Santíssimo, Bendito Seja, planta toda e qualquer bela fruta em Seu jardim. E qual é o jardim do Santíssimo, Bendito Seja? A Terra de Israel.

A estação das laranjas chegou. Os pomares estão repletos de frutas que pendem das árvores como pequenos sóis e seu bom aroma enche a terra. Lá estão rapazes e moças. Se você busca força, lá estão os rapazes, se busca beleza, lá estão as moças. Se for um homem de imaginação, some a força e a beleza. Que pena deste homem que de lá se exilou.

Retornemos ao nosso assunto. Os laranjais estão repletos de árvores e as árvores repletas de frutas. Lá estão os rapazes e as moças colhendo as frutas em cestos e levando-as para o local do empacotamento. Lá estão sentadas outras moças, belas como suas camaradas, que selecionam as frutas; embrulham as melhores em papel de seda, impresso com letras hebraicas e as frutas médias são enviadas aos mercados de Jerusalém e de outras cidades do país. Há pessoas cujo único alimento é a laranja, como por exemplo, os pioneiros que não têm o que comer. Mas eu, louvado Deus, tenho outros alimentos cultivados na Terra de Israel e fora da Terra de Israel, e para aumentar o meu prazer acrescento as laranjas. Sentei-me por algum tempo e refleti: a quem escreverei. Se escrever para fulano que é meu amigo, talvez ele haja partido para o exterior e minha carta não o alcançará. As asas que ele criou para si a fim de voar para a Terra de Israel, ele as transformou em rodas para os seus pés, a fim de correr para o exterior. Ontem estava na Terra de Israel e hoje já não está na Terra de Israel. Ontem partiu para um congresso e hoje para uma convenção. E se não há congresso ou convenção, seu corpo lhe diz: Todos os anos você viaja por dever, este ano você viaja por você mesmo, para as fontes de água salvadora.

Mas há um homem na Terra de Israel que nem sequer todos os assuntos do mundo fazem arredar de seu lugar; nem congressos e nem convenções e tampouco cidades balneárias e as necessidades do corpo. Desde o dia em que abriu uma pequena loja de frutas e verduras num dos lados da rua, ele permanece pregado ali e pronto a servir e se eu escrever a ele, minha carta o encontra e ele me enviará o caixote de laranjas. Esse comerciante é modesto e humilde e não agita o mundo com palavras. Todos os seus pensamentos resumem-se na preocupação de sustentar a sua casa, instruir os filhos, casar as filhas, e na esperança de que talvez, se Deus lhe ajudar, eles não terão de permanecer na loja como ele, visto que as lojas são numerosas e os ganhos, parcos. Quando o povo de Israel retornou pela segunda vez à Terra, Esdras[49] estabeleceu que fossem bufarinheiros ambulantes pelas aldeias; quando os israelitas retornaram pela terceira vez, estabeleceram lojas para si. Nos dias de Esdras, quando os israelitas trabalhavam a terra, tinham paciência de esperar até que o vendedor chegasse até eles; nós, que nos afastamos do nosso solo, somos impacientes e não podemos esperar, por conseguinte estabelecemos para nós muitas lojas em todas as ruas, em todas as casas, em todo canto e em toda esquina.

Tenho uma afeição especial por esse comerciante, distinto da maioria dos lojistas da Terra de Israel, os quais após cada compra que você faz em suas lojas perguntam: O que mais? Eles fazem pouco caso de você em razão da compra realizada. Esse comerciante, ao contrário, possui o dom da contenção e não procura seduzi-lo para que você adquira algo de que não necessita e lhe dá o que você necessita generosamente. Antes que passe um mês, comeremos as laranjas que o comerciante nos enviou.

Capítulo Sete e Trinta
As Laranjas

O carteiro chegou e trouxe-me uma carta. Aos nossos olhos a carta é o essencial e o seu portador, supérfluo, e aos olhos dele

---

49. Personagem bíblica. Escriba que liderou o retorno dos judeus da Babilônia e o início da construção do Segundo Templo. Alguns atribuem a ele o início da compilação do Antigo Testamento, principalmente de *Crônicas* e *Deuteronômio*.

a carta é supérflua e ele é o essencial, pois se não fosse por ele, Szibusz estaria cortada do mundo e ninguém saberia o que se passa além de seus limites.

O carteiro é um homem corpulento, de mãos e pés pesados. Seu cabelo esmaeceu e seus olhos são da cor da cerveja diluída que se produz em Szibusz. Uma das pontas de seu bigode, de um lado, ergue-se, e a outra, do outro lado, pende e cai, e brotam-lhe espinhos em lugar da barba. Ao contrário do carteiro de outrora, cuja barba era à moda do imperador Francisco José, sem falar de seu bigode, que pousava sobre o seu lábio como um herói aliviado após uma vitória obtida sobre os seus inimigos na guerra; visto que antes de ser destacado para o posto de carteiro da gente de Szibusz, fora gendarme da gendarmaria do rei, o temor a ele dominava a cidade, ao passo que o novo carteiro é em parte aldeão e em parte citadino e duvido que saiba ler o que está no envelope. Quanto ao seu bigode, se uma de suas pontas se ergue e a outra pende e cai, deposito a culpa na gente de Szibusz que se apressa em receber suas cartas e não lhe dá trégua para cuidar do bigode.

Contudo, a bolsa que pende de sua nuca e se espalha sobre a pança é tão importante como outrora. Todos os acontecimentos da época estão nela contidos; periódicos, cartas comerciais e assim por diante. Que maravilha, tirou-se a pele de um animal que pastava no prado e berrava mé, mé, e dela se fez uma bolsa da qual agora se tiram coisas em consequência das quais se berra ai, ui. Esta carta, trazida a mim pelo carteiro, não é portadora de tristezas, uma vez que procede da Terra de Israel. Parece-me até que o carteiro sentiu isso e, ao passá-la às minhas mãos, sua voz era alegre.

Observei os selos e as letras hebraicas e disse ao carteiro: Não dei a você um presente no dia de seu feriado, agora vou lhe dar um duplo presente. Ele se curvou até a altura de sua bolsa e disse: Agradeço muito, senhor.

Eu lhe disse: Não me intrometo nos assuntos de outros, mas visto que este dinheiro provém da Terra Santa, não se deve tratá-lo com desdém. Se você é casado e tem filhos, um menino e uma menina, compre para eles figos ou tâmaras, ou outros frutos de valor. Ele pousou a mão sobre o peito, ou melhor, sobre a bolsa, e disse: Tal como é certo que amo a Deus, assim é certo que comprarei figos e tâmaras. Disse-lhe eu: E eu supunha que com o meu dinheiro iria tomar aguardente. Quão estranhas são as ideias dos homens, um pensa assim e outro pensa assado. Ou talvez não sejam estranhas, posto que ao final visam a mesma coisa. Disse-me ele: O que pensava de mim, senhor? Desde o dia em que voltei da guerra não entrei numa taverna. Disse-lhe: Bom, bom. Ao dizê-lo, lamentei-o; em primeiro lugar, porque prejudiquei o ganha-pão de um taverneiro judeu e, em segundo, porque me intrometi nos assuntos de sua mulher e filhos, ao passo que eu devo pensar em minha mulher e em meus filhos.

Aquele que sabe o que escrevi para a Terra de Israel sabe o que me retrucaram de lá. Eu escrevi: Enviem-me laranjas. Retrucaram-me: Enviamos.

Então o homem que aqui veio senta-se e reflete com seus botões: A qualquer dia chegarão as laranjas destinadas a Szibusz. Szibusz, que não viu uma laranja desde os tempos da guerra, receberá de súbito uma caixa cheia de laranjas.

Fui sozinho para a estação a fim de receber a caixa, ao contrário dos primeiros sionistas que, para recepcionar a primeira caixa de laranjas da Terra de Israel, iam em multidão festiva a recitar versículos da perícope semanal dos *Profetas*. Se os filhos de Israel estão errando pelos laranjais de seus irmãos buscando o seu sustento no trabalho e sendo rejeitados em favor dos filhos de Esaú e de Ismael, como pode este homem recitar versos de poesia?

A estação está coberta de neve e diante dela estendem-se trilhos de ferro. Sobre eles passam os vagões. Poucas pessoas partem de Szibusz e poucas chegam a Szibusz, mas o trem prossegue em sua função. Duas vezes ao dia, chega e parte. E quando ele chega, Borrachovitch, o funcionário dono do braço de borracha, sai e grita melodiosamente: Szibusz! Sua roupa está limpa e seu bigode arranjado, arranjado mais pela neve do que por ele próprio. Eu disse a mim mesmo: Vou esperar e ver Borrachovitch lambendo o bigode ao gritar "Szibusz!" Mas antes que eu pudesse ver, a neve caiu sobre os meus olhos e os cegou.

Sob montes de neve rola uma cadeia de vagões. Todos os dias eles são pretos e hoje, brancos. Acima deles rola a fumaça. Antes que a fumaça se decida a subir ou a descer, a neve vem e a cobre.

E o trem chegou e parou diante da estação, e meia dúzia de pessoas saltou, nas mãos traziam sacos contendo coisas com as quais um homem pobre ganha seu pão, como ferro-velho, peles de coelho e assim por diante e, talvez, batatas, cenouras, repolhos e feijão.

Onde estão os grandes negociantes que nesta estação do ano chegavam a Szibusz, envoltos em amplas peles, as golas de suas peles dobradas repousando sobre os seus ombros?

Os grandes negociantes venderam as suas mercadorias e não tinham dinheiro a fim de comprar nova mercadoria. Mas acaso os mensageiros da caridade não lhes deram dinheiro e não tornaram eles a fazer negócios? Porém, dinheiro procedente de caridade é desprovido de força; ele salva um pobre da fome, mas não o recoloca de novo sobre os pés. E se o recoloca sobre os pés, dobra o seu porte e humilha o seu espírito e este jamais se recupera. Aproxime-se e veja os homens que saíram do vagão: possuíam o porte ereto e vestiam peles, agora estão encurvados e seu espírito deprimido. Certamente a doação de caridade é uma grande virtude, porém esta é grande quando se doa como um pai dá a um filho, mas não é grande quando se doa como um ricaço que joga um tostão a um pobre, pois todos os maus espíritos que cercam essa virtude assoberbam-na e ascendem com ela.

Mas o que deveriam fazer os doadores de caridade? Essa questão é maior do que a terra e mais profunda do que o mar, e não está ao nosso alcance respondê-la. Porém, diremos apenas isso: se os filantropos de Israel fizessem seus os infortúnios de seus irmãos, o Santíssimo, Bendito Seja, teria auxiliado e eles não precisariam doar e tornar a doar. Mas eles não fizeram seus os infortúnios de seus irmãos e desejaram desincumbir-se do seu dever apenas pela mera doação. Por isso, seus irmãos permaneceram pobres e se amanhã, que Deus não o permita, algum infortúnio os assolar, não estará ao alcance dos recebedores de caridade auxiliá-los.

E onde estão os caixeiros-viajantes que vinham com grande estardalhaço, e quando os carregadores viam algum deles espreitando do trem, logo se penduravam à janela e cada carregador gritava: Meu senhor, eu carregarei a sua mala, eu o vi primeiro! Diz-lhe o senhor: Darei a você a ao teu companheiro também, visto que todo vendedor trazia consigo muitas malas. Antes que os carregadores tivessem tempo de carregar todas as malas, aparecia um segundo caixeiro e um terceiro e um quarto. Os grandes caixeiros não têm o que fazer em Szibusz, pois a cidade diminuiu e suas necessidades diminuíram. De tempos em tempos chega a Szibusz algum caixeiro-viajante, permanece dois ou três dias no hotel, poupa os gastos, mas prodigaliza as palavras.

E onde está a multidão de cantores e cantoras, poetas e poetisas que vinham nos dias de frio e aqueciam os corações da moçada com poemas e melodias? Os cantores e as cantoras, os poetas e as poetisas morreram na guerra e outros não os substituíram. Os filhos de Israel enredaram-se em infortúnios e arrastam-se de exílio em exílio e ninguém anseia pela arte das canções, mas Borrachovitch continua a gritar melodiosamente a seu modo: Szibusz.

A neve cai e o frio corta a carne das pessoas. Apáticos e melancólicos caminham cinco ou seis judeus rumo à cidade. Caleches saltitantes não acorreram para recepcioná-los e nem sequer cocheiros vieram recebê-los. Um carroceiro sabe quando vale ou não a pena incomodar o seu cavalo, ao contrário de Hanokh que incomodou a Henokh em vão, e agora ambos erram pelo mundo em caos e ninguém sabe onde se encontram. Alguns dizem que eles apareceram em sonho. E por que não perguntaram a Hanokh onde estava? Pois ele fez sua aparição como morto e eles temiam falar com um morto.

Por ter de aguardar até que o funcionário despachasse o trem, restava-me tempo para mim mesmo. E por estar disponível, elaborei muitos pensamentos. E eis um deles: quando é que esses judeus vão chegar a suas casas, antes do escurecer ou após o escurecer? E quando chegarem a suas casas, acaso os aguarda um fogão aceso e um samovar aquecido?

E uma vez que mergulhei em pensamentos, vieram também à minha mente os seus irmãos que partiram de Szibusz e me deixaram a chave de nossa velha casa de estudos. Há uma peculiaridade *sui generis* nessa chave; é fria, mas a casa que ela abre é calorosa. Vocês devem saber que sou um judeu da Terra de Israel e não gosto do frio, por isso costumo lembrar-me que nossa velha casa de estudos é quente, enquanto todos os seus arredores são frios.

Agora, o funcionário despachou o trem. O trem partiu com um grande estrondo e seu rastro começou a cobrir-se de neve. Leve, levemente, caíam flocos de neve sobre flocos de neve e o mundo clareou-se ao anoitecer. Quem não conhece a neve pode enganar-se e pensar que o mundo agora se torna claro, mas ele ignora que a neve hoje é branca e amanhã enegrece e, ao final, transforma-se em lamaçal. À neve cadente juntaram-se os raios vespertinos. Antes que a neve os pudesse cercar e embranquecer, eles escureceram a neve.

Estendi ao Borrachovitch a carta recebida por mim do escritório da estação. Ele leu e disse: Laranjas da Palestina! Engoliu ar e tornou a gritar: Palestina! Caros irmãos, o que eu havia dito antes sobre a voz melodiosa com que ele diz "Szibusz", não é nada comparada à sua melodiosa pronúncia de "Palestina".

Borrachovitch é estimado por mim, não pelo braço de borracha, que o torna estimado pelas filhas dos gentios, mas por ter ouvido de sua boca pela primeira vez, ao voltar, o nome de minha cidade. Hoje, a minha estima por ele foi duplicada, pois fi-lo mensageiro com a missão de trazer as laranjas.

As laranjas chegaram. E ei-las dispostas no caixote em meu quarto, recendendo ao bom aroma como o de um laranjal na

Terra de Israel. Era justo que eu abrisse a caixa e desse ao Borrachovitch uma laranja, visto que ele manteve a palavra e não reteve o caixote. Porém, não abri o caixote e de seu conteúdo nada dei a Borrachovitch, mas compensei-o com dinheiro, pois destinei todas as laranjas a Ierukham Liberto. Em primeiro lugar, porque lhe devo uma parte de uma laranja, e aquele que dá, deve dar generosamente. E, em segundo lugar, porque as destinei a servi-lhe de presente de bodas. Já no mesmo dia em que encomendei as laranjas soube que Ierukham estava prestes a casar-se e desejei alegrá-lo no dia de seu regozijo.

Ierukham Liberto devia ter esposado Erela Bach, primeiro porque havia sido destinado a Erela Bach, pois fora amamentado junto com ela do leite de sua mãe; e, depois, porque o pai daquela moça, Raquel Zommer, que as pessoas caluniam dizendo que ela o persegue, não o tolera e não quer que a filha se case com ele. Contudo, sendo hoje uma época em que uma filha se levanta contra o pai, Raquel fez o que seu coração desejava e acompanhou Ierukham Liberto ao pálio nupcial.

Capítulo Oito e Trinta
O Acerto de Conta

Supúnhamos que o sr. Zommer viraria o céu e a terra e não daria a filha Raquel a Ierukham em casamento, mas ao final ele lhes fez as bodas. Bom seria se tivesse antecipado o casamento em dois ou três meses, mas, uma vez que o protelou, ainda bem que não o protelou por mais tempo.

Observo Raquel e me espanto. Ainda ontem era uma criança e hoje, ei-la sob o pálio nupcial. Se aos olhos de vocês ela é crescida, aos meus é ainda pequena. Há poucos dias falei-lhe como se fala com uma criança.

Augurei a Raquel os meus votos de felicidade, desviei os olhos para o lado e disse ao meu vizinho (aquele que habita dentro de mim): Já concordamos que não me provocará com mulheres casadas. Se você cumprir a condição, bem, se não, não olharei sequer para uma virgem. Aquele tolo temeu que eu cumprisse as minhas palavras e afastou de mim o rosto de Raquel.

E uma vez que o rosto de Raquel está afastado de mim, meu coração e meus olhos estão livres. Portanto, estou livre e faço o que desejo, e observo o marido de Raquel e reflito: Por que é Ierukham estimado por mim? Acaso é porque esteve na Terra de Israel que eu o estimo? Mas ele saiu da Terra de Israel e a calunia. Acaso é porque ele fala hebraico? Mas Erela e seus alunos também falam hebraico. Porém, quando você ouve o linguajar deles parece-lhe que lhe serviram batatas mofadas nas quais apenas os vermes vivem, visto que seu linguajar é mesclado de palavras que todas as pessoas de mau-gosto inventaram, o que não sucede com Ierukham. Quando ele fala parece que um homem está arando e um cheiro de terra pura eleva-se ao seu redor.

Por que não vem nos visitar?, perguntou-me Ierukham. Eu lhe disse: Onde? Disse-me ele: O que significa onde? Em nosso quarto. Perguntei-lhe: Quando? Disse ele: O que significa quando? Todas as noites são próprias. Todas as noites são próprias? – E a noite toda é própria.

Saquei o meu relógio do bolso, observei-o e disse a Ierukham: E o que diz Raquel? Ele passou a mão por suas mechas e respondeu: Minha vontade é a dela, e a dela é a minha. Seus caracóis negros reluziam e os seus olhos miravam-me tranquilamente. Eu lhe disse: Com certeza sabe onde me encontro, venha buscar--me quando estiver livre do serviço e eu irei com você.

Após a oração, Ierukham chegou ao pátio da casa de estudos e me aguardou atrás da porta. Eu disse a mim mesmo: Que espere até que o frio o vença e então entrará. Lembrei-me de sua mulher que o aguardava. Levantei-me, enverguei o meu capote e fui ter com ele.

Antes de ir, falei ao Rabi Haim: Não sei quando irei voltar, tome a chave, senhor, e tranque a porta ao sair. É certo que eu havia prometido à chave não largá-la de minha mão e não entregá-la a outrem, mas na hora da necessidade a questão se modifica.

Há uma rua em Szibusz que se chama rua da Sinagoga, devido à sinagoga que ali existia antes de Chmielnicki[50] ter destruído a cidade. Agora não há nessa rua nem sinagoga e nem judeus, salvo Ierukham e sua mulher que lá estabeleceram, entre gentios, a sua moradia.

À minha entrada, Raquel saltou ao meu encontro e apertou a minha mão com afeição. Ierukham agachou-se, abriu a portinhola do fogão e atirou nele alguns pedaços de lenha. Enrolou as mangas, tomou as duas mãos de Raquel, mirou-me com um só olho e perguntou-me: Vamos dançar uma *hora*[51] com ela?"

Retirou Raquel as suas mãos de dentro das dele, examinou a mesa e disse: Ele nem sequer ofereceu uma cadeira ao seu hóspede. Ierukham tomou uma cadeira e colocou-a diante de mim, e Raquel removeu a toalha com a qual cobriu as laranjas que dispusera sobre a mesa, aproximou-se e sentou com o marido sobre a cama.

Ierukham pegou uma laranja e a descascou ao modo como nós, a gente da Terra de Israel, descascamos: passou a faca em volta dela e removeu a parte superior, marcou nela seis riscos, dobrou a casca para dentro, e depôs à minha frente a laranja inteira. Raquel observava todo e qualquer movimento dele como alguém que vê algo belo e o admira.

Peguei a laranja e pronunciei por ela duas bênçãos, a bênção das frutas e a bênção "Aquele que nos deu a vida", e a dividi em dois, metade tomei para mim e a outra metade dei ao Ierukham. As faces de Ierukham enrubesceram e ele disse: Você está me dando o pedaço de laranja que devia ter me dado quando emigrei à Terra de Israel.

---

50. Bogdan Chmielnicki (em russo, Khmelnitski; 1595-1657). Hétmã (comandante-máximo) das forças cossacas que se rebelaram contra o domínio polonês em 1647.

51. *Hora*, dança folclórica da Europa Oriental introduzida pelos pioneiros na Terra de Israel. (N. da E.)

Disse: Agora a conta está quitada. De agora em diante principia uma nova conta. Raquel olhou para o rosto de seu marido e para o meu e perguntou: Que contas vocês têm e que segredos ocultam de mim? Explicamos-lhe toda a questão, cada um à sua maneira.

Disse Raquel ao seu marido: Agora, terminada a questão, você nada tem contra ele. Disse-lhe eu: Certamente, o Ierukham não tem nada contra mim, mas eu tenho algo contra ele. Ele tem em seu poder um poema meu e eu reclamo dele o poema.

Ierukham olhou-me no rosto e disse: Que poema tenho eu em meu poder? Disse-lhe: Aqueles versos em que "além" rima com "Jerusalém"; não largarei de você até que os recite. Examinou-me Ierukham com ambos os olhos e viu que eu desejava ouvi-los. Levantou-se, passou as mãos pelas mechas e ergueu a voz e recitou:

> Amor fiel até a morte
> jurei-te pelo Senhor do Céu.
> Tudo que o possuo cá na diáspora
> por ti darei, Jerusalém.

Perguntei ao Ierukham: Só isso? Nada mais? Outrora você sabia mais uma quadra.

Prosseguiu Ierukham e disse:

> Minha vida, meu espírito, minh'alma
> Por ti darei, Cidade Santa.
> Dormindo ou acordado, tu és minha alegria,
> Minha festa, meu Sábado, meu dia santo.

Disse eu ao Ierukham: Você está abreviando, acaso terminaram todos os seus versos? Se não me engano, o poema possui uma ou duas quadras mais.

Prosseguiu Ierukham e recitou:

> Metrópole sublime, Cidade Eterna,
> Se teu povo é pobre e teu rei ausente,

Desde outrora até o fim dos dias,
O Senhor teceu em ti a esperança ardente.

E então tomou ambas as mãos de Raquel, elevou a voz e entoou:

Se sobre mim fechar-se a tumba
Junto aos que eternamente jazem na cova,
Tu és minha força, no abismo da profundeza,
Gloriosa entre as cidades, nossa fortaleza.

Observei o meu relógio e disse: Já é hora de levantar e retirar-
-me. – Por quê? – Para jantar. Disse Raquel: Nem mesmo no hotel vão lhe dar azeitonas, portanto pode cear conosco. Tudo está pronto para a ceia. Ierukham fixou em mim os olhos e disse: Jante conosco, jante conosco! Se acaso teme que o alimentemos com faisões em leite, saiba que eu tampouco como carne.

Levantou-se Raquel e trouxe pão, manteiga, ovos, um prato de arroz e chá. Sentamo-nos, pois, e comemos, bebemos e falamos. Do que falamos e do que não falamos? Falamos de tudo o que nos veio ao coração e de tudo para o que a língua encontrou palavras: sobre a Terra de Israel, suas paisagens, sobre judeus e árabes, sobre gente e suas ideias, sobre as *kvutzot* e os *kibutzim*. Do que falamos e do que não falamos? Raquel permaneceu pregada à cadeira escutando. Sua fisionomia foi empalidecendo pouco a pouco. Por duas vezes o marido a instou para que se deitasse, mas ela não lhe obedeceu.

Levantou-se Ierukham e lançou algumas achas de lenha no fogão, e Raquel ergueu-se e nos serviu chá, e tornou a sentar-se para descascar uma laranja. Retirou a parte superior da casca e no restante assinalou os gomos. Raquel aprendeu a descascar como nós, a gente da Terra de Israel, descascamos. A laranja exalava um olor agradável, e o silêncio e a tranquilidade pairavam no quarto. Atrás da janela e da porta estendiam-se os campos de neve, mas o lume do fogão trazia o esquecimento dos seus horrores.

Raquel, sentada, comia a laranja tranquilamente, gomo após gomo. Havia muitos anos que nem Raquel e nem sequer toda Szibusz tinham visto uma laranja, e subitamente ela se deparava com uma caixa repleta delas.

O doce sol da Terra de Israel, que se havia concentrado nas laranjas, brilhava nos olhos de Raquel. Não se pode dizer que Raquel se houvesse agastado por Ierukham ter partido da Terra de Israel, pois se ele não tivesse partido, as coisas não teriam acontecido e ele não a teria desposado. De qualquer forma ela está assombrada com ele.

Raquel é uma mulher esperta e não revela o que se passa em seu coração. Ela é apegada ao marido, mas também se apega aos seus próprios pensamentos e não busca conciliá-los quando o que lhes convém é a separação. Ela senta-se e tenta cruzar um joelho sobre o outro e ouvir o que seu marido está relatando.

Ierukham relata a respeito de nossos camaradas na Terra de Israel. Ierukham não diz que é uma pessoa igual a todas as outras, e mesmo se dissesse, você não lhe daria crédito. Mas quando relata a respeito dos nossos camaradas da Terra de Israel, você poderia pensar que, à sua frente, está sentado um chefe de família judeu que julga os feitos de outrem, divertindo-se, alegre, sorridente. Em primeiro lugar, pois, Ierukham acha-se de bom humor nesse momento e, em segundo lugar, pois toda pessoa na Terra de Israel é diferente da outra, e se há uma que não é diferente, torna-se diferente por não ser diferente das demais pessoas.

Acaso Ierukham sente saudade da Terra de Israel e de seus camaradas? Se você quiser, dir-lhe-ei que Ierukham afastou do coração as coisas passadas. E, se quiser, dir-lhe-ei que um rapaz, no primeiro mês de seu matrimônio, não pensa em outra coisa exceto em sua mulher. Mas se ele pudesse perfurar um buraco no céu e de lá mirar para a Terra de Israel, teria olhado e mirado.

Raquel senta-se silenciosa, a cabeça encolhida entre os ombros. Por vezes cerra os olhos e suas pestanas estremecem, como se ela quisesse captar por meio delas tudo o que não é possível captar com a vista, outras vezes abre os olhos e observa o marido. Ierukham nota os olhos dela, mas finge não notar; ergue a mão em direção às suas mechas, move-as para lá e para cá e prossegue no relato. Raquel pousa as mãos no colo, como um mirto cujas folhas cobrem o seu caule. E eu olho e me admiro. Supúnhamos sempre que a essência da graça de Raquel estava em seu porte ereto, e eis que ela nos mostra que, mesmo quando está encurvada, ela se reveste de graça.

Voltemos ao assunto e ouçamos as palavras de Ierukham, nosso camarada. Ou talvez eu lhes conte tudo o que ouvi de Ierukham e vocês serão todos ouvidos.

Ierukham desejava emigrar para a Terra de Israel ainda na infância, embora não pertencesse à sociedade dos sionistas de Szibusz, cujos membros eram mais velhos do que ele. Ou, talvez, por não ter feito parte da sociedade sionista, compreendeu por si mesmo que palavras desacompanhadas de atos de nada valem. Ou quiçá, tal pensamento lhe tivesse surgido mais tarde, mas ele o atribuiu àquela época. Como quer que seja, todos os pensamentos de Ierukham giravam em torno da Terra de Israel e foram eles que causaram o seu permanente estado de ira pelo fato de o Santíssimo, Louvado Seja, não se apressar em aumentar-lhe a estatura e fazê-lo crescer a fim de que pudesse ascender à Terra de Israel. Uma ou duas vezes escapou da casa de seus benfeitores e eles o trouxeram de volta da estrada. Ao final reconheceu que não seria essa a via que o levaria a Terra de Israel e isso o deixou triste, deprimido e furioso. De repente, explodiu a guerra e ele acabou chegando a Viena. E aqui, disse Ierukham, devo confessar que, enquanto o mundo inteiro estava triste, eu estava alegre, primeiro por ter chegado à cidade de Herzl; e, segundo, porque Viena se encontra no caminho da Terra de Israel. Mas havia se enganado em seu pensamento. A guerra afastou os países e somente as flechas da morte os uniam.

O que Ierukham fez em Viena a sra. Bach já nos contou: aprendeu hebraico na escola pedagógica com Erela e Ierukham Bach. Agora contaremos o que ele fez depois da guerra. Depois da guerra foram-se, ele e Ierukham Bach, para a Terra de Israel.

Ierukham Bach foi como vão todas as pessoas, viajou de trem e de navio, e ele, ou seja, Ierukham Liberto, não foi como as demais pessoas, pois não lhe deram passaporte, visto que seu nome não estava corretamente registrado. Portanto, tomou o seu bordão e o seu farnel e seguiu a pé o seu rumo. Mediu com seu passo alguns tantos países, montanhas e colinas, florestas e lagos. Muitas vezes esteve em perigo, pois homens violentos, que haviam retornado da guerra, impunham o terror pelos caminhos, e também por temor aos guardas das fronteiras que batiam, feriam e matavam todos aqueles que tentavam entrar sem permissão. Durante o dia ocultava-se na floresta, entre rochas, em covas e cavernas, e à noite levantava-se do chão e continuava a caminhar. E por não conhecer os caminhos, acabava por vezes voltando ao mesmo lugar de onde havia saído. Disse-me Ierukham: Você me contou a história de Hananiá que encontrou os homens cordiais e com eles viajou, mas eu não encontrei ninguém, salvo um só indivíduo com o qual viajei. Sucedeu que, certa feita, vi de longe um homem. Eu temia que fosse um assassino ou um guarda de fronteira e estava prestes a esconder-me. Percebi então que ele também desejava esconder-se. Arrisquei-me, pois, e me aproximei dele. Perguntei-lhe: O que faz aqui? Perguntou-me ele: E você, o que procura aqui? Contei-lhe que me dirigia à Terra de Israel e que não tinha passaporte, e ele me contou que estava indo, à Terra de Israel e que não tinha passaporte. Levantamo-nos, pois, e fomos juntos. Ao término de alguns dias chegamos a um porto. Encontramos um barco arruinado de contrabandistas aos quais pagamos para que nos levassem a um dos portos da Terra de Israel. Navegamos com eles pelo mar sem alimento e sem água. Ao cabo de vários dias desembarcaram-nos num lugar ermo e disseram: Que Deus os ajude daqui em diante. Ao término de alguns dias encontramos um outro barco de contrabandistas de haxixe e com eles navegamos até um porto da Terra de Israel. Chegamos à terra firme e pensamos que, diante de nós, se abria a Terra da Salvação. Beijamos o solo e quisemos esquecer todas as nossas vicissitudes. E, de fato, esquecemos todas as nossas vicissitudes devido aos distúrbios que irromperam em todo o país. Foi então que foram mortos alguns de nossos camaradas que haviam tido o privilégio de chegar antes. Quando o sossego voltou ao país, fomos trabalhar. Havia trabalho, mas os empregadores, que Deus os ajude, não eram do agrado de Ierukham. E a essa altura contou Ierukham muitas coisas, as que são do nosso conhecimento não é preciso relembrar, e as que não são do nosso conhecimento, sobre elas passaremos em silêncio, a fim de não despertar a justiça divina. Disse Ierukham: Não basta para um povo que lhe tenha sido dada a terra, se essa terra não se comporta corretamente. Assim, Ierukham afastou do coração o seu amor por ela e tornou-se rude para com ela; ligou-se a quem se ligou e fez algumas coisas impróprias e talvez tenha agido de forma apropriada, pois, quando um lobo vem devorá-lo, você não é obrigado a acariciar-lhe a pele. Por fim, apareceram as autoridades e expulsaram a ele e a alguns de seus camaradas da Terra de Israel.

Mirou Raquel o marido e seu rosto subitamente ganhou nova vida, toda a fadiga afastou-se de seu corpo. Sentou-se e escutou tudo o que Ierukham contava. Ierukham já havia contado a Raquel muitas coisas, mas o essencial ele estava contando agora. Percebeu Ierukham o que se passava no coração de Raquel e disse: Você ouvirá coisas mais graves do que estas.

Disse eu a Ierukham: Há algo que me é difícil de compreender. Por seu caráter, Ierukham, você não emigrou à Terra de Israel como nós emigramos, nós, eu e meus camaradas da segunda onda de imigração. Nós, os da segunda imigração, subimos para lá em virtude de coisas do coração: histórias que ouvimos no *heder*, a *Torá*, os *Profetas* e os *Escritos* que aprendemos em nossa infância, a *Guemará* e o *Midrasch* que estudamos em nossa juventude e, se quiser, até mesmo os poemas que lemos, entusiasmaram o nosso espírito e assim ascendemos à Terra Eleita, mas você e seus camaradas que, perdoe-me por dizê-lo, se rebelaram contra todas tais coisas, por que você diz que foi por minha causa que emigrou para a Terra de Israel? Acaso alguém como você se entusiasma em virtude de rimas como "'além", "Jerusalém"? Pense a tal respeito, meu caro, e responda-me. Não peço que me responda de imediato, em todo caso seria conveniente que esclarecêssemos o assunto.

Disse Raquel: Eu supunha que suas contas já haviam sido acertadas e agora vem o senhor e apresenta uma nova conta. Ierukham removeu as suas mechas da direita para a esquerda e disse: Não tema, Raquel, está em meu poder saldá-la. Disse eu a Ierukham: Sendo assim, meu caro, ouçamos o que tem a dizer, ou talvez adiemos a quitação para outra ocasião, visto que já é quase meia-noite e você e Raquel estão fatigados.

Puxei o meu relógio. Ai, ai, eu havia permanecido na casa de Ierukham e Raquel por cinco horas e meia. Levantei-me, vesti o meu capote, despedi-me deles e parti. Ierukham veio me acompanhar. Fiz com que retornasse, para que sua mulher não permanecesse sozinha. Ierukham retornou à sua casa e eu tomei o meu caminho.

Capítulo Nove e Trinta
Ao Luar

Sobre o que refletiremos agora? Talvez sobre Raquel e Ierukham. Ierukham e Raquel deitaram-se para dormir, não os perturbemos com nossos pensamentos. Sendo assim, reflitamos sobre Rabi Haim a quem entreguei a chave e que está sentado na casa de estudos, reenumerando as suas viagens de Szibusz à terra de seu cativeiro, e da terra de seu cativeiro a Szibusz. Ou talvez reflitamos acerca da própria Szibusz, que expele os seus filhos e depois torna a recebê-los. Sendo assim, até mesmo Elimelekh, o Imperador, voltará e cerrará os olhos de sua mãe, pois, se são estranhos os que cerram os olhos do falecido, o falecido sente dor nos olhos, visto que a mão do estranho desce sem compaixão. Ou talvez não refletiremos a respeito de nada e voltaremos ao hotel e nos deitaremos para dormir. Já é meia-noite; a lua, as estrelas e os planetas o mostram e, se você quiser, o meu relógio também. É verdade que meu relógio parou de funcionar, mas o meu coração me diz que ele parou no momento em que o saquei para olhar.

A lua iluminava tudo ao seu redor, a neve, o castelo arruinado e as pedreiras ao redor do castelo, as quais foram cobertas pela neve como um rebanho de ovelhas.

Silenciosa, caminha a lua no firmamento e alumia os meus caminhos. Escutei o ruído dos meus passos e o rumor da fonte que flui da montanha. Essa é a fonte à qual eu costumava ir com papai, bendita seja sua memória, nos fins de Sábados de verão, para beber das suas águas, posto que, nos fins de Sábados, o Poço de Miriam flui por todas as fontes do mundo e aquele que consegue adivinhar o momento certo, terá muitos dos seus desejos realizados.

A fonte fluía como de hábito e sua água transparente se derramava no tanque das lavadeiras, e de lá no Stripa, coberto de gelo. A lua estava em sua plenitude, e a neve repousava sobre a montanha e suas vertentes, como um rebanho de ovelhas. Entrementes, a neve sumiu, e ovelhas e mais ovelhas cobriam a montanha. E eis um milagre, visto que aqui não é a Terra de Israel, onde as ovelhas costumam vaguear pelos montes na época de inverno.

Ouvi o som de um sino e vi um carroceiro vindo com seu cavalo. Um tremor apossou-se de mim e meu pelo eriçou-se de horror, pois certa feita um carroceiro veio para cá a fim de dar de beber ao seu cavalo, escorregou e caiu e ambos se afogaram no rio.

Aproximou-se o carroceiro, sua cabeça estava pousada sobre o pescoço do cavalo, e ele desceu até à fonte. Sustive a respiração e ergui a vista e vi que era Hanokh. Disse-lhe: Hanokh, você está aqui? Hanokh repetiu as minhas palavras e disse: Aqui. Disse-lhe eu: E Henokh, está aqui também? O cavalo sacudiu a cabeça com se dissesse: Eu também cá estou. Disse eu ao Hanokh: O que faz aqui? Respondeu Hanokh e disse: Vim dar de beber à minha mão direita. Disse-lhe: Você não está morto?

Ele se calou e nada disse. Mirei-o dentro dos olhos e disse-lhe: Seria conveniente se você fosse ter com sua mulher que chora por você todos os dias. Você não ouve? Respondeu-me Hanokh e disse: Ouço. Disse-lhe eu: Sendo assim, volte para ela. Disse Hanokh: Antes, quero repousar numa sepultura judaica. Disse-lhe: Você perdeu a razão Hanokh, aparece como vivo e fala como morto? Respondeu Hanokh e disse: Morto. Disse-lhe eu: Se está morto, volta ao pó. Disse Hanokh: E quem dará de beber à minha destra? Disse-lhe eu: E acaso ele está vivo? O cavalo relinchou como se estivesse vivo.

Disse eu ao Hanokh: Hanokh, o que você acha, se eu tivesse feito de você o servente permanente e lhe dado um salário suficiente, teria sucedido o que sucedeu? Por que pergunto? Pois não há acasos no mundo, e se a você sucedeu o que sucedeu, significa que isso deveria ter acontecido, e mesmo se eu tivesse feito de você o servente permanente e lhe dado um salário suficiente, isso nada teria modificado.

Hanokh ergueu a sua cabeça, do pescoço do cavalo, e disse: Porém existe a força do livre-arbítrio. Disse-lhe eu: O que tem o livre-arbítrio a ver com isso? Murmurou ele e replicou: Há força no livre-arbítrio, visto que, pelo poder do livre-arbítrio, pode-se mudar o bem em mal e vice-versa. Meu coração amaciou como cera.

Sobrepujei a mim mesmo e principiei a falar furiosamente. Disse-lhe: Resulta, pois, que, segundo a sua opinião, sou culpado por tudo o que lhe aconteceu? Mas você está vivo, o que significa que nada lhe ocorreu. E, se nada lhe ocorreu, não sou culpado de nada. Por que não me responde? Disse Hanokh: Não ouvi o que disse. Disse-lhe eu: Não ouviu? Não lhe importa que eu esteja parado no frio quando deveria estar deitado em minha cama dormindo? Disse Hanokh: Perdoe-me, senhor, estou ocupado em buscar uma sepultura para mim. – Sepultura? Respondeu Hanokh e disse: É tão incômodo deitar na neve. Desviei os olhos dele e mirei o seu cavalo e disse: E Henokh? Respondeu Hanokh e disse: Ele zela por mim para que eu não me extravie.

Henokh estava parado no luar, com os olhos afundados, suas costelas caídas tremiam levemente e os negros dentes subiam e desciam dentro de sua boca, como se estivessem mastigando com prazer as palavras de Hanokh. Ao final, reclinou a cabeça humildemente, como se dissesse: Quem sou eu para que me fizessem de guardião do meu amo? Mas, pela inclinação da cabeça, percebia-se que estava ele orgulhoso, como a dizer que, não fosse por ele, seu amo já se teria extraviado.

Irritou-me a abominável humildade do cavalo e eu desejava dizer-lhe: Ó cangote alquebrado, ó cauda rota, você meteu o Hanokh nessa desgraça e, ao final, ainda espera gratidão! O cavalo escoiceou o solo e esguichou água da neve em meu rosto, baixou as patas tranquilamente e relinchou do fundo de sua garganta. A ira aumentou em meu coração, eu desejava esbofetear-lhe o focinho. Viu Henokh a minha ira e tornou a relinchar, não um relincho de vingança, senão um relincho de desafio. Fiz como se não o percebesse e disse ao Hanokh: Cá entre nós, Hanokh, parece que você está no mundo do caos. Ergueu Hanokh ambas as mãos, mirou-me e não retrucou.

Disse-lhe eu: Eu já lhe havia dito que você não sabe nada, pois carece do poder da imaginação, pois se tivesse o poder da imaginação, saberia onde se encontra. Agora lhe perguntarei algo que não requer o poder da imaginação: Que mundo é mais belo, este do qual você partiu, ou aquele para o qual foi? Ou talvez ambos sejam difíceis, sobretudo para quem partiu de um mundo e não entrou no outro? Você quer, Hanokh, que eu recite o Kadisch pela ascensão da sua alma? Por que você não me responde? Teme o rabino que proibiu a seus filhos dizer o Kadisch e à sua mulher de pranteá-lo? O que pensa do rabino, acaso comportou-se corretamente com Rabi Haim? Por que não me responde? Você está dormindo. Sendo assim, suspeito que não lhe sucederá pela segunda vez o que lhe sucedeu pela primeira.

Hanokh afundou no sono, bem como o seu cavalo. Somente o sino no pescoço do cavalo tilintava. O som principiou a entorpecer os meus membros e meus olhos começaram a cerrar-se.

Ergui as minhas pernas e fui ao meu hotel. E antes de me despedir dele, recordei-lhe o episódio do carroceiro e seu cavalo, o qual escorregou e caiu no rio, e o adverti para que zelasse por si a fim que não lhe sucedesse o que sucedera àquele carroceiro.

Mencionei tudo isso, pois meu coração me repreendia por ter abandonado o Hanokh sem proteção. E aqui posso dizer que tudo o que adveio ao Hanokh não foi por minhas mãos, e o seu fim também provou que não sou culpado por sua morte. Mas não se deve antecipar o que é posterior. Voltemos ao nosso assunto, até chegar o momento que revelará a minha inocência.

Capítulo Quarenta
A Parceria

Naquela noite em que estive com Ierukham e Raquel, veio uma mulher ao meu hotel e perguntou por mim. Você quer saber quem é aquela mulher? Aquela mulher é a viúva de Rabi Jacob Moisés, de abençoada memória, nora de Rabi Abraão, de abençoada memória. Quer saber quem é esse Rabi Abraão? Esse Rabi Abraão era o orgulho de nossa cidade, rico filho de rico, erudito, filho de erudito, de distinta linhagem por mérito de seus antepassados, grandes em saber e santidade, e por mérito do seu sogro, o sábio, autor livro *As Mãos de Moisés*, que foi largamente aceito em toda a diáspora de Israel, e a cujo respeito foram compostos comentários, e há certos lugares em que o estudam em grupo e investigam a sua linguagem, tal como se investiga a linguagem dos antigos. Se você ouviu falar de ricaços em Szibusz, saiba que ele era o mais rico dentre eles. E se ouviu falar de eruditos em Szibusz, saiba que Rabi Abraão era um deles. E quanto à árvore genealógica, não há estirpe como a dele. Certa vez, quando estávamos sentados no *kloiz* cantando louvores aos grandes de Israel, a conversa versou sobre um sábio, um dos ilustres dentre os sábios da geração, cujo sobrenome era igual ao sobrenome do Rabi Abraão. Disse eu ao neto de Rabi Abraão: Certamente é seu parente. Ele fez um gesto com a mão e disse: Não somos parentes. E pelo gesto de sua mão sentíamos como se tivéssemos atingido a honra de sua família, por termos relacionado a ele aquele sábio que não possuía distinta genealogia.

Tal como o pai de Rabi Abraão, que o casou com a filha de um mestre e sábio, do mesmo modo Rabi Abraão casou os filhos com filhas de sábios da geração, e seus filhos também se ligaram pelos laços de matrimônio de seus filhos com outros iguais a eles. Certa feita, durante os "Três Dias de Restrição"[52], por ocasião das bodas do neto de Rabi Abraão, chegaram todos os parentes da noiva à nossa cidade. Quando todos aqueles rabinos saíram para a floresta, fora da cidade, em cumprimento do versículo "estai prontos ao terceiro dia", referente aos três dias que precederam a Doação da Lei que se desenrolou no deserto, e lá ficaram apoiados nas árvores que estavam floridas e comentando leis e lendas, dissemos a nós mesmos: Esta é a floresta com a qual nossos antepassados se depararam ao chegar à Polônia, a floresta na qual sobre cada uma de suas árvores encontraram escrito um dos tratados da *Mischná*.

Certa vez cheguei a ver o Rabi Abraão. Eu despertava cedo para ir à escola e vi um ancião agradável e de bela aparência, vestido de roupas de cetim, subindo as escadas da casa de oração com a bolsa, contendo o manto de orações e os filactérios, em seu braço. Parecia-me que ele e aquela bolsa de veludo, dentro da qual estavam o seu manto e os seus filactérios, haviam nascido juntos. Outra vez eu o vi em sua casa. Certa ocasião, ele e meu pai encontraram-se num banquete festivo. Papai lhe expôs um assunto da *Torá*. Rabi Abraão discordou dele. Papai foi à casa de estudos; procurou e achou no livro *As Mãos de Moisés* a prova de suas palavras. Papai enviou-me à casa de Rabi Abraão e eu o encontrei sentado num grande aposento ornamentado de belos desenhos e belos espelhos suspensos de cada uma das paredes,

---

52. São os três dias que antecedem a Festa das Semanas. (N. da E.)

salvo uma na qual não havia qualquer espelho, mas um espaço de um côvado quadrado, nem pintado e nem ornamentado. Perguntou-me Rabi Abraão: Quem é você, meu filho? Disse-lhe eu: Sou o filho do homem de cujas palavras Rabi Abraão discordou. Olhe no livro *As Mãos de Moisés* que está em minhas mãos, senhor, e veja se estão corretas as palavras de meu pai. Ele olhou no livro por dois ou três minutos e disse: Seu pai acertou com a verdade. Meu espírito animou-se. Minha imagem refletia-se em cada um dos espelhos e vi que há muitos iguais a mim.

Rabi Jacob Moisés, filho de Rabi Abraão, e meu pai, que descansem em paz, queriam bem um ao outro e contavam um ao outro todos os novos significados que encontravam na *Torá*, e aos Sábados mandavam um ao outro os seus filhos para que fossem examinados nos seus estudos. E, mesmo na morte, papai não se separou dele e o designou tutor dos seus órgãos, até que ele também faleceu nos tempos da guerra. Agora, ao saber que sua viúva viera perguntar por mim, recordei-me da reputação dos seus antepassados e lamentei que aquela alma delicada se incomodasse tanto em vir me procurar. Vesti o meu capote e fui à casa dela.

A casa estava arruinada e sua cabeça fora arrancada. Um homem cuja cabeça foi decepada não sobrevive e o mesmo sucede com uma casa. Até mesmo o piso que restou, a base do corpo, onde se situava a grande loja que sustentava algumas famílias, estava meio em pé e meio em ruínas. Não obstante, Sara vivia ali, naquele aperto, ela e as suas quatro cunhadas, as esposas dos irmãos de seu marido, parte dos quais morrera na guerra e parte de fome.

Sara mirou-me com espanto. Eu frequentara a casa do seu marido quando criança e agora meus anos atingiram a idade do marido dela. Muitos anos haviam passado desde aquela época; se eles houvessem passado placidamente, ela enfrentaria o último dia com sorrisos, mas visto que não se passaram placidamente, ela mostra uma face afetuosa, mas suspira do fundo do seu coração.

Sara pegou uma cadeira e a colocou junto de mim. Sentei-me diante dela e calei-me, e ela também se sentou e calou-se. Quis perguntar-lhe a respeito de seus filhos, mas disse a mim mesmo: Não perguntarei, talvez tenham morrido, que Deus não o permita. Desde que a guerra nos atingiu você não pode saber se seu amigo vive e, se está vivo, se vive uma vida digna de ser vivida. Já se foram os bons anos em que você perguntava por alguém e as pessoas respondiam: festejou-se um casamento em sua casa; festejaram uma circuncisão em sua casa; seu neto celebrou o *bar-mitzvá*; seu genro constrói um terceiro piso na sua casa. Tu és justo, Senhor, e corretos são Teus juízos; os sofrimentos que enviaste a Israel, Tu sabes se eles são para o bem ou para o mal.

Quatro mulheres entraram, uma após outra; eram as quatro cunhadas que ficaram viúvas, perderam os maridos. Essa guerra lançou na viuvez as mulheres de Israel.

Um versículo veio-me aos lábios: "Tornou-se como viúva". Quando o profeta Jeremias viu a destruição do Primeiro Templo, sentou-se e escreveu *Lamentações* e não se deu por satisfeito com todas as lamentações que compôs, até que comparou a congregação de Israel a uma viúva e disse: "Tornou-se como viúva", porém, não como uma verdadeira viúva, mas como uma mulher cujo marido partiu para além-mar e tenciona voltar a ela. Quando nos propomos a lastimar esta última destruição, não é suficiente dizer "tornou-se como viúva", senão "tornou-se viúva" realmente, sem o termo de comparação.

Sentou-se este lamentador diante de cinco viúvas delicadas, de boas famílias, cujos maridos partiram e não voltaram. Ele buscou em seu coração o que dizer-lhes e com que consolá--las. Mas, visto que o termo de comparação foi retirado, não encontrou consolo.

Disse Sara: Desculpe, senhor, por tê-lo incomodado. Na verdade, não precisava ter-se dado o trabalho, eu teria voltado. Inclinei minha cabeça diante dela e disse-lhe: Ao contrário, foi uma grande honra que me foi concedida por vir até aqui. Lembro-me desta casa que eu olhava com humildade e dizia:

Bendita a casa em que o estudo da *Torá* e a prosperidade se unem no mesmo lugar, e benditos os seus moradores que observam a *Torá* em meio à riqueza.

Disse uma das mulheres: De toda essa riqueza nada restou senão um livro. Disse a segunda: E esse livro nós desejamos vender. Disse a terceira: Talvez o senhor possa nos ajudar nessa questão. Disse a quarta: O livro é um manuscrito que nos restou do nosso ilustre avô, autor de *As Mãos de Moisés*. Disse eu: Acaso restaram, daquele gênio, escritos que não foram impressos? Disse Sara: Trata-se do livro *As Mãos de Moisés*. Disse eu: Mas *As Mãos de Moisés* já foi impresso várias vezes. Disse a primeira: O livro foi impresso, mas o manuscrito encontra-se em nossas mãos. Disse a segunda: E ele possui uma virtude milagrosa para mulheres na hora do parto. Eu também fui auxiliada por ele quando nasceu meu filho, que descanse em paz. E logo que mencionou o filho, caiu em prantos, visto que ele havia morrido na guerra; o corpo, destroçado em pedaços, não recebera sepultamento judaico. Disse uma terceira: Deixe disso, Sárale, deixe disso, você já chorou bastante, não desperte a justiça divina, que Deus não o permita, e também caiu em prantos.

Disse uma delas: Explicar-lhe-ei, senhor; a questão é assim: o manuscrito possui um dom especial, se uma mulher tem um parto difícil, tão logo ele é posto ao seu lado, ela dá à luz facilmente. E posso dizer que, desde o dia em que o fato se tornou público, nenhum contratempo sucedeu a qualquer parturiente. Por gentileza, Sárale, traga o livro.

Sara ergueu-se, entrou num quarto e voltou com um livro tão grande quanto o tratado talmúdico sobre o Schabat ou qualquer outro volume talmúdico, e colocou-o diante de mim sobre a mesa. Ela o acariciou com as mãos e disse: Este é o livro. Um odor de fenol e de ervas medicinais elevava-se dele, impregnando toda a casa.

Abri o livro e o folheei, um pouco aqui, outro pouco acolá. A escrita era bonita e clara e as letras bem torneadas e legíveis, ao modo como nossos antepassados costumavam escrever há um século, pois gostavam de escrever; cada letra reluzia no papel e o papel reluzia como um espelho. Minha alegria, porém, não era completa; meus olhos alegravam-se em vê-las, mas meu coração não compartilhava do mesmo júbilo.

Virei as folhas e voltei a ler um pouco ali, outro pouco acolá. As palavras eram verdadeiramente divinas. Não foi em vão que o livro fora aceito em todas as dispersões de Israel. Não obstante, eu não sentia com ele mais do que sente uma pessoa que tem em mãos um manuscrito qualquer. Veio-me à mente que este não era o manuscrito do autor, mas se não era este o manuscrito daquele justo homem, como foi que as mulheres puderam ser socorridas por ele?

Virei as folhas com fastio, refletindo sobre o que iria responder às viúvas dos rabinos que ansiavam por minhas palavras. Cheguei a uma passagem e ali encontrei escrito: Copiado do próprio manuscrito sagrado de nosso ilustre mestre, por mim, servidor do sagrado ofício, Eliakim de sobrenome Guetz. Fiquei espantado e admirado. O que tanto havia nesse servidor para que, por seu intermédio, viessem a salvação e a misericórdia? Seja como for, não sabia o que havia de fazer. O livro fora impresso algumas vezes e se achava em poder de muitas pessoas, e mesmo se fosse o manuscrito do autor, não sei quem o compraria.

Ocorreu-me uma esperteza e eu disse: Estou espantado com vocês, prezadas senhoras; um livro com que nossa cidade foi privilegiada e vocês querem deixar que seja levado para fora, e o que será das mulheres que dele necessitarem? Suspiraram elas e disseram: Se a cidade dele necessitasse, não o venderíamos por nenhum dinheiro no mundo. Disse-lhes eu: O que significa "se a cidade dele necessitasse", acaso as mulheres de sua cidade são como animais do campo que não precisam desse dom? Amanhã elas pedirão o livro, e o que responderão: vendemos o livro? Por certo elas lhes dirão: Por que fizeram tal coisa?, como o Faraó falou às parteiras israelitas, se bem que o Faraó disse por que elas deixaram as crianças viverem, ao passo que vocês, minhas senhoras... mas não me deixem pôr as palavras na boca do Satanás... se me escutarem, mesmo que lhes ofereçam toda a prata e o ouro do mundo, não o vendam.

Disse uma: O Faraó incomodou-se apenas com os meninos, mas as mulheres em Szibusz incomodam-se até com as meninas. Acaso viu alguma balançando um berço desde o dia em que aqui chegou?

Disse eu: O povo de Israel não é viúvo, eu mesmo assinei, como testemunha, o contrato de casamento da filha do proprietário do hotel. Certamente conhecem Raquel, sua filha caçula, que se casou com um moço, Ierukham Liberto, aquele rapaz com o cabelo encaracolado?

Era difícil assistir ao desgosto das mulheres. Acabara-se o pão da casa e toda a sua esperança era o dinheiro que receberiam pelo livro, e eis que este homem lhes conta a respeito da filha de um tal proprietário de hotel que se casou com um certo moço.

Disse-lhes eu: Minhas senhoras, quem lhes revelou o segredo de que este manuscrito é dotado do tal dom de que falaram?

Disse uma: Quando as mulheres vinham diante do nosso justo avô para pedir-lhe socorro, ele as afastava com a haste de seu cachimbo, pois dizia: Vocês querem me usar para a idolatria? – que Deus não o permita? Pedem socorro ao Santíssimo, Louvado Seja, e pousam os olhos em alguém de carne e osso. Se for de salvação que necessitam, roguem a Ele, o Abençoado, e Ele as salvará. Certa feita estava ele sentado escrevendo o seu livro. Veio uma mulher e clamou: Rabi, rabi, ajude-me, há três dias que minha filha está em trabalho de parto. Sua misericórdia despertou e ele disse: As verdadeiras inovações que escrevi hoje no livro ajudarão àquela mulher para que dê à luz facilmente. Tão logo saíram as palavras de sua boca, ela deu à luz uma criança do sexo masculino.

Disse-lhe eu: Enquanto aquele santo homem vivia, as vivas palavras da *Torá* de sua boca traziam a salvação; como sabem que após a sua morte sucedeu o mesmo? Disse uma: O senhor não aprendeu que os justos são mais fortes após a morte do que em vida? Sárale, Sárale, conte ao senhor como se deu aquele fato.

Suspirou Sara e disse: Quando meu marido, que descanse em paz, nasceu, o sofrimento de parto da minha sogra foi extremamente doloroso e já não tinham esperança, e seu pai, o justo, já não estava mais neste mundo. Foram-se eles prostrar-se no seu túmulo e não o acharam, pois naquela semana havia caído muita neve a qual cobriu o cemitério todo, ultrapassando a altura dos túmulos. Este justo, que havia ajudado tantas parturientes, agora que sua filha estava em tão grande desgraça, escondia-se e não se achava o seu túmulo. O Santíssimo, Louvado Seja, fez surgir uma ideia no coração da parteira e esta tomou o seu livro e o colocou junto à parturiente. Logo que o pôs junto à parturiente, ela deu à luz a um filho, e este filho era meu marido, e todos souberam então que no livro residia um dom.

Eu disse a elas: Quanto pensam que darão pelo livro? Disse uma: Que sabemos nós? Disse a segunda: Deve-se enviá-lo à América. Disse a terceira: Ou ao Rothschild. Disse-lhes eu: Estou disposto a enviar o livro a qualquer lugar que queiram, entretanto não me responsabilizo pelo dinheiro. Todas ergueram o rosto com espanto e disseram: Acaso Rothschild deseja que lhe demos o livro gratuitamente? Somos pobres. Disse uma: Suponho que se este santo livro chegar às mãos do Rothschild, ele dará o seu peso em ouro. Disse a segunda: Afinal, sua honorável senhoria vem da Terra de Israel e sabe que o coração do Rothschild é gentil para com os israelitas, pois, a quem quer que lhe peça, ele dá uma colônia. Respondi-lhes: O Rothschild tem um bom coração, mas as pessoas que o cercam, nem todas são boas, por isso perguntei-lhes quanto, em sua opinião, vale este manuscrito. Disseram elas: Quanto vale o livro? O que sabemos nós? Quanto vale ele em sua opinião, senhor? Respondi-lhes: Não se pode fazer fraudes com livros, sobretudo com um livro tão sagrado como este. Se eu fosse o Rothschild daria por ele cinquenta dólares. Brilharam as faces das viúvas e elas disseram: Cinquenta dólares, e cerraram os olhos e cada qual murmurou: Cinquenta dólares, cinquenta dólares. Disse-lhes eu: Considerando que não sou o Rothschild, quanto deveria dar pelo livro se o adquirisse para mim mesmo, não para mim propriamente, mas para praticar com ele uma boa ação? Existe uma colônia na Terra de Israel na qual há uma maternidade, onde mulheres vem dar à luz, e veio-me à mente a ideia de enviar o livro para lá.

Disse Sara: Se o livro fosse todo meu, eu lho daria por quarenta dólares e até mesmo por trinta, a fim de que praticasse com ele uma boa ação. Confirmaram as suas cunhadas: Contanto que participemos desse bom ato. Disse-lhes eu: Se desejam de fato participar desse bom ato, não as impedirei.

Dei-lhes trinta e cinco dólares e disse: Que o livro permaneça por enquanto com as senhoras e se, passados trinta dias, se não se arrependerem, virei e o levarei. Disse Sara: Que Deus não o permita, não nos arrependeremos, sobretudo se dedicarmos parte do dinheiro, que descontamos, para uma boa ação. Disse uma outra: Acaso não disse o senhor que nos daria por ele cinquenta dólares? Mas nos deu trinta e cinco, pois por intermédio do dinheiro que descontamos tornamo-nos partícipes da mesma boa ação. Meneei minha cabeça e disse: Em todo caso, deixo o livro com as senhoras, até que eu venha buscá-lo.

No dia seguinte, Sara veio ao meu hotel e trouxe-me o livro. Disse ela: Ouvi dizer que tudo o que foi destinado para a Terra de Israel não deve ser mantido em casa. Pousou o livro sobre a mesa, beijou-o, acariciou-o e sorriu para mim como alguém que sorri para um sócio, visto que por meio daquele livro tornamo-nos parceiros numa boa ação.

Capítulo Um e Quarenta
Fim de Inverno

Hanokh foi esquecido como se esquece a um morto. Embora o rabino houvesse proibido aos seus filhos dizer o Kadisch e à mulher de enlutar-se, não havia dúvida de que Hanokh estava morto. Eu também assim supunha. Desde o dia em que ele me encontrou junto à fonte, estava claro para mim que ele havia morrido.

A mulher de Hanokh trouxe ao mercado uma caixa e montou uma banca. Suas vizinhas no mercado não a afastaram. Ao contrário, se ela se deparava com um freguês difícil, recordavam-lhe que ela era viúva e uma mulher abandonada, que sua casa era carente de pão e cheia de órfãos, e que seria uma ação especialmente boa adquirir algo dela. Mesmo as gentias favoreciam-na por mérito de seu marido, Hanokh, que era um judeu honesto, e traziam-lhe ovos, verduras, mel e às vezes uma ave, esperando até que ela vendesse alguma coisa e pagasse.

Sua caixa não atraía moedas de ouro e nem sequer tostões de cobre; em suma, a mulher de Hanokh não viu frutos de seu trabalho, assim como suas vizinhas de banca nos mercados não viam frutos de seu trabalho; mas elas haviam se habituado a não ganhar o sustento e ela não queria habituar-se. Sentava-se e soluçava e gemia, ou usava o eco de seus antigos prantos, que antes comoviam os corações, e agora irritavam a quem os ouvisse. De uma mulher cuja alma foi oprimida pelos infortúnios não se pode exigir voz bem soante, mas você não é obrigado a postar-se ali e ouvir. As pessoas a evitavam e à sua banca e compravam em outro lugar. Essa miserável criatura, não bastasse o fato de os outros não se compadecerem dela, ainda os irritava, pois fazia endurecer seus corações.

Ademais, visto que sua moradia situa-se longe do mercado, quando ela ali está seus filhos ficam sem comida quente, quando ela volta para casa o sono a domina e não a deixa cozinhar para eles. Só as crianças adormeceram, mas ela não mais consegue dormir, fica deitada na cama e vê Hanokh diante dela, como ele labuta com o cavalo e se esforça para sair da neve. A mulher de Hanokh eleva a voz e grita: Hanokh, Hanokh. Acorrem todos os vizinhos e as vizinhas, eles entram e perguntam: Onde ele está? E ela grita: Juro por suas vidas, há pouco eu o vi, a ele e ao seu cavalo.

De início, os vizinhos compadeceram-se dela e animaram--lhe o coração com toda espécie de gotas fortificantes. Quando o fato tornou a acontecer, desviaram a vista e foram-se embora. Na terceira vez, começaram a caçoar e lhe disseram: Por que não prendeu o cavalo pela cauda? Mas a um cavalo visto em sonho não se pode prender o rabo.

Certa vez estávamos sentados, eu e Rabi Haim, na casa de estudos, não havendo ali outra pessoa além dele. Vi que algo o preocupava, pois se levantou, tornou-se a sentar, e tornou a se levantar, aproximou-se de mim e voltou ao seu lugar. Assim procedeu diversas vezes. Disse-lhe: O senhor deseja dizer-me algo? Disse Rabi Haim: Desejo pedir-lhe algo, mas temo que lhe seja difícil fazê-lo. Disse-lhe eu: Que seja fácil ou difícil, se estiver ao meu alcance não deixarei de fazê-lo. Baixou Rabi Haim os olhos, segurou a extremidades da mesa e calou-se, ergueu os olhos, fixou--me e calou-se, inclinou-se a cabeça sobre a barba e disse: Se não teme gastar um dinheiro a mais, eu pediria... Disse-lhe eu: O senhor quer dar-me o privilégio de praticar uma boa ação, pois não. Disse Rabi Haim: Peço-lhe uma graça, como a graça que praticou com Hanokh. Respondi-lhe: Não pratiquei uma graça com Hanokh, paguei-lhe o salário de seu trabalho. Disse Rabi Haim: Acaso poderá o senhor pagar-me como pagava a Hanokh? Respondi-lhe: Seria uma grande honra, e até lhe darei mais, considerando que Hanokh não cuidava das lâmpadas e não acendia o fogão, ao passo que o senhor arranja as velas e cuida das lâmpadas e acende o fogão, resulta que seu trabalho é maior e lhe cabe mais. Porém, não sei quanto. Disse Rabi Haim: Tanto quanto pagava a Hanokh, tanto assim pagará a mim. Respondi-lhe: Não sei quanto dava a Hanokh. Eu costumava introduzir a mão no bolso e dar, às vezes tanto e outras vezes outro tanto, o quanto minha mão alcançava naquela hora. Se quiser, fixar-lhe-ei um salário e não estará dependendo da mão de um homem que ora está aberta e ora se fecha. Fixei-lhe um salário. Disse Rabi Haim: Peço-lhe algo mais, que me dê o salário no quinto dia da semana. Daí em diante, eu lhe dava, toda quinta-feira pela manhã, o dinheiro da semana.

Certa feita paguei-lhe por algumas semanas de uma só vez, pois vi Tzipora, sua filha, cujos sapatos estavam rasgados, e disse a mim mesmo, se pagar a ele de uma só vez, ele lhe comprará sapatos. Ele tomou o salário da semana e me devolveu o restante. Com o passar dos dias descobri que ele dava o dinheiro à mulher de Hanokh. Como se mantinha ele? Com o dinheiro que lhe haviam dado os oficiais do exército aos quais servira na prisão, e com o dinheiro que trouxera consigo da viagem, pois quando se lhe deparava algum serviço, fazia-o e ganhava algum dinheiro.

A maior parte do mês de Adar já se havia escoado. A neve que jazia em montículos diminuía e, se caia um pouco de neve, esta se derretia durante a queda.

O serviço do Rabi Haim diminuía. Outrora, trazia lenha duas a três vezes por dia e agora somente uma vez por dia, e às vezes esta restava até o dia seguinte, pois o frio atenuava-se e não necessitávamos de muita lenha. Do mesmo modo que não necessitávamos de muita lenha, não necessitávamos de muito querosene, pois os dias se alongavam.

Quando o frio atenuou-se e a neve diminuiu, abriram-se os caminhos. As pessoas saíam ao trabalho; aqueles cujo ofício era na cidade partiam para a cidade e aqueles cujo ofício era nas aldeias, partiam para as aldeias.

A cidade toda envergou nova aparência. As ruas, que estavam vazias durante o inverno, encheram-se de pessoas que regateavam às portas das lojas. À primeira vista, parecia que Szibusz havia restaurado o seu comércio, mas, à segunda, a verdadeira vista, percebia-se que as pessoas estavam ali para o seu bel-prazer. Seja lá como for, os frequentadores de esquinas são mais numerosos do que os frequentadores da casa de estudos, pois às vezes temos de esperar até que venham rezar e, após a oração, eles escapam sem recitar salmos ou estudar um capítulo da *Mischná*. De todo modo, nossa antiga casa de estudos supera as demais casas de oração da cidade, pois em nossa antiga casa de estudos há quórum para realizar o culto diariamente, ao passo que nas outras casas de oração, não há quórum diariamente, sendo que às vezes realiza-se a reza numa, e às vezes noutra, conforme o número de presentes e a proximidade do local, exceto na Grande Sinagoga, onde há alguns quórum e onde se reza sempre, e da qual, se não temos o quórum de dez homens, emprestamos alguns, e realizamos a oração.

A maior parte dos que oravam na Grande Sinagoga era gente simples, que não gostava da gente de nossa velha casa de estudos. Por quê? Porque outrora, quando os israelitas possuíam mão de ferro, os dignitários tiranizavam o povo, não permitindo aos incultos da velha casa de estudos sentar-se sobre o banco, mas os deixavam em pé junto à pia, e ademais, a estes não eram permitido usar o *schtreimel* nos Sábados e dias de festa, senão um chapéu de abas largas, e no Sábado anterior ao Nove de Av, quando os eruditos envergavam o chapéu de abas largas, em vez do *schtreimel,* em virtude do luto por Jerusalém, aos incultos não era permitido envergar o chapéu de abas largas senão um chapéu comum, pois somente os estudiosos da *Torá* eram dignos de tal honra. E, apesar do estudo da *Torá* já haver desaparecido da velha casa de estudos e de não haver diferença entre eruditos e incultos, não desapareceu a aversão dos incultos pelos erudi-tos. Certa ocasião, estávamos prestes a rezar e, visto que faltava uma pessoa para compor o quórum, pedi a um dos homens da Grande Sinagoga que completasse o número. Empertigou-se ele como um poste e disse: Isso significa que Moisés, nosso mestre, e oito como ele não podem realizar o culto a não ser que peçam a Zelofeade, filho de Hefer, que venha e complete o quórum. Em seguida, quando já não mais necessitam dele, vão e contam a seu respeito que o viram juntando lenha no Sábado e o apedrejam.

Rabi Haim limpou o assoalho, acendeu o fogo, estendeu as toalhas, acendeu as velas e as lâmpadas de querosene. Rezamos a oração vespertina, recepcionamos o Sábado e rezamos a oração noturna.

Quando o oficiante recitou a bênção do vinho, não havia uma só criança para bebê-lo. Apalpei as balas em meu bolso e perguntei a um dos homens: Onde está o seu filho? Balbuciou ele e disse: Ficou com sua mãe. Perguntei a um outro: Por que não trouxe o seu filho à casa de estudos? Respondeu-me ele: Até a mim mesmo eu trouxe por milagre. Durante todos os dias da semana a pessoa arrasta o seu corpo pelos caminhos, quando o Sábado chega, deseja sentar-se em paz.

Quão belas eram as vésperas de Sábado quando a casa de estudos estava cheia de judeus e as crianças cercavam o púlpito e respondiam amém ao chantre. Agora, que os pais das crianças consideram um milagre terem trazido a si próprios para orar, quantos milagres serão necessários para trazerem os filhos!?

Apalpei as balas em meu bolso, seus invólucros haviam-se rasgado e as balas grudaram-se aos meus dedos. Limpei os meus dedos e fui ao hotel para jantar. Após o jantar voltei à casa de estudos a fim de proferir diante do povo a exegese literal e alegórica do capítulo semanal da *Bíblia*, como era de meu hábito proceder nas vésperas de Sábado. Três pessoas vieram e sentaram-se junto ao fogão. Uma delas bocejou, o que levou os seus camaradas a bocejarem e, quando ela cessou, eles bocejaram e levaram-no a bocejar.

Olhei para o livro e apurei os ouvidos, a fim de escutar se vinham outros; passou-se meia hora e eles não vieram. Falei a mim mesmo: E os que estão sentados comigo, por que não solicitam que eu profira algo diante deles? Agora, mesmo se solicitarem, não os atenderei. Visto que permaneciam calados, disse a mim próprio: Se dois homens se sentam e trocam palavras da *Torá*, a Providência Divina paira entre eles; é preciso proferi--las, sejam eles muitos ou poucos, até mesmo se um só deseja ouvir as palavras da *Torá*, é proibido impedi-lo. Enquanto eu conversava comigo mesmo eles escapuliram e foram embora.

Era estranho, aquele homem empanturrou a pança de versículos e de ditos de nossos sábios, de abençoada memória, e não havia quem os desejasse ouvir. Ademais, nos Sábados anteriores, eu nada preparara, pois dizia tudo o que Deus punha em minha boca, mas para este Sábado eu havia preparado muitas coisas a dizer.

Restei solitário na casa de estudos e mirei as velas que iluminavam. Num primeiro exame, eu disse: Vós iluminais em vão. Mas, num segundo exame, eu disse: Não, pois, vós iluminais por amor ao Schabat. Alisei a toalha limpa sobre a mesa e cerrei o livro.

Não vim para cá a fim de misturar-me com as pessoas e nem para predicar sobre os versículos da *Torá*, de qualquer modo isto teria amenizado a minha estadia. E talvez houvesse em mim a oitava parte de um oitavo de orgulho quando estivesse diante do público discursando, de qualquer maneira não seria mais orgulho do que há num indicador com o qual se aponta as letras e o qual se inclina nas mãos do mestre.

Ergui-me do lugar e vesti o capote. Antes de ir recapitulei as coisas que havia preparado para predicar em público.

A perícope daquela semana era a que principiava com as palavras: "Estes são os regulamentos do Tabernáculo" e as palavras que eu desejava dizer estavam ligadas a um versículo do final: "Pois a nuvem do Senhor estava de dia sobre o Tabernáculo, e o fogo estava de noite sobre ele, perante os olhos de toda a Casa de Israel, em todas as suas jornadas".

Deve-se precisar o sentido de "perante os olhos de toda a Casa de Israel". Porventura casas possuem olhos? E o que deseja Raschi, de abençoada memória, dizer-nos quando explica que os lugares de pousada deles também se chamam "jornadas"? E retomei o versículo "e a Glória do Senhor preencheu o Tabernáculo", visto que a Glória do Senhor não estava misturada com a nuvem. Então retomei o princípio da perícope semanal, "Essas são as coisas usadas no Tabernáculo, o Tabernáculo do Testemunho". Por que é dito "Tabernáculo" duas vezes? Pois aqui lhes foi anunciado que o Tabernáculo estava destinado à destruição duas vezes: o Primeiro Templo e o Segundo Templo. E deve-se ressaltar as palavras, pois, acaso no momento de alegria e regozijo para Israel, o Santíssimo, Bendito Seja, tinha que lhes anunciar um assunto tão aziago? Porém isso é explicado pelas palavras seguintes, "do Testemunho". É um testemunho a todas as pessoas do mundo de que existe perdão para Israel. E essa é a mensagem, embora o Senhor tenha lançado a sua ira sobre árvores e pedras, o povo de Israel sobreviveu, resulta que o Tabernáculo, o *Mischkan*, é o testemunho e também o penhor – *maschkon* – de Israel, e estas são palavras de tempos remotos. Ao final retornei ao princípio do assunto e conciliei algumas passagens contraditórias sobre as quais levantei dúvidas, e toquei em algumas ideias atuais implícitas em nossa eterna Lei, bem como na causa da confecção dos utensílios do Tabernáculo, antes da confecção do próprio Tabernáculo. Se bem que eu não concorde com os estudos que afirmam que os utensílios mencionados na *Torá* aludem às virtudes da alma, interpreto de uma forma aproximada, ou seja, que a Lei alude a que aprimoremos as nossas virtudes antes de penetrarmos na tenda.

As velas atingiram o seu fim, mas ainda bruxuleavam e iluminavam. Superavam-nas as lâmpadas que Rabi Haim abastecera de querosene. Peguei a chave, saí e tranquei a casa de estudos. E onde estava Rabi Haim? Ouvi dizer que fora à casa da mulher de Hanokh a fim de abençoar o vinho.

A rua estava vazia e o meu coração, transbordando. Queria desabafar e não encontrei companhia. Minha sombra arrastava-se atrás de mim; minha sombra era mais longa do que eu e mais larga, porém eu não lhe prestava atenção, como se não existisse.

De súbito, veio-me à mente ir ao grupo Gordônia, em primeiro lugar para cumprir a promessa feita aos nossos camaradas de que tornaria a vir, no dia em que lá fui a fim de pedir ao velho serralheiro que me fizesse a chave; e em segundo lugar, para encontrar algum judeu.

Ao chegar à sede do grupo, não consegui encontrar a entrada, e quando encontrei a entrada não consegui encontrar as escadas pelas quais se sobe. Passados alguns dias, soube que os revisionistas arrancaram as escadas e lançaram-nas ao rio.

Contornei a casa pelos quatro pontos cardeais e olhei em direção das janelas, das quais se filtrava uma luz escassa, e repeti os nomes usados pelos israelitas, com o intuito de recordar o nome de um dos membros do Gordônia e chamá-lo para que me fizesse subir. Cá entre nós, mesmo que eu chamasse todos os nomes do *Pentateuco*, dos *Profetas* e dos *Escritos*, de nada teria adiantado, pois nossos camaradas apelidaram a si mesmos de nomes que inventaram, como Kuba, Luntschi, Henrik, Ianik.

Mirei a minha sombra que trepava e subia e tornava a estender-se diante de mim sobre o solo. Se ela tivesse boca para falar, diria: Da mesma forma que tu te esfalfas, eu me esfalfo.

Tirei o chapéu e limpei o suor da minha fronte, o mesmo fez a minha sombra. Se ela tivesse boca para falar, diria: Estou contigo em tua desgraça.

Peguei ambas as chaves, a chave da casa de estudos e a chave do hotel, e bati uma na outra a fim de abafar o tédio. O que direi e o que contarei? Eu era como um homem que canta canções com o coração pesado.

Principiei a falar comigo mesmo e disse: Vamos embora?

Para onde? A qualquer lugar onde quiser ir. Visto que não encontrei um lugar para onde ir, fui ao hotel.

No caminho, uma outra sombra cruzou com a minha e vi uma moça caminhando atrás de mim. Arrependi-me por ter deixado o lugar e por ter ido embora, pois se não tivesse ido, talvez aquela moça ter-me-ia mostrado a entrada para a sede do grupo e eu teria entrado e sentado entre pessoas e teríamos mantido uma conversa agradável.

Aproximou-se aquela moça e cumprimentou-me. Respondi ao seu cumprimento e perguntei-lhe: O que faz na rua a essa hora tão tardia, senhorita? Respondeu Erela e disse: Primeiro, a hora não é tardia; em segundo lugar, todo aquele que retorna à sua casa forçosamente tem que passar pela rua. Falei-lhe: Sendo assim, temos ambos o mesmo caminho. Disse Erela: Se duas pessoas se encontram casualmente no caminho, isso não significa que ambas tenham o mesmo caminho. Perguntei-lhe: Acaso não vai para casa? Respondeu ela: Sim, para minha casa. Disse-lhe eu: Era o que eu havia dito, vamos pelo mesmo caminho, visto que eu também vou para casa, e meu hotel é próximo à sua casa. Disse Erela: Se é ao aspecto geográfico que se refere, senhor, está completamente certo, mas, além do aspecto geográfico, existem outros aspectos entre os quais não há qualquer proximidade.

Enverguei o meu chapéu e disse: Pai do Céu, o que sabe uma pessoa do que está próximo e do que está distante? Disse Erela: O que significa "o que sabe uma pessoa!" Tudo o que está próximo – é próximo e tudo o que está distante é distante.

Caçoando eu disse: Isso também aprendeu em geografia? Disse Erela: Em primeiro lugar, isso é algo que toda pessoa inteligente sabe; e, em segundo lugar, todo aquele que aprende geografia já não tem dúvida a respeito de tais conceitos. Disse--lhe eu: A geografia é andrógina.

Dona Erela fixou em mim seus óculos com horror, em seguida retirou-os e os limpou bem, logo os repôs em seu lugar e per-guntou-me: Em que se baseia para dizê-lo? Do ponto de vista gramatical, não há qualquer evidência para o que disse. Inclinei--me e disse: Não sou um homem orgulhoso e não digo que para tudo o que sai de minha boca há uma evidência gramatical. Como vai o seu irmão pequeno? Disse Erela: Por que o chama de pequeno? Se for pelos anos, ele certamente não é pequeno, e se for pela inteligência, ele é maior do que muitas pessoas que se afiguram grandes aos seus próprios olhos. Inclinei minha cabeça diante dela e falei: Chegamos ao nosso destino, senho-rita, eis a sua casa. Se não temesse que ela me considerasse um milagreiro, ter-lhe-ia dito que sei o que ela guarda no coração para dizer-me. Disse Erela: Em primeiro lugar, não creio em milagres, e, em segundo lugar, uma pessoa não sabe o que se passa no coração de outra.

Disse-lhe: Veja, senhorita, veja, este homem que está à sua frente sabe o que se passa no seu coração e sabe o que a senhorita deseja dizer-me. Disse Erela: Temo que seja desmentido. –Sendo assim, di-lo-ei: A senhorita deseja entrar em casa e dizer-me adeus. Sendo assim, disse Erela, o senhor enganou-se, eu dese-java dizer-lhe até a vista.

Enganei-me. Esqueci que esta palavra ainda existia no mundo.

Dona Erela virou-se e entrou em sua casa, e eu virei-me em direção ao meu hotel.

Introduzi a chave na fechadura e esta não se abriu.

Krolka saiu com uma vela na mão e disse: O que é isso, o senhor não sabe abrir? Disse-lhe: Eu também me espanto por isso. Krolka olhou a chave em minha mão e disse: Esta não é a chave do nosso hotel. Observei a chave, que era a da casa de estudos. Entre uma coisa e outra, confundi a chave do hotel com a chave da casa de estudos.

Capítulo Dois e Quarenta
Junto ao Menino Doente

O sagrado Sábado passou, porém não como os demais Sábados. Quando o Santíssimo, Bendito Seja, deseja maltratar as Suas criaturas, Ele torna o seu Sábado triste.

Após a benção do encerramento do Schabat, entrei na casa de Daniel Bach a fim de pagar-lhe pela lenha. Antes de entrar, juntei as balas que restaram intactas e dei-as ao menino. Ele as tomou e as dispôs diante de si em forma de coração e depois, em forma de uma estrela de David. Em seguida, tomou uma e deu à mãe, uma ao pai e uma à irmã, ao final tomou duas e deu-as a mim.

Perguntou-lhe sua mãe: Por que não deu ao senhor logo em seguida, como deu a nós? Respondeu ele: Não sei. Disse sua mãe, espantada: Você não sabe, meu filho? Estou segura de que sabe sim. Disse o menino: Antes eu não sabia, mas agora eu sei. Disse sua mãe: Sendo assim, diga-nos, filho. Disse o menino: De início eu pensava que, sendo todas as balas do senhor, por que haveria de dar-lhe? – E depois, o que pensou quando lhe deu? Disse o menino: Depois pensei que talvez ele não tenha guardado nenhuma para si mesmo, por isso lhe dei. – E por que deu uma a cada um de nós e a ele entregou duas? Respondeu o menino: Para que, caso ele queira dar, tenha alguma para dar.

Exclamou sua mãe: Porventura isso não é sábio, porventura isto não é justo? Deixe-me beijá-lo, meu filho.

Disse o pai ao menino: Peça ao senhor que ele lhe conte uma bela história. Disse-me o menino: O senhor sabe contar histórias, então me conte o que faz o vovô a esta hora. Disse Erela: Isso não é uma história. Disse o menino: Então, o que é? Respondeu Erela: Quando estudar a teoria da literatura saberá o que é uma história e o que não é uma história. Disse o menino: Quem não estuda a teoria da literatura não sabe o que é uma história? Respondeu Erela: Por certo que não sabe. Disse o menino: E por que você não sabe contar histórias, já que estudou a teoria da literatura? Respondeu Erela: Mas eu sei o que é uma história e o que não é uma história. Disse o menino: E o que vovô faz, não é uma história? Respondeu Erela: Isto não é uma história. –Então o que é? Respondeu Erela: Isso está incluído na categoria das informações, quer dizer, se forem importantes, mas se não o forem, não são nada. Disse o menino: Sendo assim, conte-me, senhor, a respeito do nada. Fixou Erela os seus óculos no menino e disse com espanto: O que significa "do nada"? Se não há nada, não há o que contar. Disse o menino: O avô faz algo, sendo assim há um algo neste nada. Conte, senhor, o que faz o meu avô neste momento.

Passei a mão pela minha fronte e disse: Nesta hora seu avô está sentado no pátio, diante da pequena casa, não, diante da grande casa, com a cabeça inclinada sobre os joelhos, ele pensa e diz: Milagre dos milagres, a Páscoa ainda não chegou e já está quente fora de casa, tal qual nos dias da primavera.

– E Amnon, onde está ele?

– Amnon? Quem é Amnon?

– Não sabe? Amnon é o filho de Ierukham, meu tio.

Disse-lhe eu: Amnon está sentado no quarto das crianças, come mingau com leite e não deixa nada na tigela, pois sendo um bom menino, ele come tudo que lhe dão, por isso a *metapélet*[53]

---

53. Na época, o termo referia-se à mulher cuja função era cuidar de um grupo de crianças no *kibutz* ou numa instituição. Atualmente, em Israel, indica "babá" em geral (N. da E.).

dá-lhe uma maçã. Embora as laranjas sejam melhores do que as maçãs, a *metapélet* pensa que crianças necessitam de maçãs. O que acha, meu caro, acaso ela faz bem? Disse o menino: Não é assim. – O que não é assim? Respondeu o menino: Amnon não está sentado no quarto das crianças. – Então onde está sentado? – Diga-o o senhor. Disse-lhe: Espere, meu caro, pensarei um pouco. Disse o menino: Acaso necessita pensar? Retruquei-lhe: Você, meu caro, não pensa? Disse o menino: Eu não penso. – Então o que faz? Respondeu o menino: Abro os olhos e vejo, e às vezes cerro os olhos assim e vejo ainda mais. Cerrou os olhos e sorriu. E o que vê, meu filho, perguntei-lhe. O menino disse: Quero saber primeiro o que lhe veio ao pensamento, senhor. Disse-lhe: Não tive tempo de pensar. Agora farei como você, cerrarei os olhos e verei o que faz Amnon. Cerrei os olhos e sorri como Rafael havia sorrido. Disse Rafael: Diga então senhor, o que faz Amnon? Amnon está sentado no colo do vovô, enrolando-lhe a barba e dizendo: Vovô, quando eu crescer terei uma barba grande como a sua? E o vovô responde-lhe: Oxalá, e beija-lhe a boca e diz: Meu filho, você é mais inteligente do que todos os rapazes da *kvutzá*. Perguntou Rafael: E o que faz Ierukham, meu tio, a esta hora? Respondi-lhe: Como hei de saber, uma vez que ele está sentado lá no alto, acima do sétimo céu, sobre a palma da mão direita do Santíssimo, Bendito Seja. Pois você sabe, meu filho, que aqueles que morrem pela Terra de Israel são de sobremaneira importantes para Ele, o Bendito, e Ele Se diverte com eles todo dia, todo momento e a toda hora.

Perguntou Rafael: E quando estão sentados sobre a palma direita do Santíssimo, Bendito Seja, o que fazem eles? Disse-lhe eu: Cale-se, meu filho, deixe-me ouvir. Parece-me que eles leem diante d'Ele a *Torá* no capítulo que diz respeito ao sacrifício de Isaac, pois a melodia é igual à da leitura da *Torá* em Rosch Haschaná. O garoto aguçou os ouvidos, olhou para cima e disse: É verdade, é certo. Perguntou Erela: Como é que você diz que é verdade, acaso esteve na sinagoga no Ano-novo e ouviu a leitura da *Torá*? Disse o menino: Eu estive na sinagoga e ouvi a leitura da *Torá*. Olhou-o sua mãe, espantada; como poderia afirmá-lo, posto que desde o dia de seu nascimento não se movera da cama? Baixou ela a cabeça e calou-se.

Disse o menino à sua mãe: Por que não diz a ela, a Erela, que eu estive com você na sinagoga, quando trouxeram a cabeça do Rabi Amnon e a colocaram sobre o púlpito e ele recitou o U-Netáne Tókef[54]. Perguntou-lhe sua mãe: Quando foi isso?

Respondeu o menino: Venha e lhe direi no ouvido. Clamou a mãe do menino com espanto: O que está dizendo, meu filho, naquele ano você ainda não havia nascido! Disse o menino: Porém, eu já estava no mundo. – Como meu filho, como?

Sorriu o garoto e disse: Foi naquele ano em que a senhora desfaleceu na sinagoga e todas as mulheres se assustaram e trouxeram-lhe gotas fortificantes. Disse Sara Perl: Isso aconteceu no ano em que eu estava grávida com ele.

Disse Rafael: Sendo assim, está vendo, mamãe, que eu estive na sinagoga e assisti a tudo. Agora, mamãe, diga a ela, a Erela, que eu disse a verdade.

Comoveram-se os olhos da mãe do menino e ela disse: Como é forte a memória dele, que o mau olhado não o atinja. Disse Erela: É errôneo estimular-lhe os devaneios.

Bateu Daniel os dedos sobre a mesa e disse: Estou ouvindo discussões aí, vocês começaram com uma história e terminaram com uma discussão.

Perguntou o menino a seu pai: Papai, o que é uma discussão? Disse Daniel: Erela, como lhe explicaremos? Disse Erela: O que significa como explicaremos, pois isso é simples, é algo sobre o qual as pessoas discutem, isso se chama discussão.

Sorriu o pai do menino e disse: Você estudou o *Pentateuco*, meu filho, e se recorda do que argumentou Abraão, o nosso patriarca, diante do Santíssimo, Bendito Seja, a respeito de Sodoma: Talvez haja cinquenta justos na cidade, acaso exterminarás o perverso junto com o justo etc. Respondeu o menino: Esta não é uma

---

54. Segundo a tradição, oração composta pelo mártir, Rabi Amnon, recitada por ele na sinagoga na véspera de Rosch Haschaná, antes de morrer. (N. da E.)

discussão. – Então o que é, súplicas e rezas? Isso é *Torá*, disse o menino. Disse Erela: Aos olhos dele tudo é *Torá*. Disse o menino: Nem tudo é *Torá*, porém o que está escrito na *Torá* é *Torá*.

Disse Daniel Bach à sua esposa: Podemos tomar chá? O que acha disso? Disse a sra. Bach: A chaleira está fervendo. Logo trarei o chá. O senhor nos honrará e tomará conosco um copo de chá? Lamento por não ter assado um bolo. Sorriu Daniel Bach e disse: Minha mulher é da opinião de que não se celebra condignamente a ceia da despedida do Sábado apenas com chá. Quem disse que um copo de chá requer bolos? Aprendeu isso com os alemães em Viena? Respondeu a sra. Bach: E por acaso, sem isso não asso bolos para você? E ao dizê-lo seu rosto enrubesceu.

Disse-lhe seu marido: Assam-se bolos para a festa de Schavuot. Retrucou a sra. Bach: Espero assar-lhe um bolo ainda antes disso. Disse-lhe seu marido: Se realmente o deseja, não a impedirei. Bebamos o chá antes que ele esfrie.

Bebi e disse: De agora em diante, o trabalho de Rabi Haim ficará mais fácil, a primavera vem e se aproxima, e o fogão não precisará mais de lenha.

Suspirou a Sra. Bach e disse: Os dias da primavera estão se aproximando e os dias de inverno afastam-se. Disse o sr. Bach: Até mesmo os fogões precisam descansar. Ouviram isso? O genro de Rabi Haim o está pressionando para que venha morar com ele. – E o que lhe respondeu Rabi Haim? – Quem sabe, Rabi Haim não tem o hábito de contar.

Disse Erela: O senhor pensa ter agido corretamente ao comprar o livro das mulheres? –Que livro? – O livro cujo nome esqueci, o qual se coloca à cabeceira de mulheres tolas na hora do parto. – A senhora teme que a cidade permaneça sem o seu talismã?

Respondeu Erela: Não, temo o fanatismo, e temo que digam que a Terra de Israel necessita de panaceias e talismãs e de outros tipos de tolices e futilidades.

Sorriu o pai de Erela e disse: Ao contrário, Erela, é uma honra para Szibusz verem que também não nos faltam pessoas possuidoras dos mais altos dotes. E se não podemos contribuir com dinheiro para a construção da Terra de Israel, contribuímos com almas.

Disse Erela: Se me é permitido falar diante do pai, tomo a liberdade de perguntar a que se referia com esta palavra, meu pai? – A que palavra você se refere, minha filha? – A que palavra me refiro? Se meu pai não se lembra, tomo a liberdade de recordar-lhe. O que tinha em mente papai quando disse "com almas", ou seja, que se pode interpretar isso como se estivéssemos contribuindo para a construção da Terra de Israel com almas.

Respondeu Daniel: Agora que nosso amigo teve a gentileza de enviar-lhes o livro, nenhuma mulher há de sofrer um aborto por lá. Resulta que estamos contribuindo com almas. Disse Erela: Pai, suas palavras me irritam. Falou a sra. Bach: Não se pode negar que frequentemente o livro fez o que não fizeram parteiras e médicos. Erela fitou a mãe com ira, gesticulou com seus ombros e disse: Eu sei que numerosas pessoas ainda creem em tolices, mas que o meu destino seja que, precisamente, meu pai e minha mãe façam parte delas, isso me é difícil de suportar.

Seu pai mirou-a tranquilamente e disse: Minha filha Erela segue o seu princípio de que tudo quanto está acima de nossa razão não deve ser usado, ainda que ela saiba haver nisso proveito para muitas pessoas, tal como vimos a respeito da virtude do livro que serviu de ajuda para algumas mulheres. Respondeu Erela: Que proveito há em se dar à luz filhos que perseguirão a tolice? Bach alisou sua perna postiça, e disse: Minha filha Erela é racionalista. Tomemos talvez mais um copo? – Agradecido, agradecido. Parece-me que chegou a hora de ir embora.

Disse o sr. Bach: Ao contrário, sente-se senhor e conversaremos um pouco. Que notícias ouviu da Terra de Israel? Há algumas semanas que não chega uma carta de papai. Talvez haja algum motivo para isso? Talvez esteja doente ou talvez haja distúrbios por lá e Ramat Rakhel tenha sido atacada? O que vem a ser esse mufti[55]? – Ele é árabe. Disse o sr. Bach: E sendo ele árabe, acaso o

---

55. Jurisconsulto, muitas vezes também líder da comunidade, responsável por interpretar o alcorão e decidir sobre a aplicação da lei. Neste caso refere-se a Amin

314 HÓSPEDE POR UMA NOITE

sangue de inocentes deve ser derramado? Disse-lhe eu: Não é por ele ser árabe, mas por ser uma época em que se ataca o mais fraco. Enquanto formos poucos poderemos esperar qualquer desgraça. Disse Erela: Suas palavras não são outra coisa senão engraçadas, quem as ouve pode pensar que nós nos sentamos por lá de braços cruzados e estendemos o pescoço para a matança, como nossos judeus em Szibusz. Quem quer que leia os jornais, sabe e conhece os atos de heroísmo que realizamos.

Meneei minha cabeça para ela e disse: E mais do que está escrito nos periódicos, eu mesmo assisti. Mas do que adianta o heroísmo que extermina os seus heróis? Se o herói precisa estar sempre empenhado em atos de guerra, ao final ele enfraquece e cai. Respondeu Erela: Segundo as suas palavras, resulta que devemos estender as nossas gargantas e dizer: Algoz, eis a garganta, levante-se e mate, como nosso poeta Bialik soube tão bem dizer em seu poema *A Cidade da Matança*. Disse-lhe eu: Não era essa a minha intenção, minha senhora. Perguntou ela: Então qual era a sua intenção? Parece-me que posso dizer que entendo o significado das palavras; ou talvez o conceito de herói tenha outro sentido que não tive o privilégio de encontrar no dicionário. Respondi e disse: Outro sentido não conheço. Contudo, se é permitido à pessoa interpretar num sentido que não se encontra no dicionário, digo que herói é aquele do qual se tem medo e contra o qual não se parte a fim de atacá-lo. Riu Erela e disse: Idílio. Se são esses os heróis que busca, senhor, vá ao campo dos esportes, ali encontrará o herói que procura. Disse o sr. Bach: Acaso as coisas continuarão assim por lá para sempre?

Respondi-lhe: Isso eu perguntei a sábios e suas respostas não me satisfizeram, até que veio um e me explicou. Este sábio é um cujos atos precedem a sua sabedoria. Enquanto a maioria dos nossos sábios permanecia fora da Terra de Israel, pregando

---

al-Husseini, chamado de Grande Mufti, foi nomeado pelos ingleses em 1921. Temendo que a crescente imigração judia ameaçasse a dominação árabe da região, arquitetou conflitos violentos contra os judeus em 1929 e 1936. Durante a Segunda Guerra Mundial viveu na Alemanha nazista de 1941 a 1945. (N. da E.)

sermões sobre o sionismo, ele próprio emigrou para a Terra de Israel e teve o mérito de fazer o que não fazem os órgãos da fala. Ele costumava dizer: Faça e não espere por nada. E, tendo feito, suas façanhas juntaram-se formando uma realidade considerável, pois assim é a natureza dos feitos; uma pessoa faz hoje alguma coisa e amanhã outra, com o passar dos dias tais coisas se acumulam num grande feito. Depois que os árabes destruíram a minha casa, deixando-me sem um teto sobre a cabeça, ele me convidou à sua casa e deu-me cama e mesa. Certa vez encontrou-me entristecido. Disse-me ele: Não se entristeça, tudo estará bem. Disse-lhe eu: Que bem podemos esperar se nós construímos e nossos vizinhos destroem, se nós plantamos, e nossos vizinhos arrancam. Veja quantas colônias foram destruídas num só dia, veja quantas famílias foram mortas numa só hora, e você diz que tudo estará bem. Se algum bem deveria advir, já teria advindo, posto que nossos vizinhos sabem que transformamos os ermos do deserto em terra habitada, e eles foram os primeiros a gozar deste benefício, e ao final praticaram todo esse mal para conosco. Parece-me que os dias de outrora eram melhores do que estes, e você afirma que tudo estará bem. Você, que dizia "faça e não espere por nada", tornou-se de súbito o protetor da esperança. Disse-me ele: A princípio, eu não esperava nada e agora espero muitas coisas, visto que já entramos na segunda fase. Em seguida sentou-se e explicou-me. Uma nação possui três períodos. O primeiro período é aquele em que a nação é pequena, fraca e desprezível aos olhos de seus vizinhos, que a olham como se não existisse. E por ser humilde e desprezada, às vezes eles se compadecem dela e praticam uma graça para com ela, como um valente que pratica uma graça para com um fraco. O segundo período é aquele em que a nação desperta da sua humildade e vai se fortalecendo. Se os seus vizinhos são espertos, eles estabelecem com ela laços de fraternidade e amizade e todos se beneficiam mutuamente. Mas se não são espertos, eles lhe põem obstáculos, e ao final partem para a guerra contra ela. Ela se defende, reveste-se de coragem e heroísmo, pois sabe que se cair em mãos de seus inimigos, estes não se compadecerão dela, e ela não teme o embate dos escudos e a investida das tropas. Logo que seus vizinhos o veem, fazem a paz com ela e buscam a sua amizade, e posteriormente enxergam nela uma nação de igual valor. A princípio, buscam a sua amizade para o seu proveito, em seguida, para o proveito de ambos, e depois auxiliam-se mutuamente. Até agora estivemos no primeiro período, o de nação humilde e desprezada, agora atingimos o segundo período, o de nação fortalecida que ganhou robustez e nossos filhos, que nos seguirão, terão o privilégio de chegar ao terceiro período, o de uma nação igual a todas as nações. E o que virá depois deles – nenhum olho ainda viu.

O sr. Bach introduziu a mão na abertura de seu colarinho e observou o filho doente, que adormecera. Alisou a sua perna sadia e disse: Entrementes, fazem conosco o que o coração desses assassinos deseja.

Observei o seu filho que adormecera e disse: Enquanto estivermos no segundo período. Perguntou o sr. Bach: E quando atingiremos o terceiro período? Ergui-me da cadeira e disse: Isso depende de mim e do senhor e de todo homem do povo de Israel, de quando ascenderemos à Terra e nos juntarmos aos nossos irmãos que estão em guerra por lá.

Ao sair, a sra. Bach tomou-me pelo braço e encaminhou-me para o leito de seu filho e disse: Observe-o, senhor, acaso não se parece com um anjo do Senhor dos Exércitos? Quando penso que os assassinos podem estender suas mãos até esta criancinha, estremeço. Disse-lhe eu: Por que hão de vir os assassinos? Respondeu a sra. Bach: Visto que o senhor deseja que a gente vá para junto deles. Perguntei-lhe: Quem são "eles"? Respondeu a Sra. Bach: Aqueles assassinos que mataram o Ierukham. Disse-lhe eu: Não, minha senhora, quero que venhamos a nós mesmos, para que a força dos assassinos diminua. Disse a sra. Bach: Porém o senhor fugiu de lá. Suspirei e falei: Eu fugi de lá? Talvez tenha realmente fugido, pois todo aquele que sai da Terra de Israel, mesmo que seja por uma hora, é chamado de fugitivo.

Capítulo Três e Quarenta
Sinais de Primavera

No domingo, após a refeição matinal, caminhei como de hábito à casa de estudos. O dia era agradável e os sinais da primavera apareciam na terra. O rio alargara-se e o gelo boiava sobre a água, poças de água da neve tremulavam na rua e um novo sol brilhava sobre elas. De ambas as casas de culto dos gentios ouvia-se o som dos sinos, e citadinos e citadinas iam e vinham. As lojas estavam cerradas por fora e, às suas entradas, postavam-se comerciantes ociosos; nesse ínterim suas mulheres, dentro das lojas, regateavam com os fregueses que vinham às escondidas comprar mercadorias. De súbito surgiram dois policiais e se aproximaram, talvez fosse um policial só que parecia como dois. Os comerciantes, bem como toda a gente, brandiram os seus chapéus e inclinaram as cabeças e sorriram ao policial afetuosamente. Ele enrolou os seus bigodes e se foi. Os lojistas dobraram os braços para trás e seguiram-no com os olhos, até que desapareceu de vista.

Ignatz enfeitou-se com as condecorações que obtivera na guerra, em parte por mérito de seus atos e, em parte, tiradas dos mortos. Ele estufava o peito para fora, fixava a cara nos transeuntes e gritava, como de hábito: *Pieniadze*, ou seja, um dinheiro.

Ioschke ou Vevtschi ou algum outro dos frequentadores da casa de estudos encontrou-me e disse: O padre está prolongando hoje o sermão. Indignei-me com ele e quis dizer-lhe: Vejo que o sermão do padre interessa-lhe mais do que a oração, visto que há alguns dias que você não vem à casa de estudos. Um outro homem intrometeu-se dizendo: O bastardo nos traz muitos transtornos.

Pensei que ele falava de Ignatz, sobre o qual havia rumores de que era filho de gentio e de mãe judia e suspeitava-se que fosse delator. Ao perceber que eu não sabia de quem estava falando, acrescentou e disse: Nunca ouviu dizer que o pai do padre era judeu? – Seu pai era judeu? O pai era judeu e a mãe, gentia.

Disse-lhe eu: Bela coisa. Se for verdade, talvez não seja mentira ou, ao contrário, se não é mentira, talvez seja verdade. Mas digo-lhes que se deveria mudar toda a coisa desde o princípio. Como? Aquele judeu, pai do vigário, deveria ater-se à mãe de Ignatz e aquele servo, pai de Ignatz, deveria ater-se à mãe do padre. Ou talvez você tenha confundido a história de Ignatz com a história do vigário? Respondeu aquele homem: O senhor está caçoando e eu lhe digo que deveria chorar. Desde o dia em que este bastardo chegou à nossa cidade, não temos mais paz, pois em todo feriado deles, incita os gentios contra nós com seus sermões. Acredita agora que a história é verdadeira?

Que verdade, e que história?

É a história de uma senhora que possuía um arrendatário judeu, um homem agradável e de boa aparência; ela o seduziu, levando-o a pecar e deste pecado nasceu-lhe um filho. Ela o entregou ao mosteiro das freiras e elas o entregaram ao mosteiro dos monges, e os monges ensinaram-lhe a sua religião e as suas maneiras, até que se tornou o superior dos padres de nossa cidade. Meneei minha cabeça e disse: Se é esta a voz corrente, aceitá-la-emos.

Indignou-se aquele homem e disse: Eu conheci o pai do vigário depois que se tornou penitente. Quando eu o via sentado, com sua vestimenta de saco, em penitência à soleira da sinagoga dos carregadores, recitando salmos, meus ossos estremeciam. Se ele estivesse em outra cidade, ter-lhe-iam dado bilhetes de súplicas, como aos rabis dos *hassidim*.

Meus ombros tornaram-se pesados de repente. Desabotoei o capote e me fui.

Há muitos dias que não via o Schuster e a sua esposa. Ninguém vai visitá-la, essa mulher doentia. Irei ver como está a sua saúde, ou talvez seja melhor que não vá, pois se ninguém vem, ela esquece as suas moléstias e ele, os exageros.

Ir ou não ir? Se encontrar o fogão aceso irei, e se não, não irei.

Ao entrar na casa de estudos encontrei o Rabi Haim debruçado diante do fogão. Perguntei-lhe: O senhor acendeu o fogão?

Respondeu Rabi Haim: Preparei a lenha e não sei se devo por-lhe fogo ou não. Disse-lhe: O inverno está passando, mas os dias de sol ainda estão distantes. O senhor pensa que teremos quórum para a oração vespertina? Para a oração matinal foi difícil reunir o quórum. Estendeu Rabi Haim ambas as mãos para o alto, como alguém que diz que tudo está em poder do Céu.

Depois que Rabi Haim saiu, peguei um livro a fim de ler. Lembrei-me de Schuster e de sua esposa. Disse a mim mesmo: Agora a questão retornou ao mesmo ponto, ir ou não ir? Estabelecerei um sinal, abrirei um livro e se houver uma letra *lamed* no início da página, é sinal de que devo ir. Abri um livro e vi à cabeceira da página a palavra *ló*, "não".

Há um *lamed* aqui, o que significa que devo ir. Mas esse *lamed* é o princípio da palavra *ló*, sendo assim, ela me diz que não devo ir, ou, visto que a ideia principal dizia respeito ao *lamed* e não à palavra toda, eu devo seguir o *lamed* e não a palavra em sua totalidade, sendo assim significa que devo ir. *Kindchen*, parece-me que você está gastando o seu tempo em vão.

Por que você está cuidando do Schuster de repente? Ou talvez não seja de repente, mas porque seu capote lhe pesou, e você pensou em quem o fez. Agora, deixemos o alfaiate e pensemos sobre ouro assunto.

Sobre que pensaremos? Pensaremos sobre as aventuras que sucederam a Rabi Haim e passaremos em vista todas aquelas jornadas que realizou, de Szibusz a Varsóvia e de Varsóvia a Brisk[56] na Lituânia, e de Brisk na Lituânia a Smolensk e de Smolensk a Kazan e de lá para as localidades próximas do Volga. Quão grande é o mundo e quão estreito é o lugar para o homem. Agora que Rabi Haim retornou de todos aqueles lugares, ele arrasta a sua existência no depósito de lenha da nossa velha casa de estudos.

Acaso deseja Rabi Haim desperdiçar aqui todos os seus dias e os seus anos? Se ele me pedisse um conselho, dir-lhe-ia que fosse para junto de sua filha e talvez gozasse de um fim melhor.

---

56. Trata-se de Brest, na atual Belarus. (N. da E.)

O livro que eu abrira, buscando o sinal, não era adequado para estudo, portanto fechei-o e tomei outro livro, e este também não era adequado para estudo, portanto fechei-o e tomei um outro livro. Se eu pegasse um livro de *Guemará* e estudasse, não estaria tão distraído. Cerrei o livro e retirei uma *Guemará* do armário.

Segurei a *Guemará* em minha mão e pensei: O que contou aquele homem? O pai do padre fez penitência, e em histórias que eu havia lido era o próprio padre que fazia penitência.

Essas eram histórias de fatos ou eram histórias imaginárias? Seja como for, por que escassearam as histórias nesta época? Acaso desapareceu a gente de ação ou escasseou o poder da imaginação? Na verdade, sempre, em todo lugar em que os israelitas se encontram, renovam-se os bons atos e estes são abençoados pelo poder da imaginação do homem e recebem dele poder e força, porém, nem em todo lugar onde há bons atos há quem os saiba contar. É mais fácil fazer bons atos do que contar belas histórias.

Qual é a diferença entre as histórias dos *hassidim* e as dos demais grandes de Israel? Se você quiser, direi que não há entre elas qualquer diferença, o que há numas, há noutras, porém os demais grandes de Israel são sábios da Lei e são citados em virtude de seus ensinamentos, ao passo que eles, os *hassidim*, são gente de ação e são citados por seus feitos, e às vezes atribui-se a eles fatos já divulgados entre o povo e relacionados a nossos primeiros mestres. Por vezes, a causa é o nome; como por exemplo, o fato que sucedeu ao Rabi Meir de Tiktin, que é contado a respeito do justo Rabi Meir de Przemysl, bem como outros iguais. E se você quiser, direi que há uma diferença entre eles, pois as histórias dos grandes homens de Israel tencionam ensinar a Lei e os preceitos, a moral e o comportamento correto, os quais toda pessoa pode transmitir, ao passo que as histórias dos *hassidim* tencionam engrandecer a glória dos justos aos quais foi dado, pelo céu, o privilégio de realizar feitos milagrosos, os quais nem toda pessoa é capaz de fazer. O autor de *A Coletânea da Retidão* escreveu o seu livro a fim de que todos soubessem como era o comportamento de seu ilustre mestre e o aprendesse na prática, ao passo que a alma das pessoas admira-se e entusiasma-se com as histórias dos *hassidim*, mas não está no poder delas fazer tais atos.

Por que os *hassidim* cessaram de vir à velha casa de estudos? Acaso fizeram as pazes entre si e voltaram ao *kloiz* de Tchórtkov? Ou talvez seja pela mesma razão pela qual a maioria da gente da casa de estudos deixou de vir, eles deixaram também de vir à casa de estudos?

Ergui os olhos e mirei de relance o grande monte diante da casa de estudos. Ele ainda está desnudo, sem relva, e uma escuridão fria e úmida paira sobre ele; amanhã ervas o cobrirão e o sol as iluminará. Cerremos nossos olhos por um instante e passeemos num outro lugar em que o sol brilha todos os dias e árvores florescem, e toda a terra está coberta de brotos e flores, e ovelhas passam entre as casas e sua lã aquece o seu coração. Ao lado das ovelhas caminha o pastor, seu embornal ao ombro, a flauta em sua boca. Silenciosos, caminham rebanhos e mais rebanhos erguendo o pó. De súbito, um carneiro para e escava a terra sob os seus pés, atira-se por entre as ervas e bale para a sua companheira e esta vem para junto dele, e o pastor posta-se perto deles, tocando a sua flauta. Talvez os antepassados do pastor tenham pertencido aos cantores do Templo e em sua flauta remanesceram canções dos levitas, ou talvez os seus antepassados tivessem estado entre aqueles que destruíram o Templo e o som em sua boca é o som das trompas dos legionários. O que está oprimindo tanto o meu coração?

Entre um pensamento e outro chegou o meio-dia. Envolvi-me em meu capote e fui ao hotel.

Ao sair ouvi um imenso barulho e vi a gente parada e apavorada. Perguntei a uma criança: O que ocorreu aqui? Olhou-me com medo e nada respondeu. Detive um homem e perguntei: O que aconteceu? Balbuciou ele e disse: Hanokh.

Encontrei Ignatz e disse-lhe: O que vem a ser este pânico? Respondeu-me: Neve, meu senhor, neve. Repreendi-o e disse:

Sua mente enlouqueceu, onde há neve aqui? Esticou sua mão e disse: Ali, ali, ali. Disse-lhe: O que você berra ali, ali, ali, abra sua boca e fale o que há ali. Respondeu Ignatz: Encontraram o Hanokh, ali dentro da neve. – Encontraram o Hanokh? Morto? – Então o que, vivo? – Como o encontraram? – Como? Enquanto Ignatz se esforçava a falar pelo nariz, veio alguém e contou-me. Pela manhã, um judeu partiu para a aldeia e encontrou o Hanokh postado junto à sua carroça, abraçando o seu cavalo. Ao que parece, no tempo das grandes nevascas, Hanokh ficou congelado no frio e foi coberto de neve, ele, seu cavalo e sua carroça. Agora que a neve se derreteu, os três foram descobertos juntos. Certamente o seu cavalo se congelou primeiro, Hanokh tencionava aquecê-lo e também ficou congelado.

Hanokh morreu e foi levado à sepultura. Toda a cidade acompanhou o seu féretro. Não havia qualquer pessoa na cidade que não fosse prestar a última honra ao Hanokh.

Cabisbaixos, caminhamos atrás do seu féretro como enlutados. Depois que Hanokh foi olvidado, tornaram a contar a respeito dele, como saíra num dia de neve para buscar o seu sustento e como o encontraram postado na neve, abraçando o seu cavalo como se estivesse vivo. O homem que o encontrou até desejava repreendê-lo por não ter avisado à sua mulher de que estava vivo, mas logo que o mirou, viu que estava morto.

Recordei que havia contado ao Hanokh a respeito dos mártires de fora da Terra de Israel, os quais ali entram imediatamente e não aguardam até que os demais mortos de fora da Terra arrastem-se para lá, e Hanokh ouvia e os invejava. Falei a mim mesmo: Hanokh não teve o privilégio de morrer pela santificação do Nome, porém morreu por um pedaço de pão, portanto terá que aguardar como todos os mortos de fora da Terra de Israel, mas parece-me provável que os bons anjos, criados em virtude de seu trabalho honesto, facilitar-lhe-ão o seu caminho neste mundo e no vindouro. Quando chegar o Messias da Justiça – que ele venha em breve em nossos dias – todos os israelitas irão recepcioná-lo; eles darão lugar inicialmente para os grandes homens, a fim de que recepcionem antes o Rei Messias. O Rei Messias dir-lhes-á: Venham, vamos para junto de nossos irmãos que, por causa de sua pobreza, ninguém lhes prestou atenção. Logo que o Rei Messias vir a Hanokh e a seus companheiros, ele lhes dirá: Vós necessitastes de mim sobremaneira, portanto venho a vós antes.

Capítulo Quatro e Quarenta
A Festa da Páscoa

A festa da Páscoa estava às portas e os cuidados da celebração da Páscoa preocupavam-me. A bem da verdade, não me faltava nada no hotel. Minha mesa estava posta e os meus alimentos à mão, e certamente na Páscoa também nada me faltará, visto que, assim falou a proprietária do hotel: Apesar de o senhor não comer carne, não tema que passará fome, pois preparar--lhe-ei bons pratos feitos com leite, como jamais provou. Mas a alma deste homem ansiava por sentar-se à mesa na Páscoa com parentes e amigos, sobretudo se esta é a primeira Páscoa em que se encontra distante dos familiares.

Parentes e amigos eu não possuía em minha cidade natal; quem não havia morrido de morte natural, morrera na guerra, e quem não havia morrido na guerra, morrera por causa da guerra, e quem restara após a guerra foi-se para outro país. Eu estava novamente solitário, como no primeiro dia de meu retorno à cidade. Porém, no primeiro dia do meu retorno, encontrei um hotel e agora este meu hotel tornou-se estranho para mim, pois visto que eu desejava sentar-me, nas noites de Páscoa, a alguma outra mesa, eu esquecera que possuía um lugar fixo. Eu havia esquecido que possuía um lugar meu a ponto de estar prestes a ir ao rabino da cidade a fim de que, talvez, ele me convidasse a celebrar na sua companhia. Ao final, veio-me à mente celebrar a Páscoa com Rabi Haim.

Durante todo aquele dia o versículo "que bom e agradável é sentarem-se os irmãos juntos" não abandonou a minha boca. Eu empregaria uma mulher para que limpasse o depósito de lenha e lavasse o assoalho, colocaria uma mesa e duas cadeiras, estenderia uma toalha branca sobre a mesa, acenderia muitas velas e traria almofadas para apoio; sairia ao mercado e compraria *matzot* e vinho e traria pratos apetitosos do hotel, e eu e Rabi Haim celebraríamos juntos. Que bom e agradável é sentarem-se os irmãos juntos.

Expus o assunto a Rabi Haim. Falou Rabi Haim: Já prometi à viúva e aos órfãos de Hanokh que celebraria com eles. Disse-lhe eu: Celebrarei com vocês. Rabi Haim observou as minhas roupas e disse tristemente: O senhor não poderá festejar lá. Perguntei: Por que motivo? Respondeu ele: Por causa da nobreza. Disse-lhe: Acaso sou hostil aos pobres? Respondeu-me: Não, porém nem toda pessoa pode suportá-los, pois a sua pobreza os degrada.

Recordei-me de certas histórias a respeito de pessoas que se encontravam em lugares distantes e a Páscoa os apanhou de surpresa e sucedeu-lhes um milagre; um grande potentado, devoto, que ocultava os seus atos diante dos governantes, convidou-os a celebrar com ele em seu palácio.

Milagres e maravilhas não sucedem nestes tempos. Contudo, se é verdade que o pai dos chefes dos padres de nossa cidade era judeu, é possível que ele fosse devoto da religião deles exteriormente e se portasse como um legítimo judeu dentro de sua casa. Irei a ele, talvez me convide a celebrar consigo. Enquanto eu me divertia com esse pensamento estranho, fui levado pelo hábito e celebrei no hotel.

Uma alegria de dia de festa pairava em toda a casa desde o princípio do *Seder* até ao seu final. Quem não havia visto o sr. Zommer senão nesta noite poderia ter a ilusão de que ele era um homem alegre. Seus olhos abriram-se e não estarei exagerando se disser que até mesmo as suas sobrancelhas brilhavam. Os olhos do sr. Zommer, que estão sempre semicerrados, esta noite estavam abertos e nos olhavam com absoluta afeição. Raquel perguntou as Quatro Questões e Dolik e Lolik demonstraram a sua capacidade no tocante ao copo, e não é preciso dizer que Ierukham sobrepujou a todos na bebida. Entre uma passagem e outra, o sr. Zommer ofereceu a *Hagadá*[57] a Ierukham e disse--lhe: Ouçamos como o turco lê. E Ierukham leu na pronúncia sefaradita, em pronúncia iemenita e numa estranha pronúncia russa, à moda dos convertidos ao judaísmo. Ao chegar a hora de comer o *afikoman* descobriu-se que Babtchi o havia roubado. Seu pai prometeu dar-lhe um presente e ela o devolveu, mas ele recusou-se a dar-lhe um pedaço do *afikoman* até que ela renunciasse ao presente. Dolik sussurrou-lhe ao ouvido: Renuncie e não coma, pois, se comer, estará proibida de comer e beber toda a noite e perderá a refeição de alimentos fermentados no clube.

Após o *Seder*, Ierukham dançou a *hora*[58] e fez com que seus cunhados e sua cunhada participassem. Ao final, pegaram o seu pai e a sua mãe e os postaram no centro e os rodearam dançando. Quão grandes são as festividades do Senhor, pois até mesmo os levianos deste mundo se regozijam nelas.

As festividades do Senhor são dias de meditação para mim, sobretudo essa noite de Páscoa em que estava distante do meu lar. Lembrei-me dos tempos passados, quando eu era criança e perguntava ao meu pai, de abençoada memória, as Quatro Questões, bem como o primeiro ano em que meu filho pequeno, distinção seja feita entre vivos e mortos, perguntou-me as Quatro Questões. Vieram-me igualmente à mente as noites de Páscoa transcorridas entre as minhas questões e as questões de meu filho, entre as quais houve anos que transcorreram felizes e outros infelizes. Louvado seja o Nome do Senhor. Por que deveria um homem vivo queixar-se?

---

57. "A Narrativa"; leitura de passagens que relatam a história do povo judeu e sua saída do Egito. (N. da.E.)
58. Dança hassídica, em roda. (N. da.E.)

Capítulo Cinco e Quarenta
Na Casa da Imperatriz

Inúmeras vezes desejei visitar a Imperatriz, contudo, quando me lembrava dela, a ocasião não era propícia para tal, e quando a ocasião era propícia eu não me lembrava dela. Nos dias intermediários da Páscoa, ambas as coisas ocorreram-me ao mesmo tempo e fui vê-la.

A casa de Freida situa-se na rua do ginásio, perto do Stripa. A guerra que atingiu as grandes casas não atingiu a sua, e ei-la intacta como há trinta, quarenta anos, sem uma mudança perceptível salvo aquela que os anos operam. E tal como não se modificou exteriormente, assim não se modificou interiormente. O chão rebocado de estuque amarelo e um saco estendido sobre ele à guisa de tapete e, postado no fundo da casa, um fogão cuja parte superior é vermelha sendo ele mesmo azul. E perto do fogão está colocada a cama de Freida. Sua cama é uma espécie de canapé ou banco, sobre o qual, de dia, Freida prepara os seus alimentos, amassa a pasta e estende os macarrões, e à noite retira a tábua de cima dele e deita-se. Deita-se e não dorme, pois nestes tempos o sono foi removido das pessoas, e às vezes ela permanece deitada toda a noite sem cerrar um olho sequer. E por que não cerra um olho sequer? Em primeiro lugar, porque ela deve cuidar que suas lágrimas não lhe marquem o rosto; e, em segundo lugar, porque costuma olhar as sombras que emergem dos seus utensílios, assim, parece-lhe que não está sozinha. Pois desde o dia em que Elimelekh, seu filho único, partiu, ela está só e deseja que, à noite, lhe pareça que não esta só. Talvez, meu pintainho, diz ela, você diga que as sombras são pecados, tal como dizem as crianças, então lhe digo que sombras de seres humanos são pecados, mas sombras de objetos são boas, pois o utensílio é de boa índole e não faz mal à gente. Ao contrário, os utensílios são bondosos para comigo e quando lhes conto o meu desgosto, não me dizem: Para com tua tagarelice. Você também, meu pintainho, é de boa índole, eis-me tagarelando e tagarelando e você está sentado a ouvir. A alma de sua mãe encarnou em você. Ela jamais me repreendeu, e sempre ouvia a minha conversa. Porém ela está no mundo superior, e como estou eu a dizer que ela encarnou em você? Então lhe digo que eu não me referia à alma propriamente, senão às suas boas qualidades, pois as qualidades da mãe passam para os seus filhos, sejam elas boas ou más. Quanto ao nosso assunto, digo que todas as boas qualidades de sua mãe passaram a você, filho dela. Isso eu o disse à esposa do Zommer quando você me enviou batatas, *matzot* e gordura. E torno a dizer isso a você. E não se zangue comigo, meu pintainho, por eu repetir as minhas palavras, visto que em consequência dos sofrimentos que me advieram temo ter esquecido e não ter dito o que desejava dizer e eis-me tornando a dizê-lo. Uma pessoa deve louvar e dar graças por tudo o que lhe dão, pois caso contrário ela esquece até mesmo de dar graças a Ele, Bendito Seja, por todos os benefícios que faz para conosco. E quando Ele, Bendito Seja, vê que as pessoas são ingratas, Ele desvia as Suas vistas delas, e quando o zelo d'Ele pelas pessoas cessa, que Deus não o permita, elas fazem guerra entre si. Já no início da luta eu havia dito que toda essa guerra não veio senão por causa dos ingratos que se multiplicaram no mundo. Venha e veja quantos benefícios fez o nosso imperador, que descanse em paz, para com os russos; quando eles fugiram dos japoneses, ele lhes permitiu acampar em suas terras. E ele, o imperador russo, como se não bastasse não ter agradecido, ainda moveu uma guerra. E qual foi o seu fim? Oxalá o fim de todos os inimigos de Israel seja igual ao dele. Talvez você diga que até mesmo o nosso imperador morreu. Eis que lhe digo que ele morreu por outra razão: pois os seus dias e os seus anos findaram-se, e porque os israelitas estavam atribulados naquela hora e não tiveram tempo de pedir misericórdia por ele.

Agora falemos de um outro assunto. Vejo que você está olhando pela janela. Coloquei ali palha do telhado a fim de impedir que o vento penetre pelos buracos e pelas frestas. E quanto às rosas de papel que ali coloquei, pensa que eu tinha em mente honrar o vento? Eu não tinha em mente senão a beleza, posto que é da natureza das rosas embelezar as janelas. E eis que o inverno passou e chegaram os dias da primavera, por que não removo a palha? Saiba que nestes dias os tempos modificaram--se e não se pode confiar na primavera. Hoje ela lhe mostra uma fisionomia afetuosa e amanhã não o reconhece. Portanto, uma pessoa deve refletir sobre os seus atos. E se o momento o requer, ela deve tornar-se politiqueira, embora eu não goste de política. E agora peço-lhe que não se aborreça comigo por não ter-lhe revelado a minha alegria por você ter vindo a mim, e até mesmo não lhe ofereci uma cadeira, pois de tanta alegria que me alegrei com você, esqueci de dizer-lhe que estou alegre. Agora, peguemos uma cadeira e a coloquemos diante de você, e você, meu menino, sentará, e conversaremos um pouco.

Freida pegou uma cadeira e antes de pousá-la diante de mim sentou-se sobre ela e a esfregou com seu vestido. Postou-se diante de mim, curvada como de hábito, e olhou-me com prazer e cada uma das rugas em seu rosto brilhava.

Disse Freida: Agora lhe trarei um bolinho que fiz das batatas que me enviou. O bolinho está assado de todos os lados, como a menina gostava.

Freida trouxe bonitos bolinhos marrons, arranjados numa lata, os quais recendiam um bom aroma. Este aroma não é um objeto e não é um corpo e não possui qualquer substância, mas logo que o atinge você se modifica. Desde o dia em que este homem exilou-se da casa de seu pai, não viu bolinhos iguais; ao cheirá-los, ele sentia como se sua juventude tivesse retornado e ele estivesse junto à sua mãe.

Retirei um bolinho e disse a ela, à Freida: Mas eles são feitos com gordura? Respondeu Freida: Acaso pensa que eu engano o público e faço bolinhos sem gordura, se foi você mesmo que me enviou um pote de gordura? Disse-lhe eu: Eu não como carne. Disse Freida: Ai de mim, meu pintainho, se você não come carne, o que come? Você é jovem e seus ossos devem fortificar-se. Você sabe, meu pombinho, que todo aquele que não come carne, seus ossos deterioram-se, e você diz: não como carne. Ao contrário, uma pessoa deve comer carne até que seus lábios se cansem de dizer chega. Lembro-me que quando eu servia a sua mãe, que descanse em paz, veio o tio dela, irmão do pai dela, irmão do seu avô, que descansem em paz, e sua avó, que descanse em paz, preparou-lhe pratos de leite para o jantar e ele, que descanse em paz, disse: Isso é algo difícil de ser explicado; uma pessoa que não come carne, como poderá dormir? E ele, que descanse em paz, era um judeu experiente e não pronunciava palavras supérfluas. E se ele, que descanse em paz, falou assim, por certo é assim. Essa é a verdade, visto que desde o dia em que adveio a guerra e não encontramos carne para a refeição, nem sequer do tamanho de uma azeitona, diminuiu o sono das pessoas. Eu lhe havia dado inicialmente uma outra razão, porém às vezes eu não durmo por uma razão e às vezes por outra razão e às vezes por ambas as razões conjuntamente. Ora, já que você não come nada, estou pensando com que alegrarei o seu coração. Acaso quer ver o retrato do meu marido, que descanse em paz? Você se lembra do Efraim Ióssel quando já era velho, e no retrato ele está jovem, pois quando tiraram o retrato era moço e servia no exército e por isso está vestido com roupas de soldado. Observe-o, meu menino, acaso não se parece com o imperador?

Olhei o retrato de Efraim Ióssel. Este é Efraim Ióssel, que os brincalhões da cidade chamavam de Francisco José, embora não fossem parecidos um com o outro. As faces do kaiser são lassas como as de uma pessoa que passou por muitos sofrimentos, ao passo que as faces de Efraim Ióssel são como as de alguém que tem em suas mãos o mundo inteiro, posto que naquela época não tinha mulher e estava isento das preocupações de ganhar o pão. Próximos a ele, de ambos os lados, pendem os retratos de seus quatro filhos mortos na guerra, todos eles segurando espadas e trajando uniformes militares. E onde está o retrato de Elimelekh? Sua mãe escondeu-o detrás do espelho e não o pendurou, porque não se pendura o retrato de uma pessoa viva, e porque Elimelekh não suportava ver a si mesmo vestido em uniforme de soldado. E por que sua cabeça está envolta num xale e em suas mãos há um ramo de flores? Pois ele foi fotografado quando estava deitado doente no hospital do exército e aquele ramo de flores lhe fora dado por uma senhora que viera visitar os feridos de guerra. Disse-me Freida: Aquela senhora possuía um bom coração e, apesar de lhe terem dito que aquele soldado era judeu, não tomou as flores de volta, ao contrário, ela deu-lhe ainda uma dúzia de cigarros e disse que a fumaça dos cigarros é mais agradável que a fumaça dos canhões. E, ao sair, estendeu-lhe a mão em despedida como aos demais soldados que, ao contrário dele, eram gentios. E aquele teimoso não lhe beijou a mão. E eu o repreendi por isso. E o que ele me respondeu? Não sou servo ou escravo para que beije as mãos dos senhores. Como se Efraim Ióssel, seu pai, que interceda por nós – fosse um escravo, pois ele beijava as mãos dos senhores e das senhoras e eles gostavam dele. E às vezes lhe batiam no ombro com afeição. E todo mundo sabe o que sucedeu durante as eleições, pois um grande ministro, deputado do parlamento, beijou-o na testa, no mercado, e disse--lhe: Você, alfaiate, não votará em mim nas eleições? E o que mais surpreende é que Elimelekh não é um socialista, que Deus não o permita. Se não se aborrecer comigo, contar-lhe-ei algo. Quando você viajou para a Terra de Israel ou a Jerusalém, de tantas desgraças que me atingiram, não me recordo para onde você viajou. Em suma, depois que você viajou para lá, fui visitar a menina para consolá-la. Disse-me ela: Aqui tem, Freida, um par de sapatos que meu filho deixou porque não encontrou para eles espaço em suas malas. Dê os sapatos a Elimelekh, seu filho. Peguei os sapatos e corri para casa alegremente, pois os sapatos dele estavam rasgados. Ele os lançou em meu rosto e disse: Devolva-os à sua ama. Você compreenderá por si mesmo, meu menino, que não lhe obedeci e dei os sapatos ao seu irmão menor, que também andava descalço.

Agora, meu pintainho, falemos de outros assuntos, visto que o que lhe contei não lhe agrada. E, na verdade, isto não é uma coisa agradável, pois dar pontapés em um presente não são boas maneiras. E quanto à minha casa que você disse que lhe agrada, agrada a mim também, pois, em primeiro lugar, a casa de uma pessoa agrada à própria pessoa; e, em segundo lugar, porque ela é um presente do Céu. A madeira e as pedras não são um presente do Céu, senão aquisição feita com o dinheiro de papai, mas o lugar sobre o qual se situa a casa nos foi dado pelas mãos do Santíssimo, Bendito Seja, como uma pessoa que dá um presente a um amigo e lhe diz: Tome-o. Como? Naquele tempo papai morava com seus sogros, próximo a esta casa. Certa feita, na véspera de um Sábado, à tarde, papai saiu para tomar banho no rio, pois, nas vésperas dos Sábados de verão, papai costumava banhar-se no Stripa. Ele viu que a margem do rio estava seca. A princípio zangou-se, pois eles haviam desviado a água para o outro lado, posto que haviam erguido na margem do rio um grande moinho. Enquanto ele estava na água sua ira aplacou-se, seu espírito animou-se, pois essa é a natureza das pessoas; tão breve a sabedoria penetra em seu coração, a sua ira desaparece. Disse papai: A margem do rio está seca, e a água não passa aqui, então construirei para mim uma pequena casa. Daí em diante, papai examinava a margem do rio e observava como ela ia se transformando em solo, e meu pai era um judeu como os judeus das gerações passadas, que quando pensam em fazer algo, fazem-no. Em suma, para que prolongar, que o Senhor prolongue aos seus anos, meu filho; papai empregou operários e trouxe madeira e pedras e outros materiais de construção e começou a construir uma casa para si. Alguns zombavam de papai e outros o invejavam. Entre uma coisa e outra, a casa foi construída. E quando papai inaugurou a sua casa, fez um grande Kidusch para todos os seus amigos e eles beberam e se alegraram e cantaram hinos. Aparentemente, tudo estava bem. Porém, o melhor de tudo começou posteriormente, embora do bem resultasse um grande mal. Como? Da construção restaram ao papai vigas e tábuas. Papai pensou e disse: O que farei com estas vigas e estas tábuas? Resolveu construir para si mesmo uma pequena cabine de banho. Certa vez papai fez uma roupa para um ministro. O ministro viu a cabine, entrou nela, despiu-se e foi se banhar. Ao sair, deu à mamãe um pequeno presente. O fato foi divulgado na cidade e todos começaram a vir se banhar, e cada um dava um *kreutzer*[59] e banhava-se. Ao final, não lhe bastando uma única cabine, papai construiu algumas.

Até aqui, meu pombinho, tudo estava bem, daqui em diante tudo estará mal. Quando o Santíssimo, Bendito Seja, dá pão a um homem, as pessoas vêm e lhe arrancam os dentes. Certo advogado, um malvado que profanava o Sábado publicamente, Ausdauer, que seu nome seja extinto, construiu uma casa junto à casa de papai. Não lhe parecia adequado, a esse malvado, que outras pessoas desfrutassem de um prazer. Dizia que era uma desonra para ele que pessoas andassem desnudas perto da sua casa. Pôs em ação os seus estratagemas e as cabines foram demolidas. E ele não se daria por satisfeito antes que nos expulsasse da nossa propriedade, que nos foi dada pelo Santíssimo, Bendito Seja, pois a vizinhança de papai não estava à sua altura. Ele queria comprar a casa e papai não queria vender-lhe. Dali em diante não se passou uma semana sem que nos multassem por causa de uma casca de ovo atirada, ou por causa de uma gota de água derramada na frente da casa. Enquanto papai estava vivo, resistiu. Quando ele passou deste mundo para o melhor, e a casa foi herdada por mim, eu disse: Ou esse malvado deixa este mundo, ou nós deixamos esta casa, pois eu, meu pombinho, sou uma mulher fraca e não posso suportar que me molestem, e quando aquele malvado me insultava, eu tremia; percebi que eu e ele não poderíamos permanecer vizinhos. Mas Efraim Ióssel, que interceda por nós, era uma pessoa teimosa e colérica e me respondia: Não lhe farei esse gosto, Freida, de abandonar a minha casa porque você treme. Contudo, Ausdauer era mais teimoso do que ele e continuou a incomodar até que

---

59. Moeda de prata e unidade monetária nos Estados alemães meridionais antes da unificação da Alemanha, e na Áustria. Depois de 1760 passou a ser cunhada em bronze. (N. da E.)

333

Efraim Ióssel, que descanse em paz, concordou em vender-lhe a casa e, com o dinheiro, viajaria à América. Elimelekh, que era o mais teimoso do mundo, obstinou-se e disse: Apesar da ira do Ausdauer, permaneceremos aqui e não nos moveremos. Entrementes adveio a guerra e os russos chegaram e destruíram a casa dele, não deixando pedra sobre pedra. Porém, em minha casa não tocaram, e ela está em seu lugar, e é ainda mais agradável, posto que durante todo o tempo em que a casa daquele malvado existia, ela encobria o sol e, ao ser demolida, a casa dele não mais esconde o sol. E apesar disso, meu pombinho, a alegria não está completa. Que alegria há para uma mulher que restou solitária sem os seus quatro filhos e duas filhas, e Elimelekh, o qual gritava "permaneceremos aqui e não nos moveremos", vagueia pelo mundo como alguém que não tem um lar. E a essa altura, Freida interrompeu as suas palavras, fitou-me e tornou a falar: Diga você, meu pombo, você lê as cartas dele, qual é a sua opinião, há esperança de que ele volte? Respondi-lhe: Por que não haveria de voltar? Disse Freida: Eu também o digo, mas temo que ele seja obstinado como é de hábito e não queira voltar, ou que volte após a minha morte. E eu, meu pombinho, não sou teimosa como ele e não posso me obstinar a viver até que ele volte. Você, meu pintainho, esteve lá, em Jerusalém, ou seja, na Terra de Israel, e lá se sabe de tudo, diga-me, meu pintainho, quando virá o Messias? Não tenha medo, meu pintainho, não revelarei aos demais, mas para mim mesma, vale saber quando virá o Messias. Você vê que a minha casa é agradável e os utensílios estão lavados, e você acha que Freida não necessita do Messias, pois saiba, meu pintainho, que nem tudo que é bonito por fora é bonito por dentro. No íntimo, o coração, ai meu pintainho, não está tão bonito. Por isso, meu pintainho, não se aborreça por eu desejar ter um pouco de satisfação.

Capítulo Seis e Quarenta
Uma Pessoa Nova

Ao sair, encontrou-me um homem de cerca de cinquenta anos, bem-vestido e com uma barba arredondada, amarelada e bela, e cujos movimentos eram ponderados e comedidos. Homens como ele não se encontra em Szibusz. À primeira vista ele parecia um ativista do Mizrahi, vindo de algum outro lugar, mas a sua absoluta autoconfiança atesta ser ele um dos filhos da cidade.

Estendeu sua mão para mim em saudação e disse: *Schalom*, e logo tornou a dizer *schalom aleikhem* a fim de que eu não o tomasse por um sionista. E então disse: É uma grande alegria para mim conhecê-lo pessoalmente. E, ao falar, esfregava uma mão na outra em sinal de contentamento, e acrescentou: Não me reconhece? Se lhe disser meu nome, saberá quem sou.

Assim revelou-se a mim Pinkhas Ariê, filho do rabino da cidade, aquele filho ao qual nos referimos, que era um importante ativista na Agudat Israel e escrevia para os seus jornais. E agora que a redação do jornal estava fechada por causa da santidade da festa, vieram, ele e a esposa, visitar o seu pai e a sua mãe.

Logo travou conversa comigo e contou o que contou. Cada dito que saía de sua boca era inicialmente hesitante, como se dele duvidasse, porém logo lhe acrescentava uma complementação a fim de reforçar o dito, como para dizer que o assunto é assim e não há que repensá-lo, como alguém que, ao quebrar uma noz, balança o martelo por sobre ela e, ao atingi-la, bate com toda a força.

O frio do inverno passara e o ar estava morno, nem frio e nem quente. Caminhei com ele, com Pinkhas Ariê. Uma vez segurou-me à sua direita e outra à sua esquerda, falando sem cessar, e não percebia que eu estava calado, ou talvez percebesse e não se importasse. De súbito, colocou sua mão sobre o meu ombro e disse: Por certo, você é dos nossos. Não sei se ele realmente pensava assim, ou se lhe parecia que assim me dava satisfação. Daí em diante, durante todos os dias em que permaneceu na cidade, passeávamos juntos.

A primavera apareceu na terra e o solo estava macio e aprazível. E o céu, que todos os dias estivera selado por nuvens, tornou-se claro. Bandos de nuvens abraçavam-se uns aos outros e em seguida afastavam-se, tal como fazem as nuvens quando há paz nas Alturas. Até mesmo embaixo, quer dizer, em Szibusz, percebia-se uma mudança para melhor. As pessoas eram gentis umas para com as outras e olhavam-nos com bons olhos.

Babtchi despiu o casaco de couro e vestiu um novo vestido de tecido, como as demais moças da cidade. E, se não me engano, deixou crescer o cabelo e o arranjou numa espécie de rolo acima do pescoço, sobre a nuca. Três a quatro vezes deparamo-nos no caminho com essa moça. Na primeira vez ela acenou com a cabeça em minha direção e saudou-me, e seu cabelo dançou sobre sua nuca e estendeu certa graça sobre ela; na segunda e terceira vez, ela baixou os olhos modestamente. Desde o dia em que conhecemos a Babtchi, não a vimos assim. As roupas modificam o caráter da pessoa, e as festividades do Senhor modificam as roupas da pessoa.

Meu acompanhante olhou-a ao passar e perguntou-me: Quem é essa moça que passou aqui? Acaso não é a filha do Zommer, o proprietário do hotel? Meneei minha cabeça e retornei ao assunto do qual falávamos anteriormente. Disse Pinkhas Ariê: Um bom serviço nos prestou aquele Ierukham quando deu um pontapé em vocês e voltou para cá. A volta desse pioneiro vale mais do que as mil advertências que os tementes a Deus lhes fazem. Baixei a cabeça e calei-me. Perguntou Pinkhas Ariê: Por que ficou triste? Respondi-lhe: Recordei a história do pai dele. Disse Pinkhas Ariê: Acaso você é de guardar rancor e vingativo? Retruquei: Que vingança, que guardar rancor? Respondeu Pinkhas Ariê: Eu citei o episódio do filho que lhes deu um pontapé e você me recorda o episódio do pai que profanou a *Torá,* para me dizer que o nosso lado também não está isento de pecadores. Perguntei-lhe: Qual é o seu lado? Respondeu Pinkhas Ariê: O dos que vão nos caminhos da *Torá.* Disse-lhe eu: Vocês são dignos de inveja, pois tomaram a *Torá* para si como se Ela e vocês fossem uma coisa só. Disse ele: Está zangado comigo? Respondi-lhe: Não estou zangado, mas vocês me fazem rir. Essa atitude, de se assenhorear da *Torá* como se ela tivesse sido dada apenas a vocês, é uma atitude má, sobretudo se vocês usam a *Torá* para assuntos que não dizem respeito a ela. Não afirmo que nós (nós em oposição a vocês) vivemos segundo seus preceitos, mas queremos viver segundo a *Torá*; contudo, os vasilhames de nossa alma estão quebrados e não podemos contê-la. A *Torá* é íntegra, mas a Arca em que está colocada está quebrada. Esses anseios que sentimos levar-nos-ão a receber a *Torá* pela segunda vez, a *Torá* eterna que jamais será modificada, nem pelas circunstâncias do tempo e nem pela mudança das eras. Enquanto você e seus camaradas desejam prevalecer por força da *Torá*, nós desejamos fazer a *Torá* prevalecer sobre nós mesmos. E se nossa capacidade é pequena, nossa vontade é grande, e num assunto dessa natureza a vontade é mais importante do que a capacidade, pois a vontade não possui fim e a capacidade, ai, ai, a capacidade é pequena e circunscrita de todos os lados. Pois a vontade flui da abundância da Vontade Suprema, que não possui limites, ao passo que a capacidade, a capacidade é a do homem nascido da mulher, cuja existência é curta e plena de desgostos. A capacidade é frouxa, porém a vontade é vívida, e nós esperamos que ela cure os vasilhames quebrados de nossa alma. Agora, mestre Pinkhas Ariê, despeço-me de você: *Schalom.* – Por que está tão apressado? Talvez eu tenha algo a lhe responder. Disse-lhe eu: Não há dúvida de que tem algo a responder-me, e se quiser, responderei em seu lugar. Mas meras especulações não realizam nada. O pensamento de vocês me é abominável desde o princípio, pois vocês transformam o sagrado em profano. Os assuntos políticos que vocês visam não me tocam, pois, aos meus olhos, o Estado e seus assuntos não são senão pequenos servos da *Torá* e não é digno da *Torá* servi-los. Sei, mestre Pinkhas Ariê, que não esclareci o assunto devidamente, e lhe direi a verdade, até a mim mesmo ainda não o esclareci devidamente, portanto é melhor e mais conveniente calar-se nessa questão. Não penso que o aprimoramento do assunto dependa do falar.

Disse Pinkhas Ariê: Mas suas palavras são as nossas palavras. – Minhas palavras são suas e não obstante estamos em desacordo. Por que motivo estamos em desacordo? – Por causa da discórdia que vocês introduziram em Israel, levando à separação entre os israelitas; pois quem não faz parte do seu grupo, vocês o consideram, que Deus nos livre, como se não fosse digno do Senhor de Israel. Disse Pinkhas Ariê: Acaso fomos nós que causamos a separação? Vocês causaram a separação, pois ao se separarem da *Torá*, apartaram a si mesmos de Israel. Respondi-lhe: Bem-aventurado você que resolveu todas as dúvidas e prendeu a verdade pela mão, prenda-a, prenda-a para que ela não escape da sua mão. E agora que terminamos de fato, vou embora. – Para onde? – Para a velha casa de estudos. Disse Pinkhas Ariê: Vou consigo. Disse-lhe eu: Pegarei a chave e abrirei a porta.

Ao entrarmos na casa de estudos, Pinkhas Ariê começou a recitar: "Quão belas são as tuas tendas, Jacó", e falou em louvor da *Torá* e de seus estudiosos, e elogiou-me por ter abandonado os ídolos da juventude e retornado à casa de estudos. Quando quis sentar-me, atraiu-me para fora. Percebia-se que todas as coisas que havia dito em louvor de *Torá* e seus estudiosos eram lugares-comuns dos discursos que proferia nas reuniões. Ou talvez realmente amasse a Lei porém, em virtude de estar entretido em torná-la amada pelos outros, ele próprio não conseguia estudá-la, ou talvez ele se satisfizesse com uma página de *Talmud* que estudava diariamente.

Pinkhas Ariê, filho do rabino, apesar de ter nascido aqui, era uma pessoa nova em Szibusz. Os demais homens criados em Szibusz nos tempos anteriores à guerra, alguns deles ocupavam-se da *Torá*, posto que gostavam de estudá-la, e outros ocupavam-se dela pois não tinham o que fazer, ao passo que este Pinkhas Ariê, que Deus o ajude, não abria um livro e não ouvi de sua boca nenhum comentário da *Torá* e, não obstante, fez dela um anexo de seus atos, seja em coisas que diziam respeito à *Torá*, seja em coisas que nada tinham a ver com ela.

Tal como seu pai, ele também gosta de contar anedotas, entretanto uma anedota que a seu pai serviria como tempero na conversa, é para o filho uma conversa completa, como alguém de mente frívola, que está zombando. Certa vez lhe falei: Espanta-me que tanto você graceje e zombe. Respondeu-me: Eu também me espanto por você não apreciar as anedotas. Se quiser conhecer o espírito do povo, ouça as suas anedotas. Disse-lhe eu: O espírito do povo está em sua dispersão, e não em sua reunião.

Ambos estranhávamos um ao outro. Eu o estranhava por ele gostar de polemizar, e eu lhe era estranho por evitar a polêmica. Ao final tornei-me um polemizador à revelia, visto que ele me atribuía coisas que não me surgiam à mente. Ele era estranho aos meus olhos, pois era ávido por jornais, e eu era estranho aos olhos dele, porque não leio jornais. Certa vez perguntei-lhe onde achava tempo para isso. Respondeu-me ele que criava o tempo, visto que era obrigado a ler por causa do dito "saiba o que responder". E, ao dizê-lo, eu sabia que o prazer da leitura sobrepujava o propósito. Caçoei e disse: Você também lê os livros que lhe enviam para resenhar? Respondeu-me gracejando: Escrevo resenhas sobre eles. Perguntei-lhe: E o que dizem os autores? Respondeu-me: Se escrevo palavras elogiosas, o que têm eles a dizer? E se você os critica? Respondeu-me: Para que devo aborrecer os eruditos escrevendo sobre eles palavras de crítica? Aprendi muito das conversas de Pinkhas Ariê. Ele era um *habitué* junto aos homens justos da geração e frequentava os homens ilustres da Polônia e da Lituânia. Durante todos aqueles dias em que passeei com ele contava quão espertos eles eram e quão importantes aos olhos dos ministros das nações, e como um rabi fulano venceu a um líder do Mizrakhi, e o que respondeu um justo sicrano a um rabino sionista. Não afirmo que as suas histórias me agradassem, mas por intermédio delas eu soube quais figuras eram apreciadas pela geração.

Pouco antes de sua viagem conheci a sua nova esposa, uma loura alta e bonita, a cabeça envolvida num lenço de seda e um caracol a espreitar do lenço, uma lembrança do seu belo cabelo. Sua fronte era larga e seu queixo estreito como a metade de uma estrela de David, um pouco arredondada. Ouvi dizer que é filha de um rico *hassid* de uma grande cidade na Polônia e que estudou num ginásio. Seu marido elogiou-a diante de mim e disse: Estou seguro de que sua conversa ser-lhe-á agradável. De toda a sua conversa não me recordo de nada, salvo de ela ter perguntado em voz lânguida: Acaso não há um café por aqui?

Na noite do fim da festa encontrei Pinkhas Ariê sentado em meu hotel. Eu supunha que viera despedir-se de mim antes de viajar, aproximei-me e sentei junto dele. Revelou-me que viera averiguar a respeito da Babtchi, a filha do proprietário do hotel, a fim de combinar um casamento. A moça é uma jovem inteligente, e segundo lhe havia dito sua mulher, é bonita, e o principal é que seu filho a viu no ano passado e o coração dele está ligeiramente atraído por ela, porém o pai de Babtchi é um pouco duvidoso aos seus olhos.

Perguntei a Pinkhas Ariê se seu filho era membro da Agudat Israel. Sorriu e disse: De qualquer modo, ele não é sionista. – Acaso ele guarda os preceitos? – Se ele guardasse os preceitos, seria membro da Agudat Israel.

Entrementes ele suspirou e disse: Contar-lhe-ei uma história que me contou um amigo. Certa vez, a conversa entre nós versou sobre os dissabores de se criar filhos. Disse-me meu amigo: Perdoo aos meus filhos e filhas por não seguirem os caminhos da *Torá*, mas não lhes perdoo por sua malevolência. Confesso, disse-me meu amigo, que um homem jovem precisa às vezes frequentar o teatro e já concordei, não de boa vontade, com que o frequente nas vésperas de Sábado, pois nas vésperas do Sábado está livre do trabalho. Ao ir ao teatro ele faz a barba, a fim de não entrar no teatro desarrumado. Não verifico se ele faz a barba com uma pasta depilatória ou com a navalha. Hoje em dia, quando até mesmo os estudantes das *ieschivot* removem a sua barba, uma pessoa fecha os olhos diante do filho e não pergunta se ele remove a barba por meios legítimos ou proibidos. Porém, o que me irrita é que quando retorno da oração e canto "Que a Paz Seja Convosco", meu filho esteja fazendo a barba. Pergunto-lhe eu: Por que faz a barba na sala e não no banheiro? Responde-me ele: Minha irmã está tomando banho e não posso entrar lá. Digo a mim mesmo: Uma moça que vai à opera precisa banhar-se antes, porém por que ela deve tomar banho justamente na hora em que seu pai está prestes a abençoar o vinho? Não suspeito – que Deus nos livre – que ela acenda o fogão no Sábado. De todo modo, isso me é difícil de suportar. E, a essa altura, um suspiro foi arrancado do coração de Pinkhas Ariê e eu soube que os aborrecimentos de seu amigo eram os dele.

Pinkhas Ariê retornou à sua cidade e eu retornei à minha casa de estudos, e de novo sento-me com a *Torá* e ninguém perturba o meu estudo. Se eu havia dito que Pinkhas Ariê era uma pessoa nova em Szibusz, acrescento que ele o é, visto que em toda Szibusz não há alguém igual a ele. Elimelekh, o Imperador, guarda os preceitos e os cumpre não por amor, e às vezes ele o faz com ira, como os rabugentos que servem ao rabino, pois não conseguem livrar-se de seu serviço. Igual a ele é Daniel Bach, que acredita no Criador do mundo, embora não cumpra os Seus preceitos. Em virtude dos fatos ruins que lhe sucederam, ele sustenta que o Santíssimo, Bendito Seja, não quer que O sirvam. Se sua vida tivesse transcorrido normalmente, teria servido ao Nome tal como seu pai e os demais fiéis de Israel. O mesmo sucede com Nissan Zommer, que cumpre os preceitos do Nome com fé e sinceridade e tudo que o Santíssimo, Bendito Seja, faz, é bem visto por ele. Os preceitos do Senhor são justos e regozijam o coração. É bom para o homem abandonar os aborrecimentos do momento e levantar-se e recitar a prece vespertina e a noturna. Melhor ainda, é o dia do Sábado, que foi outorgado para a santificação e o repouso e sobretudo as festas do Senhor em que o homem abandona as suas preocupações e as varre do seu coração. Em suma, tudo que o Santíssimo, Bendito Seja, faz é bom, enquanto os homens não chegam e o estragam. Quão bons eram os dias em que o mundo se conduzia segundo a vontade do Nome, até que os homens vieram e pecaram e fizeram guerra e perturbaram a ordem no mundo e seu pecado ainda prossegue. O sr. Nissan Zommer errou ingenuamente ao pensar que Deus e o homem são forças equivalentes, que atuam e agem uma contra a outra, pois Deus é o poder do bem ao passo que o homem é o poder do mal. Não obstante, podemos classificar o sr. Zommer entre os simples servos do Senhor, que servem ao seu Criador sem requintes, se bem que sua fé não seja pura. Igual a ele é Hanokh, que descanse em paz, que era como um cavalo de trabalho e um burro de carga, tanto no que diz respeito aos preceitos ordenados pelo Criador, como no que diz respeito a coisas que lhe foram ordenadas pelos homens. O mesmo sucede com todos os demais filhos de Szibusz que servem ao seu Criador, uns com o coração despedaçado e outros em profunda melancolia. E mesmo que alguns pratiquem certas faltas, eles confiam na misericórdia do Abençoado: que Ele desvie os olhos de seus maus atos e veja o seu coração despedaçado; e alguns não sabem o que fazem e seu desconhecimento torna-os alegres como homens livres, pois não examinam os seus atos e pensam que estes também provêm da vontade do Santíssimo, pois se Ele não quisesse não os levaria a fazê-los.

Pinkhas Ariê não é igual a eles. Ele não resmunga como Elimelekh Imperador, não se exclui do cumprimento dos preceitos como Daniel Bach, não é humilde como Hanokh, que descanse em paz; e não se regozija com os preceitos do Nome, como o sr. Zommer, e não divide mentalmente o mundo entre Deus e os homens, senão entre um homem e outro, isto é, entre aqueles que tendem a favor da Agudat Israel e aqueles que se opõem a ela. A verdade é que ele gosta de ligar-se à gente que não tem nada a ver com Agudat Israel, às vezes por fraqueza, outras por esperar influenciá-la. A libertinagem e a heresia que assaltaram o mundo não são, a seu ver, coisas a serem lamentadas, mas coisas por cujo intermédio pode-se fazer propaganda contra os sionistas. Os infortúnios do público e os infortúnios do indivíduo, os males do mundo e os males da época, é possível removê-los a todos, segundo a sua opinião, se os israelitas seguirem os caminhos da *Torá*. Porém, a *Torá* que Pinkhas Ariê e sua facção buscam – que Deus nos ajude – é a *Torá* que eles pregam em suas assembleias e jornais. Não estaremos enganados se dissermos que todas as facções semelhantes à facção de Pinkhas Ariê, ainda que o façam por amor d'Aquele que está no Céu, Aquele que está no Céu não as aprova, pois o Santíssimo, Bendito Seja, não quer que o tornem um recurso, ainda que seja para uma finalidade desejável. Prolonguei-me excessivamente a respeito de Pinkhas Ariê e basta com isso.

A festividade da Páscoa passou e os dias de primavera chegaram. O sol brilha todos os dias e as noites são quentes e agradáveis. A terra produz relvas e os jardins enfeitam-se de flores. O mundo despiu-se de uma aparência e envergou outra. As pessoas também se despiram de seus pesados trapos e um bom aroma, como o de painço quente cozido em mel, começou a exalar na cidade.

Até mesmo a nossa velha casa de estudos vestiu nova aparência. O monte à sua frente encheu-se de relvas e ao abrir a janela seu bom olor entrou em meu peito. Mas eu não fiquei seduzido pelo aroma; mais do que nos outros dias, eu me aplicava à *Torá*. Entre um capítulo e outro dizia a mim mesmo: Agora a floresta da cidade está se renovando, vale a pena ir lá. Porém, eu não fui, nem tampouco para os campos próximos à cidade. Sentava-me solitário na casa de estudos. De todos aqueles que frequentavam a casa de estudos nos dias de frio, restei só eu. Esse seguiu os seus negócios na cidade e aquele partiu para os seus negócios em outra cidade e os que não possuíam negócios preferiram vagar pelo mercado e manter uma prosa com os amigos. Desde o dia do término da festividade desapareceram as orações da nossa casa de estudos.

343

Rabi Haim enfronhou-se nos negócios da viúva de Hanokh. Pela manhã leva o caixote dela ao mercado e, na hora do almoço, cozinha para eles, os órfãos, uma comida quente, e os traz para a sinagoga para a oração matinal, a vespertina e a noturna para que recitem o Kadisch, e não vem à casa de estudos senão nas vésperas do Sábado, a fim de limpar o assoalho, encher a pia de água e a lâmpada de querosene. Eu ainda costumo dar-lhe toda semana o salário de seu trabalho, mas outrora eu lhe dava na quinta-feira e agora lhe dou na véspera de Sábado. Rabi Haim ainda dorme no depósito de lenha da casa de estudos e, quando entra, entra calado e sai calado e não trava comigo nem sequer uma prosa ligeira. Já me acostumei com que ele não fale e ele já se acostumou com o fato de eu não questioná-lo. Ouvi dizer que ele cuida dos órfãos da Hanokh, ao passo que negligencia as suas filhas, órfãs de pai vivo.

De minha mulher e filhos eu recebia cartas toda semana. Certa vez abri uma carta, de dentro caíram flores de primavera que minha filha havia colhido na floresta. Senti como se a primavera estivesse à minha frente e admirei-me por todas as boas coisas que eu estava perdendo. Não obstante, confinei-me à casa de estudos. E quando olhei para fora, disse a mim mesmo: Ainda que a primavera se multiplique em cem primaveras, uma superior à outra, não me moverei do meu estudo. E novamente saboreei o gosto da doce solidão que eu apreciara por toda a minha vida, e que agora eu apreciava dobrado e redobrado, já pensando que passaria os meus dias e anos entre as paredes da casa de estudos. Os dias e anos aqui referidos não significam todos os dias e todos os anos, visto que este homem possui mulher e filhos.

Capítulo Sete e Quarenta
Entre Irmãos e Amigos

No primeiro dos Três Dias de Restrição, chegaram dois rapazes à casa de estudos; um rapaz na casa de estudos já é uma novidade, quanto mais dois. Parece que desde que para cá voltei nenhum jovem entrou em nossa casa de estudos. Os rapazes aproximaram-se, saudaram-me e disseram que não haviam vindo senão por minha causa. Por mim, como assim? Numa aldeia próxima à nossa cidade há um grupo de seis rapazes e duas moças que abandonaram os ofícios de seus antepassados e estão lavrando a terra com o propósito de se preparar para o trabalho na Terra de Israel. Eles ganham o seu sustento trabalhando com suas próprias mãos nos campos e nos estábulos dos camponeses. Posto que souberam que eu vim da Terra de Israel, pediram-me que fosse visitá-los na Festa das Semanas.

No momento em que os rapazes chegaram à casa de estudos, eu estava absorvido em meu estudo. Disse a mim mesmo: Como se não fosse suficiente fazerem-me negligenciar a *Torá*, ainda querem que eu me dê ao trabalho de ir visitá-los. Mirei-os como uma pessoa que está sentada no topo do mundo e alguém chega a ela e lhe diz que vá e faça algum serviço indigno.

Os rapazes baixaram os olhos e nada disseram. Ao final um deles, de nome Tzvi, se recompôs e disse: Eu pensava que, sendo sua senhoria da Terra de Israel, alegrar-se-ia em ver rapazes e moças trabalhando nos campos e no estábulo por amor à Terra de Israel. Disse-lhe: Por que você me conta histórias de que se preparam para a Terra de Israel? Ierukham também se preparou para a Terra de Israel e emigrou e permaneceu por lá alguns anos, e qual foi o fim? Voltou para cá e calunia a Terra de Israel e os seus habitantes.

Respondeu-me aquele Tzvi: Se o senhor se refere a Ierukham Liberto, há por que zangar-se, porém houve aqui um outro Ierukham, seu nome era Ierukham Bach, o qual foi morto ao proteger a terra, e parece-me que nada tem contra ele. E se nosso destino for que tenhamos um fim como o dele, aceitaremos o veredicto do Abençoado com amor. Tomei a mão de Tzvi dentro da minha e disse: Quando vos convém que eu vá? Disseram os dois em uníssono: A qualquer tempo e, quando vier, alegrar-nos-emos consigo. Disse-lhes: Vocês me convidaram para a festividade, portanto irei na Festa das Semanas.

Na véspera da Festa das Semanas, após o meio-dia, aluguei uma carroça e parti para a aldeia. Não cheguei aos camaradas antes que toda a aldeia soubesse que havia chegado um visitante para os rapazes judeus. Logo alguns deles puseram-se a correr à minha frente a fim de lhes noticiar, e outros caminhavam diante da carroça para mostrar-me o caminho.

Numa casa de lavradores, meio casa, meio cabana, seis moços e duas moças estabeleceram a sua moradia. A casa estava semidestruída e seus móveis, quebrados. Em todas as aldeias os fazendeiros possuem casas arruinadas, mas a graça da juventude que havia em seus habitantes embelezava-a e à sua mobília.

Em honra da festividade os rapazes deixaram o trabalho cerca de duas horas antes do anoitecer e não os vi em seu labor no campo, porém vi as suas camaradas no estábulo ao ordenharem as vacas. Há muito tempo que eu não via uma vaca e nem uma moça e de repente sucedeu e vi ambas ao mesmo tempo.

Os rapazes apresentaram-me ao proprietário de sua casa, um fazendeiro de mais de cinquenta anos, de cabelo cortado reto sobre a testa, cuja face era da cor do barro. O lavrador olhou-me com fisionomia aborrecida e disse aos rapazes: Ele não é igual a vocês. Perguntei-lhe: Em que se baseia para falar assim? Ele apontou as minhas roupas e disse: Acaso as roupas deles são belas como as suas? Quem trabalha não possui roupas como essas. Perguntei-lhe: Como sabe que não trabalho? Coçou ele a nuca e disse: Talvez trabalhe e talvez não trabalhe, seja como for, seu trabalho não é trabalho. Disse-lhe: Cada um trabalha à sua maneira, você à sua maneira, e eu – à minha. O fazendeiro pousou ambas as mãos sobre os joelhos, mirou o solo e disse: Que seja, mas eu digo que nem toda e qualquer maneira traz alguma utilidade.

Ruborizaram-se as faces dos rapazes, posto que o dono da casa havia ofendido o hóspede. Puseram-se eles a explicar-lhe que o trabalho que eu faço possui grande importância e que o mundo tem grande necessidade dele. O lavrador tornou a coçar a nuca e disse: Que seja, todo dia as pessoas vêm a mim e me contam do que o mundo necessita. Mas eu lhes digo, o mundo necessita de que se tire o pão da terra, pão, meu senhor, pão da terra.

O sol estava prestes a se retirar. As raparigas voltaram do estábulo e trouxeram o leite, entraram no quarto, lavaram-se e envergaram roupas de festa, arranjaram a mesa e acenderam velas. Os rapazes saíram para a fonte, banharam-se e vestiram-se. Entramos na sala e recepcionamos a festa com a oração. Um bom cheiro exalava dos jardins, dos campos e das hortas. O bom cheiro anulava o mau olor dos porcos que grunhiam nas casas vizinhas.

Após concluirmos a oração, abençoamos o vinho e cortamos o pão e comemos de tudo o que nossas camaradas nos haviam preparado. Entre um prato e outro cantávamos canções doces como mel e eu contei algumas coisas da Terra de Israel.

As noites da Festa das Semanas são curtas. Os ouvidos de nossos camaradas e camaradas ainda não se haviam fartado das coisas da Terra de Israel e o fim da noite já chegara. Proferimos a graça pelos alimentos, levantamo-nos da mesa e fomos à cidade próxima, para assistir ao ofício religioso e ouvir a leitura da *Torá*. Caminhamos entre campos e jardins, hortas e bosques, em sendas tortas e tortuosas. Este mundo, do qual eu pensava que à noite estava inanimado, estava ocupado, àquela hora, em milhares e milhares de tarefas. O céu esparzia orvalho e a terra produzia relvas, e as relvas desprendiam perfume. E entre o céu e a terra ouvia-se a voz de uma ave noturna, dizendo coisas que nem todo ouvido é capaz de entender. Porém o ouvido das Alturas entende e lhe responde do Céu. E embaixo, entre as nossas pernas, pululavam pequeninos répteis que o Lugar rebaixou ao pó, contudo o olho de Sua graça zela por eles até mesmo neste rebaixamento, para que não sejam esmagados no pó. Enquanto caminhávamos, a aurora começou a apontar e a se elevar e a cidade surgiu dentre névoas puras que se separavam e se despediam uma da outra, e voltavam a unir-se ao mesmo tempo, cobrindo a cidade, até que afinal misturaram-se umas às outras e os telhados da cidade pareciam como lençóis franjados. São poucos os instantes agradáveis em que este homem se alegra, e esse foi um deles. Por fim a cidade afundou num vapor branco e tudo que nela havia submergiu. Naquele momento cantaram os galos e os pássaros puseram-se a gorjear, a fim de anunciar que tudo aqui estava em ordem e que Aquele que renova com Sua benevolência, todo dia, o ato da criação, renovou hoje também o Seu mundo. E logo uma nova luz iluminou. E até mesmo a floresta, oculta na escuridão, surgiu e ergueu-se, desvelando todas as árvores; cada árvore e cada ramo brilhavam com o orvalho da noite.

A manhã da festa era perceptível em toda casa e as próprias ruas da cidade pareciam saber que esse era um dia especial para os israelitas e que não precisavam se tumultuar como todos os dias. Ao entrarmos na sinagoga, o público já se encontrava rezando a oração de Mussaf e um segundo quórum já começara a se reunir para a oração. A sinagoga estava adornada de ramos e folhagens que exalavam um aroma como o da floresta.

Os *cohanim* subiram ao púlpito e recitaram a bênção com a melodia *Schlaf Kratzel* como pessoas que, vencidas pelo sono, desejam despertar. Nos olhos dos demais presentes à reza, a noite ainda dormia. Eles encerraram a sua oração e nós nos levantamos para orar.

O cantor entoou o hino *Ahavá Rabá*[60] com uma melodia especial para a Festa das Semanas e estendeu-se no versículo "e a cumprir todos os preceitos do estudo da Tua Lei com amor". Ao atingir o versículo "e ilumina nossos olhos com Tua Lei" parecia como alguém perdido sozinho na noite, pedindo que o Lugar lhe ilumine a escuridão.

Mais bela era a melodia da *Akdamut*[61] e mais bela ainda era a leitura da *Torá*. A cidade é pequena e os cantores litúrgicos não

60. Lit. "Grande Amor". (N. da E.)
61. Canto litúrgico em aramaico, cujo conteúdo diz respeito à grandeza de Deus e à importância da *Torá*. (N. da E.)

chegaram até ela, por conseguinte, conservaram-se as melodias antigas e não se misturaram com melodias estranhas. Após a reza saímos à rua. Todas as casas da cidade são pequenas e baixas, algumas atingem só a altura do chão e seus telhados são feitos de palha. Havia janelas que estavam enfeitadas de toda espécie de flores de papel verde em memória da Revelação no Monte Sinai, como nossos antepassados costumavam fazer em honra da Festa das Semanas.

Às portas das casas, as mulheres paradas seguiam com o olhar os rapazes que aram, semeiam e ceifam como gentios, e vêm rezar como judeus. Uma mulher apontou-me com o dedo, mencionando o nome da Terra de Israel. Meus camaradas alegraram-se e disseram: Agora que viram uma pessoa de lá, não mais dirão que a Terra de Israel é algo inventado pelo coração. Nas grandes cidades onde os enviados da Terra de Israel costumam vir, a chegada de uma pessoa da Terra de Israel não impressiona; nesta pequena cidade, na qual não veio ninguém de lá, até mesmo uma pessoa como eu impressiona.

Entrementes se aproximaram alguns chefes de família da cidade e nos convidaram a abençoar o vinho com eles. Nossas duas camaradas zangaram-se e não permitiram que fôssemos com eles, pois haviam preparado um grande banquete em honra da festa e queriam que chegássemos à refeição esfomeados, a fim de que a apreciássemos duplamente.

A cidade toda nos seguiu, para nos acompanhar e ouvir de mim palavras da Terra de Israel. A fim de causar prazer aos anciões, contei-lhes sobre o Muro das Lamentações, e a Gruta dos Patriarcas, e o Túmulo de Raquel, e a Gruta de Elias, e o Túmulo do Justo Simeão, e sobre o Túmulo do Grande Sinédrio e do Pequeno Sinédrio e sobre as celebrações de Lag Baomer no monte Meron e os demais lugares santificados. O que contei e o que não contei; que o Senhor não me castigue se exagerei, e se fui além da medida, não o fiz em minha própria honra senão em honra da Terra de Israel, pois é um dever contar a sua glória ainda que ela permaneça em sua desolação, a fim de fazê-la amada pelo povo de Israel, para que sinta no coração a sua perda e se arrependa.

Enquanto eu contava, disse um ancião: Acaso o senhor esteve também em Tel Aviv? Sorri e disse: Uma grande questão é essa que me perguntou, meu velho. Eu estive em Tel Aviv antes dela ser Tel Aviv, pois esta Tel Aviv era um deserto de areia; um antro de raposas, chacais, e bandidos à noite. Do meu quarto, num sótão do bairro de Nevê Tzedek, eu mirava e observava o deserto de areias e não imaginava que dias viriam em que lá seria construída uma grande cidade para Deus e os homens. E de súbito surgiram judeus como eu e como vocês, que emigraram para lá e transformaram um deserto ermo em um lugar habitado, e um antro de chacais numa bela cidade em que há cem mil israelitas e talvez mais. Uma tal cidade, irmãos e companheiros, vocês não viram sequer em sonho. Ao caminhar por suas ruas não se sabe o que admirar antes e o que admirar depois: os altos edifícios, ou os seus construtores, as carroças de mercadorias, ou os carrinhos em que as filhas de Israel levam os seus filhinhos; o Grande Mar que cinge a cidade com força, ou os jardins plantados; as lojas cheias de tudo que há de bom, ou as placas escritas em hebraico. Pensam que somente as placas das lojas em que se vendem mantos franjados e filactérios são escritas em hebraico? Pois lhes digo que não há nenhuma loja em Tel Aviv que não possua uma placa em hebraico. Esta Tel Aviv se parece a um largo pátio de uma Grande Sinagoga, pois Tel Aviv é o pátio de Israel e Jerusalém é a Grande Sinagoga, visto que todas as preces do povo de Israel se elevam de lá.

E visto que mencionei Jerusalém, meu coração animou-se extremamente e me pus a cantar os seus louvores. O que contei e o que não contei; acaso é possível contar toda a glória de Jerusalém? Nenhum homem nascido de uma mulher pode contar toda a glória da cidade em que o Santíssimo, Bendito Seja, estabeleceu a Sua Morada.

Observei os membros do grupo que me olhavam com afeição. Olhos tão bons como esses que se fixavam neste homem, vocês jamais viram, nem mesmo em sonho. Disso pode-se deduzir, para o futuro, quão grande será o amor dos israelitas quando tiverem o privilégio de presenciar a Redenção, pois se apenas ao ouvirem falar dela, ele é tão grande, quanto maior será quando a presenciarem.

Tornei a olhar os meus camaradas, em primeiro lugar, porque é um prazer observar os israelitas e, em segundo lugar, pois queria que meus olhos se banqueteassem com o brilho da fisionomia de seres humanos bondosos.

Um deles respondeu e disse: Maravilha das maravilhas, eles constroem uma cidade, constroem uma cidade. Reis e generais destroem cidades e países e os judeus levantam-se e constroem uma cidade. Disse-lhes eu: Na *Guemará* foi afirmado que um judeu não deve despedir-se de seu companheiro sem citar um dito do *Talmud*, pois assim este se lembrará dele. Agora que me despeço de vocês, direi algo. É dito na *Guemará*: "Um homem deve procurar residir numa cidade recentemente povoada, pois, sendo recentemente povoada seus pecados são poucos". Por que o citei? Pois se alguém lhes disser que a gente de Tel Aviv negligencia os preceitos, que Deus não o permita, respondam-lhe que, no entanto, os pecados dela são poucos.

Tendo dito isso, estendi a minha mão a cada um e despedi-me afetuosamente. Eles seguiram-me a fim de me escoltar. Não me recordo se caminhamos e falamos ou se caminhamos e nos calamos. Talvez tenhamos nos calado e talvez tivéssemos conversado. Quando o coração está pleno, a boca fala. E quando a alma está plena, os olhos da pessoa miram com tristeza afetuosa e sua boca se cala.

Afinal, me despedi deles e eles se despediram de mim. Eles voltaram à sua cidade e nós voltamos à aldeia. A terra que Deus deu aos homens está cheia de fronteiras. Como se não fosse suficiente Ele ter fixado uma fronteira entre a Terra de Israel e a diáspora, até mesmo esta diáspora é constituída de muitas diásporas e quando os israelitas se encontram, por fim devem se separar.

Silencioso eu seguia os meus camaradas refletindo: Quando eu era criança, pedia ao Santíssimo, Bendito Seja, que me revelasse um nome mágico por intermédio do qual se ascende para a Terra de Israel. Naquela hora fiz uma súplica igual, não para mim, senão por eles, cansados do exílio e fatigados da espera.

Disse um dos nossos camaradas: Não deveríamos tê-lo rejeitado; quando nos pediram que entrássemos a fim de abençoar o vinho, deveríamos ter entrado. Respondeu outro e disse: Ao contrário, deveríamos ter voltado à aldeia logo após a oração e sentado para comer. Pois desde as noites da Páscoa não comemos uma refeição condigna. E agora que nossas camaradas labutaram e prepararam um grande banquete, devemos sentar-nos à nossa mesa. E a essa altura revelaram o segredo das camaradas que não haviam preparado só uma refeição, mas duas, uma de leite e uma de carne, uma para o primeiro dia da festa e a outra para o segundo dia da festa, além de uma grande torta de queijo com manteiga e passas.

O sol iluminava a terra e a fome começou a nos maltratar. Os camaradas davam grandes passos para chegar rapidamente à casa.

Chegamos à aldeia e entramos em casa. As moças apressaram-se e puseram a mesa e prepararam os pratos e cada um de nós sentou-se em seu lugar.

Um deles principiou dizendo: Bem fizeram os sábios que estabeleceram uma bênção do vinho curta para a festa, sobretudo para aqueles aos quais espera uma torta de queijo. Respondeu outro e disse: Por que nossas camaradas se demoram a vir? Saltou e entrou na cozinha. Visto que ele não voltava, levantou-se um outro e o seguiu. Não se passaram muitos minutos antes que todos se levantassem e entrassem na cozinha.

Permaneci sentado solitário diante da mesa posta. A fome principiou a maltratar-me. Tirei um cigarro e me pus a fumar. Entrementes, os camaradas voltaram de faces enegrecidas; percebia-se que algum mal lhes havia sucedido.

O que sucedeu? Ao entrarem na cozinha, as moças encontraram o armário aberto, a fechadura quebrada e nenhum vinho para a bênção, nenhuma torta e nenhuma comida, nem sequer uma fatia de pão nos deixaram. Quando estávamos na cidade vieram maus vizinhos e levaram tudo que os nossos camaradas haviam preparado para a festa.

O que fazer? Levantou-se uma moça e foi ao dono da casa para pedir-lhe alguma comida e encontrou a porta trancada. Foi a um outro fazendeiro e não encontrou ninguém em casa, pois naquele dia o chefe dos padres de Szibusz havia chegado a uma aldeia próxima e todos os aldeões foram ouvir a sua prédica.

Veio à mente de uma das moças ir até as vacas para conseguir um pouco de leite. Àquela hora as vacas estavam pastando e não encontramos uma gota de leite sequer. Quiseram preparar chá e não encontraram nenhuma pitada de chá. A mão que levou os alimentos levou o chá e o açúcar. O que fazer? Tomaram as folhas que restaram na chaleira do chá de ontem, ferveram a água e fizeram chá.

Pouco antes do escurecer, retornaram os camponeses e as vacas voltaram do pasto. As camponesas compadeceram-se de nós e nos deram o que deram. Sentamo-nos, comemos e bebemos. O banquete não era grandioso, mas a alegria não era pequena.

Passado o primeiro dia da festa e tendo chegado a véspera do segundo dia, disse eu aos meus camaradas: Viajarei à cidade e lhes trarei pão, chá e açúcar e outros gêneros alimentícios. Estremeceram eles e disseram: Que Deus não permita. Disse-lhes: Eu sou da Terra de Israel e tenho em mente voltar para lá, portanto sou isento do dever de festejar dois dias. Disseram eles: E o que dirão as pessoas?

Após termos comido e bebido e dado graças pelos alimentos, os camaradas decidiram entre si que dois deles iriam à cidade e trariam alimentos. Caminharam por uma hora, permaneceram ali por uma hora e voltaram em uma hora, trazendo pães trançados, manteiga, queijo e sardinhas, chá e açúcar, uma pequena garrafa de vinho e duas velas. As moças puseram a mesa e acenderam as velas, abençoamos o vinho e ceamos. Nos intervalos, os rapazes e as moças entoaram canções doces como o mel e eu contei um pouco sobre a Terra de Israel, até que chegou a manhã do segundo dia da Festa das Semanas.

Estávamos prestes a ir à cidade para o serviço religioso e ouvir a leitura da *Torá*, quando alguém do grupo disse: Não é possível irmos todos, pois talvez aconteça o que aconteceu ontem, parte de nós irá e parte permanecerá em casa, cuidando das coisas. Era difícil para uns renunciar à oração e à leitura da *Torá* e era difícil aos outros assistirem à tristeza dos que ficariam na aldeia durante a festa. Disse-lhes eu: Vão vocês e eu permanecerei aqui, pois venho da Terra de Israel e devo colocar os filactérios, o que não posso fazer em público. Disseram eles: Ora, o senhor veio até nós, acaso o deixaremos e nos iremos? Disse-lhes: Então o que desejam fazer? Saltou um deles e pegou o livro de orações e começou a rezar. Pegaram todos os seus livros de oração e levantaram-se para rezar. Eles rezaram a oração festiva e eu rezei a oração dos dias regulares. Envergüei os filactérios e recitei as preces do livro de orações diárias e eles recitaram as preces do livro dos dias de festa.

Após a oração as moças prepararam a mesa e comemos, não carnes e peixes e nem tampouco outros pratos festivos. Os rapazes divertiram-se chamando as sardinhas de peixe, o pão de carne, e a manteiga de compota, e ao queijo chamaram de bolo e ao chá chamaram de vinho, visto que trouxeram açúcar da cidade e adoçamos o chá com açúcar. E entre uma coisa e outra, os rapazes e as moças entoaram canções amenas como o mel e eu contei algumas coisas da Terra de Israel. Aproximaram-se os camponeses e as camponesas e postaram-se diante das janelas, apontavam-me com o dedo e diziam: Este homem esteve em Jerusalém e na Palestina (Jerusalém e Palestina são para eles dois lugares distintos, pois quem esteve num deles é uma pessoa especial, quanto mais aquele que esteve em ambos). Assim sentamo-nos até que entardeceu e chegou a hora da prece vespertina. Eu rezei a oração regular e eles, a oração festiva. E após a reza dançamos e cantamos

"Tu nos elegeste de todos os povos" até que a luz do dia se foi e as árvores e as moitas envolveram-se em sombras.

A luz do dia se foi e as sombras das árvores e das moitas se alongaram em direção do oriente. Não sou daqueles que se emocionam, porém, naquele instante eu disse: As árvores e as moitas, que são seres inanimados, dirigem-se para o lado oriental, e eu que estive no oriente dirigi-me para cá. Levantei-me e parei diante da janela e olhei para fora. Um pequeno animal denominado porco-espinho corria no jardim, diante da casa, carregando entre os seus espinhos algumas folhas de relva a fim de preparar um leito para si e talvez para a sua camarada também. Enquanto eu estava parado a olhar, a lua cintilava na janela. Levantamo-nos e rezamos a oração noturna. Após a bênção que separa o dia santo do profano, os rapazes organizaram o seu trabalho para o dia seguinte.

Permaneci com meus camaradas e minhas camaradas na aldeia durante os dois dias da festa e no pós-festa. Vi-os em casa e fora, no campo e no estábulo. Que Deus lhes dê forças para sobrepujar todas as experiências pelas quais passam todo dia, todo o tempo e a todo instante; enquanto os seus amigos andam desocupados, eles estão lá no sol, no vento e na chuva. E enquanto os seus pais os repreendem por terem abandonado as suas lojas e terem ido para o campo, eles dobram o seu trabalho a fim de tirar o pão da terra. Ouvi dizer que todos os gentios os elogiam. Alguns deles contaram-me que esses rapazes não evitam qualquer trabalho duro, e que há algumas tarefas as quais os camponeses evitam fazer, e eles vêm e as fazem com amor.

Pouco antes do sol se pôr aluguei uma carroça e voltei à cidade. Os rapazes e as moças escoltaram-me até o fim da aldeia e um deles, Tzvi[62], viajou comigo até a cidade, com o propósito de adquirir alimentos.

Ao despedir-me deles pediram-me que anotasse os seus nomes na caderneta, para que lembrasse deles caso nos encon-

---

62. Lit. veado; nas Escrituras, sinônimo de glória e beleza. (N. da E.)

trássemos na Terra de Israel. Disse-lhes eu: Meus irmãos, já os gravei em meu coração e não necessito da caderneta.

Tzvi, que viajou comigo, é digno de seu nome belo e agradável. Ele é um bonito rapaz de belos olhos, ligeiro e esperto. No caminho disse-me: Não permanecerei aqui, sinto pena por cada dia que desperdiço na diáspora. Perguntei-lhe: Você tem um certificado de emigração? Sorriu ele e disse: Eu sou o meu próprio certificado de emigração. Por um motivo que desconheço, não pedi que explicasse suas palavras.

Capitulo Oito e Quarenta
A Morte de Freida

Ao retornar a Szibusz, soube que a Imperatriz havia morrido. No segundo dia da Festa das Semanas, Freida veio à sinagoga para a recordação das almas, acendeu as suas velas em memória das almas de seus parentes, os que faleceram e os que foram mortos, e sentou-se entre as mulheres, movendo os lábios em preces e súplicas de cor, visto que não sabia ler. Quem quer que visse a Freida na sinagoga não sabia que o anjo da morte já afiara a sua faca para tomar-lhe a alma. Contudo, ela já o sabia desde a véspera de Schavuot e preparou-se para a sua morada eterna.

Como sabia ela? Disse-me a sra. Zommer o que lhe havia falado a vizinha de Freida: Na véspera da Festa das Semanas, após a meia-noite, Freida lhe confeitava uma torta de queijo e queria acrescentar-lhe passas, porém não as encontrava. Apareceu-lhe um soldado e disse-lhe: Se quer passas, venha e lhe darei. Recordou-se ela do episódio do soldado e das suas filhas e apavorou-se. O soldado pegou-a e a levou ao cemitério, abriu uma cova e tirou de lá um saco cheio de cinzas e a meteu no saco, e ela soube então que estava para morrer. Daí em diante não se moveu de casa. Ao chegar o segundo dia da Festa das Semanas, foi à sinagoga e acendeu sete velas, uma de sebo pela alma de seu marido, que faleceu de morte natural, e seis de cera em memória de seus filhos e filhas. No final acrescentou uma vela pela sua própria alma, para cegar as vistas do anjo da morte, a fim de que ele pensasse que ela já falecera, e para deixar uma memória de si mesma, pois Elimelekh, seu filho, vagava pelo mundo e se ela morresse ninguém se lembraria dela. Quando o chantre segurou o rolo da *Torá*, envolto numa capa nega, e recitou "Deus pleno de misericórdia", Freida elevou a voz e gritou: Minhas filhas, minhas filhas, inocentes e puras, minhas filhas, minhas filhas, belas e santas. E assim ela gritava e chorava até que desfaleceu e a trouxeram para casa. Quando a festa findou, sua alma partiu e a enterraram na manhã seguinte, após a festa. Ao despirem-na para vestir-lhe a mortalha, encontraram-na vestida com as mesmas, pois ela já se havia preparado para a sua morada eterna.

Assim findaram-se os dias de Freida. Setenta e um foram os seus anos e dias. Entre o seu nascimento e o seu passamento, casou-se e deu à luz cinco filhos e duas filhas. Seu marido faleceu antes dela, quatro de seus filhos morreram na guerra e nos *pogroms*, e suas duas filhas morreram num mau incidente. Não restou senão Elimelekh. Deus sabe onde estará ele.

Elimelekh não veio cerrar-lhe os olhos. Eu tampouco segui o seu féretro. No caminho, na carroça, eu estava sentado com Tzvi, da aldeia dos emigrantes a Israel, e trocamos uma prosa agradável enquanto a terra abria a sua boca e engolia Freida.

A morte de parentes e conhecidos nos leva a reflexões e pensamentos sobre a vida e a morte. Querendo ou não, lembramo-nos de suas vidas e de suas mortes e, por conseguinte, pensamos sobre nós mesmos: o que somos e o que é nossa vida, e com que esbanjamos os nossos dias e os nossos anos, e com que nos apresentaremos diante d'Aquele que Está nas Alturas. As arcas estão vazias e pesadas. Por que nos pesa a sua carga, visto que elas estão vazias? Talvez um mau espírito esteja brincando dentro delas, ou talvez nosso corpo tenha enfraquecido e lhe seja difícil carregá-las. Eva trouxe uma única morte e nós trazemos a nós mesmos a morte todo dia, todo o tempo e a toda hora, com futilidades e vaidades.

Sentado em meu hotel, comendo o meu alimento, eu pensava a respeito de mim, de você, de Freida e de Elimelekh. E a imaginação inata ao coração do homem desenhou diante de mim o Elimelekh. Não passou muito tempo e ele chegou e parou. Quando encontrei Elimelekh no Dia da Expiação na sinagoga, seus olhos pareciam-se com a carapaça de uma tartaruga deixada ao sol e ele me olhava com ódio; agora não havia em seus olhos uma remanência deste, mas ele me fixava com grande obstinação.

Baixei os olhos e fixei os meus sapatos. Meus sapatos estavam limpos e intactos. Diante deles estava parado Elimelekh, que pousou dois dedos em seu pomodeadão e disse: Então, que mais devemos fazer?

Que mais devemos fazer? Isso significa que já fizemos tudo que podíamos ter feito e não restava senão fazer mais. O que fizemos e o que não fizemos? Muitos são os pensamentos no coração de um homem, porém todos os seus pensamentos não o levam a agir. Sendo assim, entreguemo-nos nas mãos d'Aquele que faz e leva a fazer e não perguntemos a toda hora o que fazer. Que Ele faça conosco o que fizer, pois Ele sabe e Ele faz e Ele é o Feito. Mas o que podemos fazer quando Ele diz: Faça?

Ele diz faça e nós não sabemos o que fazer. Desde o dia em que dissemos "faremos e ouviremos", muitas coisas se passaram e perturbaram o nosso coração e não sabemos o que fazer e o que ouvir.

Levantei da mesa e fui à casa de estudos. Elimelekh me seguiu. Muitas vezes acompanhava-me Daniel Bach ou Ignatz ou outra pessoa de Szibusz, mas (não estarei exagerando ao dizê-lo) esta é a primeira vez em que uma pessoa, que chega de uma distância de alguns dias de caminhada, me acompanha.

Apalpei o meu bolso e saquei um cigarro e tornei a apalpar o meu bolso em busca de um fósforo, e me demorei a fim de permitir ao coração pensar o que diria a Elimelekh, e o que responderia se me perguntasse se eu fizera um ato de benevolência para com sua mãe seguindo o seu féretro, e se o repreenderia por não ter cuidado de sua mãe, deixando-a sozinha.

Aproximou-se um homem e disse-me: Se quer um fósforo, dou-lhe. Observei-o e perguntei a mim mesmo: Para onde sumiu Elimelekh de súbito? Pois eu queria dizer-lhe algo, ou era ele quem queria dizer-me algo?

Aquele homem tirou um fósforo, esfregou-o em sua sola e o acendeu. Antes que o aproximasse de minha boca, apagou-se. Tirou ele um outro fósforo e disse: Não seja como aqueles que, quando se lhes estende algo, hesitam até que a coisa lhes caia das mãos. Perguntei-lhe: Isso é uma parábola? Respondeu ele: É a verdade. Disse-lhe eu: Então, ela própria, a verdade, é uma parábola. Ele colocou sua mão sobre o ouvido direito e seu polegar em seu pomo-de-adão e recitou num tom majestoso: "E Ele foi e Ele é e Ele será em glória". Disse-lhe eu: Você é o velho chantre. Disse-me ele: David, o bedel, sou eu quem chama para a sinagoga. Disse-lhe eu: Mas vi a sua tumba no cemitério, se não crê em mim, dar-lhe-ei um sinal; a forma de uma palma da mão, tendo entre os seus dedos uma varinha, está gravada sobre a sua tumba, e até me recordo dos versos nela inscritos. Disse David: Eu não sabia que haviam gravado versos em minha tumba. – Não sabia? – Não estive no cemitério. – E onde estavas – Onde eu estive? Fui despertar para a oração os que dormem e não tive tempo de ir deitar-me na sepultura. – Por obséquio, mestre David, não se aborreça comigo, não tem a intenção de dizer-me que está vivo? Olhou-me e disse: E você, você está vivo? Disse-lhe: O que significa essa pergunta? – E o que significa a pergunta que me fez? Respondi-lhe: Pois eu vi sobre a tumba: Morto no quinto dia do mês primeiro de Adar de 5702, e vi o seu nome gravado sobre a tumba. Se não me interromper citar-lhe-ei os versos:

David convocava para a casa de oração
Servia fielmente a congregação.
Em vida palmilhou o caminho da justeza,
Coração puro, e nas mãos a limpeza.
Que o Celeste Acusador dele se compadeça.

Disse David: Maravilha das maravilhas, pois até mesmo aludiram ao nome de meu pai na tumba. – Onde está o nome de seu pai? Respondeu David: Volta para a última linha, ele é sugerido pelas iniciais das palavras[63]. Disse-lhe: Você tem cérebro. Eu li a inscrição da tumba e não percebi o nome de seu pai e você a ouviu de minha boca e o percebeu. E outra coisa mais, o que é isso, mestre David? Recordo-me que os anciãos daquela geração, ao querer acender fogo, esfregavam uma pedra na outra, e você acende fogo com fósforos. Acaso havia fósforos no seu tempo? Ou talvez você não seja aquele Rabi David? – Então quem sou? Acaso sou Elimelekh? – O que sei eu? – Você não sabe e ainda faz perguntas. – Se alguém pergunta, obtém a resposta. – E se obtém a resposta? – Ele aumenta a sua sabedoria. – Como, por exemplo, quando morreu fulano e o que está gravado em sua tumba? – E acaso é somente isso que eu sei? – Você não sabe somente isso, você sabe também compor fórmulas como essas. Quem sabe comporá versos para a tumba de Hanokh e para a tumba de Freida? – Pensas que devo fazê-lo? – Não penso nada. Deram-me uma vara para despertar à oração os que dormem, e eu passo e desperto. – E eles despertam e se levantam? – É de meu hábito despertar e não é de meu hábito verificar e olhar se eles se levantam. Aquele que é ordenado a fazer algo o faz e não volve a cabeça para trás para ver o que fazem os outros. Agora, despeço-me de você, pois necessito ir-me e, ao que me parece, você também queria ir.

Eu também queria ir, porém me detive por causa de Elimelekh, filho da Imperatriz, a ama-seca de mamãe. Disse Rabi David: Que coisas está a me contar, pois Elimelekh vive longe daqui. – Longe daqui? E o que faz ele? – Escreve cartas à sua mãe. – E o que escreve ele? – Que quer voltar a Szibusz. – É possível que ele volte? – Se encontrar dinheiro para as despesas de viagem. – E o que mais escreve ele? Estendeu mestre David a sua mão e disse: Lê. Vi gravado nela: "E é um tempo de infortúnio para Jacó". Perguntei a Rabi David: Quem é aquele ancião que encontrei no dia

---

63. As iniciais das palavras da última linha: *Iekhas Alav Kategor Baschamaim*, formam o nome Iaakov – Jacó. (N. da E.).

em que fui fazer a chave? Respondeu-me Rabi David: Diz o dia de seu falecimento e dir-lhe-ei quem é. Rabi David despediu-se de mim, partiu e eu adentrei na casa de estudos.

Capítulo Nove e Quarenta
Propósito e Realidade

Retornei à minha casa de estudos e ao meu estudo. Eu me sentava ali solitário, e ninguém me interrompia. Elimelekh e Rabi David partiram. E Rúben e Simeão e Levi e Judá estão sob o jugo do ganha-pão e vagam pelo país, não retornando aos seus lares senão na véspera do Sábado, ao escurecer. Antes de terem tempo para tirar as roupas, o Dia Santificado os apanha e eles recepcionam o Sábado em suas casas ou na casa de oração de sua vizinhança. E esse é o seu ganha-pão: Rúben entrou em sociedade com Simeão, que se tornou ajudante de um caixeiro-viajante de papel de cigarros. Este possui um pequeno automóvel em forma de caixa, e Rúben, que nos tempos da guerra aprendeu a dirigir veículos, guia o automóvel e eles passam com sua mercadoria por lojas e tavernas onde se vendem cigarros, e à noite dormem no automóvel, Rúben sobre o banco e Simeão no caixote da carga (salvo o caixeiro-viajante, que dorme em hotéis). O comprimento do banco é de cerca de três assentos para pessoas médias; quem se encolhe e não se incomoda que suas pernas estejam suspensas e fiquem para fora, pode deitar nele, sobretudo nas noites de verão, que são curtas. E Levi encontrou um outro ganha-pão que desconheço qual seja. E Judá viaja a Lvov e transporta de lá mercadorias, sendo que a paga que recebe dos lojistas é menor do que pagariam ao correio. E se ambas as suas mãos não bastam, carrega os fardos sobre o ombro. Se o seu ombro não basta, pessoas bondosas vêm e lhe emprestam suas mãos. Enquanto os comerciantes de Lvov lhe derem mercadoria ele recebe o salário de seu trabalho e celebra o seu Sábado, se não lhe dão mercadoria, ele perde as suas despesas, tal como lhe sucedeu quando veio levar tecidos para o comerciante (aquele comerciante do qual comprei tecidos para o meu capote) e não lhos deram, pois o comerciante devia dinheiro para o comerciante e não lhe pagava.

Até mesmo Rabi Haim não põe os pés na casa de estudos, salvo nas vésperas de Sábados, quando varre o assoalho e enche a pia de água. E quando ele vem, parece ser a sua última vez, visto que sua filha e seu genro o pressionam para que venha residir com eles. E ouvi dizer que eles vieram a Szibusz na Festa das Semanas e que Rabi Haim lhes prometeu que iria.

Por que motivo Rabi Haim não foi com eles de imediato? Com o passar dos dias descobrimos que ele havia se comprometido primeiramente a ensinar aos órfãos de Hanokh o Kadisch e as preces, portanto adiou a sua viagem.

Voltemos ao nosso assunto. Eu estava sentado, solitário, na casa de estudos e ninguém me interrompia. Mas se outros não me interrompiam, meus pensamentos interrompiam-me. Tudo que eu vira e ouvira distraía-me. Mesmo coisas às quais a pessoa não presta atenção, quando as vê ganhavam demasiada concreção e distraíam a minha mente. Numa hora voei de uma extremidade à outra do mundo e numa hora corri de uma pessoa a outra. Pessoas que haviam falecido pareciam-me vivas, e vivos pareceram-me mortos. Às vezes, eu as via face a face e, às vezes, eu via as tumbas sobre as suas covas.

A fim de escapar à confusão, voltei a minha mente para os meus camaradas da aldeia com os quais celebrei a Festa das Semanas. Venha e veja, os filhos de Schimke e Ioschke, Vevtschi e Godschik abandonaram os ofícios de seus antepassados e não querem viver um às custas do outro e nem às custas de outro povo, senão das mãos do Santíssimo, Bendito Seja. No que diz respeito à reforma do mundo: uma pessoa reforma a si mesma e consigo reforma o mundo. E ainda que não resista e faça como fez Ierukham Liberto, aquilo que fizer neste ínterim juntar-se-á aos feitos dos outros, a exemplo do exército de um rei: este serve no exército por um ano e esse por dois e aquele outro por três, e entrementes o rei possui sempre um exército.

Tudo isso eu não falei para mostrar o meu mérito, dizendo que eu cumprira o meu dever nos anos em que trabalhei. Sei que ainda nada fiz, e continuo a fazer algo a meu modo.

Cada pessoa faz as coisas a seu modo e eu também as faço a meu modo, para refutar aquele incircunciso que me repreendeu e disse que nem todos os modos levam a um propósito.

À medida que cresço em anos essa palavra cresce comigo. Quando eu era menino e brincava com meus amigos, ouvi que se perguntava: E qual é a finalidade? Principiei a escrever poemas, ouvi que se caçoava de mim e se perguntava: Afinal, qual é o propósito disso? Emigrei para a Terra de Israel, falou-se: Acaso é esse o propósito de um homem jovem? E não é preciso dizer que durante todos os anos em que lá permaneci queixavam-se e diziam que não viam a finalidade naquilo. Entrementes, passou-se a maior parte dos meus anos e ainda não atingi o propósito.

Maimônides, de bendita memória, em seu *Guia dos Perplexos*, diz: "O propósito é a realidade". Ele visa nessa passagem a questão da realidade do Criador e não a realidade ordinária. Sendo assim, a questão retorna ao mesmo ponto: Qual é o propósito desta realidade em que vivemos?

Uma pessoa gasta um pouco do seu tempo e os seus pensamentos gastam muito. Enquanto eu refletia sobre os outros, tudo estava bem, ao refletir sobre mim mesmo tudo estava mal. Tendo percebido que estava assim, cerrei o meu livro e saí para passear, a fim de distrair um pouco a minha mente.

O dia estava agradável, como são os dias após a Festa das Semanas, nos quais não se recita a Oração da Prostração. Os comerciantes estavam postados fora e se aqueciam a seu bel--prazer ao novo sol. Ignatz apoiava-se sobre a sua bengala e parece-me que adormeceu ligeiramente, pois quando passei por ele, não gritou *pieniadze* e nem esmola. O carteiro voltava para casa com a sacola vazia, posto que já havia distribuído todas as cartas destinadas à cidade. Talvez tenha restado em sua sacola uma carta de Elimelekh para a sua mãe, ou talvez a mente de Elimelekh não estivesse disposta a escrever. Seja como for, o carteiro estava livre para voltar para casa, ou para entrar na taverna, ou para arrumar o bigode, a fim de que estivesse enrolado e caído de um lado e ereto do outro.

O ar estava bom e o dia, agradável. Um dia como esse é um presente do Céu. Bem-aventurado aquele que não o desperdiça em vão.

E louvado seja o Nome do Senhor, que colocou em meu coração a sabedoria de não me deter na cidade, pois fui à floresta onde o dia é extremamente aprazível e o ar extremamente agradável. Sei que isso não leva a nenhuma finalidade, mas visto que não sou pessoa de propósitos, tornei a cometer um ato que não leva a nenhuma finalidade.

As árvores da floresta estavam silenciosas e no sopé, ali embaixo, na margem da floresta, corria o rio, o Stripa, e ele também estava silencioso. Outrora, quando a cidade estava totalmente povoada e nela residiam pessoas com propósitos, construíram-se moinhos e as águas do Stripa moviam as mós e moíam a farinha. Visto que a cidade foi destruída e os homens de propósitos morreram, que finalidade há no rio e nas suas águas? Ou talvez, não obstante, haja alguma finalidade no rio e nas suas águas, tal como há uma finalidade nas árvores, ainda que não se as corte, e não se faça delas mercadoria, tal como afirmou Maimônides naquela passagem com referência à realidade: "Saiba que não há meio de buscar um propósito de toda a realidade, nem segundo a nossa opinião etc. [...] e nem segundo a opinião de Aristóteles".

Este homem já vira muitas vezes a floresta de sua cidade e toda vez que a via, encontrava nela algo de novo. O Criador dos Mundos é benevolente para com este homem, fazendo-o ver o que Ele criou em Seu mundo e, às vezes, o eleva do reino vegetal e abre os seus olhos para que veja os animais que estabeleceram a sua morada entre as árvores da floresta. Embora os globos oculares do homem sejam pequenos, o mundo inteiro não lhe basta, porém por vezes o olho do homem pousa sobre uma folha de árvore, sobre um talo da relva baixa do campo, sobre uma pequena borboleta no ar, sobre um pequeno inseto, e o Santíssimo, Bendito Seja, revela-lhe os Seus mistérios.

Foi bom para este homem ter saído para a floresta. A floresta, com suas árvores, seus ramos e suas folhas, mostrava-lhe uma face benevolente e lhe amenizava as horas e os momentos. O que pensava o homem quando estava no seio da floresta? Quem sabe e quem lembra? Ou talvez recordasse a sua juventude, quando se sentava ali solitário.

Sozinho e solitário ele estava na floresta, tal como estava solitário no mundo, visto que ainda não se havia juntado ao mundo e o mundo ainda não se havia juntado a ele. Desde então ele viu o mundo, o mundo denominado o grande mundo e, ao final, retornou ao seu mundo, que é denominado o pequeno mundo.

Um aroma ímpar eleva-se da floresta. O que tem essa relva para cheirar tão bem? Talvez seja essa a erva sobre a qual a mulher do alfaiate contou que se uma pessoa parte de seu lar para buscá-la e a cheira, recupera a saúde.

O cheiro daquela erva era acompanhado pelo cheiro de outra erva que também cresce na floresta da cidade daquele homem, e seu aroma era bom e talvez melhor do que o anterior. E eu sigo aquela erva e escuto a sua voz e chamo-a, e apalpo-a com minha mão e tomo uma folha e mastigo. E alegro-me por gozar do benefício de todos os meus sensos.

E como pensei em tudo que foi criado para o meu prazer, pensei também sobre a nossa velha casa de estudos. Se não fosse por ela, eu teria permanecido na floresta, continuando a dar louvor e graças àquele que possui tal mundo.

Apalpei o meu bolso. A chave não estava perdida, Voltemos agora e vejamos se a casa de estudos ainda está em seu lugar. O sol se pôs e eu voltei à cidade.

Capítulo Cinquenta
Junto a Ierukham e Raquel

Naquele instante Ierukham terminara o seu trabalho diário e estava prestes a ir-se. Ele já não corria para o rio a fim de se banhar, pois sua casa estava arrumada e não lhe faltava sequer uma bacia para lavar-se. Logo que me viu acompanhou-me e pediu-me que fosse com ele à sua casa. Eu o segui.

Caminhamos e não dissemos nada; eu, pois viera da floresta, e ele, não sei por que motivo. Talvez por eu estar calado, ele também se calou.

Tendo percorrido a metade do caminho, Ierukham parou, arranjou as ferramentas sobre o ombro e disse: Quando fui com Raquel visitar os pais dela durante a festividade, não o encontramos no hotel. Disse-lhe eu: Certamente não me encontraram, pois uma pessoa não pode achar-se em dois lugares ao mesmo tempo. – Disseram-me que viajou para certa aldeia. Disse-lhe eu: Sim, meu caro, viajei para uma certa aldeia. Disse Ierukham: Certamente essa aldeia possui um nome. Disse-lhe: Adivinhou, bravo homem, adivinhou. Disse Ierukham: Isso é fácil de se adivinhar, e não sei que motivo encontrou para tanto me elogiar. Respondi-lhe: Acaso você não é digno de todo louvor, visto que está controlando o seu instinto e ocultando sua curiosidade, evitando o que deseja saber até que eu venha a contar-lhe? Disse Ierukham: O que há aqui para evitar? Se uma pessoa viaja para uma aldeia, certamente necessitava viajar. Respondi-lhe: Bem falado, eu tinha necessidade de viajar e, portanto, viajei. Visto que agora sabe, acaso sabe a quem encontrei por lá? – Quem encontrou por lá? Gentios e judeus? – E viajei para visitar a quem? – É fácil de se supor; você viajou para visitar os judeus. – E acaso me incomodei em ir até a aldeia para ver judeus comuns? Disse Ierukham: Talvez tenha conhecidos entre eles. Disse-lhe: Se eu tivesse conhecidos entre eles, acaso ter-me-ia demorado a vê-los até agora? Respondeu Ierukham: Talvez não soubesse a respeito deles antes, ou talvez... lamento não saber responder às suas perguntas socráticas. – Você sabe, Ierukham, porém não quer. – Por que não haveria de querer? – Por que não haveria de querer? Diga você mesmo. – Se soubesse, não perguntaria. – Isso significa que você supõe que, se se pergunta, obtém-se uma resposta e, como você perguntou, por certo deseja uma resposta. – Isso depende da sua vontade de responder-me. – E se não lhe responder? – É um segredo que guarda de mim? – Segredo é algo escondido e oculto e não algo conhecido e sabido. E, posto que ele é conhecido por você, logo não é segredo para você. Agora, meu caro, fumemos um cigarro. Durante todas aquelas horas em que permaneci na floresta não fumei, e pode-se dizer que não fumei o dia todo. Quando ia à casa de estudos, tirei um cigarro para fumar, chegou um bedel e me interrompeu. E depois fui à floresta e esqueci-me do fumo. Tome um cigarro, meu caro, e ergamos a fumaça até a altura do céu e suas estrelas. Respondeu Ierukham: Não fumo. – Porém recordo-me que você fumava. – Eu fumava e parei. – Parou? O que é isso, de repente? – Raquel não suporta a fumaça dos cigarros. Raquel. Havia muitos dias que ela não me surgia em mente e eis que ele chegou e lembrou-me dela.

Disse Ierukham: Já chegamos em casa e você ainda não me disse em que aldeia esteve e com quem. Você deseja surpreender a Raquel? – Mas você já lhe contou. Ierukham deu uma gargalhada, bateu na porta e chamou: Raquel, Raquel, adivinhe quem eu trouxe comigo. Raquel gritou o meu nome de dentro da casa.

Raquel estava vestida e deitada lassamente sobre a cama. Ela suportava com dificuldade as penas da gestação. Quão fraca era aquela mão que me estendeu e quão estranho era aquele riso que enfeitava os seus cílios, como uma jovem mulher que se envergonha com os sofrimentos, porém se regozija com eles.

Raquel perguntou-me: Foi agradável lá, com os pioneiros? Encontrou lá belas moças? – Belas moças e também belos rapazes. Disse Ierukham: Eles são belos enquanto não emigram para a Terra de Israel. Respondi-lhe: Quando a noiva é bela aos olhos do noivo e o noivo é belo aos olhos da noiva, eles estão destinados a se manterem em sua beleza por toda a vida.

Ierukham tomou o rosto de Raquel em suas mãos e disse: Como nós. Raquel deu um pequeno tapa nas mãos dele e disse: Deixe-me, devo levantar-me e preparar o jantar. O senhor não aludia a nós. Disse Ierukham: Fique deitada em seu lugar, Raquel, e eu prepararei o jantar. Disse Raquel: Se você está parado ao meu lado, segurando o meu rosto, como preparará a refeição? Disse Ierukham: Não se preocupe, tudo se arranjará. Disse Raquel: Sendo assim, largue-me. Disse Ierukham: Largo, largo, contanto que permaneça deitada em seu lugar.

Ierukham despiu as roupas de trabalho e vestiu outras, retirou água com as palmas das mãos e lavou o rosto, e foi para o canto a fim de preparar o jantar. Ao chegar lá gritou: Ai, mentirosa, mas você já preparou tudo, os morangos e também o creme de leite. Se você for esbanjadora, teremos que retirar todas as economias do Anglo-Palestina. – O que é o Anglo-Palestina? – Vá e ensine-lhe o be-a-bá da Terra de Israel, disse Ierukham. Ao falar, retirou a lâmpada de querosene da parede, colocou-a sobre a mesa e disse: Tudo está pronto para a refeição. Inclinou-se diante de Raquel e perguntou-lhe o que havia comido e o que desejava comer.

Os morangos exalavam o seu aroma e o creme alegrava os olhos. Após os três dias de permanência na aldeia, nos quais eu não havia comido suficientemente, esta refeição era extremamente apetitosa para mim.

Ierukham retirou um morango do creme e disse: O que diz destes morangos, eles se ocultam no creme e sugam o seu vigor. Acaso você não tinha, lá, na Terra de Israel, saudade de morangos com creme? – Saudade? Acaso há algo pelo qual uma pessoa não sinta saudades? – Eu falo de morangos e ele me responde com metafísica. Tomaremos chá ou chocolate? Respondeu Raquel: Tomem antes um copo de coalhada. Disse Ierukham: Bem falado, Raquel, tomaremos coalhada antes e depois chá. Se estamos na diáspora, aceitemos o jugo da diáspora com amor.

Até pão preto tem aqui. Deus Rei Fiel[64], acaso há um alimento melhor do que pão de centeio com manteiga fresca? Como é belo este pão, redondo como uma aldeã e salpicado de cominho como uma encantadora face sardenta. Raquel deu uma palmadinha na mão dele e disse: Coma e não nos faça sermões duvidosos. Ierukham ergueu o pão e o cheirou. Pegou uma faca e serviu-se generosamente, cobriu uma grande fatia com manteiga e mordeu-a antes de cobri-la toda; comeu com apetite e, tornando a passar manteiga nos lugares onde não havia passado antes, mordeu-a comendo com apetite instando conosco para que comêssemos. Temperava as suas palavras com frases dos mais famosos oradores da Terra de Israel. E, fazendo os seus olhos ressaltarem, bateu na mesa, ergueu a voz e disse: Quem tem fome é justo que coma.

O comer estimulou o apetite e o apetite o comer, até que não restou do pão senão uma pequena fatia e até mesmo esta desapareceu na garganta de Ierukham ou do hóspede.

Disse Ierukham: Agora tomaremos chá em memória dos dias em que toda a nossa refeição consistia em chá com pão, ou pão com chá. Levantou-se e trouxe a chaleira de água fervente e a essência perfumada. Preparou o chá e disse: Com que adoçaremos o chá? As malditas formigas, que desapareçam da face da terra, roeram toda a torta que nos restou da Festa das Semanas. Soprou a torta e afastou as formigas. Quando elas fugiram, abandonando a torta, vimos que o queijo dentro dela ressecara-se e que as passas por cima haviam mofado. Ierukham sacudiu a cabeça com desespero e disse: Uma pessoa deve responder por cada alimento que deixa sem consumir.

Raquel tomou coragem, levantou-se e trouxe um confeito de cascas de laranja. Come-se o interior de todas as frutas e joga-se fora a sua casca, porém as laranjas são boas para se comer e suas cascas também são boas para se comer, se forem bem confeitadas. Deve-se dizer, em louvor de Raquel, que seu confeito estava

---

64. Em hebraico, *El Melekh Neeman*. A letra inicial de cada uma dessas palavras, אמן, forma a palavra "Amém". (N. da E.)

bem preparado. De quem o aprendeu Raquel, de sua mãe ou de Krolka? Ou talvez as próprias laranjas ensinaram-lhe a fazer de suas cascas um manjar tão aprazível e fino.

As janelas estão abertas e o cheiro do orvalho da noite exala do solo úmido, das árvores e da relva, e um pássaro pia e canta de seu posto invisível. A lua ilumina-o e acompanha as suas melodias a seu modo, com a luz que dela emana. Raquel retornou ao leito e nos sentamos e prestamos atenção à voz do pássaro.

Ierukham levantou-se, tomou a face de Raquel em suas mãos e beijou-a nos lábios. Disse Raquel: Envergonhe-se. Ierukham cerrou os olhos e disse: Estou pronto e disposto a envergonhar--me. Raquel bateu-lhe nos dedos e disse: Volte ao seu lugar e sente-se como gente. Ierukham voltou e sentou-se como gente.

Raquel deitou na cama e observou o seu marido e o amigo de seu marido; o seu marido, pois é seu marido; o amigo de seu marido, pois é amigo de seu marido.

Disse Raquel a Ierukham: Conte-nos um pouco a respeito da Terra de Israel. Respondeu Ierukham: O que é isso de repente? Respondeu Raquel: Para alegrar o coração do hóspede. Disse Ierukham: Temo que eu conte e ele não se alegre. – Por que não há de se alegrar? – A verdade não foi dada para que nos alegremos com ela.

Se vocês não ouviram Ierukham contando, não ouviram ainda tamanhas contradições. Pois ele tencionava falar depreciando a Terra de Israel, porém da depreciação emergia o seu louvor. Não tencionamos repetir todas as palavras de Ierukham, repetiremos uma parte delas. Ierukham contou sobre os grandes pântanos que putrefaziam a Terra de Israel havia dois mil anos e causavam toda a espécie de doenças, e ao final fica-se sabendo que eles foram sanados e se transformaram em bom solo. O mesmo sucede com aqueles rapazes e moças destinados à morte ao secar os pântanos para que, às suas custas, o capital seja aumentado, os quais, entretanto, tiveram o privilégio de acrescentar algumas aldeias à Terra de Israel. E talvez fosse com respeito a eles que David, inspirado pelo espírito da profecia, disse: "E semeiam os campos e plantam vinhedos que produzem fruto abundante". Raquel, deitada em seu leito, escutava e dormitava, dormitava e escutava.

O que mais ele contou e nós não contamos? Ierukham contou sobre os mosquitos e os papa-moscas que vinham em bandos e mais bandos e cobriam as tendas como uma cortina e grudavam-se a todas as pessoas e faziam com que seu rosto e suas mãos parecessem como que cobertos de escamas. Entrementes, sugavam o seu sangue, introduziam nele veneno e causavam a malária. E quando um homem é infectado pela malária, seu corpo se debilita e ele adoece. Antes que ele se cure desse mal, vem outro mal e o extermina. Muitos adoeceram e morreram e outros equivalem a mortos. Nosso hóspede sabe e conhece.

O hóspede sabe e conhece e por alguma razão que desconheço, disse ele a Ierukham que, se fizermos a conta, veremos que nossos mortos em nome da libertação da Polônia são mais numerosos do que aqueles mortos ao secar os pântanos. Falou Ierukham: Se isso é consolo para você, console-se. Disse o hóspede: Consolar-nos-emos, Ierukham, consolar-nos-emos, pois houve um grupo de rapazes que deram a sua vida pela Terra de Israel. Disse Ierukham: Pelas letras hebraicas nas moedas da Terra de Israel. Respondeu o hóspede: Pelas letras hebraicas, pela terra e pela nação. Disse Ierukham: Para que as moedas da Terra de Israel rolem e entrem nos bolsos dos capitalistas. Disse o hóspede: Para que as moedas da Terra de Israel rolem para os bolsos dos capitalistas e que eles as gastem na Terra de Israel. Disse Ierukham: Você resolve o problema com demasiada facilidade. Disse o hóspede: Seja fácil ou difícil, o mundo não foi confiado às nossas mãos e não nos pede solução. Mas a questão que diz respeito a nós mesmos talvez possamos solucionar. – Pelo caminho que vocês seguem? Pelo caminho que nós seguimos e mesmo que erremos e nos enganemos. Os erros e enganos que estão em nosso poder podem ser corrigidos, mas não é possível corrigir o que não está em nosso poder.

Ierukham bateu na mesa com ira. Raquel estremeceu, levantou-se e olhou-nos com medo. Eu me compadeci dele e disse a ela: Não tema, Raquel, Ierukham queria partir em guerra contra o mundo inteiro e experimentou a sua força na mesa. Riu Ierukham e disse: Que um mal me atinja se tornarei a discutir consigo. Disse-lhe eu: Sendo assim, eu discutirei consigo. Respondeu Ierukham: Com versículos da Lei, ou com ditos de nossos sábios, de abençoada memória? Eu ri e disse: Com o quê, então? Com a sabedoria dos seus sábios cuja vida perdura um dia, e cuja sabedoria perdura por uma hora? Disse Raquel a Ierukham: Até quando você continuará discutindo, talvez nos divirta um pouco?

Ierukham, como a maioria dos rapazes das *kvutzot* da Terra de Israel, foi dotado de uma dose dupla de humor. Levantou-se, puxou para baixo o seu boné e o transformou em boné de turista, fingiu-se de turista, visitando uma *kvutzá*, fotografando os pioneiros. Estendeu uma perna para frente e inclinou a cabeça para o lado esquerdo, fixou os olhos num prego da parede e disse: É bonito aqui, é bonito aqui, mas se essa montanha estivesse um pouco mais longe daqui, umas dez polegadas e meia, seria muito mais bonito. E também baixou a cabeça, olhou para dentro de uma tigela e acrescentou: Esse vale é agradável, mas se ele se transferisse um pouco para a direita, a paisagem teria ganhado outra forma mais agradável.

Quando o Abençoado decidiu criar a Terra de Israel, não consultou a comitiva de turistas como deveria criá-la. Ao que parece, era claro e evidente para Ele que eles não viriam se estabelecer lá e criou a Terra segundo a Sua própria vontade. Porém, mesmo aqueles para os quais Ele a criou, não estão satisfeitos com ela. Não devemos ir longe em busca de testemunho, pois Ierukham Liberto esteve alguns anos na Terra de Israel e ao final partiu de lá.

Perguntou Raquel a Ierukham: Você e seus camaradas não deram motivo para que se caçoasse de vocês? Retrucou Ierukham: Possuíamos outra qualidade; amávamos um ao outro. Um tal amor como havia entre nós, não há igual em todo o mundo. Imagine Raquel, rapazes cujos pais atraem para si os fregueses da loja um do outro, vivem juntos e cada um alegra-se com a alegria do outro e, tal como ele se alegra com a alegria do outro, assim ele se alegra com cada pedaço de estrada que foi acrescentado ao país, e à noite saem e dançam até altas horas e até a altura do céu e suas estrelas.

Raquel estava deitada em sua cama e escutava. Raquel sabe que quando Ierukham dançava não dançava sozinho nem tampouco com seus amigos, senão que dançava com suas amigas que construíram com ele a estrada, e sobre as quais se diz que são belas como donzelas e bravas como rapazes. Se o rosto de Raquel parecia, inicialmente, como se todos os dias em que seu marido permanecera na Terra de Israel nele estivessem gravados, aparentava agora como se todas as noites que ele passara lá estivessem gravadas nele.

Raquel virou o rosto e pôs as mãos no peito. Esse coração, não se sabe o que ele é. Um momento antes ele estava alegre e agora está triste. Levantei-me da cadeira e falei: Chegou a hora de ir.

Ierukham e Raquel estavam preocupados com seus próprios assuntos e não me detiveram, e eu também desejava ir-me, pois já era quase meia-noite e ficar a noite toda com pessoas jovens no seu primeiro ano de casamento, não são boas maneiras.

Ao retornar ao meu hotel encontrei o sr. Zommer sentado a fumar o seu cachimbo. Já passava da meia-noite e ele ainda estava acordado. Parece que há uma nova preocupação em seu coração e ele deseja afugentá-la com as ervas de seu cachimbo.

A fim de causar satisfação ao proprietário do meu hotel, contei-lhe que vinha da casa de Raquel e Ierukham. O sr. Zommer retirou o cachimbo da boca, abriu os olhos e moveu os lábios. Parece que ele refletia sobre algum outro assunto difícil.

Capítulo Um e Cinquenta
Entre um Cigarro e Outro

Novamente chegou aquele caixeiro-viajante à cidade e ei-lo sentado no hotel do sr. Zommer a conversar com Babtchi, e não está se divertindo com ela, e tampouco ela está rindo. Parece que entre eles passa-se algo que está acima da zombaria e da grosseria.

As faces do caixeiro-viajante, sr. Riegel, estão fatigadas e suas palavras são proferidas aos sussurros. Sete vezes já introduziu o cigarro em sua boca e não o acendeu. Talvez não tenha fósforos, ou talvez queira ir à cozinha para pegar uma brasa como faz o dono do hotel. Quem pode medir o espírito do homem e quem pode saber o que há em seu coração. À sua frente está sentada Babtchi, vendo o cigarro sendo esmagado entre os dedos dele e não vem em seu socorro, oferecendo-lhe fogo. Porém, ela o examina com os olhos e observa o seu pomo-de-adão que continua a se mexer mesmo quando ele não fala. Quantos pelos, meu caro, há no pomo em sua garganta? Um, dois, três. Se ele fosse um homem comedido que costuma cuidar devidamente de suas coisas, não teria se esquecido de passar neles a navalha ao fazer a barba. David Moisés, o filho do filho do rabino, não possui pelos no pescoço, embora não apare a barba quando vem a Szibusz por respeito ao seu avô, o rabino, e não é preciso dizer que não possui pomo. O dr. Zwirn tampouco possui pomo no pescoço, mas é calvo no alto da cabeça. Ou talvez também tenha um pomo, mas este não apareça por causa de seu duplo queixo. Por causa de seu duplo queixo lhe é difícil respirar e ele dorme com a boca aberta. Certa vez, quando estava dormindo, entrou um rato em sua boca. Ele cerrou a boca sendo que a maior parte do rato ficou de fora. Agora imaginemos se tivesse vindo um gato e apanhado o rato pelo rabo, o que seria melhor para o rato? Permanecer na boca de Zwirn ou ser devorado pelo gato? Disse-me Babtchi que toda vez que vê Zwirn parece-lhe que seu bigode é feito de rabo de rato. E talvez seja este o motivo pelo qual seu coração não é atraído por ele, ainda que tenha dobrado o seu salário.

O caixeiro-viajante mira Babtchi e percebe que ela não escuta o que ele lhe fala. Quando ela lhe surgiu pela primeira vez, envergava um casaco de couro e seu cabelo era cortado como o de um rapaz, e toda ela se assemelhava a um rapaz, agora enverga um vestido simples, seu cabelo cresceu e seus membros arredondaram-se. Do inverno para o verão, sua aparência mudou. E você, meu caro, que dizia jamais ter visto uma moça tão picante como essa, agora tem que mudar de opinião e dizer que esta Babtchi que hoje está sentada à sua frente é mais bela do que a Babtchi que conheceu antes.

Lolik, o irmão de Babtchi, cujos ouvidos e boca estão em toda parte, veio e sentou-se diante de mim e contou-me que Riegel estava prestes a divorciar-se da esposa, porém o assunto não era tão simples, pois tinha filhos com ela, e ele entregara o assunto a um advogado de sua cidade, para que fizesse o que fizesse, contanto que ele se libertasse dela. Sendo assim, para que veio até aqui? A fim de fazer tal anúncio a Babtchi, veio ele. E por que motivo precisa Babtchi saber? Lolik sorri o seu sorriso feminino e deixa-me pensar o que eu quiser. Em contraposição, a sra. Zommer contou-me que o caixeiro-viajante não veio a Szibusz senão por causa daquele comerciante de tecidos que faliu, e deve ao empregador dele cinco mil *zlotis*, e que o caixeiro-viajante veio chamá-lo a juízo e entregou o seu caso nas mãos de Zwirn para o qual Babtchi trabalha, e ele está consultando Babtchi a respeito de seus negócios.

Tal como o homem é feito de matéria e espírito, do mesmo modo seus atos são feitos de matéria e espírito. O caixeiro-viajante veio pelo dinheiro e conversa com Babtchi a respeito dos assuntos do seu espírito. Entrementes, ele está entre dois advogados, entre aquele que trata da questão do divórcio e aquele ao qual entregou a demanda do comerciante. Não queremos meter a nossa cabeça entre dois advogados e dizer qual é mais esperto. Seja como for, parece que é mais difícil um homem livrar-se da esposa do que receber o seu dinheiro de um comerciante que foi à bancarrota.

Acaso precisava o comerciante ir à bancarrota? Pois quando fui comprar dele o tecido para o meu capote, toda a sua loja estava abarrotada de mercadoria e duvido que a tivesse vendido toda, pois não vi nenhuma pessoa envergando uma roupa nova, e é de se supor que toda a mercadoria ainda repouse em seu lugar. O que terá feito o comerciante com todos os seus tecidos? Acaso os colocou sob a cabeceira da sua mulher, como a mulher do comerciante contou-me a respeito da mulher do Schuster, que ela coloca tecidos à cabeceira, pois não possui sequer um travesseiro.

Babtchi é uma moça inteligente e sabe dar conselhos a quem a consulta. Ela ensina o caixeiro-viajante como cair nas boas graças de Zwirn que ela conhece como a palma de sua mão. E quanto à mulher do caixeiro-viajante, da qual ele está prestes a se divorciar, Babtchi se cala, pois quando as coisas chegam aos assuntos d'alma, seu espírito se confunde, porquanto não há paz em sua alma. Às vezes ela é vencida pelo elemento material e outras, pelo espiritual. Por vezes ela diz a si mesma que Zwirn é rico, vive na fartura e possui algumas casas na cidade; e, se ele tenciona casar e sua intenção não é divertir-se com ela, vale a pena que ela o leve em conta, e por vezes ela pensa em David Moisés, neto do rabino, que é um rapaz de boa aparência, porém não ganha o suficiente, visto que não trabalha aos Sábados e depende de seu pai, que lhe completa o salário correspondente ao Sábado, pois, sendo ele caixa de cinema, sempre dependerá do pai, já que se ele quiser trabalhar no Sábado afastá-lo-ão de seu emprego por respeito ao seu pai que controla o jornal e é capaz de causar danos. Mas ela mesma, ou seja, Babtchi, suas mãos não estão amarradas e poderá completar o que faltar. Ou talvez, enquanto Zwirn estiver contente com ela, permitir-lhe-á trabalhar com ele, porém, ao se casar com outro, afastá-la-á do emprego, e é de se duvidar que ela encontre outro. Este mundo se parece a um planalto, e de repente ele se ergue como uma montanha e torna-se cheio de pequenos montículos. O que faltava a Babtchi anteriormente? Ela se alegrava com seus amigos e os seus amigos se alegravam com ela. De súbito, a alegria afastou-se dela e de seus amigos.

A sra. Zommer não sabe o que se passa no coração da filha e, ainda que soubesse, de nada adiantaria. Seria bom para sua filha se ela se casasse com um homem rico que, durante um mês, ganha mais do que toda Szibusz durante um ano inteiro. Mas esse advogado é uma maldição em Szibusz, papa o sangue dos israelitas, suga e traga. Ainda quando servia a Ausdauer era notório por sua malevolência, e desde que se tornou senhor de si mesmo, aumentou a sua maldade.

Em contraposição, o neto do rabino é um bom rapaz, culto e de boa família, tem boas maneiras e é respeitador. Possui algo da sabedoria de seus antepassados e algo da sabedoria do mundo. Fala um ídiche como o de *Tzeena u-Reena*[65] e fala a língua polonesa como uma grã senhora. E se você argumentar que seu ganha-pão é truncado, a sra. Zommer retruca que, se nas gerações anteriores, quando o dinheiro era dinheiro, o dinheiro não era tudo, quanto mais nesta geração, quando o dinheiro não é dinheiro. Aquele que dá a vida proporcionará o sustento. E, quanto ao caixeiro-viajante, a respeito do qual corre o boato de que está se divorciando da esposa por causa de Babtchi, Senhor do Universo, se dermos atenção a todo caixeiro-viajante que lança os olhos às mulheres onde quer que chegue, não terminaremos nunca.

O proprietário do hotel está sentado como de hábito, o cachimbo na boca e os olhos semicerrados; em primeiro lugar, devido às suas moléstias que voltaram e se reavivaram, e, em segundo lugar, pois deseja pensar a respeito dos tempos passados.

Nos tempos passados, segundo o costume, uma moça teria permanecido em casa de seu pai e não em escritórios de advogados; ela ajudaria a sua mãe em casa e, terminada a sua tarefa, leria um livro. Tendo atingido a idade de se casar, Deus lhe mandaria o seu par e eles viveriam juntos. Na verdade, o mister de advogado também é apropriado e, se seu sogro pudesse cumprir a sua palavra, talvez ele mesmo, o sr. Zommer, ter-se-ia tornado um advogado. E quanto ao dr. Zwirn, em cujo escritório Babtchi trabalha, o assunto ainda não está claro. O que não está claro? Se ele pratica toda a espécie de ignomínias em favor dos seus

---

65. Lit. "Saí e Contemplai" (*Ct* 3,11), livro de orações e lendas destinado a mulheres e escrito em ídiche. (N. da E.).

clientes, é legítimo que um advogado faça tudo que estiver ao seu alcance a fim de que seu cliente ganhe a causa. Porém não é legítimo que ele pratique toda a espécie de infâmias em seu próprio favor, a fim de enriquecer às custas dos infortúnios de outrem. Havia um velho funileiro na cidade, caolho, o pai do dr. Milch; Zwirn envolveu-o em toda a espécie de disputas, até que este vendeu-lhe a casa por uma ninharia. E quanto a David Moisés, o neto do rabino, esse inepto está excluído *a priori*. Todo o seu mérito constitui-se no fato de ser o neto do rabino. E neste caso deve-se perguntar: o que se passa em sua alma? Se seu avô é importante aos seus olhos, por que não segue o caminho dele, se não é importante, logo que mérito você possui? E quanto àquele caixeiro-viajante, percebe-se que é um homem ponderado e moderado; paga as suas despesas generosamente e dá gorjeta a Krolka. Contudo, não vive bem com a mulher, talvez ele seja inocente e sua mulher culpada. De todo modo, o sr. Zommer não tenciona aprofundar-se neste assunto, se bem que ele diga respeito a Babtchi. Se Raquel não lhe obedeceu, Babtchi não lhe obedecerá na certa.

Babtchi deixou o caixeiro-viajante sentado sozinho, pois havia chegado a hora de ir ao escritório e, visto que se levantou de repente e se foi, o caixeiro-viajante não teve tempo de pedir a sua permissão para acompanhá-la. Ele está sentado em companhia de si mesmo e reflete a respeito de sua mulher e de seus pequenos filhos. Quando decidiu divorciar-se de sua esposa? Antes de ter vindo pela primeira vez a Szibusz ou depois de ter retornado de Szibusz? Tudo leva a crer que ao retornar de Szibusz começou a perceber que sua mulher não mais lhe agradava. Entretanto, ele afirma que já no primeiro ano após o casamento não a considerava apropriada para ele. Sendo assim, por que ficou com ela? Visto que ela havia engravidado e ele não quis afligi-la. Antes que ele tivesse tempo de efetuar um reexame, ela tornou a engravidar e tudo voltou a ser como era d'antes, pois ele não queria afligi-la dizendo: Não te quero. Aqueles que estão todos os dias em seus lares e veem as suas mulheres diariamente, todo o tempo e à toda hora, podem manejar os seus assuntos segundo a sua própria vontade, ao passo que um caixeiro-viajante que viaja durante a maior parte de seu tempo, ainda que decida desfazer-se da mulher, ao chegar em casa e encontrando-a enfeitada, a mesa posta e a cama feita, esquece o que resolveu fazer e antes de ter tempo de revelar o seu pensamento, sua mulher engravida e ele não pode afligi-la.

Afastemos os olhos do coração do caixeiro-viajante e observemos os seus atos exteriores. Então o caixeiro-viajante tornou a sacar a cigarreira do seu bolso e pegou um outro cigarro. À pouca distância dele, diante de uma outra mesa, está sentado o pai de Babtchi, a fumar o seu cachimbo. O caixeiro-viajante reflete consigo mesmo: Talvez eu me levante e vá até o sr. Zommer e acenda o meu cigarro com seu cachimbo, ou talvez vá à cozinha e pegue lá uma brasa, e se encontrar por lá a sra. Zommer, talvez se inicie entre nós uma conversa, visto que a sra. Zommer gosta de uma prosa, ao contrário de seu marido, cujo hábito é calar-se. Todos os demais estalajadeiros são tagarelas e este se cala. Quiçá esteja descontente com o caixeiro-viajante, pois este deseja divorciar-se da companheira de sua juventude e não sabe que, se não fosse por Babtchi, ele teria passado o resto de seus dias e anos com sua mulher.

Essa Babtchi, que Deus a ajude, seja como for o modo em que ela se lhe revele, quer num casaco de couro, quer com um vestido simples, enlouquece-o. Tais mulheres são sempre malvadas; se você as odeia, elas são malvadas, se você as ama, elas são más. Como tudo era simples no inverno, quando você não a amava e nem a odiava. Ela sentava-se consigo e ria a ponto de seus quadris estremecerem. Agora que você a vê com bons olhos, ela afasta os olhos de você. Se não fosse pelo caso do comerciante que foi à falência, teria recolhido os seus pertences e voltado à sua cidade.

O que acontecerá com o comerciante? Zwirn é indolente e não faz nada. Talvez seja verdade que ele tenha posto os olhos na mulher do comerciante, segundo o que disse Dolik. Que devo fazer? Ir ao advogado ou esperar por Dolik e interrogá-lo a respeito dos rumores que ouviu? A verdade é que toda conversa com Dolik custa-me dinheiro, pois ele me induz a jogar cartas e ganha dinheiro de mim. Porém, se incluirmos isso na lista de despesas dos negócios, não terá importância.

O cigarro entre os dedos do caixeiro-viajante foi esmagado e ele já retirou outro. Temo que o destino deste seja semelhante ao do anterior.

Capítulo Dois e Cinquenta
Sobre o Copo

Rabi Haim veio, pegou a chave, limpou o assoalho, esfregou os utensílios e retirou o pó que tomou conta da casa de estudos enquanto eu estive ausente. Ao entrar depois dele, encontrei as lamparinas abastecidas de querosene, a pia cheia de água fresca, toalhas brancas estendidas sobre as mesas e toda a casa pronta e disposta a recepcionar o Sábado em pureza, e uma luz verde pálida preenchia o espaço da casa de estudos, uma luz que não é captada pelo olho, mas que comove o coração.

Era bom sentar-se à mesa ou subir ao púlpito e ler o capítulo semanal da *Torá*, duas vezes o original e uma vez a tradução aramaica. É verdade que essa perícope, a de *Nassó*[66] é a mais longa de todas as porções bíblicas semanais, entretanto também este dia de véspera de Sábado é longo. Aquele que outorgou a *Torá* é Quem criou o mundo e é Ele que organiza os dias, prolongando--os ou encurtando-os segundo a ordem dos capítulos da Lei.

Mas as pernas do homem desejam sair e elas justificam o desejo com um preceito, como, por exemplo, hoje é véspera de Sábado e a pessoa deve purificar-se em honra do Schabat. E este homem, cujo coração é brando? E seduzível, obedeceu à voz de

---

66. A segunda perícope de *Números*, em que as palavras de Deus a Moisés se iniciam com a palavra *nassó*, "levanta o censo". (N. da E.)

suas pernas, sobretudo se elas justificam as suas palavras com o cumprimento do preceito. Peguei a chave, tranquei a casa de estudos e saí.

Era cedo para ir comer e era tarde para ir à floresta; e para passear à toa na cidade, a hora não era própria, pois o que diriam as pessoas? Todo o mundo está ocupado em preparar os misteres do Schabat e este homem passeia a seu bel-prazer.

Um homem aproximou-se de mim e me deteve, olhou-me por um instante e disse: Diga-me, acaso você não é fulano, meu amigo? Estendeu ambas as mãos e saudou-me. Respondi à sua saudação e lhe disse: Você é Aharon Schützling, o que faz aqui? Acaso não vive na América? Disse-me: E o que faz você por aqui? Eu supunha que residisse por lá, na Terra de Israel. Disse-lhe eu: Parece que ambos nos enganamos um a respeito do outro.

Aharon meneou a cabeça e disse: Sim, meu amigo, ambos nos enganamos um a respeito do outro. Eu não resido na América, e você, se nos é permitido julgar pela aparência das coisas, não reside na Terra de Israel. E ademais, quando observo a nós mesmos, parece que não existe no mundo América ou Terra de Israel, senão apenas Szibusz. Ou talvez esta tampouco exista, subsistindo apenas o seu nome. Então o que faz este efêndi nas ruas de Szibusz? – O que faço aqui? Deixe-me pensar. – Por que deve pensar? Pensamentos fatigam. Vamos à casa de banhos, é véspera de Sábado, o banho foi aquecido, encontraremos lá uma banheira quente, lavar-nos-emos com água quente e nos enxaguaremos com água fria. Desde que atingi a idade do entendimento, não encontrei nada melhor para o corpo do que um banho quente. De todos os preceitos que foram outorgados para o povo de Israel, esmero-me em observar este último, sendo que toda véspera de Sábado corro para o banho. – E quanto aos demais preceitos? – Quanto aos demais preceitos, talvez os outros se esmerem. Seja como for, o Santíssimo, Bendito Seja, não conseguiria confeccionar para si um capote agasalhante se somasse todos os preceitos cumpridos pelo povo de Israel. – Uma estranha descrição. – Ao contrário, você deve estar satisfeito com essa descrição, pois em consequência você percebe que eu creio na existência do Criador. E no tocante aos preceitos que os israelitas cumprem, eu e você sabemos que eles não valem muito.

Dois filhos de Szibusz caminham em Szibusz como costumavam caminhar há vinte anos ou talvez mais, antes que um tivesse partido para a América e outro para a Terra de Israel. Qual era a nossa idade naqueles tempos, e o que fazíamos? Tínhamos dezessete ou dezoito anos. Eu sentava-me na casa de estudos e estudava o *Talmud* e os comentários e ele estava empregado na padaria e fazia pão. E embora divergíssemos em nossas ideias, pois eu era sionista e ele, anarquista, alegramo-nos em conversar um com o outro. Muitas vezes me provocava chamando-me de burguês do mundo vindouro, pois eu me ocupava da *Torá* e pregava o sionismo. E eu o irritava ao extremo, visto que concordava com suas palavras e dizia que não há necessidade de reis, pois o Rei Messias está destinado a reinar sobre o mundo inteiro. Alguns bons anos já se passaram desde aquela época. Quantos reis já foram derrubados de seus tronos e o Filho de David ainda não veio.

O Messias, Filho de David, ainda não veio e a Terra de Israel ainda não se estendeu por todas as terras. Mas este homem voltou e encontra-se em Szibusz, e ele se parece a um noivo que foi contrair matrimônio com uma mulher e a encontrou padecendo e doente, assim voltou ao seu lugar envergando ainda as suas belas roupas e, insatisfeito com elas, visto que um ar deprimente ressecou-lhe os ossos e as vestes lhe eram muito grandes, foi vestir as suas roupas anteriores e não as encontrou, pois já se desfizera delas.

Disse Schützling: Se não quer ir à casa de banhos, entremos na taverna e tomemos um copo de malte em honra do dia em que tivemos o privilégio de nos encontrar. Acenei-lhe com a cabeça e entrei com ele. E eu tinha dois motivos para isso; o primeiro, a fim de cumprir a vontade de meu amigo; e o segundo, pois minha consciência me afligia por causar ao taverneiro perda de dinheiro ao dizer ao carteiro que não entrasse à taverna e que não bebesse aguardente com meu dinheiro.

Disse-me meu amigo: Nesse ínterim você esteve no grande mundo. – E você? – Eu também. – E voltamos de lá. – Voltamos de lá. – Outrora quando passeávamos pelas ruas de Szibusz não pensamos que mediríamos com nosso passo terras distantes. – E quando estivemos em terras distantes não pensamos que voltaríamos para cá. Disse ele: Você não imaginava que voltaria, mas eu sempre desejei voltar para cá. – O que o atraiu para cá? A América não o atraiu. Disse-lhe eu: E agora tendo voltado, não reside em Szibusz? Sorriu e disse: – Não há nada perfeito neste mundo. E se quiser, dir-lhe-ei que esta é a tragédia da minha vida, o fato de não viver em Szibuscz. Disse-lhe eu: A tal ponto você estima Szibusz? Respondeu Schützling: Quando um homem percebe que não há sequer um lugar no mundo que ele aprecie, ele ilude a si mesmo e diz que ama a sua cidade. E você, ama Szibusz? – Eu? Ainda não pensei a respeito. Meu amigo tomou a minha mão e falou: Sendo assim, digo-lhe, todo o seu amor pela Terra de Israel lhe vem de Szibusz, pois se você ama a sua cidade, ama a Terra de Israel. – Como sabe que amo Szibusz? – Quer uma prova? Se não amasse, acaso teria se ocupado com ela durante toda a sua vida, acaso teria escavado tumbas para descobrir mistérios? Disse-lhe eu: Ainda não me contou o que fez na América e o que faz hoje. – O que fiz na América? Trabalhei arduamente para ganhar o meu pão, até que de tanto trabalhar não tive tempo de comê-lo. E o que faço hoje? Ando vendendo toda a espécie de remédios inúteis que os alemães inventam. Não se lamente por mim, meu amigo, tal como eu não me lamento por mim mesmo. Quanto vive um homem? Meu pai, que descanse em paz, viveu noventa anos e eu me satisfaço com cinquenta. Acaso devo me preocupar com os meus filhos? Meu pai preocupou-se comigo, acaso isso adiantou? – Quantos filhos você tem? – Quantos filhos tenho? Espere até que eu os conte. – Você enlouqueceu? – Se me interromper não poderei contar. Parou e contou nos dedos: Dois que minha primeira mulher trouxe de seu primeiro marido e um do seu segundo marido e três filhas que ela me deu e um filho que me deu a americana, e meu filho primogênito, que me deu a costureira morena. Lembra-se daquela graciosa morena? Antes de morrer ela me perdoou. Esse meu filho me traz alguma satisfação. Desde o dia em que sua mãe faleceu, ele me envia dinheiro e roupas. E, até mesmo agora, vim com a ajuda de seu dinheiro a fim de verificar se vale a pena abrir aqui uma padaria. O filho de meu pai fartou-se de perambular como vendedor de toda espécie de futilidades e deseja ocupar--se do ofício de seu pai. Porém, é uma vã esperança. Não se pode dizer que Szibusz não necessite de pão, mas não há quem possa pagar ao padeiro.

Perguntei-lhe a respeito dos seus demais filhos e filhas. Gesticulou com a mão e disse: Não pergunte, meu amigo, não pergunte. Minha filha menor foi presa por causa de atividades comunistas e sua irmã maior foi presa com ela, se bem que não tivesse qualquer culpa. E a do meio fugiu antes que a prendessem, pois foi ela a primeira a cair no erro. Passaram--se os bons anos em que um homem podia manifestar a sua opinião sem apanhar por isso. Esta república é mais rigorosa do que o imperador. À primeira vista o que lhe importaria que uma pequena ginasiana rendesse culto a Lênin, acaso eu e meus companheiros causamos algum dano por sermos anarquistas? Há oito meses que essas duas meninas estão na prisão e duvido que as libertem em breve. E, se quiser, direi que já me conformei em parte com a situação, porém o que me aflige é o meu filho menor, o filho da americana. Talvez você conheça algum meio de salvá-lo da perdição para que não siga o caminho de suas irmãs. Acaso deveria enviá-lo para a Terra de Israel? Mas também por lá há infortúnios e sofrimentos, agitações e comunistas.

Disse eu: Os pais colheram a lenha e os filhos ateiam o fogo. Suspirou Schützling e disse: Deixemos a história para os historiadores e o presente para os jornalistas e tomemos mais um copo. O que acha desta bebida? O que tomam vocês, lá na Terra de Israel? – Há quem tome vinho, há quem tome água gasosa e alguns tomam chá. – E malte não se toma por lá? – Não há malte por lá. – E não sentiu a falta dele? – Sentia falta de outras coisas. – Sendo assim, a terra por lá também não é um paraíso? Ainda não me contou nada do que fez por lá. – O que fiz por lá? Nada fiz ainda. – Você é modesto, meu amigo. – Não sou modesto, porém quando um homem percebe que já se passou a maior parte de sua vida e ainda está no início de seu trabalho, ele não pode dizer que fez algo. Foi dito na *Guemará*: "Todo aquele que não assistir à construção do Templo no decorrer de sua vida é como se tivesse assistido à sua destruição". Não me refiro ao Templo propriamente, mas essa é uma alegoria de todos os nossos feitos na Terra de Israel.

Meu amigo bateu-me ao ombro com afeto e disse: Não serão vocês que haverão de construir, assim como não fomos nós que destruímos. O que somos e quem somos neste mundo grande e terrível? Nem sequer somos como esta gota de malte. O que acha da bebida? Eu tomei cinco copos e você nem sequer tomou um. Tome, meu amigo, tome. Quis umedecer os meus órgãos externos e umedeci os órgãos internos. À saúde, meu amigo. À saúde. Aproxime-se para que eu o beije. Um beijo pela partida, pois partimos de Szibusz, um segundo beijo pelo encontro, e mais um terceiro beijo de despedida, visto que logo após o Sábado despeço-me e parto. Não diga que estou embriagado, diga que estou contente por tê-lo encontrado. Você se recorda daquela canção que a graciosa morena costumava cantar? Bebamos à sua memória e cantemos a sua canção:

> Meus anos passaram-se em tristeza e desgosto,
> Nada conheço de alegria e bonança,
> Terminei os meus dias no vazio e no luto,
> Dorme, meu filho, dorme criança.

Ao escurecer, despedimo-nos um do outro. Schützling foi para junto de sua irmã e eu fui ao meu hotel a fim de trocar de roupa e recepcionar o Sábado na Grande Sinagoga, pois não havia mais orações na nossa velha casa de estudos.

Ao chegar à sinagoga, o público já havia concluído a oração vespertina e posto que não havia lá mais de dois quóruns, parecia como se a sinagoga estivesse vazia e esperando pelo restante do povo. Ou talvez me parecesse que estivesse esperando, pois ela certamente já está habituada ao fato de não comparecerem mais do que estes dois quóruns.

Schlomo Schamir recepcionou o Schabat sobre o púlpito e para a oração noturna desceu diante da Arca e recitou o "Abençoai o Senhor". Este é um velho costume da Grande Sinagoga de Szibusz, bem como de algumas comunidades antigas, isto é, que se recepciona o Sábado sobre o púlpito e que o oficiante desce diante da Arca para a oração noturna, pois os seis hinos de recepção ao Sábado, bem como o *Lekhá Dodi*[67], não pertencem originalmente à oração, tendo sido introduzidos pelas gerações posteriores, portanto estabeleceu-se que fossem recitados de cima do púlpito, pois não se profere diante da Arca trechos que não pertençam originalmente à oração. Por esse motivo não se encontra em nosso antigo livro de orações, que nos foi legado em manuscrito pelos mestres da oração, nem os seis hinos nem tampouco o *Lekhá Dodi*, sendo que o serviço se inicia com a oração noturna do Sábado, ou seja, com "Abençoai o Senhor".

Schlomo recitou a oração melodiosamente, como os velhos mestres de oração em Szibusz, que a principiavam com alegria e tranquilidade, como um porteiro que abre o palácio à corte que vem saudar o rei, demorando-se até que ela termine as suas saudações. Antes do advento da guerra, Schlomo era o leitor da *Torá*; ao retornarem após a guerra, posto que os homens de Szibusz não possuíssem meios suficientes para empregar um chantre, ele se incumbiu de subir ao púlpito sem receber qualquer remuneração. Outrora, antes do advento da guerra, tínhamos dois chantres na Grande Sinagoga, além do leitor da

---

67. Lit. "Vem, meu amado", canto litúrgico de autoria de Salomão Alkabetz. (N. da E.)

Torá. Quando começaram os rumores de que o chantre desejava emigrar para a América, afastaram-no, ainda que ele não tivesse emigrado, pois não era digno de Szibusz que um homem assim lesse a *Torá* na Grande Sinagoga, e destacaram Schlomo Schamir em seu lugar, e eis que ele lê a *Torá* e reza todas as orações se não há outros para ocupar o púlpito. Esses outros são os adventícios chegados há pouco das vilas e das aldeias próximas a Szibusz, depois que a gente de Szibusz partiu da cidade; foram eles que tomaram conta de Szibusz, ocuparam todos os assentos da parede oriental da sinagoga, pretendem ser os donos da Grande Sinagoga e, com sua voz, fazem cair no esquecimento as melodias passadas de geração a geração. Onde era tradição não modificar a versão da oração, nem as melodias, nem a construção verbal e nem o número das velas, até o dia em que um grão-sacerdote se reapresentasse diante do oráculo do Templo, chegam estes, que dificilmente pronunciam uma palavra em hebraico, e rompem a cerca que os antigos haviam erguido. Já na noite do Dia da Expiação sofri um grande desgosto por sua causa e agora meu desgosto foi redobrado.

Capítulo Três e Cinquenta
Esta Nova Geração

Vim ao hotel e sentei-me para cear. O sr. Riegel ceou conosco à mesa do dono da casa, ao contrário dos demais hóspedes, que não observam o Sábado, para os quais Krolka prepara uma mesa à parte. O sr. Riegel, como se fosse um fervoroso converso que, pela primeira vez, se encontra em casa de judeus, estava sentado olhando a fisionomia do dono da casa com grande afeição, imitando involuntariamente todos os seus movimentos.

Após a bênção do vinho entrou Babtchi e sentou-se junto à mãe. Na verdade já havia chegado antes, mas se foi a fim de trocar o seu vestido, que se rasgara num infeliz incidente que não vale a pena mencionar aqui.

Sua fisionomia estava dividida, zangada por um lado e amável por outro. Se sua mãe lhe perguntava algo, respondia como se fosse um eco distante. Ela também fixou os olhos no pai, não como o sr. Riegel que o fitava com admiração, mas como uma ovelha emudecida, inocente de qualquer culpa. Seu pai sentava-se como de hábito, a cabeça inclinada, as mãos sob a mesa, cantando hinos.

Entre o peixe e a sopa veio Lolik e em seguida Dolik, trazendo novas da cidade, e visto que ninguém lhes prestou atenção, sorriram para si mesmos, este, um sorriso malicioso e o outro, seu sorriso feminino. Krolka serviu a mesa em grande silêncio, removeu pratos vazios e trouxe pratos cheios, ajeitou as velas, ia e vinha e não se ouvia sequer um ruído em suas idas e vindas.

Quando a água de lavar as mãos foi trazida, o dono da casa ergueu os olhos e olhou para Riegel por um instante, franziu os sobrolhos, como alguém que tem algo em mente e não pode chegar a uma decisão. É de se supor que ele se perguntava se deveria incluir Riegel no convite à oração no final da refeição, pois o sr. Zommer não costumava recitar o convite com seus filhos, salvo nas noites da Páscoa, em que eles sentavam-se à mesa com ele, antes da bênção do vinho.

Após a bênção dos alimentos, disse o sr. Zommer ao caixeiro-viajante: O que nos conta o sr. Riegel? Riegel, que estava acostumado ao comportamento calado do proprietário do hotel e a ser chamado de senhor caixeiro-viajante (tratamento que impõe distância entre um homem e outro) e não pelo nome, gaguejou e disse: É bom celebrar o Sábado entre judeus. Acaso o sr. Riegel não é judeu?, exclamou o sr. Zommer com espanto. Riegel pousou a sua mão direita sobre o peito e disse com grande entusiasmo: Sou judeu, sr. Zommer, sou judeu, mas não sou como um judeu deve ser. Perguntou Dolik a Riegel: O que deve fazer um judeu para ser um judeu como um judeu deve ser? Respondeu o sr. Riegel: Deve ser como seu pai, o sr. Zommer. Perguntou Lolik a Riegel: E como deve ser uma judia? Como Babtchi? Babtchi agitou-se, olhou-o com ira e tampouco mirou o Riegel com benevolência. Babtchi não o odeia, porém, até a vinda dele, pela segunda vez, ela estava satisfeita com o mundo e o mundo satisfeito com ela. Zwirn dobrou-lhe o salário e presenteou-a com um corte de tecido para um vestido (o mesmo vestido que ele lhe rasgou na véspera do Sábado, ao escurecer) e David Moisés lhe enviava cartas de amor e saudade. Se queria, caçoava dele, querendo refletia sobre o outro. E se Zwirn estendia os lábios para beijá-la, esbofeteava as suas mãos e ele o aceitava com amor. Babtchi jamais se preocupara com coisas desse teor. De repente, um diabo apossou-se de Riegel e ele a incomoda com suas mulheres. A bem da verdade, Riegel possui tão somente uma mulher e até mesmo dela deseja livrar-se, porém, em virtude de sua perturbação, Babtchi incorreu em erro e atribuiu-lhe duas, e de fato aquela que era a supérflua era a própria Babtchi. Levantei da cadeira para ir-me. Disse o sr. Zommer: Por que se levanta, senhor? Sente-se conosco e fique um pouco.

Essas pessoas não têm nada a dizer, mas quando você quer livrar-se delas, elas dizem sente-se e fique um pouco. Talvez o dono da casa tenha o que dizer, mas ele guarda os seus pensamentos para si, e Riegel, duvido que saiba algo além da prosa comercial. Vocês o viram quando estava sentado com Babtchi, esmagando os seus cigarros; é digno de pena, ele e os seus cigarros; não merece que se gaste tempo com ele. Se fumasse um cigarro talvez o seu espírito animar-se-ia.

Dolik levantou-se e entrou onde entrou. Ao voltar cobriu a boca para que não se percebesse o hálito de cigarro que desprendia.

O proprietário do hotel apalpou a toalha e disse à sua mulher: Quem sabe a dona da casa nos daria algumas daquelas iguarias que preparou em honra do Sábado e, ao falar, sorriu como um garoto que surrupiou guloseimas antes que elas lhe fossem oferecidas.

A sra. Zommer apressou-se em trazer toda espécie de compotas. E o que você nos dará de beber? Perguntou o sr. Zommer. Talvez soda com suco de framboesa? Disse o sr. Zommer, Talvez uma verdadeira bebida? Disse Lolik: Querem realizar um noivado, Babtchi, acaso sabe quem é a noiva? Respondeu Babtchi: Olhe no espelho e verá a noiva.

Quem vem vindo? – Certamente um novo hóspede, disse o dono de hotel. – Não recebo novos hóspedes no Sábado. Schützling entrou e sentou-se ao meu lado.

Aharon Schützling não é bem-visto pelo dono da casa e por seus familiares, tendo cada um deles o seu motivo. Ao perceber isso, levantei-me e sai com ele.

Schützling estava embaraçado, talvez por eu ter assistido ao seu fiasco na taverna, e talvez, por ter me deixado pagar pelas bebidas, visto que foi ele quem me convidou; e quem convida o seu amigo a beber deve pagar. Disse Schützling: Trouxe-o para fora do seu ninho quente. Mas também fora não está frio. Ou talvez sinta frio, visto que vem de uma terra quente. O que faremos agora? Talvez passeemos um pouco? – Estamos passeando. – Está zangado comigo? – Ao contrário, a noite está agradável e a lua brilha; esta noite foi feita para um passeio. E, ao dizê-lo, pensei que tudo o que tínhamos a dizer fora dito na véspera do Sábado e não havia necessidade de ele tornar a vir. Disse Schützling: Os dias e anos de um homem são prolongados até que ele pague por todo o prazer de que desfrutou neste mundo. – A que se refere ao dizer isso? Respondeu Schützling: Não o digo senão com referência à lua. – A lua? O que tem a lua a ver com isso? Disse Schützling: É justamente isso, ela não tem nada a ver, mas este tolo Aharon, filho do padeiro, pensa que ela ainda alumia como nos tempos anteriores, quando eu era rapaz e a graciosa morena, uma moça. Ao sair da taverna, disse a mim mesmo: Irei ver a sua casa. Ao chegar lá resvalei e caí num buraco e quase quebrei as duas pernas. – Sente dor nas pernas? Pôs a mão sobre o peito e disse: Aqui, meu amigo, sinto dor aqui. Schützling continuou dizendo: Você se recorda de Knaben'hut? Ele já faleceu e passou desta para melhor. Foi por meio dele que a conheci durante a greve dos alfaiates. Que tempos eram aqueles! Tempos como esses jamais voltarão. Greve de dia e festa e dança à noite. Knaben'hut não participava de festas, não dançava com moças, e não invejava quem tinha a sorte de encontrar para si uma bela moça. Nos tempos da guerra cheguei a Viena e o encontrei parado na ponte sobre o Danúbio, observando os transeuntes. Eu quis passar por ele em silêncio, a fim de não despertar nele novamente a sua antiga fúria, pois ele estava furioso comigo por ter-me tornado um anarquista e há uma suposição de que ele me delatou às autoridades e eu me apressei e fugi para a América. Ele me acenou e eu me aproximei dele. Disse-me ele: Não se aproxi-me de mim, sofro de uma doença perigosa. Parei a pouca distância dele. Principiou a discursar sobre a guerra e a destruição que nos estão reservadas, a nós e ao mundo todo. Sua voz era fraca, mas suas palavras vigorosas e eloquentes. E, novamente, estava eu diante dele como outrora, quando ele me tirou de trás do forno da casa de papai e iluminou-me com suas palavras. E ao final, sussurrou-me: Esta geração que vem chegando é a pior de todas as gerações que houve antes da nossa. E ainda dir-lhe-ei o seguinte: O mundo está se tornando cada vez mais feio, mais do que eu e você desejamos enfeiá-lo. – Agora, meu amigo, chegamos ao seu hotel, entre e vá se deitar. Depois que ele se foi, estaquei no umbral do hotel e segui com a vista as suas mãos que gesticulavam e a voz que tremia:

Terminei os meus dias no vazio e no luto.
Dorme, meu filho, dorme criança.

Havia muitos anos que não me lembrava de Knaben'hut, se bem que eu deveria lembrar-me dele, pois não havia uma pessoa em Szibusz antes da guerra da qual se falava tanto como de Knaben'hut e não havia um dia em que ele não tumultuasse a cidade, pois reunia assembleias públicas e discursava diante do partido socialista que ele criara e estabelecera; organizou a primeira greve de alfaiates e reuniu dez mil segadores na época da colheita, pregando-lhes que não voltassem ao trabalho a não ser que seu salário fosse aumentado e suas exigências satisfeitas, pois eles dependiam menos dos seus patrões do que os seus patrões deles; deteve-os durante três dias seguidos, até que as autoridades enviaram um batalhão de gendarmes para devolvê-los ao trabalho, e Knaben'hut os ensinou que nenhum governo pode coagi-los a isso. Quando os policiais sacaram as baionetas, ele os seduziu com suas palavras até que as baionetas vacilaram em suas mãos e eles estavam prestes a aderir aos seus irmãos que estavam em greve. Havia algumas pessoas em Szibusz que ganharam renome no mundo, e outras ganharam renome em Szibusz, mas não reparamos nelas como reparamos em Knaben'hut, pois elas acrescentaram algo àquilo que já conhecíamos, ao passo que Knaben'hut chegou e ensinou coisas as quais jamais ouvíramos antes.

Outrora, quando o mundo baseava-se na *Torá*, Szibusz produziu rabinos e depois produziu sábios. Em seguida ela produziu homens de ação, os quais não nos deixaram senão um cheiro de ação, porém quando Knaben'hut veio ocupar-se de assuntos públicos, ele despejou sobre nós ações como alguém que despeja um tonel.

Este foi o princípio das ações de Knaben'hut em Szibusz: havia na cidade garotos miseráveis, pobres filhos de pobres, serventes de lojas e operários que, como bestas, eram tiranizados dia e noite por seus patrões, então veio Knaben'hut e reuniu-os, alugou para eles uma sala e lhes deu conferências em ciências naturais e teoria social, até que se levantaram e ergueram a cabeça. Alguns o seguiram por toda a vida e estavam dispostos a cair no fogo e na água por ele, e outros o traíram e fizeram troça de seus ensinamentos. Quando chegaram à posição de seus patrões e tornaram-se independentes, comportavam-se do mesmo modo como seus patrões haviam se comportado com eles outrora. Os primeiros ele incitava contra os sionistas e, em tempo de greve, eles cuidavam para que ninguém entrasse clandestinamente no local do trabalho. E aqueles que o traíram, ele apagou de seu coração e, ainda que tivesse oportunidade, não se vingava deles. Schützling também foi um de seus discípulos no princípio e, mais do que todos, era devotado ao seu mestre até a chegada de Sigmund Winter, o qual ensinou que Knaben'hut era um visionário que desejava reformar o mundo através do socialismo, sendo que o mundo não necessita de reforma, senão de destruição.

Aquele Sigmund Winter era filho de um médico e discípulo de Knaben'hut e se distinguia de seus companheiros com seu negro cabelo e seus belos olhos, que ele fixava nas moças. Contavam-se muitas histórias a respeito dele e esta é uma delas: quando ele perseguia uma moça na rua, dizia-lhe: Deixa que te olhe, o que não era habitual em Szibusz, onde se costumava falar às moças com respeito. Entretanto, não se distinguiu nos estudos e passava de um ginásio a outro, às vezes porque seus professores não podiam sustentar o seu olhar e outras porque ele não conseguia acompanhar a sua sabedoria. É de se supor que não lhe faltassem qualidades, que a gente de Szibusz não mencionou, pois a gente de Szibusz costuma contar de seus grandes homens coisas que depreciam a sua figura; e, à medida que um grande homem fosse superior a seus companheiros, estes contavam a seu respeito que em sua infância ele não se distinguira; e, ao contrário, muitas vezes falhara em compreender passagens da *Torá* que qualquer criança, nem inteligente e nem tola, sabe. Não estarei exagerando se disser que, se Og, o rei de Basã, tivesse nascido em nossa cidade, eles diriam que Rabi Gadiel, o Menino, era superior a ele em estatura. Quando chegou o tempo de Sigmund Winter entrar na universidade, ele foi onde foi e ocupou-se do que se ocupou e durante muitos anos não ouvimos nada a seu respeito. Certo dia espalhou-se um rumor na cidade de que fora preso em Gibraltar por causa de algo incrível que, se não estivesse escrito nos jornais, ninguém acreditaria, pois era suspeito de atentar contra a vida de um rei que estava de passagem pelo país. Supúnhamos que o fim de Winter havia chegado e justificamos o veredicto. Os jornais noticiaram que deputados do parlamento da Áustria protestaram por um Estado estrangeiro ter aprisionado um cidadão austríaco. E veja que milagre, Viena interveio e o libertaram. Não se passaram muitos dias e nos apareceu Sigmund Winter, de cabeça erguida, como um príncipe, sobre os ombros uma pelerine negra cujas bordas estendiam-se até abaixo de seus joelhos; sobre a cabeça um chapéu preto um pouco inclinado para o lado, seu bigode frisado para cima e uma barba que descia como a metade de uma estrela de David e belas moças, filhas de boas famílias, acompanhavam-no e todos os dignitários lhe cediam lugar; pois ele caminhava como se Szibusz fosse sua propriedade privada. Não se passaram muitos dias antes que chegassem a Szibusz jornais e neles as fotos de Kropotkin, Bakunin e Reclus e, entre elas, a foto de Sigmund Winter. Meu Deus, Szibusz, jamais teve o privilégio de ter um jovem cuja foto fosse publicada, sobretudo entre as de grandes homens do mundo. A verdade é que não sabíamos quem eram Kropotkin, ou Bakunin ou Reclus, mas percebemos que eles eram grandes homens, posto que se assim não fosse, suas fotos não teriam sido publicadas nos jornais. E de fato não nos enganamos, pois gente sábia nos contou que os dois primeiros são príncipes, filhos de príncipes e que o terceiro, Elysée Reclus, era professor de uma universidade.

Por que motivo voltou Winter a Szibusz? Se for verdade que quis atentar contra a vida de um rei, em Szibusz não há reis. E de todo modo, que mal lhe fizeram os reis para que ele desejasse amargurar-lhes a vida? E se ele é anarquista, o que tem isso? Os homens sustentam inúmeras opiniões cada qual diferente da outra, se cada homem se comportasse segundo a sua, que fisionomia teria o mundo?

Não se passaram muitos dias e foram descobertos diversos panfletos e brochuras, nos quais havia coisas maliciosas a respeito dos preceitos divinos e das leis eternas que os grandes homens de todas as gerações promulgaram pelo progresso do mundo. Em contraposição dizia-se coisas favoráveis a respeito do amor livre e assim por diante. Não se passaram muitos dias até que se criou uma polêmica na cidade, e todo dia havia brigas e uns socavam aos outros. Não era uma polêmica entre patrões e servos, socialistas e sionistas senão entre os socialistas e seus camaradas. Pensávamos que todo aquele que fosse adepto de Knaben'hut estaria ligado a ele para sempre; ao final, muitos o abandonaram e hostilizaram-no, a ele e aos antigos companheiros. Knaben'hut levantou-se e partiu em ataque contra eles, como não atacara antes nenhum homem e nenhuma facção, pois quem haviam sido os seus rivais anteriormente? Ou homens que tinham rabo-de-palha e temiam ser descobertos, ou gente sionista que jogava com palavras. E aqui Knaben'hut havia encontrado fanáticos turbulentos que sacrificavam a si próprios e ao mundo todo. Como viu que não poderia sobrepujá-los, delatou-os às autoridades. E há os que dizem que não foi ele que os delatou, senão um de seus companheiros, pois afinal as autoridades vingaram-se, através dos atos daqueles, do próprio Knaben'hut. Alguns fugiram para o exterior e outros redobraram a sua luta contra Knaben'hut e o governo fechava um olho aos seus atos e, com o outro, caçoava desse Knaben'hut, cujos discípulos apossaram-se de suas armas e apontaram-nas contra o seu mestre. E nós também nos alegramos. Não que nossas ideias fossem próximas das dos anarquistas, mas a exemplo de um homem que lê o Corão e nem por isso dir-se-ia a seu respeito que se tornou um turco, mas, de um homem que lê os Evangelhos suspeita-se que seja um herege, pois este está próximo e aquele está distante.

Eu não fui atraído por Knaben'hut e tampouco por suas ideias, mas refletia muita a seu respeito. A força é uma grande qualidade, mas a renúncia é uma qualidade superior. Se ambas se encontram no mesmo homem, nós o admiramos. Essas duas qualidades reuniram-se em Knaben'hut. Ele mostrou a força de seus atos e renunciou aos seus interesses. Às vezes os seus meios não eram legítimos, mas a finalidade o era, outras vezes, os seus meios eram legítimos, mas a sua finalidade ilegítima; seja como for, jamais ouvimos que ele buscasse o seu próprio benefício. Estávamos habituados a pessoas que acumulam poder a fim de derrotar os seus inimigos, e renunciam um pouco aos seus próprios interesses para que outros renunciem a muitos de seus interesses, mas não vimos um homem que renuncie a tudo que é seu pelo benefício alheio. E quando desejaram suborná-lo com um bom emprego, não o aceitou. E ademais, abandonou a filosofia e tudo mais e foi estudar Direito e não o transformou em instrumento de riqueza, senão serviu aos oprimidos até mesmo gratuitamente e tomava emprestado dinheiro a juros a fim de sustentar as greves. Estávamos acostumados a que se esbanjasse dinheiro para obter poder, rabinato, por mulheres ou cavalos, Knaben'hut não buscava mulheres, não queria que o fizessem deputado no Parlamento e não desejava qualquer outra glória para si. Não se pode dizer que Szibusz fosse carente de idealistas, mas cá entre nós, quanto lhes custava isto? Um homem que comprava uma ação no banco sionista adquiria um siclo como membro da sociedade sionista e pagava mensalmente vinte e cinco tostões, era considerado um bom membro. E se dava a metade de um *zloti* para a gente do grupo sionista Makhanaim, era considerado um bom sionista. Ao passo que Knaben'hut alugou para os seus companheiros uma casa e a mobiliou, e lhes comprava livros e jornais e eles aprenderam a falar ídiche a fim de falar com seus companheiros em sua própria língua, o que não sucede com a maioria de nossos líderes, que são preguiçosos até mesmo para aprender o alfabeto hebraico.

Capítulo Quatro e Cinquenta
Sobre o Mundo Que se Torna Feio

E qual foi o fim de Knaben'hut? No Sábado à tarde Schützling voltou a visitar-me. Ele já havia concluído toda a sua tarefa na cidade e estava à disposição de si mesmo e à minha. Grandes negócios não fez aqui, e se você quiser pode-se dizer que não fez nada. Ele acaba de chegar do farmacêutico, um velho polonês, resmungão e doentio, que calça galochas por cima dos sapatos tanto no inverno como no verão, e um cachecol de lã lhe envolve o pescoço, e ele pigarreia e espirra. Disse-me Schützling: O farmacêutico me disse: De novo me traz drogas da Alemanha, meu caro senhor? O diabo criou os prussianos, e os prussianos criaram as drogas. Pensa, meu caro senhor, que sem tais remédios o doente poderá morrer? Os seus médicos, meu caro senhor, ao verem nas revistas médicas deles algum novo tipo de droga, logo a prescrevem para os seus doentes e os doentes chegam e clamam: Dê-nos esta droga, dê-nos aquele remédio! E eu, meu caro senhor, gasto dinheiro e trago-lhes as drogas. Nesse ínterim os prussianos já inventaram um outro remédio e o médico recomenda que o tomem. Acaso sabe, meu caro senhor, em que o novo remédio supera o antigo? Eu não sei e você não sabe, quem sabe então? Agora ambos estão depositados na farmácia e nem sequer os ratos desejam tocá-los. Acaso sabe, meu caro senhor, para que há necessidade de farmácia, se o farmacêutico já não tritura as drogas, mas as recebe dos prussianos embaladas e carimbadas *zierlich manierlich*[68]. Se for para vender, qualquer comerciante judeu pode fazê-lo e não há necessidade de uma pessoa instruída, que estudou seis anos no ginásio, e alguns anos na universidade. Depois que Schützling relatou-me toda a conversa do farmacêutico, abraçou o meu pescoço e disse-me: Meu caro senhor, vamos sair para passear e respirar ar puro. Atchim! Minhas narinas estão sufocadas pelo cheiro das drogas. Então, meu caro senhor, levante as pernas e vamos.

Schützling estava de espírito zombeteiro. De vez em quando se lembrava de algo que o farmacêutico lhe dissera e arrastava as pernas como alguém que calça galochas. Ao final, esqueceu o boticário e tornou a contar tudo que lhe vinha à mente. O que lhe veio à mente e o que não veio? A boca de um homem é pequena, porém ao abrir-se esguicha como um tonel.

---

68. Em alemão, *zierlich*, gracioso, requintado e *manierlich*, que tem bons modos, polido, educado. A expressão irônica denota um excesso de boas maneiras ou de prurido, tido como inconveniente, posto que fora de hora; uma postura tipicamente associada, no século xix e início do xx, aos prussianos, embora a expressão não fosse aplicável apenas a eles. (N. da E.)

Entre uma coisa e outra Schützling voltou a falar de Knaben'hut. Embora lhe tivessem advindo muitos infortúnios por causa dele, tendo sido obrigado a fugir para a América, ele lhe recordou o mérito de tê-lo tirado de trás do forno, de tê-lo ensinado a saber e a conhecer o mundo. E ele, ou seja, Schützling, lhe causou desgosto, amargurou-lhe a vida e tornou-se um anarquista, arrastando consigo alguns de seus companheiros. De onde chegou a doutrina do anarquismo a Szibusz? Acaso os israelitas não amavam o imperador e não o louvavam por ser um rei misericordioso e apreciador dos judeus, e oravam pelo prolongamento de sua vida? Pois enquanto vivia protegia-os de qualquer inimigo, adversário ou delator, e por ocasião de qualquer atribulação que assolava os israelitas de outros países, os judeus de Szibusz diziam: Que afortunados somos por sermos abrigados por um Estado benevolente. Mas, como já afirmamos, Knaben'hut possuía um discípulo e amigo de nome Sigmund Winter, a quem amava extremamente, e o enviou para estudar na universidade a fim de que lhe auxiliasse posteriormente na luta de classes, e este foi e apreendeu outra doutrina e a trouxe para Szibusz. Ele também atraiu o Schützling e alguns de seus camaradas para si. Então, os discípulos de Knaben'hut dividiram-se em duas facções. Uma ficou com Knaben'hut e a outra aderiu ao anarquismo. O que fizeram os anarquistas a Knaben'hut já relatamos, e o que lhe sucedeu posteriormente, relataremos.

Depois disso, ou antes disso, ele lançou os olhos a uma moça de nome Bluma Nacht. Não se sabe se desejava esposá-la e se ela desejava esposá-lo. Mas sabe-se que ele esposou uma outra mulher, rica, que lhe trouxe dinheiro e ele foi estabelecer um escritório de advocacia em Pitzyricz, perto de Szibusz, e deixou o socialismo por algum tempo, pois devia vinte mil *zlotis* a agiotas, visto que tomara dinheiro emprestado para sustentar os grevistas e seus companheiros pobres; e os agiotas o pressionavam para que lhes pagasse. Dizia-se a respeito de Knaben'hut que jamais chegou a pagar o capital, pois toda a vida pagava os juros, e até mesmo isso saldou com o dinheiro de sua mulher, porque ele nem sequer ganhava o suficiente para cobrir as suas despesas, porquanto não queria intervir em casos civis e tampouco em assuntos financeiros que ele abominava, mas se ateve a casos criminais em que há muito trabalho e poucos honorários, visto que a maior parte dos delinquentes não tem dinheiro para pagar os honorários de um advogado.

Embora tivesse se afastado do socialismo, estava à disposição de um pobre acidentado no trabalho, cujo patrão não queria pagar-lhe a indenização pelo sofrimento, pela medicação, pela inatividade e pela injúria; assim como no caso de uma moça, que o filho do patrão seduziu e que deu à luz, sendo que ele não queria reconhecer a paternidade da criança, Knaben'hut se encarrega do seu caso. Entrementes, o dinheiro de sua mulher foi-se sem que outro viesse e o substituísse. Naquele tempo ele voltou ao amor de sua juventude, isto é, à filosofia, abandonando a sua concubina, a Ciência do Direito. E no tocante às mulheres reais, comportou-se de modo contrário, abandonou a sua mulher em favor de suas amantes. Ele, que antes de ter se casado não lançava os olhos a mulheres, foi de súbito atraído por elas. E mulheres, ó meu caro senhor, um homem busca uma e encontra muitas. Uma estudante ucraniana veio da Suíça para visitar a irmã, a mulher de um médico, e o coração Knaben'hut foi atraído por ela, e o coração da irmã dela foi atraído por Knaben'hut, bem como o de sua cunhada, a irmã do médico. Um coração atrai o outro e uma mulher atrai a outra, e o coração de Knaben'hut é atraído por todas. Ele abandonou o seu escritório nas mãos de seu auxiliar e se deitava na cama para ler Sófocles ou passava o seu tempo com mulheres. Sua mulher tomou o restante do dinheiro e voltou para junto de seu pai. Neste ínterim a guerra nos atingiu.

A guerra não lhe trouxe muitos benefícios. Ele não foi convocado a servir no exército, pois a maior parte de sua vida já se havia passado e, mesmo depois, quando convocaram a tudo que andava sobre duas pernas, dispensaram o Knaben'hut em virtude de sua doença. Como os demais habitantes de Pitzyricz, ele fugiu no princípio da guerra para Szibusz e de Szibusz a Viena. O escasso dinheiro que levara foi gasto e ele não encontrou outro. Os seus amigos de outrora não o reconheceram e novos amigos ele não fez. Ele, que havia agitado todo o país, encontrava-se abandonado na capital. Ao final, apareceu um velho cínico em seu socorro. Esse cínico era um rico empreiteiro que mancomunava com os ministros na base de metade é minha e metade é sua, e que Knaben'hut havia denunciado nos jornais, exigindo que prestasse contas de seus atos. Ao saber que Knaben'hut estava na miséria, compadeceu-se dele, ou zombou dele, e enviava-lhe dinheiro. Esse cínico que, se lhe pediam uma doação, dizia, você estava seguro de antemão que não se-lhe daria, mas pela própria demanda jamais lhe perdoarei – tornou-se pródigo em relação a Knaben'hut. E Knaben'hut recebia a sua quota e ainda ajudava a outros. O que fazer? Um homem quer viver e não quer morrer, e enquanto está vivo não pode fechar os olhos à desgraça de um companheiro. Durante todo aquele tempo, o seu benfeitor não se mostrou diante de Knaben'hut, e Knaben'hut foi agradecer-lhe e não foi recebido. Foi e voltou, e não foi recebido. Tornou a ir. E aquele lhe enviou uma doação redobrada por meio de seu serviçal. Ele tomou o dinheiro, inclinou-se diante do empregado e disse: Hoje comeremos e amanhã morreremos. Voltou à sua casa e trancou a porta e daí em diante não saiu de seu quarto. Até que chegou Aquele diante do qual nenhuma porta está trancada e o levou deste mundo. Este é o mundo que está se tornando cada vez mais feio, mais do que Knaben'hut e seus companheiros desejaram enfeiá-lo.

E o que foi feito de Bluma Nacht? Tudo que sucedeu a Bluma Nacht é um livro à parte. Deus sabe quando o escreveremos. E agora, voltemos ao nosso assunto.

Mil vezes dissemos: Voltemos ao nosso assunto, e não voltamos. Nesse ínterim desviamos a nossa atenção de nós mesmos e não sabemos o que nos diz respeito e o que não nos diz respeito. Iniciamos com um hóspede e uma chave da casa de estudos e abandonamos o hóspede e a casa de estudos e tratamos de outros. Aguardemos até amanhã, quando Schützling seguirá o seu caminho e nós entraremos e estudaremos uma página da *Guemará* e, se Deus nos ajudar, estudá-la-emos com *Tossafot*.

Capítulo Cinco e Cinquenta
A Face do Mundo

Após ter rezado ao raiar do sol, entrei no refeitório. Tendo visto que eu madrugara, Krolka apressou-se e serviu-me o desjejum. Agradeci ao Nome por ter-me acordado ao amanhecer para que eu pudesse ir cedo à casa de estudos, após todas as distrações que me afastaram da *Torá*.

Entrou Schützling e veio despedir-se de mim. Na verdade, já se despedira de mim na véspera, porém em virtude de sua afeição achou-se no dever de tornar a despedir-se de mim ao partir.

Todos os pertences de Schützling estavam embrulhados num velho jornal e atados com um cordão cujos nós foram amarrados e reamarrados. Muito sucesso em seus negócios ele não faz e as drogas que ele mostra a seus fregueses não ocupam muito espaço. E, se você quiser, poderá dizer que o embrulho tem uma grande vantagem, pois não se o abre depressa e não se o fecha depressa e entrementes o freguês se cansa de você e compra a contragosto.

Saí junto com Schützling, ele para a estação e eu para a casa de estudos. Ao chegarmos à confluência dos caminhos, acompanhei-o por alguns passos. Tais passos geraram outros passos, e estes também geraram outros passos. Em suma, não me estenderei, chegamos à estação e eu aguardei com ele até o trem chegar e ele partir.

Borrachovitch saiu e inclinou-se diante de mim e sorriu para Schützling e Schützling sorriu para ele, pois certa feita, Schützling viajou com um caixeiro-viajante amigo para Szibusz e ambos possuíam bilhetes válidos por todo o ano. O inspetor veio verificar os bilhetes e eles antecederam-no e trocaram os bilhetes entre si. O inspetor pegou o bilhete do Schützling e encontrou nele o retrato de outra pessoa, guardou-o em seu bolso e ameaçou entregá-lo às mãos de Borrachovitch. Em seguida pegou o bilhete de seu companheiro e viu que pertencia ao outro, visto que no bilhete havia o retrato de um outro homem, guardou-o em seu bolso e ameaçou-o do mesmo modo como fizera a Schützling. Ao chegarem a Szibusz, levou-os diante de Borrochovitch e entregou-lhe os seus bilhetes. Borrachovitch viu os seus retratos e não entendeu o que pretendia aquele. Contaram-lhe todo o episódio e os três riram.

O trem chegou e Schützling subiu ao vagão e despediu-se de mim. Essa despedida não era a última. Antes que o trem se movesse, Schützling apressou-se a descer e disse-me: Para que devemos nos apressar, o trem sai duas vezes ao dia, e um bom amigo não se acha todo dia.

Meu coração não me permitiu largá-lo e ir-me. E, ainda que o largasse, ele não me teria largado. Portanto, caminhamos juntos e voltamos a todos os lugares onde estivéramos no Sábado e repetimos todas as coisas que já havíamos dito, talvez acrescentamos algo e talvez não acrescentamos coisa alguma, até que chegou a hora do almoço. Disse eu a Schützling: Agora, iremos ao hotel para almoçar. Respondeu Schützling: O que pensa, meu caro senhor, a vovó vai me devorar se descobrir que não viajei e fui com você ao hotel; vamos à casa dela e eu deixarei ali os meus pertences, e depois passearemos todo o dia e toda a noite.

Fui com ele à casa de sua irmã, que Schützling apelidava de vovó. Essa vovó, que se chama Guenéndel, é uma velha magra e alta, de cerca de setenta anos ou mais, resmungona e pedante, que tratava Schützling não como uma irmã mais velha trata um irmão, senão como uma mãe trata um filho, posto que ela o havia criado e amamentado, pois sua mãe (a terceira mulher de seu pai) era mimada como uma filha temporã, e não chegou a amamentar o filho e sucedeu que, ao mesmo tempo, Guenéndel também dera à luz a um menino e trouxe também Schützling para junto dela. E certa vez as crianças foram trocadas, a dela e a de sua madrasta. E quando a mãe dele deu à luz uma segunda vez, Guenéndel tomou a criança para si como filho e ele a chamava de mãe; quando chegou à idade de compreender, conheceu a sua verdadeira mãe e chamou a Guenéndel de vovó, porquanto chamá-la de irmã era impossível, pois uma irmã é habitualmente mais nova do que a mãe, e chamá-la de mamãe era impossível, pois possuía uma mãe, portanto chamou-a de vovó.

A velha manifestou grande afeição por seu irmão menor e também por mim; em primeiro lugar, por eu ser amigo dele, em segundo lugar, por dedicar afeição à minha família, embora eu não lhe agradasse. Já em minha infância ela profetizava que eu não prestaria a nenhuma finalidade proveitosa, pois mamãe dava-me dinheiro a fim de comprar roscas e eu ia e comprava livros. E agora a velha ergueu o nariz e aproximou de mim o seu rosto e disse: Diga-me, meu querido, acaso aqueles livros são melhores do que as roscas de papai? Duvido que eles o tornaram mais sábio. De tudo que se conta a seu respeito na cidade, não se nota a sua sabedoria. E, suponho que tampouco, lá, na Terra de Israel, tenha aumentado a sua sabedoria, ou talvez eu esteja enganada. A julgar por suas roupas, você parece um ricaço. Porém, dir-lhe-ei, meu querido, eu vi ricos cujas roupas estavam rotas, e pobres de belas roupas. Agora, diga-me o que lhe dão de comer no hotel, alimentos de verdade ou páginas de velhos livros? Essa proprietária do seu hotel, que Deus não me castigue por minhas palavras, certamente é embusteira como seu pai, que burlou um pobre estudante e disse que faria dele um doutor, e o que fez dele? Fê-lo marido de sua filha. Em comparação, aquela gentia, ao contrário, como se chama ela, Krolka, é uma gentia de alma judia. Lembre-me, Aharon, que recomendarei a ela que tome conta dele. Não por seu próprio mérito, mas por mérito de sua santa mãe, que descanse em paz. Quantos anos se passaram desde que faleceu e foi desta para melhor? Ó, meu querido, os anos fugiram como se fossem levados pelo diabo. E agora, meu querido, sente-se e não me detenha e eu irei e lhes prepararei o almoço.

Disse-lhe eu: Guenéndel, não se incomode, eu me vou com Aharon e comeremos no meu hotel. Guenéndel fixou em mim os olhos e disse: Não somos gentalha que lambe pratos em hotéis. Aharon, meu filho, tem um lar e pode comer como um senhor em sua casa. Até mesmo lá em Nikolsburg, mostrei aos nobres o que uma dona de casa pode fazer, e até mesmo aquele doutor, que os diabos lhe esquentem o inferno, temia-me e me deixava em paz, permitindo que eu me comportasse como se fosse a dona da casa. E quando acendi velas em honra do Schabat e ele chegou e repreendeu-me, eu estava à vontade como em minha própria casa e, tendo rezado por mim e por meus familiares, ergui os meus olhos para as Alturas e elevei a minha voz, a fim de que ele ouvisse; e também supliquei por ele para que tenha uma morte violenta, em breve, junto com todos os inimigos de Israel. Meu querido, não gozamos de muitos prazeres neste mundo, porém quem tem cérebro causa a si mesmo um pouco de prazer por seu lado. Se você o visse naquela hora teria beijado os seus próprios dedos de contentamento. Agora, meu caro, irei preparar uma refeição digna da honra do filho de sua mãe. Ouvi dizer que não come carne. Se eu lhe desse carne comeria, porém não há carne, nem sequer do tamanho de uma azeitona, em toda a cidade. Diga-me, meu querido, se não come carne, o que faz com todos aqueles vermes dos livros? Eu supunha que você os assasse e os comesse, mas afinal, você não come carne. Bela coisa, é uma pena eu não ter tempo para rir um pouco.

Antes que ela voltasse, Schützling contou-me o acontecido em Nikolsburg. No começo da guerra, as autoridades viam que toda a gente da Galícia estava sendo atraída para Viena e, temendo que Viena se enchesse deles, construíram barracas em Nikolsburg e rodearam-nas com cercas de arame farpado, uma cerca dentro da outra, e transportaram a maior parte dos refugiados para lá. Tais barracas eram formadas de quartos de quatro côvados, e em cada quarto havia quatro camas, duas desse lado e duas daquele, duas em cima e duas embaixo. E nos quartos foram introduzidos homens e mulheres, parentes e estranhos. Pão suficiente para se alimentar não lhes deram, em contraposição, os piolhos alimentaram-se deles mais do que o suficiente. À frente foram colocadas sentinelas armadas com rifles, que atiravam em quem desejasse fugir, o que os encarregados faziam com extremo prazer, porque todo aquele que fugia causava-lhes perda de dinheiro, posto que o governo pagava-lhes segundo o número de almas. Se um homem precisava sair para fazer as suas necessidades, deveria pedir um bilhete de permissão ao encarregado. Se o encarregado estava com disposição para gracejar, dizia-lhe: Sei que não tem necessidade daquilo, mas quer encontrar-se com uma fulana. E o mesmo que dizia aos moços dizia às moças. Esses encarregados eram professores que não haviam conseguido um emprego, e ao conseguir aquele, queriam mostrar que eram merecedores dele. Um médico foi encarregado de tratar dos doentes, um rapaz, filho de uma boa família de Szibusz. Se alguém adoecia, o médico lhe passava uma repreensão dizendo-lhe: Você é um embusteiro, está são. Ao final, também ele adoeceu e morreu, pois as moléstias abundavam e exterminavam os bons e os maus. Seria melhor se sua morte fosse antecipada, mas ainda assim foi bom, pois ele não teve tempo de acrescentar mais malefícios.

Logo ao entrar na casa percebi que lá estava sentado um homem que não aparecia e cuja voz não se ouvia. Depois que Guenéndel saiu, ele veio e apresentou-se diante de nós. Parecia ter cerca de sessenta anos, de estatura mediana, ombros arredondados, a cabeça tendia para o lado, e a barba era cheia e redonda, sendo que os pelos negros superavam os brancos; seus dentes eram grosseiros, amarelos e tortos e os olhos cinzentos e tímidos; em sua mão segurava uma pena e sob o braço, livros e panfletos.

Colocou a pena atrás da orelha, estendeu a mão, cumprimentou-me e disse: Meu caro senhor, enfim o senhor aqui está, como estou feliz em vê-lo, sobretudo hoje, que é um dia especial para mim. Respondi ao seu cumprimento e observei-o. Ele baixou os olhos e disse: Não me reconhece, caro senhor? Eu e você, meu caro senhor, éramos bons conhecidos.

Logo reconheci que era Leibtche Boden'haus. Ele era Leibtche Boden'haus, o marido da vendedora de sapatos, com o qual eu costumava conversar a respeito da arte da poesia e do estilo. Ele jamais me atraiu e, se você quiser, poderá dizer que me entediava. Porém possuía uma qualidade, e se você quiser, duas qualidades; a primeira é que era vinte anos mais velho do que eu e é costume um jovem respeitar os velhos; e a outra é que era natural de outra cidade, e como eu estava farto de Szibusz, todo aquele que provinha de outro lugar tinha a sua importância aos meus olhos, ainda que não fosse importante. Fora casado com uma mulher mais velha que o tratava com respeito diante das pessoas, mas, quando ninguém estava presente, o atormentava e insultava, dizendo-lhe: Se eu não fosse uma velha solteirona, que ninguém queria, você não me teria obtido. Quando ele desejou fugir, ela descalçou-lhe os sapatos e ele permaneceu sentado, queixando-se, até que o irmão dela veio e fez as pazes entre ambos. Esse irmão era um homem abastado, ilustrado e estudioso, que possuía uma grande loja de sapatos; ele então abriu para eles uma filial, próxima à loja do Zommer de um lado, e do outro, da loja do pai de Zwirn, que também comerciava com sapatos e cada um atraía os fregueses do outro.

Desde o dia em que emigrei para a Terra de Israel não soube nada a seu respeito e nem me lembrava dele. Ao voltar a Szibusz, ouvi que o mencionavam, mas não tive a oportunidade de vê-lo, pois não saía de casa por causa de uma chaga na perna. A chaga, dizia-se, adveio-lhe por causa de sua mulher, que certa vez, durante o inverno, deixou-o descalço durante um dia inteiro e sua perna ficou congelada. E havia os que diziam que não, que ele era são e não saía de casa por outro motivo, pois escrevia um livro a fim de preservar o seu nome e deixar uma remanência, uma vez que não tinha filhos que o lembrassem após a sua morte.

Leibtche Boden'haus era um parente distante de Guenéndel, do lado de sua mulher. Quando sua mulher morreu de uma das novecentas e noventa e nove moléstias que se seguiram à guerra, e Leibtche restou sem mulher e sem um abrigo, Guenéndel levou-o à sua casa e deu-lhe cama e mesa, vestiu-o e calçou-o e comprou-lhe um vidro de tinta e uma resma de papel, a fim de que se sentasse e escrevesse o seu livro. Esse infeliz, disse Guenéndel, jamais teve prazer algum neste mundo e oxalá não o castiguem no mundo vindouro por suas tolices.

Desde o dia em que nasceu Leibtche não esteve tão bem como na casa de Guenéndel, pois essa Guenéndel vive na fartura, visto que alguns de seus filhos mandam-lhe dólares e outros, marcos e francos. Guenéndel teve a sorte de dar à luz nove filhos, nove grandes padeiros que vivem na prosperidade e sustentam a mãe. Antes dos tempos da guerra, Szibusz supria a metade da Europa de aves e ovos, milho e legumes, e agora ela supre o mundo de pão. A própria Szibusz carece de pão, mas os padeiros que saíam de Szibusz sabiam assar um pão que não se iguala a nenhum outro no mundo.

Voltemos a Leibtche. Leibtche está sentado na casa de Guenéndel e ocupa-se dia e noite em transcrever a *Torá* em forma de versos. E ele tem um duplo propósito ao fazê-lo: o primeiro é que a *Torá* é bela e merece ser embelezada; e o outro é que os versos são belos e dignos de embelezarem a *Torá*. E ademais, os versos são fáceis de serem memorizados. Schiller já o havia percebido e, portanto, revestiu as suas sublimes ideias com rimas.

Aquele dia em que fui à casa de Guenéndel, era um grande dia para Leibtche, no qual ele logrou terminar o *Gênesis* em versos. Ele veio e sentou-se diante de nós, abriu os seus escritos e principiou a ler. E assim ele sentou-se e leu até que o sono se apoderou de Schützling e ele adormeceu.

Disse eu a Leibtche: Aharon está dormindo, talvez você devesse parar até que ele acorde. Respondeu Leibtche: Que durma, que tire uma soneca, não tenho necessidade dele, visto que já ouviu a maior parte dos poemas e não me dirijo a ele senão a você, meu caro senhor, para que ouça e tenha em mente traduzi-los ao hebraico, porque não sou forte em hebraico, pois em minha juventude, a língua alemã era importante aos olhos do mundo e eu me aperfeiçoei nela, e não estou habituado a escrever em hebraico, sobretudo poesia, pois o poeta deve ser conhecedor de gramática. A principio eu tinha em mente escrever os poemas em hebraico e não logrei senão escrever os dois primeiros versos. Por obséquio, aguarde um instante até que eu os encontre e os mostre.

Schützling despertou e disse: "E se não salvas ao teu companheiro, ao menos salva a tua alma", e volveu a cerrar os olhos e adormeceu. Disse Leibtche: Veja, meu caro senhor, o poder da poesia: até mesmo dormindo ele se recorda dela. Quantos anos o sr. Schützling não teve os poemas de Schiller em suas mãos e, não obstante, ele os recorda ainda que dormindo. Já encontrei, meu caro senhor, os versos de que falei. Por favor, meu caro senhor, preste atenção.

Leibtche não aguardou até que eu atentasse aos seus versos e principiou a ler:

No princípio Ele criou o céu e a terra
E a escuridão irrompeu neles, ó que escuridão!
O caos também estabeleceu o seu domínio
E o espírito de Deus pairava sobre águas violentas.

Schützling, que estava cansado do sono fingido, levantou-se, espreguiçou-se e disse: Pena que Moisés, nosso mestre, não tivesse escrito a *Torá* em alemão e não a compusesse em versos. Retrucou Leibtche: Que ideia é esta, senhor Schützling, a língua alemã ainda não existia nos tempos de Moisés. Disse Schützling: Lamento que ela exista hoje. Retrucou Leibtche: Que ideia, meu caro senhor, pois Schiller escreveu em língua alemã os seus sublimes poemas, que sobreviverão eternamente, um monumento eterno à mente humana. Porém Schützling insistia repetindo o que havia dito e acrescentando que se Moisés tivesse escrito a *Torá* em alemão e em versos, Leibtche não precisaria se incomodar tanto. Disse Leibtche: Ao contrário, é um grande prazer para mim. Schützling abraçou-o com toda a força e respondeu: Mas não é um prazer para nós. Leibtche olhou-o com espanto e perguntou: Como é isso, uma pessoa tão culta como o senhor, como pode falar assim? Respondeu-lhe Schützling: Mostre-me os seus cadernos, Leibtche. Estendeu-lhe Leibtche os seus cadernos e postou-se a seu lado. Disse Schützling: Bela caligrafia, bela caligrafia, escreva, Leibtche, e assim sua caligrafia aperfeiçoar-se-á.

Guenéndel voltou e pôs a mesa. Enquanto preparava os pratos, me perguntou: O que diz da obra de Leibtche? Pois você também é um escrivinhador? Retrucou Leibtche e disse: Se eu, um homem humilde mais vil que um verme, sinto em minha poesia um sabor mais doce que o mel, quanto mais o meu caro senhor. E ao sentarmos para comer, Leibtche desejou retirar-se, pois já havia comido antes e queria iniciar de imediato o Êxodo. Guenéndel repreendeu-o e disse: Lave as suas mãos e coma, seus cantos não fugirão. Leibtche sentou-se e comeu e me encarava como uma pessoa cuja alma entristeceu-se ao ver um homem instruído perder o seu tempo em comer e beber quando poderia ouvir poesia.

Naquele dia me pus totalmente à disposição de Schützling. Depois de comer e de nos despedir de Leibtche Boden'haus, saímos para passear e passeamos e conversamos até que nossos pés foram vencidos pela fadiga e nossas bocas ficaram entorpecidas. Ao final paramos para descansar junto a Ierukham Liberto, que àquela hora estava ocupado em reparar uma pequena estrada.

Ierukham não tinha respeito por Schützling e Schützling não tinha consideração por Ierukham. Porém quando vinha a Szibusz, falava com ele, pois Schützling é gárrulo e tagarela e aprecia todo aquele que presta ouvidos à sua prosa. Entre uma coisa e outra perguntou Ierukham a Schützling: Como você imagina as gerações vindouras? Respondeu Schützling: Uma amostra delas já está configurada e existe. Um terço será como Daniel Bach, um terço como Borrachovitch e um terço como Ignatz.

E se sobrar ainda um resto de humanidade no mundo, eles farão para si uma perna de pau, uma mão de borracha e terão um nariz igual ao do Ignatz.

Naquele momento surgiu Ignatz. Ignatz viu o Schützling, retrocedeu e bateu em retirada. Chamou-o Schützling e disse: Meu caro senhor, venha e lhe darei *pieniadze*. Ignatz se pôs a falar fanhosamente: Meu senhor, não sou culpado daquilo. Respondeu Schützling: É culpado meu caro senhor, mas não lhe guardo rancor, e não deve escusar-se diante de mim. Ignatz tornou a falar em tom fanhoso: Não sou culpado de nada, não sou culpado de nada. Disse Schützling: O que tanto fala pelo nariz, meu caro senhor? Acaso não tem o direito de ser culpado? Tome um tostão e vá, talvez passe alguém neste ínterim e assim terá perdido *pieniadze*.

Quando Ignatz desapareceu perguntei ao Schützling: O que significa esse diálogo? Respondeu Schützling: É um episódio que não vale a pena mencionar. Mas visto que deseja ouvir, contarei. Assim se deu o fato: Nos tempos da guerra, a filha menor de Schützling adoeceu e sua mulher foi buscar um médico. Ignatz topou com ela, descalçou-lhe os sapatos e os levou, visto que, naquele tempo, os sapatos eram uma mercadoria muito procurada no mercado, pois não havia couro para confeccioná--los. E como voltou aquela mulher à sua casa numa noite de tempestade e vento, numa gelada noite de neve? De fato ela não voltou, visto que não estava habituada a caminhar descalça. Patinava como uma galinha até que a encontraram deitada na neve e a levaram ao hospital. E Schützling disse: Há mais algo que deve ser acrescentado ao quadro das gerações vindouras; no futuro todas as criaturas mancarão com suas pernas postiças, gesticularão com mãos de borracha e gritarão em voz fanhosa: *Pieniadze, pieniadze*.

Na segunda-feira pela manhã, Schützling tornou a vir ao meu hotel a fim de despedir-se de mim antes de partir. Mas eu, que já me despedira dele na noite anterior, saí do hotel antes que ele chegasse e fui à casa de estudos.

Capítulo Seis e Cinquenta
Muita Ociosidade

No caminho assediou-me um moço e principiou a enlear-me com sua prosa até que passou a metade do dia e chegou a hora do almoço. O que contou aquele rapaz e o que não contou? O que contou esqueci, e do que não contou não me lembro.

Esse rapaz entende da Terra de Israel como Pinkhas Ariê, o filho do rabino, entende de jornais; seus conhecimentos são insignificantes, porém sua voz lhes infunde grande importância. Ele também conhece todos os grandes homens da Terra de Israel pessoalmente; embora não tenha estado ali, encontrou-se com eles fora da Terra de Israel, em congressos e convenções (Desde o dia em que Jerusalém foi destruída e fomos exilados de nossa Terra, o exílio segue os passos da pessoa, e mesmo que ela tenha merecido o privilégio de residir na Terra de Israel, suas pernas conduzem-na para fora dela, visto que a Terra de Israel é como um coração e todas as outras terras são como pés. Quando o coração de um homem é bom, ele conduz as suas pernas, e quando seu coração não é bom são suas pernas que o conduzem.)

Observo o meu acompanhante. Seu porte é ereto, a face cheia, os lábios grossos, os ombros largos e os membros musculosos. E alegro-me com ele duplamente; uma por existirem, até mesmo em Szibusz, homens possuidores de grande estatura e força, e outra, pois ele é sionista e contribuirá com a sua força para a Terra de Israel. E digo a ele: Devote a sua força para a Terra de Israel. E ele recebe as minhas palavras com fisionomia afável.

Perguntei-lhe: Quando emigra para a Terra de Israel? Respondeu-me e disse: Por enquanto há muito trabalho por aqui. – Que tanto trabalho há por aqui? Abriu a sua pasta e disse: Quer ver? Logo me mostrou trezentos e sessenta e cinco memorandos; duzentos e quarenta e oito panfletos; seiscentas e treze brochuras; novecentos e noventa e nove folhetos, além de diversos jornais e mensários e explicou-me melodiosamente que viaja de um lugar a outro e organiza grupos e assim por diante.

A fim de não abandoná-lo abruptamente, perguntei-lhe se costuma visitar os nossos camaradas da aldeia dos emigrantes. Respondeu-me: Não tenho nada a tratar com eles. – Por que motivo? – Muitos motivos há para isso; em primeiro lugar, pois eles não pertencem à nossa organização, e em segundo...

Saquei o meu relógio como uma pessoa apressada e que não tem tempo. Ao ver que eu estava com pressa, disse: Quando virá nos visitar? – Por quê? – Para dar uma conferência para nossos membros. – Acaso lhes faltam conferencistas? – Não importa. – E o que você fará? – Eu darei início à reunião, ou acrescentarei algo depois das suas palavras.

Naquele instante passou a sra. Sara. Disse eu ao nosso amigo: Perdoe-me, devo dizer algo a ela. – E quando virá? – Para onde? – Para a conferência. Disse-lhe eu: Pode iniciar e acrescentar as suas palavras após as minhas, por enquanto.

Os olhos castos da sra. Sara brilhavam sob o seu novo lenço. Quão grandes são os justos em sua morte! O livro de seu ilustre avô teve serventia muitos anos após a sua morte, para comprar-lhe um novo lenço.

Inclinei a cabeça diante dela e perguntei-lhe como passava. Toda a minha vida cresci entre grandes homens e muitas vezes me olvidei de inclinar a cabeça diante deles. Quando essa mulher apareceu-me, minha cabeça inclinou-se por si mesma.

Perguntou-me a sra. Sara: O que lhe escreveram de lá? Estão contentes por terem recebido o livro? A esperteza tomou conta de mim e não lhe contei que não enviara o livro e inventei histórias, como por exemplo, a de um pioneiro e de uma pioneira que estavam afastados do judaísmo, não realmente afastados, pois não há ninguém na Terra de Israel que pratique o mal ao invés do bem, mas o afastamento aqui mencionado diz respeito às coisas do coração. Ao chegar o tempo dessa mulher dar à luz, seu marido veio pedir o livro. O supervisor da maternidade, que era um homem inteligente, recusou-se a princípio e disse: Como lhe darei o livro, posto que seu santo autor não aprova aqueles que sustentam ideias ímpias? Aquele pioneiro comprometeu-se

412 HÓSPEDE POR UMA NOITE

a se desfazer-se de suas ideias ímpias, e sua mulher concordou com ele, e o livro lhes foi dado. E é de se supor que eles cumpriram o compromisso, visto que as pessoas modernas têm o hábito de cumprir a sua palavra.

As coisas que disse a ela não têm importância, pois que importância têm coisas inventadas? Importantes são as palavras da sra. Sara, que disse: Estou certa de que o livro daquele justo reverterá muitos corações para o bom caminho.

Entrei no hotel e falei a mim mesmo: Devo enviar o livro para que aquela mulher não descubra que este homem é um contador de lorotas. Perguntei à Krolka: Acaso existe aqui papel grosso para embrulhar um pacote e um cordão para amarrar? Respondeu Krolka: Cordão tem aqui, porém papel, não. Havia uma grande folha de papel grosso, mas o patrão estendeu sobre ela passas para fazer vinho para a Páscoa. Levantei-me e fui à loja comprar papel.

Era pouco antes da hora da oração vespertina e o rabino saiu para passear antes da oração, as mãos atrás das costas, a bengala pendendo e sendo arrastada por elas. Perguntou-me o rabino: Viu o meu filho, senhor? Respondi-lhe: Vi. Disse-me ele: Sei que o viu, porém me refiro à visão espiritual. O que diz o senhor, não é ele um grande escritor? Respondi-lhe: Não li os seus escritos. Espantou-se o rabino e disse: Se o senhor não lê os seus artigos, quem os lê? Eu, e os que são iguais a mim, estudamos a *Guemará*, sendo assim, para quem escreve ele? Disse-lhe eu: Talvez escreva para a gente simples. – Para a gente simples? É melhor que as pessoas simplórias estudem *A Vida do Homem* ou o *Resumo do Schulkhan Arukh* e saibam o que se exige delas. Por que não aparece em minha casa? Prometi-lhe que iria. – Quando? – Amanhã. Que Deus não me castigue por não ter mantido a minha palavra.

Ao me despedir do rabino, já havia escurecido. O sol desapareceu e a lua não surgiu. Outrora, a essa hora, os rapazes e as moças saíam a passear e um homem especial passava de uma extremidade a outra da cidade com uma escada sobre os ombros; ia de um lampião a outro e os acendia; e os rapazes olhavam nos rostos das moças e as moças baixavam as cabeças, e havia uma grande alegria nas ruas da cidade, pois as criaturas gostavam umas das outras, e quando viam umas às outras, alegravam-se. E, de fato, mereciam se alegrar uns com os outros, pois eram garbosos e suas roupas eram garbosas. Agora que os lampiões foram quebrados e o querosene já não é encontrável, e o dono da escada não vem e as vias estão arruinadas, não se encontra pessoas na rua. Duvido que houvesse alguém naquela rua àquela hora exceto eu e Ignatz.

Posto que me viu, falou em voz fanhosa: *Maot*. Disse-lhe eu: Mudou a sua maneira, Ignatz, você diz *maot* antes de *pieniadze*, na verdade não diz *pieniadze*. Ignatz suspirou e disse: Do que adianta eu dizer *pieniadze*, se ninguém me dá nada? Não é assim que afirma o ditado: "De que me adianta conhecer a língua polonesa, se não me permitem chegar até o ministro?"

Refleti comigo mesmo: Esse Ignatz é suspeito de delação; examiná-lo-ei para ver até onde é verdade. Perguntei-lhe: Qual é a sua opinião a respeito da gente da nossa cidade? Respondeu Ignatz: São todos uns mendigos, e ao falar olhou a moeda que lhe dei e acrescentou: Creia-me, senhor, que esta é a primeira moeda que caiu em minha mão esta semana. Vou comprar um pedaço de pão para mim. Perguntei-lhe: E quem tempera o seu pão, o padre superior? Respondeu Ignatz: A fome. Falei: Bom apetite, e fui ao meu hotel e jantei.

Novamente apareceu aqui aquele ancião que havia possuído muitos campos na aldeia e muitas casas na cidade, não lhe restando, de toda a sua riqueza, senão as dívidas que lhe eram cobradas. Já o haviam feito jurar no Tribunal sobre o livro da *Torá* por duas vezes e agora lhe haviam arranjado um outro juramento devido a uma outra demanda.

Observo aquele velho por cima do prato. Um copo de chá está à sua frente, que a dona da casa lhe servira por compaixão. E ele está sentado soprando o seu copo, embora o chá já tenha esfriado. Perto dele está sentado um outro homem que desconheço e que lhe diz: Existiu aqui um erudito o qual, quando lhe impunham um juramento, ia jurar como alguém que vai cumprir um preceito sagrado; lavava as mãos e dizia: Estou pronto e disposto a cumprir o preceito e jurar pela verdade. O ancião moveu o seu copo e respondeu: Aquele homem jurava pela verdade, pois queriam extorquir-lhe dinheiro que não devia, ao passo que eu sei que devo e que se presto um juramento, juro em vão, pois todos sabem que não tenho dinheiro. Perguntou-me aquele homem: – Então o que fará? Estendeu o ancião as suas mãos para o alto e disse: Não me resta senão confiar que o Pai Celestial leve a minha alma antes disso. Suspirou aquele homem e disse: O Santíssimo, Bendito seja, fez uma graça para com as Suas criaturas ao dar-lhes a morte. Ambos suspiraram e choraram.

Capítulo Sete e Cinquenta
Além do Rio Sambation[69]

Ao sair do hotel para ir à casa de estudos, encontrei o pequeno Rafael deitado em frente de sua casa, sobre um colchão de palha. Em Szibusz, o sol não penetra na casa de um homem pobre e quando a sra. Bach deseja que seu filho desfrute do sol, ela o leva para fora.

Rafael está deitado ao sol, e o recepciona com um semblante luminoso; prendeu-o com seu boné e não o deixa partir, pois há alguns meses que não vê o sol e deseja detê-lo.

Quis ignorá-lo e passar por ele, em primeiro lugar, pois desejava ir à casa de estudos e, em segundo lugar, para não perturbar o menino. Ele me viu, estendeu a mão e acenou para mim. Ao ver seus magros dedos iluminados pelo sol, meu coração encheu-se de piedade e me aproximei, sentei-me diante dele em silêncio, e ele também estava calado.

Falei a mim mesmo: Não posso sentar-me em silêncio. E perguntei-lhe se sentia calor. Respondeu o menino e disse: Sinto

---

69. Rio para além do qual, segundo a literatura rabínica, foram exiladas as dez tribos perdidas de Israel. (N. da E.)

calor, e você, também sente calor? Disse-lhe eu: O sol é um só e tal como ele aquece um, aquece a outro, e se você sente calor, por que não hei de sentir calor? Respondeu o menino: Pois você vem da Terra de Israel e o calor do sol da Terra de Israel é duplo e na certa todo o sol daqui não lhe é suficiente. Disse-lhe eu: É da natureza do homem acostumar-se. Disse Rafael: Eu supunha que quem já esteve lá, sente frio aqui. – Por que supunha assim? – Não sei. – Não sabe e não obstante você o diz. – Eu sei, porém não sei se você saberá quando eu lhe disser. – Diga-me, querido, diga. – Diga você. – Como direi se não sei o quê? – Sendo assim, perguntar-lhe-ei a respeito de um outro assunto. Onde é mais bonito lá ou lá? – O que é isso Rafael, o que significa "lá ou lá"? Ou talvez quisesse dizer lá ou aqui, ou seja, na Terra de Israel ou em Szibusz? Disse Rafael: Ontem li num livro sobre o rio Sambation e sobre as dez tribos e os filhos de Moisés, e eu pergunto: Onde é mais bonito, lá ou na Terra de Israel? Respondi-lhe: Você está perguntando algo compreensível por si mesmo. Pois tanto as dez tribos como os filhos de Moisés, durante toda a sua vida, anseiam por ascender à Terra de Israel, e se o Santíssimo, Bendito seja, não os tivesse cercado pelo rio Sambation, já teriam corrido e ido para a Terra de Israel; porém, durante toda a semana, o rio Sambation corre rapidamente e lança pedras e não deixa ninguém passar e no Sábado, quando ele descansa, eles não podem passar posto que são muito piedosos e observam o Sábado, e você pergunta, onde é mais bonito? Por certo, na Terra de Israel é mais bonito.

Disse o menino: Eu pensava que, visto que eles não estão sob o jugo dos gentios e não são escravizados pelas nações, logo por lá é mais bonito. Disse-lhe eu: É verdade, é certo que eles não estão sob o jugo dos gentios e escravizados pelas nações, porém não possuem a alegria da terra, pois não há alegria da terra senão na Terra de Israel. Perguntou o menino: Eles realmente não estão sob o jugo dos gentios? Respondi-lhe: Não leu no livro? – E os gentios não os invejam? – Eles os invejam e por isso os gentios partem em guerra contra eles. – E o que fazem eles? – Respondem-lhes com guerra. – Como aqui? – O que significa como aqui? – Como sucedeu aqui em nossa cidade, quando os gentios vieram e lutaram uns contra os outros e mataram uns aos outros? Afaguei-lhe a face e lhe disse: Como pode comparar os filhos de Moisés, nosso Mestre, com gentios das nações? Por serem santos e puros, Deus não permite que derramem sangue e profanem a sua alma. Disse Rafael: Sendo assim, quando se parte em guerra contra eles, a fim de matá-los, o que fazem? Se não matarem seus inimigos, seus inimigos os matarão. Disse-lhe eu: Eles fizeram para si bastões de pedra imantada, e quando o inimigo os ataca, partem contra ele com seus bastões e estes atraem as armas das mãos do inimigo. E quando o inimigo vê que não possui mais armas, levanta as pernas e foge, e aquele que não consegue escapar vai ao *Nassi*[70] e deita a cabeça sobre a soleira da casa dele e diz: Minha vida está em vossas mãos meu senhor, faz comigo o mesmo que desejei fazer a vós. O *Nassi* sai de sua casa, ergue as suas mãos para o alto e diz: "Que o Nome assista aos teus tormentos e te faça voltar ao bom caminho".

Perguntou-me Rafael: De onde obtiveram eles esses bastões? – O segredo de Deus é reservado aos seus tementes. – Já viu alguma vez um deles? – Não vi nenhum deles, mas conheci gentios que vieram de lá e me contaram a respeito deles. – E já viu algum judeu que esteve com eles? – Não vi. Perguntou-me o menino: Por que os gentios tiveram o privilégio de chegar até lá ao passo que os judeus não o tiveram? Disse-lhe eu: Há judeus que tiveram o privilégio, porém todo aquele que teve o privilégio de chegar até lá, jamais retornou. Diga você, se estivesse lá, acaso desejaria voltar para cá? – E por que os gentios voltaram de lá? – Os gentios que não suportam a sua retidão não podem permanecer com eles. E há os que partem pois sentem saudade de sua cidade e de seu lugar, como na história que lhe contei a respeito de um príncipe ismaelita que chegou até lá durante a guerra dos turcos. Recorda--se da história que leu embaixo da árvore? Disse Rafael: Aquele príncipe esteve com os judeus de Kaibar e não com os filhos de

70. Título de honra, príncipe, chefe. (N. da E.)

Moisés. Disse eu a Rafael: Sendo assim, contar-lhe-ei a história de um árabe que chegou até os filhos de Moisés. Eu vi o árabe em Jerusalém e ele amava os israelitas e se prostrava diante de cada criança israelita, pois todo gentio que teve o privilégio de viver junto a judeus piedosos não mais odeia a gente de Israel, mas a ama e proclama a sua virtude pelo mundo. Enquanto conversávamos chegou o pai do menino.

Daniel Bach estava alegre; primeiro porque é um homem alegre; e, segundo, pois recebera uma carta de seu pai. O que escreve papai? – Ele não menciona as brigas de sua congregação em Ramat Rakhel e não escreve a respeito dos túmulos dos justos sobre os quais se prostrou. – Então sobre o que escreve ele? – Sobre vinhedos, e galos, e vacas, e plantações que foram feitas em Ramat Rakhel, e quanto leite dá cada vaca e quantos ovos as galinhas botam. Se eu não conhecesse a caligrafia de papai diria que outra pessoa escreveu a carta, pois o que papai tem a ver com gado, aves e plantações?

Agora sei por que motivo tanto se difama a Terra de Israel, disse Daniel Bach, se com esse velho, que passou todos os seus dias estudando a *Torá* e rezando, sucede assim, o que se pode esperar de jovens que não estudam a *Torá* e não rezam?

Sara Perl saiu e tão logo me viu perguntou: Onde esteve o senhor todos esses dias? Parece-me que desde a véspera da Festa das Semanas não o temos visto. Contei-lhe a respeito dos meus camaradas da aldeia, com os quais passei a Festa das Semanas. E, ao falar, fiquei contente por não ter contado a respeito deles antes a Ierukham Liberto, pois quando se fala sobre alguma coisa pela segunda vez, ela não possui a mesma força como da primeira.

Daniel Bach já sabia a respeito daqueles moços e moças que foram trabalhar no campo e não está tão admirado com eles. Disse o Sr. Bach: Se eu não conhecesse os pais deles, quem sabe os admiraria; visto que os conheço, não estou contente com os filhos. Mas ele não tenciona anuviar o meu contentamento. Quem está contente que continue contente.

E eu estou contente com eles e estou contente pelos dias que passei com eles. Que Deus não lhes impute como pecado o fato de que, por sua causa, negligenciei por alguns dias a *Torá* e ainda não retornei ao meu estudo.

Perguntou-me Rafael: Há também crianças que chegaram até o rio Sambation? Respondi-lhe: Acaso não lhe contei a história do rabi, autor de *A Luz da Vida* que foi encontrado, numa véspera de Sábado ao escurecer, por um dos filhos de Moisés, o qual o depositou no bolso e ali o esqueceu. Na noite do Sábado, quando foi à sinagoga para rezar, ouviu uma voz que partia de seu bolso e respondia: "Amém, que Seu grande Nome seja abençoado". Disse Rafael: Não foi isso que perguntei, perguntei se houve alguma criança que chegou até lá. Disse-lhe eu: Espere Rafael, eu me lembrarei. Disse Rafael: Você sempre diz espere, eu me lembrarei. Respondi-lhe: Em primeiro lugar, não é de bom tom responder imediatamente, pois uma pessoa deve ordenar as suas palavras antes para que elas agradem aos seus ouvintes e, em segundo lugar, é natural ao homem esquecer, pois o exílio debilita o poder da memória. Agora, meu querido, lembrei-me. Havia um menino em Jerusalém que chegou até o rio Sambation e voltou de lá. Como chegou até lá, e o que o levou a voltar? Preste atenção e lhe contarei.

O pai do menino havia mandado que lhe confeccionassem sapatos para o dia de suas bodas. Perguntou o noivo ao sapateiro se os seus sapatos resistiriam por muito tempo e não se rasgariam rapidamente. Respondeu-lhe o sapateiro: Pode atravessar com eles o rio Sambation. O noivo gravou as palavras em seu coração.

Após as bodas, o noivo contou à noiva o que o sapateiro dissera. Disse-lhe ela: Vejo que deseja chegar às dez tribos e sei que chegará lá, pois esse sapateiro é um dos trinta e seis justos, e se ele disse algo, não terá sido em vão. Disse-lhe ele: Quando você der à luz um filho varão, chame-o de Hanokh em nome de rabi Hanokh, o sapateiro, e quando você tiver o privilégio de vê-lo atingir a idade de colocar filactérios, mande que lhe escrevam os filactérios e despache-o, e, o Santíssimo, Bendito Seja, com Sua graça, fá-lo-á chegar a mim. O noivo levantou-se do leito, pegou o seu manto de orações e os seus filactérios, beijou a *mezuzá* e partiu. Caminhou e caminhou até que chegou ao rio Sambation. Ao ver o Sambation, que lançava pedras até o coração do céu, foi tomado de um grande temor e disse: Como atravessarei este terrível rio? Porém seus pés ergueram-se por si mesmos e ele atravessou o rio são e salvo e encontrou-se entre os filhos de Moisés.

Tendo visto isso, os filhos de Moisés reconheceram que ele era um grande justo, posto que lhe fora permitido chegar à terra deles, privilégio que nenhum homem merecera salvo Rabi Meir, o autor da *Akdamut* e o rabi autor de *A Luz da Vida* e mais uma ou duas pessoas. Reuniram-se e aproximaram-se dele e o acharam transbordante de saber e de piedade. Deram-lhe as boas-vindas e prepararam um banquete em sua honra. Durante o banquete ele proferiu a respeito de passagens da *Torá* e eles reconheceram que seus ensinamentos eram verdadeiros. Decidiram estabelecer para ele uma grande academia rabínica, e ele ensinava *Torá* e não interrompia o seu ensino, salvo para rezar.

Certa vez, ao ajoelhar-se durante a bênção das graças, rompeu-se um cordão do seu sapato. Após a oração, lembrou-se do fato e de todos os acontecimentos que lhe sucederam, pois haviam decorrido treze anos ou mais desde que deixara a sua mulher, e se ela lhe dera um filho este já devia ter chegado à idade de cumprir os preceitos. Porém, a fim de não interromper o estudo da *Torá*, afastou os pensamentos de seu coração e voltou ao seu ensino.

Quando chegou o primeiro dia de Rosch Haschaná e ele foi fazer o Taschlikh[71], viu um menino israelita parado na outra banda do rio. Disse-lhe: É você, meu filho Hanokh? Respondeu-lhe ele: Meu pai, eu sou seu filho Hanokh, fiz como ordenou à mamãe. Logo o pai do menino descalçou os seus sapatos e os jogou ao filho para que os calçasse e atravessasse o rio. Mas as mãos do

---

71. Cerimônia de cunho religioso, realizada pouco antes do pôr do sol no primeiro dia de Rosh Hashaná. Os pecados do ano anterior são simbolicamente "enviados", recitando-se os três últimos versículos de Miqueias 7, às margens de qualquer corpo de água corrente. (N. da E.)

pai estavam fatigadas pela *Torá* e as do menino eram pequenas; os sapatos caíram dentro do rio e não chegaram às mãos dele; e o menino não chegou até o seu pai e o pai não chegou até o menino, pois perdera os seus sapatos. Eles estavam parados, este de um lado do rio e aquele do outro lado do rio, e não puderam chegar um ao outro. Disse o pai ao menino: Que posso fazer por você meu filho? É o decreto do Santíssimo, Bendito Seja. Volte a Jerusalém e estude a *Torá*, e quando chegar o devido tempo e o Messias vier, voltarei a vocês, junto com todos os nossos irmãos, os filhos de Moisés e as dez tribos. Voltou o menino para junto de sua mãe, estudou muito a *Torá* e tornou-se um mestre na Lei de Israel.

Capítulo Oito e Cinquenta
Das Chuvas Que Não Cessam

Outrora, quando eu concluía o estudo de um assunto da *Guemará*, eu o recapitulava. Hoje não posso fazê-lo, visto que rareio as minhas permanências na casa de estudos e multiplico os passeios no campo e na floresta. E se o dia é bonito, banho-me no rio. É próprio das águas que elas despertem a alma e devolvam ao corpo a juventude, sobretudo quando você se banha no mesmo rio em que se banhava na infância. A água em que me banhei durante a minha infância já se foi para o Grande Mar e já foi engolida pelos grandes peixes. Mas o rio ainda continua a ser como era nos tempos em que eu era um garoto, porém, quando eu era garoto, havia por lá muitas cabanas e hoje não há sequer uma única. Outrora, quando havia em nossa cidade pessoas bem trajadas, necessitava-se de um lugar limpo para guardar as roupas e hoje, que toda a cidade anda vestida com roupas feias, deixam-se as roupas à beira do rio.

Posto que me referi à questão das roupas, mencionarei que mandei fazer para mim um novo terno e adquiri sapatos novos. Quando fui à cidade as pessoas observaram-me. Pensa que elas me invejam? Elas não invejam a mim, mas àquele a quem dei as roupas velhas. Uma grande pobreza assolou a cidade. Certa vez, joguei uma caixa de cigarros feita de papel, um homem de aparência respeitável deu com ela e pegou-a. Para quê? Para nela colocar o sal sobre a mesa.

Nem todo dia é agradável e nem todo dia é feito para se passear, ou para se banhar no rio. Há dias em Szibusz nos quais as chuvas caem sem cessar e toda a cidade nada em lama e não se pode ir e voltar. E, visto que é impossível permanecer sentado todo o dia no hotel ou na casa de estudos e você anseia por ver um ser humano, você se recorda da promessa de visita feita a fulano e cumpre a sua promessa indo visitá-lo.

A quem prometi e a quem não prometi? Não há uma pessoa na cidade que não tenha me convidado a visitá-la. Não por amor ao visitante, senão por causa do tédio. A cidade é pequena e seus eventos são escassos e cada um deseja distrair-se com uma prosa. Posto que não sabia a quem visitar, fui visitar o Schuster: em primeiro lugar, pois ele também estava incluído naquela promessa; e, em segundo lugar, a fim de dar algum prazer à mulher dele, que dissera que todos os dias nada valem em comparação com o tempo que passo com ela.

Naquele momento Schprintze estava sentada sobre a grande cadeira que Schuster trouxera consigo da Alemanha e, junto aos seus pés repousavam duas bengalas sobre as quais se apoiava ao caminhar, da cama para a cadeira e da cadeira para a cama, visto que a Alemanha tomara-lhe toda a sua força e ressecara-lhe os pés, e não fossem essas duas bengalas, ela teria ficado imóvel como uma pedra. A porta da rua estava aberta e na soleira havia uma bacia de cobre em que ervas murchas secavam ao sol; havia algumas que Schprintze usava no seu cachimbo e com outras preparava um chá que era um elixir para o coração e um remédio para a alma, pois essas ervas provinham da soleira da casa onde nascera e de lá elas sugavam a sua vitalidade, do mesmo modo que ela havia sugado a sua vitalidade de lá; e, quando se cozinha as ervas e se toma a sua seiva, o corpo recupera a sua vitalidade e torna a despertar, como se estivesse retornando à sua própria casa na qual nascera. E, não obstante a casa ter sido destruída e seus habitantes terem sido exilados, as ervas se prenderam a ela e não a abandonaram e, mesmo arrancadas, elas tornam a surgir, pois é da natureza das ervas, meu caro, amar a fonte de sua vitalidade. E sob esse aspecto, elas se assemelham às pessoas, porém, as pessoas abandonam a fonte de sua vitalidade, ao passo que as ervas não abandonam o seu lugar e, mesmo quando arrancadas, voltam e ressurgem trazendo a cura para as pessoas.

Se não lhe contei, meu amigo, sente-se e lhe contarei. Meu avô, que descanse em paz e que interceda por nós no mundo vindouro, era carregador, tal como seus antepassados e os antepassados dos seus antepassados foram carregadores; e, como papai, que descanse em paz, era carregador. Deve saber, meu amigo, que somos uma família saudável que gosta de carregar ferramentas que têm alguma substância e não segurar uma agulha e picar o pano, como uma pulga pica a carne. Se eu lhe contasse, meu amigo, a respeito da força e do vigor dos membros de nossa família, me diria: Schprintze, sendo assim, por que é doentia? Porém, a fim de não misturar um assunto com outro, voltaremos ao meu avô. Bem, então, meu amigo, meu avô, que descanse em paz, era carregador e como todos os carregadores, não recusava um copo de aguardente, sobretudo quando possuía um tostão no bolso, e é escusado dizer quando não possuía um tostão no bolso, pois então era comido pela preocupação e comida requer bebida. Naqueles tempos a cidade estava cheia de tavernas. Se fosse para cá encontraria diante de si uma taverna, e se andasse para lá, encontraria outra taverna diante de si. Em suma, meu amigo, aonde quer que uma pessoa se dirigisse, encontraria uma taverna, além da casa de vinhos no centro da cidade, na qual havia toda espécie de grandes barris cheios de aguardente, dos quais eles tiravam e serviam a bebida. Meu avô, que vivia em paz com todos, entrava nesta e entrava noutra e até mesmo daquela outra não se abstinha, pois deve saber, meu amigo, que ele era ágil e jamais foi preguiçoso a ponto de deixar de fazer algo. E, ao entrar, bebia um copo e outro copo; um para purificar as entranhas e o outro pelo prazer. E outras vezes entrava e bebia simplesmente, e não é preciso dizer antes da refeição e depois da refeição e no meio da refeição, para umedecer a comida em suas entranhas; pois comer sem beber é como uma moça que ficou grávida, com sua licença, sem ter tido a celebração sob o pálio nupcial.

Com o passar do tempo, meu avô principiou a queixar-se do coração. Disse-lhe minha avó, que descanse em paz: Ilia, larga a aguardente. Ele enfureceu-se com ela e disse: Então o que beberei? Acaso essa água de ervas que você bebe? Respondeu-lhe ela: Por que não? Zangou-se com ela ainda mais por ela querer comparar-se a ele, pois ele, meu amigo, era um homenzarrão e ela, meu amigo, pequena como uma formiga.

Certa vez no verão, num Sábado à tarde, meu avô sentou-se em frente de sua casa pois estava demasiado doente para ir à casa de estudos e ouvir o comentário do rabino sobre um capítulo bíblico, e também, porque perturbava os ouvintes com a sua tosse, cof, cof, cof. Viu uma abelha voando e zumbindo. Olhou-a com afeto e não a afugentou, pois embora fosse irascível, era um homem de bom coração. Enquanto ela zumbia e voava disse a si mesmo: Desejaria saber o que ela busca aqui. Assim falou uma vez, duas, três. Meu avô não era versado em conversa de abelhas e aquela abelha não era versada na conversa dos homens. Podemos supor que todos os seus desejos fossem vãos, mas eu lhe direi, meu amigo, que quem se aprofunda num assunto, entendê-lo-á por fim. E vale a pena ouvir, meu amigo, como se passaram as coisas e meu avô aprendeu o sentido daquilo que lhe havia sido impenetrável.

Em suma, meu amigo, meu avô está sentado em frente de sua casa e a abelha voa sobre as ervas que ali crescem e suga-lhes a seiva. Disse meu avô: Desejo saber o que esta faz aqui e o que ela suga. Assim falou ele uma vez, e duas e talvez três, pois ele, que descanse em paz, não confiava na razão e duvidava que suas palavras fossem captadas pela primeira vez e, desde que duvidava dos outros, duvidava de si próprio, portanto, duplicava as suas palavras e as triplicava ainda que estivesse falando apenas consigo próprio. Em suma, para que prolongar? Assim ele replicava e triplicava. Mas do que adianta isso, se a abelha não sabe como responder.

Por vezes a razão do homem auxilia-lhe mais do que a fala. Veio-lhe à mente, de súbito, que a abelha foi criada essencialmente para fazer o mel e que é próprio dela não gastar o seu tempo em vão, sendo que há uma grande intencionalidade em cada coisa que ela faz. Sendo assim, disse meu avô, qual é o propósito da abelha? Por certo fazer o mel. Para que prolongar, meu amigo? Não se passou muito tempo até que lhe veio à mente que a abelha extrai mel das ervas e visto que o mel das abelhas é doce, certamente as ervas são doces, e se as ervas são doces, logo também aquele chá que a velha faz com as mesmas também é doce. E, se não é suficientemente doce, pode-se adoçá-lo com açúcar, tal como fazem as abelhas que rondam pelas portas das lojas e dali colhem açúcar. Naquele momento meu avô apaziguou-se e tornou-se mole como a cera. E aqui, meu amigo, começa o cerne da história. Ao chegar a hora da *seudá schelischit* do Sábado, principiou a gemer e a pigarrear. Disse ele à minha avó: Schprintze, desejo beber algo, acaso sabe onde está a minha garrafa? Minha avó, embora fosse pequena de corpo, era grande de sabedoria, e percebeu que o velho tencionava tomar outra bebida e não aguardente, visto que aquela mencionada garrafa estava em seu lugar à vista do meu avô. E posto que conhecia o seu mau temperamento e sabia que se lhe dissesse que tomasse o chá dela zangar-se-ia e a repreenderia, calou-se, suspirou e voltou a se calar. Perguntou-lhe meu avô: Schprintze, porque tanto você suspira? Respondeu ela: Eu também quero beber, mas as visitas vieram e tomaram todo o meu chá e não me deixaram sequer uma gota. Disse-lhe ele: Se for por isso, não suspire, dentro de pouco direi a benção que separa o dia santo do profano e você poderá cozer para si uma panela cheia. Disse ela: Acaso vale a pena preparar o fogo, ferver a água na chaleira e ter todo cuidado só para mim mesma? Disse ele: Acaso devo convidar o profeta Elias para que venha e beba comigo? Disse-lhe ela: Se este Elias (ou seja, meu avô, cujo nome também era Elias) não toma o meu chá, acaso o profeta Elias tomará? Respondeu-lhe meu avô: Se o obstáculo sou eu, estou disposto a tomar contigo duas ou três gotas de chá. Em suma, meu amigo, logo que ele pronunciou a benção que separa o dia santo do profano, minha avó levantou-se para preparar o fogo, e meu avô saltou como um jovem, tomou o machado e rachou a lenha para ela. E o que mais hei de contar, meu amigo? Meu avô bebeu um copo, e dois, e três, e se não temesse lhe parecer exagerada, diria que não se recusou a um quarto copo. Daí em diante desapareceu a aguardente da casa de meu avô e ele, quer dizer, meu avô, também não mais entrava em tavernas, senão sentava-se em sua casa, e bebia com minha avó o chá dela. E se tivesse começado durante a sua juventude, teria prolongado a sua vida e vivido até os nossos dias. Sendo assim, por que minha avó não teve uma longa vida, posto que costumava tomar o chá durante toda a sua vida? Mas fui eu que causei a morte dela. Porém, eu ainda não estava no mundo quando ela morreu, e como posso dizer que fui eu que causei a morte dela? É que naquela época minha mãe, que descanse em paz, engravidou e brigava com meu pai, que descanse em paz, pois ele queria que o menino fosse chamado pelo nome do pai do seu pai, e ela queria que o chamassem pelo nome do pai dela. Minha avó ouviu e disse: E se ela der à luz a uma menina? Ela não tencionava provocá-los, senão evitar a briga. Papai enraiveceu-se com ela, pois não gostava de meninas e disse: Se ela der à luz à uma menina chamá-la-ei de Schprintze em seu nome, minha sogra. E meu pai tomava o cuidado de não deixar que mentira alguma fosse proferida por sua boca e, em se tratando de pessoas de tal índole, quando algo é proferido por suas bocas, o Céu faz com que seja cumprido. Em suma, meu amigo, para que acrescentar e contar: no mesmo dia em que eu nasci, cof, cof, cof, minha avó foi levada deste mundo a fim de que se concretizassem as palavras de ambos; a dela, que disse: E se ela der a luz a uma menina?, e a dele que disse que a chamaria de Schprintze, em nome dela.

As chuvas não cessaram e a lama sobe e transborda. O hotel está sem hóspedes. Entre um trem e outro chegou Riegel, o caixeiro-viajante, a fim de anunciar a Babtchi que se separou da mulher. Sendo assim, disse Babtchi, deve-se desejar-lhe "boa sorte", portanto boa sorte, meu senhor. Disse Riegel: Aguardo um segundo "boa sorte". Respondeu-lhe Babtchi: Se o senhor aguarda um segundo "boa sorte", torne a esposar a mulher de quem se divorciou.

Riegel tomou o seu caminho e Babtchi segue o seu caminho e David Moisés escreve, como de habito, cartas de paz e amor. Cada geração e seus escrevedores. O rabino escreve comentários à *Torá*, o filho do rabino escreve a respeito do amor à *Torá* e o filho do filho do rabino escreve apenas palavras de amor.

Visto que estamos falando de escrever, vale a pena ir até Leibtche Boden'haus , que passa os dias e as noites traduzindo a *Torá* em versos e fazendo o que Moisés não fez, pois nos dias de Moisés a língua alemã ainda não existia e não se fazia versos.

Um homem não faz sempre o que se dispõe a fazer. Saí para visitar Leibtche Boden'haus e fui visitar o Zacarias Rosen em primeiro lugar, porque estava incluído naquela mesma promessa, pois lhe prometera que iria ter com ele.

Sua loja é comprida e estreita e se encontra num porão escuro que lhe servia anteriormente de depósito de trastes. Quando a casa foi destruída, e apenas o porão restou dela, Zacarias Rosen abriu uma loja de forragem e sementes.

Zacarias Rosen, além de se considerar da linhagem do mestre Hai Gaon até a geração do rei David, é também o parente de todos os grandes de Israel. Não há um sábio, justo, príncipe ou potentado de quem Zacarias Rosen não seja parente. E ao mencioná-los, ele diz: Nosso parente o sábio, nosso avô, o justo, nosso tio, o presidente, chefe do Conselho dos Quatro Países.

A alma realmente se exalta de satisfação, visto que a cadeia de ouro continua se estendendo até a nossa geração.

Desde o dia em que se deu entre nós a controvérsia sobre os filhos do Rabi Hai, não entrei na casa de Zacarias Rosen, embora ele tenha se reconciliado comigo e solicitado que o visitasse, pois tenho para mim que as reconciliações por vezes atraem uma nova briga, maior do que a primeira, e eu sou um homem brando e temo isso. Por outro lado, se não o visitar, contrariar-se-á mais ainda, portanto entrei para lhe fazer uma visita.

Os proprietários de cavalos são escassos e mais escassos do que eles, são os jardineiros. Zacarias Rosen senta-se, um livro à sua frente, lendo os pareceres laudatórios e os prefácios dos autores, recolhendo nomes e os anotando num papel. O papel tem vantagens até mesmo sobre a tumba, pois se esta é grande e bonita, os gentios a saqueiam e a colocam em seus edifícios, e se é pequena, afunda no solo, o que não sucede com o papel, pois se se imprime um livro, este é divulgado em todos os lugares da dispersão de Israel, e perdura durante gerações.

Zacarias Rosen senta-se e conta-me toda a glória da casa dos seus antepassados. À sua frente, no canto da loja, junto à parede, está sentado Iekutiel, filho de Zacarias Rosen, que cobre com as mãos os seus cotovelos, visto que nesses lugares sua roupa está rota, pois sua mãe faleceu e não há quem a remende para ele, e ele não possui outro casaco, pois de toda a glória da casa de seus antepassados, não lhe restaram senão as roupas do corpo. Zacarias, que é um homem velho, não se importa com tais coisas, mas seu filho, que é moço, envergonha-se do traje rasgado.

A fim de causar satisfação ao velho e manifestar afeição para com o filho, falei a Iekutiel: Ouviu o que nos contou o seu pai? Meneou Iekutiel a cabeça, sorriu e disse: Ouvi. Compadeci-me deste filho de ilustres que foi atingido pela roda da sorte, da qual não se sabe quando girará, trazendo-lhe de volta a fortuna, e me lamentei pelos príncipes e nobres que se vestiam de sedas e residiam em palácios, e eis que o filho de seus filhos está sentado num porão escuro e sua vestimenta está rasgada, e provavelmente seus sapatos também estejam rotos e talvez seja esse o motivo por que ele esconde os pés sob a mesa.

A fim de que não lhe ocorresse que estou observando os seus sapatos, ergui os olhos e mirei-o no rosto. Falei comigo mesmo: Este sorriso que não se afasta de sua boca, é um mero sorriso, ou um sorriso do filho de um rei? E se ele é o filho de um rei, onde está a filha do rei que o espera? E se a filha de um rei o espera, certamente não é de nossa cidade, visto que todas as moças de nossa cidade esqueceram que são filhas de reis.

Sentei-me e refleti a respeito das moças de minha cidade. Raquel, a filha caçula do dono do hotel, já está casada, e Babtchi, sua irmã, está prestes a se casar com o dr. Zwirn ou com David Moisés, neto do rabino ou com Riegel, o caixeiro-viajante, ou com qualquer outra pessoa. E as filhas de Rabi Haim, uma vive com sua irmã casada, e a outra, Deus sabe onde estará; há os que dizem que ela fugiu para a Rússia e há os que dizem que ela vive com os pioneiros numa aldeia. E a pequena Tzipora, que lava a camisa de seu pai, ainda é uma pequena borboleta e não atingiu a idade de se casar. Há mais uma moça, seu nome é Erela Bach, todo aquele que quer o bem de seu pai e de sua mãe, gostaria de assistir ao seu casamento, porém ela é mais velha do que Iekutiel Rosen e não é adequada para ele devido à sua idade. E mesmo se fossem da mesma idade, sendo ambos pobres, quem pagaria os honorários do casamenteiro?

E assim estou sentado, refletindo a respeito das moças de nossa cidade, sobre aquelas que conheço e sobre aquelas das quais ouvi falar. Cada uma delas encontrará o seu par, ao passo que Iekutiel permanecerá sem mulher e sem filhos e a árvore genealógica que seu pai lhe estabeleceu não terá herdeiro.

Zacarias Rosen continua a conversar e no meio da conversa se dirige a um carroceiro que veio comprar um feixe de forragem para os seus cavalos e lhe pergunta: O que queres? Sua voz não conquista o coração do freguês e este lhe responde: Vim cumprimentá-lo, e vira as costas e se vai. Diz Zacarias a seu filho: Corra atrás dele e traga-o de volta. O filho correu e trouxe o freguês. Este comprou um feixe de forragem para o seu cavalo e pagou uma certa soma. Zacarias pegou o seu dinheiro, deu dele ao filho e disse: Compre uma rosca. Iekutiel pegou a moeda e saiu feliz. E eu também estava feliz por Deus ter fornecido uma rosca a esse filho de reis.

As chuvas cessaram e o sol saiu, e os caminhos estão secando e eu torno a passear no campo e na floresta. Por vezes entro na casa de estudos, mas não permaneço lá, apenas abro e torno a trancar, para que a chave não enferruje e, de novo ando, como de hábito, pelo campo e pela floresta.

Certa vez eu caminhava pelo centro da cidade e ao chegar à casa de Hanokh ouvi uma voz agradável ensinando crianças. Parei diante da porta e vi Rabi Haim sentado sobre uma pilha de sacos, um filho de Hanokh à sua frente, e ele lhe ensinava o *Pentateuco* segurando-o pelo queixo e explicando-lhe cada palavra melodiosamente.

Eu, que estava habituado a ver o Rabi Haim calado, espantei--me por ele falar tanto com um menino, tecendo observações antes das explicações, tais como: eleve a sua voz, meu filho, a fim de que seu pai o escute no paraíso e se regozije por seu filho estudar a Lei do Deus vivo. E quando você tiver o mérito de conhecer a nossa Sagrada Lei, meu filho, merecerá o privilégio de ser um bom judeu. Então seu pai alegrar-se-á no paraíso e você, meu filho, também se alegrará, e nosso Pai do Céu também se alegrará, pois Ele não tem nenhuma alegria senão quando Seus filhos conhecem a Lei e cumprem os preceitos. Agora que terminamos o capítulo, meu filho, vamos ouvir se não esqueceu neste ínterim, o Kadisch.

O menino beijou o livro do *Pentateuco*, cerrou-o, levantou-se e recitou: "Que seja exaltado e santificado Seu grande Nome". Bem, bem, disse Rabi Haim, "no mundo que Ele criou segundo a Sua Vontade", e o menino repetiu "Segundo a Sua Vontade". Disse Rabi Haim: Agora junte todas as palavras. Por que olha para fora? Respondeu o menino: Há um homem aqui. Disse

430 HÓSPEDE POR UMA NOITE

Rabi Haim: Não há ninguém aqui além de Nosso Deus do Céu. Você está fatigado meu filho, então pode ir lá fora.

O menino foi para fora e Rabi Haim pegou uma moenda e se pôs a moer grãos. Entrei em casa e o saudei. Apontou com a mão uma pilha de sacos e pediu que me sentasse. Perguntei-lhe: Onde aprendeu a triturar com a moenda? Respondeu Rabi Haim: Já triturei com moendas maiores do que esta. – O que triturou o senhor? – Eu costumava moer o maná para os justos.

Percebia-se uma grande mudança em Rabi Haim; como se não bastasse ele conversar comigo, ainda caçoava. Por fim tornou a calar-se. Eu me despedi dele e me fui, em primeiro lugar, para não perturbar o seu trabalho e, em segundo lugar, para não perturbar o seu ensino.

Um homem tem inveja de tudo. Tive inveja de Rabi Haim que se sentava e ensinava as crianças, pois além do filho menor de Hanokh ensinava também os demais. De um morto não se fala senão em termos elogiosos, – que Deus não me castigue por minhas palavras, – mas Hanokh, que descanse em paz, não ensinou *Torá* aos seus filhos, pois não possuía dinheiro para empregar um instrutor e tampouco existem instrutores de crianças na cidade. E por certo é um privilégio para Hanokh que Rabi Haim esteja cuidando dos seus órfãos, ensinando-lhes a *Torá* e a recitar o Kadisch. Nesse instante falei a mim mesmo: Quantos meninos andam por aí sem estudar a *Torá*. Eu os reunirei na casa de estudos e lhes ensinarei um capitulo do *Pentateuco*.

Como numa visão eu me via sentado à cabeceira de mesa com um grupo de pequeninos a me rodear, e eu lhes ensinava o *Pentateuco* com o comentário de Raschi, e a voz dos garotos elevava-se nos meus ouvidos e alegrava o meu coração. Disse-me meu coração: Queres estabelecer a tua residência aqui e não retornar à Terra de Israel? Respondi ao meu coração: Certa feita houve um justo que foi para lá, no caminho chegou a uma localidade e viu que ali se desconhecia qualquer coisa da *Torá*, salvo um versículo do Ouve Israel. Sendo assim, permaneceu com eles por sete anos e lhes ensinou as Escrituras; a *Mischná*, as leis, as lendas do *Talmud*, até que se tornaram eruditos. Passados sete anos retomou o seu caminho e foi a pé, pois gastara o seu dinheiro comprando livros para eles e não possuía dinheiro para as despesas de viagem. E o caminho para a Terra de Israel estava infestado de bandos de ladrões e de animais ferozes. Então surgiu um leão e deitou-se à sua frente, montou nele e este o levou à Terra de Israel e desde então o apelidaram de BenLavi[72].

Disse-me meu coração: O que tem a ver com uma lenda, volta para a realidade. Disse eu ao meu coração: Conheço uma pessoa em Jerusalém que nos Sábados reúne crianças da rua e as leva à casa de estudos e recita com elas os salmos, e após cada livro dá-lhes toda a espécie de guloseimas. Contei a Daniel Bach o que desejava fazer. Disse Daniel Bach: O senhor encontrará toda a espécie de guloseimas, mas duvido que encontre garotos que queiram estudar a *Torá*.

Naqueles dias fui tomado pela saudade dos meus filhos, pois em primeiro lugar, é natural que um pai tenha saudade de seus filhos e, em segundo lugar, pois falei comigo mesmo, se meus filhos estivessem comigo, eu lhes teria ensinado a *Torá*. Escrevi à minha mulher. Ela me escreveu respondendo: Melhor seria se fôssemos à Terra de Israel. Comecei a pensar no assunto, que não era alheio ao meu coração.

Capítulo Nove e Cinquenta
Minhas Refeições se Reduzem

Há alguns dias que as coisas se modificaram no hotel. Krolka põe a minha mesa e serve apenas uma refeição ligeira. Terminaram-se os pratos quentes e nutritivos que prolongam a vida dos que os comem.

É verdade que alimentos leves são bons para o corpo e não pesam na alma, mas há um problema, posto que mesmo se você

---

72. Lit. filho do leão. (N. da E.)

os come até se fartar, parece que lhe falta algo. A Polônia não é como a Terra de Israel, na Terra de Israel um homem come uma fatia de pão, azeitonas e um tomate e está satisfeito, ao passo que na Polônia, ainda que coma uma horta inteira, sua barriga está vazia. Essa é a maldição com que foram amaldiçoados os filhos de Israel por terem dito: "Lembramos os pepinos e os melões e as forragens que comemos no Egito". Disse-lhes o Santíssimo, Bendito Seja: "Eis que eu vos exilo para as terras das nações, talvez lá fiqueis mais satisfeitos".

Tudo isso diz respeito à refeição matinal e o mesmo se aplica ao almoço. A dona do hotel esqueceu os ensinamentos do médico vegetariano que lhe ensinou a preparar toda a espécie de pratos. Agora, ela me prepara um prato e deste me servem durante dois ou três dias. Se o cozido estragou-se, servem-me dois ovos e um copo de leite. O pior de tudo é que até mesmo por essa refeição ligeira devo aguardar. A princípio, a dona da casa apresentava-me as suas desculpas, dizendo que não tivera tempo de preparar-me uma boa refeição, pois estava atarefada junto da Raquel, por fim deixou de se desculpar diante de mim, pois não tem tempo de falar com ninguém, visto que passa todos os dias com Raquel.

Uma pessoa pode renunciar à farta alimentação, porém não pode renunciar à cordialidade. O proprietário do hotel senta-se, envolto em seu longo casaco, o cachimbo na boca; às vezes lança baforadas de fumo e outras vezes coça os joelhos, calado. Eu lhe pago as minhas despesas e ele conta o dinheiro em silêncio e o introduz numa carteira de couro. Sei que não me guarda nenhum rancor, porém os desgostos com os filhos e os padecimentos do corpo apagaram qualquer brilho de sua face. Mas o que adianta eu sabê-lo, quando o meu coração busca um pouco de alegria.

Desde o dia em que a dona do hotel deixou de cuidar da cozinha, encarregou a Krolka de cozinhar e Babtchi cuida da *kaschrut*.

Não aprecio muito a Babtchi e posto que não a aprecio, ela também não me aprecia. E desde que ela não me aprecia, não considera que vale a pena preparar para mim uma mesa bem posta, e ela a prepara como se põe a mesa para uma pessoa que não merece que se incomodem com ela. Muitas vezes evito comparecer à refeição principal do dia, para não ter que lhe agradecer pelo seu serviço. Outra pessoa teria ido à taverna ou ao hotel da divorciada. Eu não fui. O que fazia para não passar fome? Substituía a refeição por frutas. Inicialmente, eu comprava frutas no mercado, da mulher de Hanokh; se a mulher de Hanokh não as tinha, eu as comprava de suas vizinhas.

Certa feita perguntei a uma mulher: Tia, por que você senta no mercado se não tem o que vender? Respondeu ela e disse: E onde me sentarei, acaso no jardim do palácio do rei? Perguntei a uma outra mulher. Ela respondeu e disse: Para que não lancem mau-olhado e não digam: esta senhora senta-se em teatros, portanto, sento-me no mercado.

As frutas que provêm do mercado em parte estão podres, e em parte mofadas, e você deve dar-se ao trabalho de escolher as boas e jogar fora as estragadas. Não obstante, eu comprava no mercado; em primeiro lugar, devido ao hábito; e, em segundo lugar, para que a mulher de Hanokh ganhasse dinheiro. Certa vez vim comprar e não encontrei frutas dignas de serem digeridas. Disse eu a mim mesmo: É da natureza das frutas crescerem nas árvores do pomar, irei ao pomar e comprarei as frutas direto da árvore.

Esse gentio, do qual compro maçãs e peras, não tem a face irada e não fala somente da finalidade da vida, mas recebe o dinheiro, entrega as frutas e me diz: Faça bom proveito. Se não me equivoco, conheci o seu pai, ou talvez fosse o seu avô. Nos tempos passados, quando era moço, eu costumava ir ao seu pomar para comprar dele frutas e ele me dizia: Faça bom proveito. No outro ano cheguei e não o encontrei. Perguntei a respeito dele; responderam-me: Está em casa. Entrei e o encontrei deitado e doente. Naquele momento vi que mesmo os gentios podem ser vencidos pela fraqueza.

Desde o dia em que se deu a redução nos meus alimentos, deu-se também a redução da minha permanência na casa de estudos. Seja comprando as minhas frutas no mercado, ou comprando-as do gentio, estou ocupado em buscá-las e não posso permanecer lá assiduamente.

Quando um homem senta-se na casa de estudos, não possui nada além da *Torá*, de Israel e do Santíssimo, Bendito Seja. Ao sair para o mercado, não há *Torá* e os israelitas estão curvados e oprimidos e até mesmo Ele, o Abençoado, aparentemente contrai-se e Seu Nome não é perceptível neste mundo.

Deixo de lado todos os gentios de minha cidade, quer aqueles que nasceram em Szibusz, quer aqueles que o Lugar trouxe de um outro lugar e não menciono senão a Anton Jakubowicz, aliás *pan*[73] Jakubowicz, aliás Antosz Agopowicz, que em sua juventude fora matador de porcos e agora, em sua velhice, é um cidadão respeitável, um homem abastado e dono de muitas propriedades. Seu filho primogênito é um padre e professor de catecismo, seu segundo filho é um tenente e as filhas estão casadas, uma com um juiz polonês e a outra com um educado nobre de boa linhagem que enverga um redingote da cavalaria. Quando deixei Szibusz e emigrei para a Terra de Israel, Anton já era conhecido na cidade e popular entre as pessoas; conversava em ídiche e temperava a sua conversa com palavras hebraicas, zombando dos ignorantes dentre nós que não possuíam nem *Torá* e nem sabedoria. Contavam-se muitas anedotas a respeito de Anton e eis uma delas: Certa feita ele viu, na manhã do Nove de Av, um judeu ignorante levando na mão a bolsa contendo o manto de oração e os filactérios. Disse-lhe Anton: Ó *gói*, não sabes que não se coloca filactérios na oração matinal do Nove de Av?

Quando adveio a guerra e os russos conquistaram Szibusz e todos os seus importantes cidadãos fugiram, Antosz conseguiu aproximar-se dos oficiais e tornou-se a mão direita do comandante capitão Gavrilo Vassilevitch Strachilo. Eles apossaram-se dos bens dos israelitas que haviam fugido do opressor, e transferiram os objetos e as mercadorias para a Rússia. Não havia

---

73. Em polonês, "senhor". (N. da E.)

judeus na cidade que lhes pudessem contestar e os funcionários poloneses e austríacos, que restaram sem alimentos e sem abrigo, eram sustentados clandestinamente por Antosz, pois caso os austríacos voltassem, eles o protegeriam. Os últimos prestavam atenção aos seus presentes e não aos seus atos. Ele também supria o exército de alimentos e viajava para Astracã, a fim de trazer de lá peixes secos para os dias de jejum, bem como para Odessa e outros lugares e, onde quer que chegasse, parecia ser um nativo. Em Odessa falava ídiche com os judeus, em Astracã parecia um armênio e nos tempos do domínio ucraniano, era um ucraniano. Cada uma de suas viagens trazia-lhe proveito e todas as autoridades que governavam Szibusz favoreciam Antosz. Quando a guerra acabou e alguns proprietários de casas principiaram a retornar a Szibusz, Jakubowicz os recebeu cordialmente, dando a alguns um punhado de tostões, e emprestando a outros alguns marcos. E se lhe recordavam as suas malfeitorias, ele se desculpava dizendo: Que mais poderia eu ter feito? Os russos vieram e me ameaçaram. Acaso não sabem que Esaú é uma besta feroz? Por cordialidade comprava deste um casebre e do outro o terreno de uma casa, e lhes pagava alguns tostões. Assim, quase todo o mercado passou às suas mãos. Ele também logrou comprar uma pequena herdade de um aristocrata, perto de Szibusz, e se comportava à maneira dos nobres. Antes da Páscoa, já ouvi dizer que ele enviava a alguns judeus batatas, ovos e beterraba. Venham e vejam, dizia *pan* Jakubowicz, eu, um pequeno gentio, dou esmola aos filhos daqueles ricos judeus que me permitiam lamber as suas sobras.

Os filhos dos judeus ricos, cujas sobras Antosz lambera, não são notáveis na cidade, ao contrário dos tempos de outrora, quando a maior parte da cidade era povoada por judeus. Sebastian Montag, o líder dos nossos cidadãos, morreu em solo estrangeiro, em Varsóvia, sendo que seus parentes não tinham recursos para trazer o seu esquife para ser enterrado no túmulo de seus antepassados. É verdade que lhe haviam prestado grandes honras ao morrer, tendo sido mencionados os feitos que realizara em benefício da Polônia, pois foi por mérito de seus feitos que ele fora eleito para o Sejm[74], porém não lhe foi possível comparecer à maior parte das sessões; às vezes, porque seus sapatos estavam rotos e outras porque não tinha o que comer pela manhã. No lugar de Sebastian Montag está um gentio malvado, inimigo de Israel; seu vice assemelha-se a ele, bem como todos os demais funcionários. Não restou à gente de Israel em Szibusz senão engolir a sua saliva e pagar os impostos.

Há pessoas em Szibusz que invejam os seus irmãos que partiram para outros lugares. O que encontraram lá os seus irmãos para que fossem invejados? Não encontraram um cabrito dourado trazendo passas e amêndoas, não encontraram nem sequer pão seco. Então, o que têm eles para causar inveja? É que quem tem dificuldades em seu lugar, considera os outros lugares um paraíso. Até mesmo aqueles que partiram de Szibusz escreveram sobre ela como se fosse um paraíso. E talvez Szibusz seja um paraíso. E, se ela não é um paraíso para os israelitas, o é para os gentios.

Toda vez que *pan* Jakubowicz me encontra ele me assedia e conversa comigo. Contigo, meu amigo, me diz *pan* Jakubowicz, pode-se trocar uma palavra em ídiche, pois todos esses outros judeus foram tomados pelo espírito de Viena e falam meio alemão. E visto que se pode trocar comigo uma palavra em ídiche, ele fala e prossegue. Suspira pela honra da cidade que decaiu e pelos jovens de Israel que não tomam conhecimento do seu Criador. Eles e seus pais, diz Antosz, estão dispostos a lhe vender Deus por um tostão, mas, enquanto para os pais deles Deus ainda valia um tostão, para os filhos Ele nem sequer vale isso.

Antosz fala ídiche como se falava em Szibusz antes de sua gente ter sido exilada e de ela ter sido afetada pelos costumes de Viena. E ele me relata da importância de sua riqueza e da glória de seus filhos. Meu filho primogênito, diz Anton, é rabino e mora numa *ieschivá*, um dos meus genros genro é *daian*[75] e eruditos batem

---

74. O parlamento polonês. (N. da E.)
75. *Daian*, juiz de um tribunal rabínico. (N. da E.)

à sua porta. Um hóspede habitual em minha casa é o professor Lukaciewicz. Ele vem à minha casa a cada Schabat nosso para a *seudá schelischit*, a fim de comer conosco pernil de porco com repolho, linguiça com sangue, e linguiça de fígado. Esse velho obstinado, diz Anton, é um grande comilão, que o mau-olhado não o atinja, e do mesmo modo como come, dane-se ele, assim bebe. Bebe, o maldito, que Deus nos livre, vinho cristão, uma banheira inteira, e não se embriaga.

Além do Lukaciewicz, Strachilo, o capitão russo, que era o comandante de Szibusz na época da ocupação russa, é também um *habitué* na casa de Antosz. Após ter rodado meio mundo, tendo passado pela Sibéria e pela América, voltou a Szibusz. É um velho alto, empertigado e magro, e de bigode frisado para cima. Ele se arrasta apoiado sobre o seu bastão. Mudaram-se os tempos em que Antosz se prostava diante dele como um servo. Agora Antosz é um cidadão respeitável, abastado e rico possuidor de muitas propriedades, e o capitão Strachilo recebe dele uma pensão que não basta para viver nem tampouco para morrer. Mas Strachilo não se incomoda, pois quem detém o poder em suas mãos tem o direito de fazer o que bem entende. Duas vezes ao mês, vem o segundo filho de *pan* Jakubowicz a Szibusz, para prestar os respeitos a seu pai e saborear o que se cozinha na panela de sua mãe. E quando ele vem, comparecem em sua honra o capitão Strachilo e o professor Lukaciewicz e dois ou três outros senhores. Sentam-se juntos, comem e se regozijam e conspiram contra os israelitas. Porém, deve-se abençoar a Anton, que não conspira com eles, pois diz: Deixem os judeus em paz, tenham pena deles, pois sua alma se contorce em estertores, já que nem sequer têm força para matar um piolho.

Uma grande verdade disse *pan* Jakubowicz, a alma dos judeus de Szibusz se contorce em agonia e eles não têm força nenhuma. A princípio, veio a guerra e arrancou-os de seu lugar e não fincaram raízes em outros lugares. A seguir, seus bens lhes foram tomados e depois o seu dinheiro. Em seguida, tomou-se-lhes os filhos e então as casas. A seguir tomaram-lhes o ganha-pão.

Depois lhes impuseram taxas e tributos, de onde poderiam os israelitas tirar forças?

Daniel Bach caminha com sua bengala e se apoia na perna postiça. Faz alguns meses que ninguém vem comprar lenha e sua mulher não é chamada por nenhuma parturiente. Mais uma desgraça existe na casa deste último, que é a desgraça da filha. É verdade que Erela ganha o seu sustento e ajuda os pais, mas ela está crescida e não há noivos em vista. A princípio, supúnhamos que Ierukham Liberto casar-se-ia com Erela, mas ele casou-se com Raquel. Até mesmo aquele comerciante que foi à bancarrota e sobre o qual pensávamos que estava para se tornar um novo ricaço em Szibusz, não foi bem-sucedido. O advogado de Riegel, o caixeiro-viajante, o qual ajudou o Riegel a se livrar da mulher, pôs a sua mão nele e se apossou da mercadoria que estava em poder da mulher do comerciante, e temo que ela seja encarcerada.

Sua loja está fechada, impossível entrar ou sair. Depois de terem retirado as mercadorias na calada, as autoridades chegaram e puseram um timbre de argila sobre a fechadura, para que ninguém se equivocasse pensando que eles fecharam a loja por alguma celebração. Sua loja está fechada. Mesmo nas demais lojas que estão abertas, não há fregueses. E visto que não há fregueses, não se traz mercadoria. E visto que não se traz novas mercadorias, até mesmo Judá não tem o que fazer, aquele Judá que trazia aos lojistas a mercadoria de Lvov.

Novamente Riegel, o caixeiro-viajante, vem e se hospeda em nosso hotel. Se devemos concluir pelos rumores, ele não deu ouvidos ao conselho de Babtchi e não acolheu de volta a sua mulher. E se concluirmos pelos fatos, ele não se lamenta por isso. As palavras que troca com Babtchi são poucas e não comoventes. Babtchi o percebe e tenta fazê-lo falar, e ele saca a cigarreira, retira um cigarro, acende-o e responde a Babtchi tranquilamente, como uma pessoa que está à vontade e não se sente pressionada. E isso, meu caro, não agrada ao coração de Babtchi; à semelhança de uma donzela que se zanga com o rouxinol por este não lhe cantar canções de amor, e o sr. Riegel não se impressiona com o seu desgosto e observa o relógio à maneira como eu e você fazemos quando queremos nos livrar, eu de você, ou você de mim.

Os tempos mudam e com eles os corações. Quem sabe, se o sr. Riegel se comportasse com Babtchi como outrora, talvez ganhasse os seus favores. Porém Riegel deixou de pensar em ganhar os seus favores. Pois enquanto um homem é casado, lança olhares a outras mulheres e tendo se livrado da esposa, percebe que pode passar sem mulheres.

Riegel está sentado, um copo à sua frente e uma cigarreira em cima da mesa. Esta cigarreira, meu caro, bem como a caixa de fósforos, é de prata e seu nome está gravado nela; ambas lhe foram presenteadas por seu patrão ou talvez por si mesmo. E elas modificaram o seu caráter, pois ele não mais cogita se irá à cozinha para pegar uma brasa e conversar com a sra. Zommer, e não deseja acender o seu cigarro no cachimbo do sr. Zommer. E se fôssemos daqueles que fazem suposições, poderíamos supor que nesse momento ele não se lembra nem do pai de Babtchi e nem da mãe de Babtchi. Sendo assim, em que pensa ele? Isso é fácil de dizer e difícil de supor.

Krolka entrou e parou diante do sr. Riegel, inclinou a cabeça humildemente e perguntou, como é de seu hábito, sussurrando: Acaso o senhor deseja um outro copo? Disse Babtchi a Krolka: Volte para as suas panelas, Krolka, se o sr. Riegel pedir algo, eu lho trarei. E ela o interroga com voz suave: Acaso, sr. Riegel, deseja algo? Logo lhe trarei. E ao falar fixou nele os olhos aguardando a resposta.

Eu não ouvi que resposta deu Riegel a Babtchi e você também, meu caro senhor, não ouviu, por causa de Ignatz que veio pedir uma esmola do caixeiro-viajante. Esse Ignatz não possui nariz, mas fareja toda e qualquer pessoa vinda à cidade e vem lhe pedir *pieniadze*.

O sr. Zommer, apoiando-se em sua bengala, levantou-se e foi à cozinha. Há uma hora já queria perguntar a Krolka como estava a Raquel. Já fazia algumas horas que sua mulher fora verificar como estava a Raquel e ainda não retornara.

O sr. Zommer voltou e sentou-se, o cachimbo assim enfiado na boca. Assim senta-se o sr. Zommer todo dia, todo o tempo, a todo momento, desde a oração matinal até a hora de recitar o Ouve Israel na cama.

Agora perguntemos como está Raquel. Talvez Krolka saiba mais do que revelou ao sr. Zommer. Krolka suspirou e disse: O que direi e o que contarei? As penas da gravidez são duras para a sra. Raquel. E visto que Krolka teve tempo de terminar todo o seu serviço na cozinha e não tem o que fazer, ficou e contou-nos coisas que já sabíamos, como por exemplo, que todo o mundo supunha que o sr. Ierukham Liberto, o marido da sra. Raquel, se casaria com a srta. Erela Bach, aquela professora, moça instruída, filha de nosso vizinho, o sr. Bach, do qual o Senhor Deus houve por bem tomar uma perna e, posto que a sra. Raquel pôs os olhos no par de sua companheira e o tomou dela, portanto o Senhor Deus a pune e lhe dificulta a gravidez.

E a essa altura, Krolka fixou os olhos em mim e me perguntou: E o que pensa meu douto senhor a respeito disso? E o que escrevem os santos livros sobre uma coisa dessas? Respondi eu a Krolka: Bem fez você ao me perguntar o que está escrito nos santos livros a tal respeito, pois se tivesse perguntado a minha opinião, eu não saberia o que retrucar. Pois deve saber, Krolka, que a nossa sabedoria é pouca, e se não olhássemos nos santos livros nada saberíamos. E no que diz respeito ao assunto que perguntou, dir-lhe-ei: Se Ierukham fosse o par de Erela, Raquel não poderia tirá-lo dela e, se ela o tirou, é óbvio que havia sido declarado nas Alturas que Raquel seria a parceira de Ierukham. Krolka elevou os olhos para o alto e disse: Bendito Aquele que ensina a sabedoria ao homem, e tornou a me dizer: Meu douto senhor, deu ao meu coração um novo alento.

Neste ínterim, estando parados ali, chegou a mãe de Raquel. A mãe de Raquel está feliz e fatigada. Durante o dia todo esteve com a filha. O que fez e o que não fez? Sete mulheres não fazem o que uma mãe faz por amor de sua filha. E Bendito Seja o Senhor por seus feitos terem sido bem-sucedidos. Mas são duras para Raquel as penas da gravidez.

São duras para ela as penas da gravidez, e não há por que se admirar, pois Raquel já passara por muitos infortúnios. Quando era pequena sofreu de muitas moléstias, e ainda nem havia escapado dos males quando a guerra chegou. Então tiraram Raquel da cama, e adoentada, colocaram-na num saco, e ela era carregada sobre os ombros de sua mãe no sol, na poeira, pelos caminhos. Ela tombou do saco e caiu sobre espinhos, ficou deitada ali sem alimentos e sem água, e vespas negras ameaçavam-lhe a vida. Agora já não está deitada sobre espinhos e vespas maldosas, já não ameaçam picá-la, mas está deitada sobre uma cama ampla com travesseiros e cobertas, e sua mãe a alimenta com iguarias e a faz tomar leite. Se você vê uma galinha gorda no mercado, saiba que ela é destinada a Raquel, para que se prepare com ela um caldo. E se você percebe que o leite do hotel é magro, saiba que retiraram toda a nata para Raquel. Todo o dinheiro que pago pela hospedagem e pela alimentação é gasto com Raquel, pois todos os salários de Ierukham não bastam senão para uma refeição de operários.

Ierukham faz tudo que está ao seu alcance para agradar à sogra e ela não está satisfeita com ele. Certa vez, quando Raquel foi tomada pelas dores, a sogra lançou-lhe olhares irados que falavam e diziam, Malvado, o que causou à minha filha!? De todo o orgulho de Ierukham não restaram senão as suas mechas e até mesmo estas foram despojadas de sua altivez. Duas ou três vezes Ierukham veio à casa de estudos para me contar o seu infortúnio. Porém, incomodou-se em vão. Quando lhe pedi que viesse à casa de estudos não veio, agora quando ele vem não me encontra. Rabi Haim me disse: Esse rapaz está se acabando de tanto esperar.

Lamento por Ierukham que, acocorado todos os dias na poeira, conserta as vias. Tanto nos dias de inverno como nos dias de calor, quer antes do meio-dia, quer depois do meio-dia.

É verdade que na Terra de Israel também não construiu torres e tampouco palácios e que seu trabalho era mais duro do que esse no estrangeiro; lá ele ficara imerso até a cintura nos pântanos e colocara em perigo a sua vida. Porém, na Terra de Israel, os feitos de um homem têm uma finalidade, e se ele não os realiza por amor de si mesmo, ele os realiza pelos outros que o seguirão. Por um lado, se não tivesse retornado da Terra de Israel, não teria encontrado a Raquel. Entretanto, quanto a isso, deve-se dizer que teria sido melhor para Raquel permanecer sem esposo. Moças que são graciosas, como a Raquel, graciosas quando não atribuladas com um marido.

Meu outro eu, que habita comigo, sussurrou-me: Se não fosse por Ierukham Liberto, Raquel estaria livre e eu e você poderíamos observá-la. Digo ao meu outro eu: Bem disse você, Raquel é uma bela moça. Logo o meu outro eu se põe a desenhar diante de mim o rosto de Raquel, em toda a espécie de belos e atraentes quadros. Disse eu ao meu outro eu: Um grande pintor é nosso Deus. Meu outro eu rangeu os dentes. Disse-lhe eu: Está brincando comigo? Respondeu-me: Pois você atribui os meus feitos ao Santíssimo, Bendito Seja. Não foi Deus que desenhou diante de você o rosto de Raquel, mas fui eu que o desenhei. Disse-lhe eu: Você desenhou diante de mim o rosto da mulher de Ierukham Liberto, ao passo que nosso Deus desenhou diante de mim a imagem do rosto de Raquel, a filha caçula do dono do hotel. Riu o meu outro eu e disse: Raquel, a filha do dono do hotel é Raquel a mulher de Ierukham Liberto. Percebi até onde as coisas haviam chegado e logo lhe recordei o pacto que fizera com ele. Ele ficou temeroso de que eu me arrependesse e anulasse o pacto e me deixou em paz.

Capítulo Sessenta
No Campo

A fim de que não voltasse ao assunto, atraí-o para a casa de estudos, e para que não me incomodasse no caminho, abordei qualquer pessoa no mercado. E visto que foi Ignatz quem veio ao meu encontro, conversei com ele.

Esse Ignatz, se você se habitua às suas rosnaduras, pode-se ouvir dele alguma ideia razoável. Certa vez a conversa versou sobre Hanokh e sua morte e Ignatz disse: Esse pânico que tomou conta de toda a cidade quando encontraram o Hanokh morto na neve, não sei por quê. Fatos como esse nos sucediam nos tempos da guerra todo dia e a toda hora e não lhes prestávamos atenção. Por vezes encontrávamos um soldado deitado sob o seu cavalo, ele estava morto e seu cavalo vivo ou seu cavalo estava morto e ele estava vivo. Antes de termos tempo de separá-los, o fogo do inimigo atingia-nos, destroçando a maioria dos nossos companheiros, uma mão aqui, outra perna lá, a cabeça de um homem cortada voando e batendo na cabeça de seu camarada e ambos afundando no sangue e na lama.

Deixemos Ignatz e vamos ao encontro de Daniel Bach.

Daniel Bach apoia-se em sua muleta, a barba feita e a fisionomia alegre. Andemos ao seu encontro e lhe poupemos a caminhada.

Conheci muitas pessoas em Szibusz; o mais querido dentre todos é Daniel Bach, pois foi ele quem conheci primeiro no dia em que voltei à minha cidade, e porque ele não fatiga você com palavras supérfluas que perturbam a mente. Bach não é natural de Szibusz, porém, visto que chegou à cidade alguns anos antes da guerra, considero-o como se fosse uma pessoa de Szibusz. E posto que não nasceu em Szibusz, não se considera um pupilo do Santíssimo, Bendito Seja.

Quando encontro Daniel Bach prendo-o à minha direita e vamos passear a todo lugar onde as pernas nos levam. Tão logo chegamos perto da floresta, ele volta as suas pernas para a cidade. Não é devido à dificuldade da caminhada e à distância do lugar que ele não entra na floresta, mas suponho que desde aquele episódio acontecido nas trincheiras do exército, quando ele procurou os seus filactérios e encontrou uma das suas tiras presa ao braço de um morto na floresta, ele a evita.

De que falamos e de que não falamos. De coisas sobre as quais se conversa, sejam elas coisas que o homem submete à sua vontade, ou coisas que submetem o homem à vontade delas. Certa vez a conversa versou sobre a Terra de Israel. Disse Daniel Bach: Louvo os anciãos que vão para a Terra de Israel para morrer ali, ao contrário dos jovens que vão para lá viver, pois sua vida torna-se a via mais curta para a sua morte. Perguntei-lhe: Acaso aqui vocês vivem eternamente? Respondeu o sr. Bach: Aqui um homem vive sem um programa e morre sem um programa.

E o sr. Bach acrescentou: Essas santidades: a santidade da vida, a santidade do trabalho e a santidade da morte que vocês preconizam, não sei o que significam. Que santidade há na vida, no trabalho ou na morte? Um homem, vive, trabalha e morre. Acaso tem alternativa que não seja a de viver, trabalhar e morrer?

E acrescentou o sr. Bach: Aqueles que vivem em santidade, desconhecem-na, e aqueles que levam a palavra santidade em sua boca, estão longe dela. Isso, e mais: o que o homem faz com o coração e conscientemente, que santidade há nisso? Posto que para isso foi criado e é isso que deseja. Seja como for, não quero julgar coisas que não me cabem julgar. Para um homem como eu basta viver e não preciso julgar a vida dos outros.

Lembrei-me dos meus camaradas da aldeia e recordei que havia prometido voltar a visitá-los. Disse-lhe eu: Venha comigo e lhe mostrarei um exemplo dos camaradas de Ierukham. Disse o sr. Bach: Talvez valha a pena ver o que os rapazes fazem por lá. Há muitos anos que não arredo o pé da cidade. Fomos ao mercado e compramos alimentos e alguns enfeites para as duas moças de lá, alugamos uma carroça e partimos.

As chuvas haviam cessado há três dias, e a umidade ainda era perceptível. O solo ainda não endurecera e a viagem foi confortável e aprazível. O centeio ainda estava em espigas e um cheiro agradável recendia dos campos. Os cavalos trotavam sozinhos e a carroça os seguia. O cocheiro estava sentado na boleia, cantando uma canção de amor sobre um belo jovem que partiu para a guerra e deixou a sua amada na aldeia, e eu e

Daniel estávamos sentados confortavelmente, como viajantes que esquecem as suas preocupações durante a jornada.

No caminho Bach perguntou-me se sabia de alguma coisa de Aharon Schützling. Visto que Schützling não escrevera, não tinha o que contar sobre ele. E visto que eu não tinha o que contar sobre ele, falamos de outras pessoas, daquelas que estão na boca de todos e daquelas de que ninguém se lembra, até que chegamos à aldeia e saímos para o campo.

Naquele momento, nossos camaradas encontravam-se no campo, carregando feixes de feno. Dois estavam sobre uma carroça, dois de um lado e dois do outro, com longas forquilhas nas mãos; os camaradas sobre a carroça afundavam até a cintura no feno, amassando-o com os pés, a fim de dar lugar para o feno que seus camaradas lhes jogavam. Em baixo, sobre um feixe de feno, estava sentado o fazendeiro, o cachimbo apagado na boca, observando os atos de seus trabalhadores. Os camaradas estavam ocupados em seu labor e não nos notaram. Ficamos observando-os em seu trabalho.

O fazendeiro viu Bach, tirou o cachimbo da boca, meteu-o na bota, e correu alegremente ao seu encontro, tomou as mãos de Bach e não as largou dizendo: Ó meu sr. Bach, se não fosse por você, os corvos teriam comido a minha carne. E enquanto falava, abrandavam-se-lhe as rugas, sua face perdeu a expressão de cólera e uma tristeza, como uma tristeza judaica, pairou em seus olhos gentios. Ao final, mirou a perna postiça do sr. Bach e disse: Isso lhe fizeram, meu sr. Bach? E você veio até aqui com esta sua perna, e eu não fui até você nenhuma vez. O homem se parece a um porco, chafurda em sua lama, se coça e come. Isso é que é o homem.

Assim, o fazendeiro permaneceu à frente de Bach, falava e tornava a falar e lhe demonstrava toda a espécie de afeição, pois Daniel Bach o salvara da morte, como contaremos adiante, ou talvez contemos logo, antes de esquecermos. Ocorreu que ambos serviam na guerra no mesmo batalhão. Certa vez, o oficial ordenou àquele fazendeiro que fizesse tal e tal coisa, o fazendeiro transgrediu as ordens e fez o contrário e foi condenado à morte.

Veio o sr. Bach e o defendeu, dizendo que o que fizera, fê-lo porque não entendia alemão, e sua pena de morte foi comutada por outra.

Depois que o camponês mencionou o episódio, acrescentou e disse: Todas as desgraças não decorrem senão do fato de que os idiomas dos homens não são os mesmos. Se todos falassem a mesma língua, compreenderiam uns aos outros. Mas as línguas das pessoas são distintas. O alemão fala o idioma alemão, o polonês fala o idioma polonês, e os rutenos falam o ruteno. A esses o judeu acrescenta a língua ídiche. E agora, vá você e diga que somos irmãos. Como podemos dizer que somos irmãos se um não compreende a língua do outro, e não distingue uma bênção de uma maldição. E agora, vêm os filhos dos judeus e falam a língua hebraica, que eu e os pais deles desconhecemos. Ó hebreus, não veem que chegaram visitas? Parem o seu trabalho e venham cumprimentar os seus hóspedes. Até mesmo aquele hierosolimita da Palestina veio, e vestiu um novo terno em honra de vocês. Cuidem dele e do seu terno, para que não caia sobre ele nenhum pedaço de palha.

Os camaradas ouviram, saltaram e vieram, os de ambos os lados da carroça e aqueles de cima da carroça, cumprimentaram-nos e sacudiram as nossas mãos com alegria. E não pararam de se regozijar conosco até que o fazendeiro lhes disse: Ó hebreus, é melhor que larguem as mãos deles e lhes preparem comida, pois na certa não desejarão comer da minha.

Alguém do grupo se desgarrou e correu para as nossas camaradas, para anunciar-lhes a vinda das visitas e para que preparassem o jantar. E os demais foram trocar de roupa, pois o patrão lhes permitira deixar o trabalho uma hora antes, em honra do sr. Bach.

O fazendeiro levou-nos e nos mostrou os seus campos, e todo camponês e toda camponesa que viam Bach inclinavam a cabeça em honra dele e lhe perguntavam como estava passando. Os camponeses o haviam conhecido na guerra e suas esposas o conheceram depois da guerra, pois compravam sabão dele para que os seus maridos lavassem das mãos o sangue que haviam derramado na guerra.

Entrementes, voltamos aos nossos camaradas que estavam em frente da casa, esperando por nós. Apareceram as nossas camaradas e puseram na mesa os produtos da aldeia e a estes eu acrescentei toda a espécie de alimentos que trouxera da cidade.

Uma pequena lâmpada iluminava o pequeno aposento e um cheiro bom recendia dos campos, do feno, do pão e da nova toalha que fora estendida sobre a mesa. Os rapazes comiam com apetite, como depois de um jejum, instavam conosco para comer, manifestavam-nos afeição e a redobravam cada vez mais, e não sabiam a quem servir primeiro e a quem servir depois, àquele que veio da Terra de Israel, ou ao sr. Bach. Disse-lhes eu: Mereço que me sirvam primeiro, pois lhes trouxe um hóspede importante, e visto que estou familiarizado, como se fosse um de vocês, eu e vocês faremos as honras para o sr. Bach.

Os jovens agradeceram-me por ter lhes trazido um hóspede tão importante. Importante em virtude do seu irmão, morto pela Terra, importante em virtude de seu pai, que reside na Terra de Israel, e importante em virtude de si próprio, pois se incomodara e viera até eles, não como os demais chefes de família que zombam deles, e se há entre eles alguns que os elogiam, ainda assim ninguém se dá ao trabalho de visitá-los.

Depois de terem mitigado um pouco a sua fome e comido tudo que eu trouxera, dirigiram-se a mim afetuosamente e me pediram que lhes contasse coisas da Terra de Israel. Mais do que todos, instava comigo Tzvi, o mesmo Tzvi que veio a mim há algumas semanas e me convidou a vir até aqui. E eu não me recusei a contar o que sabia e o que imaginei que sabia. Posto que nossos camaradas eram versados, a seu modo, nos assuntos da Terra, não precisei explicar muito, e se expliquei algo, fi-lo apenas em honra de Daniel Bach. Assim me sentei e contei até a meia-noite e não cheguei ao fim.

Naquele instante o querosene se acabara, pois as histórias se prolongaram e a lâmpada era pequena, como escrevi no princípio. Sendo assim, levantamo-nos da mesa, e era preciso que nos levantássemos, pois os camaradas acordam para o trabalho ao raiar do sol, sobretudo nossas camaradas, que acordam quando ainda é noite para ordenhar as vacas. Enquanto abasteciam a lâmpada com querosene, fomos passear pelo campo. Nossos amigos juntaram-se e continuaram a trilha da Terra de Israel até que as coisas versaram sobre o seu labor na aldeia. Daniel Bach disse-lhes, em nome do fazendeiro, que este último estava satisfeito com os seus serviços. E não só aquele fazendeiro, mas todos os fazendeiros, pelos quais passaram, disseram que jamais tiveram trabalhadores tão aplicados como eles.

Suspiraram os camaradas e disseram: O que lucramos com isso, se eles queimam os frutos de nosso trabalho. Às vezes o fazendeiro põe fogo em seu celeiro para receber o dinheiro do seguro; se não está assegurado, vêm os seus inimigos e o queimam. E desde que sua colheita foi queimada, não paga o nosso salário e nunca mais pagará. Passando de um assunto a outro, chegamos ao episódio que lhes aconteceu na Festa das Semanas, quando lhes roubaram os alimentos e nada lhes deixaram. Disse o sr. Bach: Isso aconteceu antes da outorga da Lei, quando ainda não lhes fora imposto o mandamento: "Não roubarás".

O céu mostrava que já passara da meia-noite e o feno exalava o seu bom olor, como se o orvalho o tivesse triturado e perfumado, ou como se fosse o feno que o perfumava. As estrelas estavam silentes, uma aqui, outra acolá, e sua luz pairava pelo firmamento. De repente, uma estrela saltou de seu lugar, sumiu, e a névoa encobriu a sua órbita. A noite desdobrava a sua paz e uma tranquilidade silenciosa pairava em tudo à nossa volta. Calados, voltamos à casa e nos deitamos.

Os camaradas prepararam leitos de palha no assoalho da casa. Recitei o Ouve Israel, cobri-me e desejei bom descanso ao sr. Bach. E ele não respondeu, pois já adormecera.

Eu também cerrei os olhos e disse: Que bom e agradável é vir para cá. Não se encontra uma noite dessas entre mil noites.

Nem pude terminar o louvor à noite, quando estremeci como se tivessem fincado uma agulha em meu rosto. Tirei rapidamente a minha mão direita a fim de esfregar a face e uma agulha foi como que espetada em minha mão. Saquei a esquerda e com ela cobri a minha direita, veio uma agulha e a picou. Talvez fosse uma outra agulha, pois era mais ardida e dolorosa do que a primeira. Enquanto eu tentava entender do que se tratava, chegou um bando de mosquitos e me esclareceu.

O mesmo que os mosquitos faziam de cima, os ratos faziam por baixo. Pipilavam e pipitavam e pululavam pelo quarto. Chamei o sr. Bach e ele não me atendeu. Tornei a chamar e ele não me atendeu. Acaso sua carne não sente, acaso não escuta o abominável e repugnante pipitar. No dia seguinte, quando lhe contei o fato, sorriu e disse: Conheço-os desde os tempos da guerra, quando se juntavam em bandos e mais bandos, grupos e mais grupos, para roer os cadáveres, e não merecem que eu perca sequer uma hora de sono por sua causa. E tampouco sou importante aos olhos deles para que se incomodem comigo, pois na certa encontraram primeiro a minha perna postiça e pensaram que sou inteiramente feito de pau.

Entre os mosquitos e os ratos chegaram as pulgas. Enquanto os ratos pululavam no quarto e os mosquitos sugavam o meu rosto e o meu pescoço, as pulgas dividiam entre si o resto do corpo. Ou talvez tenham entrado em sociedade com os percevejos, e o que estes largavam, aquelas vinham e tomavam. Quis pular, mas temi que nossos camaradas acordassem. Lamentei por ter insistido com eles que fossem se deitar. Se tivéssemos prolongado a conversa, eu teria abreviado os meus sofrimentos. Ergui a cabeça e olhei pela janela. A noite cobria a terra e não havia esperança alguma de que o dia despontasse. Toda a aldeia dormia, nenhum galo cantava, nenhum cão latia. Entrementes, caí no sono e adormeci. Tão logo adormeci, o galo cantou, e os cães ladraram, e as vacas mugiram no estábulo, e ouvi o som de pés descalços no chão do outro quarto, onde dormem as moças e vi a luz que vinha de lá. Disse eu: Bendito Seja Aquele que faz a noite passar e traz o dia.

Em breve os rapazes se levantarão e estarei livre deste leito de tormentos. O sono caiu sobre mim e adormeci.

Após uma hora ou uma hora e meia, abri os olhos e vi que o quarto se enchera da luz do dia. Apressei-me e me vesti, rezei, comi o desjejum e me sentei com os camaradas.

Observei a fisionomia de Bach, dos rapazes e das moças, que não haviam mudado desde ontem. Não se percebia nenhuma marca de mosquito. Quem trata os outros com rigor, é tratado assim por eles, e quem não trata os outros com rigor, não é tratado com rigor por eles. Naquele momento decidi não prestar atenção a percevejos, mosquitos, pulgas e ratos.

Após ter comido e bebido, nossos camaradas quiseram deter-me até depois do Schabat, pois no Sábado eles folgam durante todo o dia e toda a noite. Embora tivesse tomado a decisão de não dar atenção aos percevejos, mosquitos, pulgas e ratos, temi permanecer por lá, pois talvez não pudesse resistir à provação.

Chegou o cocheiro com sua carroça. O dono da casa veio e trouxe para o sr. Bach um pote cheio de manteiga e uma cesta cheia de cogumelos. Não saímos de lá sem que os demais camponeses e camponesas viessem e trouxessem alho e cebola, ovos e um par de pombos.

Daniel Bach despediu-se do fazendeiro e subimos à carroça. Disse o fazendeiro para o Bach: Em breve virei para trazer a sua esposa até nós. Perguntou Daniel ao camponês: Sua nora está prestes a dar à luz? Respondeu-lhe: Tanto minha nora como a minha mulher.

Os camaradas retornaram ao seu trabalho e nós retornamos à cidade. O ar agradável e o vento que soprava pelo trigal fizeram-me esquecer dos infortúnios da noite. E não há por que se admirar, pois naquela época tinha quarenta e um anos e poderia passar bem o dia, mesmo sem ter dormido de noite. Meus membros fatigados aos poucos iam se refazendo, salvo a minha pele, que inchou devido aos percevejos. Quando começamos a nos aproximar da cidade, assolaram-me as saudades dos nossos camaradas da aldeia. Disse eu a Daniel Bach: Se eu não temesse que os gentios roubassem os seus tesouros, gostaria de voltar consigo para a aldeia. Bach calou-se e não replicou às minhas palavras. Talvez estivesse pensando no fazendeiro, em sua mulher e nora, e talvez estivesse pensando em seu irmão que fora morto, e talvez nos presentes que trazia consigo para a esposa, pois não é todo dia que ele costuma trazer-lhe tais coisas. Ao final moveu a cabeça em minha direção e disse: Isso me causa espanto: se eles trabalham, para que necessitam da Terra de Israel? Podem ficar aqui, trabalhar e ganhar a vida. Respondi-lhe: Se não fosse pela Terra de Israel, acaso trabalhariam tanto? Disse-me ele: Por toda e qualquer coisa vocês mencionam a Terra de Israel. Disse-lhe eu: Quem mencionou dessa vez a Terra de Israel, eu ou você? Disse o sr. Bach: Toda vez que o vejo, parece-me como se uma tira da Terra de Israel estivesse se arrastando em seu encalço, e me lembro da Terra de Israel. Seja como for, os pais das moças podem ficar satisfeitos com elas por terem ido com os pioneiros e não terem sido arrastadas pelo comunismo. Perguntei-lhe: Foi só isso que o senhor encontrou de bom em nossas camaradas? Respondeu o sr. Bach: Tudo que é bom entre nós é dito pela negação e não pela afirmação.

Assim sentados, a carroça estremeceu e soltou um estridor e parou. O cocheiro desceu, examinou as rodas, e maldisse a si mesmo, aos cavalos, à estrada e a todas as criaturas do mundo. Afinal ergueu-se e disse: Senhores, tenham a bondade de descer. Uma roda se quebrou. – O que faremos? Respondeu o cocheiro: Vocês não farão nada. Vocês cuidarão da carroça e dos cavalos e eu irei procurar alguém para consertar a roda.

Perguntei ao carroceiro: Acaso teremos que ficar parados aqui por muito tempo? Respondeu o carroceiro: Vocês não precisam ficar parados de pé, se quiserem podem sentar-se. O cocheiro foi aonde precisava ir e eu e Daniel Bach sentamo-nos perto da carroça apoiada sobre três rodas. Passado meio-dia, o cocheiro ainda não havia retornado. Levantou-se Daniel, abriu o seu embrulho e disse: Almocemos. Depois de comermos ouvimos o som de pés de pessoas. Disse eu a Daniel: Duas pessoas vêm chegando. Disse Daniel: Vejo quatro pernas. Chegou o carroceiro e com ele um velho baixote e gordo, era o ferreiro, que consertou a roda e veio buscar o seu pagamento.

O ferreiro arrastava os pés preguiçosamente, enquanto sua cabeça balançava sem cessar. Olhou os restos de comida e disse: Bom apetite, e acrescentou perguntando: Tem aqui alguma gota de aguardente para a garganta do filho da minha mãe? Quando ouviu que não tínhamos aguardente, cuspiu nas palmas da mão e disse: Como é que então vocês comeram e não beberam? Falou o carroceiro: E você bebeu e não comeu. Respondeu o ferreiro: Bebi, meus senhores, bebi apenas uma gotinha. Cuspiu novamente nas palmas e disse: Ao trabalho. Após uma hora ou menos, voltamos a nos sentar na carroça. Chegamos à cidade quase ao anoitecer.

Capítulo Um e Sessenta
Vésperas

Voltei ao hotel e entrei em meu quarto. Minha garganta estava seca e meus ossos frouxos, minha pele inchada e minha cabeça pesada. Anoiteceu e o quarto escureceu. Sentei-me na beirada da cama e olhei à minha frente. A lâmpada cintilava na escuridão. Peguei um fósforo para acender a lâmpada. Por algum motivo que desconheço, apaguei o fósforo e não acendi a lâmpada. Peguei outro fósforo e acendi um cigarro. E afluíram-se-me muitos pensamentos que nem são dignos desse nome e nem se ligam a nenhum assunto.

Krolka bateu na porta. Tive preguiça de dizer-lhe: Entre. Tornou a bater e entrou. Disse Krolka: Pensei que o senhor havia saído e entrei para fazer-lhe a cama. Disse-lhe eu. Estou aqui, Krolka. Quis acender a lâmpada e não encontrei fósforos. Talvez você saiba onde estão os fósforos? Respondeu Krolka: Logo lhe trarei os fósforos, ou talvez o senhor faça o obséquio de me dar os seus fósforos e eu acenderei a lâmpada. Fiquei envergonhado diante de Krolka por ter dito que não encontrara os fósforos, visto que o cigarro em minha boca estava aceso. Porém não lhe dei ensejo de duvidar da verdade de minhas palavras e lhe disse: Este fósforo era o último, minha caixa está vazia. Ou melhor, digamos que a caixa não está vazia, mas que os fósforos dentro dela não se acendem. Acaso não há fósforos no hotel? Senhor do Universo, acaso fui condenado a ficar a noite inteira no escuro enquanto todas as lâmpadas da casa estão acesas? E não se espante comigo Krolka, por eu estar aqui e enxergar tudo que se passa na casa; há pessoas, Krolka, que enxergam mesmo que seus olhos estejam cerrados. Disse Krolka: Venha comer. Disse-lhe eu: Você me deu um bom conselho, Krolka, mas o que dirá se eu disser que não estou com fome? Não estou nem um pouco com fome. Por acaso tem um copo de chá? Parece-me que estou com sede, pois permaneci o dia todo ao sol. Não estou sentindo calor. Ao contrário, quero um pouco mais de calor. Então Krolka, do que estivemos falando? De chá. Então me prepare um copo de chá e eu irei em seguida. Imediatamente, senhor, imediatamente, disse Krolka.

Krolka saiu e eu me sentei e pensei: Ela disse imediatamente, acaso não teve a intenção de me imitar? Krolka não teve a intenção de me imitar e nem de me irritar. Krolka é uma gentia que é como uma boa judia. Onde ouvi estas palavras? E quem as disse? Sentemo-nos e pensemos.

Sentei e pensei e não me lembrei. E não me seria possível lembrar e descobrir quem o disse, pois ainda não foi composto um dicionário de todas as palavras que as pessoas proferem.

Krolka voltou e trouxe uma lâmpada acesa e duas caixas cheias de fósforos e perguntou: Onde quer tomar o chá, senhor, em seu quarto ou no salão?

Pensei e pensei e não pude decidir. Por um lado, é bom ficar sozinho, por outro não convém isolar-se das pessoas. Mas durante todo aquele dia estive com pessoas, porém se atentarmos para o assunto profundamente, veremos que aquelas pessoas são uma ideia e não meras pessoas, e o mesmo sucede com aquele fazendeiro que fala da finalidade, do pão e da terra.

454 HÓSPEDE POR UMA NOITE

Disse Krolka: O senhor pode tomar o chá no salão. Sacudi a cabeça e disse-lhe: Posso, posso.

Krolka é uma gentia que é como uma boa judia. Sabe o que é bom para você e o livra dos pensamentos. Pois os pensamentos fatigam, como disse meu amigo Schützling. Quem me perguntou a respeito de Schützling? Senhor do Universo, acaso não há nenhuma esperança de recordar quem chamou a Krolka de uma gentia que é como uma boa judia.

Que ligeira é essa Krolka. Num breve momento teve tempo de ir à cozinha, de me preparar um copo de chá, trazê-lo para o salão e voltar e me dizer que o chá está pronto sobre a mesa. Sentei-me para tomá-lo. Krolka retornou e me trouxe um copo de leite fervendo, e disse: Talvez tome um copo de leite. Leite quente faz bem à garganta e aos nervos.

Sua voz é fraca e seus gestos lânguidos. Mas Raquel não está doente, que Deus não o permita. Raquel está sã e salva. Que Deus lhe dê vida e paz eternas.

O sr. Zommer levantou, virou-se para o canto e, apoiado em sua bengala, rezou a oração vespertina. A sra. Zommer entrou e saiu na surdina e cumprimentou-me com a cabeça ao entrar e ao sair.

Soprei em meu copo e pensei comigo mesmo: Talvez a sra. Zommer tenha desejado dizer-me algo, mas posto que viu o seu marido a rezar, saiu. O que desejava a sra. Zommer dizer-me e por que sua fisionomia está triste? Pois se Raquel está sã e salva.

Há muitos dias que não refletia sobre a gente do hotel. Em primeiro lugar, porque não havia nada de novo, e em segundo lugar, pois os pensamentos fatigam.

Os pensamentos fatigam. Passei quarenta e um anos e não dei por isso e eis que vem um Schützling e o diz e suas palavras martelam em meu coração, todo dia, toda hora, todo o tempo.

O sr. Zommer demorou-se excessivamente em orar. Terminada a prece, desafivelou o seu cinto, enrolou-o, enfiou-o no bolso e veio sentar-se à sua mesa, tomou o seu cachimbo, alimentou-o, levantou-se, tornou a sentar, e apertou os olhos e tornou a abri-los e olhou-me como alguém que deseja perguntar algo.

Pensei onde estaria a sra. Zommer e porque não voltara? Parece-me que queria dizer-me algo. Todas as pessoas estão hoje mais caladas do que nos outros dias, embora salte à vista que queiram falar.

Chegou Babtchi, cumprimentou-nos com um aceno de cabeça e entregou o jornal ao seu pai. O sr. Zommer pegou o jornal, leu toda a página à sua frente, virou-a e continuou a ler. Então virou a folha ao contrário do que costuma fazer, pois jamais vira a folha ainda que esteja no meio de um assunto. É bom para o hóspede que seu senhorio seja um caladão. Se não tenho uma casa só para mim, é bom que eu tenha encontrado um hotel cujos proprietários não me incomodam com palavras. De todo modo, seria bom se a sra. Zommer chegasse e dissesse o que queria dizer antes, quando entrou na sala e encontrou seu marido rezando.

Passou um tempo, e depois passou mais um tempo. Os dois se juntaram e formaram um longo tempo e nada se modificou no hotel. O sr. Zommer sorvia o cachimbo e lia o jornal. O que está escrito neste jornal que tanto valha a pena ler? Contudo, justiça seja feita ao sr. Zommer, que não para a fim de me contar.

Antes de me deitar peguei um pedaço de papel e escrevi: Não me acordem. Coloquei o papel num dos sapatos e coloquei os meus sapatos na soleira da porta, pois se Krolka vier engraxar-me os sapatos, encontrará o bilhete e não me despertará. Embora não alimentasse qualquer esperança de prolongar o meu sono, eu o fiz, e além do mais, peguei um outro pedaço de papel e escrevi as mesmas coisas e o depositei no outro sapato, pois se Krolka esquecer o primeiro bilhete, o segundo fará com que se lembre e talvez o Nome proporcione sono aos meus olhos e as pessoas não venham me despertar.

E o Nome proporcionou-me sono e dormi até às nove horas e eu também proporcionei sono a mim mesmo e dormi mais uma hora. Após ter decidido me levantar, retirei a coberta e fiquei deitado como alguém que tenta decidir se necessita da coberta. Entre uma coisa e outra, tornei a adormecer.

Capítulo Dois e Sessenta
Acordado ou Sonhando

Não me lembro se foi acordado ou sonhando. Mas lembro-me que naquele momento estava no campo, envolto no manto de orações, enrolado nos filactérios, e eis que chega o menino Rafael, filho de Daniel Bach, e em sua mão uma bolsa. Perguntei-lhe: Meu filho, quem o trouxe para cá? Respondeu-me: Hoje é o meu *bar-mitzvá*, completo treze anos e vou à casa de estudos. Compadeci-me dessa criatura digna de pena, pois lhe faltavam ambas as mãos e não podia colocar filactérios. Fixou em mim os seus belos olhos e disse: Papai prometeu fazer para mim mãos de borracha. Disse-lhe eu: Seu pai é um homem honesto e se prometeu, cumprirá. Talvez você saiba por que seu pai perguntou-me a respeito de Schützling? Retrucou Rafael: Papai partiu para a guerra e não posso lhe perguntar.

Disse-lhe eu: Cá entre nós, Rafael, temo que Erela, sua irmã, seja comunista, porventura ela não zomba do pai? Disse Rafael: Ao contrário, ela chora por ele, pois ele não encontra o seu braço. Perguntei-lhe: Como não encontra o seu braço? Disse Rafael: O braço se perdeu. Perguntei-lhe: Sendo assim, como ele coloca os filactérios? Respondeu-me Rafael: Se for por isso, não tema. Os filactérios da cabeça ele coloca na cabeça e os filactérios do braço ele coloca no braço de outra pessoa. Perguntei-lhe: Onde ele encontra o braço de outra pessoa? Respondeu Rafael: Encontrou na trincheira o braço de um soldado. Disse-lhe eu: Você pensa que ele cumpre o dever usando o braço daquele homem? Pois está escrito que os mortos estão isentos, posto que quando um homem morre fica isento dos preceitos, e todo aquele que é isento de cumpri-los não pode ajudar os outros a que os cumpra. Disse Rafael: Não sei. Disse-lhe eu: Se você não sabe, por que fingiu que sabia? Respondeu Rafael: Antes de você perguntar, eu sabia, agora que você perguntou, esqueci, Disse-lhe eu: Doravante não perguntarei. Vá, meu filho, vá.

Perguntou ele: E você? Respondi-lhe: Ainda não pensei a respeito. Disse-me: Abandone os pensamentos. Perguntei-lhe: E você, por ventura não pensa? Respondeu-me: Se penso não vejo. Acaso existe aqui algo que vale a pena ser visto? – Acaso são os bilhetes que coloquei nos sapatos? Disse ele: O carteiro veio e trouxe muitas cartas nas quais há muitos selos. Disse-lhe eu: Irei ver. Rafael fitou os meus pés e disse: Como irá se não tem sapatos? Falei: Não tenho sapatos. Você acha que a mulher do Leibtche os retirou para que eu não fuja?

Chegou Guenéndel e disse: Cale a boca e escreva os seus poemas. Disse-lhe eu: Guenéndel, você pensa que sou Leibtche? Pois você está enganada, Guenéndel. Disse Leibtche: Meu caro senhor, como estou feliz por você ter vindo. Esta noite vi-o em sonho. Perguntei-lhe: Como você me viu? Leibtche respondeu: Simplesmente, assim, como você está. Disse-lhe eu: Para você é uma coisa simples, porém para mim não é. O que aconteceu com a *suká*? – Não tenho culpa de nada, disse Leibtche. Disse eu: Você tem culpa, meu caro senhor, mas não estou zangado consigo. – Vocês já ouviram o que me fez esse Leibtche? Se não ouviram, contarei a vocês.

Antes da Festa dos Tabernáculos, Leibtche veio a mim e disse: Construirei uma *suká* em cima da sua. Respondi: Construa. Porventura, poderia eu dizer-lhe não construa? Seria bom se construísse a sua *suká* em outro lugar, ou se nem construísse uma, pois esse Leibtche, apesar de compor versos sobre a *Torá*, não cumpre rigorosamente os preceitos. Seja como for, ainda que construa uma *suká* em cima da minha, não me importa, visto que ele não se sentará nela. Pois ele veio e construiu a sua *suká* em frente à minha, a ponto de ambas parecerem uma única *suká*, porém a sua parte era maior do que a minha e mais formosa. Fiquei admirado, pois, em primeiro lugar, não era possível distinguir entre a minha e a dele e, em segundo lugar... em segundo lugar... esqueci o que era. Disse Leibtche: Eu cobrirei ambas. Confiei nele e voltei ao meu trabalho. Na véspera da Festa dos Tabernáculos, cheguei e vi que ele a havia coberto com um lençol furado e não com galhos segundo a Lei. Falei a ele: Mas ela não está coberta com plantas que brotam da terra e galhos arrancados, mas com algum tecido que absorve impurezas! Leibtche olhou-me diretamente no rosto e disse: Isso é suficiente para mim. Perguntei a mim mesmo: Onde comerei se não tenho uma *suká*? Disse minha mulher: Coma no hotel. – Você está aqui?, perguntei, ainda não comprei as "quatro espécies"[76] e temo que já tenham fechado as lojas, pois hoje é véspera da festa e sexta-feira eles fecham cedo. O que você acha? Talvez, visto que o primeiro dia da festa cai no Sábado, não comprarei nada e cumprirei o preceito com o *etrog* da congregação, e assim pouparei alguns *shillings*. Os tempos são difíceis e tudo que se pode economizar, deve ser economizado, sobretudo visto que tenho muitas despesas de hotel.

Schützling chegou-se a mim e sorriu. Ó, como era esfarrapado o seu sorriso, como eram fatigadas as suas roupas, que amassado estava o seu chapéu, aquele chapéu novo de veludo que comprara para a festa. Cumprimentei-o e pensei: Há nove meses que sua esposa não o vê, e nesse ínterim sua estatura diminuiu e uma espécie de corcova cresceu-lhe nas costas. E sua esposa é uma mulher elegante, embora tenha envelhecido prematuramente. Quis contar-lhe a respeito de sua esposa e filhas, mas estava com pressa para comprar o *etrog*, deixei-o e corri, e pensei: Já fecharam as lojas, portanto para que essa correria, antes deveria ter ficado com meu amigo. E o que me disse o coração, o mesmo me disseram os olhos, isto é, que o dia já se tornara santificado e que as lojas estavam cerradas. Voltei as minhas pernas e corri para o hotel e me consolei com o fato de que o dono do hotel ganharia o dinheiro da

---

76. Quatro espécies: Quatro espécies de plantas que se leva ao culto na Festa dos Tabernáculos: *etrog* (uma variedade de cítrico); *lulav* (folha de palma); *hadas* (mirto) e *aravá* (salgueiro). (N. da E.)

minha refeição numa época em que não há hóspedes e não está ganhando nada.

Nesse momento me deparei com um grupo de mulheres, ele as atendeu e não atendeu a mim. A muito custo abriu um quarto para mim. Entrei no quarto e quis lavar-me para a festa. Encontrei ali muita gente em volta da pia. Pedi-lhes que se sentassem à escrivaninha. Tão logo se foram para lá, vieram algumas mulheres e os chamaram, e eles saíram. Disse a mim mesmo: Agora me lavarei. O dono da casa bateu à porta e disse: A comida está esfriando. Entrei no salão e encontrei ali um bando de anciãs sentadas tranquilamente tomando sopa. Não é isso, Leibtche?

Leibtche acenou com a cabeça e disse: Sim, sim, meu caro senhor. Sorri-lhe e sua fisionomia escureceu, e não apenas a sua fisionomia, mas tudo à sua volta escurecera, pois prolongamos a nossa conversa até que escureceu. Levantei-me e entrei no salão.

O salão estava vazio. Não havia ninguém. Veio então aquele que conheço e cujo nome não sei. Todo dia sua fisionomia muda, hoje possuía a fisionomia de um japonês e de um tártaro ao mesmo tempo. Em todo lugar há muitos semelhantes a ele, mas aqui em Szibusz ele não tem quem se pareça com ele. Era pequeno e magro, as faces vermelhas, os olhos negros e o bigode, negro e cintilante, caía perpendicularmente, os pelos despontando de ambos os lados; tinha cerca de trinta anos, um ano a mais ou um ano a menos. Enrolou o bigode e se postou feito um homem que estivesse respondendo a um amigo, e falou: Eu já lhe disse. Tirou uma lente de aumento de dentro dos cabelos, mirou-a e saiu. A que se havia referido? Quando falou comigo? Quando me havia dito aquilo, para dizer-me "já lhe disse?" Sentei em qualquer lugar e cerrei os olhos.

Veio Krolka e disse: O senhor está sentado na escuridão. Acender-lhe-ei a lâmpada imediatamente. Durante o dia todo não o vimos, senhor. Meu Deus, meu Deus, onde esteve, o que comeu? Trago-lhe o jantar, imediatamente. Coloquei um dedo sobre a boca, acenando-lhe que se calasse. Krolka fez o sinal da cruz sobre o peito e disse: Deus, não percebi que o patrão estava rezando. Depois que o sr. Zommer concluiu a oração vespertina, ou talvez fosse a noturna, foi sentar-se em seu lugar.

Meu estado de espírito estava equilibrado, nem triste e nem alegre. A equanimidade é uma grande virtude. Não é todo dia que o homem a alcança.

Tendo comido e bebido, voltei ao meu aposento e disse a mim mesmo: Sentar-me-ei e lerei as cartas que chegaram hoje. Ao sentar-me para ler, veio-me à mente responder aos respectivos remetentes. Combinei pensamento e ação e escrevi uma carta após a outra, até a meia-noite, e fui me deitar como alguém que cumpriu o seu dever.

Não tive esperança de dormir. O sono veio distraidamente e dormi até que o dia raiou e chegou a hora de levantar.

Já era dia, talvez depois das nove horas, ou talvez dez horas. Consultei o meu relógio. Batia como de hábito, mas não indicava a hora. Desde que parti para o estrangeiro, às vezes ele funciona normalmente e às vezes fica confuso. Nem todo relógio suporta os ares de fora da Terra de Israel.

Levantar-me, ou não levantar? Do ponto de vista da lógica, não havia necessidade de levantar-me, pois os tempos estavam confusos e não havia hora certa para a refeição. Essa Babtchi, que Deus a ajude, trata os hóspedes como se cada fatia que ela lhes dá fosse um favor que lhes concede. E visto que não tenho fome, posso renunciar aos seus favores. E, se tiver fome, à noite Krolka preparará para mim uma refeição leve e agradável.

Portanto, permaneci deitado na cama e examinei os meus feitos. Percebi que havia ludibriado a mim mesmo e que as cartas que escrevera eram insignificantes e não deveriam ter sido escritas. Contudo, as cartas que restavam sem resposta clamavam de dentro de seus envelopes, e aguardavam resposta. Da cama até as cartas que aguardavam resposta, a distância era de apenas um braço estendido. Mas não tive forças para estender a mão. Portanto, fiquei deitado no leito e pensei no que tinha para responder e como me escusaria por ter demorado até agora. Ó, quantas desculpas eu tinha que pedir por ter demorado a responder. Depois de uma hora ou duas me levantei da cama. E veja que maravilha, comecei a transpor o pensamento para a escrita. E se me estendi numa carta que devia encurtar, ou fui breve numa carta em que deveria me estender, elas hão de se igualar no mundo dos pensamentos. Assim me sentei e escrevi durante todo o dia e parte da noite. Ao final, levantei-me da escrivaninha e entrei no salão. Lembrei-me da frase com que me havia debatido ontem, isto é, que Krolka, sendo uma gentia que era como uma boa judia, e me recordei de que fora Guenéndel que a havia dito, e ri por causa da estranha combinação. Ao entrar na sala encontrei a sra. Zommer chorando e gritando: É tudo verdade, tudo verdade.

Perguntei por que estava chorando. Seu marido acenou-me com a mão para que a deixasse em paz e não perguntasse. Levantou-se e, apoiado em sua bengala, veio até mim, olhou--me e disse: O sr. Schützling é seu amigo? Meneei a cabeça e perguntei: Aconteceu alguma coisa? Respondeu o sr. Zommer: A irmã de Schützling não está passando bem. Levantou-se a sra. Zommer, enxugou os olhos e perguntou-me se eu havia comido. Logo se foi para a cozinha e me mandou o jantar, e não se mostrou mais naquela noite e nem no dia seguinte.

Capítulo Três e Sessenta
A verdadeira verdade

Guenéndel estava sentada, envolta num xale de lã, uma manta sobre os joelhos. Cumprimentei-a e perguntei como estava passando. Olhou-me e perguntou: Quem é você? Disse-lhe o meu nome. Disse ela: Não o conheço. Disse-lhe eu: Guenéndel, não se recorda que estive em sua casa com Aharon, seu irmão, e você nos preparou um grande banquete? Disse Guenéndel: Sim, sim, meu caro, lembrei-me, lembrei, pegue uma cadeira e sente-se à minha frente. O que você diz dessa história? Deixou cair a cabeça sobre o peito e adormeceu.

462 HÓSPEDE POR UMA NOITE

Pouco depois ergueu a cabeça, encarou-me e perguntou: Quem é você? Respondi-lhe. Meneou a cabeça e disse: Sim, sim, meu caro, lembro-me, você é filho da Ester. Onde esteve todo esse tempo? Ouvi dizer que viajou daqui, espere, e eu lembrarei para onde viajou. Pousou a cabeça sobre o peito e adormeceu.

Passado algum tempo, acordou e disse: Parece-me que havia alguém aqui. Disse-lhe eu: Sim, Guenéndel, estou aqui. Guenéndel abriu os olhos e disse: Você está aqui? Bom, bem, quem é você, meu caro? Parece-me que já o vi, você não é... espere, eu me lembrarei. Tornei a dizer-lhe o meu nome. Disse Guenéndel: Sim, sim, meu caro, eu o conheço. Diga-me, meu caro, onde o vi? O que você diz dos meus infortúnios? Pega-se uma pequena borboleta e se lhe arranca a cabeça. E novamente pousou a cabeça no peito e adormeceu.

Entrou Leibtche Boden'haus. Guenéndel despertou e disse: Você está aqui, Aharon? Sente-se, meu filho, sente-se. O que disseram os médicos? Ela viverá? – Acalme-se, minha tia, acalme-se. Chegou um telegrama de Aharon. Disse Guenéndel: Então, está aqui, Leibtche? Fez bem em vir. Parece-me que disse algo. O que você disse, Leibtche? Não se acanhe comigo. Que telegrama é esse que você mencionou? E ao falar fixou em mim os olhos e disse: Você também está aqui. Sente-se, meu caro, sente-se. Talvez pergunte ao Leibtche o que vem a ser esse telegrama? Porque Aharon não veio?

Leibtche sacou o telegrama e leu: Adoeci. Perguntou a velha: Quem adoeceu, Leibtche? – Acalme-se, minha tia, acalme-se, estou são. Perguntou a velha: E porque disse que adoeceu? Respondeu Leibtche: Não fui eu que adoeci, mas...

Disse a anciã: Então está brincando comigo? Qual era o nome de sua mulher? Isso sim é que era mulher. Que Deus não me castigue por isso. Jamais me agradou. Tolo, tem uma loja cheia de sapatos, e você fica descalço. Pegue um par de sapatos, calce-os e fuja. Quem é este senhor que está sentado aqui conosco? Leibtche disse-lhe o meu nome, e acrescentou: Minha tia, não se lembra? Pois esteve em sua casa com Aharon, seu irmão. A velha mostrou-me um semblante gentil e disse: Conheci a sua avó. Era uma grande mulher. Soube que foi para a Terra de Israel. Disse eu a Guenéndel: Foi a mãe de minha avó que ascendeu para a Terra de Israel. Guenéndel balançou a cabeça afetuosamente e disse: Sim, sim, meu caro. Sua mãe foi para a Terra de Israel. Qual era o nome dela? Milca era o seu nome. Como está passando ela? Que telegrama ela nos mandou? Dir-lhe-ei algo que lhe dará prazer. Quando sua avó via uma mulher pobre cujo vestido estava roto, despia a sua capa e dizia *Was told mir das?*[77] e lhe dava. Pois esse era o antiquado modo de falar das mulheres respeitáveis naqueles tempos. E esse é o significado destas palavras: Para que preciso disso? E como está a sua mãe? Ela também faleceu. Portanto, as três morreram. E a minha borboleta também morreu. Todos, exceto esta ossada velha. E ao falar, Guenéndel bateu no peito e disse: Para que preciso disso? E de novo deixou pender a cabeça sobre o peito e adormeceu.

Ergui-me da cadeira e indaguei: O que aconteceu aqui? Respondeu Leibtche: Nem pergunte, meu caro senhor, nem pergunte. Aconteceu mais do que minha tia sabe. Há coisas, senhor, que estão além do entendimento da razão humana. Disse-lhe eu: Por obséquio, senhor Boden'haus, conte. Disse Leibtche: Onde está a língua que é capaz de contar tudo o que aconteceu? Aconteceram mais coisas do que aquelas que chegam ao nosso conhecimento. Pouco depois, acenou-me com o dedo e eu o segui. Colocou dois dedos sobre a boca e disse: Meu caro senhor, aproxime o seu ouvido de minha boca, para que a velha não ouça. Soprou-me: As três não estão mais neste mundo. – Quem são as três? Disse Leibtche: Meu caro senhor, não soube de nada? Espere por mim, por obséquio, irei ver se a tia não despertou. – Graças a Deus, está dormindo. Nada é melhor para ela do que o sono. Desde o dia em que a notícia a atingiu, a velhice tomou conta dela. Ai, meu caro senhor, o que somos

77. Em alemão, "De que me serve isso?" (N. da E.)

nós? E o que é a nossa vida? "Se o fogo consumiu os cedros, que fará o hissopo que nasce na parede?" Perdoe-me, caro senhor, não me referi ao senhor, sei manter distância. Não me referi senão a mim mesmo; um verme e não um homem. De repente, num único dia, pegam-se três pessoas jovens e as leva para a cova. E temo, meu caro senhor, que ainda não estejamos no fim. Este telegrama do Sr. Schützling não traz boas notícias. Leia, senhor, e veja, mas leia em silêncio, que minha tia não ouça. Há três dias era uma mulher de quarenta anos e agora é como se tivesse noventa ou cem. Silêncio, meu caro senhor, a tia acordou. Meu caro senhor, não se zangue comigo por eu deixá-lo e correr para junto da velha.

Ao voltar disse: Agora, meu caro senhor, ela dorme de verdade e posso contar tudo desde o princípio até o fim. Pois meu caro senhor, sabia que o Sr. Schützling tem três filhas de sua segunda mulher? Digo "tem", deveria dizer "teve", porque não estão mais aqui, caro senhor, posto que estão habitando na sombra de Deus, no mundo das almas. Permita-me, meu caro senhor, irei ver se a velha acordou. Ela soube apenas da morte de uma. Pois as três foram mortas, ela e suas duas irmãs. Realmente, no mesmo dia e na mesma hora, caro senhor; o sangue delas foi derramado ao mesmo tempo. Como foi isso? Tal como está escrito nos jornais. Aquela filha do Sr. Schützling, nosso amigo, que não estava presa, aproximou-se com seus companheiros dos guardas da prisão e os subornaram com muito dinheiro para que libertassem as duas irmãs. Porém os guardas não mantiveram a palavra, deixaram-nas fugir e denunciaram o fato às autoridades. Portanto, meu caro senhor, no momento em que as duas irmãs estavam prestes a se juntar à outra no automóvel, atiraram nelas e elas morreram. Foram atingidas e morreram, caro senhor. E agora chegou um telegrama do Sr. Schüztling, que também não está passando bem. Verei se a tia não acordou.

Guenéndel acordou e disse: Deve estar com fome, meu filho. Sente-se e coma. Veja, só agora me lembrei, você é filho da

Ester. Como está sua mãe? Parece-me que lhe prometi algo. O que diz dos nossos infortúnios? Leibtche, onde está Leibtche? Respondeu Leibtche: Estou aqui, minha querida tia, estou aqui.

A velha acedeu com a cabeça e disse: Sim, sim, Leibtche, está aqui. Por que não trouxe uma cadeira para ele? Pois é amigo de Aharon. Sente-se meu caro, sente-se. O que acha, há esperanças de que a menina sobreviva? Quando era pequeno, eu já dizia a Aharon: Afaste-se deles. Knibenkopf não me agrada. Aquilo que se conta – que tentou assassinar o rei – é uma mera invenção. Deus nos livre da boca de Jacó e das mãos de Esaú. Mas o que vejo com meus próprios olhos não é uma invenção. Veste uma capa preta. Qual foi o sonho que sonhei? Deixem-me lembrar.

Leibtche se comoveu e disse: Teve um bom sonho, minha tia. Teve um bom sonho, tia. Disse Guenéndel: Você é um bom homem, mas foi um mau sonho. Leibtche disse emocionado: Ele se transformará em algo de bom. Ele se transformará em algo de bom. – Cale-se, gritou a velha. Deixou cair a cabeça sobre o peito e adormeceu. Temo que tenha ouvido o que lhe contei, sussurrou-me Leibtche.

Capítulo Quatro e Sessenta
Contas

Tal como o inverno aqui abunda em neve e tempestades, assim o verão abunda em chuvas e ventos. O sol estava a pino e o dia era alegre; de repente o sol amarelou-se, os ventos sopraram e lançaram a poeira até o firmamento. Quando os ventos se aplacaram, o céu cobriu-se de nuvens, a chuva começou a cair, e a terra se empapou e se transformou em lodo. Por causa das chuvas, dos ventos, do barro e do lodo, me mantive no hotel ou na casa de estudos.

A sra. Zommer voltou para casa e para o seu fogão e tornou a cozinhar, como de hábito, bons pratos; em primeiro lugar, pois esse é o habito dessa mulher e, em segundo lugar, porque Raquel veio morar com ela.

Raquel veio morar com sua mãe e sua mãe cozinha para ela bons pratos. Eu não me deleitei com as refeições dessa mulher, pois as preparava todas com carne para que Raquel se alimentasse de muita carne. Quando se lembravam e preparavam para mim alguma refeição com leite, eu a comia sem prazer, devido ao cheiro da gordura e da carne que pairava pela casa, e supria o que faltava com frutas.

Quando o dia era bonito, comprava as minhas frutas do camponês e, sendo o dia chuvoso, eu comprava as frutas no mercado e as comia na casa de estudos, para que o pessoal do hotel não percebesse que suas refeições não me satisfaziam.

Certa vez Rabi Haim encontrou-me sentado, comendo. Disse-lhe: Comprei as primeiras frutas da temporada para recitar a bênção "Aquele que nos fez viver e chegar até este dia". Prove uma, senhor. Ele sentou-se e provou.

Para que Rabi Haim não suspeitasse que eu estivesse comendo apenas por mero prazer, pois tais frutas não eram recentes, e ele poderia pensar que eu já havia feito a bênção anteriormente, falei-lhe: Soube que um grande justo foi punido no mundo vindouro, pois comia poucas frutas, e as frutas chegaram e se queixaram dele, posto que sentiam falta de suas bênçãos.

Em outra ocasião, Rabi Haim topou comigo quando tentava abrir uma lata de sardinhas. Quis afastar a sua atenção do fato de eu estar fazendo as minhas refeições na velha casa de estudos, e comecei a caluniar todos os feitos da tecnologia. Disse-lhe: Inventa-se toda a espécie de máquinas e ainda não se inventou uma lata de sardinhas que possa ser aberta sem muito esforço. Rabi Haim não se incomodou por eu fazer as minhas refeições na casa de estudos, mas perguntou-me se tinha pão, pois sardinhas devem ser comidas com pão.

Quando as chuvas cessaram e o chão secou, saí para passear. Caminhando, cheguei até a casa da mulher de Hanokh. A mulher de Hanokh não estava em casa àquela hora, talvez estivesse no mercado ou andasse pelas aldeias como fazia Hanokh, só que ele circulava com a carroça e o cavalo e ela circulava a pé.

Rabi Haim me viu, veio ao meu encontro e convidou-me a entrar. Quando entrei, falou-me: Deveria servir-lhe frutas, mas aqui não há frutas, talvez o senhor prove do que cozinhei para as crianças? Trouxe-me uma tigela cheia de painço e a cobriu com mel.

O painço enche a tigela como rico ouro e sobre ele o mel, refinado e purificado como o ouro, e seu olor é como o dos dias ensolarados de outrora, quando os tempos eram bons e o mundo era alegre. Havia muito tempo que eu não provava o sabor de um alimento cozido nos dias da semana, quanto mais o sabor de painço com mel. Porém eu estava confuso, pois não sabia se devia pagar ao Rabi Haim por minha refeição e quanto deveria pagar. Por fim, introduzi minha mão no bolso. Disse Rabi Haim: Não há necessidade. Falei-lhe: O senhor quer cumprir comigo o preceito da hospitalidade? Respondeu Rabi Haim: Queria merecer os seus elogios pelo que preparei. Disse-lhe eu: Onde o senhor aprendeu a cozinhar um prato tão bom? Respondeu-me: Amanhã lhe preparo um prato melhor. – Sabe cozinhar tão bem? Onde aprendeu tudo isso? Respondeu-me: Aprendi muitos ofícios na terra do meu cativeiro e este é um deles.

Daí em diante tive o ensejo de passar uma ou duas vezes por semana pela casa da mulher de Hanokh, e toda vez que passava pela casa, Rabi Haim vinha ao meu encontro e me convidava a comer com ele. Por vezes comia comigo e outras não, então se sentava à minha frente e moía os grãos de cevada que a mulher de Hanokh vendia no mercado, ou ficava sentado ensinando as crianças.

Ao voltar de lá disse a mim mesmo: Até quando hei de ficar no hotel e me preocupar com minha alimentação? É verdade que de tempos em tempos a dona do hotel se lembra e prepara para mim uma grande refeição, mas visto que o cheiro da gordura e da carne paira pela casa, a refeição dela não me apetece. Ademais, essa refeição que aparece de repente, chega geralmente depois de eu ter me fartado de frutas, ou de pão com sardinhas e eu a como de estômago cheio. E se confio na dona do hotel e não como em outro lugar, ela se esquece de me preparar a refeição. Não obstante, este homem não tem do que se queixar, pois, se quiser, pode voltar para a terra de Israel.

Há alguns meses não há mais orações na casa de estudos e ninguém entra lá além de mim e de Rabi Haim, que vem encher a pia e limpar o chão. Posto que calculava que já era chegada a minha hora de voltar para a Terra de Israel, cogitei em entregar a chave ao Rabi Haim. Às vezes queria entregá-la a ele publicamente, como eu a recebera, e outras, entregá-la na surdina. Antes de ter chegado a fazer qualquer coisa, soube que Rabi Haim estava para ir para junto de sua filha na aldeia. Muitas vezes ela o convidara a morar consigo. Posto que ele não fora, chegou ela com seu marido e o fez jurar que viria, e ele lhes prometeu que iria, e agora chegou a hora de ir.

Certa feita, numa véspera de Sábado, quando Rabi Haim veio limpar o chão e encher a pia de água, disse-me: Se Deus quiser, após o Sábado irei para junto do meu genro.

Eu deveria ter-me alegrado por esse velho erudito, que passara por tantas provações, deixar o depósito de lenha e ir para junto de sua filha na aldeia, onde todas as suas necessidades seriam supridas sem muito esforço, porém não me alegrei. Pois enquanto Rabi Haim está aqui, ele se encarrega de todos os serviços da casa de estudos e agora, quando ele se for, precisarei trazer água e limpar o chão e fazer outras coisas que não estou habituado a fazer.

Comecei a refletir em todas essas coisas e cada uma me parecia mais difícil do que a outra. Eu já me via à beira do poço, enchendo as vasilhas de água e varrendo o chão da casa de estudos, envolto em poeira como Ierukham Liberto nas ruas de Szibusz.

Depois que Rabi Haim varreu a casa de estudos e estava prestes a sair, perguntei-lhe: Onde o senhor deixa a vassoura? Perguntou-me: Por que o senhor pergunta? Respondi-lhe: Se o senhor viaja, quem irá limpar a casa de estudos se não eu?

Perguntou-me: E o senhor, quando viaja? – Para onde?, perguntei-lhe. Respondeu-me: Para sua casa. Retruquei: Pois minha casa é a casa de orações. Respondeu Rabi Haim: A casa de um homem é a sua mulher, e acrescentou, e quanto antes, melhor. Sorri e falei: O senhor teme que o mar coagule? Disse ele: Feliz daquele que retorna à sua casa quando ainda é homem. Disse-lhe eu: Pare um instante. Ambos temos a mesma estatura.

Prendi a sua mão na minha, reclinei minha cabeça sobre ela e falei: Mandei fazer para mim um capote no inverno e não necessito dele na Terra de Israel, visto que a Terra de Israel é quente e não quero levar comigo algo supérfluo, de que não necessito. Por obséquio, Rabi Haim, não recuse e pegue o capote. Rabi Haim inclinou a cabeça e me acompanhou até o hotel. Dei-lhe o meu capote e lhe disse: Como é pesado este capote. Admiro-me de como os ombros deste homem suportaram-no durante seis meses ou mais. Rabi Haim pegou o casaco e o vestiu. Falei-lhe: Eu não suportava carregá-lo nos tempos de frio e o senhor o veste num dia quente. Respondeu Rabi Haim: Respeite a sua roupa quando não necessita dela, e ela o respeitará quando você necessitar. E enquanto falava segurou a minha mão e disse: Que Deus abençoe a sua jornada e o guie em paz para a sua casa. Disse-lhe: Acaso estou viajando para que me augure "boa viagem"? Disse ele: Parta com tranquilidade, antes que tenha que correr penosamente.

O cabide no qual meu capote estava suspenso destaca-se e brilha. Enquanto o capote esteve pendurado nele, não vi o cabide, desde que o capote foi retirado, o cabide é visível. E ele também, ou seja, o capote, surge e estaca diante de mim como se estivesse envolto em si mesmo. Que Deus o livre, não nutro rancor por Rabi Haim ter levado o capote, mas esse é o modo de ser da roupa, a qual, mesmo quando se afasta do corpo, é lembrada por ele. Um homem não é como a cobra que se desfaz da pele, larga-a e se vai. Afinal, o capote sumiu e se foi. Parece que já se acostumara com Rabi Haim. E é bom que se tenha acostumado com ele e não venha incomodar a mim, pois naquela hora eu precisava estar disponível para contar o dinheiro e verificar se tenho o suficiente para as despesas de viagem.

Isto não prova que eu tinha em mente retornar imediatamente, pois ainda não havia encontrado uma pessoa a quem entregar a chave. Mas pensei que seria conveniente saber quanto dinheiro tinha, tal como papai, de abençoada memória, fazia, ou seja, contava o seu dinheiro antes de dormir. E não como meu avô, que descanse em paz, que jamais contou o seu dinheiro, pois os sábios diziam: "Não existe bênção a não ser naquilo que é vedado ao olhar". E assim, quando se deparava com um pobre, introduzia a mão no bolso e dava. No princípio olhava o dinheiro que retirava, para ver quanto valia aquele pobre perante o Santíssimo, Bendito Seja; quando envelheceu não mais olhava, mas introduzia a mão no bolso e dava. Costumava dizer: O que tem você a ver com os segredos do Misericordioso. Há coisas nas quais um homem se assemelha ao seu avô materno e outras em que se assemelha ao seu pai. Eu me assemelho ao meu avô materno, pois não olho quanto dou, porém meu avô não olhava por respeito aos segredos do Santíssimo, Bendito Seja, ao passo que eu não olho por causa da minha preguiça, pois tenho preguiça de olhar o dinheiro. Pareço-me com meu pai, pois me sentei para contar o meu dinheiro, porém papai era um exímio calculador, ao passo que eu não estou familiarizado com contas, e até mesmo esqueci a aritmética que aprendi na infância.

Como o dinheiro chegava às minhas mãos? Se não contei ainda, contarei. Quando minha casa foi destruída da última vez e os árabes saquearam os meus pertences, o governo indenizou-me com dinheiro. Mas a soma modesta não era suficiente para reconstruir a casa como dantes e adquirir móveis. Além disso, minha mulher estava esgotada devido aos infortúnios e não podia cuidar dos afazeres domésticos. Então ela e nossos filhos se foram para junto dos parentes dela, na Alemanha, e eu me fui para a minha cidade natal, para me prostrar nos túmulos dos meus antepassados, visto que durante muitos anos não estive lá, pois enquanto vivia em paz, me era penoso ir para o estrangeiro.

Posto que minha mulher e meus filhos residiam com os parentes dela, ela não tinha necessidade de dinheiro, empreguei todo o dinheiro para as minhas próprias necessidades.

As autoridades não nos deram muito dinheiro. Mas o dinheiro proveniente da Terra de Israel tem uma propriedade especial; o que na Terra de Israel vale um tostão, no estrangeiro vale uma libra, pois a Terra de Israel é magnânima e uma libra vale um tostão, ao passo que as terras dos gentios são mesquinhas e cada tostão vale como uma libra. Em vista disso, este homem que veio da Terra de Israel pôde se manter, embora fosse magnânimo com seu dinheiro, à moda da Terra de Israel.

Já disse acima que não estou familiarizado com contas, seja como for, verifiquei que não me restava muito dinheiro. E para que não adentrasse o Sábado preocupado, parei de contar o meu dinheiro e deixei como estava até depois do Sábado.

Capítulo Cinco e Sessenta
As Moléstias do Corpo

Enquanto o capote estivera dependurado no armário, o livro *As Mãos de Moisés* não apareceu, tão logo o capote foi retirado, o livro apareceu.

O livro repousa e não sei o que fazer com ele. Porém, sei que não há nenhuma utilidade nele, pois não é o manuscrito do seu santo autor, mas do escriba Eliakim, cognominado Guetz. Não digo que fora uma coincidência as mulheres terem sido socorridas por ele, provavelmente houve qualquer outra causa que desconheço, pois já aprendi por experiência que não há coincidências no mundo, pois todos os fatos são causados por Ele, o Santíssimo, Bendito Seja, contudo as pessoas inventaram essa palavra para que não precisassem prestar louvor e agradecimentos à Causa de Todas as Causas.

Peguei o livro e o folheei. Quão bela é a escrita, que belas são as letras! Assim costumavam escrever nossos antepassados quando registravam as palavras da *Torá*, pois a *Torá* era amada por eles e eles se exercitavam com ela. Se a maioria dos meus anos já não tivesse transcorrido, eu exercitaria as minhas mãos com tais letras, pois já faz alguns anos que a minha caligrafia se corrompeu, visto que escrevia apressadamente e não dedicava atenção às letras. Quando papai, de bendita memória, me ensinou a arte de escrever, ditou-me um versículo do *Pentateuco*, e depois um versículo dos *Profetas*, pois na *Torá* não existe nem um versículo que contenha todas as letras do alfabeto e as letras finais. Quando aprendi a grafar todas as letras, escrevi versículos dos *Salmos* que se iniciavam com as letras de meu nome, como por exemplo: "Cantai ao Senhor, bendizei o Seu Nome"; "Quem pode contar as obras poderosas do Senhor"; "E nós bendiremos ao Senhor"; "Amo ao Senhor, porque Ele ouviu"; "Sou teu, salva-me". Quando minha mão se afirmou, escrevia versos que eu mesmo compunha. E isso ainda era bom, pois eu compunha preces e súplicas e as prendia em meu livro de orações para recitá-las depois das mesmas. Quando minha mão tornou-se mais firme, compus poemas e canções. E isso ainda era bom, pois os poemas e as canções que compus, fi-los por amor a Jerusalém. Quando minha mão se firmou mais ainda, compus outros poemas sobre um outro amor. E quando o coração de um homem está imerso em assuntos fúteis, ele escreve apressadamente e não zela pela sua caligrafia. Se a maior parte dos meus anos não tivesse passado, eu observaria o livro e aperfeiçoaria a minha letra.

A maior parte dos anos deste homem já se passou. E, em se tratando de aperfeiçoamento, há coisas que necessitam mais ainda de aprimoramento. Veio-me à mente aprimorar com ele os meus filhos e arrancar uma folha e enviá-la a eles como modelo, para que exercitem suas mãos. Contudo, cada geração tem a sua própria escrita, como posso impor-lhes a escrita de gerações passadas? Quanto a mim, considero a letra do passado mais bela, mas nem tudo que me parece belo o é aos olhos dos outros.

O tempo se divide em diversos tempos, passado e futuro, e presente. Quanto a mim, todos os tempos são iguais. O que era adequado no passado, é adequado no presente e será adequado no futuro e, quanto a isso, meus colegas divergem de mim, pois dizem que o que era adequado no passado é um incômodo no presente e mais ainda no futuro.

Deixemos de lado o assunto da escrita.

Os dias de sol estão em seu apogeu, e eu estremeço de frio. O sangue esfria e o corpo esfria. Se não tivesse dado o meu capote a alguém, teria me enrolado nele.

Sento-me fora, em frente ao meu hotel e olho para o alto. O sol está oculto entre as nuvens e não olha para mim, pois está ocupado em sua marcha, visto que já tomou o caminho rumo à Terra de Israel.

Estou deprimido. Se alguém vem falar comigo, inclino-me diante dele, como se ele estivesse me fazendo um favor. Quando falo, minha voz é fraca. Pergunto a mim mesmo: Será que ele percebeu que minha voz fraqueja? E por estar entretido com essa questão, não escuto o que ele diz, confundo-me e fico mais deprimido. E aguardo a noite para entrar em meu aposento e fechá-lo a todos.

Ainda no mesmo dia em que voltei da aldeia, senti um certo mal-estar em meu corpo, mas não lhe dei atenção até que ele atacou seriamente e sacudiu os meus ossos.

E novamente estou sentado sozinho e reflito, como alguém que nada mais tem no mundo exceto a si mesmo e aos seus padecimentos. Quem foi a causa dos padecimentos que me assolaram? Muito foi feito pelos maus alimentos, muito foi causado pela alimentação em horas erradas, muito foi causado pela fome, por fim todos os fatores se combinaram num único e aquilo me adveio.

Entrei na farmácia e comprei remédios com os quais os que sofrem de febre se curam. Quando tomei uma pitada de quinino senti uma dor no coração. Este coração, que eu pensava ser forte como uma rocha, afrouxou de repente como cera. E quando fraqueja, uma pedra pousa sobre ele e o pressiona. Todo dia, logo depois que as estrelas despontam, subo ao leito, cubro-me e cerro os olhos para dormir. Antes de adormecer, um suspiro me é arrancado; que pena deste homem que deitou e não se levantará.

Este homem está deitado em seu leito e seu coração pulsa e pulsa, e esta pedra que jaz sobre ele o pressiona. Veio são e salvo para a cidade, e toda a cidade o invejava. Agora é o mais fraco dos homens, e quando acorda de manhã, sem que o sono lhe tenha trazido alívio, está mais fraco do que ontem.

Certa noite não consegui adormecer. Meu espírito esmoreceu e me pus a imaginar a minha própria morte. É possível que meus males não fossem suficientemente sérios a ponto de morrer devido a eles, mas a minha morte não se afastava da minha mente.

Acendi a vela, levantei-me da cama, sentei-me na cadeira diante da mesa, coloquei ambas as mãos sobre os joelhos. Depois levantei a esquerda e apoiei a cabeça na minha palma. Enquanto estava sentado, assim falei a mim mesmo: Você precisa escrever um testamento.

Peguei papel e caneta e escrevi como se deveria agir comigo depois do meu falecimento. Visto que provenho da Terra de Israel, eles podem pensar que quero que me levem para lá e me devolvam ao pó dela, por conseguinte, escrevi explicitamente que me enterrassem no mesmo lugar em que viesse a falecer e não trasladassem os meus ossos para a Terra de Israel. Posto que ele partiu para fora da Terra de Israel, basta que volte do mesmo modo como todo o povo de Israel. Mas é difícil rolar pela covas. Pois, acaso todas as andanças pelas quais passei em minha vida foram fáceis? E porventura este homem ama tanto o seu próprio corpo a ponto de se preocupar com ele depois da sua morte?

Enquanto estava sentado, escrevendo, apareceu-me a chave que me haviam entregado os anciãos da casa de estudos no Dia da Expiação. Refleti: Que acontecerá à chave se eu morrer? Talvez devesse dispor em meu testamento que a coloquem em minha mão e me enterrem com ela, como aquele alfaiate, que determinou que fizessem o seu caixão das tábuas da mesa sobre a qual realizava o seu trabalho e que colocassem em sua mão a régua com a qual tirava medidas, para que ela testemunhasse que ele jamais se apropriara dos retalhos e, à semelhança daquele escriba, que ordenou que no túmulo colocassem em sua mão a pena com a qual escrevia o Divino Nome. Porém eles ganharam méritos por seus próprios atos, pois antes de terem chegado às suas mãos, tais instrumentos eram meros utensílios, porém, ao chegarem às mãos deles, tornaram-se santificados pelos seus feitos, ao passo que esta chave era importante desde o princípio. Além disso, até chegar às minhas mãos, era mais importante ainda, pois abria a porta a estudiosos da *Torá*, e que direito tenho eu de ordenar que a coloquem no túmulo, em minha mão.

E visto que não sabia o que fazer com a chave, usei de astúcia e falei a mim mesmo: Não a mencionarei. E pensei em minha mulher e meus filhos, o que lhes ordenarei antes de morrer, o que pedirei primeiro e o que pedirei no fim. Entrementes a noite passou e o sol despontou. Guardei o testamento e recitei a oração matinal. Senti de repente como se parte de minhas moléstias tivesse passado, fui tomar o meu desjejum e comi com apetite. Havia muito tempo que não me deleitava tanto com uma refeição. Depois de comer e beber, peguei a chave e fui para a casa de estudos.

Capítulo Seis e Sessenta
Um Grande Princípio em Filosofia

As chuvas cessaram e o sol tornou a brilhar. Uma luz pura pairava sobre as casas e as pedras da rua. A cada passo eu despertava da doença e a cada passo sentia que estava redespertando. Meus males foram-se, mas não sei se não voltarão. Desfrutarei hoje, pois talvez amanhã não poderei desfrutar.

Naquele momento não tive nenhuma imagem, seja ela conceitual, espiritual ou física dos prazeres que buscava. E se perguntasse a mim mesmo que prazer procurava, não saberia responder.

Não perguntei nada, mas me deleitei com tudo que via. Até mesmo os objetos terrenos que não se destinam a inspirar alegria à alma, causavam-me satisfação e prazer.

Os comerciantes estavam postados às portas de suas lojas, como pessoas que ficam paradas a seu bel-prazer. Um brincava com a régua em sua mão e o outro proseava com a vizinha. Um gato saltou do telhado, estendeu todas as quatro patas, olhou ao redor com desconfiança. Um carro carregado de trigo passou e um bando de crianças se agarrou a ele. Uma mulher ajeitou o cabelo e seguiu o carro com o olhar. Lolik caminha ao lado de uma dama vestida em parte como um homem e Ignatz vai em seu encalço gritando fanhosamente *pieniadze*. O carteiro voltava do trabalho com sua sacola vazia balançando de um lado a outro. Nesta rua, até mesmo coisas entre as quais não há nenhuma ligação ou elo, combinam-se umas com as outras e se interligam, proclamando a sua realidade. Além das que já mencionei, havia muito mais coisas que eram visíveis e que não mencionei.

Ao chegar à rua da casa de estudos, pareceu-me que o velho serralheiro estava saindo de lá. Segui-o para cumprimentá-lo e vi que não era o serralheiro. Virei em outra direção. Caminhando, cheguei até o hotel da divorciada. Saiu a pequena Tzipora com a fisionomia triste.

Perguntei-lhe: Por que está triste? Acaso é porque seu pai se vai, mas ele se vai para junto de sua irmã, para o bem e o deleite dele.

Disse Tzipora: Papai não vai para lá e tampouco irá em breve. – Por quê? Perguntei-lhe. Respondeu: Hana escreveu que virá. Disse-lhe eu: Ela sempre pediu que ele fosse para junto dela e agora, quando está prestes a ir, ela o detém. Retrucou Tzipora: Hana é minha outra irmã, aquela sobre a qual disseram que fugira para a Rússia... ela não fugiu para a Rússia, mas está numa colônia de emigrantes. – Se está numa colônia de emigrantes, por que não veio ver o seu pai?, perguntei-lhe.

Respondeu Tzipora: Queria vir, mas adoeceu. Disse-lhe eu: Sendo assim, ela já se recuperou e vem vindo. Falou Tzipora: Assim ela escreveu a papai e assim pensávamos nós. Nesse ínterim, tornou a adoecer, e não sabemos se devemos avisá-lo ou não. Perguntei-lhe: O que diz sua mãe? Respondeu Tzipora: Ela também hesita em informá-lo. Perguntei-lhe: O que é esse pacote em sua mão? Retrucou Tzipora: Costuramos uma camisa para papai, e vou levá-la a ele. Falei-lhe: Seu pai verá que você está triste e perceberá que alguma coisa sucedeu, e quando a interrogar, você lhe contará e ele ficará triste. Disse Tzipora: Sendo assim, voltarei para casa e não lhe levarei a camisa. Disse-lhe: É melhor levar-lhe a camisa, talvez se alegre com o seu presente. Disse Tzipora: Portanto, o senhor me aconselha a ir ter com papai? Respondi-lhe: Que conselho posso lhe dar? Confiemos em Nosso Pai Celestial, cuja misericórdia é grande. Quem lhe disse que Hana adoeceu outra vez? Respondeu Tzipora: Um certo rapaz, de nome Tzvi, veio da colônia nos arredores e trouxe uma carta de Hana. Perguntei-lhe: Que tem a ver Tzvi com Hana? Respondeu Tzipora: Mamãe diz que são noivos. Perguntei-lhe: São noivos? – O senhor conhece o Tzvi? Perguntou Tzipora. Pois ele me disse que estava prestes a ir para a Terra de Israel. Disse Tzipora: Primeiro ele, e depois ela. Como é lá na Terra de Israel? Disse-lhe eu: Que pergunta? É bom, lá na Terra de Israel. Perguntou ela: Então por que o senhor está aqui, se aqui não é bom? Respondi-lhe: Você é uma menina pequena, pensa que todos desejam apenas o que é bom? Disse Tzipora: Se uma pessoa sabe o que é bom, por que não há de querer o que é bom? Disse-lhe eu: Agora você está falando como gente grande. Acaso soube como está passando Guenéndel? Você não conhece Guenéndel? – Conheço-a, disse Tzipora, porém não sei como está passando. – Irei e verei, disse-lhe eu.

Mas eu não fui até Guenéndel. Há dias em que uma pessoa procura o que é bom para si e faz vista grossa para os infortúnios dos outros. Antes de eu poder atender ao preceito de visitar doentes, chegou o meu coração e me atraiu para outro lugar.

Esse lugar era a rua do Stripa, onde se ergue uma casa na qual morei em minha infância. Já estive lá mil vezes, aquele dia foi a milésima primeira vez.

Sou filho de gente respeitável e gosto das casas onde morei na infância. Em primeiro lugar, a casa de um homem é seu abrigo do sol, do frio, das chuvas e da neve, do pó e do barulho das ruas. E em segundo lugar, pois a casa de um homem é seu próprio domínio, o qual ele adquire como sendo o seu próprio quinhão neste mundo, e no qual ninguém tem parte. E não faz diferença se ele mora em casa própria ou alugada de outros. Papai, de abençoada memória, não construiu uma casa para si, por isso nos mudávamos de uma casa a outra e de uma moradia a outra. Em uma delas, comecei a aprender o *Pentateuco* e numa outra comecei a aprender *Guemará*, e em outra dentre elas comecei a estudar o *Schulkhan Arukh*. Algumas casas estão destruídas e outras semidestruídas, e de outras não restou senão o seu lugar. Mas há uma casa que ainda está em pé e, se você quiser, poderá dizer que ela é ainda mais bonita do que dantes, é a casa do velho ferreiro que o dr. Zwirn comprou e reformou. Essa guerra, com uma mão ela destrói e com a outra constrói. Aquele Zwirn, antes da guerra, ninguém necessitava dele. Depois da guerra todos começaram a necessitar dele, pois alguns daqueles que voltaram da guerra ocuparam as casas de outros, e os primeiros proprietários os levaram a juízo em tribunais, e não havendo nenhum outro advogado, ele enriquecia e comprava muitas casas, sendo essa uma delas.

A casa pertencia a um velho ferreiro, que era apelidado de "o viúvo", pois quando sua mulher faleceu, um ano após o casamento, ao dar à luz um filho, não desposou outra mulher, e permaneceu a vida inteira em sua viuvez, o que não era de praxe nos tempos de outrora, quando depois de enterrar uma mulher, o homem desposava outra.

Na época em que moramos em sua casa, o serralheiro havia abandonado o seu ofício, e ele e seu único filho moravam no sótão, numa *suká*, que ele transformara numa espécie de aposento, e o restante da casa alugou a meu pai. Nessa sua cabana morava e cozinhava para si e para o filho e fazia todo o necessário para si e para o filho. E sua voz não era ouvida o dia todo, salvo pela manhã quando entrava em nossa casa, dizia bom dia, e nos olhava por trás de seus óculos com grande afeto, e se afastava.

Seus óculos preocupavam-me muito, pois uma das lentes era feita de latão e eu queria saber por que motivo era feita de latão, até que um dos meus amigos me explicou. Certa vez, depois da festa, veio até ele um menino de belos olhos e lhe disse: Papai, faça para mim uma lanterna, os dias de inverno estão se aproximando e nós estudamos à noite. E aquele menino não era nascido de uma mulher, mas o serralheiro não o percebera, embora devesse tê-lo percebido, como veremos adiante. Passados três dias, o menino veio buscar a sua lanterna. Disse-lhe o serralheiro: Espere até que eu monte um suporte para a vela. – Não tenho necessidade de vela, respondeu-lhe o menino, o olho de papai há de servir-me como vela. O menino pegou a lanterna e se foi. O vento soprou e o olho do serralheiro ficou convulsionado. Disse ele: O que é isso, o vento sopra em meu olho como se fosse oco? Seu vizinho mirou-o e disse: Seu olho se foi.

Paro nesta rua onde morei em minha infância e recordo os tempos passados, quando eu estudava no *heder* e Kuba, o filho do ferreiro, estudava na escola do barão Hirsch. Enquanto ele estudava na escola e eu no *heder*, não éramos amigos, pois uma barreira de ferro separava as crianças do *heder* dos alunos da escola, posto que estes eram preparados para o estudo das Sagradas Escrituras, e aqueles eram preparados para um ofício. Quando ele entrou no ginásio e eu, na casa de estudos, e de lá para o grupo sionista, aproximamo-nos um do outro e nos tornamos amigos, em primeiro lugar, pois eu queria ouvir dele sobre Homero e Mickiewicz e, em segundo lugar, porque ele queria ouvir de mim a respeito do sionismo. Onde está agora, só Deus sabe.

Visto que eu havia dito a Tzipora que iria até Guenéndel, pensei que não era justo enganar a menina. Deixei a rua do Stripa e fui até Guenéndel.

Guenéndel havia se recuperado e ao mesmo tempo não havia se recuperado. Estava sentada numa cadeira, com um cobertor de lã sobre os joelhos. Seus olhos estavam arregalados e seu lábio inferior tremia incessantemente. Ao seu lado estava sentado Aharon, seu irmão, que lhe alisava a face enquanto ela lhe acariciava a mão. Chegara à cidade há três dias e ainda não havia saído de casa, por isso eu não o vira. Suas faces estavam macilentas e os olhos afundados em suas órbitas. – Veja só, disse Schützling, fazia vinte anos que não o via, e quando o vi, as coisas sucederam de tal modo que tornei a vê-lo. Aproxime-se, meu amigo, para que eu o beije. Enquanto me abraçava e me beijava, eu temi, por alguma razão, que ele sorrisse de repente.

Nesse ínterim olhou para sua irmã e disse: Adormeceu outra vez. – Como foi que aconteceu aquilo? Aquele fora um dia estranho. Tudo o que eu queria fazer, não era bem-sucedido. Disse a mim mesmo: Irei tratar dos meus negócios. Entrei num escritório onde compro a minha mercadoria, com o coração triste, meu amigo, infinitamente triste. De repente, ouviu-se o som de um tiro. Este tiro enlouqueceu-me. Levantei-me e perguntei: Que som é esse que ouvi? Antes que tivessem tempo de me responder, ouviu-se o som de um segundo e um terceiro tiro. Coloquei a mão sobre o peito e corri para fora. Encontrei dois homens e os interroguei: De onde vêm os tiros? Responderam-me: Não sabemos. Pensei: Por que eles dizem que não sabem? E perguntei a dois outros. E talvez não lhes tenha perguntado, pois num instante desapareceram e se foram. Dei de encontro com três conhecidos e os interroguei. Suas fisionomias empalideceram e adquiriram a cor da cal. Apontaram com a mão para um lado e disseram que os tiros vieram de lá. Disse-lhes eu: Mas lá é a prisão. Disseram-me: É possível. E quiseram se afastar. Gritei: Digam-me quem atirou e quem foi alvejado. Respondeu um e disse: Parece que foi uma bala perdida. Disse-lhe eu: Diga o que sabe. Gaguejou ele e disse: Um detento escapou da prisão e foi alvejado. Perguntei: Detento ou detenta? De seus olhos pingaram lágrimas e ele meneava a cabeça para mim. Subi ao escritório, peguei o chapéu e corri para a prisão e soube do que soube.

A velha despertou e disse: Aharon, se deseja acompanhar o seu amigo, vá e volte logo. Acenei-lhe que ficasse sentado. Disse-me Guenéndel: Fique mais um pouco, quero lhe perguntar algo. Há alguns anos veio um judeu da Terra de Israel e vendeu-me areia de lá. Se eu lhe mostrar a areia, você poderá saber se é de lá? Aquele judeu era um enviado de uma certa sociedade denominada Meia-Noite, pois levantavam-se à meia-noite e choravam pela destruição do Templo, e ele possuía uma caixa cheia de areia de diversos lugares, arranjada à moda de uma farmácia. Qual é a sua opinião? Devo acreditar que ele trouxe a areia da Terra de Israel, ou que ele a retirara de um buraco de ratos? Disse-lhe eu: Mas se existe uma Terra de Israel e na Terra de Israel tem areia, e desde que aquele judeu, do qual falou, veio da Terra de Israel, por que não há de acreditar que ele tenha trazido de lá? Respondeu Guenéndel: Se posso não acreditar nele, porque hei de acreditar? Perguntei-lhe: E porque então a comprou dele? Respondeu Guenéndel: Grande pergunta, por que comprei? Se uma pessoa soubesse de antemão o que está fazendo, o mundo seria um verdadeiro paraíso.

Ao sair de lá fui visitar Leibtche Boden'haus. Seu quarto era pequeno e arrumado e nele havia uma mesa, cama, cadeira e uma pequena lâmpada e, pendendo da parede, um quadro de Moisés, nosso Mestre, segurando duas Tábuas na mão, nas quais estavam escritos algarismos romanos de um a dez, e dois raios majestosos partiam de sua cabeça. E sobre a mesa havia dois livros abertos, um era o *Pentateuco* e o outro – reserva seja feita – era o dos poemas de Schiller, tinta azul, três penas e uma pequena régua, e ao seu lado cadernos e cadernetas organizados e limpos. Um aposento tão arrumado e bonito, não se encontra em toda a cidade.

Leibtche levantou-se emocionado, esfregou as mãos e disse: Que feliz estou por ter vindo até aqui, meu caro senhor. Algo que não tive coragem de pedir com minha própria boca, aconteceu-me involuntariamente. Sente-se meu caro senhor, e eu o servirei. Disse-lhe eu: Mas você vive como um filósofo. Disse Leibtche: Ó, meu caro senhor, que filósofo sou eu, se ainda não atingi sequer uma das virtudes da filosofia. Spinoza nos ensina a não rir, não chorar, não se extasiar, mas entender, acaso posso dizer que cumpro as suas palavras, a não ser naquilo que se refere ao riso? Porém, quanto às outras virtudes, meu caro senhor, sou um perfeito pecador e não tive o mérito de cumprir nem uma parte delas. Pois ele diz que não se deve chorar, mas como não hei de chorar quando as desgraças nos cercam, quer desgraças provenientes do homem, quer desgraças provenientes do instinto do homem, ou do seu Criador. O mesmo aconteceu com respeito ao êxtase. Acaso é possível não se admirar quando vejo, com meus próprios olhos, que Deus, das Alturas, estende a Sua graça sobre mim, sobre mim, um vil verme e não um homem, deposita em mim um espírito maior e me envia versos para cada um dos versículos da *Torá*, afora a admiração que tenho pelas próprias palavras da *Torá*, que foram outorgadas pela Divindade. E acaso é possível não se entusiasmar? E agora, meu caro senhor, chego às palavras finais do subli-me filósofo que diz "apenas entender", pois por mais que nos esforcemos por entender, não entendemos. Tomemos por exemplo o versículo "E Deus se enfurece todo dia", acaso pode-se entender por que Ele se enfurece tanto? E se pecamos contra Ele, acaso Ele deve nos torturar e nos enviar todas as suas flechas? Acaso não seria melhor que Ele adotasse para conosco a virtude filosófica, ou seja, a de entender? Não considere as minhas palavras, meu caro senhor, como desrespeito a Deus. Creia-me, meu caro senhor, não existe em mim nem sequer um resquício de desrespeito ou algo parecido, e se o senhor colocasse o seu pé sobre meu pescoço, eu me inclinaria para lhe poupar o incômodo. Mas o que posso fazer, este coração, que é de carne, ainda não atingiu a virtude filosófica e se condói e chora e às vezes aventa coisas estranhas à filosofia. Quando me sento em meu quarto, diante da minha mesa, rimando versículo por versículo e capítulo por capítulo, parece-me que tudo está em ordem; quando pouso a minha pena e repouso a minha cabeça sobre a minha mão ou a minha mão sobre minha cabeça, parece-me que nada no mundo está em ordem, e até mesmo o próprio mundo, meu caro senhor, não está em ordem. E como poderá ele estar em ordem se seu Criador Se enfurece com ele. Nossos sábios, de abençoada memória, consolavam-nos um pouco dizendo: "Quanto dura a Sua fúria?" – Um instante. Meu caro senhor, Ele se enfurece por um instante durante um dia e Suas criaturas ficam furiosas durante as vinte e quatro horas do dia.

Não costumo mencionar a guerra. Se passo uma hora sem lembrá-la, parece-me que me concederam uma graça. Mas eu lhe contarei uma coisa, meu caro senhor! Nos tempos da guerra servi com um médico. Certa vez trouxeram-nos um jovem soldado, cujas pernas se congelaram nas trincheiras. Visto que suas pernas haviam congelado, não pôde se mover e se esconder do inimigo. Assim, o estilhaço de uma granada atingiu-o, quebrando-lhe os dentes e estraçalhando-lhe as gengivas. Não foi possível salvar as suas pernas, meu caro senhor, pois sua vitalidade já se esvaíra, e o médico cortou-lhas até acima dos joelhos, porém remendou a boca dele. Costurou e cortou, costurou e montou nela uma espécie de gengiva de algum material, do qual não me lembro. Quando eu via o jovem que perdeu as pernas e de cujo rosto não restou mais do que uma ferida em carne viva, virava o rosto e chorava, temendo enlouquecer. Porém o médico gostava de mirá-lo, e sempre que tinha um momento de folga dos demais feridos, ocupava-se dele e remendava e reparava-lhe o rosto, juntando um pedaço a outro e, recitando para nós os nomes de famosos professores, dizia: Eles jamais conseguiram fazer um trabalho tão perfeito. Nesse ínterim trouxeram outros feridos e não havia lugar para eles em nossa casa de saúde. Colocaram então os antigos feridos num carro-ambulância e os enviaram a um hospital da cidade, e entre eles o mencionado soldado. Na verdade, o médico não queria mandá-lo embora, mas a casa de saúde estava cheia e todo dia eram trazidos novos feridos. O médico amarrou-lhe no pescoço um bilhete onde escreveu como deveria ser tratado, como e com o que alimentá--lo, e ordenou-nos que zelássemos por ele especialmente, a toda hora e a todo minuto, pois também havia perdido as forças das mãos e não podia fazê-las chegar até a boca. Caminhávamos ao lado do carro cuidando e zelando e nos esforçando por aliviar o sofrimento dos doentes. No caminho, veio um tenente alemão. Interrogou-nos: Há lugar no carro? Dissemos a ele: Todo o carro está cheio de doentes e feridos, e nós os estamos levando ao hospital da cidade. Disse o tenente: Verei se não há lugar para um oficial alemão. Pegou aquele soldado sem pernas e de gengivas estraçalhadas, tirou-o do carro e o deixou sentado no chão, num lugar ermo e desolado, e veio sentar-se no lugar dele no carro. E agora vá entender. Pois todo o nosso esforço de entender é vão.

Ou um outro exemplo, caro senhor. Um exemplo dos tempos de paz. Mas por que hei de entristecê-lo, meu caro senhor? Quando atento para a vida, chego à conclusão de que não vale a pena para o homem viver, mesmo que faça bons atos e não peque, pois sua própria existência causa o aumento do mal e leva ao pecado. Como seus companheiros não atingiram o seu grau, sentem-se forçados a fazer-lhe o mal, seja porque eles próprios são malvados, seja porque ele é bom. Espere por mim um instante, meu caro senhor, a tia me chama, voltarei logo.

Capítulo Sete e Sessenta
A Rua em Que Morei na Infância

Não esperei até Leibtche voltar, e quando ele foi para junto de sua tia, eu me fui.

Trouxe a mim mesmo até o lado esquerdo do Stripa, onde se situa a casa onde residi durante a minha infância com papai, mamãe, meus irmãos e minhas irmãs. Fui atraído para lá ainda de manhã, mas veio a Tzipora e me deteve no caminho. Embora

Leibtche evitasse me apontar um exemplo de desgraça presenciada em tempos de paz, a fim de não me entristecer, eu não estava alegre. Nestes tempos você fica triste, quer ouça falar dos tempos da guerra, quer ouça falar dos tempos de paz.

Aquela rua para a qual me dirigi era um exemplo da tranquilidade de outrora. No seu começo situava-se o correio e no meio o ginásio e no fim o convento das freiras, e nele, um pequeno hospital cercado de um grande jardim e entre eles uma fileira de pequenas casas que davam para o Stripa; e em frente do correio havia alguns bancos verdes à sombra das acácias. E para lá vinham os ilustrados da cidade, abriam os seus jornais e liam. E à noitinha passeavam por lá moças e rapazes, até o primeiro quartel da noite. E, se era necessário, acrescentavam mais uma hora.

Os bancos já foram levados e as acácias cortadas, a maioria das casas destruída e os ilustrados da cidade morreram. O que restou ali de toda aquela tranquilidade, além do rio que flui como de hábito? Ele é o rio no qual eu me banhava e junto ao qual acendia uma vela na primeira noite em que rezava Selikhot, para dar iluminação às almas que ali se afogaram, pois se elas se levantassem para recitar Selikhot, veriam a vela e se protegeriam dos maus espíritos para que estes não penetrassem nelas. Visto que os bancos foram retirados e não havia lugar para se sentar, fui até aquela casa onde morei em minha infância.

Todas as casas ali estavam alinhadas numa fila e aquela sobressaía, um pouco afastada da rua, e subia-se para lá por uma escadaria de pedra. E havia uma grande pedra em frente da casa e um pequeno jardim atrás, e lá se erguia uma espécie de montanha, e atrás dela o fim do mundo. Ali cavei, quando criança, um buraco à moda do buraco de Asmodeu, rei dos demônios, do *Tratado dos Divórcios* e, no espaço quadrado na frente da casa, eu brincava de bola com minhas pequenas vizinhas. Esse jogo não é como os jogos dos meninos que têm um fundamento bíblico, como por exemplo, a derrubada da muralha de Jericó e a guerra entre David e Golias, mas ele implicava em levantar os braços e no correr das pernas e no pulsar do coração, visto que essa bola à qual você dera permissão de voar, tornava-se senhora de si própria. Pois quando quer resvala para cá, e se quer cai para lá, e você não tem certeza de que ela voltará a você.

Quando parei de brincar de bola como as meninas? Certa vez corri atrás da bola e uma menina corria atrás de mim. Minha mão tocou a dela e meu rosto enrubesceu, soube então que havia algo pecaminoso nisso. Afastei-me dela e brinquei sozinho. Certa vez meu mestre me viu brincando. Disse ele: Que sentido tem brincar de bola? Se você quer a bola, por que a joga, e se a joga, porque corre atrás dela? É que o seu mau instinto o leva a correr atrás dela, e portanto não obedeça a ele.

Acaso as imagens da minha memória eram anteriores à visão dos meus olhos, ou era a visão dos meus olhos que precedia as imagens da memória? Toda vez que vejo esta casa lembro-me dessas coisas.

Naquele momento as imagens d'alma sobrepujaram a visão dos meus olhos. E, não obstante eu estar parado diante da casa de olhos abertos, veio-me a imagem da casa nos tempos de outrora, quando morei nela com papai, mamãe, meus irmãos e irmãs. Nós residíamos no andar inferior e o dono da casa e seu filho na cabana, no sótão. Vocês jamais viram um senhorio melhor do que esse. É pena que não tenha tido o privilégio de terminar os seus dias em sua casa por causa do Zwirn, que lhe tomou a casa a troco de nada. O que Antosz Jakubowicz não conseguira, fora conseguido por Zwirn.

E onde estava Kuba, meu amigo, filho do serralheiro? Quando imigrei para a Terra de Israel, ele acabou o ginásio e entrou na universidade. Se estiver vivo, talvez seja advogado ou médico. Lembro-me que certa vez me dissera: Quando tiver crescido, irei a uma colônia de leprosos e cuidarei deles.

Paro junto daquela casa. Durante todo o tempo ela ficou sem ocupantes, hoje existe alguém dentro dela. Quem veio de repente residir aqui? Ouvi dizer que não houve ninguém na cidade que quisesse alugar a casa, pois o dr. Zwirn não quer alugá-la por um preço baixo, e não há ninguém que possa pagar um preço alto e a casa ficou vazia, sem inquilinos.

Disse a mim mesmo: Entrarei e verei, talvez o inquilino me receba cordialmente e me mostre a sua casa. A casa onde morei, eu e papai e mamãe e meus irmãos e irmãs. E ainda que Zwirn a tenha quebrado e reconstruído e modificado muito, algo da minha infância deve ter restado nela.

Bati à porta, mas não abriram. Tornei a bater e não abriram para mim. Olhei pela janela e não vi ninguém, salvo a minha sombra, e percebi que fora a minha sombra que me havia enganado.

Afastei-me de lá e fui até o fim de todas as casas e de todas as ruínas, até alcançar o convento destruído. Desde o dia em que voltei a Szibusz não estive aqui e, se estive, estive à noite, pois se tivesse estado por lá de dia teria visto essa pequena casa em cuja entrada está afixada uma tabuleta. A maior parte das letras da tabuleta foi obscurecida e apagada. Parece que ela servira de alvo para dardos que garotos costumam jogar para se exercitar. Levei algum tempo e juntei as letras, e acrescentei por conta própria o que fora apagado, e li: Dr. Jacob Milch, Médico.

Saiu um homem alto e franzino, calçando sapatos pesados iguais àqueles calçados pelos militares, e o mesmo se pode dizer de suas calças apertadas nos joelhos. Seu colarinho estava aberto e sua barba em desalinho. Enquanto eu estava parado, preparando-me para ir embora, mirou-me piscando um dos olhos e perguntou-me: Acaso não é fulano, filho de sicrano? E logo me estendeu a mão, cumprimentou-me e tornou a chamar-me pelo nome (Não como me chamo agora, mas como me chamavam em minha infância). Respondi ao seu cumprimento e gritei: Kuba! Este era Kuba, meu amigo, filho daquele serralheiro zarolho. E posto que não sabia o que dizer, perguntei-lhe: O que faz aqui?

Disse Kuba: O que faço aqui? Moro aqui. Por acaso não viu a tabuleta na minha porta? Gaguejei e falei: Qual é o seu sobrenome? Respondeu Kuba: Uso o sobrenome de mamãe.

Então me levou pela mão e me puxou para a sua casa e me fez sentar numa cadeira e olhou-me em silencio absoluto, como se tivesse perdido a fala. Depois passou a mão pelos olhos e disse: Por que estamos calados? Acaso não temos o que dizer um ao outro? Pois costumávamos ter longas conversas. O meu novo nome assustou-o? Papai não era casado de acordo com as leis do governo e fui registrado em nome de mamãe, e daí meu nome, Jacob Milch. E então Kuba coçou sua barba desalinhada e disse: Soube que você veio para cá, mas no mesmo dia em que soube viajei daqui, e faz três dias que voltei e estou contente que tenha vindo a mim.

Disse-lhe eu: Estava passando pela rua e cheguei até aqui, e não pensei que o encontraria. E não é só isso; durante todo o tempo em que aqui estou não perguntei por você, pois desde os tempos da guerra não pergunto se fulano está vivo ou não, visto que toda pessoa a cujo respeito perguntei disseram-me que já se foi desta para melhor e que sua morte foi assim e assado. Agora que o vi, regozijo-me duplamente. – Se não sabia que eu morava aqui, como chegou a mim? perguntou Kuba. Respondi-lhe: Estou doente e sai para passear e no caminho cheguei até aqui. Isso e mais, desde que voltei a Szibusz não tive oportunidade de vir até aqui senão hoje. Retrucou Kuba: Disse que está doente, mas sua aparência contradiz as suas palavras. Sente-se e conversemos um pouco. Ou talvez deva examiná-lo primeiro, antes que seus males desapareçam e eu não tenha o que fazer. Mencionei-lhe toda a espécie de males, febre, e dor de garanta e dor de coração; todas as moléstias de que sofri (que Deus o livre) nesses dias ou naqueles que os precederam.

O médico vestiu um avental branco, lavou as mãos, enfiou um espelho sobre a testa e pegou um pequeno espelho na mão e me fez sentar numa cadeira. E ele também se sentou à minha frente e olhou na minha garganta. Depois disse: Deite-se no sofá. Examinou-me de cabo a rabo. Bateu sobe o meu coração e sobre minha espinha e mandou que me levantasse, e disse-me o nome de moléstias passageiras e moléstias crônicas e como tratar da minha garganta e como tratar do meu coração. E deu-me dois tipos de remédios, um contra o resfriado e o outro contra a dor no coração, e não pediu-me que pagasse pelos seus remédios, pois recebia-os gratuitamente das fábricas de remédios da Alemanha, a fim de apresentá-los aos doentes.

Entrementes consultou o relógio e disse: Devo ir buscar a minha mulher e lamento ter que me separar de você, mas não o deixarei até que me prometa que virá almoçar comigo amanhã. E não tenha medo que eu o alimente com carniças ou carne impura. – Não como aves degoladas ou mortas e nem carniças ou carnes impuras. Disse-lhe eu: É você aquele médico vegeta-riano que ensinou a dona do hotel os seiscentos e treze tipos de pratos vegetarianos? Respondeu Kuba: De que adiantou se ela ainda cozinha carne? Acaso a sra. Zommer não lhe contou nada a meu respeito? Disse eu: Que tinha ela para contar? Quando o mencionou fê-lo pelo nome de o doutor vegetariano, e eu não sabia que era você o doutor vegetariano. – E você não perguntou por mim? Respondi-lhe: Já lhe disse que desde os tempos da guerra não pergunto se fulano está vivo ou onde se encontra. Toda pessoa que encontro é para mim como um achado ines-perado como, por exemplo, Schützling e você.

Kuba olhou-me e disse: Soube o que aconteceu ao Schützling. Encontrei-o por acaso no trem. Porventura não era suficiente para os homens da lei que lhe tomassem só uma filha, por que tiveram que lhe tomar as três ao mesmo tempo? Perguntei-lhe: Você disse no começo que no dia em que ouviu falar de mim, viajou, aonde viajou, e por que viajou? – Por que viajei e aonde viajei? Foi simplesmente porque um médico, meu colega, ado-eceu e me convidou a tratar de sua enfermidade. E agora que está curado, voltei para casa.

Perguntei-lhe: E aos cuidados de quem deixou os seus pa-cientes? Respondeu Kuba: Aos cuidados de si mesmos e de seu Pai Celestial. Além disso, acaso faltam médicos em Szibusz! Os doentes precisam menos dos médicos do que os médicos dos doentes. E a esta altura Kuba sacou o seu relógio e apertou os olhos, e disse levantando-se: Está na hora de ir. Então me prometa que virá almoçar comigo amanhã. *Servus!*[78]

Quando contei à sra. Zommer que eu fora convidado a comer em casa do dr. Milch, ela disse: Então o doutor vegetariano está na cidade? Depois suspirou, posto que seu coração a reprovava por ela não ter cuidado da minha alimentação. Em seguida disse: Amanhã o senhor comerá uma lauta refeição, o doutor vegetariano é um exímio cozinheiro.

A sra. Zommer não tinha em alta conta o médico vegetariano, e o mesmo se dava com toda a cidade. Um paciente que tem o suficiente para pagar chama um outro médico, e aquele que não tem com que pagar chama o dr. Milch, e ele vem, e torna a vir até mesmo se não é chamado. E além disso, ainda oferece ao doente pobre daquilo que lhe trazem os aldeões, pois estes gostam dele e vêm se tratar com ele e lhe pagam com víveres, manteiga, ovos, pão, verduras e frutas. Os infortúnios da guerra, e todas as desgraças que a seguiram, modificaram certos valores e conceitos e fizeram com que a maior parte das pessoas substituísse, algumas mais, outras menos, as suas antigas ideias por novas, quer boas, quer más. E quanto a isso não há diferença entre o resto do mundo e a gente de Szibusz. Porém, quanto aos médicos, Szibusz se comporta como costumava fazer antes dos tempos da guerra. Szibusz está habituada a que os médicos sejam autoritários e que não se deem com todas as pessoas, mas apenas com os doentes que lhes pagam por seus serviços. Restou ainda um laivo de magia na ciência da medicina, pois à proporção que o médico guarda maior distância das pessoas, é mais respeitado e, se exige um alto honorário, é chamado de médico especialista. O dr. Milch não adotava nenhuma dessas atitudes: ao encontrar uma pessoa qualquer falava com ela como se fosse seu amigo, e se o doente era pobre, o dr. Milch lhe trazia víveres. E por isso as pessoas rejeitavam-no e caçoavam dele quando virava as costas. A princípio me zanguei, contou-me

---

78. Saudação de origem latina, usada em certas regiões da Alemanha. (N. da E.).

Kuba, mas depois disse a mim mesmo, se eles são tolos, eu não mudarei a minha índole.

No dia seguinte fui à casa de Kuba. Não havia ali nenhum serviçal e nenhuma criada. Mas seu quarto estava limpo e seus pertences arrumados.

Logo ao entrar, me assolou com pilhas e pilhas de perguntas. E antes de ter tempo de responder a uma pergunta já fazia outra. Kuba queria saber, num único momento, o que me sucedera durante muitos anos. E quando eu começava a contar, ele me interrompia e me desviava para um outro assunto. Ele estava triste. Tudo que eu lhe contava não lhe parecia mais do que um prefácio que antecedia o essencial. Qual era o essencial e o que queria saber de mim, não sei.

A hora do almoço já passara e a fome começou a me atormentar. Pensei que logo colocaria diante de mim uma mesa cheia de comida e que me fartaria, já pressentia aquele prazer do fim do jejum quando a refeição está preparada e pronta. Kuba estava conturbado e emocionado. Contava-me mil coisas ao mesmo tempo, sobre nossos companheiros que morreram na guerra, sobre as árvores que plantou em sua memória no Bosque de Herzl, sobre alguns de nossos amigos que não puderam resistir e fizeram o que fizeram; sobre um deles que se convertera e se transformara em provocador e corruptor e, por fim, enforcara-se na privada de uma igreja. E, ao falar, levantou-se com um salto e me trouxe um grosso álbum de retratos dele e de seus colegas do ginásio e da universidade, fotografados em grupo, e por fim retratos de seus professores e mestres e do hospital onde serviu e das enfermeiras que serviram com ele.

E quem é esta?, perguntei apreensivo; Kuba se debruçou e sussurrou: Esta é minha mulher. Loura, emprumada e robusta, com olhos bondosos de um azul escuro, ela nos mirava do retrato. Peguei o retrato e o observei, sua melancólica graça dava um aperto no coração.

Kuba tornou a se debruçar e tornou a colocar o retrato em seu lugar e olhou ao redor como uma criança perdida na floresta.

492   HÓSPEDE POR UMA NOITE

Tirei um cigarro e o acendi. Perguntou Kuba com espanto: Desde quando você fuma? Não me lembrava de que você fumava. O fumo não faz bem ao corpo e o destrói. Seja como for, não vale a pena fumar antes da refeição.

Levantou-se e trouxe dois copos de leite e bolos secos. Colocou um copo à minha frente e outro diante de si e disse: Vamos comer e beber. Tomei o leite e deixei os bolos a fim de iniciar a refeição com apetite, e aguardei até que a mesa fosse posta e que a comida trazida. Kuba estava sentado em seu lugar com um olho franzido e o outro relanceando para mim. Afinal, abriu também o olho cerrado e mirou-me longamente e disse: Tenho um ressentimento contra você e devo contar--lhe. Quando ingressei na universidade, escrevi-lhe que queria emigrar para a Terra de Israel e perguntei-lhe qual profissão deveria escolher, que fosse útil para a Terra de Israel, e você escreveu-me "estude medicina". Disse-lhe eu: E acaso é por-que lhe aconselhei a estudar medicina que você está zangado comigo? Respondeu Kuba: Não é por isso, mas é porque acres-centou "escrevo-lhe tudo isso para não deixá-lo sem resposta. E se quer me escutar, fique em seu lugar e não queira emigrar". Disse-lhe eu: Escrevi muito certo. Disse Kuba: O que há de certo nisso? Respondi-lhe: Aquele que deseja emigrar para a Terra de Israel, ainda que lhe digam não vá, emigra. Se você quisesse realmente emigrar, teria emigrado. Kuba franziu um dos olhos como se estivesse refletindo e com o outro olhava para mim, sentado e calado.

Tomei-lhe as mãos e disse: Ierukham Liberto se zanga comigo por ter emigrado por minha causa, e você se zanga comigo por não ter emigrado por minha causa. Mas o que passou, passou. Agora me conte sobre outros assuntos. Pois você me havia dito ontem que ia buscar a sua esposa. Retrucou: Ela não veio. – Por que não veio? – Pois foi se encontrar com seu marido em outro lugar. E Kuba acrescentou, dizendo: Vejo que não sabe do que estou falando, pois então lhe explicarei. Disse eu: Bem disse, Kuba, realmente não sei do que você está falando. Uma das duas; se ela é sua esposa, você é o marido dela, e se você não é o marido dela, ela não é sua esposa. O que não se depreende de suas palavras, segundo as quais se poderia pensar que você e o marido dela são duas pessoas distintas.

Kuba suspirou e disse: É assim que as coisas são. Minha mulher não é minha mulher e eu não sou o marido dela. Perguntei-lhe: Então o que significa que você viajou para trazê-la à sua casa. Respondeu-me: Acaso ela é rica e pode se alojar no hotel? Ela precisa se encontrar com seu futuro marido e eu a convidei a se hospedar em minha casa para economizar a despesa do hotel. – Isso quer dizer que vocês se separaram amigavelmente, disse eu. Você diz amigavelmente, e eu digo que nem a palavra amor se compara com o que existe entre nós, retrucou Kuba. Perguntei-lhe: Então por que você lhe deu o divórcio? – Por que lhe dei o divórcio? Você esboçou uma grande pergunta e não sei como responder a ela. Na certa você está com fome. Vou trazer o almoço.

Saiu e voltou trazendo dois copos de leite. Tomou um e estendeu-me o outro. Perguntei: É esta toda a sua refeição? Respondeu Kuba: Você pensa que um homem deve encher a pança? Um copo de leite pela manhã e um copo de leite no almoço, uma fatia de pão, duas ou três nozes, uma maçã, ou uma pera, bastam para alimentar uma pessoa. Não se morre de fome senão de excessiva alimentação. Mas se você é mimado, cozinharei um ovo para você. Hoje um aldeão me trouxe uma dúzia de ovos. Você está vendo, faz quatro dias que voltei e os meus pacientes já voltaram. Quer um ovo cozido ou um ovo mexido? Disse-lhe eu: Voltemos ao nosso assunto anterior. – Isso é, por que concedi o divórcio à minha mulher? Respondi-lhe: Conte o que você estaria disposto a contar a qualquer pessoa. Retrucou ele: Não estou disposto a contar a qualquer pessoa, mas a você, sim.

Naquele instante o coração dele estava transbordando e ele não pôde resistir. Pôs-se a contar. Perguntei-lhe: Você é *cohen*? Respondeu ele: O que isso tem a ver com *cohen*? – Os descendentes das famílias dos sacerdotes são proibidos de voltar a se casar com as mulheres das quais se divorciaram, o que não ocorre com os levitas e todos os demais israelitas. – Vocês são assim, disse Kuba, se se lhes estende um dedo, querem toda a mão. Na verdade dir-lhe-ei que logo depois da concessão do divórcio quis tomá-la de volta. Você não pode entender algo assim? Sorri e respondi: O mesmo que aconteceu ao Hartmann aconteceu a você. – Quem é esse Hartman? Disse-lhe: Existe um homem que se chama Hartmann, certo dia ele deu o divórcio à sua mulher e quando estavam saindo da casa do rabino, o amor por ela tomou conta dele e ele a retomou como esposa. O mesmo acontece comigo, disse Kuba, mas não tive a coragem de deposá-la de novo. Mas ela vem me visitar e se hospeda em minha casa. E o que dirá o seu segundo marido?, perguntei. O que dirá?, respondeu Kuba, não dirá nada. Perguntei: Acaso ele sabe de tudo que ela faz? E acredita que não existe nada entre vocês? Kuba saltou do lugar e gritou: O que pensa dela? Não há no mundo uma mulher mais honesta do que ela. Se a conhecesse não o teria perguntado. Disse-lhe eu: Você teve uma mulher assim e a deixou partir? Suspirou ele e disse: O que passou, passou, sobretudo agora, que está prestes a se casar com outro. Sente-se e lhe mostrarei a carta de congratulações que escrevi para ela e ao seu marido pelas bodas.

Passaram-se alguns dias e não fui visitar o Kuba, pois estive ocupado em enviar o livro *As Mãos de Moisés* a Jerusalém, a fim de fazer um benefício para a alma de Eliakim, de sobrenome Guetz, que me apareceu em sonho e então eu vi que estava zangado comigo. As mesmas coisas que Kuba, meu amigo, me dissera quando eu estava acordado, isto é, que tinha algo contra mim, foram-me ditas por esse escriba em sonho.

Ao voltar do correio me conduzi para a margem esquerda do rio e fui visitar o Kuba. Kuba ficou extremamente contente em me ver. Parecia que lhe faltava algo e não sabia o que era. Quando fui até ele percebeu que era eu que lhe fazia falta. Disse--lhe: Estive ocupado e não tive tempo de visitá-lo. Disse ele: Se viesse não me teria encontrado. Perguntei: Não estava na cidade? Respondeu-me: Se não entende por si mesmo, eu lhe explicarei. Perguntei: Foi visitar um doente? Respondeu-me: O doente foi visitar o são. – O que significa? – Significa que viajei para assistir ao casamento da minha mulher. Isso, meu amigo, isso. Como você disse, não se chora pelo passado. Portanto, não chorarei. Mas lhe digo isso; errei duas vezes, a primeira vez porque me divorciei de minha mulher, e a segunda quando não a tomei de volta. Disse-lhe eu: Um terceiro erro, ou talvez, o primeiro, é que você a desposou. Disse ele: Talvez sim, talvez não.

Capítulo Oito e Sessenta
Tzipora

Após ter se despedido de mim, Rabi Haim não viajou para a aldeia para junto de sua filha casada, pois a sua outra filha, Hana, escrevera-lhe que estava prestes a vir e ele esperou sua chegada. Hana adoeceu outra vez e não pôde vir.

Certa vez encontrei o Rabi Haim junto à cisterna. Perguntei-lhe: Ainda está na cidade, Rabi Haim? Meneou a cabeça como se dissesse que era verdade. Daí em diante eu passava por ele como se ele não estivesse, pois percebi que não ficava à vontade quando se tomava conhecimento dele. É de se supor que, visto que dissera que viajaria, entristecia-se por não ter cumprido a sua palavra.

Numa outra ocasião fui à casa de estudos e encontrei a Tzipora saindo do depósito de lenha com uma cesta pendendo do braço. Perguntei-lhe: De onde vem e para onde vai, Tzipora? Respondeu Tzipora: Venho de junto de papai. Papai está deitado, adoentado. Disse-lhe: Que aconteceu a seu pai para que ficasse doente? Respondeu Tzipora: Sente dor nas pernas. Disse-lhe eu: Seu pai está doente e eu não tomei conhecimento. Quando adoeceu? Acaso é bom para ele ficar deitado no depósito de lenha? Respondeu Tzipora: Mamãe também acha que não é bom que ele fique deitado ali. Mas que podemos fazer? Quisemos transportá-lo à nossa casa, porém ele se recusou. Perguntei-lhe: Desde quando está doente?

Respondeu Tzipora: Desde a véspera de Sábado. – Desde a véspera de Sábado? E não sabíamos. Perguntei-lhe: E o que causou a sua doença? Respondeu Tzipora: As opiniões divergem. Há os que dizem que foi até o rabino para se despedir dele e lá havia uma traqueia de galinha, jogada diante da porta, e ele escorregou e caiu. E há os que dizem que ele se encontrava perto da nossa casa quando tropeçou num polaco bêbedo e caiu. Disse-lhe eu: Sendo assim, irei vê-lo.

Disse Tzipora: Hana também está lá. – Hana também está lá? Quando chegou? – Quando chegou? Chegou faz uma hora e meia. Disse-lhe: É melhor que eu não vá vê-lo agora, mas depois. – Por quê? – Porque Hana está lá. Disse Tzipora: Hana se alegrará em ver o senhor. Perguntei-lhe: Como sabe que Hana se alegrará em me ver? Respondeu Tzipora: Logo ao chegar perguntou pelo senhor. – Ela perguntou por mim? Por que perguntou por mim? Respondeu Tzipora: Não perguntei por que ela perguntou pelo senhor. – Não lhe perguntou? – Não perguntei. Interroguei-a: E o que disse seu pai a Hana? Respondeu Tzipora: Não disse nada. – Não disse nada? Seja como for, ele deve ter dito algo. Respondeu Tzipora: Ele lhe disse: Você esteve doente, minha filha? E o que lhe retrucou Hana? – Hana chorou e disse: E agora você esta doente, meu pai. – E o que lhe respondeu seu pai? – Papai respondeu que Deus há de ajudar. Disse-lhe eu: Sendo assim, não há porque se preocupar com a sua doença, pois seu pai sabe que é apreciado pelo Santíssimo, Bendito Seja, pois caso contrário não teria falado assim. E o que mais disse seu pai a Hana? Respondeu Tzipora: Mirou-a silenciosamente e nada disse, ou talvez tenha falado com ela depois que os deixei. Disse-lhe: Sendo assim, Tzipora, fiz bem em não ter ido vê-lo, pois tê-lo-ia interrompido. O que faz essa cesta em sua mão? Está vazia.

Respondeu Tzipora: Mamãe fez para ele biscoitos secos e um pouco de café e eu os trouxe para ele. Mamãe diz que todo dia, depois da oração matinal, papai costumava se regalar com biscoitos e café e todos os eruditos da cidade vinham e lhe formulavam questões em assuntos da *Torá*, e às vezes ficavam com ele durante todo o dia e a maior parte da noite, e faziam a oração vespertina e noturna em nossa casa, posto que meu pai, conta mamãe, era tão sábio na *Torá* como dois rabinos juntos, e por isso aconteceu-lhe o que aconteceu. Não é bom para um homem ser superior a seus companheiros. Perguntei-lhe: E se ele é superior a seus companheiros, o que há de fazer? Respondeu Tzipora: Deve-se rebaixar para que não o percebam. Disse-lhe eu: Se um homem se rebaixa um pouco, as outras pessoas o rebaixam muito mais. Acaso isso é bom, Tzipora? Respondeu ela: Mas assim ele se livra das pessoas. Mamãe me disse que durante todo aquele tempo não teve uma hora de descanso, pois de todo lugar vinham incomodá-lo. Perguntei-lhe: Você acha que agora seu pai está mais feliz do que outrora? Os olhos de Tzipora encheram-se de tristeza a ponto de comover o meu coração e eu querer chorar.

Disse-lhe eu: Já passou uma hora desde que paramos e conversamos, talvez eu devesse ir ver o seu pai. Aonde você vai, Tzipora? Respondeu ela: Vou ver mamãe. Ela também não está bem. – Sua mãe está doente? Respondeu Tzipora: Nem doente e nem sã. O inverno passado foi difícil para nós. Nossa casa é velha e cheia de rachaduras e o vento penetra. Nem a neve e nem o gelo faltaram em nossa casa. Certa vez acordamos e encontramos os pés de nossas camas fincados no gelo. O coração de mamãe é fraco. No começo, seu coração se agitou com a volta repentina de papai. Antes que seu coração pudesse se acalmar, chegou a notícia de que Hana estava para voltar. Quando eu mencionava Hana, mamãe me repreendia e dizia: Não mencione o nome dela na minha frente. Se eu não a mencionava, mamãe a mencionava e dizia: Essa menina me levará ao túmulo. De repente chegou Tzvi e contou que Hana estava aqui, aqui e não na Rússia, aqui no *kibutz*, e que já se comprometeram e ficaram noivos. E tudo isso sobreveio de repente, e mamãe é uma mulher fraca e não resiste a uma notícia repentina, ainda que seja uma boa notícia. Disse-lhe eu: Então todos os cuidados da casa pesam sobre você, Tzipora. Pequena dona de casa, como a dirige? Responde Tzipora: Seria bom se assim fosse. Perguntei: E não é assim? Respondeu ela: Às vezes mamãe levanta da cama e vai ao mercado, pois eu tenho dores nas pernas, devido ao frio. Disse-lhe: Sim, Tzipora, vi que seus sapatos estão rasgados. Respondeu Tzipora: Pobreza não é vergonha. Disse-lhe eu: Pobreza não é vergonha, pobreza é uma desgraça. Disse Tzipora: Há desgraças maiores do que sapatos rasgados. Disse-lhe eu: Toda desgraça é uma desgraça. Seus pés incharam, Tzipora? – Meus pés não incharam, disse Tzipora, exceto o dedão esquerdo, que inchou um pouco.

Disse-lhe eu: E eu a maltrato e a deixo em pé; ficar em pé deve ser doloroso para o dedão. Respondeu Tzipora: Não sinto nada. Disse-lhe: Temo que fale assim só para me tranquilizar por tê-la detido. Disse Tzipora: Jamais falo assim. Perguntei--lhe: O que significa dizer "jamais falo assim"? O que quer dizer "assim"? Respondeu Tzipora: Jamais digo algo que não seja verdade. Disse-lhe: O que pensa, Tzipora, pensa que suspeitei que você dizia uma mentira? Sei que você sempre diz o que pensa. Disse Tzipora: Papai me disse a mesma coisa. – Como foi isso?, perguntei-lhe. Certa vez, responde Tzipora, estávamos sentados, eu e papai, e ele me disse: Tal mãe, tal filha. Perguntei a ela: Você pensa que seu pai se referia à questão de dizer a verdade? Certamente percebeu, Tzipora, que estou falando com você como se fala com uma pessoa adulta. Se não fosse assim, ter-lhe-ia perguntado de quem você gosta mais, do papai ou da mamãe? Tzipora riu e disse: O senhor na certa sabe qual seria a minha resposta. – O que responderia? Tzipora riu e disse: De ambos do mesmo modo.

Disse-lhe eu: Novamente a detive, mas visto que estamos conversando, perguntar-lhe-ei algo, acaso Hana é igual a você? Não no que diz respeito a dizer a verdade, mas com referência a outros assuntos. Respondeu Tzipora: Mamãe diz que Hana se assemelha ao papai. Perguntei-lhe: Em que ela se assemelha a seu pai? Calou-se e não me respondeu.

Perguntei-lhe: Quem é aquele rapaz que passou por aqui e nos cumprimentou: parece-me que já o vi. Retrucou Tzipora: É Iekutiel, filho do Zacarias, o negociante de forragem. Bati na testa e disse: Mas eu o conheço. Certa vez estive na loja de seu pai. Você o conhece? Respondeu Tzipora: Conheço-o de vista, mas não conversei com ele. Respondi-lhe: Mas a cidade não é grande e seus habitantes não são muitos; você não teve a oportunidade de conversar com ele? Disse Tzipora: Não possuímos cavalos e não necessitamos de forragem, e não temos jardim e não necessitamos de sementes e assim não tive oportunidade de falar com ele.

Falei-lhe: Agora irei para junto de seu pai e verei como está passando. O que pensa, Tzipora, seu pai concordará que eu lhe chame um médico? Conhece o dr. Milch? É meu amigo e não exigirá pagamento. Ouvi dizer que as pessoas zombam dele. Aqui tem o exemplo de um homem que finge ser igual a elas. Não se pode agradar a todos. Se um homem se porta com superioridade, elas o invejam e odeiam, se ele se humilha, elas fazem pouco caso dele. Então, o que deve fazer? Palmilhar o caminho intermediário. Mas nem todo homem pode caminhar no meio. E se até mesmo essa cesta que está em sua mão, e que não tem vontade própria, balança às vezes para cá, outras para lá, o que dizer do ser humano? Adeus, Tzipora, adeus.

Capítulo Nove e Sessenta
Visita ao Doente

No depósito de nossa velha casa de estudos, sobre um catre arruinado de três pés, apoiado por pedras, jazia Rabi Haim, coberto com o capote que eu lhe dera. Perto dele estava sentada Hana, sua filha. Seus ombros estavam reclinados e os pés se remexiam, como se toda ela desejasse saltar e cuidar do doente. E algo como uma pergunta tremulava em sua boca: Pai, como posso aliviar as suas penas? Rabi Haim despertou e balançou a cabeça para ela, como se dissesse: Deus há de ajudar. Hana fixou nele os seus olhos tristes e uma chispa de esperança cintilava dentro do seu fundo escuro. E os três tipos de razão que existem no homem, a razão pura, o juízo e a razão prática, juntaram-se e logo se separaram. Rabi Haim olhou-a e suas pálpebras estremeceram. Por fim baixou os olhos, como um pai que percebe que sua filha cresceu.

Hana levantou-se, cumprimentou-me e apertou a minha mão com força, olhando-me com grande afeto. Enquanto me mirava, seu rosto tornou-se tenso como que manifestando uma espécie de dúvida. É provável que aquele Tzvi tenha exagerado os meus louvores, e agora que ela me viu, não deve ter encontrado nada daquilo em mim. Pouco a pouco, a dúvida se desvaneceu, bem como aquele afeto que mostrara a princípio, e ela me tratou como se trata qualquer pessoa que não é um anjo e nem um diabo.

Disse Hana: Não era assim que eu o imaginava. Perguntei--lhe: E como você me imaginava? – Não sei, retrucou Hana. Perguntei-lhe: Onde ouviu falar de mim? Seu rosto enrubesceu e ela disse: Pensa que não se ouve falar de sua pessoa? Baixei os olhos humildemente e respondi: Não sabia que se falava de mim. – Isso não quer dizer que se fale bem da sua pessoa, disse Hana afetuosamente e um doce sorriso brilhou em seus olhos. Calei-me e a mirei.

Hana era atarracada e envergava um vestido largo e grosseiro que outrora fora azul e agora, estando desbotado, era cinzento. Usava sandálias rudes e seus pés não tinham meias. Um lenço colorido envolvia a cabeça, cobrindo-a desde a metade do crânio, atado sob o seu queixo com um nó frouxo. Seu vestido pendia folgado de seus membros estafados. É bem provável que quando fizera o vestido seus membros fossem mais cheios, e desde que adoeceu e emagreceu, o vestido tornou-se largo para ela.

Aquele lenço conferia-lhe aparência de mulher casada ou de uma moça gentia, visto que as filhas de Israel, em nosso distrito, não costumam cobrir a cabeça enquanto solteiras, sobretudo nestes tempos em que até mesmo as mulheres casadas andam de cabeça descoberta. Mas o brilho que emanava de seus olhos comovia o coração com sua pureza. Esse era o brilho de uma virgem, que não existe nem em mulheres casadas e nem nas filhas dos gentios. E sua testa era ampla como a do pai, sua boca ligeiramente aberta, e em sua expressão havia algo como um "então" longo, como se perguntasse, então, o que tem a dizer. Visto que me calei e nada disse, ela tornou a fixar os olhos em mim e disse: Então é isso...

Naquele momento entrou Kuba e disse que me procurara no hotel e não me encontrara e então fora até a casa de estudos, encontrando a porta fechada, e posto que ouviu vozes vindo do depósito de lenha, entrou. Então, disse Kuba, você está aqui, o que faz aqui?

Num instante levantou a orla do capote com que Rabi Haim se cobria, inclinou-se e examinou o doente. Rabi Haim nada disse e deixou que o médico fizesse o que bem entendesse.

Kuba tirou um papel e, apoiando-se na parede, receitou medicamentos para o doente. Depois bateu na testa e disse. Tolo. Rasgou o papel e disse: Mas tenho todas estas drogas em casa. Irei buscá-las.

Hana não conhecia o dr. Milch e ao ver o que fez, aquela expressão de dúvida tornou a aparecer em seu rosto, ainda mais acentuada do que antes, quando me vira pela primeira vez.

Kuba não o percebeu e interrogou-a a respeito de toda a espécie de coisas que não se pergunta a uma pessoa logo no primeiro encontro, sobretudo a uma moça. Entre uma palavra e outra se levantou e disse: Esqueci-me de lhe dizer o meu nome, Jacob Milch é o meu nome, doutor Jacob Milch, médico. Hana inclinou um pouco a cabeça e disse o seu nome.

Então você é aquela moça que foi para a Rússia?, disse Kuba. O que a levou para lá? Uma parelha de bois não conseguiria arrastar-me à sua Rússia. – Acaso já experimentou a força dos bois, senhor doutor, para saber com certeza que eles não poderiam arrastá-lo para lá? Kuba enfiou os dedos na barba descuidada e fez menção de lhe responder. Disse-lhe eu: A senhorita Hana não esteve na Rússia, mas num certo *kibutz* de pioneiros. O rosto de Kuba resplandeceu e ele disse: Então esteve numa colônia de pioneiros. Sendo assim, por que disse que esteve na Rússia? Acaso é um mérito para uma filha de Israel ir para lá? Então esteve numa colônia de pioneiros?

Logo Kuba atacou-a com perguntas a respeito de tudo que se referia ao *kibutz*; quantos membros havia ali, do que se ocupavam, quando iriam à Terra de Israel, quando ela pretendia ir? E se ela está num *kibutz*, porque não está no *kibutz* perto de nossa cidade? E começou a elogiar todos os seus camaradas. Quando chegou a vez de Tzvi, Hana encolheu os ombros. Você não acredita em mim, disse Kuba, porque não o conhece. Eu a levarei a ele e você verá que não exagerei. E, ao falar, virou a cabeça em direção ao Rabi Haim e disse: Rabi, deveríamos falar de sionismo, mas agora irei buscar as drogas. Kuba puxou-me pelo casaco e disse: Venha comigo.

Ao sair, disse Kuba: Esta moça me agrada. Acaso não é calada demais? Durante todo esse tempo não falou uma palavra. Disse eu: Você a cercou de perguntas e não lhe deu oportunidade de falar. Respondeu Kuba: É verdade, às vezes falo demais. Será que desta vez também falei demasiadamente? Vamos para a farmácia. Disse-lhe: Quer ir para a farmácia? Pois você disse que tem todas as drogas em sua casa? Respondeu Kuba: Tenho parte delas em casa, e as que não tenho, comprarei do farmacêutico e as prepararei sozinho e assim não custarão nada. Uma moça esperta, não é? Qual é o nome dela? Hana, não é um nome feio.

Entrei com Kuba na farmácia. Pelo modo com que o boticário falava, depreendi que não tinha muito respeito pelo dr. Milch. Entretanto, Kuba atraiu-o para o lado e lhe sussurou algo no ouvido. Ao que parece, Kuba não tinha dinheiro para pagar ao farmacêutico. O farmacêutico bateu-lhe no ombro e o tratou gentilmente e disse: Não há de ser nada, doutor, e lhe deu as drogas.

Perguntei a Kuba se havia esperança que Rabi Haim melhorasse logo. Respondeu Kuba: Uma ligeira torção e nada mais. Quantos anos tem Rabi Haim? Se não fosse velho, tudo estaria em ordem. Seja como for, não dançará nas bodas de sua filha.

Disse-lhe eu: Você se refere às bodas de Hana e Tzvi? – Que Tzvi? – Aquele rapaz que você elogiou. Perguntou Kuba: Existe alguma coisa entre os dois? E você permitiu que eu fizesse um papel de tolo, e não me fez nenhuma advertência. Seja como for, é bom que me tenha dito agora. Sabe, essa moça me agrada. E ao falar coçou a barba. Sorri e falei: Você já me disse isso. – Disse o quê? E se eu disse, acaso nesse ínterim ela ficou feia? Quando eu lhe disse isso? Jamais falei sobre ela. Pois só agora a vi pela primeira vez. Então é noiva do Tzvi. Devemos admitir que nossos rapazes são belos e que têm bom gosto. Ela não é bela, mas possui uma outra qualidade que supera a beleza. Não pensa assim? – Qual é essa qualidade? Não sei qual é, respondeu Kuba. Nada se nota em seu rosto. Mas ela tem algo que não sei o que é. Vi muitas belas mulheres e não me entusiasmei com elas, salvo minha esposa, ou melhor, como você exige que eu diga, minha ex-esposa que, além de ter um belo rosto e um belo nariz, tem uma bela alma. Agora entremos e preparemos as drogas.

Kuba tomou uma espécie de tigela longa e uma colher de farmacêuticos, triturou as drogas e as misturou e disse: Você se lembra de Rabi Haim em sua grandeza? A terra tremeu por causa da polêmica. Que sentido tinha essa polêmica? Pois todos nós temos só uma lei. Que necessidade há de divergir sobre isso? Todas as desgraças que assolam o povo de Israel não advêm senão por causa das polêmicas. Às vezes digo a mim mesmo: Não somos melhores do que os gentios, eles travam guerras entre si e derramam sangue visível e nós travamos polêmicas e derramamos sangue invisível. Então você disse que aquela jovem está comprometida com Tzvi? Fez bem em dizê-lo a mim. Não me intrometo em algo que não seja da minha alçada. O caso de Babtchi é incerto. O neto do rabino encontrou outra, filha de um amigo de seu pai. Se você jogar uma vara no ar é certo que ela cairá. Portanto, não restou a Babtchi senão Zwirn. Que faça bom proveito. O porco estendeu as patas e encontrou o que lhe convinha. Já terminei de preparar as drogas. Agora vamos embrulhá-las e as levemos ao Rabi Haim. E se elas não estão *zierlich manierlich* como as dos prussianos, que o farmacêutico detesta, e dos quais eu não gosto, o importante é que cumpram a sua função. Está com fome? Pegue uma maça ou uma pera e coloque-a em seu bolso e eu também farei o mesmo e comeremos no caminho. Esqueci-me de lhe dizer, Schützling perguntou por você. – Quando o encontrou? – Antes de ele partir. – Então você é o médico de Guenéndel. Como está passando ela? – Não sei, respondeu Kuba. – O que quer dizer com não sei. Não sou médico de pacientes que fazem com que seus médicos adoeçam. Estive visitando Boden'haus. – Ele também tem dores nas pernas? – Não nas pernas, mas em seu polegar direito. Uma dor que resulta de tanto escrever. Cãibra de escritores. Ri e falei: E a mim dissera que os versos lhe vêm sem esforço pela graça do Senhor das Alturas. Parece que a graça do Senhor das Alturas não paira sobre os seus dedos. Disse Kuba: Você é um homem maldoso. – Mas aprecio as boas rimas, respondi-lhe. Kuba retrucou: Não tenho necessidade de poemas e não os leio. Qual a sua opinião sobre Bach? Ri e falei: Pergunte primeiro por Erela. – Por quê? – Pois ela começa com a letra *alef*. Já chegamos ao nosso destino.

Rabi Haim fazia pouco caso de sua doença e se lamentava pelo cuidado e pelo incômodo que causava. Não era essa a opinião do médico. Ao sair, disse-me: Não me preocupo pela sua perna, mas temo outra doença.

Capítulo Setenta
O Testamento de Rabi Haim

A leve torção do pé causou um outro mal, mais grave do que o anterior, um mal que ataca os velhos e resulta de permanecerem deitados. Rabi Haim aceitou os sofrimentos com amor e nenhuma mudança se fez notar nele e tampouco deixou escapar um gemido qualquer. Kuba vinha todos os dias e trocava as drogas e conversava com Tzipora. Hana e Tzipora permaneciam alternadamente junto a seu pai, Hana durante a noite e

Tzipora durante o dia. E às vezes Tzipora o deixava e se ia, pois sua mãe estava esgotada e não podia se levantar e cozinhar, e então Tzipora cozinhava para toda a família, assim como para o pai. Pois desde o dia em que Rabi Haim caíra adoentado, não se importava e comia qualquer coisa que lhe trouxessem. Certa vez, quando estávamos a sós, perguntei-lhe: Como está? Sussurrou: O bom Deus fará o que Lhe aprouver, e cerrou os olhos.

Pensei que estava dormindo e percebi que movia os lábios. Prestei atenção e o escutei dizendo: Esses são os casos em que uma ave pode ser comida: se a traqueia está furada ou fendida... Tão logo notou a minha presença, sussurrou: Com essa *halakhá* iniciou-se a polêmica.

Logo depois ergueu um pouco a cabeça e disse: Quando um homem está deitado assim, nada lhe falta. Poderia estar até satisfeito, mas o que se pode fazer se o homem é definido como um ser que caminha e não um ser imóvel ou jacente. Pois a essência da existência do homem reside em ele granjear bons atos, enquanto for capaz de caminhar.

Fiquei assustado e perturbado, não devido às palavras que falou, mas porque falou. Rabi Haim, que se satisfazia com um movimento da cabeça, se pôs a contar.

Em toda a sua conversa não mencionou nenhuma pessoa, nem favoravelmente, e nem desfavoravelmente. Essa era uma das coisas que me espantavam em Rabi Haim, pois não ligava ninguém aos eventos que lhe sucederam, mas iniciava toda e qualquer conversa dizendo Aquele que Causa todas as Causas, Bendito Seja, com Sua misericórdia fez com que, e quando terminava dizia: Esse evento foi causado por Aquele que Causa todas as Causas. Eu e vocês também, queridos irmãos, sabemos que tudo provém do Senhor Único do Universo. Mas eu e vocês ligamos os atos dos homens aos d'Ele como se, aparentemente, Ele e eles fossem cúmplices dos mesmos, ao passo que Rabi Haim não Lhe acrescentava nenhum comparsa.

Por fim, estendeu-me uma folha velha e amassada e pediu-me que a abrisse logo após o seu falecimento, antes que o trouxessem à sua morada final. Vendo que lágrimas corriam dos meus olhos, tomou a minha mão na sua e disse: Minha hora de morrer ainda não chegou, mas está prestes a chegar, e peço que cumpram os dizeres do meu testamento na íntegra.

Uma hora depois veio Tzipora e depois dela, Kuba. O médico cuidou do paciente e permaneceu por longo tempo. Quando saiu, segui-o e lhe contei que Rabi Haim confiara-me o seu testamento. Kuba retirou o chapéu da cabeça e o sacudiu de um lado a outro e nada disse. Temia perguntar-lhe se pensava que a morte de Rabi Haim era iminente e tive medo que ele mo dissesse por si mesmo e me retirei. Kuba envergou o chapéu, colocou as mãos atrás das costas e começou a caminhar, jogando as pernas para frente. Por fim, voltou a cabeça e gritou para mim: Por que não aparece? Perguntei-lhe: O que quer dizer "não apareço", acaso você não me vê? – Por que não vem visitar-me?, perguntou Kuba. Por que não vou visitá-lo, pois estou ajudando o doente. Disse Kuba: Você está ajudando o doente, então venha me visitar na semana que vem. – Na semana que vem? – *Servus*. Meu coração desfaleceu e meus olhos se anuviaram. Fiquei parado na rua e não sabia para onde ir. Seguir Kuba era impossível, posto que dissera que eu fosse visitá-lo na semana que vem, e esta semana ainda não terminara. E era impossível ir a Rabi Haim, caso ele percebesse em mim o que percebesse.

Aquele dia era véspera de Sábado. No hotel se cozinhava e se assava e se preparava todo o necessário para o Schabat. E, se não me engano, encontrava-se ali um novo hóspede. Ou talvez não houvesse um hóspede, mas me pareceu que havia ali um hóspede. Devido a esse hóspede, minha permanência tornou-se incômoda e voltei para junto do doente.

Vos hot ir zich épes in mir onguetschépet?[79] Falei de repente usando a língua falada pela gente de minha cidade e me espantei, em primeiro lugar, por que não havia ninguém me seguindo,

---

79. Em ídiche, aproximadamente, "Por que vocês estão pegando no meu pé, me incomodando?" (N. da E.)

e em segundo lugar, pois eu pensava que quando falava comigo mesmo, fazia-o na língua sagrada e, finalmente, vejo que falo em língua profana.

Aquele homem que me seguiu de repente e sumiu de repente, tornou a surgir de repente: tinha o semblante de um açougueiro e uma barba de rabino estatal. Visto que estava entretido com os meus pensamentos, não o notei. Ele me notou e perguntou: Está indo visitar o Rabi Haim? Perguntei-lhe: Como sabe que estou indo ver o Rabi Haim? Respondeu-me: Pois também estou indo junto dele. Pensei comigo mesmo: Mas está conduzindo uma ovelha, como entrará para ver o Rabi Haim? Ele se abaixou e arrancou um punhado de ervas e as meteu na boca da ovelha, e disse: Moisés, por que está olhando para lá? Disse-lhe eu: Dirigiu-se a mim, mas meu nome não é Moisés e não estou olhando para lá. Disse-me ele: Moisés, a mim você diz que não está olhando para lá, e aquela pomba que voa ali, acaso não está olhando para ela? Respondi-lhe: Aqui não há nenhuma pomba e meu nome não é Moisés. – Então o que é isso, disse ele, um urso dançando sobre o chapéu do rabino? Repreendi-o e disse: *Vos hot ir zich in mir onguetschépet*? Respondeu: Se quiser, lhe mostrarei um prodígio. Veja esta ovelha, eu puxo a corda e ela desaparece. Olhei de um lado para outro e perguntei: Onde está o prodígio de que falou? – Visto que você acredita que posso fazê-lo, já não preciso me dar ao trabalho, mas para que não fique sem nada, eis que me esfrego na parede e digo: *maot* e lhe parecerá que Ignatz está aqui. – Disse-lhe: Isso não é nenhum prodígio, posto que Ignatz já está diante de mim. – E eu? – Você? – Bateu em seu chapéu e disse: E onde estou eu? – Você? Onde está você?

Perguntei a Ignatz: Quem é aquele homem que conduzia a ovelha? Ignatz estendeu a cabeça e mirou-me através dos três orifícios de seu rosto e disse: Não havia aqui nenhum homem e nenhuma ovelha. – Mas eu próprio os vi. Disse Ignatz: O senhor teve a bondade de imaginá-los. Mudei de assunto e disse: Hoje é um dia quente, Ignatz. Temo que chova. Respondeu Ignatz: Um dia quente, senhor. Perguntei-lhe: O que está voando ali sobre o telhado da casa de estudos? – Um corvo ou uma pomba, retrucou Ignatz. Falei a mim mesmo: Então o que aquele homem disse era verdade. – Que homem? – O dono da ovelha. – Que ovelha? – Aquela ovelha conduzida pelo homem que gritou "Moisés". – Moisés? Quem aqui é Moisés? – É o que estou lhe perguntando. Disse Ignatz: Quantos "Moisés" há na cidade? Perguntei-lhe: E porque você disse "não sei"? Respondeu Ignatz: Mas o senhor perguntou por um certo Moisés e não por um Moisés qualquer. *Maot*, senhor, *maot*. Dei-lhe e me fui.

Fui para junto de Rabi Haim e encontrei Hana sentada, cochilando. Hana despertou, esfregou os olhos, levantou-se e pediu que eu me sentasse. Disse-lhe: Estou disposto a sentar para que você vá à sua casa a fim de repousar um pouco. Disse Hana: Aguardarei um pouco até que a Tzipora venha. Seu pai fixou nela os olhos em súplica e disse: Vá minha filha, vá. Hana mirou o rosto do pai e saiu a contragosto.

Perguntei a Rabi Haim como havia passado a noite. Rabi Haim inclinou a cabeça para o peito e uma luz pura cintilou em seus olhos. Pouco depois se ergueu da cama, saiu e ao retornar lavou as mãos e recitou "Aquele que Criou o Homem com Sabedoria", voltou a subir ao leito estendeu-se e disse: Agora estão me chamando.

Olhei para ver quem o chamava. Rabi Haim o percebeu e sorriu.

Naquele momento sua fisionomia resplandeceu como a chama de uma vela e seus olhos brilharam como o sol. Tornou a lavar as mãos, recitou o Ouve Israel e devolveu a sua alma.

Quando chegaram os homens da Santa Sociedade do Cemitério a fim de purificar-lhe o corpo, lembrei-me da folha que Rabi Haim me entregara, abria-a e li.

O testamento estava arranjado e ordenado em parágrafos, e constava de sete itens.

1. A vós apelo, a vós homens tementes a Deus da Santa Sociedade, vós que fazeis a verdadeira caridade, que me sepulteis na parte do campo onde se sepulta os natimortos.

2. Peço encarecidamente que não coloquem sobre minha sepultura nenhum túmulo de pedra e, se os meus familiares desejarem colocar algum sinal sobre a minha sepultura, que o façam de madeira e que escrevam sobre ele, com letras singelas, aqui repousa Haim e não acrescentem a isso nada além de "Que Sua Alma Seja Atada no Feixe Eterno da Vida".

3. Peço encarecidamente ao ilustre presidente da Corte Rabínica, que tenha uma longa e boa vida, amém, que me perdoe por ter-lhe causado desgostos e por tê-lo envergonhado em público, embora ele mesmo certamente já me tenha perdoado pela ofensa; em todo caso, peço-lhe que remova qualquer rancor de seu coração.

4. Peço encarecidamente a qualquer pessoa à qual eu tenha causado algum dano, quer físico, quer monetário, em decorrência da polêmica e da discórdia, se tais pessoas estiverem vivas, peço que me perdoem de todo coração, e se faleceram e o lugar de seu sepultamento é conhecido, peço a pessoas caridosas que, se chegarem a esses lugares, se dirijam àquelas sepulturas e lhes peçam perdão em meu nome. Mas que não gastem dinheiro para isso, como por exemplo, pagar a dez homens para que vão às sepulturas.

5. Peço encarecidamente às minhas filhas que respeitem sua mãe e não lhe causem desgostos, nem com uma palavra, nem com uma alusão e particularmente imploro que ela me perdoe por todos os desgostos que lhe causei neste mundo.

6. Visto que um homem não sabe quando chegará o seu dia, ordeno que sejam cumpridas as palavras do falecido: se eu morrer num dia em que se recita Súplicas, que não me seja feito nenhum discurso fúnebre, e também que não se faça nenhum elogio fúnebre depois dos sete dias de luto.

7. Contudo, peço que se estude um capítulo de *Mischná* pela paz de minha alma. Para essa finalidade, deixo uma soma de dinheiro que ganhei com minhas próprias mãos. E espero que o Céu e as criaturas se compadeçam de mim e sejam bondosos para com minha alma e que se estude a *Mischná* com o

510 HÓSPEDE POR UMA NOITE

comentário, palavra por palavra e se recite o *Kadisch DeRabanan*[80] depois do estudo, segundo a tradição e o costume. E depois dele, que recitem o salmo 102, a oração dos aflitos. E meu coração está certo e seguro de que minhas caras filhas, que tenham longa vida, não me nutrirão nenhum rancor, pois a soma de dinheiro que deveria chegar às mãos delas por herança, eu a estou gastando para o meu bem e o meu prazer e espero, pela Misericórdia das Alturas, que por mérito de seu pai viverão bem todos os dias de suas vidas.

Ainda estava escrito no fim da folha: Que os pertences que deixo, como o fogareiro e a vasilha em que eu preparava o café, bem como as roupas, o capote, e os demais objetos que têm alguma utilidade, sejam entregues, totalmente de graça, para o infeliz e sofredor, o honorável Isaac, cognominado Ignatz, e que não se modifique nada do que estou ordenando hoje, a título de testamento de um moribundo, embora eu tenha escrito todas estas coisas estando são como qualquer outra pessoa, e que aquele que as ouvir seja abençoado.

Rabi Haim foi à sua última morada e teve o privilégio de ser sepultado no mesmo dia em que morreu. Quando seguimos o seu féretro, o rabino inclinou-se e disse: Rabi Haim merecia que lhe fosse feito um grande elogio fúnebre, pois o elogio de um justo desperta o coração para o arrependimento, mas o que fazer se ele faleceu numa véspera de Sábado, dia em que não se faz discursos fúnebres. Além disso, ordenou no testamento que não se fizessem discursos fúnebres. Resulta que ele pertence à categoria dos eruditos que não foram devidamente elogiados, pois segundo a lei, é proibido elogiá-lo, e devemos pedir misericórdia por nós mesmos para que não soframos as penas, mencionadas na *Guemará*, por causa de um erudito que não foi devidamente elogiado postumamente.

---

80. Uma oração proferida após o estudo da literaura rabínica da *Mischná* ou do *Talmud*. Como todo Kadisch, é uma oração para a vida, porém especialmente para o bem-estar dos rabis e mestres. (N. da E.)

Capítulo Um e Setenta
Após a Morte de Rabi Haim

Depois que o túmulo foi coberto, Zacarias Rosen me pegou e me levou ao antigo cemitério e me mostrou os túmulos dos grandes homens e rabinos de Szibusz, os quais glorificaram a nossa cidade com sua erudição e divulgaram os seus méritos pelo mundo. Alguns eram seus parentes, outros eram parentes de seus parentes, e alguns outros parentes de sua esposa que também fora sua parenta, pois é costume das famílias ilustres casarem-se entre si. E enquanto estivemos ali, lia para mim as inscrições de cada uma das pedras tumulares. Mesmo nas pedras em que já não se distinguia a forma de uma letra, Zacarias sabia o que ali estava escrito. E me contou mais do que estava escrito. Não estarei exagerando se disser que, se essas coisas não tivessem sido escritas no livro *A Corrente da Cabala*, teriam sido uma grande inovação.

Quando o dia se extinguiu, voltei à cidade. Devido à fadiga não fui à sinagoga, mas recepcionei o Sábado no hotel.

A sra. Zommer acendeu as velas e fez a benção em prantos, e foi-se para junto de Raquel, e o sr. Zommer sentou-se na ponta da mesa e orou tristemente. Enquanto rezava, a sra. Zommer voltou e, apertando as mãos, angustiada, espiou e postou-se diante do marido, instando com ele para que encurtasse as suas preces e fosse chamar Sara Perl, visto que não há outra parteira na cidade.

O sr. Zommer desapertou o cinto, pegou a bengala, levantou-se e foi como se fosse ao encontro da dor e do sofrimento, pois desde o dia em que Raquel desposara Ierukham, não houve paz entre a família Zommer e a família Bach. Krolka vinha e ia e vinha, abriu a porta externa e saiu levando uma vela para iluminar o caminho para aqueles que estavam chegando.

Sara Perl chegou e foi para junto de Raquel, ficou com ela cerca de uma hora, consolou-a, abraçou-a, beijou-lhe a testa e chamou-a de minha filha. E Raquel também se agarrou a ela como se fossem mãe e filha. Com a entrada de Sara Perl, parecia que as duas famílias se haviam reconciliado. Quando estava prestes a sair, deparou-se com Ierukham, e isso foi incômodo para a família Zommer, pois lhes recordou o vexame de Erela.

Devido ao problema de Raquel, foi esquecido o problema de Babtchi. Riegel perdeu o seu interesse por ela, e David Moisés ficou noivo de outra. Há duas ou três semanas David Moisés escrevera para Babtchi que ela era seu único amor neste mundo e no vindouro (aprendeu o estilo de seu pai) e que sem ela sua vida nada seria. Então chegou o jornal e nele estava impresso o seu nome e o nome de sua noiva. Portanto, quem sobrou para Babtchi? Ninguém além do Zwirn. E ele começou a tratá-la como um patrão, cuja cobiça pelo dinheiro superou a cobiça do amor e o atraía tal como um níquel atrai outro níquel. Às vezes, Babtchi encara Zwirn como se o coração dele ainda estivesse em seu poder, mas ele a faz trabalhar como um homem e é avarento com o seu salário. Neste mundo tudo está às avessas. Mesmo as coisas já deformadas vão se deformando ainda mais.

Babtchi está sentada, envergando belas roupas. São as roupas que usa desde o dia em que colocou sob sua mira o neto do rabino. Por causa delas, abandonou os seus velhos companheiros, e com elas mostrou afeição a Riegel, e elas foram compradas com o dinheiro de Zwirn. Se Zwirn não mudar de ideia antes que suas roupas se estraguem, Babtchi terá que voltar a vestir o seu puído casaco de couro, pois não pode comprar outro; embora haja hóspedes no hotel, não se ganha o suficiente para comprar novas roupas.

Por causa dos hóspedes, este hóspede que veio passar algum tempo foi ignorado. Ele ainda reside no melhor aposento do hotel, mas ninguém cuida de sua alimentação e ninguém lhe prepara grandes refeições. O hóspede não se queixa e não se lamenta, pois um homem não morre de fome, mas de comer em demasia, como diz Milch. Amiúde, o hóspede pensa que talvez devesse ir morar com Kuba, que diz: É melhor morar comigo e não pagar do que morar no hotel e pagar. Acaso tanto lhe agradam o cheiro da carne e da gordura e o barulho da hospedaria, para estar enfurnado no hotel?

Os hóspedes que se encontram no hotel são diferentes a cada dia. Eles diferem entre si tanto quanto os seus negócios. Daqueles dois hóspedes que chegaram na manhã de sexta-feira, um é um homem qualquer, que se pode-se tanto agregar a um quórum quanto a um jogo de cartas, e o outro é um certo homem de bela barba, amplo ventre e bom humor, mas os negócios que fizera nos últimos tempos não foram bem-sucedidos. Talvez tenham se inteirado do episódio em que um arrendador arrendou a floresta de uma certa senhora e lhe pagava as taxas quando verificou que o marido dela vendeu a floresta ao *pan* Jakubowicz, sem a permissão da esposa. Visto que o arrendatário soube que o filho do Zommer é amigo daquela senhora e poderia prestar-lhe um favor, e não sabendo qual filho era, entendeu que se tratava de Dolik, que é despachado e esperto. Aproximou-se dele e começou a atraí-lo com palavras, a fim de afeiçoar-se a ele. Pois com Lolik, que lhe parecia, com o perdão da palavra, uma donzela seduzida, não valeria a pena falar. E quando Lolik se dispunha a falar com ele, respondia-lhe de má vontade, como fazem as pessoas que estão preocupadas com o seu próprio benefício e poupam qualquer palavra que não lhes traga uma recompensa.

Naquele momento Babtchi ergueu a cabeça e olhou para Ierukham. Perguntou Babtchi à mãe: Como aconteceu o fato de vocês terem casado a mais nova antes da primogênita? Respondeu sua mãe: Que pensamento é esse, de repente? Respondeu Babtchi: Se não queriam desistir de Ierukham, poderiam tê-lo casado comigo. Ierukham ergueu os olhos e olhou para Babtchi. E esperemos que Aquele que é a Causa de Todas as Causas não permita que tais olhares sejam intrigas do coração.

Depois de nos levantarmos da mesa, falei a mim mesmo: Se eu for para o meu quarto, Ierukham virá me ver, mas estou cansado e fatigado e não estou disposto a ter companhia. Levantei-me e saí, pois um passeio cansa o corpo ao passo que conversa fiada fatiga a alma, e um homem sempre deve sacrificar o corpo, contanto que poupe a sua alma.

Naquele momento a chuva começou a gotejar. Entrei no quarto e peguei um livro de algum autor para folheá-lo. Não encontrei nele grandes coisas, e as pequenas coisas que encontrei não me atraíram Levantei-me e olhei pela janela, pareceu-me que a chuva cessara. Ergui-me da cadeira e saí.

Chegou Dolik e me disse: O senhor está vendo se a chuva parou? (Dentre todas as pessoas de Szibusz, não havia uma pessoa com a qual eu menos conversava do que com Dolik). Meneei a cabeça e respondi: Sim. Disse Dolik: Há pouco ela cessou e já voltou a cair. Meneei a cabeça e disse-lhe: Sim. Disse Dolik: O senhor quer sair? Em minha opinião, não vale a pena sair, pois poderá ser surpreendido pela chuva. Respondi-lhe: Ai de mim, então voltarei ao meu quarto. Disse Dolik: Talvez o senhor permita que eu lhe faça uma visita em seu quarto? Não o reterei por muito tempo. Falei a mim mesmo: É melhor um amigo do que mil inimigos, e disse a ele: Entremos. Ao entrar, falou: Então o senhor reside neste aposento, acaso não é espantoso que, desde o dia em que se hospedou conosco, jamais entrei em seu quarto? Pensei comigo mesmo: Um inimigo é pior do que mil amigos. Meneei a cabeça e lhe respondi: Eu também estou admirado. Disse Dolik: O senhor está fatigado. Respondi-lhe: Estou fatigado. Disse Dolik: A morte do Rabi Haim o impressionou. Meneei a cabeça e me calei. Disse Dolik: Ele era um santo.

Pensei comigo: Entre todos aqueles que cantavam os louvores de Rabi Haim, não houve nenhum que se referisse a ele com essa palavra, que tanto se adapta a ele, exceto o Dolik. Disse-lhe eu: Falou bem, sr. Zommer, ele foi um santo. Disse Dolik: Toda aquela história de que sua filha esteve na Rússia não passa de calúnia. Ela não estava na Rússia, mas numa colônia de pioneiros. O que leva essa frágil moça a fazer um trabalho tão árduo? Pelas roupas que usa não parece que tenha enriquecido por lá. Respondi-lhe: Ela está se preparando para a Terra de Israel.

Disse Dolik: Foi o que ouvi. Mas com que finalidade? – Para levar uma outra vida. – Outra vida? Disse-lhe eu: Há pessoas que não estão satisfeitas com a vida que levamos aqui e buscam uma vida diferente. Há aquelas que constroem sua vida com feitos e há outras que nada fazem. Disse Dolik: Não entendi. Respondi-lhe: Como poderei explicar, talvez você possa explicar a si mesmo. Você disse que Rabi Haim era um santo, o que você não diz com referência a nenhuma outra pessoa. Por quê? Posto que ele não se comportava como as outras pessoas. Entrou Krolka e disse: O senhor arrendatário está procurando pelo sr. Dolik. Respondeu Dolik: Estou ocupado e não posso ir. Quando ela saiu chamou-a, e lhe disse: Diga àquele barrigudo que fique de ponta-cabeça por enquanto e se o tempo não passar, que cante hinos. Vejo que o senhor está cansado. Sendo assim, irei embora. *Adieu.*

Capítulo Dois e Setenta
Comigo Mesmo

No domingo, depois do desjejum, fui até Kuba a fim de, com ele, ir visitar a família enlutada de Rabi Haim. No caminho pensei: Rabi Haim faleceu e não deixou um filho que possa recitar o Kadisch para a ascensão de sua alma. Farei uma graça por ele e estudarei um capítulo da *Mischná*. Imediatamente juntei pensamento e ação, e entrei na casa de estudos.

Verdadeira tranquilidade e paz pairavam na casa de estudos, uma perfeita tranquilidade que eu já não sentia há vários dias. A montanha em frente sombreava as janelas e vedava o sol, e a luz da casa de estudos parecia uma luz, que apartada da luz do universo, iluminava por si mesma.

O altar estava silencioso, bem como a mesa de leitura da *Torá* sobre ele. À sua frente estava o púlpito e sobre ele um livro de orações. Há alguns meses o livro de orações não fora aberto e nenhuma oração dele se elevara, e as portas da Arca não haviam sido abertas e nenhum livro da *Torá* retirado para ser lido, salvo pelos mortos que vêm à casa de estudos à noite. E o mesmo sucede com os demais livros. Repousam em seus armários, um aqui e outro acolá, como prostados que não podem se levantar.

Minha mente omitiu-se de que eu viera fazer uma graça para com Rabi Haim e peguei uma *Guemará*. Fui envolvido pelo meu estudo até que chegou a hora do almoço e ouvi o som do sino da igreja. Nessa hora todos os trabalhadores da cidade largam a sua faina e sentam-se para fazer a sua refeição. Levantei a minha voz até que a voz da *Torá* superou a voz do tempo.

O sino tornou a soar, chamando os trabalhadores a voltar ao seu labor. Eu, que não havia interrompido o estudo para comer, continuei a estudar, mas, ao passo que antes do almoço estudara em pé, com uma perna sobre o banco e a outra apoiada no chão, agora estudava sentado.

Lá no hotel, já haviam posto a mesa e retirado a comida do forno e, se não me apresso, minha comida esfriará, e a senhoria ficará zangada por ter trabalhado em vão, e quem sabe Krolka também ficará zangada, visto que isso atrapalharia a lavagem da louça.

Os pensamentos de um homem não param no mesmo lugar. Não se passou muito tempo até que me veio um outro pensamento. Falei a mim mesmo: Um homem sai para o mercado e vê dois homens segurando um manto de oração. Este diz: Eu o encontrei, e o outro diz: Eu o encontrei; este diz: Ele é todo meu; e o outro diz: é todo meu. Se for amante da paz, ele se afasta para o lado a fim de não ver os seus semelhantes em sua ira. Entra na casa de estudos, abre uma *Guemará* e encontra ali um episódio similar, então ele se afeiçoa a eles. Por quê? Pois estudou uma página da *Guemará* e viu que a *Torá* fala deles. Este homem sou eu. Eu que não sou versado nas coisas mundanas, quando estudo uma página da *Guemará*, meu coração se enche de amor e afeto até mesmo pelos assuntos triviais dos judeus, visto que os sábios referiram-se a eles. Grande é a *Torá* que leva ao amor.

Anoitecia e chegava a hora da oração vespertina, levantei para orar rapidamente a fim de voltar ao meu estudo. Quando iniciei o Bem-Aventurado, me prolonguei em virtude do elogio dos estudiosos que ele contém.

Há aquele que se apressa ao orar e pronuncia cada palavra rapidamente, pois ama cada uma das palavras e quer engoli-la, e há aquele que prolonga a sua oração e pronuncia cada palavra lentamente, pois ama cada uma das palavras e custa-lhe separar-se delas. Não sei qual deles é mais querido, aquele que se apressa em orar ou aquele que prolonga a oração. Como fiz eu? Cada palavra que me era cara pronunciei-a rapidamente e, pela mesma razão, ou seja, devido ao meu amor por ela, a repeti. Tal como fiz na oração vespertina, fiz na oração noturna. Um homem deve se esforçar sempre por orar em público, pois a oração coletiva é ouvida, mas naquela hora, este homem esqueceu-se de que há uma coletividade e que há muitos outros, pois o Santíssimo, Bendito Seja, aparentemente preenche todo o universo, e este homem reduziu-se a ponto de anular o seu ser, a fim de não ocupar o lugar da Providência.

Tendo concluído a minha oração, levantei-me e acendi uma vela. Nem tive tempo de colocá-la no castiçal e já voltei a estudar. Se durante o dia estudei em voz alta, de noite ergui ainda mais a minha voz. De uma hora para outra a voz se modificara, como se partisse da própria *Guemará*. E visto que a voz da *Guemará* é agradável, prestei atenção para ouvi-la. A vela em minha mão estava prestes a consumir-se e eu não me movi. Talvez já tenham ouvido falar que os devotados ao estudo colocam a vela entre os dedos, a fim de, se cochilarem, serem chamuscados e despertarem para tornar a estudar. Este homem não necessitava de um estratagema dessa ordem, pois todo aquele que estuda a *Torá* por amor, não cai no sono e não dorme e não para de estudar a não ser para acender uma vela na outra e com esta uma terceira.

Entre uma vela e outra pensei comigo mesmo: Nesta hora não há ninguém na cidade que esteja sentado estudando, salvo eu. Não foi por orgulho que o pensei, mas fiquei contente por estar preservando o mundo.

Quantas horas passei assim? Quando parei de estudar e fui ao meu hotel, toda a cidade já dormia, exceto a casa do rabino que, ao que parece, também passava as noites com a *Torá*, ou talvez apenas estivesse escrevendo as suas inovações, resultando que apenas eu estava preservando o mundo.

Abri a porta do hotel e entrei. Todas as pessoas da casa estavam imersas no sono. Até mesmo do quarto de Raquel nada se ouvia. Caminhei nas pontas dos dedos até chegar ao meu quarto.

A lâmpada estava acesa, o pavio rebaixado, iluminando parcamente a escuridão. Junto dela havia uma tigela coberta por um prato. Abençoada seja minha hospedeira por ter preparado para mim a ceia. Comi, subi ao leito e dormi. Há muitas noites que eu não experimentava um sono tão doce.

Após ter tomado a refeição matinal, voltei à casa de estudos. E o mesmo que fiz ontem, fiz hoje, só que iniciei pelo começo do tratado, a fim de estudar a *Guemará* na sequência correta e dominar um tratado inteiro, e não um trecho aqui e outro trecho acolá.

Belos dias foram aqueles. As três semanas de luto passaram--se e os dias de consolo chegaram. O mundo inteiro parecia-me novo, pois nasci no dia nove do mês de Av, e todo ano, nessa época, o coração deste homem se renova e desperta.

Em resumo, era o auge do calor do mês de Av e não precisei me incomodar em acender o fogão. E quando não se acende o fogão, as pessoas não vêm se aquecer. Todos aqueles que frequentavam a casa de estudos partiram para buscar o seu sustento, no lugar onde lhes parecia que o encontrariam. Este está parado à porta de sua loja e mordisca a régua, e aquele mastiga o ar, e aquele outro percorre as aldeias e troca utensílios por alimentos, e oxalá sua faina não seja em vão.

Enquanto um homem fica sentado, estudando, sua alegria é grande. Ao parar de estudar, seu coração se constrange. Enquanto fiquei sentado, estudando, senti-me contente, quando parei de estudar lamentei-me pelos tempos passados, quando podia ficar estudando e não estudei. Como poços secos ergueram-se ante de mim os dias e os anos, vazios e escuros. Onde estava a minha sabedoria, onde estava a minha razão? Como deixei passar os dias e os anos em vão? Meu Pai Celestial, Tu proporcionas a vida a todas as criaturas e ensinas a sabedoria ao homem, onde está a sabedoria da vida que Tu deste a mim? A tolice do homem perverte o seu caminho, e seu coração se zanga com Deus. A tolice deste homem perverteu o seu caminho e ele não se enraivece consigo mesmo, mas seu coração se zanga com o Santíssimo, Bendito Seja.

E acaso tudo depende dos atos do homem, e seus infortúnios e suas venturas são causados por suas ações? Pois, visto que a causa tem uma Primeira Causa, por que o homem deve pagar? Sobre essa questão detiveram-se muitos estudiosos e fizeram as suas interpretações, porém eu não interpreto como eles, mas como nossos sábios, de abençoada memória, que a compararam a um homem que tem diante de si dois caminhos etc.

Voltemos ao nosso assunto. Calculei o meu caminho e volvi os meus pés para o Teu testemunho. Orientei o meu pensamento com um bom conselho e meus pés, que me conduziam aos mercados e às ruas, ao campo e à floresta, fi-los voltar à casa de estudos para estudar *Torá*.

Segundo os meus cálculos, meu dinheiro seria suficiente para me sustentar por um mês, e se o poupasse, por dois meses. E já perguntei a mim mesmo, o que farei a seguir? Talvez devesse fixar residência no depósito de lenha, e colocar meu braço sob a cabeça como fazia Rabi Haim, que descanse em paz? Além disso, um homem necessita de outras coisas, como pão para se alimentar e roupa para vestir. Agora você está vestido como um senhor, o que fará amanhã? Pois a roupa de um homem não resiste para sempre, e por fim você ficará como aquele estrangeiro cuja imagem o acompanha há alguns dias.

Quem é aquele estrangeiro? Certa vez, numa véspera de Sábado, ao anoitecer, chegou um homem à hospedaria de nossa cidade; bem-vestido, com uma corrente de ouro que pendia de sua roupa; na cabeça, um chapéu verde com uma pena de pavão e um embornal de couro na mão. Receberam--no com grandes honrarias, posto que parecia um homem rico. Chegou e sentou-se à mesa, pediu um copo de chá e foi servido. Afastou o copo de si e disse: Encontrei nele uma mosca. Excusaram-se e trouxeram-lhe um outro. Torceu o rosto e disse: Há uma mosca no copo. Trouxeram-lhe outro copo e ele não tomou. Quando lhe trouxeram um quarto copo, se pôs a berrar: Querem que eu beba a mosca? De manhã envolveu-se em seu manto de orações e dançou durante a prece, ao contrário do que fazem os forasteiros. As pessoas se assustaram e chamaram os vizinhos. Entre elas havia um brutamontes que o provocou e rasgou-lhe o manto. O estran-geiro gritou: Ladrão, roubou o meu relógio. O bruto chutou-o e o derrubou. Juntou-se toda a gente da rua e todos disseram: Aquele homem enlouqueceu. Chegou um policial e o levou para diante do juiz. Os donos da hospedaria seguiram-no e exigiram o pagamento da hospedagem. Ele quis pagar e não encontrou o dinheiro. Caiu em prantos e disse: Roubaram o meu dinheiro. Tempos depois chegou um pobre e parou à porta de nossa casa. Levei um susto e falei: Pois é aquele forasteiro. Ele sorriu e disse: Sou eu. Mamãe lhe deu comida e bebida, roupa e sapatos, visto que estava vestido de trapos e seus calçados estavam rasgados. Sussurrei dizendo: Ai do homem que chegou a isso. Sorriu ele e disse: Bem, bem.

Voltemos ao nosso assunto: Meu dinheiro vai minguando. A cada dia conto as minhas moedas e a cada dia elas vão min-guando. Digo a elas: Minhas moedas, minhas moedas, aonde se foram, para onde fugiram? Amanhã desejarei comprar uma roupa ou um sapato e vocês não virão em meu socorro. Minhas moedas respondem, dizendo: Que somos nós e qual a nossa força? Digo-lhes eu: Quando fui comprar o capote vocês não me falaram assim, mas correram para cumprir o meu desejo. Dizem as moedas: Naquela época éramos muitas e agora somos poucas, e o poder dos poucos não se iguala ao dos que são numerosos. Digo: Sendo assim, o que farei? Dizem as moedas: Que sabemos nós, mas lhe damos um bom conselho, espere algum tempo antes de meter a mão no bolso. Zombo e digo: Será que desse modo vocês crescerão e se multiplicarão?

Minhas roupas ainda estão boas e não preciso comprar novas, e meus sapatos também estão inteiros e em bom estado. E para que não se gastem e se rasguem, e para que eu não precise consertá-los, evito as caminhadas, e quando saio caminho moderadamente, a fim de que resistam por muito tempo.

Por que este homem tem pavor de uma roupa rasgada e de um calçado gasto? Pois tantos homens de boas e honestas famílias andam maltrapilhos sem que isso prejudique a sua retidão. Mas ele tem em mente o benefício de seus conterrâneos, a fim de não ser um deles. Outrora, quando dedicava a minha atenção a futilidades, eu perguntava a mim mesmo: Que benefício advém ao pobre pelo fato de seu próximo ser rico? E acaso pelo fato desse ricaço estar vestido com belas roupas e comer manjares, ele causa algum benefício ao pobre? Ou, o que você perde se o seu próximo é tão pobre quanto você? E se ele estiver maltrapilho como você e sem comida, porventura isso causa a você algum prejuízo? Às vezes eu o explicava a mim mesmo do seguinte modo: Um homem preza a sua honra como a sua própria vida, portanto alegra-se por seu próximo ser rico. E às vezes eu o explicava assim: É costume as pessoas gostarem do que é belo, embora o pobre não lucre com a riqueza do rico, ele se beneficia ao ver o esplendor de um homem. E, da mesma maneira como ele se alegra com o rico, que glorifica o mundo com suas belas roupas, assim este se entristece com o pobre que obscurece o mundo com seus trapos.

Capítulo Três e Setenta
Virtude de Escritores

Voltei para casa e contei o meu dinheiro. As libras que trouxera comigo transformaram-se em dólares, e os dólares em *zlotis* e os *zlotis* em tostões. Lembrei-me dos tempos passados, quando meu bolso estava cheio e pensei nos dias vindouros, quando meu bolso estará vazio. Comecei a dar mais valor a cada moeda e restringi as minhas despesas a menos do que pouco. As coisas chegaram a tal ponto que, as minhas cartas, eu as escrevia sobre pedaços de cartas que chegavam a mim. Certa vez, quis escrever uma carta à minha mulher e não encontrei papel, peguei o testamento que redigi quando estive doente e apaguei o escrito e escrevi sobre o lado liso.

Sento-me sozinho e vejo a minha mulher se esforçando para ler o que está apagado. Digo à minha mulher: Não está vendo o que apaguei? Pois lhe empresto os meus óculos para que veja.

Minha mulher estremece e diz: Está usando óculos? Pois quando saiu da Terra de Israel sua vista estava boa. Digo-lhe: Minha vista ficou um pouco deficiente. Diz ela: Porque você fica na casa de estudos e afunda na poeira dos livros. Consultou os médicos? Respondo-lhe: Pois não me afasto do médico. – E o que lhe disse o médico? – O que me disse o médico? Ele me disse assim: Veio para cá estudar *Guemará*? Fala minha mulher: Sendo assim, voltemos. Digo-lhe eu: E o que será da chave? Respondeu ela: Coloque-a na Arca sagrada e quando os mortos chegarem para ler a *Torá*, eles a levarão. – E o que farão os que não morreram? Respondeu minha mulher: De qualquer modo ninguém pergunta pela chave. Respondi-lhe: Quando o livro *As Mãos de Moisés* estava na cidade, ninguém precisava da chave, desde que despachei o livro, eles precisam da chave. Perguntou minha mulher: Por que seu rosto enrubesceu tanto? – Meu rosto enrubesceu? E eu que pensei que havia enegrecido. – Enegreceu por quê? – Pela tristeza. Perguntou minha mulher: Por que se entristeceu? Respondi-lhe: Posto que preciso carregar nos ombros a arca na qual coloquei a chave. Disse minha mulher: Quer carregar a arca nos ombros? Respondi-lhe: Não só a arca como toda a casa de estudos. Disse minha mulher: A casa de estudos virá por si mesma. – Pensa que ela me seguirá? – E acaso pensa que ela permanecerá sozinha? Disse eu à minha mulher: Espere até que eu conte o meu dinheiro para ver se há suficiente para as despesas de viagem.

Disse minha mulher aos meus filhos: Ouviram crianças, papai está prestes a voltar conosco para a Terra de Israel. Chegaram os meus filhos e me abraçaram e me beijaram, e disseram: Você é bondoso, papai, você é bondoso, papai. Disse aos meus filhos: Se vocês forem bons, lhes abrirei a nossa velha casa de estudos, e estudarei a *Torá* com vocês. Por que retrocederam, crianças? Temem que os leve para o exílio a fim de estudarem a *Torá*? Não temam, pois vou com vocês para a Terra de Israel, pois não há *Torá* que se iguale à *Torá* da Terra de Israel. Meus filhos tornaram a me abraçar e disseram: Você é bondoso, papai, você é bondoso, papai.

Olho para as paredes da velha casa de estudos e lhes digo: Vejam, já é de tempo de eu ir para a Terra de Israel. As paredes da casa de estudos se inclinam como se quisessem me abraçar em virtude da minha ida para a Terra de Israel. Digo-lhes: Se quiserem, eu as carregarei sobre os ombros e as levarei comigo. Dizem as paredes da casa de estudos: Somos pesadas e um só homem não tem força suficiente para nos carregar nos ombros. Mas pegue a chave e vá, e quando chegar a hora, nós o seguiremos. Digo-lhes: Como desejam ir, porventura cada pedra sozinha? Não, quero que vão juntas. Acaso se envergonham por irem vazias? Sendo assim, coloco entre vocês os meus filhos. Acaso não ouviram que minha mulher me escreveu que estava prestes a voltar com as crianças para a Terra de Israel?

Naquele dia chegou uma carta da minha esposa, e assim escrevia ela: Você está na Polônia e eu estou com as crianças na Alemanha. Nesse ínterim, as crianças se acostumaram a morar fora da Terra de Israel e, se nos demorarmos, ficaremos prejudicados de ambos os lados. Isso e ainda mais, se devemos voltar, voltemos logo antes das festas, para que as crianças não percam o ano letivo.

Quem revelou aos meus conterrâneos o segredo de que estou prestes a voltar para a Terra de Israel? Não contei nada a ninguém e toda a cidade veio me perguntar: Quando retorna?

Naquele dia Ierukham Liberto pediu-me que aguardasse até que sua mulher desse à luz. Respondi-lhe: Partirei depois da circuncisão. O rosto de Ierukham resplandeceu como se lhe tivessem assegurado que sua mulher daria à luz um varão.

Com a alegria de Ierukham eu também me alegrei. Em primeiro lugar, pois nascia uma criança na cidade, visto que há muitos anos não nasce aqui uma criança judia. E, em segundo lugar, pois encontrei um pretexto para adiar a minha partida, visto que não é fácil para uma pessoa mudar-se de um lugar para outro. Mas no meu íntimo zanguei-me com Ierukham, como se não fosse suficiente ele ter saído de lá, ainda atrasa a minha volta.

Naqueles dias Jerusalém surgiu diante de mim, ela e os seus arredores. E mais uma vez vi a minha casa, como se permanecesse em sua tranquilidade e os meus filhos estivessem brincando lá, entre os frescos pinheiros, cujo olor invade o bairro; aquele bom aroma que deles recende no fim do verão, quando o sol pousa sobre as árvores e uma brisa ligeira sopra e o céu lavra o seu azul e o solo quente o mira dentre os espinhos tostados pelo sol.

Tornei a contar o meu dinheiro e fui possuído por um temor. Meu dinheiro não bastava para pagar o hotel no próximo mês. E pior do que isso, não bastava para comprar a passagem do navio.

Mas não me desesperei, pois um editor na Terra de Israel publicou alguns dos meus contos e prometeu que pagaria todos os meus honorários. E, do mesmo modo, um outro no exterior me devia uma velha dívida, pois publicara alguns dos meus primeiros contos. Pedi-lhes que se apressassem a me pagar. O da Terra de Israel não me respondeu. Certamente viajou para o exterior, pois esse é o hábito dos ricaços da Terra de Israel, os quais nos tempos de frio viajam para os países quentes e nos tempos de calor viajam para as terras frias. E aquele do exterior respondeu, ao contrário, você é que me deve. Como? Você recebeu de mim tanto e tanto em livros, cujo montante supera os honorários. Quais livros peguei? É praxe entre nós que a maioria dos leitores pede do escritor os seus livros gratuitamente, e às vezes ele gasta os seus honorários com os livros que dá.

Involuntariamente, lembrei-me de que sou escritor. E o significado da palavra escritor refere-se ao escriba que escreve os livros da *Torá*. Porém, desde que se denomina de escritor todo aquele que se ocupa com a escrita, não temo pecar por orgulho quando chamo a mim mesmo de escritor.

Já mencionei em algum outro lugar a história do poeta litúrgico a quem, quando era criança de berço, mostraram-lhe das Alturas coisas que nenhum olho jamais vira. Desejou fazer poesia. Veio um enxame de abelhas e encheu a sua boca de mel. Quando cresceu e estudou a *Torá*, recordou todas as poesias e os louvores que quisera fazer em sua infância e os escreveu, e o povo de Israel introduziu-os em suas orações. E as lamentações, como as escreveu? As abelhas que lhe deram o mel, picaram-no e com a dor escreveu as lamentações para o Nove de Av.

Há outros poetas que não tiveram o mesmo privilégio que Rabi Elazar ha-Kalir, mas visto que eram modestos e tímidos, incluíram os seus infortúnios nos infortúnios coletivos e com eles fizeram cantos e lamentos sobre a comunidade de Israel, por isso quando uma pessoa os lê é como se lesse um lamento sobre si mesma.

Há outros poetas que assistiram aos seus próprios infortúnios e não os esqueceram, mas sendo muito modestos transformaram os infortúnios coletivos em seus próprios, como se cada desgraça que se abatesse sobre Israel, tivesse se abatido sobre eles.

Há outros poetas que assistiram aos seus próprios infortúnios e não esqueceram os infortúnios da comunidade, mas sabendo que nosso Deus é misericordioso e leal, e certamente recompensará pelos sofrimentos, consumiam-se em sua tristeza e se consolavam com a futura ventura, que o Santíssimo, Bendito

526 HÓSPEDE POR UMA NOITE

Seja, proporcionará ao povo de Israel quando assim o desejar e os tirará dos infortúnios. Engoliam as suas lágrimas e proferiam cantos.

Quanto a nós, não está ao nosso alcance nem a força dos atos destes e nem a força dos atos daqueles, mas somos como uma criança que molha a pena na tinta e escreve o que o seu mestre lhe dita. Enquanto o escrito de seu mestre estiver diante da criança, sua escrita é boa, quando o escrito de seu mestre é retirado, ou ela o muda, ou sua escrita já não é mais bela. O Santíssimo, Bendito Seja, estabeleceu um acordo com tudo aquilo que foi criado nos seis dias da Criação, que não mudem a sua função (exceto com o mar, a fim de que se abrisse diante do povo de Israel etc.) e a escrita e o escrito estão incluídos entre os feitos da criação.

E aqui devo dar uma explicação, se sou um escritor, como gastei o meu tempo e não escrevi durante todos aqueles dias em que estive em Szibusz? É que se surge algo e bate no meu peito, eu o mando embora. Ele volta e bate; digo-lhe: Não sabe que detesto o cheiro da tinta? Visto que não há como escapar dele, faço o meu trabalho, contanto que ele não me incomode de agora em diante. Durante aquele tempo em que permaneci em minha cidade, muitas coisas vieram e bateram em meu peito. Posto que as mandei embora, foram-se e não voltaram a mim.

Capítulo Quatro e Setenta
Mudando de Lugar

Voltemos ao assunto. Fiquei em Szibusz e me demorei a ir para a Terra de Israel, pois prometera a Ierukham Liberto adiar a minha viagem até que sua mulher desse à luz. Nesse ínterim, meu dinheiro se diluiu e se foi, embora eu tivesse poupado as despesas e não tivesse comprado frutas no mercado quando o mercado estava cheio de frutas que eu não provara há muitos anos.

Não escrevi à minha mulher que não possuía dinheiro para as despesas de viagem para voltar à Terra de Israel. Entretanto escrevi-lhe, como de hábito, sobre a gente da minha cidade, sobre Daniel Bach e sobre as órfãs de Rabi Haim, que descanse em paz, e sobre Ierukham Liberto e sobre Kuba, que me convida a morar com ele. De todas as missivas que escrevi ninguém poderia deduzir sobre meus próprios negócios. Portanto, é de se espantar que minha mulher me tenha mandado uma passagem para a Terra de Israel, bem como dinheiro para as despesas no caminho. Ou talvez não seja de se espantar, pois as mulheres são feitas para causar espanto.

Seja como for, mudei de alojamento e vim morar com Kuba. No dia em que voltou das núpcias de sua ex-mulher, já me havia pedido que fosse morar com ele, pois lhe era penoso ficar sozinho, e eu me recusava. Certa vez fiquei com ele durante toda a noite. Quando a aurora despertou, Kuba disse: Tomemos primeiro o desjejum e depois você irá. Após comermos, disse: Deite-se um pouco, depois almoçaremos e depois você irá. Após almoçarmos, disse: Deite-se um pouco e depois você irá. Quando quis ir, disse-me ele: O que lhe falta aqui? Acaso falta-lhe o cheiro dos pratos de carne, o barulho do hotel? Assim ele me persuadiu até que passei a morar com ele.

Nas histórias dos romances há muitos exemplos disso: no dia em que o dinheiro de uma pessoa se esgota e ela é despejada de sua moradia, recebe em herança uma casa ou um palacete. Um fato semelhante aconteceu-me com Kuba. Paguei ao dono do hotel as minhas despesas, antes de passar vergonha e vexame quando chegasse o dia do vencimento e não tivesse com que pagar.

Kuba adotou para comigo a virtude da hospitalidade mais do que o necessário. De manhã trazia-me água para lavar-me e um copo de água transparente e gelada para beber e preparava-me diariamente as refeições, até mesmo com ovos que ele não come por ser vegetariano.

Naqueles dias encurtei a minha permanência na casa de estudos e frequentei a casa de Zacarias Rosen. Zacarias Rosen é como uma fonte transbordante, como águas infindáveis. Sobre o que falou e sobre o que não falou? Sobre Szibusz, nossa cidade e sobre a glória dos tempos passados. Agora se foi a glória de nossa cidade e ninguém lhe presta atenção, pois todos se dirigem à Terra de Israel e ainda é de se pensar se é conveniente fazê-lo enquanto o Messias permanece fora da Terra de Israel, pois quando um rei se exila, todos os grandes homens do país se exilam com ele.

Nem deixei em paz o Ierukham Liberto. Toda vez que o encontrava conversava com ele. Sobre Ierukham Liberto já falei em diversos lugares, até mesmo mencionei os seus belos caracóis, dos quais se orgulhava, pois nenhum rapaz em Szibusz os possui iguais a ele. Agora não tenho nada a acrescentar sobre Ierukham, mas direi algo sobre os seus caracóis. Seus caracóis assemelham-se, para mim, àqueles dos pregadores lituanos que deixavam crescer os seus caracóis litúrgicos misturados com os cabelos. E não há por que se espantar, posto que seu pai era lituano, como já relatamos.

E acima de tudo frequento a casa de Daniel Bach. Às vezes Kuba vem até lá, como alguém que vem ver o que seu amigo está fazendo. Ao mesmo tempo Erela está sentada, com pilhas e pilhas de cadernos diante de si, corrigindo os erros de ortografia. Esta Erela não falseia em seu trabalho, persegue todo e qualquer erro e o corrige.

Já afirmei que a casa de Kuba situa-se na mesma rua onde morei em minha infância. Segundo os meus cálculos, já atingi a idade de papai, de abençoada memória, na época em que ele vivia aqui conosco. Quantos anos se passaram desde aquela época, quantos infortúnios passaram por nós. Quando sento-me sozinho, parece-me que aqui nada mudou. Certa feita olhei no espelho e me assustei, pois no espelho refletia-se a imagem de papai e eu disse a mim mesmo: O que é isso? Pois papai não aparava a sua barba, e não havia percebido que era eu quem estava diante do espelho.

Os ganhos de Kuba são escassos. Um doente que possui um tostão chama um outro médico, e um doente que não tem um tostão chama Kuba. Como se não bastasse Kuba não receber a recompensa de seu trabalho, quando tem um tostão no bolso, ele o gasta com algum doente. Mas na casa de Kuba há fartura de tudo. Você encontra ali frutas e verduras e ovos e manteiga e queijo e pão de centeio, que os camponeses lhe trazem em paga de seu trabalho, pois os camponeses não se entusiasmam com o espírito rude dos médicos, mas são atraídos pelo doutor Milch, que os trata com simplicidade. E eles também o tratam a seu modo e lhe trazem o mesmo que comem. Não estarei exagerando ao dizer que, num canto da casa de Kuba, você encontra mais do que há no mercado dos judeus de Szibusz. E visto que não tira proveito dos ovos, ele dá uma parte aos pobres e outra para a sra. Bach. A fim de não prejudicar os pobres, afastei-me dos alimentos de Kuba e comprei o necessário no mercado. Certa vez Kuba me encontrou trazendo algo do mercado e me repreendeu por eu deixar os seus alimentos apodrecer e comprar alimentos podres do negociante.

Tornei a contar o meu dinheiro, pela última vez. Daí em diante não valeria a pena contá-lo, pois já se reduzira a dois dólares. (Além do dinheiro para as despesas de viagem, no qual prometi não tocar antes de partir.) Naquele dia parei de fumar. E por esse motivo Kuba me elogiou, pois Kuba detesta o tabaco. Em primeiro lugar, porque o tabaco prejudica o corpo; e, em segundo lugar, porque ele usurpa a terra, pois onde se planta tabaco, poder-se-ia plantar batatas.

Era penoso para mim renunciar ao prazer do fumo. E mais penoso ainda porque algumas pessoas costumavam pedir-me um cigarro na rua e se eu não lhes desse, resultaria como se eu as envergonhasse. Levantei-me e fui à cidade para comprar cigarros, assim se alguém me pedisse um cigarro, eu lho daria.

Ignatz topou comigo e gritou *pieniadze*. Os três furos em seu rosto repugnavam e um riso de zombaria provinha deles. Meu coração se enfureceu e estive prestes a repreendê-lo. Por fim expulsei a minha ira, coloquei a mão no bolso e tirei um dólar e lho dei. Pegou a minha mão e a beijou. Disse-lhe: Por que está beijando a minha mão, Ignatz? Respondeu-me: O senhor teve a bondade de me dar um dólar. Disse-lhe eu: Dei-lhe a sua recompensa por dizer *pieniadze* e não *maot*. É preciso que saiba que sou da Terra de Israel e não suporto que o desprezível dinheiro seja denominado na língua sagrada, e visto que disse *pieniadze* e não *maot*, dei-lhe uma recompensa. E saiba que não estou à disposição de qualquer pessoa, portanto acrescentar--lhe-ei mais um dólar e não me incomode mais. De ora em diante, mesmo que grite o dia inteiro *maot*, não lhe darei. Sou um homem ocupado e não posso cuidar do vil dinheiro. Ouviu? Ignatz olhou-me como um surdo que não ouve. Tornei a estender a mão para o bolso e lhe dei o segundo dólar.

Queridos irmãos, lembram-se da história do rapaz que possuía somente dois tostões e comprou um ramalhete de flores com um tostão e com o outro engraxou os sapatos? Quando sucedeu aquele fato, as mãos deste homem seguravam um ramo de flores e seus sapatos brilhavam, e agora suas mãos seguram as mãos de um mendigo aleijado e seus sapatos não brilham.

Depois que me despedi de Ignatz, falei a mim mesmo: Não deveria tê-lo feito chorar, se eu lhe tivesse dado pouco a pouco, o coração do pobre não se teria comovido e ele não teria chorado. Falou para mim o meu vizinho (ou seja, o Satã, isto é, o mau instinto que não permite que eu tenha prazer em qualquer bom ato que pratico): Hoje ele chora, pois você lhe deu todo o seu dinheiro, e amanhã, quando não terá nada para lhe dar, ele rirá.

Capítulo Cinco e Setenta
Preparativos Para a Viagem

Posto que meu dinheiro acabou, tive medo de aparecer na rua, pois qualquer pessoa que topasse comigo parecia-me pedir dinheiro. Entrei na casa de estudos e me sentei ali. Refleti sobre o que fiz e sobre o que não fiz. Falei a mim mesmo: Estudarei uma página da *Guemará*, talvez me distraia. Porém, devido às atribulações do coração, não encontrei prazer em meu estudo.

Comecei a me zangar com Ierukham que me deteve por causa de sua mulher. A porta se abriu e entrou a sra. Zommer com outra mulher. A sra. Zommer estendeu as mãos para mim e disse chorando: Por favor, dê-nos o livro *As Mãos de Moisés*, Raquel está em trabalho de parto. Respondi-lhe: Já o enviei para a Terra de Israel. Torceu as mãos de aflição e gritou: O que farei?

Aquela mulher que veio junto com a sra. Zommer era sabida. Quando ouviu isso, disse: E o que se fazia quando não havia aquele livro? E o que se faz nas outras cidades onde não existe aquele livro? Pega-se a chave da Grande Sinagoga e se coloca nas mãos da parturiente e ela dá à luz.

Foram à sinagoga para procurar a chave e não a encontraram, pois naquele dia foi juramentado o velho que devia jurar no tribunal e o zelador saiu para levar até o tribunal um livro da *Torá*, trancou a sinagoga e levou a chave consigo.

Um homem comum demora um quarto de hora para caminhar da sinagoga para o tribunal, mas o espírito do ser humano é rápido como uma flecha. Até que a pessoa preparasse os seus pés para ir, surgiu um pensamento no coração daquela mulher e ela disse: Lembro-me que certa vez deram à parturiente a chave da velha casa de estudos e ela deu à luz. Tranquei as portas da casa de estudos pelo lado de fora e dei-lhe a chave. A sra. Zommer pegou a chave e correu com todas as forças, tal como uma mãe corre quando pode levar a cura e a vida para sua filha. E eu fiquei como alguém que foi despojado de tudo que amava. Logo afastei de mim os meus próprios desejos e rezei por Raquel pois, além da aflição que senti por ela, senti remorso por ter mandado embora um livro pelo qual mulheres eram salvas ao dar à luz. Como são imperfeitos os favores de quem é de carne e osso. Fiz um favor à sra. Sara e às suas cunhadas e causei um mal para Raquel.

Enquanto fiquei parado, ouvi um homem zombando e escarnecendo ao dizer: O feto não quer sair para não envergonhar a sua mãe, pois ainda não se passaram nem sete meses do dia de seu casamento.

Enquanto este contava os dias e os meses, o feto viu que colocara a sua mãe em perigo, começou a se agitar e a regatear consigo mesmo. Chegou a mãe de Raquel e pôs em sua mão a chave de nossa velha casa de estudos. O feto viu a chave e saiu. Não se passou muito tempo antes que se ouviu o rumor de que Raquel dera à luz um varão.

Já faz alguns anos que nenhuma mulher em Szibusz dá à luz a um menino ou uma menina. O faraó decretou apenas contra os varões, ao passo que as filhas de Israel de nossa cidade foram intransigentes consigo mesmas e estenderam o decreto, não dando à luz nem a varões e nem a fêmeas, por conseguinte toda a cidade se emocionou com isso e percebia-se uma espécie de alegria. Fui ver Ierukham e lhe augurei felicidades. Lembrou-me da promessa que lhe havia feito. Respondi-lhe: Cumprirei o que disse.

Naquele dia comecei a preparar a minha viagem e fui me despedir de todos aqueles que aqui conheci, seja aqueles que conheci antes de vir para cá nesta última vez, seja aqueles que conheci quando cá cheguei nesta última vez. Se o Lugar os favorecesse com um pouco de bonança e lhes desse um pouco de brilho nas faces, eu contaria e me prolongaria, mas, agora, visto que vivem em aflição e seus rostos são negros como a fuligem, para que contar e para que me prolongar? A pobreza tem muitas faces. E seja qual for a face com que ela olha para você, ela o faz com tristeza e sofrimento. Mais uma tristeza me foi acrescida na casa de Hanokh, posto que não pude dar aos órfãos nem sequer um pequeno presente. Apalpei os botões de minha roupa e pensei nos filhos daquele mestre-escola do Canto às Letras do livro *O Dote da Noiva*, que cosiam no mantelete de franjas botões de prata, e quando chegava algum pobre, arrancavam para ele um botão e lho davam. Os órfãos de Hanokh não perceberam a minha tristeza e, ao contrário, tiveram uma grande alegria, pois naquele dia o menor começara a recitar o Kadisch de cor. O trabalho ao qual se deu Rabi Haim não fora em vão.

No caminho Ignatz encontrou-se comigo e não gritou *maot* e nem *pieniadze*. Talvez por que tenha olhado dentro de meu coração e visto que o *maot* não faz qualquer efeito e talvez porque naquele momento estivesse entretido com o padre. Pelas piscadas desse homem sem nariz, percebia-se que contava ao padre coisas a meu respeito, pois vi que o último virou o rosto e me observou, se era benignamente, que assim seja, se era o contrário, o Nome transformará o mal em bem.

Após ter me despedido de todos os meus conhecidos, fui ter com o rabino da cidade. Fez-me sentar à sua direita e me repreendeu por não ter aparecido há algum tempo. Disse-lhe: Estive ocupado. Disse ele: E só por esse motivo não veio visitar-me? Respondi-lhe: Venho da Terra de Israel e é penoso para mim ouvir falar em detrimento dela e, quando venho vê-lo, o senhor fala mal da Terra de Israel.

O rabino segurou a barba com sua mão direita, olhou-me com afeto e disse melodiosamente: Nutro um grande amor pelo senhor. Disse-lhe eu: Quem sou e o que sou para que me ame? Oxalá mereça ser um pequeno grão do solo da Terra de Israel. Disse o rabino: Acaso falo em detrimento da Terra Santa? Falo apenas em detrimento de seus residentes. Disse-lhe eu: A quais dentre os seus residentes o senhor se refere, será que àqueles que dedicam sua alma ao seu solo e o revivem de seu ermo e aram e semeiam e plantam a vida para os seus habitantes? Ou talvez se refira aos seus guardas, que se sacrificam por qualquer pedaço dela? Ou talvez àqueles que estudam a *Torá* em pobreza e não sentem os seus sofrimentos por amor a Deus e à Sagrada Lei? Ou talvez àqueles que desprezam sua própria honra perante a honra da Providência e passam toda a sua vida a rezar? Ou talvez o senhor se refira aos humildes da terra, aos estivadores e carregadores, alfaiates e sapateiros, carpinteiros e pedreiros, rebocadores e talhadores, e engraxates e todos os demais artesãos que sustentam a sua casa com honestidade e glorificam a terra com seu trabalho? Certa vez encontrei um alfaiate maltrapilho e descobri que conhecia as *Quatro Colunas*[81] de cor. Disse-lhe

---

81. *Quatro Colunas*: Em hebraico, *Arbaá Turim*, compêndio de leis judaicas que data do século XIV. (N. da E.)

eu: Você sabe tanto e fica cosendo remendos? Mostrou-me um sapateiro descalço que sabe encontrar todas as referências de todas as passagens de Maimônides, e esse ainda não chega aos pés de um certo engraxate que senta nas ruas de Jerusalém e conhece a legislação segundo o *Zohar*. E esse não é senão um dos discípulos menores da "Academia dos Carregadores", que conhecem profundamente todos os segredos da Cabala, extraindo-os da *Guemará*. Mas certamente vossa senhoria se refere àqueles aos quais a terra nutre com o seu leite e eles instilam nela o seu veneno, a exemplo da mulher que está alimentando o seu filho quando chega uma cobra e mama junto com ele e instila nela o seu veneno. Meu Pai do Céu, se Tu os suportas, nós também os suportaremos. Ao terminar as minhas palavras, levantei da cadeira e lhe disse: *Schalom*.

O rabino levantou-se e tomou minhas mãos dentre as suas e disse: Sente-se, senhor, sente-se, senhor. E sentou-se também, apoiou a cabeça nas mãos e se calou. Por fim levantou a cabeça e fixou em mim os olhos a fim de me dizer algo e não encontrou palavras.

Entrou a mulher do rabino e trouxe geleia de citro e dois copos de chá. Seu marido a viu e disse: Ele vai-se para a Terra de Israel e nós ficaremos aqui. Adoce o chá, senhor, e beba enquanto está quente, e prove a geleia, é geleia de citro.

A fim de me despedir do rabino com uma bênção, bebi um pouco e provei um pouco e no fim recitei a bênção "Criador de inúmeros seres vivos e suas necessidades" e perguntei pelo seu filho. Levantou-se e pegou um pacote de jornais e os recolocou e disse: Ufa, tolices. Levantei da cadeira e me despedi deles. O rabino sacudiu a minha mão e não disse nada. Depois, pousou a outra mão sobre a minha e parou calado. Retirei a minha mão da dele vagarosamente e me fui. Foi atrás de mim para me acompanhar.

Quando paramos junto à *mezuzá* tirou um *zloti* e disse: Encarrego-o de ser um mensageiro da caridade. Dê-o ao primeiro pobre que encontrar na Terra de Israel. Perguntei-lhe:

E se o que eu encontrar primeiro for um daqueles em cujo detrimento vossa senhoria costuma falar? Disse o rabino: "E o teu povo, todos são justos, herdarão a terra eternamente". Quem teve o privilégio de morar na Terra de Israel, é sinal que é justo. Disse-lhe: Nem todos os que moram na Terra de Israel são justos. Há entre nós homens que se fingem de justos e difamam os verdadeiros justos. Disse o rabino: Para que você precisa se intrometer nos mistérios do Misericordioso?

Capítulo Seis e Setenta
A Circuncisão

Venham e vejam o amor à Terra de Israel; em virtude de eu ter vindo de lá, fizeram-me padrinho. Nem o rabino da cidade e nem o pai da parturiente, mas eu, que não sou uma autoridade na *Torá* e nem sou da mesma família.

Lembro-me de meu avô, que descanse em paz, que foi o padrinho da maior parte dos moradores da cidade, e não havia sequer uma pessoa de quem meu avô fosse padrinho que não recebesse um presente dele em suas núpcias. E aconteceu um episódio: certo indivíduo tinha um litígio, apresentou-se com seu contendor diante do rabino e o rabino o considerou culpado. Foi delatar o rabino às autoridades. O rabino pediu então ao meu avô que lhe desse o privilégio de ser padrinho, a fim de que o cumprimento desta *mitzvá* lhe valesse. E numa tigela havia um naco de bolo de mel, que sobrara de uma circuncisão para outra, coberto por uma tampa de vidro, e meu avô dava-me um pedaço dele sempre que me examinava na *Guemará* e eu mostrava os meus conhecimentos. E eis-me sentado a refletir que atingi a posição de meu avô, mas não atingi nenhuma das suas virtudes.

Desde que despertei pela manhã, meus joelhos puseram-se a tremer e a bater. O espírito está pronto para o cumprimento da *mitzvá*, mas o corpo a teme. É possível que, se circuncidassem a criança na Grande Sinagoga ou na velha casa de estudos, talvez eu não temesse tanto. Em primeiro lugar, pois na casa de estudos sinto-me em casa; e, em segundo lugar, pois o Pai Elias é muito severo e toma o cuidado de não se sentar em cadeiras onde se faz reuniões de risos e futilidades. Falei a mim mesmo: Se você não pode corrigir a cadeira, corrija aquele que se sentou nela.

Reuniram-se todos os convidados esperando pelo rabino da cidade, que é quem pratica a circuncisão. Entrementes se abriu a porta e entrou Daniel Bach, que o dono do hotel convidara cordialmente, e este se reconciliou e veio. Quão grande é a *mitzvá* que reconcilia um homem com outro!

Agora acrescentarei e contarei que Erela também veio, aquela Erela que estava destinada a Ierukham desde que nasceu e, contudo, Ierukham desposou Raquel e Erela restou sem marido. E se não acreditam em mim, esperem um pouco e a verão homenageada, pois lhe deram a honra de trazer a criança.

Após uma hora e talvez menos, veio o rabino. Mostrou-se benevolente para com todos e perguntou se tudo estava pronto para a circuncisão. E parou para conversar com este e aquele e tirou a lâmina da circuncisão e a mergulhou numa solução de ácido carbólico e lavou as mãos em água com sabão e disse ao médico: A limpeza traz a pureza.

Enrolaram as coxas do bebê, da cintura aos tornozelos, com algumas fraldas e colocaram uma touca de seda branca em sua cabeça e o puseram nos braços de Erela. Chegou Erela e trouxe a criança para o salão. Todos os presentes se ergueram e falaram alto: Bem-vindo. Erela entregou o bebê a Kuba e Kuba o entregou àquele que faz a circuncisão.

Este o pegou com amor e o olhou com bondade e disse alto e melodiosamente: Disse o Santíssimo, Bendito Seja, a Abraão: "Anda em minha presença e sê perfeito". O menino olhou para ele e quis cobrir o rosto com a barba do ancião, que era quente. Um pelo tocou em seu nariz e ele se pôs a espirrar. O rabino entregou-o ao pai de Raquel. Este o tomou nos braços e o depositou na cadeira preparada para o profeta Elias. Ao depositá-lo, disse com emoção e melodiosamente: Esta é a cadeira do profeta Elias, cuja lembrança é abençoada.

Pensou a criança consigo mesma: Onde está o Pai Elias, há oito dias que não aparece diante de mim. De novo voou como um pássaro e se meteu entre as pessoas. O menino aguçou os ouvidos e refletiu se devia ficar zangado por ele ter se afastado, ou se devia ficar contente por ele voltar. Remexeu as suas fraldas a fim de tirar as mãos para agarrar-se ao cinturão de Elias, com o qual se subia ao céu para aprender a *Torá*. E visto que se lembrou daqueles dias em que era bem-aventurado e lhe ensinaram toda a *Torá*, um sorriso surgiu em seus lábios. Desejou recordar o que aprendera, mas o havia esquecido. Abriu a boca e começou tatear com a língua. Percebeu a fenda em seu lábio superior, pois um anjo batera-lhe na boca e fê-lo esquecer-se de toda a *Torá*. Estremeceu e se pôs a chorar.

Enquanto chorava e se lamentava pelos meses passados que se foram e não voltariam, recordou-se do juramento que fizeram quando veio ao mundo; que fosse justo e não malvado e que conservasse a pureza de sua alma. O pavor tomou conta dele. Falou a si mesmo: Sou apenas um bebê, e o que será de mim? Cerrou os olhos e fingiu dormir. Parecia-lhe que chegara o dia de sua morte e que nada tinha a temer, pois ainda não pecara e sua alma ainda era pura como no dia em que ela lhe fora dada nas Alturas. Sua garganta se fechou, seus choros cessaram e permaneceu deitado tranquilamente, sem emitir um som sequer.

Levantou-se o rabino e disse: Pela tua salvação espero, pela tua salvação espero. Elias, anjo da aliança, vê, o que te pertence está diante de ti, permanece à minha destra e me ajude. Levantou o menino o seu nariz e se pôs a cheirar. Disse ele: Se o cinturão de Elias cheira à luz, é sinal de que minha alma retornou às Alturas, e se ele cheira a couro é sinal de que estou jazendo entre os homens. O rabino trinou melodiosamente e proferiu "Tenho esperado na tua salvação". "Folgo com a tua palavra" etc.; "Muita paz" etc.; "Bem-aventurado aquele a quem tu escolhes" etc. Inclinou-se e erguei a criança da cadeira e disse-me: Sente-se. Envolvi-me no manto de orações e me sentei.

Aproximaram-se e colocaram uma pequena almofada sobre os meus joelhos e uma banqueta sob os meus pés. O rabino colocou a criança sobre os meus joelhos, pôs a minha mão direita sob os joelhos do bebê e o meu polegar sobre os seus pés, pois enquanto não tiver aderido à aliança teme-se que ele espezinhe a *mitzvá*.

Mirei a criança e ela mirou a mim. Desferiram-se como que duas fagulhas de luz azulada de seus olhos e se cobriram de lágrimas. Contraiu o nariz e enrugou a testa. Naquele instante a fisionomia do menino modificou-se, e não se percebia nela qualquer sinal daquilo com que esteve entretido antes, como alguém cujo corpo foi dominado pelas penas. Apressei-me a colocar a minha mão esquerda sob a sua espinha e o ergui um pouco, para que sua cabeça se apoiasse confortavelmente. O praticante da circuncisão arrumou os meus joelhos e os uniu um ao outro para que a criança não escapasse, pois enquanto não aderisse à aliança há lugar para temer que talvez fuja da *mitzvá*. O rabino pegou a lâmina e fez a bênção da circuncisão. Depois dele Ierukham fez a benção: "Bendito Seja […] para introduzi-lo na aliança de nosso patriarca Abraão". E todos os presentes ao ato responderam amém e disseram: "Do mesmo modo que foi introduzido na aliança, que seja introduzido na *Torá*, e levado ao pálio nupcial e aos bons atos".

Puseram um copo nas mãos do pai de Raquel. Ele pegou o copo, entrecerrou os olhos e recitou numa terna melodia: "Aquele que consagrou o bem-amado desde o ventre", e deu ao menino o meu nome, a fim de testemunhar o afeto que Ierukham tem por mim. Assim fui contemplado com dois privilégios. O primeiro: o de sentar-me na cadeira junto com o profeta Elias, e o segundo: o de que o filho de nosso patriarca, Abraão, tenha sido denominado com o meu nome. Talvez teria sido melhor que fosse dado ao menino o nome de algum parente falecido, visto que é um regozijo para o morto que seu nome seja dado a um vivo, porém metade do cemitério estava cheio dos parentes de Raquel e eles não quiseram fazer uma escolha entre os mortos. E por que não lhe deram o nome do pai de Ierukham? A fim de não relembrar a sua infâmia.

Depois da circuncisão o rabino se despediu e foi para casa, pois um erudito não é obrigado a participar do banquete da circuncisão, a não ser que ali estejam presentes pessoas importantes, como rezam os Comentários Adicionais ao tratado *Pessakhim*. Mas nós nos banqueteamos com bolos de mel, aguardente, peixes adoçados cozidos com mel e uva-passa. Comemos e bebemos pela saúde do pequeno circuncidado e pela saúde de seu pai e de sua mãe, pela saúde de seu avô e de sua avó e pela saúde de todos os presentes no banquete da circuncisão. Quando os convidados se regalaram com a comida e a bebida, levantei-me e disse: É um costume dos israelitas dar um presente ao circuncidado, tal como o Santíssimo, Bendito Seja, deu ao nosso patriarca Abraão, como presente, a Terra de Israel no dia em que ele se circuncidou. Queridos irmãos, que presente darei ao pequeno circuncidado, devo dar-lhe uma roupa, uma touca, ou meias? Pois é da natureza do menino que ele cresça de um dia a outro, e se hoje meus presentes lhe servem, amanhã não terão mais uso. Se lhe der um relógio de prata, quando crescer e enriquecer, comprará para si um relógio de ouro e achará o meu presente de pouco valor. Porém, eis que lhe dou a chave de nossa velha casa de estudos. Foi dito na *Guemará*: "As sinagogas e as casas de estudos de fora da Terra de Israel estão destinadas a ter o seu lugar na Terra de Israel; bem--aventurado aquele que possui a chave e pode abrir e entrar".

Após a entrega da chave, trouxeram um copo para as bênçãos e me fizeram recitá-las. Ao chegar à quarta bênção lembrei--me de que estava voltando a Jerusalém e ela ainda estava em ruínas. Minha boca cerrou-se e as fontes dos meus olhos abriram-se. Mas eu me contive como um valente e encerrei a bênção: "Aquele que constrói Jerusalém com Sua misericórdia, amém". E todos os convidados responderam amém em voz alta e alegremente.

Capítulo Sete e Setenta
Parti de Minha Cidade

Depois da bênção, levantei-me da mesa e me despedi dos convivas, entrei em meu quarto onde residi antes de vir a morar com Kuba e examinei os meus pertences. Aqueles que valia a pena levar comigo, levei e os que não valia a pena, deixei para os pobres.

Chegou Ierukham e empacotou os meus pertences, carregou-os no ombro e foi leva-los à estação, e eu fui me despedir de Raquel e de seu filho. Em seguida me despedi do dono do hotel e de sua esposa e de Dolik e de Lolik e de Babtchi, e de Krolka, diferença seja feita. Visto que meu dinheiro acabara e não possuía nada a não ser o dinheiro para as despesas de viagem, contemplei-a com um belo objeto e com palavras: Talvez tenha se incomodado comigo mais do que devia. Assim me despedi dos meus conhecidos judeus e não judeus e lhes pedi desculpa, pois talvez não lhes havia prestado o devido respeito, ou talvez os tenha repreendido quando falavam em detrimento da Terra de Israel. Finalmente fui me despedir da nossa velha casa de estudos. Posto que dei a chave ao menino, não o incomodei e não lhe pedi que me emprestasse, para que não pensasse que a estava tomando para não devolver, e não caísse em prantos. Sobretudo, visto que as crianças costumam pegar e não costumam devolver. Postei-me diante da casa de estudos, atrás da porta, e olhei pelo buraco da fechadura. O espaço da casa de estudos encolheu-se dentro do globo ocular deste homem e uma luz brilhante e filtrada refletia de lá.

Assim fiquei o tempo que fiquei, até que me lembrei de que chegara o momento de ir para a estação. Limpei a fechadura com minha veste e me fui.

Leva-se meia hora para caminhar da casa de estudos à estação. Minha caminhada durou menos do que isso. Não olhei as casas e as ruínas, não como na véspera do Dia da Expiação, quando cheguei à cidade, mas estendi as minhas narinas e aspirei o cheiro da cidade. Um cheiro de painço cozido em mel.

Na estação encontrei Ierukham e Kuba segurando os meus pertences. Kuba fez um obséquio comigo ao se encarregar de trazer os meus pertences de sua casa, a fim de que eu estivesse livre.

Além de Ierukham e Kuba, estavam ali alguns tantos israelitas; uns envergando roupas sabáticas e outros envergando as roupas de modo a denotar respeito e importância. Posto que estavam sem sacolas e outros objetos de viagem, me admirei: Por que de repente vieram para cá? Mas a preocupação com a viagem levou-me a não perguntar nada.

Neste ínterim veio Daniel Bach para se despedir de mim. Na verdade, eu já me despedira dele e dos seus uma hora antes, mas ele viera enviado por seu filho Rafael, pois Rafael queria que seu pai visse este homem que vai para a Terra de Israel antes de ele sair da cidade. Agradeci ao sr. Bach por ser meu acompanhante na cidade e lhe prometi, que se Deus me achasse merecedor e eu chegasse em paz a Jerusalém, iria visitar o seu pai, e diferença seja feita entre os vivos e os mortos, o túmulo de Ierukham, seu irmão. Daniel suspirou e disse: Hoje é o dia do aniversário da morte de meu irmão. Observei o Daniel Bach que estava apoiado sobre sua perna postiça, que lhe resultou de seu miserável ganha-pão nesta diáspora. Lembrei-me de todas as atribulações pelas quais passara e, com suas atribulações, lembrei-me de seu irmão que morreu protegendo a Terra de Israel. Agora o pai dos dois irmãos está em Jerusalém e reza pelo descanso da alma do filho morto e certamente também se lembra do seu filho vivo. Acaso não convinha ao Daniel Bach entrar na sinagoga e recitar o Kadisch?

Nesse ínterim chegaram algumas outras pessoas. Algumas eu conhecia e outras não conhecia, ou conhecia de vista. Szibusz não é grande e seus habitantes não são numerosos, não obstante existem lá pessoas com as quais não tive ensejo de conversar. Perguntei ao Daniel Bach: O que aconteceu hoje? Respondeu: Vieram prestar homenagem ao senhor.

Lembrei-me da minha entrada na cidade, que foi na surdina, e eis que agora parto com grande pompa. Parei e falei: Escutem, meus senhores, sei que não vieram para cá em minha honra, pois há diversos judeus que saem da cidade e não se os escolta, vieram, porém, para prestar homenagem à Terra de Israel, pois este homem está indo para a Terra de Israel. Deus queira que vocês também tenham o privilégio de ascender para a Terra de Israel. E quem os acompanhará? Bons anjos, que os estão esperando, os acompanharão, pois desde o dia em que o Templo foi destruído e os israelitas se dispersaram entre os povos, os anjos se espalharam com eles e estão parados, esperando pelos israelitas, a fim de retornar junto com eles. E quem os levará? Os reis da Terra e os seus príncipes, e ademais eles carregarão vocês sobre os ombros como um presente ao Rei Messias, tal como está escrito: "Assim disse o Senhor dos Exércitos: Eis que levantarei a Minha mão sobre as nações e ante os povos arvorarei a Minha bandeira; então trarão os teus filhos nos braços e as tuas filhas serão levadas sobre os ombros. E os reis serão os teus aios e as suas princesas as tuas amas, diante de ti se inclinarão com o rosto em terra e lamberão o pó dos teus pés" etc. E até que cheguemos ao esperado dia, que o Nome lhes dê a benção, a vida eterna, e que venha para Sião o Redentor, em breve em nossos dias, amém.

Enquanto falei puseram-se Rúben e Simão e Levi e Judá e outros a rezar a prece vespertina. E quando concluí as minhas palavras, eles concluíram a sua prece. Ouviu-se uma voz recitando o Kadisch, e vi Daniel Bach parado, apoiado sobre sua bengala, a voz tremendo e se elevando, pois aquele era o dia da morte de seu irmão e seu coração despertou para recitar o Kadisch, e todo o público respondeu amém.

Ouviu-se o barulho do trem se aproximando e chegando, respirando e soprando e assoviando. Chegou e parou diante da estação. Borrachovitch sacudiu a sua bandeirola e gritou em voz alta e melodiosa: Szibusz.

O trem chegou e com ele alguns gentios e um judeu, que se parecia com Elimelekh Imperador, e talvez tenha sido realmente Elimelekh Imperador, mas era muito velho e curvado.

Até mesmo Freida, sua mãe, que descanse em paz, no fim de sua vida parecia mais nova do que ele.

Acotovelaram-se todos e apertaram a minha mão e se despediram de mim com afeto, sentimento fraterno e amizade. Beijei Ierukham e o meu amigo Kuba e embarquei no vagão e fiquei na janela, minha cabeça diante do povo e meus olhos dentro do coração. Borrachovitch tornou a sacudir a sua bandeirola a fim de despachar o trem. Olhei os meus irmãos, meus concidadãos, que estavam aglomerados e me olhavam. O trem estremeceu e se moveu e eles não se moviam. Falei a mim mesmo: Se tiverem o privilégio de ir à Terra de Israel, nos veremos.

Capítulo Oito e Setenta
No Mar

Após dois dias cheguei ao porto de Trieste e encontrei minha mulher e meus filhos, que chegaram no dia combinado, a fim de embarcarmos juntos no mesmo navio e rumarmos juntos para a Terra de Israel. Beijei-os e falei: "Bendito o Lugar, bendito seja Ele, que nos fez chegar até aqui". Respondeu minha mulher e disse: Então nós vamos à Terra de Israel. Meneei a cabeça e nada disse, pois em virtude da emoção, minha garganta fechou-se, como um homem que vê que todas as suas esperanças estão se realizando.

Durante cinco dias viajamos no navio. O ar estava agradável, o mar plácido para se viajar e o navio singrava tranquilamente. Percebíamos com clareza que a Terra de Israel se aproximava e que nós nos aproximávamos dela. Onde está a língua e onde está a pena que podem descrever a nossa alegria? O barco estava cheio de judeus, jovens e velhos, homens e mulheres. Uns retornavam do Congresso Sionista e outros das convenções. Esses voltavam dos balneários e aqueles dos lugares de cura. Esses voltavam do leste e do oeste e aqueles do norte e do sul. Esses de um passeio por alguns países e aqueles, de uma volta ao mundo. Esses, de um passeio por prazer e aqueles, de um passeio de alegria. Esses, de uma viagem qualquer e aqueles, de qualquer viagem. Esses voltavam a fim de renovar o seu *laissez-passer* e aqueles a fim de tornar a viajar. Alguns falavam russo ou polonês ou húngaro ou romeno, e outros falavam alemão ou espanhol ou ídiche ou inglês britânico ou inglês americano e outros ainda, inglês à moda da Terra de Israel. E alguns até falavam hebraico. Esses e aqueles se sentavam estendidos sobre cadeiras dobráveis, e observavam os novos imigrantes que dançavam, cantavam e se alegravam.

Entre os imigrantes encontrei o nosso camarada Tzvi do grupo que se preparava na aldeia. Durante todos aqueles dias em que estive no navio, Tzvi estava contente por ter conseguido combinar pensamento e ação e emigrar para a Terra de Israel. E tanta era a sua alegria que não parou de dançar, como se com a dança estivesse se locomovendo e indo e se aproximando da fonte de sua vitalidade. De tempos em tempos, Tzvi vinha a mim e falava comigo sobre nossos camaradas da diáspora. Sobre os camaradas que estão nos campos e as camaradas que trabalham no estábulo. Ainda são poucos, mas seu trabalho é notável, e até mesmo os camponeses os elogiam. E se às vezes os gentios escamoteiam o seu pagamento, a recompensa do trabalho é o próprio trabalho. Entre uma coisa e outra, Tzvi me perguntou se estava com fome. Espantei-me e perguntei: A que se deve essa pergunta? Riu e disse: Lembrei-me da Festa das Semanas, quando todos os nossos alimentos foram roubados e não tivemos o que comer e ficamos com fome.

De nossos camaradas da aldeia passamos aos demais *kibutzim* da Polônia, onde se encontram moças e rapazes que se preparam para trabalhar a terra. E ao mencioná-los, mencionamos Hana, a filha daquele justo Rabi Haim, que descanse em paz. Ela ainda está na diáspora e espera que Tzvi a leve para a Terra de Israel.

Perguntei ao Tzvi: E quem lhe deu o certificado para imigrar? Tzvi colocou a mão sobre o peito e disse: Eu mesmo tenho o meu próprio certificado. Pensei que pretendia dizer que seu certificado estava guardado junto do peito e não lhe perguntei mais. Mas no fim comprovou-se que era outra coisa.

Deixo o Tzvi e volto a mim mesmo, à minha, mulher e aos meus filhos. Eu e minha mulher também alugamos duas cadeiras dobráveis e nos sentamos e falamos de tudo que nos acorria à mente e de tudo que sobrevinha à nossa língua. Tantas e tantas são as coisas. Nenhum livro poderá contê-las.

Assim ficávamos sentados, falando sobre os dias que passamos no exterior e sobre os dias que estão à nossa frente na Terra de Israel. Tantas e tantas são as coisas, que não caberão em muitos livros.

Disse minha mulher: Enfadei-me de ficar fora da Terra de Israel. Aparentemente, nada me faltava, pois todos os nossos parentes se esforçavam por amenizar a nossa permanência, mas a Terra de Israel me fazia falta.

Perguntei aos meus filhos: E vocês, o que lhes faltava? Visto que meu espírito estava alto, defendi os méritos daquele rabino que não sabia a palavra banqueta em hebraico. E falei aos meus filhos: De tanto divagar em assuntos que estão no topo do mundo, não dá atenção a uma coisa tão baixa como uma banqueta.

E lhes disse algo mais: Meus filhos, acaso não ouviram aquele rabino tecendo louvores ao povo de Israel? Acaso não o ouviram dizer que Israel é a luz para os povos? Disse minha filha: O que está dizendo papai, pois se ele comparou o povo de Israel aos gregos? Respondi-lhe: Que mal há em ele ter comparado o povo de Israel à Grécia, posto que os gregos eram um povo sábio e inteligente. Riu minha filha e disse: Mas eles se prostravam diante de estátuas. Disse meu filho: O que é que tem isso, faziam bonecos e brincavam com eles, e acaso você também não fazia bonecos? Respondeu minha filha: Eu fazia bonecos quando era pequena, ao passo que eles ainda faziam bonecos quando eram adultos. Disse eu à minha filha: Bendito seja o seu argumento. Agora conte-me o que fazia todo o tempo. Acabou todas as histórias da *Bíblia*? Respondeu minha filha: Papai está brincando comigo, eu estudei o *Pentateuco*.

Reuniram-se e se aproximaram algumas pessoas e pararam para ouvir a conversa das crianças e as elogiavam por sua sabedoria. Falei a mim mesmo: Uma criança que diz algo de inteligente deve ser interrompida antes que diga alguma tolice. Interrompi a prosa das crianças e conversei com o grupo sobre a educação da geração e sobre o estudo da *Bíblia*, que torna profanas as Escrituras Sagradas. Alguns diziam assim e outros diziam assado. Contei-lhes a história daquele velho aldeão que chegou à casa de estudos e ouviu a história de David e Golias e a de Betsabá. Todo o grupo riu a ponto de seu riso ser ouvido de um extremo a outro do navio. Mas, como a maioria das pessoas, não tirara da história nenhum proveito.

Assim, sentamo-nos e conversamos. Sobre o que falamos e sobre o que não falamos? Sobre o grande mundo e nossa pequena terra, sobre o inverno e o verão, o mar e a terra. Por fim livrei-me do grupo e me dediquei aos meus filhos. Examinei os seus conhecimentos de *Bíblia* e amenizei o nosso tempo com perguntas, tais como: Onde é o lugar no qual Jonas foi lançado ao mar? E eles me responderam: Pergunte aos peixes e eles lhe dirão.

Queridos irmãos, bom seria se terminássemos bem a nossa história, sobretudo ao chegarmos à boa terra. Mas, desde o dia em que nos exilamos de nossa terra, não há bem sem mal. Quando o navio chegou perto de Jafa, Tzvi saltou no mar, pois as autoridades não lhe haviam dado o certificado para entrar na Terra de Israel, e ele confiou nas ondas que o trariam para a terra. E as ondas eram boas naquele momento, cada onda entregava-o à sua companheira e sua companheira à outra. Mas atingiram-no os penhascos e as rochas, cujo coração é de pedra, e o fustigaram, e seu sangue escorria. E quando escapou deles, foi cercado pelas autoridades que o prenderam e o levaram ao hospital, até que recuperasse a saúde, quando o devolveriam ao exterior.

Capítulo Nove e Setenta
Achado

O infortúnio de Tzvi perturbou a minha alegria. Depois que levei minha mulher e filhos a Jerusalém, fui até alguns homens de poder a fim de pedir misericórdia por Tzvi. Do mesmo modo que as rochas com que ele topara não amoleceram, assim não amoleceram os corações dos poderosos. Posto que percebi que não havia nenhum proveito nisso, fui até os homens ilustres da geração. Posto que não foram de nenhum proveito, encaminhei-me para os homens públicos. Posto que não foram de nenhuma utilidade, fui até os filantropos. Posto que vi que não foram de nenhuma utilidade, fui até os que perseguem as boas ações. Posto que não foram de nenhuma utilidade, confiei em nosso Pai Celestial.

Nesse ínterim residimos eu e os meus num certo hotel. Os donos do hotel deram-me um tratamento de hóspede e um tratamento de habitante. Como? Na hora da refeição serviam primeiro aos hóspedes do exterior e, na hora do pagamento, exigiam de mim muito dinheiro, como se faz com hóspedes que vêm do exterior.

É difícil ser hóspede no exterior, quanto mais na Terra de Israel. Saímos e alugamos uma pequena moradia e compramos alguns móveis e coloquei os poucos livros que os saqueadores me haviam deixado e mandamos as crianças à escola. Arrumei os meus velhos livros e minha mulher arrumou os seus objetos. Quando vi os meus livros arrumados e colocados no armário e os meus pertences colocados no devido lugar, senti-me satisfeito. Durante cerca de um ano estive jogado no estrangeiro, como um hóspede que veio pernoitar e, de repente, estou sentado em minha casa entre os meus objetos e os meus livros, com minha mulher e meus filhos.

Os tormentos de Tzvi esmoreceram o meu espírito. Tentei afastar de mim o seu sofrimento. Consegui afastar o seu sofrimento de mim, mas não consegui afastá-lo do meu coração.

Pouco a pouco me enfronhei nos meus assuntos e afastei a minha mente dos outros, como é o hábito das pessoas para as quais sua unha é mais importante do que o corpo dos seus semelhantes. Finalmente fugiu-me toda a história do Tzvi. E se seu nome não tivesse sido citado nos jornais, entre aqueles que foram devolvidos ao exterior, tê-lo-ia esquecido.

Sentado em meu lugar e me comprazendo com a paz de minha casa, comecei a afastar do meu coração tudo que se passara comigo em Szibusz e tirar da minha visão o hotel e o seu dono e seus hóspedes e a velha casa de estudos e todos aqueles que vinham rezar nela e todos aqueles que não vinham rezar. E se me recordava, não o fazia senão para tornar a afastá-los do meu coração, como uma pessoa que permanece com sua cara em paz e afasta a sua vista dos infortúnios dos outros.

E assim permaneci à sombra da doce tranquilidade com minha mulher e filhos. Essa doce paz, que uma pessoa não sente, a não ser estando em sua casa. Ocupava-me com meus afazeres e minha mulher se ocupava com os dela. Certo dia passou em revista as malas e as expôs ao sol, depois pegou as minhas bolsas a fim de consertá-las, pois, de tanto uso, o forro do couro havia-se rasgado, formando buracos. Ao se ocupar de minha bolsa, chamou-me e perguntou: O que é isso? Vi que segurava uma grande chave que encontrara entre as frestas da minha bolsa. Parei espantado e admirado. Pois é a chave de nossa velha casa de estudos, mas eu a dei de presente ao filho de Ierukham Liberto no dia da sua circuncisão, e como chegou e veio até aqui? Na certa Ierukham Liberto, que se livrou dos preceitos, não está satisfeito por eu ter feito de seu filho o guardião da velha casa de estudos, e devolveu-me a chave, escondendo-a na minha bolsa. Enquanto eu me zangava intimamente com Ierukham por ter me devolvido a chave, minha mulher estendeu-a para mim e vi que não era a chave que o velho serralheiro fizera para mim. Qual era então? Era a chave que me haviam entregado os anciãos da velha casa de estudos no Dia da Expiação, antes do encerramento do serviço. Mil vezes a procurei e mil vezes me desesperei e mil vezes tornei a procurá-la e não a encontrei, e fiz uma outra chave para mim, e agora que não necessito nem desta e nem da outra, ela voltou a aparecer. Como desaparecera e como voltara a aparecer?

Na certa algum dia a coloquei na minha bolsa e ela escorregou e caiu em algum buraco e escapou-me, ou talvez, no dia em que vesti o novo capote, retirei a chave da roupa de verão a fim de colocá-la numa roupa de inverno e a esqueci. Quanta tristeza, quanto desgosto e quanta labuta ter-me-iam sido evitados se tivesse encontrado a chave então. Mas não se discute o que passou.

Após ter me acalmado da emoção, contei à minha esposa todo o episódio do qual ela nada sabia, pois não o mencionei em minhas cartas, visto que desejava explicar-lhe todo o assunto em detalhes e não tive tempo de escrever antes da perda da chave, e depois que a chave foi perdida, não a mencionei em minhas cartas.

Perguntou minha mulher: O que deseja fazer com essa chave? Mande-a para Szibusz. Respondi-lhe: Aquela que possuem já é supérflua e você vem e diz: encarregue-os de uma outra. Retrucou minha mulher: Então o que fará com ela? Veio-me aos lábios o dito de nossos sábios, de abençoada memória: "As sinagogas e as casas de estudo que se encontram de fora da Terra de Israel estão destinadas a serem fixadas na Terra de Israel". Falei a mim mesmo: Quando elas se fixarem na Terra de Israel, este homem terá a chave em seu poder.

Fui guardar a chave numa arca e pendurei a chave da arca no peito. Por que não pendurei a chave de nossa velha casa de estudos no peito? Porque o peito não pode sustentá-la, devido ao seu peso. Pois os antigos artífices faziam chaves grandes e pesadas as quais não estão em conformidade com a dimensão do nosso peito.

A chave está guardada no lugar em que a guardei e eu retornei ao meu labor. E ao me lembrar dela, refletia comigo mesmo: As sinagogas e as casas de estudo... E abro minha janela e olho para fora, talvez estejam rolando e chegando para se fixar na

Terra de Israel. Ai, a terra está deserta e silenciosa e não se ouve o som dos passos das sinagogas e das casas de estudo. E a chave ainda está guardada, esperando junto comigo por aquele dia. Contudo, ela que é feita de ferro e cobre pode resistir a isso, eu, que sou de carne e osso não posso resistir.

Capítulo Oitenta
Epílogo

Deixemos a chave e passemos a tratar do dono da chave. Sento--me em minha casa e faço o meu trabalho. E as pessoas vêm me visitar e me interrogam sobre tudo que meus olhos viram, lá, na diáspora, e eu as interrogo sobre tudo que sucedeu aqui, na Terra de Israel. Enquanto conversamos, o Santíssimo, Bendito Seja, faz surgir diante de mim Szibusz e eu cerro os olhos por um momento e ando entre as suas ruínas. E às vezes estendo o braço e quero falar com alguma pessoa de lá.

Passados alguns dias, livrei-me de todos os meus afazeres e fui a Ramat Rakhel a fim de visitar Rabi Schlomo Bach. Encontrei-o na horta, ocupado em desbastar as ervas daninhas. Sua nuca estava queimada de sol e seus movimentos eram comedidos, como o são os movimentos daqueles que se ocupam da terra. Cumprimentei-o e ele retribuiu o meu cumprimento. Logo que me reconheceu, deixou os seus instrumentos de trabalho e veio sentar-se comigo.

Contei-lhe sobre Daniel, seu filho, e sobre Sara Perl, a mulher de Daniel e sobre Rafael e Erela, e sobre a gente de nossa velha casa de estudos que partiu, uns para a América e outros para outros lugares. E sobre as demais pessoas de Szibusz, sobre aquelas a cujo respeito perguntou e sobre aquelas a cujo respeito não perguntou. Assim, Szibusz teve o privilégio de ter sido mencionada em Jerusalém.

Perguntei-lhe: Como chegou a trabalhar na horta? Respondeu-me: Quando cheguei a Ramat Rakhel e vi que todos estavam ocupados em povoar a Terra de Israel, falei a mim mesmo: Todos estão ocupados em povoar a terra e eu não faço nada. Pedi que me empregassem como mestre de crianças e chantre do nosso quórum. Mas os velhos não necessitam de um chantre permanente, pois cada um deles sabe oficiar o serviço público. E as crianças têm professores e não precisam deste velho. Quando percebi que eu era desnecessário, meu mundo escureceu. Iluminei a minha escuridão com a *Torá* e me aprofundei na *Mischná*. Ao chegar aos tratados que se referem aos preceitos da Terra de Israel, percebi que meu estudo era estéril. Pois havia estudado as mesmas coisas na diáspora e não encontrei dificuldade, porém na Terra de Israel o cérebro do homem se renova e ele não se satisfaz com os argumentos antigos. Certa vez falei a mim mesmo: Irei ver que árvore é aquela da qual falaram os sábios e que campo é aquele do qual fala a *Mischná*. Ao sair, ouvi os rapazes que conversavam entre si e através de suas palavras toda uma passagem da *Mischná* me foi esclarecida, não porque eles tenham se referido à passagem da *Mischná*, mas porque falavam, como de hábito, sobre árvores e arbustos. Disse a mim mesmo: "A sabedoria clama lá fora". Daí em diante, quando me deparava com alguma dificuldade na *Mischná*, eu me dirigia a algum dos nossos camaradas. Se ele não sabia, o jardineiro sabia. Se não sabia interpretar a nosso modo, interpretava-a a seu modo e me mostrava cada uma das coisas concretamente. Apliquei a mim mesmo o ditado: "Melhor é a vista dos olhos do que o vaguear da cobiça". O que direi e o que acrescentarei? Verdadeiras são as palavras dos sábios que disseram: "Não há *Torá* como a *Torá* da Terra de Israel". Pois tenho cerca de setenta anos e não tive o privilégio de constatar a veracidade da *Torá* até chegar à Terra de Israel.

E acrescentou Rabi Schlomo: O estudo leva ao ato. Posto que andei atrás do jardineiro, não fiquei ocioso. Quando irrigava as plantas, eu enchia os vasilhames de água. Ele desbastava os espinheiros e eu os tirava do caminho.

Assim aprendi como se irriga uma horta e como se arranca as ervas daninhas e como se faz as valas em torno das videiras e como se ara e se semeia e se planta. Ao vê-lo, nossos camaradas destinaram-me um lote para cultivar verduras. E se o Bendito me achar merecedor, comerei o fruto da minha horta.

E acrescentou Rabi Schlomo: Nossos jovens companheiros estão satisfeitos comigo e me chamam de camarada, que é um tratamento respeitoso e uma grande honra entre os trabalhadores, e nossos camaradas idosos não estão satisfeitos comigo, pois visto que trabalho, parece-lhes que procuro tornar-me querido pela *kvutzá*. Enquanto estou ocupado com meu trabalho, não dou atenção ao que dizem, agora que me desocupei do meu trabalho, lembrei-me deles. Não me despedi de Rabi Schlomo antes que ele me mostrasse as suas plantações e me trouxesse para a casa das crianças e me mostrasse o Amnon, o filho de seu filho: Oxalá ele seja como seu pai e como seu avô.

Outra vez subi até Ramat Rakhel e fui até Rabi Schlomo. Naquela hora estava em seu lote e pássaros sobrevoavam sua cabeça e ciscavam nas árvores. Perguntei-lhe: Como é possível que as aves cisquem nas árvores e que o jardineiro não as afugente? Respondeu Rabi Schlomo: Tenho tido muitas alegrias na Terra de Israel e alegro-me sobretudo com os pássaros, que são as testemunhas de que nossa redenção está próxima. Encontramos no *Midrasch*: "Por cinquenta e dois anos não se via uma ave voando na Terra de Israel, agora que as aves voltaram para cá é sinal de que Israel também voltará ao seu ninho".

Das aves de céu, passou Rabi Schlomo às aves domésticas.

Pegou-me e me levou ao galinheiro e mostrou-me aves gordas com asas fracas devido ao seu peso e crianças que lhes jogavam migalhas de comida. E ele também tirou do bolso migalhas e as deu a Amnon seu neto, para que ele as desse às aves. Disse Rabi Schlomo: Acaso é para comer que eles criam as aves? Saiba que a maioria dos nossos jovens camaradas não come carne. E visto que mencionou os seus companheiros, logo se pôs de falar em seu louvor.

553

Depois de alguns dias veio Rabi Schlomo à minha casa, a fim de anunciar a mim que Hanale, sua neta (ou seja, Hana que é Aniela, ou seja, Erela), tornou-se noiva de um certo doutor cujo nome é Jacob Milch. Augurei ao Rabi Schlomo votos de felicidades e bebemos à saúde e lhe contei as virtudes de Kuba. E ainda falei ao Rabi Schlomo: Estou certo de que esse casal virá em breve para a Terra de Israel, e que será bom para Rabi Schlomo ter parentes no país. Às vezes eles virão visitá-lo e outras ele irá visitá-los, principalmente nas festas, quando um homem deseja ficar junto de seus familiares.

Assim ficamos sentados por algum tempo e conversamos até que entardeceu e chegou a hora da oração vespertina. Rabi Schlomo levantou-se e perguntou: Onde é o lado leste? Apontei--lhe da minha janela o lugar do Templo. Suspirou, lavou as mãos e orou. Ao terminar a oração, disse-lhe eu: Talvez queira deixar o quórum de Ramal Rakhel e vir rezar comigo? Respondeu Rabi Schlomo: Graças a Deus existe lá quórum sem mim.

Entre uma coisa e outra a conversa versou sobre os membros velhos da *kvutzá*, que brigam entre si por qualquer insignificância, pois cada um deles considera que só em sua cidade a *Torá* foi outorgada, e cada costume que não era de praxe em sua cidade parece-lhes como se não fosse um costume judaico. Perguntei a Rabi Schlomo: Acaso quer voltar? – Para onde? Respondi-lhe: Para Szibusz. Olhou-me como se fosse surdo e mudo. Falei-lhe: Se se apressar, ainda chegará a tempo de assistir às núpcias de Erela. E se quiser ficar lá e estudar, dar-lhe-ei a chave de nossa velha casa de estudos. Levantei-me e abri a arca e mostrei-lhe a chave e contei-lhe toda a história e falei: Eis aqui a chave, pegue-a e volte para Szibusz. Sorriu Rabi Schlomo e disse: Se Deus me ajudar ficarei aqui e aguardarei os passos do Messias.

Disse eu para a chave: Então ficas comigo. A chave silenciou e não respondeu. Em primeiro lugar, porque ela é um objeto inanimado e não fala e, em segundo lugar, pois as pessoas da casa de estudos já falaram sobre tal assunto no dia em que a entregaram a mim.

554 HÓSPEDE POR UMA NOITE

Uma hora depois o ancião despediu-se de mim e se foi. Caminhei com ele para acompanhá-lo. Ao chegarmos à encruzilhada, despedimo-nos. Ele foi para sua casa e eu fui para a minha. Voltei a cabeça para trás e vi pássaros sobrevoando a sua cabeça. As aves do céu, que voltaram para Terra de Israel, voavam e faziam companhia ao ancião que voltava ao seu ninho.

Entrei em casa e guardei a chave na arca e tranquei a arca por fora e pendurei a chave no meu peito. Sei que ninguém está ansioso pela chave de nossa velha casa de estudos, mas pensei: Amanhã poderá acontecer que nossa velha casa de estudos se fixe na Terra de Israel e é melhor que eu tenha a chave em meu poder. Aqui se completa a história deste homem ao qual se refere o título da presente obra, visto que retornou ao seu lugar e deixou de ser hóspede.

Em todo caso contaremos algo sobre Ierukham e Raquel. Ierukham e Raquel vivem em paz e seu filho está crescendo e proporciona prazer a eles, ao seu avô e à sua avó, bem como a sua tia Babtchi, que se consola com o filho da irmã. E Kuba e Erela se preparam para ascender à Terra de Israel, e Schützling pede que eu mande um certificado de imigração para seu filho, e Guenéndel pede um punhado de areia da Terra de Israel a fim de proporcionar um prazer a si mesma após a sua morte. E o que Guenéndel quis proporcionar ao seu corpo, Leibtchi Boden'haus fez com sua alma, mandando uma cópia de seu livro à nossa Biblioteca Nacional, a fim de que haja uma lembrança dele em Jerusalém.

O que mais contaremos que ainda não tenhamos contado? Daniel Bach passeia pela cidade ou se senta diante de Rafael, seu filho, que jaz em seu leito e sonha sonhos que se passam no mundo inteiro. E quando eles não têm o que comer, depositam suas esperanças nas crianças que Sara Perl há de partejar, as quais edificarão casas e comprarão toras para construção e lenha para aquecimento.

O que mais contaremos? Todo dia chegam-me cartas de Szibusz. Tzipora recuperou-se e domina os pés. Mas o que podem dar e acrescentar pés para quem não tem o que fazer com eles?

Enquanto seu pai era vivo, ia e vinha até ele, depois que ele morreu, ela não tem aonde ir e fica em casa com Hana, sua irmã, e chora com ela por Tzvi, que foi extraditado da Terra de Israel e, entre um pranto e outro, elas esperam pela misericórdia divina.

Toda Szibusz espera pela misericórdia divina, cada um a seu modo, pois o seu sustento é deficiente e ninguém ganha o bastante para se alimentar, e quando um homem ganha um *zloti*, vem o governo e toma-lhe a metade para pagar os impostos e a outra metade para pagar as taxas. Em oposição, Antosz e Zwirn enriquecem, mas duvido que isso seja de algum consolo.

Há ainda outras pessoas de Szibusz com as quais estivemos algum tempo e sobre as quais não escrevemos mais, tais como Rúben, Simão, Levi, Judá e como o alfaiate e sua esposa, e aquele ancião que fez a chave nova para a nossa velha casa de estudos, e as pessoas do Gordônia, e os outros filhos de Szibusz, mas foi decretado um acordo com a Terra de Israel segundo a qual, quem não ascende à Terra de Israel é esquecido e olvidado, porém todo aquele que teve este privilégio, nela será lembrado e inscrito, tal como foi dito (*Isaías*, 4): "Todo aquele que estiver inscrito entre os viventes em Jerusalém".

Agora veremos o que aconteceu àquele que teve o privilégio de viver em Jerusalém e o que fez no país, ou talvez, visto que se estabeleceu no país e não constitui senão um pequeno grão de seu solo, quem se ocupará com um pequeno grão tendo toda a Terra diante de si?

Concluiu-se a história do hóspede e encerraram-se os seus assuntos em –––.

Posfácio:
A CIDADE EM RUÍNAS DE SCH.I. AGNON

Em *Hóspede Por uma Noite*, romance de Sch.I. Agnon publicado pela primeira vez em 1938, considerado pela crítica como sua obra-prima, o escritor apresenta um retrato desolador de sua cidade natal, arrasada material e espiritualmente, e o desmembramento da antiga comunidade judaica da Europa, que vivia em torno da esperança pela Redenção e pela vinda do Messias, numa pletora de facções antagônicas, cada qual alardeando uma solução própria e diferente para a questão milenar do exílio e do desterro judaico. A Galícia, região em que nasceu Agnon, no ano de 1888, pertencia, nos anos de sua juventude, ao velho Império Austro-Húngaro, um dos primeiros Estados europeus a conceder a seus judeus direitos plenos de cidadania. A concessão de tais direitos, e os esforços envidados pelo governo imperial, ao longo de todo o século XIX, no sentido de integrar a suas estruturas políticas e econômicas uma população até então mantida à margem da sociedade, gerou, entre essa comunidade de origem polonesa (pois a Galícia fora, até o fim do século XVIII, parte do Reino da Polônia, e voltou a ser parte do Estado polonês após a Primeira Guerra Mundial), uma série de cisões. De um lado estava uma facção que pregava a germanização e a modernização dos costumes, o abandono das crenças tradicionais e das esperanças pela Redenção e a integração num Estado moderno, que garantiria seus direitos a todos os cidadãos – fossem eles de origem judaica ou não. De outro lado, estava um setor conservador, mergulhado no misticismo extático dos mestres hassídicos, que via o surgimento das identidades judaicas seculares e laicas como uma heresia a ser combatida com todas as forças.

Nos dias de Agnon, e nos dias por ele retratados em seus romances, esses dois grupos, perplexos com o advento do antissemitismo racista do fim do século XIX e, posteriormente, com a catástrofe sem precedentes representada pela Primeira Guerra Mundial, subdividem-se em muitos outros: os sionistas, os socialistas, os que optam pela emigração para as Américas, os que se mantêm aferrados a uma tradição religiosa que os acontecimentos trágicos da história põem em xeque. Em comum, todos esses grupos têm as dúvidas filosóficas, religiosas e existenciais que afligem a dispersão dos judeus da antiga Galícia austro-húngara, dos judeus da Europa Central e do povo judeu como um todo, no século XX, confrontado com a destruição de seu ecúmeno físico e espiritual de nascença – o mundo judaico asquenaze – e com a necessidade de encontrar novos lugares para viver e novas maneiras para compreender a vida. Congregados em torno de dezenas de novas crenças, sistemas de pensamento e ideologias, e ao mesmo tempo envolvidos em encarniçadas disputas que opõem cada um desses novos grupos judaicos a todos os demais, estes *aschkenazim* do alvorecer do século XX formam uma nova Babel de heresias e de apostasias, e um afastamento cada vez maior em relação a uma integridade anterior, denominada por Agnon no romance simplesmente "rito asquenaze", uma realidade que subsiste apenas como memória.

É das ideias do Iluminismo judaico oitocentista, com sua ênfase sobre o livre-arbítrio, que provém toda a multiplicidade

A CIDADE EM RUÍNAS DE SCH.I. AGNON   559

de vertentes secularistas referidas por Agnon por meio da vasta galeria de personagens que percorrem as páginas deste romance. Na esteira desse movimento de origem alemã, cujo propósito era tornar o judaísmo compatível com as realidades da Europa moderna, e como reações a seu crescente descompasso com as realidades sociais e políticas da Europa a partir do fim do século XIX, surgem as correntes determinantes dos múltiplos destinos judaicos do século XX aqui elencadas por Agnon: o anarquismo, o socialismo, o sionismo político, mas também o simples abandono dos valores transcendentes em bloco, e sua substituição pela ideologia – ou ausência de ideologia – hedonista da burguesia urbana.

Toda essa pletora de vertentes antagônicas, irreconciliáveis e em permanente discórdia constitui, segundo Agnon, uma espécie de catástrofe, pois o que elas significam é o esfacelamento de uma integralidade judaica original, e o desparecimento da ideia de um destino coletivo, compartilhado, para o *am Israel,* o povo de Israel, de uma redenção coletiva.

Essa ideia de um destino comum e de uma comunidade indissolúvel parece ter se perdido, de forma irreversível, ante a multiplicação de projetos autorredencionistas, característica da modernidade judaica, especialmente a partir do fim do século XIX. Talvez seja essa perda o tema que perpassa a multiplicidade de narrativas, umas incrustadas dentro das outras, que constituem *Hóspede Por uma Noite,* romance que oferece um panorama grandioso e trágico da agonia final do *schtetl,* a aldeia judaica da Europa Central e do Leste, no período que vai do término da Primeira Guerra Mundial às vésperas da instauração do genocídio nazista.

Como linhas narrativas subordinadas, paralelas e ao mesmo tempo afluentes dessa linha principal, encontram-se também, aqui, as narrativas sobre o esfacelamento do Império Austro--Húngaro e sobre as atrocidades cometidas contra os judeus da Galícia durante e após a Primeira Guerra Mundial, isto é, os *pogroms* que, já conhecidos desde o fim do século XIX na

Rússia, passam a vitimar, durante o conflito, os judeus daqueles antigos territórios da coroa habsburga que seriam incorporados, a partir de 1918, à nova Polônia independente.

A profunda crise religiosa e espiritual que se precipita, na forma de uma obliteração de toda a esperança, em decorrência desses acontecimentos trágicos e inexplicáveis, sobre aqueles que conseguem sair vivos dessas catástrofes, mas que perdem para sempre seu lar espiritual e geográfico, é, portanto, o tema central do romance. É sempre em torno de tais temas melancólicos que se constrói a multiplicidade de pequenas narrativas, cada qual como uma unidade relativamente autônoma, mas que, em seu conjunto, traçam um grande mosaico sobre o declínio, a desorientação e a corrupção do judaísmo da Europa Central no período do entreguerras.

Hóspede Por uma Noite é, igualmente, um romance cheio de premonições sobre o absoluto da destruição iminente que paira sobre o judaísmo europeu, em que as descrições comoventes da desolação da cidade de Szibusz, assim como do seu antigo *beit midrasch* abandonado e semidestruído, que é, por assim dizer, a própria alma judaica da cidade, evocam a nostalgia pela integridade da vida judaica à época do *kaiser* Franz Joseph.

Baseado numa viagem empreendida pelo autor a Buczacz, sua cidade natal, em 1930, *Hóspede Por uma Noite* foi considerado sua obra mais importante pela comissão que outorgou o prêmio Nobel de literatura a Sch.I. Agnon em 1970. A um passado marcado pela equanimidade, por uma vida pacífica e organizada, num reino de ordem e de paz, cuja memória ainda impregna a cidade, mas só para que sirva de contraponto à sua ruína atual, opõe-se, diametralmente, o pesadelo daqueles que, tendo sido patriotas a ponto de darem as vidas dos seus filhos por esse Império durante a guerra, não vendo contradições entre sua condição judaica e sua condição de súditos da coroa habsburga, agora são perseguidos e assassinados por vizinhos, poloneses ou ucranianos, não obstante o fato de com eles terem

A destruição de uma comunidade próspera, que florescia sob os auspícios de um governo percebido como justo dá-se, no relato apresentado por Agnon, simultaneamente em duas esferas: à ruína de pessoas, casas e sinagogas corresponde a ruína espiritual e metafísica que paira sobre a cidade, e à qual sucumbem seus moradores. Ao abandono dos princípios religiosos, que precipitam as personagens nos abismos da mais absoluta miséria, corresponde a percepção trágica do abandono de Deus e a consequente desorientação, ante um mundo cujas regras se tornaram incompreensíveis. O absoluto da desumanidade, revelado por meio da guerra e de suas consequências, trouxe consigo a percepção de que não há mais, no novo mundo, lugar para os valores cultivados pela tradição.

Hóspede Por uma Noite retoma, portanto, numa chave paroxística, o tema da agonia do *schtetl*, que vinha sendo tratado pela literatura judaico-alemã desde um século antes de sua escritura. O universo crepuscular que, nas obras dos grandes expoentes da *Ghettoliteratur*, rapidamente se dissolvia na sociedade secular e urbana do século XIX, deixava para trás velhas crenças, conceitos nacionais e costumes que abrangiam todas as esferas da existência, e buscava, com grande otimismo, a concretização das promessas do Iluminismo e da emancipação, do ingresso à sociedade burguesa, com a consequente delimitação da vida judaica à esfera estritamente religiosa, isto é, buscava a transformação e a reforma do judaísmo, que deixava de ser um conceito abrangente e que perpassava todas as esferas da existência, para tornar-se uma simples confissão no contexto de uma vida burguesa e urbana moderna.

No universo retratado por Agnon, em contraposição, não mais se vislumbram, no horizonte, as ambições otimistas de um processo civilizatório fundamentado na razão, no progresso e na evolução da ciência, tampouco se reserva qualquer lugar para as memórias das antigas crenças. A desolação e a aporia, ante a destruição e o morticínio indiscriminados, representam uma ruptura irreparável tanto com as ideias religiosas, e em especial com a ideia do pacto entre Deus e Israel, quanto com as promessas otimistas do século XIX, e para sempre derrubam a ideia da Europa como *locus* de uma civilização superior, como objetivo a ser alcançado por aqueles que se punham em marcha, partindo do isolamento das aldeias judaicas em direção às metrópoles, seduzidos por suas promessas otimistas de igualdade e de integração aos estados nacionais emergentes. Assim, à dupla certeza sobre a qual repousava o mundo judaico da Galícia de Agnon, isto é, a certeza da tradição judaica e a certeza do Império Austro-Húngaro, opõe-se, após a catástrofe; uma dupla desolação.

Hóspede Por uma Noite, encontra-se, assim, no ponto-final de uma longa linhagem de romances da *Ghettoliteratur,* de autores como Meier Aron Bernstein , Karl Emil Franzos, Leopold Kompert e Isidor Borchardt, que têm como tema recorrente a dissolução dos valores da tradição, mas que apontam para a substituição de tais valores, para o bem ou para o mal, e para a sua fusão com os parâmetros incertos da modernidade e da *Bildung,* a formação humanística de molde alemão, conforme concebida por Humboldt, vista pelos judeus emancipados como nova fonte de vida espiritual. Encontra-se no ponto-final de tal linhagem porque, para os habitantes de Szibusz, não há mais nenhum horizonte róseo em direção ao qual imaginam dirigir-se, coletiva ou individualmente.

Não há, para eles, qualquer vislumbre senão o desconsolo da ruptura e do esquecimento, com o qual se defrontam pessoas reduzidas a farrapos humanos. É nesse sentido que *Hóspede Por uma Noite* pertence, simultaneamente, a outra linhagem da literatura judaica e judaico-alemã, que tem como tema central a nostalgia do Império Austro-Húngaro, na qual se destacam os nomes de Stefan Zweig, Joseph Roth e Franz Werfel, autores que, tal qual as personagens de Agnon, não mais sendo capazes de vislumbrar a reconstrução de seu

A CIDADE EM RUÍNAS DE SCH.I. AGNON 563

mundo perdido, voltam-se para um passado em torno do qual se criam as idealizações sobre o mito habsburgo e das antigas terras da monarquia do Danúbio.

A falência espiritual da ideia imperial austríaca, como a de um ecúmeno de muitos povos e culturas sob a égide de um monarca iluminado, coincide, portanto, em *Hóspede Por uma Noite*, com a falência espiritual judaica ante as dimensões da catástrofe que se abateu sobre Szibusz. E esta Szibusz mítica, uma representação da Buczacz natal que Agnon visita em 1930, daí tomando o ponto de partida para a narrativa de *Hóspede Por uma Noite,* torna-se representação simultânea de dois universos perdidos.

O estado de deterioração, de corrupção ao qual alude esse topônimo fictício, derivado do vocábulo hebraico *schibusch*, que significa corrupto, deteriorado, decorre do desaparecimento simultâneo de duas ordens que, ao longo de décadas, haviam aliado suas forças a tal ponto que os súditos judeus do *Kaiser* já haviam rompido, em grande parte, com a esperança messiânica de retorno à terra de Israel, ou a haviam restringido ao universo da mera retórica, pois viviam em total identificação com seus lugares de nascença, na Diáspora, sob a égide do Monarca.

O sentido de integralidade e de segurança que fazia parte da vida quotidiana, sob uma dupla égide, tornara-se o pressuposto sobre o qual se assentavam as existências dos setores mais progressistas da sociedade judaica da Galícia. A catástrofe moral, assim, é ao mesmo tempo nacional e religiosa, e traz consigo o obscurecimento dos horizontes e, com ele, o aviltamento da consciência.

A nostalgia por um mundo carregado de significado, tema central de romances como *Rausch der Verwandlung,* de Stefan Zweig, *Radetzkmarsch*, de Joseph Roth, ou *Der veruntreute Himmel*, de Werfel, é também retomada por Agnon em seu romance, contemporâneo dos citados acima, e que com eles compartilha, em parte, da mesma temática e, sobretudo, da mesma atmosfera. Cinismo, barbárie, indiferença, anestesia moral arrastam os moradores de Szibusz para longe de seu lar perdido e, enquanto a vida na cidade se tornou irreconhecível para o visitante, que para lá retorna depois de mais de uma década de ausência, uma nova *Galut*, um novo exílio, põe-se em marcha como única saída possível para os sofrimentos e, sobretudo, para as aporias do novo tempo.

Luis S. Krausz

GLOSSÁRIO

AFIKOMAN: Parte de uma *matzá* que é escondida e comida no final do *Seder*.

AGADÁ: Lit. história, legenda. O conjunto de folclore, parábolas e lendas contidas no *Talmud*.

AMORAIM: Amoraítas (intérprete) – Termo aplicado aos sábios judeus que comentaram e transmitiram a Lei Oral, tomando como base a *Mischná*, de 219 a 500 d.C.

BAR-MITZVÁ: Lit. filho do mandamento. Denominação dada ao rapaz judeu ao completar treze anos, quando ingressa na maioridade religiosa, tornando-se responsável perante a comunidade e podendo participar do *minian*; por extensão, a solenidade que marca esse evento.

BIRKAT HA-MAZON: Bênção de Graça após a refeição.

CALENDÁRIO HEBRAICO com suas festividades (em correspondência aproximada com o gregoriano):

TISREI (setembro/outubro); Rosch Haschaná e Iom Kipur (Iamim Noraim); Sukot; Simkhat Torá

HESCHVAN (outubro/novembro)

KISLEV (novembro/dezembro); Hanuká

TEVET (dezembro/janeiro)

SCHEVAT (janeiro/fevereiro); Tu Bischvat (festa primaveril, Ano-novo das Árvores)

ADAR (fevereiro/março; em anos bissextos há um segundo mês de Adar); Purim

NISSAN (março/abril); Pessakh

566 HÓSPEDE POR UMA NOITE

IYAR (abril/maio); Lag BaOmer

SIVAN (maio/junho); Schavuot

TAMUZ (junho/julho)

AV (julho/agosto), Tischá be Av

ELUL (agosto/setembro) *ÉTICA DOS PAIS:* Em hebraico, *Pirkei Avot*. Um dos tratados da *Mischná*, composto de aforismos e máximas morais e religiosas, atribuídas a autoridades rabínicas do período mischnáico.

GUEMARÁ: Pl. *guemarot*, da raiz hebraica *gamar* ("completar") ou "estudar" (em aramaico). É o comentário e a análise da *Mischná*, feitos pelos amoraítas, que com a *Mischná* forma o *Talmud*, sendo o conjunto referido por muitos como *Guemará*.

HAGADÁ: Livro que contém a narrativa do êxodo do Egito e as demais partes do *Seder*.

HALAKHÁ: Nome atribuído ao conjunto de leis judaicas. Literalmente, o termo significa "o caminho que se percorre", da mesma raiz hebraica do verbo "andar" ou "caminhar" (*halakh*). A *Halakhá* é constituída pelos 613 preceitos (*mitzvot*) dados ao povo judeu pela *Torá* (o *Pentateuco*, os cinco primeiros livros da *Bíblia*), pelas leis rabínicas instituídas posteriormente e por regulamentações relacionadas a costumes e tradições, todos eles igualmente obrigatórios. Cada uma dessas leis em separado é conhecida como *halakhá* (pl. *halakhot*).

HANUKÁ: Festa das Luzes, data que recorda a libertação e a reconsagração do Templo pelos Macabeus.

HASSID: Pl. *hassidim*, pio, beato; adepto do hassidismo, movimento religioso de grande alcance ente os judeus da Europa Oriental, fundado pelo Baal Schem Tov, no século XVIII.

HASSIDISMO: do heb. *hassid*, pio, devoto, discípulo de um rabi ou mestre. Movimento religioso judaico da Europa Oriental, iniciado em meados do século XVIII na Polônia por Israel ben Eliezer, o Baal Schem Tov, "Mestre do Bom Nome" ou "Bescht". A doutrina tem, em seu centro, o conceito da universalidade imanente da presença divina, o que lhe infunde um forte traço panteístico. A prece deve ser feita com devoção interior (*kavaná*) e alegria. O hassidismo empregava largamente as parábolas como meio de ensino e muitas dessas histórias vêm sendo contadas até hoje pelos teólogos modernos. Por sua heterodoxia, o hassidismo enfrentou vigorosa oposição do *establishment* rabínico, os *mitnagdim*, que ameaçava seus adeptos de *herem* (excomunhão).

HAVDALÁ: Lit. "separação"; solenidade sabática ou festiva pela qual se separa o dia de festa dos dias comuns.

HEDER: Lit. "quarto, câmara". Denomina a escola tradicional de primeiras letras hebraicas.

IAMIM NORAIM: Dias Temíveis; os dez dias de penitência entre Rosch Haschaná e Iom Hakipurim.

GLOSSÁRIO 567

IESCHIVÁ: Pl. *ieschivot*, academias rabínicas; um tipo de seminário de estudos da *Torá* e do *Talmud*.

IOM HAKIPURIM: Dia da Expiação, do Grande Jejum.

IOMÁ: Quinto tratado da Ordem Moed do *Talmud* e da *Mischná*, que trata das leis relativas a Iom Hakipurim.

KADISCH: Prece de louvor a Deus que, por ser recitada nos funerais (embora essa não seja sua função precípua) veio a ser considerada uma espécie de "oração pelos mortos".

KASCHRUT: Leis dietéticas judaicas baseadas nos preceitos do *Levítico* e *Deuteronômio* e também na lei oral, codificadas no *Talmud*.

KERITOT: Sétimo tratado da Ordem Kodaschim da *Mischná* e do *Talmud*, que trata das transgressões sujeitas às punições de excisão espiritual e sua expiação por meio de sacrifícios.

KIBUTZ: Comunidade economicamente independente, em Israel, onde trabalho e administração são coletivos.

KIDUSCH: Lit. "santificação". Cerimônia festiva em que se abençoa o vinho; bênção recitada sobre uma taça de vinho que proclama a santidade do Schabat ou de uma festividade judaica.

LAG BAOMER: Dia de comemoração em memória de Rabi Schimon bar Iokhai e da revolta de Bar-Kokhba contra os romanos.

MAFTIR: Ou *haftará*, expressão que designa os versículos dos livros proféticos lidos depois do capítulo semanal do *Pentateuco*.

MAKHZOR: Livro de orações das grandes festas.

MARKHESCHVAN: Segundo mês do calendário judaico.

MATZÁ: Pl. *matzot*, pão ázimo.

MEKHILTA: Comentário exegético sobre *Êxodo*, compilado na era da *Mischná*.

MEZUZÁ: Estojo que contém, em pergaminho, a oração Ouve Israel, sendo colocado no batente das portas.

MIDRASCH: Livros das épocas talmúdica e pós-talmúdica, dedicados à exegese homilética das Escrituras. O termo tanto pode abranger o conjunto desses textos (o *Midrasch*) como cada um deles em separado (um *midrasch*, pl. *midrashim*).

MINIAN: Quórum mínimo de dez judeus adultos (a partir de 13 anos) para as orações comunitárias.

MINKHÁ: Prece vespertina, antes do pôr do sol.

MISCHNÁ: Lit. lição, repetição; Nome dado à coletânea (com seis ordens e 63 tratados) de leis e preceitos orais que foram objeto de trabalhos de hermenêutica bíblica. Seu ordenador e codificador foi o rabi Iehudá ha-Nassi. É também chamada de Lei Oral (*Torá sche-be-al-pé*).

MITNAGUED: Pl. mitnagdim, lit., opositor, oponente, nome dado ao indivíduo pertencente à corrente que se opunha ao hassidismo.

MITZVÁ: Pl. *mitzvot*. O termo se aplica tanto a um preceito ou obrigação religiosa, expressamente estipulados, como ao que se considera um dever moral, uma boa ação.

568 HÓSPEDE POR UMA NOITE

MUSSAF: Orações adicionais recitadas depois da oração matutina nos Sábados e dias de festa.

NEILÁ: Lit. "encerramento, conclusão". Designa a prece que conclui a liturgia de Iom Hakipurim.

PEOT: Cachos de cabelos pendentes das têmporas.

POGROM: Atos de violência em massa contra judeus, quase sempre acompanhado de pilhagens e destruição.

ROSCH HASCHANÁ: Ano-novo judaico.

SCHALOM ALEIKHEM: Saudação comum em hebraico e ídiche, lit. "que a paz seja convosco". Muitas vezes abreviada apenas para *schalom* (paz).

SCHAVUOT: Festa das Semanas, ou a Festa das Primícias ou, ainda, a festa da Outorga da Lei. De origem agrícola, passou a celebrar a outorga da *Torá* ao povo no deserto do Sinai.

SCHOFAR: Chifre de animal puro utilizado como instrumento cerimonial, tocado nas sinagogas durante todo o mês que precede Rosh Hashaná, anunciando a proximidade do ano-novo judaico, bem como nas solenidades de Rosh Hashaná e no encerramento de Iom Hakipurim. É uma espécie de "chamado" a que a pessoa desperte de sua letargia mental pelas coisas terrenas, por meio do seu envolvimento nas necessidades da alma.

SCHULKHAN ARUKH: Mesa Posta. Título de importante codificação das regras e preceitos da vida religiosa judaica. Foi composta no século XVI por Rabi Iossef Caro, de origem espanhola.

SEDER: Lit. "ordem". Ceia festiva nas duas primeiras noites da Páscoa (Pessakh), em que se lê a *Hagadá*, seguindo uma ordem ritual, que inclui orações e passagens respectivas à Páscoa, entre as quais se encontram as "Quatro Questões" referentes à especificidade da data.

SELIKHOT: Poemas e orações penitenciais judaicos, que imploram a clemência divina, proferidos no mês de Elul e nos Dez Dias Temíveis.

SEUDÁ MAFSÉKET: A refeição que interrompe; nome dado à última refeição que antecede e marca o início do jejum no Dia da Expiação.

SEUDÁ SCHELISCHIT: Lit. "Terceira Refeição", no Sábado à tarde.

SIFREI: Lit. "livros". Comentário exegético sobre *Números* e *Deuteronômio*.

SUKÁ: Cabana com teto de folhagem usada na Festa das Cabanas, para lembrar a proteção divina durante os quarenta anos que o povo judeu peregrinou no deserto.

SUKOT: Festa dos Tabernáculos ou Festa das Cabanas, ou ainda, Festa da Colheita, visto que coincide com a estação das colheitas em Israel, no começo do outono. Era uma das três festas em que o povo de Israel peregrinava para o Templo de Jerusalém.

TAKHANUN: Prece que suplica o perdão, recitada em certos dias da semana, mas não em ocasiões festivas nem tampouco no Sábado.

TALMUD: "Ensinamento", coleção canônica da Lei Oral, envolvendo largo corpo de costumes e preceitos que adaptavam o texto escrito e consagrado

GLOSSÁRIO

da Torá às necessidades práticas e às novas situações. Compilada a partir do século I, a primeira e mais antiga parte do *Talmud* é a *Mischná*; a segunda, a *Guemará*.

TISCHÁ BE-AV: Nove de Av, o nono dia do mês hebraico de Av, dia de jejum pela destruição do Primeiro e do Segundo Templos em Jerusalém e pelo subsequente exílio dos judeus da Terra de Israel.

TOSSAFOT: Comentários adicionais ao *Talmud,* de autoria dos sucessores de Raschi.

TOSSEFTÁ: Lit. "aditamento". Especificamente, aditamento da *Mischná.*

TZADIK: Pl. *tzadikim*; lit. devoto, justo, pio. O termo é empregado também em referência aos rabis hassídicos e aos intérpretes dos ensinamentos do Baal Schem Tov (1698-1760), idealizador e principal figura do movimento hassídico.

TZITZIT: Pl. *tzitziot*. Pequeno manto de orações com quatro pontas tecidas de lã, usado sob as roupas.

ZOHAR: Texto fundamental da Cabala, o *Zohar*, ou *Sefer ha-Zohar* (Livro do Esplendor), atribuído a Simon Bar-Iokhai (séc. II), é uma obra do século XIII, de autoria, segundo os estudiosos, de Moisés de León, cabalista e rabi espanhol.

FICÇÃO JUDAICA NA PERSPECTIVA

História do Povo da Bíblia – Relatos do Talmud e do Midrash J. Guinsburg (org.) [J01]
Contos da Dispersão Dov Noy [J02]
A Paz Seja Convosco Scholem Aleihem [J05]
Contos de I. L. Peretz Sel. J. Guinsburg [J06]
O Martírio da Fé Scholem Asch [J07]
O Conto Ídiche Sel. J. Guinsburg [J08]
Novelas de Jerusalém Sch. I. Agnon [J09]
Entre Dois Mundos Sel. A. Rosenfeld e J. Guinsburg [J10]
Nova e Velha Pátria Sel. J. Guinsburg [J11]
Quatro Mil Anos de Poesia J. Guinsburg e Zulmira Ribeiro Tavares [orgs.] [J12]
Yossel Rakover Dirige-se a Deus Zvi Kolitz [EL52]
O Segredo Guardado: Maimônides-Averróis Ili Gorlizki [EL58]
Tévye, o Leiteiro Scholem Aleikhem [T027]
Hóspede Por Uma Noite Sch.I. Agnon [T31]
Qohélet / Eclesiastes Haroldo de Campos [S13]
Bere'shith – A Cena da Origem Haroldo de Campos [S16]

Rei de Carne e Osso Mosché Schamir [P001]
A Baleia Mareada Ephraim Kishon [P002]
Golias Injustiçado Ephraim Kishon [P005]
As Lendas do Povo Judeu Bin Gorion [P007]
Almas em Fogo Elie Wiesel [P013]
Satã em Goraí Isaac Bashevis Singer [P015]
O Golem Isaac Bashevis Singer [P016]
Contos de Amor Sch. I. Agnon [P017]
Trilogia das Buscas Carlos Frydman [P019]
Uma História Simples Sch.I. Agnon [P020]
Expedição ao Inverno Aharon Appelfeld [P028]
Sessão Corrida: Que Me Dizes, Avozinho? Eliezer Levin [LSC]
Crônicas de Meu Bairro Eliezer Levin [LSC]
Bom Retiro Eliezer Levin [LSC]
Nossas Outras Vidas Eliezer Levin [LSC]
Adeus Iossl Eliezer Levin [LSC]
Roberto Blanco, Aliás Berl Schvartz Eliezer Levin [LSC]

COLEÇÃO TEXTOS T01 *Marta, a Árvore e o Relógio*, Jorge Andrade T02 *Antologia dos Poetas Brasileiros da Fase Colonial*, Sérgio Buarque de Holanda T03 *A Filha do Capitão e o Jogo das Epígrafes*, Aleksandr S. Púchkin/Helena S. Nazario T04 *Textos Críticos*, Augusto Meyer (João Alexandre Barbosa, org.) T05 *O Dibuk*, Sch. An-ski (J. Guinsburg, org.) T06 *Panorama do Movimento Simbolista Brasileiro* (2 vols.), Andrade Muricy T07 *Ensaios*, Thomas Mann (Anatol Rosenfeld, seleção) T08 *Leone de' Sommi: Um Judeu no Teatro da Renascença Italiana*, J. Guinsburg (org.) T09 *Caminhos do Decadentismo Francês*, Fulvia M. L. Moretto (org.) T10 *Urgência e Ruptura*, Consuelo de Castro T11 *Pirandello: Do Teatro no Teatro*, J. Guinsburg (org.) T12 *Diderot: Obras I. Filosofia e Política*, J. Guinsburg (org.) ▪ *Diderot: Obras II. Estética, Poética e Contos*, J. Guinsburg (org.) ▪ *Diderot: Obras III. O Sobrinho de Rameau*, J. Guinsburg (org.) ▪ *Diderot: Obras IV. Jacques, O Fatalista, e seu Amo*, J. Guinsburg (org.) ▪ *Diderot: Obras V. O Filho Natural*, J. Guinsburg (org.) ▪ *Diderot: Obras VI. O Enciclopedista – História da Filosofia I*, J. Guinsburg e Roberto Romano (orgs.) ▪ *Diderot: Obras VI (2). O Enciclopedista – História da Filosofia II*, J. Guinsburg e Roberto Romano (orgs.) ▪ *Diderot: Obras VI (3). O Enciclopedista – Arte, Filosofia e Política*, J. Guinsburg e Roberto Romano (orgs.) T13 *Makunaíma e Jurupari: Cosmogonias Ameríndias*, Sérgio Medeiros (org.) T14 *Canetti: O Teatro Terrível*, Elias Canetti T15 *Idéias Teatrais: O Século XIX no Brasil*, João Roberto Faria T16 *Heiner Müller: O Espanto no Teatro*, Ingrid D. Koudela (org.) T17 *Büchner: Na Pena e na Cena*, J. Guinsburg e Ingrid D. Koudela (orgs.) T18 *Teatro Completo*, Renata Pallottini T19 *A República de Platão*, J. Guinsburg (org.) ▪ *Górgias, de Platão*, Daniel R. N. Lopes (org.) T20 *Barbara Heliodora: Escritos sobre Teatro*, Claudia Braga (org.) T21 *Hegel e o Estado*, Franz Rosenzweig T22 *Almas Mortas*, Nikolai Gógol T23 *Machado de Assis: Do Teatro*, João Roberto Faria (org.) T24 *Descartes: Obras Escolhidas*, J. Guinsburg, Roberto Romano e Newton Cunha (orgs.) T25 *Luís Alberto de Abreu: Um Teatro de Pesquisa*, Adélia Nicolete (org.) T26 *Teatro Espanhol do Século de Ouro*, J. Guinsburg e Newton Cunha (orgs.) T27 *Tévye, o Leiteiro*, Scholem Aleikhem T28 *Tatiana Belinky: Uma Janela para o Mundo*, Maria Lúcia de Souza Barros Pupo (org.) T29 *Spinoza, Obra Completa I: (Breve) Tratado e Outros Escritos*, J. Guinsburg; N. Cunha e R. Romano (orgs.) ▪ *Spinoza, Obra Completa II: Correspondência Completa e Vida*, J. Guinsburg; N. Cunha e R. Romano (orgs.) ▪ *Spinoza, Obra Completa III: Tratado Teológico-Político*, J. Guinsburg; N. Cunha e R. Romano (orgs.) ▪ *Spinoza, Obra Completa IV: Ética e Compêndio de Gramática da Língua Hebraica*, J. Guinsburg; N. Cunha e R. Romano (orgs.) T30 *Comentário Sobre a "República"*, Averróis T31 *Hóspede Por uma Noite*, Sch.I. Agnon